**BEST**SELLER

**STEPHEN KING** es autor de más de cincuenta libros, todos bestsellers internacionales. Los más recientes son *Después del anochecer*, *La cúpula*, *Todo oscuro, sin estrellas* y *22/11/63*. Y las siete novelas que componen la serie La Torre Oscura. En 2003 fue galardonado con la medalla del National Book Award Foundation for Distinguished Contribution to American Letters, y en 2007 fue nombrado Gran Maestro de los Mystery Writers of America.

Vive entre Maine y Florida con su esposa Tabitha King, también novelista.

Biblioteca
# STEPHEN KING

## Desesperación

Traducción de
**Carlos Milla Soler**

**DEBOLS!LLO**

**Desesperación**

Título original: *Desperation*

Tercera edición en España, 2005
Primera edición en Debolsillo en México: 2006
Primera reimpresión: diciembre, 2007
Segunda reimpresión: octubre, 2011
Segunda edición en México: agosto, 2012
Primera reimpresión: enero, 2015
Segunda reimpresión: febrero, 2018

D. R. © 1996, Stephen King
Publicado por acuerdo con el autor,
representado por Ralph M. Vicinanza, Ltd.

D. R. © 1996, Penguin Random House Grupo Editorial, S. A. U.
Travessera de Gràcia, 47-49, 08021, Barcelona

D. R. © 2017, derechos de edición mundiales en lengua castellana excepto Estados Unidos:
Penguin Random House Grupo Editorial, S. A. de C. V.
Blvd. Miguel de Cervantes Saavedra núm. 301, 1er piso,
colonia Granada, delegación Miguel Hidalgo, C. P. 11520,
Ciudad de México

www.megustaleer.com.mx

D. R. © de la traducción: Carlos Milla Soler
Ilustración de la portada: Mark Ryden

Penguin Random House Grupo Editorial apoya la protección del *copyright*.
El *copyright* estimula la creatividad, defiende la diversidad en el ámbito de las ideas y el conocimiento,
promueve la libre expresión y favorece una cultura viva. Gracias por comprar una edición autorizada
de este libro y por respetar las leyes del Derecho de Autor y *copyright*. Al hacerlo está respaldando a los autores
y permitiendo que PRHGE continúe publicando libros para todos los lectores.

Queda prohibido bajo las sanciones establecidas por las leyes escanear, reproducir total o parcialmente esta
obra por cualquier medio o procedimiento así como la distribución de ejemplares
mediante alquiler o préstamo público sin previa autorización.
Si necesita fotocopiar o escanear algún fragmento de esta obra diríjase a CemPro
(Centro Mexicano de Protección y Fomento de los Derechos de Autor, http://www.cempro.com.mx).

ISBN: 978-607-311-102-7

Impreso en México – *Printed in Mexico*

El papel utilizado para la impresión de este libro ha sido fabricado a partir de madera procedente
de bosques y plantaciones gestionadas con los más altos estándares ambientales, garantizando
una explotación de los recursos sostenible con el medio ambiente y beneficiosa para las personas.

Penguin
Random House
Grupo Editorial

*Para Carter Withey*

# ÍNDICE

Agradecimientos . . . . . . . . . . . 11

PRIMERA PARTE
**INTERESTATAL 50:**
En la casa del lobo, la casa del escorpión . . . 15

SEGUNDA PARTE
**DESESPERACIÓN:**
Algo podría surgir de estos silencios . . . . 235

TERCERA PARTE
**EL OESTE AMERICANO:**
Sombras legendarias . . . . . . . . . . . 391

CUARTA PARTE
**LA MINA DE LOS CHINOS:**
Dios es cruel . . . . . . . . . . . . 537

QUINTA PARTE
**INTERESTATAL 50:**
Permiso de salida . . . . . . . . . . . 701

# AGRADECIMIENTOS

Mi agradecimiento especial a cuatro personas: Rich Hasler, de la Magma Mining Corporation; William Winston, pastor episcopalista; Chuck Verrill, mi permanente (y sufrido, añadiría él) editor; y Tabitha King, mi esposa y mi más perspicaz crítico. Y el estribillo, asiduo lector, ya lo conoces, así que recita conmigo: si algún mérito tiene esta obra, a ellos se debe; en cuanto a los errores, yo soy el único responsable.

S. K.

El paisaje de su poesía seguía siendo el desierto.

SALMAN RUSHDIE
*Los versos satánicos*

PRIMERA PARTE

# INTERESTATAL 50: EN LA CASA DEL LOBO, LA CASA DEL ESCORPIÓN

# I

## 1

–¡Dios mío, qué asco!
–¿Qué pasa, Mary?
–¿No lo has visto?
–Si he visto qué.

Mary miró a Peter, y en la implacable luz del desierto él vio que había palidecido y que en su rostro resaltaban aún más las quemaduras de las mejillas y la frente, donde ni siquiera un bronceador del más alto grado de protección la salvaguardaba por completo de los efectos del sol. Tenía la piel muy clara y se quemaba con facilidad.

–En aquella señal. La señal de velocidad máxima.
–¿Qué tenía de especial?
–¡Había un gato muerto, Peter! Clavado o pegado o qué sé yo.

Peter pisó el freno y ella súbitamente lo agarró del hombro.

–Ni se te ocurra volver atrás –dijo.
–Pero...
–Pero ¿qué? ¿Es que quieres hacerle una foto? Ni hablar. Si vuelvo a verlo, vomitaré.
–¿Era un gato blanco? –preguntó Peter. Veía por el

retrovisor el dorso de una señal, presumiblemente la de velocidad máxima a que se refería Mary, pero nada más. Al pasar por delante él iba mirando en otra dirección, contemplando una bandada de aves que volaba hacia unos montes cercanos. En un paraje como aquél no era imprescindible permanecer atento a la carretera todo el tiempo; los habitantes de Nevada describían el tramo de la interestatal 50 que atravesaba su estado como «la carretera más solitaria de América», y en opinión de Peter hacía honor a su fama. Pero él se había criado en Nueva York, y quizá la prolongada exposición a aquellos interminables espacios abiertos empezaba a exceder sus márgenes de tolerancia: agorafobia del desierto, el síndrome del salón de baile o algo por el estilo.

—No; era un gato rayado —respondió Mary—. Pero ¿qué más da?

—Pensaba que quizá hubiese alguna secta satánica en el desierto —explicó Peter—. Por lo visto, esta zona está llena de gente extraña. ¿No nos dijo eso Marielle?

—«Intensa» fue como ella los describió —corrigió Mary—. «La parte central de Nevada está llena de gente intensa», cito textualmente. Y Gary, poco más o menos, coincidía con ella. Pero como no hemos visto a nadie desde que cruzamos el límite de California...

—Bueno, en Fallon...

—Las estaciones de servicio no cuentan. Además, incluso allí la gente... —Mary lo miró con una peculiar expresión de desamparo que últimamente rara vez aparecía en su rostro, si bien había sido frecuente en los meses posteriores a su aborto—. ¿Qué han venido a hacer aquí, Pete? Comprendo que la gente se instale en Las Vegas o Reno... o hasta en Winnemucca o Wendover...

—Los que vienen de Utah a jugar dicen: «A Wendover llegarás y media vuelta te darás» —comentó Peter sonriendo—. Me lo contó Gary.

Mary no le prestó atención.

–Pero en el resto del estado... ¿Por qué vienen y por qué se quedan los habitantes de esta zona? Ya sé que nací en Nueva York, y probablemente no puedo entenderlo, pero...

–¿Seguro que no era un gato blanco? ¿O quizá negro? –Peter volvió a mirar por el retrovisor, pero viajaban a ciento veinte kilómetros por hora, y la señal ya se había desvanecido en un fondo de arena, mezcales y colinas parduscas. Sin embargo, por fin apareció otro vehículo detrás de ellos; veía el resplandeciente reflejo del sol en su parabrisas a unos dos kilómetros, tal vez tres.

–No. Era rayado, ya te lo he dicho. Contesta a mi pregunta. ¿Quiénes son los contribuyentes de esta parte de Nevada, y a qué se dedican?

Peter hizo un gesto de duda.

–Aquí no hay muchos contribuyentes. Fallon es el pueblo más grande de la interestatal 50, y sus habitantes viven básicamente de la agricultura. Según la guía, construyeron una presa y con el agua del pantano riegan sus tierras. Cultivan sobre todo melones. Y creo que hay también una base militar no muy lejos de aquí. Antiguamente Fallon era una casa de postas, ¿lo sabías?

–Yo me marcharía –aseguró Mary–. Cogería mis melones y me largaría.

Peter le acarició el pecho izquierdo con la mano derecha y bromeó:

–Un buen par de melones, señora.

–Gracias. Y no sólo de Fallon. Yo me largaría de cualquier estado donde no se viese una casa ni un árbol en kilómetros a la redonda y clavasen gatos en las señales de tráfico.

–Bueno, eso tiene que ver con la zona de percepción –explicó Peter con cierta reserva. A veces le era imposible adivinar si Mary decía algo en serio o hablaba por hablar, y ésa era una de aquellas veces–. Para ti, que te has criado en un medio urbano, la Gran Cuenca está fuera de tu zona de percepción. Y también para mí, desde luego. Incluso el cielo me pone nervioso. Desde que hemos salido esta mañana lo noto encima como una carga, opresivo.

–A mí me pasa lo mismo. Da la impresión de que hubiese demasiado.

–¿Te arrepientes de haber elegido este itinerario para volver a casa? –Peter echó un vistazo al retrovisor y advirtió que el otro vehículo se había acercado. No se trataba de un camión, que era lo único que habían visto desde Fallon (y todos en sentido opuesto, hacia el oeste), sino de un coche. Y obviamente tenía prisa.

Mary reflexionó. Por fin movió la cabeza en un gesto de negación.

–No. Me alegro de haber visto a Gary y Marielle, y el lago Tahoe...

–Una maravilla, ¿verdad?

–Increíble. Incluso esto... –Mary miró por la ventanilla– tiene su encanto, no digo lo contrario. Y supongo que lo recordaré mientras viva. Pero es...

–Escalofriante –apuntó Peter–. Al menos si uno está acostumbrado a Nueva York.

–Exacto. Zona de percepción urbana. Además, aunque hubiésemos tomado por la interestatal 80, tampoco habríamos encontrado más que desierto.

–Sí. Rastrojos rodando de un lado a otro. –Peter lanzó otra ojeada al retrovisor; las lentes de las gafas que usaba para conducir brillaron al sol. El vehículo que se aproximaba era un coche de la policía, y avanzaba a ciento cuarenta por lo menos. Peter se arrimó a la cuneta, y las ruedas del lado derecho salieron del asfalto y levantaron una nube de polvo.

–¿Qué haces, Pete?

Él volvió a mirar por el retrovisor. Vio acercarse rápidamente la enorme rejilla cromada del radiador, y los violentos destellos del sol reflejado en el metal lo obligaron a entornar los ojos. No obstante, le pareció notar que el coche era blanco, lo cual significaba que no pertenecía a la policía estatal.

—Intento encogerme —contestó Peter—, como un animalito acurrucado y asustadizo. Detrás viene un coche de la policía y parece que tiene prisa. Quizá sigue la pista del...

El coche patrulla los adelantó, y el Acura de la hermana de Peter se balanceó en su estela. Era en efecto blanco, y estaba cubierto de polvo. Llevaba un adhesivo en el costado, pero Peter no tuvo tiempo de leerlo. DES algo más, rezaba. Desistir, quizá; ése no sería un mal nombre para un pueblo perdido en medio del desierto de Nevada.

—... del individuo que ha clavado el gato en la señal de tráfico.

—Y a esa velocidad ¿por qué no lleva puestas las luces de advertencia? —preguntó Mary.

—¿Para advertir a quién en este descampado?

—Pues... a nosotros —repuso Mary, mirándolo de nuevo con su peculiar expresión.

Peter hizo ademán de replicarle, pero se contuvo. Mary tenía razón. El policía debía de tenerlos al alcance de la vista por lo menos desde que ellos habían detectado su presencia, o quizá desde antes, ¿por qué, pues, no los había advertido con los faros o las luces giratorias para mayor seguridad? Naturalmente Peter se había hecho cargo de la situación y le había facilitado el paso; así y todo...

De pronto se encendieron las luces traseras del coche patrulla. Peter pisó el freno sin pensar, pese a que había reducido a cien por hora y no existía riesgo de colisión porque el otro coche se hallaba ya demasiado lejos. A continuación el coche se desvió bruscamente de su trayectoria e invadió el carril contrario.

–¿Qué hace? –preguntó Mary.

–No lo sé –contestó Peter.

Pero sí lo sabía: estaba aminorando la marcha. De los ciento cuarenta kilómetros por hora a los que viajaba al adelantarlos había disminuido a ochenta como mucho. Con expresión ceñuda, Peter redujo también la velocidad, prefiriendo, sin saber por qué, no acercarse al automóvil que lo precedía. El cuentakilómetros del coche –un Acura que pertenecía a su hermana Deirdre– marcaba ahora sesenta y cinco.

–¡Peter! –exclamó Mary, visiblemente alarmada–. Peter, esto no me gusta.

–No pasa nada –la tranquilizó él. Pero ¿realmente no pasaba nada?, se preguntó observando el coche patrulla, que se aproximaba lentamente por el carril de la izquierda. Trató de ver al conductor pero le fue imposible: una espesa capa de polvo del desierto cubría la luna trasera.

Sus luces de freno, también sucias de polvo, parpadearon y el coche moderó más aún la velocidad. Avanzaba apenas a cincuenta por hora. Una bola de rastrojo cruzó la carretera, y los neumáticos radiales del coche patrulla la aplastaron. Salió por la parte trasera del vehículo como una maraña de dedos rotos. Una repentina sensación de miedo, casi pánico, asaltó a Peter, aunque no lograba entender por qué.

Porque Nevada, pensó, está llena de gente intensa –lo dijo Marielle y Gary coincidió con ella–, y así es como actúa la gente intensa; en otras palabras, de una manera extraña. Naturalmente, Peter no daba crédito a tales tonterías. Aquello en realidad no era extraño, o al menos no demasiado extraño, si bien...

Las luces de frenado del coche patrulla parpadearon de nuevo. En respuesta Peter, sin pensar en lo que hacía, pisó también el freno, y al mirar el cuentakilómetros vio que marcaba cuarenta.

—¿Qué se propone, Pete? —preguntó Mary.

A esas alturas resultaba ya bastante obvio.

—Ponerse otra vez detrás de nosotros.

—¿Por qué?

—No lo sé —contestó Peter.

—Si ésa es su intención, ¿por qué no ha parado en el arcén y nos ha dejado pasar?

—Tampoco lo sé.

—¿Qué vas a...?

—Seguir adelante, por supuesto —la interrumpió Peter. Y sin ningún motivo añadió—: Al fin y al cabo, nosotros no hemos clavado el maldito gato en la señal de tráfico.

Apretó ligeramente el acelerador y de inmediato empezó a acercarse al polvoriento coche patrulla, que en esos momentos avanzaba a poco más de treinta kilómetros por hora.

—¡No, no lo adelantes! —suplicó Mary, agarrándole el hombro con tal fuerza que Peter notó la presión de sus cortas uñas bajo la recia camisa.

—Mare, no me queda alternativa.

En todo caso ya no tenía sentido discutir, pues al instante el Acura de Deirdre llegó a la altura del sucio Caprice blanco y lo adelantó. Peter escrutó a través de los cristales, pero apenas vio nada. Una enorme silueta masculina y poco más. Aun así, le dio la impresión de que el conductor también lo observaba a él. Peter echó un vistazo al adhesivo estampado en la puerta delantera. Esta vez sí tuvo tiempo de leerlo. DEPARTAMENTO DE POLICÍA DE DESESPERACIÓN, rezaba el rótulo en letras doradas bajo el emblema del pueblo, al parecer un minero y un jinete estrechándose las manos.

Desesperación, pensó Peter. Mejor aún que Desistir, mucho mejor.

En cuanto lo adelantaron, el coche patrulla volvió al carril de la derecha y aceleró hasta pegarse casi al parachoques trasero del Acura. Siguieron así durante treinta o cuarenta segundos, que a Peter se le hicieron interminables. Después comenzaron a girar las luces azules del techo del Caprice. Peter sintió un súbito vacío en el estómago, pero no de sorpresa. Nada más lejos.

2

Mary seguía aferrada a su hombro, y cuando Peter se arrimó al arcén, volvió a clavarle las uñas.
—¿Qué haces, Peter? ¿Qué haces?
—Parar. Ha encendido las luces y me ha indicado que me detenga.
—Esto no me gusta —repitió Mary, mirando inquieta alrededor. No había mucho que ver aparte de desierto, montes y un infinito cielo azul—. ¿Qué infracción hemos cometido?
—Exceso de velocidad, posiblemente.
Peter miró por el retrovisor exterior. Sobre las palabras PRECAUCIÓN: LOS OBJETOS PUEDEN HALLARSE MÁS CERCA DE LO QUE PARECE impresas en el espejo, vio cómo se abría la polvorienta puerta del conductor del coche patrulla. Asomó un pierna de color caqui. Era descomunal. Mientras el hombre a quien pertenecía salía del coche, cerraba la puerta y se calaba el sombrero de policía (dentro, supuso Peter, no debía de llevarlo por falta de espacio), Mary volvió la cabeza y lo observó boquiabierta.
—¡Dios santo, es del tamaño de un futbolista!
—Por lo menos —añadió Peter. Orientándose por la altura del coche, un metro y medio más o menos, calculó que el policía medía aproximadamente un metro noventa y cinco. Y debía de pesar más de ciento veinte kilos, quizá ciento cuarenta.
Mary le soltó el hombro y se apretó contra la puer-

ta, alejándose tanto como pudo del gigante que se acercaba al Acura. De su cinturón, a un costado, pendía un revólver tan grande como todo en él, pero llevaba las manos vacías, sin bloc de multas ni carpeta alguna. Ese detalle alarmó a Peter. No sabía cómo interpretarlo pero lo alarmó. Desde que tenía edad de usar un coche lo habían multado cuatro veces por exceso de velocidad en su adolescencia y otra hacía tres años por conducir bajo los efectos del alcohol (al salir de la fiesta que se celebraba antes de las Navidades en la facultad), y nunca se había dirigido a él un agente con las manos vacías, de ahí su inquietud. El corazón, que ya le latía a un ritmo más rápido del normal, se le aceleró un poco más. No era que le retumbase en el pecho, al menos no todavía, pero presentía que podía llegar a ese extremo, que de hecho podía llegar muy fácilmente.

Te estás comportando como un imbécil, ¿lo sabías?, se dijo. Has rebasado el límite de velocidad, así de sencillo. El límite máximo en esta carretera es de noventa kilómetros por hora, y aunque resulta ridículo y todo el mundo lo sabe, sin duda este tipo tiene una cuota de infracciones que cubrir. Y en lo que se refiere a multas por exceso de velocidad, los conductores de otros estados son las víctimas propicias. Eres consciente de todo eso, así que... ¿cómo se titulaba aquel antiguo álbum de Van Halen? *¿Cómetelos y sonríe?*

El policía se detuvo junto a la ventanilla, y la hebilla de su cinturón quedó a la altura de los ojos de Peter. En lugar de inclinarse alzó un puño (a Peter le pareció del tamaño de un mazo) y lo hizo girar imitando el movimiento de un manubrio.

Peter se quitó sus gafas redondas sin aros, se las guardó en el bolsillo del pecho y bajó el cristal de la ventanilla. Percibía claramente la rápida respiración de Mary en el asiento contiguo. Daba la impresión de que hubiese estado saltando a la comba o haciendo el amor.

El policía flexionó lentamente las rodillas, y su rostro enorme e inescrutable apareció en el campo de visión de los Jackson. El ala rígida del sombrero proyectaba una franja de sombra sobre su frente. Tenía la piel de un desagradable color rosado, y Peter dedujo que aquel hombre, pese a su extraordinaria envergadura, no resistía el sol mucho mejor que Mary. Sus claros ojos grises no reflejaban emoción alguna. O por lo menos Peter era incapaz de detectarla. No obstante, sí olía a algo, una colonia o un masaje para después del afeitado, quizá Old Spice.

El policía lo observó por un instante y después dejó vagar la mirada por el interior del Acura, fijándola primero en Mary (típica esposa norteamericana, blanca, buena figura, rostro atractivo, pocas horas de vuelo, ninguna cicatriz visible) y luego en las cámaras fotográficas, algunas bolsas y las compras acumuladas a lo largo del camino. Las compras eran aún mínimas; habían salido de Oregón hacía sólo tres días, y un día y medio lo habían pasado en casa de Gary y Marielle Soderson, escuchando los discos de su adolescencia y charlando de los viejos tiempos.

La mirada del policía se detuvo en el cenicero abierto. Peter supuso que buscaba boquillas de porro, sospecha que vio confirmada de inmediato cuando el hombre husmeó el aire en busca de algún resto de olor a hierba o chocolate. Experimentó cierta sensación de alivio. No fumaba un porro desde hacía quince años, nunca había probado la coca, y prácticamente había dejado la bebida después de la multa por conducir bajo los efectos del alcohol tras la fiesta de Navidad. Por esas fechas su experiencia con las drogas se reducía a oler un poco de hachís en algún que otro concierto de rock, y Mary, por su parte, nunca había mostrado el menor interés por esas cosas (a veces se jactaba de «su virginidad en cuestión de drogas»). El cenicero no contenía más que un par de envoltorios de chicle arrugados, y tampoco en el asiento trasero había latas de cerveza o botellas de vino vacías.

–Agente, sé que iba un poco deprisa...

–Ya. Se le ha dormido el pie en el acelerador, ¿no? –preguntó el policía con tono afable–. ¿Podría enseñarme su carnet de conducir y el certificado de matriculación del vehículo?

–Claro. –Peter sacó la cartera del bolsillo posterior del pantalón–. El coche no es mío. Es de mi hermana. Se lo llevamos a Nueva York desde Oregón. Ella estudiaba hasta hace poco en el Reed College de Portland.

Estaba hablando más de la cuenta, lo sabía, pero era incapaz de contenerse. Resultaba curioso que en presencia de la policía uno empezase a parlotear de ese modo, como si llevase oculto en el maletero un cadáver descuartizado o un niño secuestrado. Recordaba que había reaccionado exactamente igual cuando la policía lo hizo parar en la autovía de Long Island después de la fiesta de Navidad. Habló y habló mientras uno de los agentes, sin despegar los labios, realizaba metódicamente su trabajo, primero examinando la documentación y después comprobando el buen funcionamiento de su pequeño alcoholímetro azul.

–¿Mare? ¿Podrías sacar de la guantera la documentación del coche? Está en un sobre de plástico junto con los papeles del seguro.

En un primer momento Mary permaneció inmóvil. Peter la miró de reojo –se hallaba paralizada en el asiento– mientras abría su cartera y comenzaba a buscar el carnet de conducir. Debería haber estado allí, en uno de los primeros compartimientos transparentes, pero no estaba.

–¿Mare? –insistió, ya un tanto impaciente y de nuevo asustado. ¿Y si había perdido el carnet en alguna parte? ¿Y si se le había caído al suelo en casa de Gary mientras trasladaba sus cosas (uno siempre llevaba muchas más cosas en los bolsillos cuando viajaba) de un vaquero a otro? Estaba seguro de que eso no había ocurrido, pero no sería una de esas típicas fatalidades...–. Mare, colabora un poco. Saca de una vez la documentación, por favor.

–Sí, claro, enseguida.

Mary se inclinó como una máquina vieja y oxidada que cobrase vida al recibir una repentina descarga eléctrica. Abrió la guantera y comenzó a revolver en el interior. Apartó un paquete de galletas medio vacío, una cinta de Bonnie Raitt que se había enredado en el casete del salpicadero y un mapa de California. Peter veía pequeñas gotas de sudor en su sien izquierda. Algunos mechones de su pelo negro y corto se habían humedecido pese a que el ventilador del aire acondicionado lanzaba un chorro de aire frío directamente a su cara.

–No lo... –empezó, pero de inmediato, con inconfundible alivio, rectificó–: Ah, sí, aquí está.

En ese mismo instante Peter miró en el compartimiento donde guardaba las tarjetas de visita y encontró el carnet. No recordaba haberlo guardado allí –¿por qué demonios lo habría hecho?–, pero allí estaba. En la fotografía no parecía un profesor adjunto de literatura de la Universidad de Nueva York, sino un peón de albañil en paro (y posible asesino en serie). Sin embargo era él, reconocible, y de pronto se sintió más animado. Gracias a Dios tenían los papeles, y no había nada que temer.

Además, pensó Peter mientras entregaba su carnet al policía, esto no es Albania. Quizá no sea nuestra zona de percepción, pero desde luego no es Albania.

–¿Peter? –dijo Mary.

Peter se volvió, cogió el sobre que ella le tendía, y le guiñó un ojo. Mary intentó responder con una sonrisa, pero apenas consiguió esbozarla. Fuera una ráfaga de viento arrojó arena contra el costado del coche. Los minúsculos granos azotaron el rostro de Peter, que entornó los ojos. De repente deseó hallarse a tres mil kilómetros de Nevada en cualquier dirección.

Sacó el certificado de matriculación del coche y se lo tendió al policía, pero éste seguía absorto en su carnet.

–Veo que es usted donante de órganos –comentó sin levantar la vista–. ¿Realmente le parece sensato?

Peter se quedó perplejo.

–Bueno, yo...

–¿Eso es el certificado de matriculación? –preguntó secamente el policía contemplando la hoja de color amarillo canario.

–Sí.

–Déjemela, por favor.

Peter se la entregó. El policía, aún en cuclillas bajo el sol en la misma posición que un apache, sostenía el carnet de conducir de Peter en una mano y el certificado de matriculación de Deirdre en la otra. Su mirada se paseó de un documento a otro durante unos momentos que se hicieron interminables. Peter sintió una ligera presión en el muslo y se sobresaltó por un instante hasta darse cuenta de que era la mano de Mary. Se la cogió y de inmediato notó sus dedos en torno a los suyos.

–¿Su hermana? –dijo el hombre por fin. Los miró con sus claros ojos grises.

–Sí.

–Ella se apellida Finney, y usted Jackson.

–Deirdre estuvo casada durante un año, entre el instituto y la universidad –explicó Mary con voz firme, amable e impávida. Peter se habría dejado engañar por las apariencias de no ser por la presión de sus dedos–. Después conservó el apellido de su marido. Así de simple.

–¿Un año? Mmm. Entre el instituto y la universidad. Casada. *Tak!*

Mantenía la cabeza inclinada sobre los documentos. Peter vio balancearse la copa de su sombrero mientras volvía a examinarlos.

La sensación de alivio lo abandonó.

–Entre el instituto y la universidad –repitió el policía, con la cabeza gacha y la cara oculta.

Peter reprodujo mentalmente sus palabras: «Veo que es usted donante de órganos. ¿Realmente le parece sensato? *Tak!*»

El policía levantó la vista.

–¿Le importaría salir del coche, señor Jackson?

Mary lo agarró más fuerte, clavándole las uñas en el dorso de la mano; a Peter, sin embargo, la sensación de dolor le pareció vaga y remota. De pronto un cosquilleo de pánico le recorrió los testículos y la boca del estómago, y se sintió de nuevo como un niño, un niño confuso que sólo tenía la certeza de que había hecho algo indebido.

–¿Qué...? –empezó.

El policía de Desesperación se irguió. Fue como ver elevarse un montacargas. Primero desapareció la cabeza y luego ascendieron ante la ventanilla el cuello abierto de la camisa, la resplandeciente insignia y la bandolera. Finalmente Peter tuvo nuevamente ante los ojos la sólida hebilla del cinturón, el revólver y la solapa caqui de la bragueta.

–Salga del coche, señor Jackson.

En esta ocasión la voz que llegó de encima de la ventanilla no tenía entonación interrogativa.

3

Peter accionó el tirador de la puerta, y el policía retrocedió para dejarle abrir. Su cabeza quedó oculta por el techo del Acura. Mary le apretó a Peter la mano aún con mayor vehemencia, y él se volvió a mirarla. La palidez de su cara había adquirido un tono ceniciento, e incluso las quemaduras del sol en la frente y las mejillas parecían más claras. Abriendo mucho los ojos, formó con los labios las palabras:

—No salgas del coche.

—No tengo más remedio —repuso Peter, también con un movimiento inaudible de los labios, y apoyó un pie en el asfalto de la interestatal 50.

Mary se aferró a su mano por un instante, entrelazando sus dedos con los de él, pero Peter se soltó y acabó de salir del coche. Se notaba las piernas extrañamente lejanas. El policía lo observó con la cabeza inclinada. Dos metros, pensó Peter; ni un centímetro menos. Y de repente imaginó una rápida sucesión de acontecimientos, como una película en cámara hiperacelerada: el gigantesco policía desenfundaba el revólver y apretaba el gatillo, esparciendo el docto cerebro de Peter Jackson por el techo del Acura en un viscoso abanico; acto seguido, sacaba a Mary a rastras del coche, la obligaba a encorvarse contra el maletero cerrado y la violaba allí mismo bajo el abrasador sol del desierto, junto a la carretera, con el sombrero firmemente calado hasta las orejas, y mientras la embestía una y otra vez, gritaba: «¿Necesitaba un órgano donado, señora? ¡Aquí lo tiene! ¡Aquí lo tiene!»

—¿A qué viene todo esto, agente? —preguntó Peter, con una súbita sequedad en la boca y la garganta.

—Vaya hacia la parte trasera del coche, señor Jackson —ordenó el hombre. Se dio media vuelta y se dirigió hacia el maletero del Acura sin molestarse en comprobar si Peter obedecía.

Pero Peter obedeció, claro que obedeció, caminando tras él como si sus piernas recibiesen los impulsos sensoriales del cerebro a través de algún sistema de telecomunicaciones.

El policía se detuvo tras el Acura, y cuando Peter estuvo a su lado, señaló hacia abajo con un enorme dedo. Peter siguió la dirección que le indicaba y vio que la matrícula trasera del coche de Deirdre había desaparecido; sólo quedaba un rectángulo relativamente más limpio en el lugar que antes había ocupado.

–¡Mierda! –exclamó Peter con sincero disgusto e irritación, tan sincero como el alivio que experimentó. Al fin y al cabo todo aquello tenía una explicación. Gracias a Dios. Se volvió hacia la parte delantera del coche y apenas se sorprendió al advertir que su puerta estaba cerrada. La había cerrado Mary, pero él, absorto en aquel suceso, incidente o lo que fuese, ni siquiera había oído el golpe.

–¡Mare! ¡Eh, Mare!

Mary asomó por la ventanilla su cara tensa y quemada y miró hacia atrás.

–¡Se ha caído la matrícula! –dijo, conteniendo apenas la risa.

–¿Cómo? –preguntó Mary.

–No, no se ha caído –corrigió el policía de Desesperación. Volvió a agacharse con el mismo movimiento tranquilo, lento y ágil de unos minutos antes y metió la mano bajo el parachoques. Con la mirada gris perdida en el horizonte, por un momento buscó algo a tientas en la parte interna del chasis, justo al otro lado de donde había estado sujeta la matrícula. Una paradójica sensación de familiaridad invadió a Peter: él y su esposa habían sido detenidos por el vaquero de Marlboro–. ¡Ajá! –dijo y volvió a levantarse. Mantenía cerrada en un relajado puño la mano con que había estado investigando. A continuación la tendió hacia Peter y la abrió. En la palma, curiosamente pequeño en medio de aquella vasta extensión rosada, sostenía un fragmento de tornillo sucio. Sólo brillaba en su sección transversal, allí por donde había sido aserrado.

Peter lo contempló, y miró luego al policía.
–No entiendo.
–¿Han parado en Fallon?
–No...
Se oyó un crujido cuando Mary abrió su puerta, un golpe cuando la cerró al salir, y el roce de sus zapatillas deportivas en la arena del arcén mientras se dirigía a la parte trasera del Acura.

–Claro que hemos parado –rectificó desde detrás de Peter. Observó el pedazo de metal en la enorme mano (el certificado de matriculación de Deirdre y el carnet de conducir de Peter seguían en la otra mano del policía), y luego lo miró a la cara. Ya no se le notaban tan claramente las marcas de la frente y las mejillas, advirtió Peter con satisfacción. Había empezado a considerarse un idiota paranoide en todas sus posibles manifestaciones. Aunque había que reconocer que aquel encuentro con el policía presentaba ciertas

(«¿Realmente le parece sensato?»)

peculiaridades.

–Hemos parado en la estación de servicio, Peter, ¿no te acuerdas? No necesitábamos gasolina, y has dicho que ya llenaríamos el depósito en Ely, pero hemos tomado unos refrescos como pretexto para preguntar por los lavabos. –Mary miró al policía e intentó sonreír. Para verle la cara debía echar atrás la cabeza. En ese momento, pensó Peter, parecía una niña tratando de arrancarle una sonrisa a su padre al llegar éste a casa después de un mal día en la oficina–. Los lavabos estaban muy limpios.

El policía asintió con la cabeza y preguntó:

–¿En qué estación de servicio han parado, en Fill More Fast o en Berk's Conoco?

Mary lanzó a Peter una mirada de duda, y él levantó las palmas de las manos a la altura de los hombros.

–No me acuerdo –dijo–. De hecho apenas recuerdo haber parado.

El policía arrojó hacia atrás el inservible fragmento de tornillo, que fue a caer en la arena del desierto, donde permanecería inmutable a menos que algún ave posase en él su inquisidora mirada.

–Sí recordará, supongo, a los chicos que rondaban por allí –insistió–. Chicos ya mayores, casi todos. Incluso uno o dos demasiado mayores para ser considerados chicos. Los más jóvenes van con patines o monopatines.

Peter asintió. Recordó que Mary le había preguntado qué hacía allí la gente, a qué habían ido y por qué se habían quedado.

–Ésa era Fill More Fast –afirmó el policía. Peter echó un vistazo a los bolsillos de su camisa buscando alguna placa de identificación, pero no llevaba. Así que de momento seguiría siendo simplemente «el policía». El policía que recordaba al vaquero de los anuncios de Marlboro–. Alfie Berk ya no los deja ni acercarse a su estación de servicio. Los echó a patadas. Son un hatajo de villanos.

Mary ladeó la cabeza al oír esa expresión, y por un instante Peter vio un amago de sonrisa en las comisuras de sus labios.

–¿Es una banda? –preguntó Peter, que aún no entendía hacia dónde apuntaba aquello.

–Lo más parecido a una banda que puede encontrarse en un sitio tan pequeño como Fallon –explicó el policía. Levantó el carnet de conducir de Peter, lo examinó, miró a Peter, y volvió a bajarlo. Sin embargo, no hizo ademán de devolvérselo–. En su mayoría han dejado los estudios. Y uno de sus pasatiempos consiste en robar matrículas a los coches de fuera del estado. Lo consideran una hombrada. Probablemente a ustedes se la quitaron mientras estaban en el bar o en los aseos.

–Y si usted está al corriente de eso, ¿cómo es que siguen haciéndolo? –dijo Mary.

–Yo no tengo autoridad en Fallon. Rara vez voy por allí. Sus métodos y los míos son distintos.

—¿Qué hacemos con la matrícula? —preguntó Peter—. Es un verdadero lío. El coche está matriculado en Oregón, pero mi hermana se ha vuelto definitivamente a Nueva York. Detestaba el Reed...

—¿En serio? —lo interrumpió el hombre—. ¡Vaya, vaya!

Peter notó que Mary le dirigía una mirada, probablemente para cruzar un guiño ante la cómica reacción del policía, pero a él no le pareció buena idea sino más bien todo lo contrario.

—Según ella —añadió Peter—, estudiar allí era como pretender estudiar en medio de un concierto de Grateful Dead. En fin, el caso es que volvió a Nueva York en avión, y nosotros pensamos que sería divertido venir a recoger el coche y llevárselo a Nueva York. Deirdre dejó parte de sus cosas en el maletero... ropa casi todo... —De nuevo hablaba por hablar, y se obligó a centrarse en la cuestión que le atañía—. Así pues, ¿qué hacemos? No podemos atravesar el país sin matrícula trasera, ¿no?

El policía se dirigió parsimoniosamente hacia la parte delantera del Acura. Sostenía aún en una mano el carnet de conducir de Peter y el certificado de color amarillo canario de Deirdre. El cinturón y la bandolera le chirriaron mientras caminaba. Ya frente al coche, cruzó las manos tras la espalda y miró hacia el parachoques con expresión ceñuda. Parecía, pensó Peter, un cliente interesado por un cuadro en una galería de arte. «Villanos —había dicho—. Un hatajo de villanos.» Peter no recordaba haber oído nunca esa palabra en una conversación normal.

El policía regresó junto a ellos. Mary se arrimó a Peter, pero ya no estaba asustada. Simplemente observaba al enorme hombre con curiosidad.

—La matrícula delantera sigue en su sitio —informó—. Póngala detrás, y podrá viajar hasta Nueva York sin problemas.

—Ah, bien —dijo Peter—. Buena idea.

—¿Tiene un destornillador y una llave inglesa? Yo me he dejado todas las herramientas en el garaje del pueblo. —Sonrió, y la sonrisa iluminó toda su cara, dio vida a sus ojos, lo convirtió en otro hombre—. Ah, esto es suyo. —Devolvió a Peter el carnet y el certificado.

—Hay una pequeña caja de herramientas en el maletero, creo —comentó Mary. En su voz se advertía una renovada despreocupación, y eso mismo sentía Peter. Efecto, supuso, de la sensación de alivio—. La he visto al guardar el estuche de maquillaje. Entre la rueda de repuesto y el chasis.

—Agente, le estoy muy agradecido —dijo Peter.

El policía asintió. Sin embargo, no miraba a Peter; al parecer, mantenía la vista fija en los montes que se alzaban a lo lejos a su izquierda.

—Cumplo con mi obligación.

Peter se dirigió hacia la puerta del conductor, preguntándose por qué él y Mary se habían asustado tanto en un primer momento.

Ha sido absurdo, se dijo mientras extraía las llaves del contacto. Pendían de un llavero circular con la inevitable cara sonriente que tan popular se había hecho en los últimos años. Míster Smiley, la llamaba Deirdre, y para ella era casi una seña de identidad. Enganchaba alegres caras amarillas en las solapas de la mayoría de sus cartas, y alguna que otra verde con una mueca de tristeza y la lengua fuera si había tenido un mal día. En realidad no estaba asustado, pensó Peter. Y Mary tampoco.

Mentira. Sí había pasado miedo, y Mary... en fin, Mary había estado al borde del pánico.

De acuerdo, quizá hayamos perdido un poco el control, se dijo mientras separaba la llave del maletero camino de la parte trasera del Acura. La visión de Mary junto al descomunal policía se le antojó una especie de ilusión óptica: su cabeza apenas le llegaba a él a las costillas.

Peter abrió el maletero. A la izquierda, pulcramente apilada (y cubierta con bolsas de plástico para protegerla del polvo de la carretera), se hallaba la ropa de Deirdre. En el centro estaban sus dos maletas –la de ella y la de él– y el estuche de maquillaje de Mary, encajados entre la ropa y la rueda de repuesto. Aunque resultaba un tanto exagerado llamarla «rueda», pensó Peter. Era uno de esos roscones autohinchables que, con un poco de suerte, servían para llegar a la estación de servicio más próxima.

Miró entre el roscón y el chasis. No había nada.

–Mare, no veo...

–Ahí. –Mary señaló con un dedo–. ¿Ves esa caja gris? Es eso. Parece que se ha desplazado bajo la rueda.

Peter podría haber introducido el brazo por el hueco, pero pensó que sería más sencillo levantar el roscón de goma deshinchado. Se disponía a apoyarla contra el parachoques cuando oyó que Mary repentinamente aspiraba aire de un modo anhelante. Dio la impresión de haber recibido un codazo o un pellizco.

–¡Eh! –dijo el policía con tono apacible–. ¿Qué es eso?

Mary y el policía contemplaban el interior del maletero. Él parecía interesado y un tanto confuso. Mary, horrorizada, tenía los ojos desorbitados y le temblaban los labios. Peter se volvió hacia el maletero, siguiendo la dirección de su mirada. En el compartimiento de la rueda de repuesto había algo que antes quedaba oculto. Por un momento Peter no supo o no quiso saber qué era, y de pronto volvió a notar la sensación de hormigueo en el bajo vientre, acompañada esta vez de un total aflojamiento en el esfínter, como si los músculos que normalmente mantenían cerrado el ano se hubiesen dormido. Tomó conciencia de que apretaba las nalgas, pero incluso eso pareció ocurrir lejos de allí, en otro huso horario. Tuvo la momentánea certidumbre de que aquello era un sueño; no podía ser realidad.

El policía le lanzó una mirada –sus claros ojos grises seguían insólitamente vacíos–, alargó el brazo hacia el compartimiento de la rueda de repuesto y sacó una bolsa de medio kilo llena de una sustancia vegetal de color marrón verdoso. Estaba sellada con esparadrapo, y en la parte delantera llevaba un adhesivo redondo amarillo. Mr. Smiley. El emblema perfecto para los fumadores de hierba como su hermana, cuyas aventuras en esta vida podrían haberse titulado *A través de la América más oscura con un porro emboquillado*. Había quedado embarazada en pleno colocón de hierba, sin duda había decidido casarse con Roger Finney estando también fumada, y Peter sabía que había abandonado el Reed College (con una media de notas impresentable) porque había demasiada droga en el ambiente y ella era incapaz de resistirse. A ese respecto por lo menos había sido sincera, y Peter antes de salir de Portland había registrado el Acura en busca de algún posible alijo, por temor no tanto a que hubiese escondido droga intencionadamente como a que la hubiese olvidado. Había mirado bajo las bolsas que cubrían su ropa, y Mary había echado un vistazo también entre la ropa, y si bien ninguno de los dos había admitido abiertamente qué buscaba, ambos lo sabían. Sin embargo, ni Peter ni Mary habían pensado en mirar bajo el roscón.

El maldito roscón.

El policía hundió un enorme pulgar en la bolsa como si fuese un tomate maduro. Sacó de un bolsillo una navaja suiza y desplegó la hoja menor.

–Agente –dijo Peter con voz débil–. Agente, no sé cómo ha llegado eso...

–Chist –ordenó el policía, y realizó una pequeña incisión en la bolsa.

Peter notó que Mary le tiraba de la manga. Le cogió la mano, y esta vez fue él quien rodeó los dedos de Mary con los suyos. De pronto vio la cara pálida y atractiva de Deirdre flotando ante sus ojos, su melena rubia y rizada cayendo hasta los hombros, y sus ojos de mirada siempre un tanto aturdida.

Pedazo de estúpida, pensó Peter. Tienes suerte de que no pueda echarte la mano en este momento.

–Agente... –lo intentó Mary.

El policía la interrumpió alzando la palma de la mano, y de inmediato se llevó la bolsa a la nariz y olfateó la pequeña incisión con los ojos cerrados. Al cabo de un momento volvió a abrirlos y se apartó la bolsa de la cara. Tendió la mano abierta hacia Peter.

–Déme las llaves del coche –ordenó.

–Agente, puedo explicárselo...

–Déme las llaves del coche.

–Si me deja...

–¿Está sordo? Déme las llaves.

Había levantado apenas la voz, pero bastó con eso para que Mary se echase a llorar. Como si todo aquello fuese una experiencia extrasensorial, Peter dejó las llaves del coche de Deirdre en la mano del policía y rodeó con un brazo los hombros temblorosos de su esposa.

–Me temo que van a tener que acompañarme –anunció el policía. Paseó la mirada de Peter a Mary.

Peter descubrió entonces por qué le habían inquietado sus ojos desde el principio. Poseían un extraño resplandor, como el del cielo durante los minutos previos al amanecer en un mañana brumosa, pero a la vez carecían de vida.

–Por favor –dijo Mary con la voz empañada–. Es un error. Su hermana...

–Entren en el coche –ordenó el policía, señalando el Caprice. En el techo palpitaban aún las luces giratorias, resplandecientes incluso bajo el sol del desierto–. Ahora mismo, por favor, señor y señora Jackson.

## 4

En el asiento trasero apenas quedaba espacio para las piernas. Como no podía ser de otro modo, pensó Peter, ofuscado; un hombre de aquella estatura tenía que echar el asiento totalmente hacia atrás. Había pilas de papel en el suelo, detrás del asiento del conductor (con el respaldo combado por el peso del policía), y también en la bandeja posterior. Peter cogió una hoja, manchada con un ruedo de café seco y arrugado, y vio que era un impreso de la Asociación de Lucha contra la Droga. En la parte superior incluía una fotografía de un chico sentado ante una puerta. Tenía una expresión aturdida y desorientada (idéntica de hecho a la que se advertía en el rostro de Peter en ese momento), y el ruedo de café circundaba su cabeza como una aureola. El epígrafe rezaba: LA ADICCIÓN SERÁ TU PERDICIÓN.

En el interior del coche patrulla una rejilla separaba la parte delantera de la trasera, y en las puertas no había manecillas para bajar los cristales ni tiradores. Peter había empezado a sentirse como el personaje de una película (la que acudía a su mente con mayor insistencia era *El expreso de medianoche*), y aquellos detalles acrecentaron más aún esa sensación. El sentido común le decía que había hablado ya demasiado de demasiadas cosas, y que por el bien de Mary y por el suyo propio le convenía permanecer callado, al menos hasta que llegasen a donde el policía tuviese intención de llevarlos. Era probablemente lo más sensato, pero no lo más sencillo. Peter sentía el irresistible impulso de explicar al policía que un grave error acababa de cometerse: él era profesor adjunto de literatura, especializado en narrativa norteamericana de posguerra; recientemente había publicado un erudito artículo titulado «James Dickey y la nueva realidad sureña» (un ensayo que había desatado una notable controversia en los círculos académicos), y además no había fumado droga desde hacía años. Deseaba decirle que quizá su nivel cultural fuese ligeramente alto para los patrones de aquella parte de Nevada, pero que en el fondo no era mala persona.

Miró a Mary, que tenía los ojos anegados en lágrimas, y de pronto se avergonzó de la actitud egoísta que se reflejaba en sus pensamientos: todo era yo, yo, yo, y mi, mi, mi. Su esposa estaba también metida en aquello; no debía olvidarlo.

–Pete, tengo miedo –dijo Mary en un susurro, casi un gemido.

Peter se inclinó hacia ella y la besó en la mejilla. Notó su piel tan fría como el alabastro.

–Saldremos de ésta –aseguró–. Lo aclararemos todo.

–¿Palabra de honor?

–Palabra de honor.

Después de obligarlos a entrar en la parte trasera del coche patrulla, el policía había vuelto al Acura. Llevaba casi dos minutos observando el interior del maletero; no registrándolo ni revolviéndolo, sino mirándolo fijamente con las manos cruzadas tras la espalda, como hipnotizado. De pronto se sacudió como alguien que acabase de despertar de una siesta, cerró el maletero, sacó las llaves de la cerradura, se las guardó en un bolsillo, y regresó al Caprice. El coche patrulla se decantó hacia la izquierda cuando él subió a bordo, y los amortiguadores de ese lado emitieron un quejido de cansancio pero a la vez resignación. El respaldo de su asiento se combó más aún, y Peter hizo una mueca al quedarle aprisionadas las rodillas.

¿Por qué me habré sentado en este lado?, pensó, pero era ya demasiado tarde para cambiarse. Demasiado tarde para muchas cosas, en realidad.

El motor del coche patrulla estaba en marcha. El policía accionó la palanca de cambios y abandonó el arcén. Mary volvió la cabeza y vio alejarse el Acura. Cuando miró de nuevo al frente, las lágrimas se habían desbordado de sus ojos y le resbalaban por las mejillas.

–Escúcheme, por favor –dijo, dirigiéndose al enorme cráneo rubio y rapado que sobresalía del asiento delantero. El policía se había quitado el sombrero, y entre su coronilla y el techo del Caprice quedaba a lo sumo un espacio de medio centímetro–. Por favor, intente comprender. Ese coche no es nuestro. Me consta que eso lo sabe porque ha visto el certificado de matriculación. Es de mi cuñada. Está siempre fumada, y tiene la mitad de las neuronas...

–Mare –intentó contenerla Peter, apoyándole una mano en el brazo.

Ella retiró bruscamente el brazo.

–¡No! ¡No estoy dispuesta a pasarme el día contestando a un interrogatorio en una comisaría inmunda, o quizá en una celda, porque tu hermana sea una egoísta, una descuidada y... y... y una hija de puta!

Peter se reclinó en el asiento –la presión en las rodillas seguía siendo intensa pero supuso que la resistiría– y miró por la polvorienta ventanilla. Se hallaban ya a dos o tres kilómetros del Acura, y más adelante divisó algo en el arcén del carril contrario. Era un vehículo. Algo grande. Quizá un camión.

Mary había dejado de mirar al policía a la nuca e intentaba establecer contacto visual con él a través del retrovisor.

–Deirdre tiene la mitad de las neuronas inservibles y la otra mitad de vacaciones permanentes. Está «quemada», agente, ése es el término exacto; seguramente incluso aquí habrá visto usted gente así. Lo que ha encontrado bajo la rueda de repuesto es droga probablemente, quizá en eso tenga razón, ¡pero no es nuestra! ¿No lo entiende?

El vehículo estacionado en el arcén más adelante estaba orientado en dirección a Fallon, Carson City y el lago Tahoe, y no era un camión sino una caravana con el parabrisas ahumado. No era uno de esos modelos mastodónticos, pero sí bastante grande. Era de color crema, y una banda verde oscuro recorría el costado de extremo a extremo. En su chato morro llevaba estampado, también en verde oscuro, el rótulo CUATRO ALEGRES TROTAMUNDOS. Estaba cubierta de polvo y se hallaba ladeada de un modo poco natural.

Cuando se acercaron, Peter advirtió un detalle extraño: todas las ruedas visibles parecían deshinchadas. Le dio la impresión de que los neumáticos del doble eje trasero del lado del acompañante estaban también deshinchados, pero no llegó a verlos. El estado de los neumáticos explicaba la anómala inclinación de la caravana, pero ¿cómo podían pincharse tantas ruedas simultáneamente? ¿Clavos en la carretera? ¿Acaso fragmentos de cristal?

Peter miró a Mary, pero ella mantenía la vista fija en el retrovisor con expresión colérica.

–Si hubiésemos escondido nosotros la bolsa de droga bajo la rueda –prosiguió–, si fuese nuestra, ¿por qué demonios iba Peter a sacar la rueda y permitirle a usted que viese la bolsa? Bien podría haber metido la mano por el hueco para sacar la caja de herramientas. Habría resultado un poco incómodo, pero había espacio de sobra.

Pasaron junto a la caravana. La puerta lateral se hallaba entornada. La escalerilla estaba bajada, y al pie yacía una muñeca cuyo vestido se agitaba al viento.

Los ojos de Peter se cerraron. No sabía con certeza si los había cerrado él o se habían cerrado por propia iniciativa. Tampoco importaba mucho. Sólo sabía que el policía había pasado de largo junto a la caravana inmovilizada como si no la hubiese visto siquiera... o como si para él no entrañase ya ningún misterio.

La letra de una vieja canción flotó en su memoria: «Algo ocurre aquí... pero no sabemos claramente qué...»

—¿Le parecemos estúpidos? —preguntó Mary mientras la caravana menguaba tras ellos, menguaba como el Acura unos minutos antes—. ¿O drogados? ¿Cree que estamos...?

—Cállese —ordenó el policía. Pese a hablar con un tono sosegado, la virulencia de su voz no pasó inadvertida.

Mary, inclinada en el asiento, permanecía agarrada a la rejilla que los separaba de la parte delantera. De pronto dejó caer las manos y se volvió hacia Peter con cara de estupefacción. Era esposa de un profesor universitario, escribía poesía y había publicado sus versos en más de veinte revistas desde sus primeros intentos hacía ya ocho años, acudía a una tertulia de mujeres dos veces por semana, y había considerado seriamente la posibilidad de colgarse un aro en la nariz. Peter se preguntó cuándo la habían hecho callar por última vez. Se preguntó si alguien la había hecho callar alguna vez.

—¿Cómo? —preguntó, pretendiendo quizá parecer agresiva, incluso amenazadora, pero su voz reveló simple desconcierto—. ¿Qué ha dicho?

—Los detengo a usted y a su marido acusados de posesión de marihuana con intención de traficar —declaró el policía. Hablaba sin inflexiones, como un autómata.

Al mirar al frente Peter vio un osito de plástico sujeto al salpicadero, entre la brújula y lo que debía de ser el lector del radar para el control de velocidad. Era un oso pequeño, como el que ofrecían a modo de premio algunas máquinas expendedoras de chicle. Tenía un muelle en el cuello, y sus ojos vacíos miraban a Peter.

Esto es una pesadilla, pensó, consciente de que no

lo era. Tiene que ser una pesadilla. Ya sé que parece real, pero no puede serlo.

—No habla en serio —repuso Mary, pero su voz era débil y delataba perplejidad. Era la voz de alguien sin fe en sus propias palabras. Los ojos volvieron a llenársele de lágrimas—. No puedo creer que hable en serio.

—Tienen derecho a permanecer en silencio —prosiguió el policía con su voz de autómata—. Si deciden hablar, todo lo que digan podrá ser utilizado en su contra ante un tribunal. Tienen derecho a un abogado. Voy a mataros. Si no pueden pagar a un abogado, el estado les proporcionará uno. ¿Han comprendido sus derechos tal como se los he explicado?

Mary miró a Peter con los ojos muy abiertos y expresión de terror, preguntándole tácitamente si había oído la frase que el policía, sin alterar el tono de voz, había insertado entre las otras. Peter asintió con la cabeza. La había oído con toda claridad. Se llevó la mano a la entrepierna, convencido de que encontraría húmedo el pantalón, pero no se había orinado. Al menos, no todavía. Rodeó a Mary con un brazo y notó que temblaba. Seguía pensando en la caravana que habían dejado atrás: la puerta entornada, la muñeca tumbada boca abajo en la tierra, la mayor parte de los neumáticos pinchados. Y estaba también el gato muerto que Mary había visto clavado a la señal de velocidad máxima.

—¿Han comprendido sus derechos? —repitió el policía.

Actúa con normalidad, se dijo Peter. Dudo mucho que este individuo sepa lo que dice, así que actúa con normalidad.

Pero ¿en qué consistía la normalidad cuando uno viajaba en el asiento trasero de un coche patrulla conducido por un hombre loco de atar, un hombre que acababa de anunciar que los mataría?

—¿Comprenden sus derechos? —preguntó la voz de autómata.

Peter abrió la boca, pero no consiguió articular palabra.

El policía volvió la cabeza. Su cara, antes rosada por efecto del sol, había palidecido. Sus ojos se habían agrandado y sobresalían de las cuencas como canicas. Se había mordido el labio inferior, como cuando alguien trata de reprimir una intensa ira, y un hilillo de sangre le corría mentón abajo.

–¿Han comprendido sus derechos? –gritó el policía con la cabeza vuelta, avanzando por la carretera vacía a más de ciento veinte kilómetros por hora–. ¿Han comprendido sus derechos? ¿Sí o no? ¿Sí o no? ¡Conteste, judío de Nueva York!

–¡Sí! –respondió Peter–. Los hemos comprendido, ¡pero, por el amor de Dios, no aparte la vista de la carretera!

El policía siguió observándolos a través de la rejilla, con la cara pálida y la sangre manando del labio. El Caprice, que había empezado a desviarse hacia la izquierda, invadiendo casi por completo el carril contrario, enderezó poco a poco su trayectoria.

–No se preocupe por mí –dijo el policía, moderando de nuevo el tono de voz–. Tengo ojos en la nuca. De hecho, tengo ojos en todas partes. Más le vale que no lo olvide.

De pronto se volvió de nuevo al frente y redujo la velocidad a noventa. Peter notó de nuevo su peso en las rodillas, comprimiéndoselas dolorosamente.

Cogió las manos de Mary entre las suyas. Ella le apoyó la cabeza en el pecho, y Peter percibió los sollozos que intentaba contener. La sacudían como el viento. Miró por encima del hombro de Mary a través de la rejilla. En el salpicadero, la cabeza del oso se mecía sobre el muelle.

–Veo agujeros como ojos –dijo el policía–. Tengo la mente llena de esos agujeros.

No volvió a hablar hasta el pueblo.

## 5

Los siguientes diez minutos transcurrieron muy despacio para Peter Jackson. El peso del policía contra sus rodillas aprisionadas parecía aumentar a cada vuelta del segundero de su reloj, y no tardó en perder la sensibilidad en las pantorrillas. Se le durmieron los pies, y dudaba que fuese capaz de andar si aquel viaje en coche llegaba a terminar alguna vez. Le palpitaba la vejiga. Le dolía la cabeza. Era consciente de que Mary y él se encontraban en la situación más difícil de sus vidas, pero el sentido real y pleno de aquello escapaba a su comprensión. Cada vez que intentaba razonar se producía un cortocircuito en su cerebro. Viajaban de regreso a Nueva York. Allí había gente esperándolos. Alguien iba a su casa a regar las plantas. Aquello no podía estar sucediendo; era imposible.

Mary le tocó con el codo en el costado y señaló por la ventanilla. Junto a la carretera había un indicador donde se leía simplemente DESESPERACIÓN. Bajo el nombre del pueblo una flecha anunciaba el cercano desvío a la derecha.

Antes de girar el policía aminoró ligeramente la marcha. El coche se ladeó, y Peter advirtió que Mary contenía la respiración. Estaba a punto de gritar. Se apresuró a taparle la boca para impedírselo y le susurró al oído:

—Lo tiene controlado, estoy seguro; no vamos a volcar.

Sin embargo, no estuvo realmente seguro hasta que notó que la parte trasera del Caprice, tras derrapar, recuperaba de nuevo la tracción. Siguieron hacia el sur por una carretera de asfalto irregular y estrecha sin línea divisoria.

Al cabo de un par de kilómetros un cartel rezaba:
LAS INSTITUCIONES MUNICIPALES Y ECLESIÁSTICAS DE DESESPERACIÓN

LES DAN LA BIENVENIDA. Si bien las palabras LAS INSTITUCIO-
NES MUNICIPALES Y ECLESIÁSTICAS eran aún legibles, alguien
las había rociado de pintura amarilla. Encima, con pintura del mismo color, habían añadido en desiguales letras mayúsculas: LOS PERROS MUERTOS. Debajo aparecían
enumeradas las iglesias e instituciones municipales del
pueblo, pero Peter no se molestó en leerlas. Del cartel
colgaba un pastor alemán. Sus patas traseras se balanceaban a cuatro o cinco centímetros de un charco de
sangre oscura y casi seca.

Las manos de Mary se cerraron alrededor de las de
Peter como un torno. Él agradeció la presión. Volvió a
inclinarse hacia ella, sumergiéndose en el dulce aroma
de su perfume y el olor acre de su sudor, hasta rozarle
el pabellón auditivo con los labios.

–No digas una sola palabra, no hagas el menor ruido –murmuró–. Mueve la cabeza de arriba abajo si me
has entendido.

Mary asintió, y Peter se enderezó de nuevo.

Pasaron ante un cámping de caravanas delimitado
por una cerca de estacas. La mayoría de las caravanas
eran de pequeño tamaño y sin duda habían conocido
tiempos mejores (quizá en la época en que *Cheers* se
emitió por vez primera). En los tenderos plantados
entre algunas de ellas ondeaba ropa de aspecto mustio
agitada por el tórrido viento del desierto. Frente a una
de las caravanas un cartel advertía:

> SOY UN PISTOLERO, UN BORRACHO, UN FANÁTICO
> RELIGIOSO, UN PENDENCIERO Y UN HIJO DE PUTA.
> NO SE PREOCUPE POR EL PERRO:
> ¡TENGA CUIDADO CON EL DUEÑO!

Sobre una vieja caravana Airstream situada junto a
la carretera había instalada una enorme antena
parabólica negra. A un lado se alzaba otro cartel, éste de

metal pintado de blanco, y varias vetas de óxido lo recorrían como lágrimas de sangre secas; en él se leía:

ESTE REPETIDOR ES PROPIEDAD
DEL CÁMPING SERPIENTE DE CASCABEL
PROHIBIDO EL PASO
ZONA BAJO VIGILANCIA POLICIAL

Pasado el cámping Serpiente de Cascabel vieron un largo barracón con el tejado y las paredes de herrumbroso metal acanalado. El letrero de la entrada anunciaba: COMPAÑÍA MINERA DE DESESPERACIÓN. A un lado se extendía un aparcamiento de asfalto agrietado con una docena de coches y furgonetas. Instantes después pasaron ante el restaurante Rosa del Desierto.

A partir de ese punto se hallaban ya en el pueblo propiamente dicho. Desesperación se componía de dos calles perpendiculares (el semáforo del cruce estaba en ámbar intermitente para las cuatro direcciones) y un par de manzanas de establecimientos comerciales. En su mayoría parecían fachadas falsas de un decorado. Había un casino y un restaurante, una tienda de comestibles, una lavandería, un bar con un rótulo en la cristalera que rezaba DISFRUTE DEL JUEGO EN NUESTRA COMPAÑÍA, una ferretería y tiendas de suministros, un cine llamado Oeste Americano, y unos cuantos locales más. Ninguno de los establecimientos parecía muy boyante, y el cine, a juzgar por su aspecto, no debía de abrir sus puertas desde hacía tiempo. Una sola N torcida colgaba de la sucia y hundida marquesina.

Nada parecía moverse salvo una bola de rastrojo que, golpeada por el coche patrulla, avanzó por la calzada a grandes y lentos saltos.

Tampoco yo pondría los pies en la calle si viese acercarse a este individuo, pensó Peter; eso desde luego.

Más allá del pueblo se alzaba una especie de enorme muralla curva de unos cien metros de altitud hacia la que ascendía una sinuosa y empinada pista de grava con una anchura de cuatro carriles por lo menos. Un sinfín de surcos se entrecruzaban en la superficie de dicha muralla. Peter tuvo la impresión de que eran arrugas en una piel vieja. Al pie del cráter (supuso que era un cráter, resultado de alguna clase de explotación minera), junto a una larga nave de metal acanalado en cuyos extremos asomaba una cinta transportadora, había estacionado un grupo de camiones; parecían de juguete en comparación con la colosal y arrugada pared que se elevaba detrás de ellos.

Su anfitrión les dirigió la palabra por primera vez desde que les había dicho que tenía la mente llena de agujeros o algo semejante.

–Serpiente de Cascabel Número Dos. Conocida también como la Mina de los Chinos. –Hablaba como un guía turístico que disfrutase aún de su trabajo–. La vieja Número Dos se abrió en 1951, y desde 1962 hasta finales de los setenta fue la mayor mina de cobre de Estados Unidos, quizá del mundo. Al final el yacimiento se agotó. Sin embargo, la mina se reabrió hace dos años. Trajeron nuevas tecnologías que permitían aprovechar incluso los residuos. Lo que es la ciencia, ¿eh? ¡Dios!

Pero tampoco allí se apreciaba la menor actividad pese a ser día laborable. Sólo se veía el grupo de camiones junto a lo que debía de ser una nave de criba y una camioneta aparcada en el arcén de la pista de grava que subía a lo alto. La cinta transportadora que sobresalía de los extremos del edificio alargado de metal no estaba en marcha.

El policía atravesó el centro del pueblo, y cuando pasaban bajo el semáforo, Mary apretó las manos a Peter dos veces en rápida sucesión. Peter siguió su mirada y vio tres bicicletas en medio de la calle transversal. Se hallaban aproximadamente a una manzana y media del cruce y estaban vueltas del revés, con los sillines contra el asfalto y las ruedas girando como aspas de molino impulsadas por el viento racheado.

Mary volvió la cabeza y miró a Peter con los ojos todavía húmedos y más abiertos aún que antes. Él le indicó de nuevo que no hablase y le apretó las manos.

El policía puso el intermitente de la izquierda –un detalle curioso en aquellas circunstancias– y entró en un reducido aparcamiento recién pavimentado y cercado en tres de sus lados por una tapia de ladrillo. Las plazas estaban marcadas en el impecable asfalto mediante nítidas líneas blancas. Un cartel colgado en la pared del fondo advertía: SÓLO EMPLEADOS MUNICIPALES Y ASUNTOS RELACIONADOS CON EL AYUNTAMIENTO. POR FAVOR RESPETE ESTA RESTRICCIÓN.

Sólo en Nevada se pediría a los conductores que respetasen una restricción de aparcamiento, pensó Peter. En Nueva York el cartel probablemente rezaría: LOS VEHÍCULOS NO AUTORIZADOS SERÁN ROBADOS Y SUS DUEÑOS DEVORADOS.

En el aparcamiento había cuatro o cinco vehículos. Uno de ellos, una furgoneta Ford vieja y oxidada, llevaba el rótulo JEFE DE BOMBEROS. Había otro coche patrulla, en mejor estado que la furgoneta del jefe de bomberos pero no tan nuevo como el que ellos ocupaban. Sólo una plaza estaba reservada a minusválidos. El policía aparcó en ella. Apagó el motor y por un momento permaneció inmóvil con la cabeza inclinada, tamborileando nerviosamente con los dedos en el volante y tarareando una melodía casi inaudible. A Peter le pareció distinguir las notas de *Last Train to Clarksville*.

—No nos mate —suplicó Mary de pronto con voz trémula y empañada—. Haremos lo que quiera, pero por favor no nos mate.

—Cierre ese pico de judía —replicó el policía. Siguió tamborileando con las yemas de aquellos dedos gruesos como salchichas sin levantar siquiera la cabeza.

—No somos judíos –replicó Peter sin proponérselo. Su voz no reflejaba miedo sino enojo e impaciencia–. Somos... no sé, presbiterianos, supongo. ¿A qué viene eso de judíos?

Mary miró a su marido horrorizada, y después observó al policía a través de la rejilla esperando su reacción. En un primer momento simplemente continuó sentado con la cabeza gacha y los dedos en el volante. A continuación cogió el sombrero y salió del coche. Peter se inclinó un poco y contempló al policía mientras se calaba el sombrero. La sombra de su cuerpo apenas se prolongaba en el asfalto pero no formaba ya una mancha compacta en torno a sus pies. Peter echó un vistazo al reloj y vio que eran casi las dos y media. Hacía menos de una hora la mayor duda con que se enfrentaban su esposa y él era dónde se alojarían esa noche. Y Peter no tenía más preocupación que la firme sospecha de que estaba quedándose sin desodorante.

El policía abrió la puerta trasera del lado izquierdo y dijo:

—Salgan del coche, por favor.

Obedecieron, y bajo el sol abrasador miraron indecisos al hombre del uniforme caqui, la bandolera y el sombrero.

—Ahora iremos hacia la parte delantera del ayuntamiento –anunció–. Hay que torcer a la izquierda al llegar a la acera. Y a mí me parecen judíos. Los dos. Tienes esa nariz larga propia de los judíos.

—Agente... –empezó Mary.

—No –la interrumpió él–. Camine. Gire a la izquierda. No ponga a prueba mi paciencia.

Se dirigieron hacia la acera. Sus pisadas resonaron en el asfalto nuevo. Peter no podía apartar de su pensamiento el osito de plástico sujeto al salpicadero del coche patrulla. Sus ojos pintados y su cabeza oscilante. ¿Quién se lo habría regalado al policía? ¿Su sobrina preferida? ¿Una hija? No llevaba alianza, había advertido Peter mientras lo observaba tamborilear en el volante con los dedos, pero eso no significaba que nunca hubiese estado casado. Y Peter encontró más que plausible la idea de que una esposa, con un marido como aquél, pidiese tarde o temprano el divorcio.

De algún lugar llegaba un monótono chirrido. Peter echó una ojeada a la calle y sobre el tejado del bar vio una veleta que giraba rápidamente. Era un duende con una sonrisa traviesa en los labios y una gran copa de oro bajo un brazo.

–A la izquierda, idiota –dijo el policía con tono de resignación más que de impaciencia–. ¿Sabe dónde está la izquierda? ¿Es que a los presbiterianos maricas de Nueva York no les enseñan cuál es la zurda y cuál es la diestra?

Peter torció a la izquierda. Él y Mary seguían cogidos de la mano. Llegaron a una escalera de tres peldaños que ascendía hacia una moderna puerta de cristal ahumado dividida en dos alas. El edificio era de construcción mucho menos reciente. Un letrero blanco colgado de la descolorida pared de ladrillo anunciaba AYUNTAMIENTO DE DESESPERACIÓN. Debajo, en la puerta, se enumeraban las delegaciones y servicios allí representados: el despacho del alcalde, el comité de educación, el cuerpo de bomberos, la policía, la delegación de sanidad, la seguridad social, y el departamento de minas y mineralogía.

El policía se detuvo al pie de la escalera y observó a los Jackson con expresión de curiosidad. Aunque hacía un calor asfixiante –probablemente cerca de cuarenta grados– no parecía sudar. Detrás de ellos, sólo el monocorde chirrido de la veleta rompía el silencio.

–Usted es Peter –dijo el policía.

–Sí, Peter Jackson –contestó él, y se humedeció los labios.

El policía desvió la mirada hacia Mary.

–Y usted es Mary.

–Sí.

–¿Y dónde está Paul? –preguntó, mirándolos con una sonrisa mientras el herrumbroso duende rechinaba y giraba en el tejado del bar.

–¿Cómo? –dijo Peter–. No entiendo.

–¿Cómo pueden cantar *Five Hundred Miles* o *Leavin on a Jet Plane* sin Paul? –preguntó el policía mientras subía por la escalera y abría el ala derecha de la puerta.

Una bocanada de aire refrigerado salió del interior. Peter lo percibió en el rostro y tuvo tiempo de deleitarse por un instante con la agradable sensación de frescor. Pero de pronto Mary lanzó un alarido. Sus ojos se habían adaptado antes que los de Peter a la penumbra interior del edificio, pero tampoco él tardó en ver qué había motivado el súbito terror de su esposa. En el vestíbulo, al pie de una escalera, yacía el cuerpo desmadejado de una niña de unos seis años, medio recostada contra los primeros cuatro peldaños. Tenía un brazo extendido por encima de la cabeza y la mano reposaba abierta en un escalón con la palma hacia arriba. Llevaba recogido en dos trenzas el pelo de color pajizo. Tenía los ojos completamente abiertos y la cabeza ladeada en una posición poco natural. Peter supo entonces con absoluta certeza a quién pertenecía la muñeca abandonada ante la escalerilla de la caravana. CUATRO ALEGRES TROTAMUNDOS se leía en el morro de la caravana, pero obviamente ese lema no se correspondía ya con el actual estado de cosas. Tampoco a ese respecto tenía Peter la menor duda.

–¡Caramba! –exclamó el policía con tono jovial–. ¡Me había olvidado de ella! Pero no puede uno estar en todo, ¿no? Por más que lo intente.

Mary volvió a gritar, llevándose los puños cerrados a la boca, e intentó retroceder hacia la calle.

–Quieta ahí; eso no ha sido buena idea –dijo el policía. La agarró del hombro y tiró de ella hacia la puerta, que mantenía abierta con la otra mano. Mary atravesó el pequeño vestíbulo tambaleándose, agitando los brazos en un desesperado esfuerzo por mantener el equilibrio y no caer sobre la niña muerta vestida con unos vaqueros y una camiseta en cuya pechera se leía MOTOKOPS 2200.

Peter hizo ademán de dirigirse hacia su esposa, y el policía lo sujetó con las dos manos, manteniendo la puerta abierta con el tacón de la bota. A continuación rodeó los hombros de Peter con un brazo. En su rostro apareció una expresión franca y cordial, pero sobre todo, y lo mejor de todo, *cuerda*, como si sus ángeles benefactores, al menos de momento, hubiesen ganado la batalla. Por un instante Peter albergó alguna esperanza, y al principio no relacionó la súbita presión en su estómago con el descomunal revólver del policía. Se acordó de su padre, que a veces le golpeaba el pecho con un dedo al ofrecerle sus consejos –por ejemplo, «Petie, las cosas no acaban en embarazo si al menos uno de los dos no se quita los pantalones»–, como si pretendiese remachar sus aforismos con la yema del dedo.

No se dio cuenta de que era el revólver y no el grueso dedo del policía hasta que oyó gritar a Mary:

–¡No! ¡Oh, no!

–No... –empezó Peter.

–Me trae sin cuidado si es judío o hindú –lo interrumpió el policía. Le estrechó el hombro cordialmente con la mano izquierda mientras amartillaba el revólver calibre 45 con la derecha–. En Desesperación no damos mucha importancia a esas cosas.

Apretó el gatillo por lo menos tres veces. Quizá fueron más, pero Peter Jackson oyó sólo tres detonaciones, amortiguadas por su estómago pero aun así estridentes. Un increíble calor se difundió simultáneamente por su pecho y sus piernas, y notó un goteo en los zapatos. Mary seguía gritando, pero su voz parecía llegar de algún lugar remoto.

Ahora despertaré en mi cama, pensó Peter mientras se le doblaban las rodillas y el mundo comenzaba a alejarse, tan resplandeciente como el reflejo del sol vespertino en el costado metálico de un vagón de tren al perderse de vista. Ahora despertaré...

Ahí terminó todo para él. Su último pensamiento cuando las tinieblas lo engulleron para siempre no fue de hecho un pensamiento sino una imagen: el oso sujeto al salpicadero del coche patrulla junto a la brújula. Su cabeza oscilante. La mirada fija de sus ojos pintados. Esos mismos ojos convertidos en orificios, y la oscuridad surgiendo de ellos vertiginosamente.

## II

### 1

Ralph Carver estaba inmerso en la más absoluta oscuridad y no deseaba salir de ella. Tenía la sensación de que lo aguardaba un malestar físico –un resaca quizá, y sin duda espectacular si incluso dormido notaba el dolor de cabeza–, pero no sólo eso. Había algo más. Algo relacionado con

(Kirsten)

aquella mañana. Algo relacionado con

(Kirsten)

aquellas vacaciones. Se había emborrachado, supuso, organizado una verdadera escena de terror, y naturalmente Ellie estaba furiosa con él, pero ni siquiera eso bastaba para explicar el extraordinario malestar que sentía...

Gritos. Alguien gritaba. Pero lejos.

Ralph intentó sumergirse más aún en aquella oscuridad, pero unas manos lo agarraron por el hombro y empezaron a agitarlo. Con cada sacudida una insoportable punzada de dolor le traspasaba la cabeza.

–¡Ralph! ¡Ralph! ¡Despierta! ¡Tienes que despertar!

Era Ellie quien le tiraba del hombro. ¿Acaso llegaba tarde al trabajo? ¿Cómo iba a llegar tarde al trabajo? Estaban de vacaciones.

De pronto unos disparos, asombrosamente sonoros, penetraron en la oscuridad como un poderoso haz de luz. Fueron primero tres, luego un silencio, y después un cuarto.

Al instante abrió los ojos y se incorporó. Por un momento no supo dónde estaba ni qué ocurría; sólo era consciente de que la cabeza le dolía mucho y parecía del tamaño de una carroza de la cabalgata del día de Acción de Gracias. Algo pegajoso como la mermelada le corría por un lado de la cara. Ellen lo miraba. Un ojo muy abierto y desesperado, el otro casi perdido en una tumefacta masa de carne negra y azul.

Gritos. En alguna parte. Una mujer. Procedentes de abajo. Quizá...

Intentó ponerse en pie pero las rodillas le fallaron. Se cayó de la cama en que estaba sentado (salvo que no era una cama sino un simple catre) y fue a parar de rodillas y manos al suelo. Una nueva punzada de dolor le traspasó la cabeza, y por un momento pensó que el cráneo se le abriría como la cáscara de un huevo. A continuación se miró las manos a través de unos apelmazados mechones de pelo. Las tenía las dos manchadas de sangre, la izquierda mucho más que la derecha. Mientras las contemplaba un súbito recuerdo

(Kirsten. ¡Dios santo, Ellie, agárrala!)

irrumpió en su cerebro como una bomba de gas tóxico. Empezó él mismo a gritar. Gritó mirándose las manos ensangrentadas; gritó mientras el recuerdo del que había intentado huir penetró en su mente como una piedra en un estanque. Kirsten se había caído por la escalera...

No. Había sido empujada.

El demente que los había llevado hasta allí había empujado a su hija de siete años desde lo alto de la escalera. Ellie había tratado de agarrarla y aquel demente la había derribado de un puñetazo en el ojo. Ellie había caído en el rellano pero Kirsten se había precipitado escalera abajo, con los ojos abiertos de estupefacción. Ralph dudaba que la niña hubiese llegado a saber qué ocurría, y en aquella horrible situación, ése era su único consuelo: todo había sucedido demasiado deprisa y probablemente Kirsten no se había dado cuenta de nada. En la caída rodó por la escalera, y en una de las vueltas se produjo un espantoso sonido, semejante al chasquido de una rama al romperse bajo el peso del hielo. De repente algo cambió en su cuerpo; Ralph percibió ese cambio incluso antes de que quedase inmóvil al pie de la escalera. Pareció rodar como si en lugar de una niña fuese una muñeca rellena de paja.

No lo pienses, se dijo Ralph, no lo pienses, no te arriesgues a pensarlo.

Pero no podía quitarse la imagen de la cabeza: el modo en que se había estrellado contra los peldaños, el modo en que yacía con la cabeza ladeada al pie de la escalera.

Le caían gotas de sangre en la mano izquierda, advirtió Ralph. Por lo visto, tenía una herida en ese lado de la cabeza. ¿Qué había ocurrido? ¿Le había golpeado también a él el policía, quizá con la culata de su enorme revólver? Podía ser, pero esa parte se había borrado casi totalmente de su memoria. Sólo recordaba la espeluznante voltereta de su hija en el aire, y cómo había rodado por la escalera, y cómo finalmente su cuerpo había quedado inmóvil con la cabeza ladeada. ¿Acaso no era ya bastante?

–¿Ralph? –Ellie, jadeante, tiraba de él–. ¡Ralph, levántate! ¡Levántate, por lo que más quieras!

–¡Papá! ¡Vamos, papá! –Ése era David, que le hablaba desde más lejos–. ¿Está bien, mamá? Vuelve a sangrar, ¿verdad?

–No... no, está...

–Sí sangra. Lo veo desde aquí. Papá, ¿estás bien?

—Sí —contestó Ralph. Consiguió apoyar un pie en el suelo, buscó a tientas el catre y se levantó. Un cuajarón de sangre le impedía prácticamente abrir el ojo izquierdo. Tenía la impresión de que le hubiesen cubierto los párpados con una mascarilla de escayola. Trató de limpiarse con el pulpejo de la mano e hizo una mueca de dolor; la zona situada sobre el ojo izquierdo parecía carne recién macerada. Intentó volverse hacia el lugar de donde procedía la voz de su hijo y se tambaleó. Era como estar a bordo de un barco. Había perdido totalmente la noción del equilibrio, e incluso cuando se detuvo, tuvo la sensación de que continuaba girando y girando. Ellie lo agarró, lo sostuvo y lo ayudó a caminar hacia adelante.

—Está muerta, ¿verdad? —preguntó Ralph con voz ahogada. No podía dar crédito a lo que él mismo acababa de decir, pero supuso que tarde o temprano lo aceptaría, y eso era lo peor: tarde o temprano lo aceptaría—. Kirsten está muerta.

—Eso creo, sí. —Ellie se tambaleó con él—. Agárrate a los barrotes, Ralph, ¿puedes? Vas a tirarme.

Estaban en una celda. Ante él, fuera del alcance de sus brazos, había una reja. Los barrotes se hallaban pintados de blanco, y en algunos puntos la pintura se había secado y endurecido formando gruesos goterones. Ralph avanzó un paso y se sujetó a ellos. Al otro lado de la reja, en medio de una sala cuadrada, había un escritorio; semejaba el único elemento del decorado de una obra de teatro minimalista. Sobre el escritorio vio un montón de papeles, una escopeta de dos cañones y un puñado de cartuchos verdes dispersos. Una antigua silla de madera con ruedas ocupaba el hueco destinado a las piernas, y un desgastado cojín azul cubría el asiento. Del techo colgaba un plafón protegido mediante una semiesfera de rejilla. Las moscas muertas atrapadas en el interior del plafón formaban sombras enormes y grotescas.

La sala estaba rodeada de celdas por tres de sus lados. La celda central, probablemente reservada a los borrachos, era espaciosa y se hallaba vacía. Ralph y Ellie ocupaban una celda de menores dimensiones, y la celda contigua era también pequeña y estaba vacía. Enfrente de ellos había otras dos celdas poco mayores que armarios. En una se encontraban su hijo David, de once años, y un hombre de pelo blanco. Ralph no podía decir nada más de él, porque estaba sentado en el catre con la cabeza entre las manos. Cuando abajo se oyeron nuevamente los gritos de la mujer, David volvió la cabeza en dirección a una puerta abierta por donde se veía la escalera

(Kirsten, la caída de Kirsten, el chasquido de su cuello al fracturarse)

que descendía a la planta baja; en cambio, el hombre del pelo blanco no varió un ápice su posición.

Ellie se acercó a Ralph y le rodeó la cintura con un brazo. Él se arriesgó a apartar una mano de los barrotes para estrechar la de su esposa.

En la escalera, cada vez más cerca, se oyeron golpes y el inconfundible sonido de un forcejeo. Alguien era conducida hacia aquella sala, pero oponía resistencia.

–¡Tenemos que ayudarlo! –gritaba la mujer–. ¡Tenemos que ayudar a Peter! Tenemos...

Sus palabras se interrumpieron cuando el policía la empujó a través de la puerta. Cruzó la sala con una insólita gracia de danzarina, saltando sobre las puntas de sus zapatillas deportivas blancas como si fuesen zapatillas de ballet, con las manos extendidas y el pelo hacia atrás. Vestía unos vaqueros y una camisa azul descolorida. Tropezó contra el escritorio, golpeándose los muslos con fuerza suficiente para hacerlo retroceder. De pronto, en el otro lado de la sala, David empezó a gritar como un pájaro y a brincar tras los barrotes de su celda. Su voz adquirió un tono aterrorizado y virulento nuevo para Ralph.

—¡La escopeta, señora! –indicó David–. ¡Coja la escopeta y dispárele! ¡Dispárele, señora, dispárele!

El hombre del pelo blanco alzó por fin la mirada. Tenía el rostro curtido por el viento del desierto y envejecido. Sus ojos acuosos de alcohólico y sus marcadas ojeras le conferirían aspecto de sabueso.

—¡Cójala! –dijo el anciano con voz ronca–. ¡Cójala, por Dios!

La mujer de los vaqueros y la camisa azul volvió la cabeza hacia el niño y después miró por encima del hombro hacia la escalera y las ruidosas pisadas que se aproximaban.

—¡Cójala! –gritó también Ellie junto a Ralph–. Ha matado a nuestra hija y nos matará a todos. ¡Cójala!

La mujer de los vaqueros y la camisa azul se apoderó del arma.

2

Hasta Nevada todo había ido según lo previsto.

Habían partido de Ohio con destino al lago Tahoe como cuatro alegres trotamundos. Una vez en el lago Ellie Carver y los niños nadarían y saldrían de excursión durante diez días, y Ralph Carver se concentraría en el juego lenta y placenteramente. Aquélla sería su cuarta visita a Nevada, la segunda al lago Tahoe, y Ralph seguiría fiel a su firme principio de juego: abandonaría bien cuando perdiese mil dólares, bien cuando ganase diez mil. En sus tres viajes anteriores no había alcanzado ninguna de las dos marcas. En una ocasión había regresado a Columbus con quinientos de los mil dólares reservados para sus apuestas intactos, en otra con doscientos, y el año anterior había vuelto a casa con tres mil dólares en el bolsillo interior izquierdo de su chaqueta safari de la suerte. En el viaje de regreso, en lugar de pernoctar en cámpings dentro de la caravana, se alojaron en Hiltons y Sheratons, y los Carver hicieron el amor todas las noches, ritmo que Ralph consideraba extraordinario para una pareja que se acercaba ya a los cuarenta.

–Probablemente estás ya cansada de los casinos –había dicho Ralph a su esposa en febrero, cuando empezaron a hablar de las vacaciones–. Quizá esta vez podríamos ir a California. O a México.

–¿México? Eso, así pillaremos todos la disentería –bromeó Ellie–. Contemplaremos el Pacífico entre carrera y carrera al cuarto de baño.

–¿Y Texas? Podríamos lleva a los niños a ver El Álamo.

–Demasiado calor, y demasiado interés histórico. En el lago Tahoe estaremos frescos incluso en julio. A los niños les encanta, y a mí también. Y con tal de que no vengas a pedirme dinero cuando se te acabe el tuyo...

–Ya sabes que nunca haría una cosa así –había contestado Ralph, un tanto sorprendido. Estaban en la cocina de su casa de Wentworth, en las afueras de Columbus, sentados junto al frigorífico de bronce con margaritas imantadas dispersas por la puerta, y habían desplegado sobre una encimera varios prospectos de viajes, sin saber que el juego ya había empezado y la primera pérdida sería su hija–. Como recordarás, te dije...

–«Al primer amago de comportamiento adictivo se acaba el juego» –había repetido Ellie–. Lo recuerdo, lo sé y te creo. A ti te gusta el lago Tahoe, a mí me gusta el lago Tahoe, a los niños les gusta el lago Tahoe, así que vayamos al lago Tahoe.

De modo que habían reservado alojamiento, y esa mañana se dirigían por la interestatal 50 –según decían, la carretera más solitaria de América– rumbo oeste hacia Sierra Nevada.

Mientras atravesaban el estado de Nevada, Kirsten jugaba con *Melissa Sweetheart*, su muñeca preferida; Ellie dormía en la parte trasera, y David, sentado junto a Ralph, contemplaba el paisaje por la ventanilla con el mentón apoyado en una mano. Había estado leyendo durante un rato la Biblia que le había regalado su nuevo amigo el padre Martin (Ralph confiaba en que Martin no fuese un pervertido, pues aunque estaba casado, lo cual era una buena señal, uno nunca sabía), pero poco antes, tras marcar el punto donde interrumpía la lectura, la había guardado en la guantera. Ralph pensó una vez más en preguntar a su hijo qué le rondaba por la cabeza, a qué se debía aquella afición por la Biblia, pero habría sido como preguntar a un poste. En eso David (no le gustaba que lo llamasen Dave) era un tanto peculiar; no se parecía en nada a sus padres ni de hecho a su hermana. Aquel repentino interés por la religión –«el viaje místico de David», como Ellie lo definía– era una más de sus rarezas. Probablemente pasaría, y al fin y al cabo no esgrimía contra su padre pasajes de la Biblia sobre el juego, las blasfemias o la prohibición de afeitarse los fines de semana, y a Ralph le bastaba con eso. Pese a todo, quería mucho a su hijo, y el afecto eclipsaba cualquier rareza. Ralph estaba convencido de que ésa era una de las funciones del amor.

Ralph se disponía a preguntar a David si le apetecía jugar al veo-veo –desde que habían salido de Ely esa mañana el paisaje no ofrecía grandes distracciones y el aburrimiento empezaba a resultarle insufrible– cuando de pronto notó que la dirección de la caravana, una Wayfarer, se ablandaba entre sus manos y oyó que el monótono roce de los neumáticos sobre el asfalto se convertía en una especie de aleteo.

–¿Pasa algo, papá? –preguntó David. Parecía preocupado pero no asustado, afortunadamente.

–Agárrate –indicó Ralph, y empezó a pisar repetidamente los frenos–. Vamos a parar, y puede haber alguna sacudida violenta.

En la celda, mientras contemplaba tras los barrotes a la mujer desconcertada que podía ser su única esperanza de sobrevivir a aquella pesadilla, pensó: ¡Una sacudida violenta! Realmente en ese momento no sabía aún lo que era violencia.

Al gritar le dolió la cabeza, pero aun así gritó, sin darse cuenta de hasta qué punto su voz sonaba como la de su hijo:

–¡Dispárele! ¡Dispárele!

3

Lo que Mary Jackson recordó, lo que la indujo a coger la escopeta pese a que nunca había tenido un arma en sus manos, fue el hecho de que el policía hubiese intercalado la frase «Voy a mataros» mientras los advertía de sus derechos.

Y lo había dicho en serio. De eso ya no cabía duda.

Se dio media vuelta armada de la escopeta. El enorme policía rubio se hallaba en la puerta y la observaba con sus ojos claros y vacíos.

–¡Dispárele, dispárele! –gritó un hombre. Estaba a la derecha de Mary, dentro de una celda junto a una mujer con un ojo tan magullado que del moretón descendían vetas negras hasta la mejilla, como tinta inyectada bajo la piel. El hombre presentaba aún peor aspecto; tenía el lado izquierdo de la cara cubierto de sangre medio seca.

El policía se abalanzó sobre ella, y sus botas resonaron en el suelo de madera. Mary retrocedió, acercándose a la celda situada al fondo de la sala, y bajó los dos percutores de la escopeta con el pulgar. A continuación se la llevó al hombro. No tenía intención de advertirle primero. Acababa de matar a su marido a sangre fría, y no tenía intención de advertirle.

4

Ralph pisó el freno repetidamente y sujetó el volante con fuerza, manteniéndolo casi fijo. Notó que la caravana derrapaba. El secreto para controlar un reventón a gran velocidad en una caravana, le habían explicado, era dejarla derrapar un poco. Sin embargo, en aquel caso parecía tratarse de más de un reventón.

Echó un vistazo a Kirsten por el retrovisor. Vio que había dejado de jugar con *Melissa Sweetheart* y la estrechaba contra su pecho. Kirstie había advertido que algo ocurría pero no sabía qué.

–¡Kirsten, siéntate! –ordenó Ralph–. ¡Abróchate el cinturón!

Pero para entonces el peligro ya había pasado. Ralph estacionó la Wayfarer en el arcén, apagó el motor y se enjugó el sudor de la frente con el dorso de la mano. Podía decirse que había salido del paso airosamente. Ni siquiera se había caído el jarrón con flores del desierto que adornaba la mesa del fondo. Ellie y Kirstie las habían cogido detrás del motel de Ely esa mañana mientras él y David cargaban el equipaje y pagaban la cuenta.

–Buen control, papá –dijo David con voz serena.

Ellie se había incorporado y miraba alrededor aún medio dormida.

–¿Por qué paramos? ¿Alguien tiene que ir al baño? –preguntó–. Ralph, ¿por qué está tan ladeada la caravana?

–Hemos...

Se interrumpió al ver por el retrovisor lateral un coche patrulla que se acercaba rápidamente hacia ellos con las luces giratorias encendidas. Se detuvo con un brusco frenazo a unos cien metros, y de dentro salió prácticamente de un salto el policía más corpulento que Ralph había visto en su vida. Ralph advirtió que empuñaba un revólver y sintió que la adrenalina le tensaba los nervios.

El policía escudriñó el desierto a derecha e izquierda. Mantenía el revólver a la altura de los hombros y apuntaba el cañón hacia el cielo despejado. Dio una vuelta completa sobre sus talones, y cuando se hallaba otra vez de cara a la caravana, miró directamente al retrovisor lateral. Ralph tuvo la impresión de que lo miraba a los ojos. El policía agitó enérgicamente los brazos en un gesto que sólo podía interpretarse de un modo: ¡Quédense dentro! ¡No se muevan!

–Ellie pon el seguro en las puertas de atrás –indicó Ralph, apresurándose él mismo a bajar el seguro de la suya. David, que estaba observándolo, lo imitó sin necesidad de que se lo dijese.

–¿Cómo? –Ellie lo miró indecisa–. ¿Qué pasa?

–No lo sé, pero ahí atrás hay un policía, y parece nervioso –explicó Ralph. Justo donde se ha pinchado la rueda, pensó. Al instante se rectificó: las ruedas.

El policía se agachó y cogió algo del asfalto. Era una tira de malla que despedía innumerables destellos, como un traje de lentejuelas. Se lo echó al hombro y lo arrastró hacia el coche. Llevaba aún el revólver desenfundado, y lo sostenía cruzado ante el pecho con el cañón hacia arriba. Parecía mirar en todas direcciones simultáneamente.

Ellie echó el seguro en la puerta de atrás y en la central; luego se acercó a los asientos delanteros.

–¿Qué demonios ocurre? –preguntó.

–No lo sé, ya te lo he dicho –respondió Ralph. Señalando al retrovisor lateral, añadió–: Pero eso me da mala espina.

Ellie, doblándose por la cintura y apoyando las

manos justo encima de las rodillas, observó junto a Ralph cómo echaba el policía la malla al asiento del acompañante y rodeaba después el coche patrulla hacia el lado del conductor manteniendo el revólver en posición de disparo con las dos manos. Más tarde Ralph recordaría asombrado la extrema pericia con que el policía había representado aquella pantomima.

Kirstie se acercó a su madre por detrás y le golpeó suavemente en el trasero con la muñeca mientras canturreaba:

–El pompis, el pompis, el pompis. A *Melissa* y a mí nos encanta el pompis grandote de mamá.

–¡Quieta, Kirstie! –ordenó Ellie.

Normalmente Kirstie habría necesitado dos o tres avisos antes de desistir, pero esta vez percibió algo en el tono de voz de su madre que la disuadió a la primera. Se volvió hacia su hermano, que miraba por el retrovisor de su puerta tan atentamente como sus padres por el espejo del lado del conductor. Kirstie se aproximó a él e intentó subirse a sus rodillas. David la apartó delicadamente pero con firmeza.

–Ahora no, Bombón.

–Pero ¿qué pasa? –preguntó la niña–. ¿A qué viene tanto jaleo?

–No es nada; no te preocupes –dijo David sin quitar ojo al retrovisor.

El policía entró en el coche patrulla y avanzó hasta detenerse junto a la Wayfarer. Volvió a apearse. Empuñaba aún el revólver pero lo mantenía a un costado con el cañón apuntando al suelo. De nuevo miró a derecha e izquierda y a continuación se acercó a la ventanilla de Ralph. Pese a que la cabina de la Wayfarer se hallaba en una posición considerablemente más alta que los asientos de un automóvil normal, el policía, debido a su extraordinaria estatura –al menos dos metros–, tuvo que bajar la vista para mirar a Ralph.

Con su mano libre le indicó que abriese la ventanilla. Ralph bajó el cristal a media altura.

—¿Qué ocurre, agente?

—¿Cuántas personas viajan en este vehículo? —preguntó el policía.

—¿Ocurre al...?

—¿Cuántas personas viajan en este vehículo? —repitió el policía.

—Cuatro —respondió Ralph, que empezaba a estar asustado—. Mi esposa, mis dos hijos y yo. Llevamos un par de ruedas pinchadas...

—No, llevan *todas* las ruedas pinchadas —corrigió el policía—. Han pasado sobre una alfombrilla de carretera, como la llamamos nosotros.

—Yo no...

—Es una tira metálica de malla recubierta de cientos de clavos. La usamos cuando es posible para detener a los conductores que sobrepasan los límites de velocidad. Así nos ahorramos kilómetros de persecución.

—¿Y qué hacía eso en medio de la carretera? —preguntó Ellie, indignada.

—Voy a abrir la puerta de atrás de mi coche, la del lado más cercano a la caravana —anunció el policía—. En cuanto esté abierta, quiero que abandonen su vehículo y entren en el mío. Y tan deprisa como puedan.

Arrimó la cabeza a la ventanilla, vio a Kirsten —que lo observaba con cautela agarrada a la pierna de su madre— y le sonrió.

—Hola, pequeña.

Kirstie sonrió también.

El policía dirigió la mirada hacia David y lo saludó con la cabeza. El niño le devolvió el saludo con rostro inexpresivo y preguntó:

—¿Quién hay ahí fuera, agente?

—Un mal hombre —contestó el policía—. Con saber eso te basta por ahora, hijo. Un hombre temible. *Tak!*

—Agente... —empezó Ralph.

—Con el debido respeto, caballero, me siento como un plato de barro en una barraca de tiro al blanco. Ese individuo es peligroso. Tiene buena puntería con un rifle, y esa alfombrilla de carretera indica que no anda lejos de aquí. Ya entraremos en detalles sobre el asunto cuando nos hallemos en una situación más segura, ¿comprende?

¿Tak?, se dijo Ralph. ¿Era así como se llamaba el peligroso francotirador?

—Sí, pero...

—Primero salga usted con la niña. Luego el chico. Y por último su esposa. Tendrán que apretarse un poco, pero cabrán los cuatro en el asiento trasero.

Ralph se desabrochó el cinturón de seguridad y se levantó.

—¿Adónde vamos? —preguntó.

—A Desesperación. Un pueblo minero que se encuentra a unos doce kilómetros de aquí.

Ralph asintió, subió el cristal de la ventanilla y cogió en brazos a Kirsten. La niña lo miró visiblemente inquieta, de hecho casi al borde del llanto.

—Papá, ¿es el hombre del saco el que está ahí fuera? —preguntó.

El hombre del saco era una fantasía que le había metido en la cabeza algún compañero del colegio. Ralph no sabía exactamente cuál de ellos le había hablado a su tierna hija de aquel siniestro personaje que al parecer habitaba en los armarios, pero si hubiera podido echarle el guante al muy canalla (daba por sentado que había sido un niño, convencido de que la invención y difusión de monstruos en los patios de los colegios corría a cargo de los niños), de buena gana lo habría estrangulado. Habían tardado dos meses en aplacar relativamente sus temores. Y de pronto aquello.

—No, no es el hombre del saco —aseguró Ralph—.

Probablemente sólo sea un empleado de correos que ha tenido un mal día.

—Papá, tú trabajas en correos —dijo Kirstie mientras Ralph la llevaba hacia la puerta central.

—Sí —respondió a la vez que advertía que Ellie guiaba ya a David hacia la puerta apoyando las manos en sus hombros—. Era una broma.

—¿Una broma? ¿Como cuando alguien llama a la puerta y se esconde?

—Exacto —dijo Ralph. Miró por la ventanilla de la puerta central y vio que el policía había abierto ya la puerta trasera del coche patrulla. Calculó que las puertas de ambos vehículos se superpondrían, creando a su derecha una pared protectora. Eso reducía el riesgo.

Sin duda, pensó; a menos que la rata del desierto que anda buscando el policía se haya apostado detrás de nosotros. Dios santo, ¿por qué no nos habremos ido a Atlantic City?

—¿Papá?

Ése era David, su inteligente pero un tanto peculiar hijo, que en otoño, después del accidente de su amigo Brian, había empezado a ir a la iglesia. No a catequesis ni a las reuniones de la asociación de jóvenes cristianos, sino a la iglesia. Y los domingos por la tarde a la casa parroquial, para charlar con su nuevo amigo el padre Martin. Quien, por cierto, iba a sufrir una muerte lenta si había compartido con David algo más que sus creencias. Según David, simplemente charlaban, y Ralph suponía que, después de lo ocurrido a Brian, el chico *necesitaba* alguien con quien hablar. Lamentaba, no obstante, que David no hubiese sido capaz de plantear sus dudas a sus padres en lugar de dirigirse a un cura desconocido que si bien estaba casado podía ser que...

—¿Papá? ¿Algún problema?

—No. Todo en orden —contestó Ralph. No sabía hasta qué punto eso era cierto. De hecho ni siquiera sabía con qué se enfrentaban. Pero en teoría era eso lo que un padre debía decir a sus hijos: «Todo en orden; no hay problema.» Pensó que si estuviese a bordo de un avión con David y de pronto fallasen los motores, le rodearía los hombros con un brazo y le repetiría una y otra vez que todo estaba en orden hasta estrellarse contra el suelo.

Abrió la puerta, y ésta golpeó contra el lado interno de la del coche patrulla.

–¡Deprisa! No se entretengan –instó el policía, mirando alrededor con nerviosismo.

Ralph descendió por la escalerilla con Kirstie sentada en su antebrazo izquierdo. Mientras bajaban, a la niña se le cayó la muñeca.

–¡*Melissa*! –exclamó Kirstie–. Papá, se me ha caído *Melissa Sweetheart*. ¡Cógemela!

–¡No! ¡Entren en el coche, entren! –apremió el policía–. Yo recogeré la muñeca.

Ralph entró en el coche patrulla, protegiendo la cabeza de Kirstie con la mano. David y Ellie lo siguieron. La parte trasera del coche estaba llena de papeles, y el respaldo del asiento delantero se hallaba combado por el peso del enorme policía. En cuanto Ellie metió la pierna derecha, el policía cerró bruscamente la puerta y corrió al otro lado.

–¡*Lissa*! –gritó Kirstie con tono de auténtica angustia–. ¡Se ha olvidado de *Lissa*!

Ellie buscó el tirador de la puerta, dispuesta a recuperar a *Melissa Sweetheart* –seguramente ningún psicópata con un rifle podía disparar contra ella en el breve espacio de tiempo que tardaría en recoger la muñeca de una niña–, y se volvió hacia Ralph.

–¿Dónde están los tiradores?

La puerta del conductor se abrió, y el policía irrumpió bruscamente en el interior del coche patrulla. El asiento chirrió y oprimió las rodillas a Ralph, que hizo una mueca de dolor, alegrándose sin embargo de que las piernas de Kirstie colgasen entre las suyas. Aunque Kirstie no estaba precisamente quieta. Forcejeaba y se retorcía sobre su regazo, tendiendo las manos hacia su madre.

—¡Mi muñeca, mamá, mi muñeca! *¡Melissa!*

—Agente... —empezó Ellie.

—No hay tiempo —la interrumpió el policía—. Imposible. *Tak!*

Cambió de sentido y se dirigió hacia el este en medio de una nube de polvo. Las ruedas traseras derraparon por un instante. Cuando el coche se enderezaba, Ralph pensó con asombro en lo deprisa que había ocurrido todo: hacía apenas diez minutos viajaban tranquilamente en la caravana, y él iba a proponerle a David jugar al veo-veo, no porque le apeteciese sino por puro aburrimiento.

Desde luego ya no se aburría.

—*¡Melissa Sweetheart!* —gritó Kirstie, y se echó a llorar.

—Cálmate, Bombón —dijo David. Así había apodado a su hermana menor: Bombón. Como tantas otras cosas en David, ni su padre ni su madre sabían qué significaba ni de dónde procedía. Cuando Ellie una noche le preguntó por qué la llamaba así, David hizo un gesto de indiferencia, esbozó su sesgada y seductora sonrisa, y dijo: «Por nada. Simplemente es un bombón, sólo por eso.»

—Pero *Lissa* está tirada en el suelo y se ensuciará —se quejó Kirstie, mirando a su hermano con los ojos anegados en lágrimas.

—Volveremos, la cogeremos y la limpiaremos bien —la consoló David.

—¿Me lo prometes?

—Claro. Incluso te ayudaré a lavarle el pelo.

—¿Con champú? —preguntó Kirstie.

—Claro —contestó David, y besó a su hermana en la mejilla.

—¿Y si viene ese hombre malo? ¿Ése tan malo como el hombre del saco? ¿Y si secuestra a *Melissa Sweetheart*?

David se tapó la boca con la mano para ocultar una sonrisa.

—No lo hará. —David buscó la mirada del policía en el espejo retrovisor y dijo—: ¿Verdad que no?

—No, el hombre que buscamos no se dedica a secuestrar muñecas —respondió el policía.

Ralph no percibió en su voz el menor rastro de humor; había hablado con la objetividad de un presentador de noticiario.

Aminoró la marcha brevemente cuando pasaron ante un letrero que anunciaba DESESPERACIÓN y aceleró justo en el desvío a la derecha. Ralph se agarró, rogando que aquel tipo supiese lo que hacía, que no volcase. El coche pareció escorarse ligeramente pero volvió a enderezarse. Aquella carretera se dirigía hacia el sur. A lo lejos, recortándose contra el horizonte, apareció una enorme muralla de tierra oscura surcada de grandes grietas semejantes a cicatrices negras.

—¿A qué se dedica, pues? —preguntó Ellie—. ¿Quién es ese individuo? ¿Y cómo ha conseguido eso que utilizan ustedes para detener a los conductores que no respetan las limitaciones de velocidad? ¿Cómo se llamaba?

—Alfombrilla de carretera, mamá —apuntó David. Recorrió con un dedo la rejilla metálica que dividía en dos el interior del coche, observándola con aire pensativo y preocupado. En su rostro no había ya ningún esbozo de sonrisa.

—Del mismo modo que ha conseguido las armas que lleva y el coche que conduce —respondió el policía.

Pasaron ante el cámping Serpiente de Cascabel y las

oficinas de la Compañía Minera de Desesperación. Más adelante se alineaban junto a la carretera varios establecimientos comerciales. Un semáforo en ámbar destellaba de manera intermitente bajo miles de kilómetros de cielo azul claro.

–Es policía –añadió–. Y una cosa puedo asegurarles, familia Carver: cuando un policía enloquece, la situación se pone muy fea.

–¿Cómo sabe nuestro nombre? –preguntó David–. No le ha pedido a mi padre el carnet de conducir. ¿Cómo se ha enterado?

–Lo he visto cuando tu padre ha abierto la puerta de la caravana –dijo el policía, mirando a David a través del espejo retrovisor–. En la placa que había sobre la mesa: DIOS BENDIGA ESTA CASA AMBULANTE. FAMILIA CARVER. Conmovedor.

Algo molestó vagamente a Ralph en aquel comentario, pero no prestó mayor atención. Su inicial temor se había convertido en una premonición tan intensa y sin embargo difusa que tenía la impresión de haber ingerido un alimento envenenado. Pensó que si extendía la mano posiblemente conseguiría mantenerla firme, pero no por eso resultaba menos significativo el hecho de que paradójicamente su miedo hubiese ido en aumento desde que el policía los había hecho salir de la caravana con tan inquietante facilidad. Por lo visto, no era la clase de miedo que hacía temblar las manos (era un miedo seco, pensó con un asomo de ironía poco habitual en él); aun así, era miedo auténtico.

–Un policía –repitió Ralph pensativamente, recordando una película que había alquilado un sábado por la noche en el videoclub de su calle unas semanas atrás. *Maniac Cop*, se titulaba. La frase publicitaria que acompañaba al título rezaba: TIENE DERECHO A PERMANECER EN SILENCIO, ETERNAMENTE. Tenía gracia que a veces quedasen grabadas en la memoria tonterías como ésa. Salvo que en su actual situación aquello no tenía ninguna gracia.

–Un policía, sí –confirmó *su* policía. Por su tono, daba la impresión de que estuviese sonriendo.

¿Ah, sí?, se dijo Ralph. ¿Y qué tono adquiere la voz cuando uno sonríe?

Percibió que Ellie lo miraba con tensa curiosidad, pero no le pareció el mejor momento para un intercambio de miradas. Ignoraba qué vería cada uno de ellos en los ojos del otro, y dudaba que desease averiguarlo.

Sin embargo el policía sonreía. Ralph estaba seguro de ello.

Pero ¿por qué iba a sonreír?, pensó. ¿Dónde le ve la gracia al hecho de que un policía estatal enloquecido ande suelto, o de que a un vehículo se le hayan pinchado seis ruedas, o de que una familia de cuatro miembros viaje apretujada en un asfixiante coche patrulla sin tiradores en las puertas traseras, o de que la muñeca preferida de mi hija se haya quedado tirada en el polvo a doce kilómetros de aquí? ¿Dónde le ve la gracia a cualquiera de esas cosas?

Ralph no lo sabía. Pero el policía parecía sonreír cuando hablaba.

–¿Un policía estatal, ha dicho? –preguntó Ralph mientras pasaban bajo el semáforo intermitente.

–¡Mira, mamá! –exclamó Kirsten animadamente, olvidándose por un momento de *Melissa Sweetheart*–. ¡Bicicletas! ¡Bicicletas en medio de la calle! Y están vueltas del revés. ¿Las ves? ¿No es raro?

–Sí, cielo, ya las veo –dijo Ellie. Obviamente no le divertía tanto como a su hija la imagen de tres bicicletas del revés en medio de la calle.

–¿Un policía estatal? No, yo no he dicho eso. –En la voz del gigante sentado al volante se advertía aún un tono risueño–. No, es un policía del pueblo.

–¿En serio? ¿Y cuántos policías hay en un sitio tan pequeño como éste?

—Bueno, *había* otros dos —contestó el hombre, su sonrisa más amplia aún que antes—, pero los maté.

Volvió la cabeza y los miró a través de la rejilla. Ralph vio en su rostro, más que una sonrisa, una ancha mueca. Tenía los dientes tan grandes que semejaban púas metálicas de un arado, y abría la boca de tal modo que mostraba hasta los últimos molares. Las hileras de muelas parecían separadas por hectáreas de goma rosada.

—Ahora sólo yo represento la ley al oeste del Pecos.

Ralph lo observó boquiabierto. El policía, con la cabeza vuelta y la mueca burlona fija en los labios, aparcó limpiamente frente al ayuntamiento de Desesperación sin echar siquiera un vistazo a la acera.

—Familia Carver —dijo con tono solemne sin dejar de sonreír—, bienvenida a Desesperación.


5

Una hora más tarde el policía corría con los brazos extendidos hacia la mujer de los tejanos y la camisa azul. Sus botas resonaban en el suelo de madera, pero la sonrisa había desaparecido de su rostro, y Ralph notó que una desbordante sensación de triunfo le subía a la garganta como impulsada por un resorte. El policía avanzaba resueltamente, pero la mujer de los vaqueros —debido más a la suerte quizá que a una decisión consciente— había conseguido mantener el escritorio entre ellos, y eso iba a proporcionarle una valiosa ventaja. Ralph vio que bajaba los percutores de la escopeta que había cogido del escritorio, vio que se llevaba el arma al hombro mientras retrocedía hasta la reja de la celda del fondo de la sala, y vio que su dedo índice se enroscaba en torno a los dos gatillos.

El enorme policía atravesó la sala como una exhalación, pero no iba a servirle de nada.

Dispárele, pensó Ralph. No para salvarnos sino porque ha matado a nuestra hija. Vuélele los sesos a ese hijo de puta.

Una décima de segundo antes de que Mary apretase los gatillos el policía se arrodilló al otro lado del escritorio, agachando la cabeza como alguien dispuesto a orar. El doble estampido del arma resonó ensordecedoramente en aquel espacio cerrado. Los cañones vomitaron llamas. Ralph oyó gritar a su esposa; le pareció que era un grito de triunfo. En tal caso, había sido prematuro. El sombrero del policía salió volando por el aire, pero las descargas habían pasado por encima de su cabeza, yendo a incrustarse en la pared del fondo de la sala y en el yeso del hueco de la escalera con un sonido semejante al del aguanieve al azotar los cristales de una ventana. A la derecha de la puerta colgaba un tablón de anuncios, y Ralph vio orificios negros en los papeles allí expuestos. El sombrero había quedado reducido a jirones, unidos sólo por la fina cinta de cuero que rodeaba la copa. Los cartuchos no contenían perdigones sino postas. Si el disparo hubiese acertado al policía en el vientre lo habría partido en dos. Al darse cuenta de eso Ralph sintió aún mayor desaliento.

Entonces el policía embistió con toda su fuerza el escritorio y lo arrastró a través de la sala hacia la celda, según suponía Ralph, reservada a los borrachos; hacia la celda y hacia la mujer atrapada contra los barrotes. La silla, encajada en el hueco destinado a las piernas, se sacudía a izquierda y derecha. Las ruedas chirriaban. La mujer intentó protegerse con la escopeta, pero no llegó a tiempo. El respaldo le golpeó la pelvis y el estómago, aprisionándola contra la reja de la celda. Lanzó un alarido de dolor y sorpresa.

El policía extendió los brazos como Sansón preparándose para derribar el templo y agarró el escritorio por los lados. Pese a que la doble detonación de la escopeta le retumbaba aún en los oídos, Ralph oyó cómo se le descosían las costuras de los sobacos. El policía tiró hacia sí del escritorio.

—¡Suéltala! —ordenó—. ¡Suelta el arma, Mary!

La mujer apartó la silla de un empujón, levantó de nuevo la escopeta y volvió a amartillarla. Sollozaba de dolor y esfuerzo. Con el rabillo del ojo Ralph vio que Ellie se tapaba los oídos mientras la mujer enroscaba los dedos en torno a los gatillos, pero esta vez sólo se oyó el chasquido seco de los percutores. Ralph sintió una frustración tan amarga como la bilis que le subía a la garganta. Se había dado cuenta a simple vista de que la escopeta no era automática, y sin embargo, inexplicablemente, había albergado la esperanza de que volviese a disparar, como si Dios personalmente fuese a recargar las recámaras y realizar el milagro del Winchester.

El policía empujó el escritorio por segunda vez. De no haber sido por la silla, la mujer no habría tenido nada que temer. Pero la silla estaba allí, y le golpeó otra vez en el vientre. La mujer se dobló por la cintura y emitió un ronco sonido gutural parecido a una arcada.

—¡Suéltala, Mary! ¡Suéltala! —gritó el policía.

Ella no obedeció. Mientras él tiraba otra vez del escritorio hacia atrás (¿Por qué no se lanza sobre ella?, pensó Ralph. ¿Es que no sabe que la condenada escopeta está descargada?) y los cartuchos caían al suelo y rodaban por la sala, la mujer agarró el arma por los cañones. De inmediato se inclinó sobre el escritorio y la blandió como un bastón. El policía trató de bajar el hombro, pero la nudosa culata de nogal le golpeó en la clavícula de todos modos. Lanzó un gruñido. Ralph no supo si era un gruñido de sorpresa, dolor o simple exasperación, pero el hecho fue que arrancó un aullido de entusiasmo a David, que seguía agarrado a los barrotes de su celda, pálido y sudoroso, con un intenso brillo en los ojos. El anciano del pelo blanco se había levantado del catre y estaba junto a él.

El policía volvió a tirar del escritorio –el culatazo no había mermado perceptiblemente sus fuerzas– y lo empujó de nuevo hacia adelante, golpeando a la mujer con la silla y aprisionándola contra la reja. Otro sonido ronco salió de su garganta.

–¡Déjala! –gritó el policía, pero en esta ocasión se advirtió algo extraño en su voz, y Ralph albergó por un momento la esperanza de que el golpe realmente le hubiese dolido. Sin embargo enseguida se dio cuenta de que estaba riendo–. ¡Déjala o te haré papilla! ¡Te lo digo en serio!

La mujer de pelo moreno –Mary– volvió a levantar el arma pero esta vez sin convicción. Uno de los faldones de la camisa se le había salido de los vaqueros, y Ralph vio marcas rojas en la piel de su cintura. Sabía que si se hubiese quitado la camisa, le habría visto la silueta del respaldo grabada desde la pelvis hasta los pechos.

Mantuvo la escopeta en alto por un momento y la culata de madera tembló en el aire. Pero finalmente desistió y arrojó el arma a un lado. Cayó ruidosamente junto a la celda donde se hallaban David y el hombre del pelo blanco. David la contempló.

–No la toques, hijo –previno el hombre del pelo blanco–. Está descargada, así que déjala.

El policía lanzó un vistazo hacia ellos. Después, con una radiante sonrisa, miró a la mujer atrapada contra la reja de la celda para borrachos. Retiró el escritorio, lo rodeó y de una patada apartó la silla, que rodó con un chirrido por el suelo y chocó contra los barrotes de la celda contigua a la que ocupaban Ralph y Ellie. Apoyó un brazo en los hombros de la mujer de pelo oscuro y la miró casi con ternura. Ella le respondió con la mirada más rabiosa que Ralph había visto en su vida.

–¿Puedes andar? –preguntó el policía–. ¿Tienes algo roto?

–¿Y eso qué más da? –replicó la mujer–. Si va a matarme, acabe cuanto antes.

–¿Matarte? ¿Matarte? –La miró asombrado, con la expresión de un hombre que nunca ha matado nada mayor que una avispa–. ¡No voy a matarte, Mare! –La abrazó por un instante y echó una ojeada alrededor a sus otras víctimas–. ¡No, por Dios! Y menos ahora que las cosas empiezan a ponerse interesantes.

# III

## 1

El hombre que en otro tiempo había aparecido en las portadas de *People*, *Time* y *Premiere* (cuando se casó con la actriz que iba siempre cargada de esmeraldas), y en primera plana del *New York Times* (cuando ganó el Premio Nacional de Literatura), y en la página central desplegable de *Inside View* (cuando fue detenido por maltratar a su tercera esposa, la anterior a la actriz de las esmeraldas), tuvo que parar a orinar.

Viajaba en su moto por la interestatal 50 en dirección oeste. Se arrimó al arcén, redujo metódicamente las marchas con el pie izquierdo, que tenía ya entumecido, y se detuvo en el borde del asfalto. Era una suerte que hubiese tan poco tráfico, porque uno no podía estacionar su moto en la cuneta de una carretera de la Gran Cuenca ni siquiera si se había acostado con la actriz más famosa de Estados Unidos (aunque justo era reconocer que ella por entonces no estaba ya en su apogeo) y había sido nominado en alguna ocasión para el Premio Nobel de Literatura. Caso de intentarlo, con toda probabilidad la moto se escoraría sobre el soporte y terminaría desplomándose. Aunque a simple vista daba la impresión de que se trataba de terreno firme, eso era pura apariencia, como ocurría de hecho con las apariencias de ciertas personas que él conocía, incluida sin ir más lejos la que veía todas las mañanas al mirarse al espejo. ¿Y quién levantaba después una Harley-Davidson de trescientos cincuenta kilos, máxime teniendo ya cincuenta y seis años y estando en mala forma física?

Yo no, desde luego, pensó, contemplando la Harley Softtail de colores rojo y crema, una motocicleta de paseo ante la que cualquier purista habría vuelto la cabeza en un gesto de desdén, limitándose a escuchar en silencio el ronroneo del motor. En aquel momento, aparte de eso sólo se oía el silbido del viento tórrido y el continuo repiqueteo de la arena contra su cazadora de cuero, por la que había pagado mil doscientos dólares en Barney's de Nueva York; una cazadora cuyo único objetivo era ser fotografiada por un marica de la revista *Interview*, un marica donde los hubiese. Mejor será omitir por completo esa parte, ¿no?, pensó. Y en voz alta dijo:

–Por mí encantado.

Se quitó el casco y lo dejó en el asiento de la Harley. A continuación se frotó la cara lentamente con la mano; la tenía tan caliente como el viento y mucho más quemada. Nunca se había sentido tan cansado o tan fuera de su elemento en toda su vida.

2

La celebridad literaria, anquilosada, se adentró en el desierto con andar rígido. La larga melena gris le azotaba los hombros agitada por el viento, y los espinosos arbustos –mezcales y castillejas– le arañaban las chaparreras de piel (compradas también en Barney's). Volvió la cabeza y miró atentamente en ambas direcciones, pero no se acercaba ningún vehículo. Avistó algo aparcado junto a la carretera a unos tres kilómetros de allí –un camión o una caravana–, pero aun si había alguien dentro, difícilmente vería al gran hombre vaciar la vejiga a menos que se sirviese de unos prismáticos. Y si lo veían, ¿qué más daba? Al fin y al cabo, aquél era un truco que casi todo el mundo conocía.

Se abrió la braqueta –John Edward Marinville, el hombre que *Harper's* había definido en una ocasión como «el escritor que Norman Mailer habría deseado ser», el hombre a quien el crítico Shelby Foote había catalogado como «el único autor norteamericano vivo de la talla de Steinbeck»– y sacó su estilográfica original. Debería haber meado como un caballo de carreras, pero durante casi un minuto nada ocurrió; permaneció allí inmóvil con la polla seca en la mano.

Por fin brotó un arco de orina y regó un mezcal cuyas hojas duras y polvorientas adquirieron un tono verde más oscuro y reluciente.

–¡Alabado sea Dios! ¡Gracias, Señor! –bramó, remedando la voz trémula y fluctuante de Jimmy Swaggart. En las fiestas su imitación del conocido evangelista siempre tenía un gran éxito; en una ocasión Tom Wolfe se echó a reír de tal modo que Johnny temió que fuese a darle un ataque–. ¡Agua en el desierto, he ahí un auténtico milagro! ¡Hola Julia! –clamó. A veces pensaba que esa versión suya del «aleluya», y no su insaciable apetito de alcohol, drogas y mujeres más jóvenes, había sido la verdadera causa de que la famosa actriz lo empujase a la piscina de un hotel de Bel-Air durante una rueda de prensa a la que asistió bebido... y luego se marchase con sus esmeraldas a otra parte.

Si bien aquel incidente no había marcado el principio de su decadencia, sí había sido el punto en que esa decadencia reclamó su atención de manera ineludible: empezaba a resultar demasiado obvio que no se trataba simplemente de un mal día o un mal año sino, por así decirlo, de una mala *vida*. Su fotografía al salir de la piscina con el traje empapado y una ebria sonrisa en el rostro apareció en la sección Hazañas Dudosas del *Esquire*, y después de eso se convirtió en blanco habitual de *Spy*, la revista donde por lo visto sucumbían definitivamente las reputaciones otrora intachables.

Por lo menos aquella tarde, mientras orinaba en el desierto cara al norte con su alargada sombra a la derecha, esos recuerdos no resultaban tan dolorosos como en otros lugares. Como en Nueva York, por ejemplo, donde últimamente todo era doloroso. Por alguna razón, allí en el desierto la «volátil reputación», como Shakespeare la definía, no sólo parecía menos frágil sino también más intrascendente. Y eso era de agradecer cuando uno había degenerado en una especie de Elvis Presley literario: entrado en años, con exceso de peso, y todavía en la fiesta cuando debería haberse ya retirado hacía rato.

Separó más las piernas, se inclinó ligeramente por la cintura, y se soltó el pene para masajearse los riñones. Le habían asegurado que eso contribuía a prolongar unos instantes el flujo de orina, y Johnny tenía la impresión de que efectivamente así era, pero suponía que debería parar de nuevo a vaciar la vejiga antes de llegar a Austin, que sería su siguiente alto en el camino a California. Evidentemente su próstata no era ya lo que había sido. Cuando pensaba en ella últimamente (que era bastante a menudo), se la imaginaba como una masa tumefacta y agrietada semejante a un enorme cerebro mantenido con vida mediante radiaciones que había visto en una película de terror de los años cincuenta. Era consciente de que debía ir al médico, y no sólo por la próstata, sino para un reconocimiento exhaustivo de los pies a la cabeza. Claro que debía ir al médico pero, bueno, tampoco era que orinase sangre, y además...

En fin, ¿por qué no admitirlo? Y además tenía miedo. Sus problemas no se reducían al hecho de que su reputación literaria se le hubiese escurrido entre los dedos en los últimos cinco años, y abandonar las pastillas y el alcohol no había representado ni remotamente la mejoría que él esperaba. En cierto modo la abstinencia había empeorado la situación. El inconveniente de estar sobrio, había descubierto Johnny, era que uno *recordaba* todo aquello que temía. Le asustaba que un médico hallase algo más que una próstata del tamaño del cerebro del planeta Arous al meter el dedo en las regiones inferiores de la celebridad literaria; le asustaba que el médico encontrase una próstata tan negra como una ciruela pasada y tan cancerosa como... como la de Frank Zappa. E incluso si el cáncer no estaba allí al acecho, bien podía estar en otra parte.

En los pulmones, quizá, ¿por qué no? Había fumado dos paquetes diarios de Camel durante veinte años, y tres paquetes de Camel *light* durante otros diez, como si fumar Camel *light* pudiese de algún modo remediar sus excesos anteriores: limpiarle los bronquios, arreglarle la tráquea, purificar sus enlodazados alveolos. Tonterías. En esos momentos hacía ya diez años que había dejado el tabaco, tanto el *light* como el otro, pero todavía resollaba como un viejo caballo de tiro hasta por lo menos el mediodía, y a veces despertaba en plena noche a causa de un ataque de tos.

O en el estómago. Sí, ¿por qué no ahí? Suave, rosa, confiado, el lugar idóneo para un desastre. Se había criado en una familia de voraces devoradores de carne en la que «medio hecho» significaba que el cocinero le había echado el aliento al bistec, y la noción de «muy hecho» era desconocida. Le encantaban las salsas picantes y las guindillas. No tenía la menor fe en la fruta o la ensalada salvo como remedios contra un estreñimiento agudo. Había comido así durante toda su puñetera vida, comía aún así, y probablemente seguiría comiendo así hasta que lo arrojasen a una cama de hospital y empezasen a alimentarlo debidamente a través de un tubo de plástico.

¿Y en el cerebro? Era posible. Muy posible. Un tumor, o quizá (y ésta era una perspectiva especialmente halagüeña) un caso prematuro de Alzheimer.

¿O en el páncreas? Bueno, eso al menos tenía una ventaja: era rápido. Servicio urgente, sin demora.

¿Un ataque al corazón? ¿Una cirrosis? ¿Una embolia?

Todo parecía tan probable... tan lógico...

En muchas entrevistas se había definido como un hombre indignado con la muerte, pero ésa era una más de las muchas baladronadas con que había adornado sus declaraciones a lo largo de toda su carrera. Lo aterrorizaba la muerte, ésa era la única verdad, y como resultado de una vida entera dedicada a aguzar la imaginación, la veía venir de cuatro docenas de direcciones distintas por lo menos... y de noche, cuando no conseguía conciliar el sueño, estaba capacitado para verla venir de cuatro docenas de direcciones distintas *simultáneamente*. Negarse a visitar a un médico, a someterse a un reconocimiento y dejarles echar un vistazo bajo el capó, no impediría a esas enfermedades acercarse o cebarse en él si ya habían iniciado su curso; pero por lo menos si se mantenía alejado de los médicos y sus diabólicas máquinas, *no se enteraría*. Uno no tenía que enfrentarse con el monstruo escondido bajo la cama o agazapado en un rincón si no encendía las luces del dormitorio, ésa era la idea. Y lo que al parecer ningún médico entendía era que, para hombres como Johnny Marinville, el temor resultaba a veces preferible a la certidumbre. Sobre todo si uno ya había puesto el felpudo con el mensaje de bienvenida a todas las enfermedades existentes.

Incluido el sida, pensó, aún con la mirada fija en el desierto. Había actuado con precaución –y en todo caso sus relaciones sexuales se habían reducido drásticamente, ésa era la triste realidad–, y le constaba que en los últimos ocho meses había actuado con precaución, porque las amnesias pasajeras habían desaparecido al abandonar la bebida. Pero durante el año anterior a esos meses en cuatro o cinco ocasiones había despertado por la mañana junto al cuerpo anónimo de una mujer sin recordar nada de lo ocurrido. En cada una de esas ocasiones se había levantado inmediatamente y había ido a echar un vistazo al inodoro. Una vez encontró allí un condón flotando en el agua, así que probablemente no existía riesgo. Pero el resto de las veces, nada de nada. Naturalmente él o su amiga (su «nueva conquista», en el lenguaje de la prensa del corazón) podían haber tirado de la cadena durante la noche, pero ahí quedaba la duda. Duda que jamás disiparía a causa de sus amnesias pasajeras. Y el sida...

–Esa mierda se mete en el cuerpo y *espera* –dijo en voz alta, y entornó los ojos cuando una ráfaga de viento de especial virulencia arrojó una lluvia de polvo alcalino contra sus mejillas, su cuello y su miembro colgante. Este último no realizaba ya ninguna actividad de provecho desde hacía al menos un minuto.

Johnny se lo sacudió enérgicamente y se lo guardó en los calzoncillos.

–Hermanos –dijo a los montes lejanos y trémulos, imitando la voz del predicador con la mayor seriedad–, ya en la Epístola a los Efesios, capítulo tres, versículo nueve, se nos advierte que por más que brinquemos y dancemos, al final el pantalón nos mojaremos. Así está escrito y así...

Estaba dándose media vuelta, subiéndose la cremallera y hablando básicamente para ahuyentar a sus fantasmas (que en los últimos tiempos parecían congregarse como buitres), cuando de pronto se quedó mudo e inmóvil.

Detrás de la moto se había detenido un coche patrulla, y sus luces azules giraban lentamente bajo el abrasador sol del desierto.

## 3

Fue su primera esposa quien sugirió a Johnny Marinville lo que podía ser su última oportunidad.

No su última oportunidad de publicar su obra; no, eso no, desde luego. Seguiría publicando en tanto fuese capaz de, primero, plasmar sus ideas en un papel y, segundo, enviárselas a su agente. En cuanto uno era aceptado como genuina celebridad literaria, siempre había alguien dispuesto a continuar publicando su obra aun cuando degenerase en una parodia de sí misma o en pura palabrería. Johnny pensaba a veces que uno de los aspectos más siniestros del estamento literario norteamericano era el modo en que lo dejaba a uno balanceándose en el aire, asfixiándose lentamente, mientras los demás se divertían en sus ridículas fiestas, felicitándose por la gentileza que mostraban a la vieja gloria cuyo nombre ni siquiera recordaban.

No, la sugerencia de Terry no representaría su última oportunidad de publicar, pero sí quizá de escribir algo realmente valioso, algo que lo convirtiese de nuevo en el centro de atención por sus méritos y no por sus escándalos. Algo, además, que se vendería como el agua... y el dinero no le vendría nada mal, de eso no existía la menor duda.

Y para colmo Terry probablemente ni sospechaba el valor de su sugerencia, lo cual significaba que Johnny no tendría que compartir con ella los beneficios, en caso de que los hubiera. No tendría siquiera que mencionarla en la página de agradecimientos si no lo deseaba, pero supuso que sí la mencionaría. Permanecer sobrio era una experiencia aterradora en muchos sentidos, pero ayudaba a recordar las responsabilidades.

Johnny se había casado con Terry a la edad de veinticinco años. Ella contaba entonces veintiuno y era alumna de tercero en el Vassar College, pero no terminó sus estudios. Estuvieron casados casi veinte años, y ella le dio tres hijos, todos adultos en la actualidad. Uno de ellos, Bronwyn, todavía le dirigía la palabra a Johnny. Y en cuanto a los otros dos, si algún día cambiaban de actitud, no sería él quien les diese la espalda. No era rencoroso por naturaleza.

Terry parecía saberlo. Después de cinco años durante los cuales sólo se habían comunicado a través de abogados, habían iniciado un cauto diálogo, unas veces por carta y otras, las más, por teléfono. Al principio estos contactos habían sido un mero tanteo, pues ambos recelaban aún de la minas enterradas en la derruida ciudad de sus afectos, pero con el paso del tiempo adquirieron mayor regularidad. Terry seguía las andanzas de su famoso ex marido con una estoica y condescendiente curiosidad que Johnny por alguna razón encontraba desalentadora; no era, en su opinión, la actitud que una ex esposa debía adoptar ante un hombre que se había convertido en uno de los autores más estudiados de su generación. Pero por otra parte le hablaba con una sincera cordialidad que para él tenía efectos balsámicos, como una mano fría sobre una frente afiebrada.

Sus contactos eran más frecuentes desde que Johnny había dejado la bebida (pero siempre todavía por teléfono o carta; ambos sabían tácitamente que un encuentro cara a cara podía someter a una tensión excesiva el frágil vínculo que habían forjado), pero en cierto modo estas conversaciones en estado sobrio entrañaban mayor peligro, y si bien nunca llegaban al enfrentamiento, esa posibilidad parecía flotar siempre en el aire. Terry quería que volviese a las reuniones de Alcohólicos Anónimos, y había afirmado sin rodeos que si no lo hacía, tarde o temprano sucumbiría de nuevo. Y al alcohol seguirían las drogas, le había advertido Terry, tan seguro como que tras el día venía la noche.

Johnny había contestado que no tenía la intención de pasarse el resto de su vida sentado en el sótano de una iglesia con un hatajo de borrachos que se limitaban a disertar sobre lo maravilloso que era poseer una fuerza mayor que uno mismo, antes de volver a montarse en sus viejos coches y regresar a sus casas, donde por lo general nadie los esperaba, para dar de comer a sus gatos.

–En su mayoría la gente de Alcohólicos Anónimos está demasiado destrozada para darse cuenta de que ha entregado su vida a un ideal vacío y fallido –adujo Johnny–. Yo he estado allí, y te puedo asegurar que es tal como te lo cuento. Y si mi palabra no te sirve, toma como referencia a John Cheever. Escribió algunas páginas memorables sobre el tema.

–Ahora John Cheever no tiene ya ocasión de escribir nada –replicó Terry–. Y creo que también tú sabes por qué.

Sin duda Terry podía llegar a ser irritante.

Hacía tres meses que le había sugerido la brillante idea, dejándola caer de manera casual en una conversación en que habían hablado de las recientes actividades de sus hijos, de ella y, naturalmente, de él. Johnny, por su parte, llevaba desde principios de año atascado en las primeras doscientas páginas de una novela histórica sobre Jay Gould. Finalmente las había visto como lo que eran –un vulgar refrito de Gore Vidal– y las había destruido. O mejor dicho, las había *asado*. En un arranque había cogido los disquetes que contenían la novela y los había dejado en el horno microondas a potencia máxima durante diez minutos. Un hedor insoportable había inundado toda la casa, y de hecho tuvo que comprar otro microondas.

Al principio había decidido mantener en secreto el incidente, pero a la hora de la verdad fue incapaz de contenerse y se lo contó a Terry. Cuando terminó, se sentó en la silla de su estudio con los ojos cerrados y el auricular pegado a la oreja, esperando a que ella le dijese que no debía molestarse en volver a las reuniones de Alcohólicos Anónimos, porque lo que necesitaba era un buen psiquiatra, y con carácter de urgencia.

Sin embargo dijo que debería haber metido los disquetes en una fuente y utilizado el horno de gas. Johnny sabía que bromeaba, y que la broma, al menos en parte, corría a costa suya; así y todo, la naturalidad con que aceptaba su manera de ser y de comportarse siguió pareciéndole una mano fría sobre una frente afiebrada. No obtenía de ella aprobación, pero tampoco era eso lo que buscaba.

–La cocina nunca ha sido tu fuerte, desde luego –añadió Terry, y ante su tono flemático Johnny no pudo evitar reír a carcajadas–. ¿Y ahora qué vas a hacer, Johnny? ¿Has pensado ya en algo?

–No.

–Deberías centrarte en la no ficción. Renuncia por un tiempo a la idea de escribir una novela.

–Eso es una tontería, Terry. Soy incapaz de escribir no ficción, y tú lo sabes.

–Estás muy equivocado –repuso Terry, hablando en un cortante tono de amonestación que ya nadie más empleaba con él, y menos su agente. Por lo visto, cuanto más vacilaba y se debatía Johnny, más untuoso se volvía Bill Harris–. Durante nuestros dos primeros años de matrimonio escribiste al menos una docena de crónicas. Y además las publicaste y te pagaron bien. *Life, Harper's* e incluso un par en *The New Yorker*. No me extraña que lo hayas olvidado; era yo quien hacía la compra y se ocupaba de las facturas. A mí me encantaban.

–¡Ah! Las llamadas Crónicas del Corazón de América. Sí. No las había olvidado, Terry; simplemente prefiero no recordarlas. Sirvieron para pagar el alquiler cuando se terminó la pasta de la Fundación Guggenheim, y poco más. Ni siquiera se han publicado recopiladas.

–Tú no consentirías que se recopilasen –replicó Terry–. No se corresponden con tu elevado concepto de inmoralidad.

Johnny encajó el comentario en silencio. A veces le molestaba la extraordinaria memoria de Terry. Ella nunca había conseguido escribir algo que mereciese la pena; los textos que redactaba para el seminario de narrativa cuando Johnny la conoció eran espantosos, y jamás había publicado nada más complejo que una carta al director de algún diario. Sin embargo, poseía una capacidad fuera de lo común para almacenar información. Eso no podía negarse.

–¿Sigues ahí, Johnny?

–Sí.

–Cuando digo algo que no te gusta siempre me doy cuenta, porque sólo entonces te quedas callado. Te pones muy pensativo.

–Bueno, pero como ves, sigo aquí –dijo Johnny con firmeza, y guardó de nuevo silencio, confiando en que Terry cambiase de tema. Naturalmente, no lo hizo.

–Escribiste tres o cuatro crónicas por encargo de alguien, no recuerdo quién...

Milagro, pensó Johnny; no recuerda quién.

–Y estoy segura de que el asunto no hubiese pasado de ahí de no ser porque te llegaron encargos de otras revistas. A mí no me sorprendió en absoluto. Aquellas crónicas eran *excelentes.*

Johnny continuó en silencio, pero esta vez no como demostración de desinterés o desaprobación sino porque intentaba recordar si realmente aquellos trabajos tenían algún mérito. En esas cuestiones Terry no era plenamente fiable, pero tampoco podían desestimarse sus juicios sin más ni más. Como escritora de narrativa pertenecía a la escuela del «Vi un pájaro al amanecer y mi corazón se estremeció», pero en su faceta de crítica se había revelado dura como el acero y dotada de una misteriosa clarividencia, casi telepática. Una de las cosas que le había atraído de ella (aunque suponía que también había contribuido el hecho de que por aquel entonces tuviese los mejores pechos de América) era la dicotomía entre lo que deseaba hacer –escribir narrativa– y lo que era *capaz* de hacer: escribir críticas que cortaban como el diamante.

En cuanto a las Crónicas del Corazón de América, Johnny sólo recordaba ya claramente una titulada «Muerte en el segundo turno». Trataba de dos obreros de una fábrica siderúrgica de Pittsburgh, padre e hijo. El padre había muerto de un ataque cardíaco en los brazos de su hijo durante el tercero de los cuatro días que Johnny Marinville pasó en la fábrica recabando información. Su propósito inicial apuntaba a un aspecto distinto del trabajo fabril, pero a raíz de aquel suceso modificó radicalmente su planteamiento. El resultado fue un reportaje de una sensiblería lamentable –a pesar de que el texto era verídico de principio a fin–, pero alcanzó gran popularidad. El hombre que se lo había encargado para la revista *Life* le envió una nota seis semanas más tarde comunicándole que en la historia de la revista sólo otros tres artículos habían generado un volumen de cartas superior.

Otras crónicas acudieron a su memoria, los títulos básicamente, cosas como «Alimentar las llamas» y «Un beso en Saranac Lake». Unos títulos abominables, sin duda, pero... *el cuarto en volumen de cartas.*

¿Dónde debían de estar esas crónicas? ¿Entre el material de la Colección Marinville de Fordham? Quizá. Podían hallarse incluso en la buhardilla del *bungalow* de Connecticut. No le habría importado echarles un vistazo. Tal vez hasta era posible actualizarlos... o... o...

Algo empezó a roerle en el fondo del cerebro.

–¿Aún tienes la moto, Johnny? –preguntó Terry.

–¿Cómo? –Apenas la había oído.

–¿La moto? ¿La Harley?

–Sí, claro –respondió Johnny–. La tengo en el garaje de Westport donde antes guardábamos los coches.

–¿El de Gibby?

–Sí, el de Gibby. Ahora ha cambiado de dueño pero, sí, era el de Gibby.

Su memoria voló a un recuerdo de nítida textura: él y Terry completamente vestidos y magreándose como desesperados tras aquel garaje una tarde de... en fin, de hacía muchos años. Terry llevaba unos ceñidos pantalones cortos de color azul. Probablemente no eran del agrado de su madre, pero para él Terry con aquellos saldos parecía la reina de occidente. Tenía un culo aceptable, pero sus piernas... Dios, aquellas piernas no sólo le llegaban hasta el cuello sino hasta la estrella Arturo y mucho más allá. Pero ¿cómo habían ido a parar allí, en medio de neumáticos desechados y piezas de motor oxidadas, hundidos hasta la cintura entre los girasoles? Johnny no lo recordaba, pero sí recordaba la exquisita curva de su pecho en la palma de la mano, y cómo tiró de las trabillas de su pantalón cuando él gimió contra su cuello para que se estregase contra su vientre liso.

Se llevó una mano a la entrepierna y no se sorprendió por lo que encontró allí. El monstruo había cobrado vida.

–... algunos nuevos, o incluso un libro –proseguía Terry.

Johnny apoyó la mano firmemente en el brazo de la silla.

—¿Eh? ¿Cómo?

—¿Te estás quedando sordo además de senil?

—No. Recordaba una vez que estábamos los dos juntos detrás del garaje de Gibby. Dándonos el lote.

—¡Ah! Entre los girasoles, ¿verdad?

—Sí.

Se produjo una larga pausa en la que quizá ella pensó en hacer algún otro comentario acerca de ese inciso. Johnny casi lo deseaba. Sin embargo, Terry volvió sobre el tema anterior.

—Decía que tal vez deberías atravesar el país en moto antes de que estés demasiado viejo para manejar el pedal de velocidades, o caigas de nuevo en la bebida y te estrelles en las Black Hills.

—¿Estás loca? No he montado en ese artefacto desde hace tres años, Terry, y no tengo intención de volver a montarme. Me falla la vista...

—Pues ve a graduarte las gafas.

—... y he perdido reflejos. John Cheever quizá muriese a causa del alcoholismo o quizá no, pero John Gardner sin duda se mató con una moto. Tuvo un altercado con un árbol, y salió perdiendo. Ocurrió en una carretera de Pensilvania. Yo mismo he pasado por allí.

Terry no lo escuchaba. Era una de las pocas personas en el mundo capaces de abstraerse en sus pensamientos y no hacerle el menor caso. Johnny suponía que ésa era otra de las razones de su divorcio. Él necesitaba que le hiciesen caso, en especial las mujeres.

—Podrías atravesar el país en la moto y reunir material para una nueva colección de crónicas —continuó Terry. Parecía ilusionada y a la vez divertida con la idea—. Si incluyeses las mejores de la etapa anterior, como Primera Parte por ejemplo, saldría un libro de buen tamaño. *El corazón de América, 1966-1996*, crónicas escritas por John Edward Marinville. —Ahogó una risa—. ¿Quién sabe? Quizá incluso conseguirías otra crítica favorable de Shelby Foote. Era de la que más orgulloso estabas, ¿no? –Se interrumpió en espera de su respuesta, y como no la hubo le preguntó si seguía al teléfono, primero por pura comprobación, luego un tanto preocupada.

–Sí, sigo aquí –contestó Johnny. De pronto se alegró de haberse sentado–. Bueno, Terry, tengo que dejarte. Me están esperando.

–¿Alguna nueva novia?

–El pedicuro –contestó por decir algo. En realidad estaba pensando en Shelby Foote. Para él ese nombre era como el último número de la combinación de una caja fuerte. Un chasquido, y la puerta se abría.

–Bueno, cuídate –dijo Terry–. Y de verdad, Johnny, plantéate volver a Alcohólicos Anónimos. ¿Qué mal puede hacer?

–Ninguno, supongo –respondió Johnny, pensando en Shelby Foote, que en una ocasión había dicho de él que era el único autor norteamericano vivo de la talla de John Steinbeck. Terry tenía razón: de todos los elogios que había recibido, ése era el que recordaba con más orgullo.

–Exacto, ninguno –dijo Terry. Tras un instante de silencio, añadió–: Johnny, ¿estás bien? Porque te noto distante.

–Perfectamente. Saluda a los chicos de mi parte.

–Siempre lo hago. Por lo general contestan con lo que mi madre llamaba «palabras gruesas», pero siempre les doy recuerdos de tu parte. Adiós.

Johnny colgó el auricular sin mirar el teléfono, y cuando éste se cayó al suelo del borde del escritorio, tampoco prestó atención. John Steinbeck había recorrido el país en una vieja furgoneta acompañado de su perro. Johnny apenas había usado la Harley-Davidson Softail de 1.340 centímetros cúbicos que tenía guardada en Connecticut. Pero no *El corazón de América.* En eso Terry no había acertado, y no sólo porque existiese ya una película de Jeff Bridges con ese título. *El corazón de América* no, pero...

–*Viajes en Harley* –murmuró.

Era un título ridículo, un título *cómico*, como el de una parodia de la revista *Mad*... pero ¿acaso sonaba mucho peor que «Muerte en el segundo turno» o «Alimentar las llamas»? A él le parecía que no, y tenía la impresión de que el título cuajaría, que trascendería su futilidad original. Siempre había confiado en sus intuiciones, y hacía años que no tenía una tan sólida como aquélla. Podía atravesar el país desde el Atlántico hasta el Pacífico, desde Connecticut hasta California. Un libro de no ficción que podía rehabilitar su imagen ante los críticos, un libro que podía situarle de nuevo en los primeros puestos de las listas de ventas si... si...

–Si era generoso –dijo. El corazón le latía con fuerza en el pecho, pero por una vez esa sensación no lo amedrentó–. Generoso como *Blue Highways*. Generoso como... bueno, como Steinbeck.

Sentado en su estudio con el teléfono zumbando a sus pies, Johnny Marinville vislumbró nada menos que la posibilidad de redención. Una vía de escape.

Recogió el teléfono y marcó el número de su agente. Sus dedos volaron sobre los botones.

–Bill, soy Johnny. Estaba aquí sentado, pensando sobre unas crónicas que escribí en mi juventud, y se me ha ocurrido una idea extraordinaria. De entrada te sonará absurda, pero déjame que te explique...

4

Mientras Johnny descendía por el terraplén de arena hacia la carretera, intentando no jadear demasiado, vio que el tipo que se hallaba tras la Harley anotando el número de matrícula era un policía descomunal, una verdadera mole: medía un metro noventa y cinco por lo menos y sin duda no bajaba de ciento veinte kilos.

–Buenas tardes, agente –saludó Johnny. Se miró la braqueta y vio una pequeña mancha oscura en la tela de sus Levi´s. *Por más que brinquemos y dancemos...* pensó.

–¿No sabe usted que está prohibido aparcar cualquier clase de vehículo en una carretera? –preguntó el policía sin levantar la vista.

–No, pero dudo mucho...

«... que represente un gran problema en una carretera tan poco transitada como la interestatal 50», pretendía añadir, y con el tono arrogante que empleaba siempre con el servicio y los subordinados, pero entonces vio algo que le hizo cambiar de idea. El policía tenía la manga y el puño derechos de la camisa manchados de sangre parduzca aún húmeda. Probablemente acababa de retirar de la carretera un animal muerto, algo grande –un alce o un venado quizá–, atropellado por un camión a toda velocidad. Eso explicaría tanto la sangre como el mal humor. La camisa había quedado inservible; era imposible limpiar semejante cantidad de sangre.

–¿Decía? –preguntó el policía con aspereza. Ya había anotado el número de matrícula pero seguía observando la moto con el entrecejo fruncido y la boca reducida a una inexpresiva línea recta. Era como si no quisiese mirar al dueño de la moto, como si supiese que mirándolo su ánimo empeoraría más aún.

–No, nada, agente –contestó Johnny con tono neutro, no sumiso pero tampoco arrogante. No deseaba encolerizar a aquel individuo gigantesco cuando era obvio que tenía un mal día.

Sin levantar la vista, con el bloc firmemente agarrado en una mano y su severa mirada fija en las luces traseras de la Harley, el policía dijo:

—También está prohibido orinar en lugares visibles desde una carretera. ¿Eso tampoco lo sabía?

—No, lo lamento —respondió Johnny. Sintió en el pecho el desbordante impulso de echarse a reír pero se contuvo.

—Pues así es. —Levantó por fin la vista y miró a Johnny—. Bueno, por esta vez lo dejaremos en una advertencia... —se interrumpió y retrocedió un paso, con los ojos tan abiertos como un niño al empezar a desfilar el circo en medio de un torbellino de payasos y trombones.

Johnny conocía esa mirada, aunque jamás hubiese esperado verla allí, en el desierto de Nevada, y menos aún en el rostro de un enorme policía de rasgos escandinavos con el aspecto de un hombre cuyos gustos literarios oscilasen entre el *Playboy* y las revistas de armas.

Un admirador, pensó. Aquí, en este rincón perdido entre Ely y Austin, acabo de encontrarme a un condenado admirador.

Se lo contaría a Steve Ames apenas se reuniesen esa noche en Austin. O quizá lo llamase por el teléfono móvil esa misma tarde, en el supuesto, claro, de que allí los teléfonos móviles tuviesen cobertura, cosa poco probable. El suyo tenía la batería cargada —lo había dejado en el recargador toda la noche—, pero en realidad no había hablado con Steve por el maldito aparato desde que salieron de Salt Lake City. De hecho no le entusiasmaban los teléfonos móviles. No creía que causasen cáncer, eso probablemente eran bulos de la prensa sensacionalista para asustar a la gente, pero...

—¡Qué veo! —murmuró el policía. Se llevó a la mejilla la mano derecha, la que asomaba en el extremo de la manga ensangrentada, y por un momento pareció un humorista parodiando a un linier de fútbol—. *¡Qué* veo!

—¿Qué ocurre, agente? —preguntó Johnny. No pudo reprimir una sonrisa. Una cosa no había cambiado con los años: le encantaba ser reconocido, le producía verdadero placer.

—¡Es usted... John-Edward-Marinville! —exclamó, juntando las palabras igual que si formasen un único nombre, como Pelé o Cantinflas. Una sonrisa apareció en sus labios, y Johnny pensó: ¡Oh, señor policía, qué dientes tan grandes tiene!—. Lo es, ¿verdad? ¡El autor de *Placer*! ¡Y de *La canción del martillo*, cómo no! ¡Estoy delante del autor de *La canción del martillo*! —Y a continuación hizo algo que Johnny encontró realmente entrañable: alargó el brazo y le tocó la manga de la cazadora como para comprobar que él era de carne y hueso—. ¡No puedo creeerlo!

—Pues sí, soy Johnny Marinville —dijo con la modestia que reservaba para aquellas ocasiones (y *sólo* para aquellas ocasiones)—. Pero admito que nunca me había reconocido nadie que acabase de verme orinar a un lado de la carretera.

—Ah, olvídese de eso —repuso el policía, y le estrechó la mano.

Un segundo antes de que los dedos del policía se cerrasen en torno a los suyos Johnny advirtió también en su mano restos de sangre medio seca; las líneas de la vida y del amor se dibujaban nítidamente en aquella palma teñida de un color granate semejante al de un hígado. Johnny procuró mantener la sonrisa, y tuvo la impresión de que lo conseguía pese a que las comisuras de sus labios de pronto parecían pesar más. Me está manchando a mí también, pensó, y no encontraré dónde lavarme las manos antes de llegar a Austin.

—Es usted uno de mis escritores preferidos —afirmó—. Lo digo en serio. ¡Dios, *La canción del martillo*...! Ya sé que no gustó a los críticos, pero ¿qué sabrán ellos?

—Poca cosa —convino Johnny. Deseó que el policía le soltase de una vez, pero por lo visto era de esas personas que recurren al apretón de manos no sólo como saludo sino también como manifestación de énfasis. Johnny percibía la fuerza latente en la mano del policía; si apretaba un poco más, su escritor preferido tendría que teclear su nuevo libro con la mano izquierda al menos durante un par de meses.

—Poca cosa, y que lo diga. *La canción del martillo* es el mejor libro sobre la guerra de Vietnam que he leído. Le da cien vueltas a Tim O'Brien, Robert Stone...

—Bueno, gracias, muchas gracias.

El policía le soltó por fin la mano, y Johnny la retiró. Habría deseado mirársela y comprobar si le había quedado muy manchada de sangre, pero no era el momento. El policía se guardó el bloc en el bolsillo trasero del pantalón y miró a Johnny con una intensidad inquietante, como temiendo que fuera a esfumarse igual que un espejismo si parpadeaba una sola vez.

—¿Y qué hace por aquí, señor Marinville? Creía que vivía en el Este.

—Sí, así es, pero...

—Y éste no es el medio de transporte adecuado para un... un... sí, para un *recurso nacional*, ¿por qué no decirlo? ¿Sabe cuál es la proporción de accidentes por número de motoristas? ¿Calculada a partir del número de horas en carretera? Yo lo sé porque soy un lobo y todos los meses recibo una circular del Consejo Nacional de Seguridad Vial. Pues es de un accidente diario por cada cuatrocientos sesenta motoristas. Así a secas no parece una cifra alarmante, ¿verdad? Pero la cosa cambia si la comparamos con la proporción de accidentes por número de conductores de automóvil, que es de uno diario por cada veintisiete mil. Hay una diferencia notable. Es como para pararse a pensar, ¿no?

—Sí —respondió Johnny, pensando: ¿Ha dicho que es un lobo? ¿He oído bien?—. Esas estadísticas son francamente... francamente... —Francamente *¿qué?*, se dijo

Johnny. Vamos, Marinville, despierta. Si puedes pasar una hora con una bruja hostil de la revista *Ms.* y no tomarte después una copa, seguramente podrás lidiar con este fulano. Al fin y al cabo, sólo pretende demostrar interés por tu integridad física. Por fin añadió–: Son francamente impresionantes.

–Así pues, ¿qué hace por aquí? ¿Y en un medio de transporte tan inseguro?

–Estoy reuniendo material. –A Johnny se le fue la vista por un instante a la manga ensangrentada del policía, y tuvo que obligarse a fijar la mirada en su rostro quemado por el sol. Dudaba que alguna vez hubiese tenido problemas para reducir a sus detenidos; parecía capaz de comer clavos y escupir hojas de afeitar ensartadas en un cordel, pero desde luego no poseía la piel más indicada para aquel clima.

–¿Para una nueva novela? –quiso saber el policía, visiblemente entusiasmado.

Johnny buscó en su pecho una placa de identificación, pero no la había.

–No para una novela, pero sí para un nuevo libro –aclaró Johnny–. ¿Me permite que le haga una pregunta, agente?

–Claro, cómo no, pero debería ser yo quien hiciese las preguntas; se me ocurren centenares de cosas que preguntarle. Nunca habría imaginado que aquí, en este rincón perdido, me encontraría... ¡No puedo creerlo!

Johnny sonrió. Hacía un calor de mil demonios y quería volver a ponerse en marcha antes de que Steve lo alcanzase. No resistía ver su enorme camión amarillo cada vez que miraba por el retrovisor; por alguna razón rompía el encanto del viaje. Pero era difícil no rendirse al ingenuo entusiasmo de aquel hombre, sobre todo considerando que estaba motivado por un tema que a él mismo le inspiraba respeto y admiración.

–Verá, como resulta obvio que conoce mi obra, me

gustaría saber qué le parecería un libro de crónicas acerca de la vida en la América contemporánea.

–¿Escrito por usted?

–Sí, por mí. Sería una especie de libro de viajes y se titularía... –Johnny respiró hondo– *Viajes en Harley*.

Esperaba que el policía lo mirase con expresión de perplejidad, o que soltase una carcajada como cuando uno oye el desenlace de un chiste. Sin embargo no hizo ni lo uno ni lo otro. Se limitó a contemplar las luces posteriores de la moto con una mano en el mentón (era el mentón de un héroe de cómic, anguloso y hendido en el centro), la frente arrugada y rostro pensativo. Johnny aprovechó la ocasión para echarse un furtivo vistazo a la mano. La tenía manchada de sangre, naturalmente, muy manchada. Sobre todo en el dorso y las uñas. No pudo reprimir una sensación de repugnancia.

Por fin el policía levantó la vista y le sorprendió diciendo exactamente lo que él venía pensando durante los últimos dos días de monótono viaje por el desierto.

–Podría tener buena acogida, pero en la portada deberían poner una foto de usted montado en su máquina. Una foto seria, para que la gente no creyese que estaba parodiando a John Steinbeck... o incluso parodiándose a sí mismo.

–¡Exacto! –exclamó Johnny, logrando a duras penas contener el impulso de darle una palmada en la ancha espalda–. He ahí el gran peligro, que la gente pensase que era una especie de... de broma de mal gusto. La portada debería transmitir una idea de seriedad, quizá incluso cierta austeridad... ¿Y poner sólo la moto? ¿Una fotografía de la moto, quizá en tonos sepia? Plantada en medio de una carretera rural... o incluso aquí en el desierto, en la línea divisoria de la interestatal 50... con la sombra proyectándose a un lado. –No se le escapaba lo absurdo de aquella conversación en medio del desierto con un descomunal policía que minutos antes se disponía a amonestarlo por mear entre los rastrojos, pero eso no disminuía su entusiasmo.

Y de nuevo el policía dijo exactamente lo que Johnny deseaba oír.

—¡No, por Dios, no! Tiene que aparecer usted.

—Yo también lo creo, en realidad —admitió Johnny—. Montado en la moto... quizá con el soporte bajado y los pies en los estribos... con naturalidad, ¿entiende?... con naturalidad pero...

—Pero con *autenticidad* —apuntó el policía. Miró a Johnny por un momento, y luego sus inquietantes ojos grises volvieron a posarse en la moto—. Con naturalidad pero también con autenticidad. Y nada de sonrisas. No se le ocurra sonreír, señor Marinville.

—Nada de sonrisas —coincidió Johnny, pensando: Este tipo es un genio.

—Y con un aire un poco distante —añadió el policía—. Con la mirada perdida a lo lejos. Como si estuviese pensando en los kilómetros que ha recorrido...

—Sí, y en los kilómetros que aún quedan por recorrer. —Johnny contempló el horizonte, ensayando ya esa mirada (el viejo guerrero con la vista fija en poniente), y de nuevo vio el vehículo estacionado junto a la carretera a un par de kilómetros. De lejos veía aún relativamente bien, y ahora que el sol se había desplazado y su resplandor ya no lo deslumbraba, advirtió que era una caravana. A continuación puntualizó—: Kilómetros literales y metafóricos.

—Sí, literales y metafóricos —repitió el sorprendente policía—. *Viajes en Harley*. Me gusta. Tiene garra. Aunque, claro está, yo leería *cualquier* cosa que usted escribiese, señor Marinville: novelas, crónicas, poemas... ¡Demonios, hasta la lista de la compra, leería!

—Gracias —dijo Johnny, conmovido—. Se lo agradezco. No se imagina cuánto. Este último año no ha sido fácil para mí. Demasiadas dudas. He llegado a replantearme mi propia identidad, mis objetivos.

—Sé lo que es eso. Quizá le extrañe, viniendo de un hombre como yo, pero lo entiendo perfectamente. En fin, si supiera el día que llevo... Por cierto, señor Marinville, ¿podría darme su autógrafo?

—Claro, encantado —respondió Johnny, y sacó un bloc del bolsillo trasero del pantalón. Lo abrió y fue pasando las hojas: anotaciones, direcciones, números de carreteras, planos esbozados a lápiz (estos últimos obra de Steve Ames, que enseguida había advertido que si bien su famoso cliente era aún capaz de montar en moto con relativa seguridad, se desorientaba fácilmente incluso en pueblos pequeños). Por fin encontró una página en blanco—. ¿Cómo se llama, age..?

Lo interrumpió un prolongado y trémulo aullido que le heló la sangre, y no sólo porque provenía sin duda de un animal salvaje sino, sobre todo, porque había sonado muy cerca. Se le cayó el bloc de la mano y se volvió con tal brusquedad que se tambaleó. Al otro lado de la carretera, junto al arcén, a menos de cincuenta metros había un cánido de patas flacas, costillar descarnado y aspecto famélico. Llevaba fragmentos de bardana enredados en el pelaje gris y tenía una llaga roja y repugnante en una pata delantera, pero estos detalles pasaron inadvertidos a Johnny, que observaba fascinado el hocico del animal, en apariencia sonriente, y sus ojos amarillos de mirada estúpida y a la vez astuta.

—¡Dios mío! —susurró—. ¿Qué es eso? ¿Es un...?

—Coyote —apuntó el policía, pronunciándolo «kiyote»—. Por estos lugares algunos los llaman lobos del desierto.

Eso es lo que ha dicho antes, pensó Johnny. Que había visto un coyote, un lobo del desierto. Simplemente he oído mal. Esta idea lo tranquilizó, aunque una parte de su mente se negaba a aceptarla.

El policía avanzó un paso hacia el coyote y luego otro. Permaneció inmóvil por un instante y después dio un tercer paso. El coyote no se movió pero empezó a estremecerse. Bajo su demacrado flanco brotó un minúsculo chorro de orina, y una ráfaga de aire lo dispersó en gotas.

Cuando el policía dio un cuarto paso, el coyote alzó el raído hocico y aulló de nuevo, un ululato largo y lastimero que puso carne de gallina a Johnny.

–¡Eh, no lo excite! –rogó–. Es *trés* espeluznante.

El policía no le prestó atención. Estaba absorto en el coyote, que ahora lo miraba fijamente con sus ojos amarillos.

–*Tak* –dijo el policía–. *Tak ah lah*.

El coyote no apartó de él la mirada, como si comprendiese aquella jerga que sonaba a indio, y Johnny volvió a notarse carne de gallina. El viento sopló de nuevo, arrastrando el bloc hasta la cuneta, donde se detuvo al chocar contra una roca que sobresalía de la arena. Johnny no se dio cuenta. Nada más lejos de su pensamiento en ese instante que el bloc y el autógrafo que se disponía a darle al policía.

Esto lo incluyo en el libro, se dijo. Todo lo demás que he visto está todavía en duda, pero esto lo incluyo. Es sólido como una roca. Sólido como una condenada roca.

–*Tak* –repitió el policía, y dio una seca palmada.

El coyote se volvió y salió corriendo a una velocidad que Johnny no habría imaginado en un animal con aquellas patas esqueléticas. El gigante del uniforme caqui lo observó hasta que su pelaje gris se fundió a lo lejos con la tierra gris del desierto. Se perdió de vista en sólo unos instantes.

–¡Dios, qué feos son! –comentó el policía–. Y últimamente se han multiplicado como garrapatas en una manta. Por la mañana o a mediodía, cuando aprieta el calor, no se dejan ver, pero a partir de media tarde, hacia el anochecer... –Sacudió la cabeza como diciendo: «Ahí los tienes.»

–¿Qué le ha dicho? –preguntó Johnny–. ¿Era indio? ¿Algún dialecto indio?

El policía se echó a reír.

–Yo no hablo ningún dialecto indio –respondió–. Demonios, si ni siquiera conozco a ningún indio. Eran palabras sin sentido, como las que uno usa cuando habla con un niño: bu-bu, ajo-ajo.

–¡Pero el coyote le *escuchaba*!

–No, me *miraba* –corrigió el policía, y lo observó con una expresión ceñuda y un tanto amenazadora, como si lo desafiase a contradecirlo–. Me he apoderado de su mirada, eso es todo. De sus ojos, de sus pupilas. Supongo que todas esas historias sobre la comunicación entre el animal y el domador se refieren a los pájaros, pero cuando se trata de animales furtivos como el lobo del desierto... bueno, si uno se apodera de su mirada, da igual lo que diga. De todos modos, por lo general no son peligrosos a menos que tengan la rabia. Aunque, eso sí, no conviene que huelan el miedo. O la sangre.

Johnny echó otro vistazo a la manga derecha del policía y se preguntó si era aquella sangre lo que había atraído al coyote.

–Y no conviene en ningún caso enfrentarse con ellos cuando van en manada. Sobre todo si es una manada con un jefe fuerte. Entonces se vuelven temerarios. Son capaces de perseguir a un venado hasta que se le revienta el corazón. A veces sólo por divertirse. –Hizo una pausa–. A un venado, o a un hombre.

–¿En serio? Es... –Johnny titubeó. No podía decir «espeluznante» porque esa palabra ya la había usado–. Es fascinante.

–Sí, ¿verdad? –sonrió–. Sabiduría del desierto. Los

Evangelios de esta tierra inhóspita. La resonancia de lugares solitarios.

Johnny lo miró con expresión de asombro. De pronto su amigo el policía hablaba como Paul Bowles en sus horas bajas.

Simplemente está intentando impresionarte, se dijo. No es más que palabrería de cóctel sin cóctel. Lo has visto y oído ya mil veces.

Quizá. Pero habría preferido no encontrárselo en aquel contexto. Se oyó otro aullido distante, y la vibración inundó el aire. No era el coyote que había huido momentos antes, Johnny estaba seguro. Esta vez el aullido provenía de mucho más lejos, quizá en respuesta al anterior.

–Bueno, es hora de ponerse en marcha –anunció el policía–. ¡Tenga cuidado con eso, señor Marinville!

–¿Cómo? –preguntó Johnny. Por un momento tuvo la extraña impresión de que se refería a sus pensamientos, como si además de hablar en un pretencioso estilo elíptico, tuviese poderes telepáticos, pero enseguida advirtió que se había vuelto de nuevo hacia la moto y señalaba la alforja del lado izquierdo. Johnny vio que la manga de su impermeable nuevo (de color naranja para mayor visibilidad en condiciones meteorológicas adversas) asomaba por la abertura como una lengua.

¿Cómo es posible que no la haya visto al bajarme para orinar?, se preguntó. ¿Cómo ha podido pasarme inadvertida? Pero había algo más. Al detenerse en la estación de servicio de Pretty Nice, después de llenar los depósitos de la Harley, había desabrochado las correas de esa alforja para sacar el mapa de Nevada. Había comprobado la distancia de allí hasta Austin, había vuelto a plegar el mapa y lo había guardado. Luego había abrochado de nuevo las correas de la alforja. Lo recordaba con toda claridad, pero obviamente ahora estaban desabrochadas.

Había sido un hombre intuitivo toda su vida; la mejor parte de su obra literaria había surgido de la intuición, y no de la planificación. Las drogas y el alcohol habían adormecido esas intuiciones pero no habían conseguido eliminarlas, y en ese último período de abstinencia las había recuperado, no por completo pero sí al menos parcialmente. Y en ese momento, mientas contemplaba la manga del impermeable que colgaba de la alforja abierta, una alarma se disparó en su cerebro.

La ha abierto el policía.

Parecía absurdo, pero su intuición le decía que había sido él. Había desabrochado las correas de la alforja y había dejado colgando la manga del impermeable naranja mientras Johnny orinaba de espaldas a la carretera. Y durante la mayor parte de la conversación el policía se había colocado de manera que Johnny no la viese. En su mirada no se apreciaba ya tanto entusiasmo como minutos antes por haberse encontrado casualmente con su autor preferido. Quizá no había en ella ni rastro de entusiasmo. Y todo aquello ocultaba una intención.

¿Qué intención? ¿Le importaría decirme qué se propone? ¿Cuál es su intención?

Johnny no lo sabía, pero la situación no le gustaba. Tampoco le gustaba ya tanto aquella extraña exhibición con el coyote.

—¿Y bien? —preguntó el policía. Sonreía, y también eso inquietó a Johnny. Su sonrisa no era ya la de un ingenuo admirador, si es que en algún momento lo había sido; revelaba cierta frialdad, quizá desdén.

—Y bien ¿qué? —repuso Johnny.

—¿Va a arreglar eso o no? *Tak!*

A Johnny le dio un vuelco el corazón.

—*Tak?* ¿Qué significa eso?

—Yo no he dicho *tak*; lo ha dicho usted —contestó el policía, cruzando los brazos ante el pecho y sonriendo.

Quiero largarme de aquí, pensó Johnny.

Sí, ésa era la cuestión principal en aquel momento, y si para conseguirlo tenía que obedecer órdenes, las obedecería. Aquel breve descanso en el viaje, que en un primer momento había resultado extraño de una manera agradable, era de pronto extraño pero en absoluto agradable, como si un negro nubarrón hubiese tapado el sol y un precioso día se hubiese tornado de pronto gris y amenazador.

¿Y si se propone hacerme daño? Obviamente lleva cuatro o cinco cervezas en el cuerpo. Y si es así, ¿qué?, se preguntó. ¿Qué vas a hacer al respecto? ¿Quejarte a los «ki-yotes» locales?

Su exaltada imaginación le ofreció una imagen perturbadora: el policía cavando una fosa en el desierto mientras a la sombra del coche patrulla yacía el cadáver de un hombre que en otro tiempo había obtenido el Premio Nacional de Literatura y se había tirado a la actriz más famosa de Estados Unidos. Rechazó la imagen cuando apenas empezaba a formarse, y no tanto por miedo como por una curiosa arrogancia protectora. Al fin y al cabo, los hombres como él no morían asesinados. A veces se suicidaban, pero no morían asesinados, y menos por admiradores psicópatas. Eso eran fantasías de literatura barata.

Estaba el caso de John Lennon, sí, pero...

Se acercó a la alforja, y al pasar junto al policía percibió su olor. Por un momento asaltó a Johnny el recuerdo vivo pero impreciso de su padre, un juerguista despótico y permanentemente borracho que despedía siempre aquel mismo olor: en primer plano Old Spice, por debajo de la loción para el afeitado sudor, y bajo todo lo demás pura y simple mezquindad, como el inmundo suelo de tierra de una vieja bodega.

Estaban desabrochadas las dos correas de la alforja. Johnny levantó la cubierta de flecos, percibiendo aún el olor a sudor y Old Spice. El policía se hallaba justo detrás de él y miraba por encima de su hombro. Johnny fue a coger la manga del impermeable, pero se detuvo al ver lo que había sobre el montón de mapas. Apenas se sorprendió. Miró al policía, que a su vez observaba el interior de la alforja.

–¡Oh, Johnny! –dijo con fingido pesar–. Es lamentable. *Trés* lamentable.

Alargó el brazo y cogió la bolsa depositada sobre los mapas. Johnny no necesitaba olfatear el contenido –de medio kilo– para saber que no era precisamente manzanilla. Pegado en la parte delantera de la bolsa, como una broma de mal gusto, había un adhesivo amarillo y redondo que representaba una cara sonriente.

–Eso no es mío –se defendió Johnny Marinville con voz cansada y vacilante, como la de un mensaje grabado en un antiguo contestador automático–. Eso no es mío, y usted lo sabe, ¿verdad? Lo sabe, porque lo ha puesto usted.

–Ya, claro, la culpa siempre es de los policías –se burló el gigante del uniforme caqui–, como en esos libros izquierdosos que escribes, ¿no? Amigo, he olido la droga en cuanto te has acercado. ¡Apestas a hierba! *Tak!*

–Mire... –repuso Johnny.

–¡Entra en el coche, rojillo! –ordenó con voz colérica y un asomo de risa en los ojos grises.

Es una broma, pensó Johnny. Una broma pesada y absurda.

En ese momento llegaron del suroeste nuevos aullidos, esta vez simultáneos, y cuando el policía desvió la mirada en esa dirección y sonrió, Johnny sintió que un grito ascendía por su garganta y tuvo que apretar los labios para reprimirlo. Nada en el rostro del policía indicaba que aquello fuese una broma cuando dirigió la mirada hacia aquel sonido; era la mirada de un demente. ¡Y un demente de una estatura formidable!

—¡Son mis hijos del desierto! –anunció–. ¡Los *can toi*! ¡Qué música tan hermosa producen!

Soltó una carcajada, miró la bolsa de droga que sostenía en su mano enorme, movió la cabeza en un gesto de reprobación, y volvió a reír de manera aún más estentórea. Johnny lo observó, y de pronto su convicción de que los hombres como él nunca morían asesinados se desvaneció.

—*Viajes en Harley* –dijo el policía–. ¡Qué título tan estúpido para un libro! ¡La *idea* misma es estúpida! ¿Y cómo te atreves a saquear el legado literario de John Steinbeck, un autor al que no le llegas ni a la suela del zapato? Me saca de quicio.

Antes de que Johnny se diera cuenta de qué ocurría, una llamarada blanca de dolor estalló en su cabeza. Fue consciente de que retrocedía a trompicones llevándose las manos a la cara y de que la sangre caliente manaba entre sus dedos. Pensó: Estoy bien, no voy a caerme, estoy bien. Y al cabo de un instante se vio tendido de costado en el asfalto y se oyó gritar. Notó bajo los dedos que la nariz no parecía ya recta; daba la impresión de que estuviese aplastada contra la mejilla izquierda. Tenía el tabique nasal desviado a causa de la gran cantidad de coca que había esnifado en los años ochenta, y recordó que su médico le había aconsejado que se operase, porque si no, el día menos pensado se tropezaría con un poste o una puerta giratoria y se le reventaría la nariz. Finalmente no había sido una puerta ni un poste, y no se le había reventado exactamente, pero sin duda había sufrido un cambio rápido y radical. Todo esto se desplegó en su mente con aparente coherencia, pese a que su boca no dejaba de gritar.

—En realidad me pone furioso –dijo el policía, y le asestó un puntapié en el muslo izquierdo.

El dolor penetró en su pierna como un ácido y los músculos del muslo adquirieron una súbita rigidez.

Johnny rodó por la carretera, aferrándose ahora la pierna, y se arañó la mejilla contra el asfalto de la interestatal 50. Gritó, jadeó, tragó arena y tosió violentamente cuando intentó gritar de nuevo.

—La verdad es que me revuelve el estómago —añadió el policía, y le dio una patada en el trasero, casi en la rabadilla.

El dolor era ya insufrible; Johnny pensó que iba a desmayarse. Pero siguió consciente, retorciéndose sobre la línea discontinua de la carretera, gritando, sangrando por la nariz y escupiendo arena mientras a lo lejos los coyotes aullaban a las sombras cada vez más densas que se extendían a los pies de las distantes montañas.

—Levántate —ordenó el policía—. De pie.

—No puedo —dijo Johnny entre sollozos con los brazos cruzados sobre el vientre y las piernas encogidas contra el pecho, una postura defensiva que recordaba vagamente de la convención del Partido Demócrata de 1968 en Chicago e, incluso antes, de una conferencia a la que había asistido en Filadelfia, previa a las Marchas por la Libertad a lo largo del Misisipí. Tenía intención de participar en una de esas marchas (no sólo era una causa noble sino que además reunía todos los ingredientes de la gran literatura), pero al final algo se cruzó en su camino, probablemente su polla ante la visión de una falda levantada.

—De pie, pedazo de mierda. Ahora estás en *mi* casa, la casa del lobo y el escorpión, y más te vale que no lo olvides.

—No puedo, me ha roto la pierna. ¡Dios, qué dolor!

—No tienes la pierna rota —dijo el policía—, y todavía no sabes lo que es dolor. Arriba.

—No puedo. De verdad...

La detonación fue ensordecedora; la bala rebotó en el asfalto con un monstruoso zumbido, y Johnny se puso de pie antes incluso de convencerse plenamente de que seguía vivo. Se balanceó como un borracho, con un pie a cada lado de la línea divisoria de la carretera. Tenía la mitad inferior de la cara cubierta de sangre, y llevaba arena adherida a los labios, las mejillas y el mentón.

—¡Eh, gran hombre, te has meado encima! —advirtió el policía.

Johnny bajó la vista y vio que era cierto. *Por más que brinquemos y dancemos...* pensó. El muslo izquierdo le palpitaba como un diente cariado. Tenía las nalgas acalambradas; parecían pedazos de carne congelada. Supuso que, a pesar de todo, debía considerarse afortunado. Si le hubiese golpeado un poco más arriba la segunda vez, en esos momentos estaría paralizado.

—Eres un escritor patético, y un hombre patético —dijo el policía. Empuñaba un revólver enorme. Contempló la bolsa de hierba que sostenía aún en la otra mano e hizo un gesto de aversión—. Lo sé no sólo por lo que dices sino también por cómo se mueve tu boca cuando lo dices. De hecho si mirase demasiado rato esa boca soez y viciosa, te mataría aquí mismo. No sería capaz de controlarme.

Los coyotes aullaban en la lejanía, como si sus ululatos perteneciesen a la banda sonora de una vieja película de John Wayne.

—¿No ha hecho ya bastante? —preguntó Johnny con voz apagada.

—Todavía no —respondió el policía, y sonrió—. Lo de la nariz es sólo el principio. En realidad mejora tu aspecto. No mucho, pero un poco sí. —Abrió la puerta trasera del coche patrulla. Entretanto Johnny se preguntó cuánto había durado aquella comedia. No tenía la menor idea, pero en todo ese tiempo no había pasado por la carretera un solo automóvil o camión. Ni uno solo—. Entra, gran hombre.

—¿Adónde me lleva?

—¿Adónde crees tú que voy a llevar a un gilipollas

indecente, a un fumeta izquierdoso como tú? Al *calabozo*. Y ahora entra en el coche.

Al entrar, Johnny se palpó el bolsillo superior derecho de la cazadora.

Allí estaba el teléfono móvil.


5

Las nalgas le dolían tanto que no pudo sentarse sobre ellas, de modo que se colocó de medio lado, apoyando el peso en el muslo izquierdo. La nariz le palpitaba, y se la cubrió con una mano ahuecada. Daba la impresión de que fuese un organismo vivo y maligno, un organismo que hincaba profundamente en la carne sus emponzoñados aguijones; pero de momento Johnny podía soportarlo. Por favor, que el móvil tenga cobertura, imploró al Dios del que se había reído durante la mayor parte de su vida profesional, y en concreto recientemente en un relato titulado «El mal tiempo que el cielo nos trae», que había publicado la revista *Harper's* y en general había recibido elogiosos comentarios. Por favor, Dios mío, que el condenado teléfono tenga cobertura, y que Steve esté atento. A continuación, dándose cuenta de que había olvidado un requisito previo de vital importancia, añadió una tercera súplica: Por favor, concédeme una oportunidad de usar el teléfono, por favor.

Como en respuesta a su último ruego, el colosal policía pasó junto a la puerta del conductor sin mirarla siquiera y se dirigió hacia la moto de Johnny. Se puso el casco y se montó; su estatura era tal que apenas tuvo que levantar la pierna. Al cabo de un instante el motor de la Harley cobró vida. Con él a horcajadas sobre el asiento, la Harley parecía diminuta. Sin abrocharse la correa del casco, hizo girar el puño del gas cuatro o cinco veces, revolucionando el motor como si le gustase el sonido. Después enderezó la moto, echó atrás el soporte de una patada y puso la primera con la punta del pie. Avanzando al principio con precaución –recordándole a Johnny a sí mismo cuando sacó la moto del garaje y se deslizó entre el tráfico por primera vez en tres años–, el policía descendió por el terraplén de la cuneta. Utilizó el freno de mano y se ayudó con los pies, atento a las irregularidades y los obstáculos del terreno. Una vez en llano, aceleró y cambió rápidamente las marchas, serpenteando entre matas de salvia.

Ojalá se te hunda la rueda en la madriguera de una ardilla de tierra, sádico de mierda, pensó Johnny, sorbiendo con cuidado por la nariz taponada y palpitante. Ojalá tropieces con algo duro y te estalle la moto.

–No pierdas tiempo con él –murmuró, y con el pulgar desabrochó el corchete del bolsillo superior derecho de la cazadora.

Extrajo el teléfono móvil Motorola (los móviles habían sido idea de Bill Harris, quizá la única buena idea que se le había ocurrido a su agente en los últimos cuatro años) y lo desplegó. Miró la pequeña pantalla, contuvo la respiración y rogó por que apareciesen una S y dos barras. Vamos, por favor, pensó, con el sudor cayéndole por las mejillas y la nariz sangrando todavía. Una S y dos barras, o si no, ya puedo usar este trasto como supositorio.

El teléfono emitió un zumbido. En la parte izquierda de la pantalla apareció una S, que significaba «En servicio», y una barra.

Una sola barra.

–No, por favor –gimió–. Por favor, no me hagas esto. ¡Sólo una más, por favor, una más!

Sacudió el teléfono en un gesto de frustración... y vio que se había olvidado de extraer la antena. La extendió, y apareció una segunda barra sobre la primera.

Parpadeó, se desvaneció y reapareció; seguía parpadeando pero estaba *allí*.

—¡Bien! —susurró Johnny—. ¡Bien!

Levantó la cabeza y miró por la ventanilla a través de una maraña de pelo gris ensangrentado; sus ojos, con los párpados sudorosos, parecían los de un animal acorralado en su madriguera. El policía había detenido la Harley a unos trescientos metros. Desmontó y la dejó caer al suelo. El motor se paró. Incluso en aquellas circunstancias Johnny sintió una punzada de indignación. La Harley lo había llevado a través de todo el país sin que su delicado motor fallase una sola vez, y le dolió verla tratada con tan negligente desdén.

—Chiflado hijo de puta —masculló.

Sorbió sangre medio coagulada por la nariz y lanzó un escupitajo viscoso al suelo cubierto de papeles del coche patrulla. Luego volvió a concentrar la atención en el teléfono. En la hilera de botones de la parte inferior había uno, el segundo por la derecha, en el que se leía NOMBRE/MENÚ. Steve le había programado esa función antes de iniciar el viaje. Johnny pulsó el botón y en la pantalla apareció el nombre de su agente: BILL. Volvió a apretarlo y salió TERRY. Lo pulsó una tercera vez y en la pantalla leyó JACK, Jack Appleton, editor de FS&G. ¡Dios santo, por qué tuvo que grabar todos estos nombres antes que el suyo! Steve era su tabla de salvación.

A trescientos metros de allí, en medio del desierto, el policía demente se había quitado el casco y echaba arena con los pies sobre la Harley de Johnny. A aquella distancia parecía un niño en plena pataleta. Estupendo. Si pretendía cubrir de arena toda la moto, Johnny tendría tiempo de sobra de hacer la llamada, en el supuesto, claro, de que el teléfono colaborase. La luz de prellamada estaba encendida, y eso era buena señal, pero la segunda barra de transmisión seguía parpadeando.

—Vamos, vamos —dijo Johnny, mirando el teléfono que sostenía entre sus manos temblorosas y ensangrentadas—. Por favor, encanto, por favor.

Pulsó de nuevo el botón NOMBRE/MENÚ y apareció STEVE. Apoyó el pulgar en el botón de envío de llamada y lo apretó. A continuación se acercó el teléfono a la oreja, inclinándose más aún hacia la derecha y mirando por la mitad inferior de la ventanilla. El policía echaba arena en el bloque del motor.

El teléfono empezó a sonar, pero Johnny sabía que la llamada no había llegado aún a su destino. Simplemente había accedido a la red de rastreo. Se hallaba aún a un paso de Steve Ames. Un largo paso.

—Vamos, vamos, vamos...

Una gota de sudor le entró en el ojo, y se la enjugó con un nudillo.

—Bienvenido a la red de rastreo de llamadas de la zona oeste —dijo una voz de autómata—. Su llamada está en camino. Gracias por su paciencia y buenos días.

—¡Déjate de tonterías y date prisa, joder! —rezongó Johnny.

La línea quedó en silencio. En el desierto, el policía se apartó un par de metros de la moto, como para calibrar si podía dar ya por concluida su operación de camuflaje. En el asiento trasero del coche patrulla, sucio y lleno de papeles, Johnny Marinville rompió a llorar. No pudo contenerse. En cierto modo era tan humillante como mojarse de nuevo el pantalón.

—No —susurró—. Todavía no. Aún no has acabado. Con este viento, mejor será que la tapes un poco más; por favor, tápala un poco más.

El policía seguía contemplando la moto; su sombra parecía prolongarse casi un kilómetro por el desierto. Johnny lo observaba atentamente por la ventanilla con mechones de pelo apelmazado ante los ojos y el teléfono apretado contra la oreja derecha. Lanzó un trémulo suspiro de alivio al ver que el policía se aproximaba de nuevo a la moto y empezaba a echar arena sobre el manillar.

El teléfono comenzó a sonar, esta vez de un modo irregular y lejano. Si la señal llegaba –y la calidad del sonido, pobre pero suficiente, así lo indicaba– otro teléfono Motorola, éste instalado en el salpicadero de un camión Ryder que en ese momento debía de hallarse a una distancia de entre cien y cuatrocientos kilómetros al este de la actual posición de Johnny Marinville, estaría sonando.

En el desierto el policía seguía enterrando el manillar de la moto.

El timbre sonó dos veces, tres, cuatro...

Si sonaba una vez más, dos a lo sumo, otra voz de autómata surgiría en la línea (en la telefonía móvil, había descubierto Johnny, resonaban continuamente voces de autómata) y anunciaría que el abonado cuyo número acababa de marcar se encontraba fuera de cobertura o había abandonado su vehículo. Johnny, todavía llorando, cerró los ojos. En la oscuridad pulsátil y teñida de rojo que halló tras sus párpados, imaginó el camión Ryder aparcado en una estación de servicio al oeste de la línea divisoria entre Utah y Nevada. Steve estaba en la tienda comprando una caja de aquellos condenados puros que fumaba y tonteando con la dependienta mientras fuera, en la cabina vacía del camión, sonaba el teléfono móvil, la otra mitad del sistema de comunicación en que el agente de Johnny había insistido.

El timbre sonó por quinta vez.

Por fin, lejana y velada a causa de la interferencia estática pero en todo caso alentadora como la voz de un ángel bajado del cielo, se oyó en la línea el habla característicamente tejana de Steve, parsimoniosa y monótona.

—Sí... tú... jefe?

En dirección este pasó un semirremolque a gran velocidad, y el coche patrulla se balanceó. Johnny apenas se dio cuenta, y no intentó siquiera hacer señales al conductor. Probablemente no lo habría intentado aun si en ese momento no hubiese tenido toda su atención puesta en el teléfono y la tenue voz de Steve. El camión circulaba al menos a ciento diez kilómetros por hora. ¿Qué demonios podía ver el conductor en dos décimas de segundo, considerando además que las ventanillas del coche patrulla estaban cubiertas de polvo?

Pasando por alto el dolor, tomó aire con fuerza por la nariz para limpiarse de sangre las fosas nasales y la garganta con la intención de que su voz sonase lo más clara posible.

—¡Steve! ¡Steve! Estoy metido en un lío. En un lío serio.

Por un momento la línea crepitó sonoramente, y Johnny creyó que se había cortado la comunicación, pero cuando la interferencia estática disminuyó, oyó decir a Steve:

—... ocurre, jefe? ¡Repítelo!

—Steve, soy Johnny. ¿Me oyes?

—... oigo. ¿Qué...?

La línea volvió a crepitar, enterrando casi por completo las últimas palabras de Steve, pero Johnny creyó oír «pasa». «Te oigo. ¿Qué pasa?»

Dios, por favor, que no sean sólo ilusiones mías. Por favor.

El policía se interrumpió de nuevo y retrocedió para echar un vistazo crítico a su obra. A continuación se dio media vuelta y se encaminó hacia la carretera con la cabeza inclinada y las manos en los bolsillos. De pronto Johnny, con una creciente sensación de terror, se dio cuenta de que no sabía qué decirle a Steve. Había centrado toda su atención en hacer la llamada, en conseguir ponerse en contacto con él por pura fuerza de voluntad si eso era lo que se requería.

¿Y ahora qué?, pensó.

No tenía una idea clara de su paradero; su único punto de referencia...

—Estoy en la interestatal 50 al oeste de Ely —dijo. Los ojos le escocían a causa de las gotas de sudor que le caían de la frente—. No sé exactamente a qué distancia. Por lo menos a sesenta kilómetros, probablemente más. Un poco más adelante de donde me encuentro veo estacionada una caravana junto a la carretera. Hay un policía... no estatal sino de algún pueblo, pero no sé cuál... No he podido leer el nombre en la puerta del coche... Ni siquiera sé cómo se llama el policía...

A medida que el policía se acercaba, Johnny hablaba más deprisa; a ese paso acabaría balbuceando.

Cálmate, se dijo; está todavía a cien metros de aquí. Tienes tiempo de sobra. Por amor de Dios, basta con que hables espontáneamente, con que hagas aquello por lo que te pagan, aquello que has hecho toda tu vida. ¡Comunícate, por lo que más quieras!

Pero nunca lo había hecho para salvar la vida. Para ganar dinero, para darse a conocer en los círculos oportunos, para expresar su indignación, pero nunca para salvar literalmente la vida. Y si el policía alzaba la vista y lo descubría. Johnny estaba agachado, pero la antena del teléfono asomaba por encima de él, claro que asomaba...

—Me ha quitado la moto, Steve. Me ha quitado la moto y se la ha llevado al desierto. La ha cubierto de arena, pero tal como sopla el viento... Está en el desierto, a un par de kilómetros al este de la caravana que he mencionado y al norte de la carretera. Quizá la veas si cuando llegas aún no se ha puesto el sol. —Tragó saliva—. Avisa a la policía... a la policía *estatal*. Diles que me ha detenido un policía rubio y grande... grande de verdad.

En serio, este tipo es un auténtico gigante. ¿Me has entendido?

Por el auricular oyó sólo un vibrante silencio roto de vez en cuando por una ráfaga de interferencia estática.

—¡Steve! ¿Estás ahí, Steve?

No. No estaba.

En la pantalla del teléfono se veía una sola barra de transmisión, y no había nadie al otro lado de la línea. Se había cortado la comunicación, y Johnny estaba tan absorto en lo que decía que no se había dado cuenta de cuándo había ocurrido, o hasta dónde había oído Steve.

Johnny, ¿estás seguro de que has hablado con él?

Ésa era la voz de Terry resonando en su cabeza, una voz que unas veces adoraba y otras detestaba. En ese momento la detestaba. La detestaba más que cualquier otra voz que hubiese oído en su vida. Y la detestaba más aún por la compasión que percibía en ella.

¿Estás seguro de que no te lo has imaginado todo?

—No, estaba ahí, estaba ahí, el muy hijo de puta estaba ahí —dijo Johnny. Advirtió un tono suplicante en su propia voz, y también eso le pareció detestable—. *Estaba*, pedazo de bruja. O al menos ha estado por unos segundos.

El policía se encontraba sólo a cincuenta metros. Johnny bajó la antena con la palma de la mano izquierda, plegó el micrófono, e intentó guardarse el teléfono en el bolsillo. Tenía la solapa cerrada. El teléfono se le cayó en el regazo y resbaló luego hasta el suelo. Lo buscó a tientas desesperadamente. Al principio no encontró más que papeles arrugados —impresos de la Asociación de Lucha contra la Droga— y envoltorios de hamburguesa con viejas manchas de aceite. Al cabo de un momento sus dedos tropezaron con algo duro y estrecho. No era lo que buscaba, pero la breve ojeada que le echó antes de tirarlo de nuevo bastó para helarle la sangre. Era un pasador de plástico para el pelo, el pasador de una niña.

Olvídate del pasador, se dijo. No tienes tiempo de preguntarte qué hacía una niña en este coche. Encuentra el maldito teléfono. El policía ya debe de estar cerca...

Sí. Muy cerca. Pese al viento, que había arreciado tanto que mecía el coche patrulla sobre sus amortiguadores, oía las sonoras pisadas de sus botas.

Johnny encontró un montón de tazas de plástico y, en medio, el teléfono. Lo agarró, se lo guardó en el bolsillo y aseguró la solapa con el gafete. Cuando se irguió, el policía rodeaba ya la parte delantera del coche, y se dobló por la cintura para mirar por el parabrisas. Tenía la cara más quemada que antes; algunos puntos de su piel parecían a punto de ampollarse. De hecho el labio inferior, advirtió Johnny, presentaba ya varias ampollas, como también la sien derecha.

Estupendo, pensó. Eso no me hiere la vista en absoluto.

El policía abrió la puerta del conductor, se inclinó y miró a través de la rejilla que separaba los asientos delanteros de la parte de atrás. Empezó a olfatear y las aletas de la nariz se le abocinaron. Para Johnny, sus fosas nasales parecían del tamaño de las carrileras de una bolera.

–¿Has vomitado en mi coche, gran hombre? Porque si has vomitado, en cuanto lleguemos al pueblo tendrás que recogerlo con un cucharón.

–No –contestó Johnny. Notó que le corría sangre garganta abajo y se le empañó de nuevo la voz–. Tenía arcadas pero no he vomitado. –Experimentó una sensación de alivio por lo que el policía acababa de decir: «... en cuanto lleguemos al pueblo...» Eso indicaba que no se proponía sacarlo del coche, volarle los sesos y enterrarlo junto a la moto.

A menos que esté intentando calmarme para que

baje la guardia y así le resulte más fácil... en fin, lo que sea.

–¿Estás asustado? –preguntó el policía, aún inclinado y mirando a través de la rejilla–. Dime la verdad, gran hombre, porque si mientes, lo notaré. *Tak!*

–Claro que estoy asustado –repuso Johnny con voz gangosa, como si estuviese resfriado.

–Bien. –Tras sentarse al volante, el policía comentó–: Cae un sol de justicia, y yo sin sombrero. Me lo ha hecho trizas una cantante folk con muy mal genio, y nunca ha cantado *Leavin on a Jet Plane*.

–Una lástima –dijo Johnny, sin entender ni remotamente de qué hablaba.

–Es mejor callar que mentir.

El respaldo del asiento delantero se combó por el peso del policía y aprisionó la rodilla izquierda de Johnny.

–¡Échese hacia adelante! –exclamó Johnny–. Me está aplastando la pierna. Échese hacia adelante y déjeme apartarla. ¡Dios, me la va a romper!

El hombre no se molestó en contestar, y Johnny notó que la presión aumentaba sobre su pierna comprimida. Se la agarró con las dos manos y tiró hasta liberarla del asiento delantero. Jadeó por el esfuerzo, y un hilo de sangre le bajó por la garganta, provocándole arcadas, esta vez auténticas.

–¡Hijo de puta! –gritó Johnny. El insulto escapó de su garganta en medio de un espasmo de tos sanguinolenta antes de que pudiera reprimirlo.

Sin embargo tampoco esta vez el policía se dio por aludido. Permaneció en el asiento con la cabeza gacha, tamborileando suavemente con los dedos en el volante. Al respirar, un silbido surgía de su garganta, y por un momento Johnny pensó que lo estaba imitando. Pero enseguida descartó la idea.

Ojalá sea asma. Ojalá te ahogues.

–Oiga –dijo, procurando que ese rencor visceral no se reflejase en su voz–. Necesito algo para la nariz. No resisto el dolor. Aunque sólo sea una aspirina. ¿Tiene una aspirina?

El policía continuó en silencio, tamborileando en el volante con la cabeza inclinada.

Johnny abrió la boca para hablar, pero finalmente desistió. El dolor era insufrible, sin duda el peor que recordaba, peor aún que el cólico biliar que había padecido en el año 89; así y todo, no deseaba morir. Y algo en la postura del policía, como si su mente estuviese muy lejos de allí tomando una decisión importante, hacía pensar que quizá la muerte anduviese cerca.

De modo que se quedó callado y esperó.

Transcurrió el tiempo. Las sombras de las montañas se aproximaron y condensaron, pero los aullidos de los coyotes se habían extinguido. El policía permanecía en su asiento con la cabeza gacha y seguía tamborileando con los dedos en el volante. Parecía meditar. Pasaron dos vehículos por la carretera, otro semirremolque en dirección este y un automóvil hacia el oeste que trazó un amplio arco para rebasar al coche patrulla, pero ni siquiera entonces el policía levantó la vista.

De pronto cogió algo que había en el asiento contiguo medio oculto tras una extraña tira metálica de púas. Era una vieja escopeta de dos cañones. El policía la miró fijamente.

–Es posible que esa mujer no sea en realidad una cantante folk –comentó–, pero ha intentado matarme, de eso no hay duda. Con esto.

Johnny continuó callado, esperando. El corazón le latía lentamente pero con fuerza.

–Nunca has escrito una novela verdaderamente espiritual –le reprochó el policía. Hablaba despacio, pronunciando cada palabra con extremo cuidado–. Ése es tu gran fracaso aunque no lo reconozcas, y de hecho la auténtica razón de tus desmanes y tu engreimiento. No tienes el menor interés en tu naturaleza espiritual. Te ríes del Dios que te creó, y al hacerlo degradas tu *pneuma* y ensalzas el barro de que está formado tu *sarx*. ¿Comprendes?

Johnny abrió la boca, pero volvió a cerrarla. Hablar o no hablar, ésa era la cuestión.

El policía resolvió el dilema por él. Sin levantar la vista del volante, sin echar siquiera un vistazo al retrovisor, se apoyó los cañones de la escopeta en el hombro derecho y le apuntó con ellos a través de la rejilla metálica. Instintivamente Johnny se deslizó hacia la izquierda, tratando de alejarse de aquellos dos enormes agujeros negros.

Sin embargo, pese a que el policía seguía sin levantar la vista, los cañones lo siguieron con la precisión de un servomecanismo controlado por radar.

Quizá tenga un espejo en el regazo, pensó Johnny. No obstante, enseguida concluyó: Pero ¿de qué le serviría? Vería sólo el techo del jodido coche. ¿Qué demonios pasa aquí?

–Contéstame –exigió el policía con voz enigmática y pensativa. Mantenía la cabeza inclinada y con la mano libre continuaba tamborileando en el volante. Otra ráfaga de viento azotó el coche, arrojando contra las ventanillas una fina lluvia de arena y polvo alcalino–. Contéstame *ya*. No esperaré. No tengo por qué esperar. Siempre hay otro detrás. Así que contesta: ¿has entendido lo que acabo de decir?

–Sí –respondió Johnny con voz vacilante–. *Pneuma* es la palabra que usaban antiguamente los gnósticos para referirse al espíritu, y *sarx* es el cuerpo. Ha dicho, y corríjame si me equivoco –pero no con la escopeta, pensó; por favor, no me corrija con la escopeta–, que he descuidado mi espíritu en favor de mi cuerpo. Y puede que tenga razón. Es muy probable.

Johnny se desplazó hacia la derecha. Los cañones de la escopeta siguieron sus movimientos con total precisión. Sin embargo, Johnny habría jurado que los muelles del asiento del conductor no habían emitido el menor chirrido y que el policía no podía verlo a menos que dispusiese de algún circuito oculto de televisión.

—No me des coba —dijo el policía con hastío—. Así sólo conseguirás empeorar tu destino.

—Lo... —Johnny se humedeció los labios con la lengua—. Lo siento. No pretendía...

—*Sarx* no es el cuerpo; *soma* es el cuerpo. *Sarx* es la *carne* del cuerpo. El cuerpo está hecho de carne, del mismo modo que, según se dice, el verbo se hizo carne con el nacimiento de Cristo, pero el cuerpo no es sólo la carne que lo forma. El todo es más que la suma de las partes. ¿Tan difícil de entender es eso para un intelectual como tú?

Los cañones de la escopeta no dejaban de moverse, siguiendo a Johnny como un autogiro.

—Yo... yo nunca... —balbuceó Johnny.

—¿Nunca lo habías pensado desde ese punto de vista? Vamos, por favor. Incluso un ingenuo espiritual como tú debe de entender que un plato de pollo no es un pollo. *Pneuma, soma y s-s-s...*

Se le había espesado la voz y respiraba convulsivamente, tratando de hablar como cuando uno intenta terminar una frase antes de estornudar. De pronto dejó la escopeta en el asiento contiguo, inhaló aire profundamente (el asiento forzado chirrió y casi atrapó de nuevo la rodilla izquierda de Johnny) y estornudó. Lo que salió de su garganta y nariz no era mucosidad sino sangre mezclada con una sustancia roja y translúcida semejante a una malla de nailon. Esta sustancia —tejidos de la garganta y los senos del policía— roció el parabrisas, el volante y el salpicadero. Despedía un hedor nauseabundo, el olor de la carne putrefacta.

Johnny se cubrió el rostro con las manos y gritó.

Era imposible contenerse. Notó que los globos oculares le palpitaban en sus cuencas, notó que la adrenalina fluía impetuosamente por su organismo a causa de la conmoción.

–Dios, no hay nada peor que un resfriado de verano, ¿no? –preguntó el policía con su voz enigmática y pensativa. Se aclaró la garganta y lanzó un gargajo del tamaño de una ciruela contra el salpicadero. Permaneció allí enganchado por un momento y después resbaló por el frontal de la radio como un caracol indescriptible, dejando un rastro de sangre a su paso. Pendió brevemente del borde de la radio y cayó en la esterilla del suelo con un chasquido.

Johnny cerró los ojos tras las manos y gimió.

–Eso era *sarx* –explicó el policía, y puso el motor en marcha–. Te conviene tomar nota. Diría que «para tu siguiente libro», pero dudo que haya un siguiente libro, ¿verdad, señor Marinville?

Johnny no respondió. Se quedó inmóvil con las manos en la cara y los ojos cerrados. Pensó que era imposible que aquello estuviese ocurriendo realmente, que sin duda se hallaba en un manicomio, víctima de la alucinación más espantosa del mundo. Pero en el fondo sabía que no era así. El hedor de lo que aquel hombre había expulsado al estornudar...

Está muriéndose, se dijo; tiene que estar muriéndose. Eso se debe a una infección y una hemorragia interna. Está enfermo, y su enfermedad mental no es más que un síntoma de otra cosa, exposición a radiaciones, o rabia, o... o...

El policía cambió de sentido en la carretera, y se encaminaron hacia el este. Johnny mantuvo las manos frente al rostro un rato más, tratando de recuperar el control. Finalmente las bajó y abrió los ojos. Por la ventanilla del lado derecho vio algo que le causó estupefacción.

Había coyotes sentados en el arcén a intervalos de quince metros, como una guardia de honor, silenciosos, de ojos amarillos, con la lengua colgando. Parecían sonreír.

Johnny volvió la cabeza y miró al otro lado. También allí había coyotes, sentados en el polvo bajo el sol vespertino, contemplando el coche patrulla. *¿Eso también es un síntoma?*, se preguntó. Eso que ves ahí fuera, ¿es un síntoma? Si lo es, ¿por qué estoy viéndolo?

Miró por el cristal trasero. En cuanto el coche patrulla pasaba, los coyotes se levantaban y se alejaban por el desierto.

–Tienes mucho que aprender, gran hombre –dijo el policía, y Johnny se volvió hacia él. En el retrovisor vio sus ojos grises fijos en él, uno de ellos cubierto por una película de sangre–. Antes de que se agote tu tiempo, habrás comprendido muchas cosas.

Más adelante apareció junto a la carretera una señal, una flecha que indicaba la dirección hacia algún pueblo. El policía puso el intermitente a pesar de que nadie los seguía.

–Te llevo al aula –anunció–. Las clases no tardarán en empezar.

Dobló a la derecha. El coche patrulla se levantó sobre dos ruedas e instante después volvió a estabilizarse. Se dirigían al sur, hacia la muralla agrietada de una explotación minera a cielo abierto y el pueblo acurrucado en su base.

# IV

## 1

Steve Ames estaba incumpliendo uno de los Cinco Mandamientos, el quinto y último para ser exactos.

Había recibido esos Cinco Mandamientos un mes atrás, y no de manos de Dios sino de Bill Harris. Estaban sentados en el despacho de Appleton, editor de Johnny Marinville desde hacía diez años. Appleton se hallaba también presente durante la entrega de los Mandamientos, pero no intervino en esa parte de la conversación casi hasta el final; se limitó a permanecer reclinado en la butaca de su escritorio con los dedos –exquisitamente cuidados por un manicuro profesional– extendidos sobre las solapas de la americana. El gran Johnny Marinville se había marchado quince minutos antes, con la cabeza en alto y las crines grises flotando sobre los hombros, pretextando que tenía una cita en una galería de arte del SoHo.

–Todos estos mandamientos son prohibiciones, y confío en que no los olvide, señor Ames –había dicho Harris. Era un individuo bajo y rechoncho, y probablemente bastante inocuo, pero sus palabras sonaban como decretos de un débil reyezuelo–. ¿Me escucha?

–Atentamente –aseguró Steve.

-En primer lugar, no debe ir de copas con Johnny. Ha abandonado la bebida hace un tiempo (cinco años, sostiene él), pero últimamente no frecuenta ya las reuniones de Alcohólicos Anónimos, y eso es mala señal. Además, en el caso de Johnny la abstinencia es siempre una situación precaria, incluso con la ayuda de Alcohólicos Anónimos. Pero no le gusta beber solo, así que si lo invita a unas rondas después de un agotador día en la Harley, niéguese. Si trata de intimidarlo, diciéndole que forma parte de su trabajo, niéguese igualmente.

-No se preocupe -dijo Steve.

Harris no le prestó atención. Llevaba el discurso preparado, y no estaba dispuesto a apartarse del guión.

-Segundo, no debe comprarle drogas. Ni un solo porro. Tercero, no debe buscarle mujeres, y no dude que es muy capaz de pedírselo, sobre todo si aparece alguna chica guapa en las recepciones que le he programado a lo largo del viaje. Al igual que con la bebida y las drogas, si se las busca él, es cosa suya. Pero no lo ayude.

Steve pensó en responder a Harris que él no era un chulo, que probablemente lo había confundido con su padre, pero llegó a la conclusión de que no habría sido muy prudente por su parte, y optó por el silencio.

-Cuarto, no debe encubrir a Johnny. Si empieza a beber o a consumir droga, especialmente si sospecha que se trata de cocaína, póngase en contacto conmigo de inmediato. ¿Entendido? De inmediato.

-Entendido -repuso Steve, pero eso no implicaba forzosamente que obedeciese. Le atraía aquel trabajo pese a los problemas que planteaba, en parte, de hecho, *por* los problemas que planteaba; la vida sin problemas carecía de interés, pero eso no significaba que fuese a vender su alma para conseguirlo, y menos a un fulano trajeado con una enorme tripa y la voz de un niño grande que había pasado la mayor parte de su vida adulta intentando resarcirse de las ofensas reales o imaginarias que había padecido en el patio del colegio. Y aunque Johnny Marinville era un tanto gilipollas, Steve no tenía nada que echarle en cara. Harris, en cambio, era otro cantar.

En ese punto Appleton se inclinó sobre su escritorio e intervino por primera y única vez en la conversación antes de que el agente de Marinville enunciase el último Mandamiento.

—¿Qué impresión le causa Johnny, señor Ames? —preguntó—. Tiene cincuenta y seis años, como usted sabe, y ha vivido la vida intensamente, sobre todo en los años ochenta. Terminó en una sala de urgencias tres veces, dos en Connecticut y otra aquí en Nueva York. Las dos primeras por sobredosis, y no hablo de oídas porque los periódicos trataron por extenso la noticia. La tercera pudo ser un intento de suicidio, aunque eso sí son simples rumores, y le pediría que no lo divulgase por ahí.

Steve asintió con la cabeza.

—Así pues, ¿qué le parece? —preguntó Appleton—. ¿Lo considera capaz de recorrer el país desde Connecticut hasta California en una moto que pesa casi media tonelada, y asistir a unos veinte actos en el trayecto entre conferencias y recepciones? Me interesa conocer su opinión, señor Ames, porque yo francamente tengo mis dudas.

Steve esperaba que Harris prorrumpiese en defensa de su cliente, apelando a su legendaria fuerza y a sus huevos de acero —conocía bien a los tipos trajeados y a los agentes, y Harris era las dos cosas—, pero guardó silencio y esperó a su respuesta. Quizá no fuese tan estúpido al fin y al cabo, pensó Steve. Quizá incluso se preocupaba sinceramente por ese cliente en particular.

—Ustedes lo conocen mejor que yo —dijo Steve—. Yo hablé con él por primera vez hace dos semanas, y no he leído ninguno de sus libros.

Harris, a juzgar por su expresión, no parecía en absoluto sorprendido.

–Precisamente por eso se lo pregunto –repuso Appleton–. Nosotros lo conocemos desde hace demasiado tiempo. Yo desde 1985, cuando alternaba con la *beautiful people* en las salas de fiestas, y Bill desde 1965. Es el Jerry García del mundo literario.

–Eso es injusto –protestó Harris fríamente.

Appleton hizo un gesto de indiferencia.

–«Unos ojos nuevos ven más claro», decía mi abuela. Así que contésteme, señor Ames, ¿lo cree capaz?

Steve se dio cuenta de que la cuestión era seria, quizá incluso vital, y reflexionó al respecto durante casi un minuto. Sus dos interlocutores aguardaron pacientemente.

–Bueno –dijo por fin–, no sé si en las recepciones será capaz de comerse el queso y mantenerse alejado del vino, pero en cuanto a si puede llegar a California en la moto... sí, probablemente. Se lo ve fuerte. Sin duda tiene mucho mejor aspecto que Jerry García en su última etapa, eso se lo aseguro. He trabajado con muchos rockeros a quienes les dobla la edad que están bastante peor que él.

Appleton le lanzó una mirada inquisitiva.

–Me baso sobre todo en la expresión que veo en su cara. *Quiere* hacerlo. Quiere salir a la carretera, incordiar a más de uno, tomar nota de algunos nombres. Y... –Steve recordó de pronto su película preferida, una que veía en vídeo prácticamente todos los años: *Un hombre*, con Paul Newman y Richard Boone. El recuerdo le provocó una sonrisa–. Y parece un hombre que tiene aún redaños de sobra.

–Ah –dijo Appleton, y bajó la vista un tanto desconcertado.

Steve no se sorprendió. Si Appleton había tenido alguna vez redaños, pensó Steve, probablemente los había ya perdido cuando empezó a estudiar en Exeter, Choate o dondequiera que fuese a lucir sus chaquetas de *sport* y sus corbatas del Partido Republicano.

Harris se aclaró la garganta.

—En fin, si damos ya por zanjado ese punto, el último Mandamiento...

Appleton gimió. Harris fingió no oírlo y siguió mirando a Steve.

—El quinto y último Mandamiento es —repitió—: No debe recoger autoestopistas. Ni hombres ni mujeres, pero sobre todo nunca mujeres.

Por eso probablemente Steve Ames no dudó ni por un instante cuando vio a la muchacha junto a la carretera en las afueras de Ely, una muchacha delgada de nariz torcida y pelo teñido de dos colores. Se arrimó al arcén y se detuvo.

2

La muchacha abrió la puerta del camión pero no subió a la cabina inmediatamente. Simplemente miró a Steve con sus ojos azules por encima del asiento cubierto de mapas.

—¿Eres buena persona? —preguntó.

Steve pensó por un momento y asintió con la cabeza.

—Sí, supongo —contestó—. Fumo dos o tres puros al día, pero nunca doy un puntapié a un perro que no sea mayor que yo, y envío dinero a mi mamaíta cada seis meses.

—¿No intentarás abusar de mí, o algo así?

—No —aseguró Steve, sonriendo. Le gustaba el modo en que la muchacha mantenía sus ojos azules fijos en él. Parecía una niña absorta en un tebeo—. A ese respecto me controlo bastante bien.

—¿Y no serás un asesino en serie o un psicópata?

–No, pero ¿de verdad crees que te lo diría si lo fuera?

–Probablemente lo vería en tus ojos –repuso la muchacha del pelo bicolor, y aunque parecía hablar en serio, una sonrisa asomó a sus labios–. Soy un poco adivina, colega, no mucho pero un poco sí.

En su misma dirección pasó un estruendoso camión frigorífico, y al rebasarlos el conductor protestó con un prolongado bocinazo, pese a que Steve había detenido su compacto Ryder casi en la cuneta y en ese momento no circulaba ningún otro vehículo por la carretera. Pero eso no tenía nada de raro. Por experiencia, Steve sabía que ciertos individuos no podían apartar las manos de la bocina o de la polla. Siempre estaban estrujando lo uno o lo otro.

–Se ha acabado el interrogatorio, señorita. ¿Quieres que te lleve, o no? Tengo que seguir mi camino.

En realidad se hallaba mucho más cerca del jefe de lo que éste habría querido. A Marinville le gustaba disponer de toda América para él solo, sentirse libre como un pájaro, y al fin y al cabo ésa era la idea del libro. A Steve todo eso le parecía muy bien, magnífico. Pero él, Steven Andrew Ames, natural de Lubbock, tenía también un trabajo que hacer, y consistía en asegurarse de que Marinville escribiese el libro con su ordenador y no a través de una médium. Y el método que había elegido para cumplir con su parte era muy sencillo: mantenerse cerca y no permitir que ninguna situación se le escapase de las manos en la medida de lo posible. Permanecía unos cien kilómetros por detrás de él en lugar de doscientos cincuenta; pero si el jefe no se enteraba, ¿qué mal había en ello?

–Pues sigamos –dijo por fin la muchacha. Saltó a la cabina y cerró la puerta.

–Gracias, nena –bromeó Steve–. Me conmueve esa demostración de confianza. –Miró por el retrovisor, no vio más que los últimos edificios de Ely, y volvió al carril.

—No me llames así —protestó la muchacha—. Es sexista.

—¿«Nena» es sexista? Vamos, por favor.

—No me llames «nena», y yo no te llamaré «macho» —replicó ella con tono remilgado pero tajante.

Steve se echó a reír. Aun consciente de que probablemente a ella la molestaría, no pudo evitarlo. Así era la risa, una especie de eructo; unas veces era posible contenerla pero en la mayoría de los casos no.

La miró y vio que también ella sonreía mientras se desprendía de la mochila, así que no debía de haberse ofendido demasiado. Era flaca como el palo de una escoba —no debía de pesar más de cuarenta y dos o cuarenta y tres kilos— y medía alrededor de uno sesenta y cinco. Llevaba una ceñida camiseta con las mangas arrancadas, y sus pechos se dibujaban claramente bajo la fina tela, lo cual no dejaba de ser curioso en una muchacha tan preocupada como ella por encontrarse a Jack el Destripador a bordo de un camión. Aunque a ese respecto no tenía mucho que exhibir; Steve supuso que aún podía comprar sus sujetadores en la sección infantil de las tiendas de ropa. En la pechera de la camiseta un negro de pelo erizado sonreía en el centro de un sol psicodélico. Formando un arco en torno a su cabeza se leía el lema: ¡NO RENUNCIARÉ!

—Debe de gustarte Peter Tosh —dijo la muchacha—. ¡Porque no creo que sean mis tetas!

—Trabajé con Peter Tosh en un par de ocasiones —comentó Steve.

—¡No me lo creo!

—Créetelo —replicó Steve. Miró por el retrovisor. Ely ya había quedado atrás. En aquellos parajes uno perdía la noción de la distancia. Supuso que él, en el lugar de una joven autoestopista, haría también alguna que otra pregunta antes de subirse a un camión o un automóvil. Quizá no sirviese de nada, pero no estaba de más, porque una vez en el desierto cualquier cosa podía ocurrir.

–¿Cuándo trabajaste con Peter Tosh?

–En el año ochenta o el ochenta y uno –respondió Steve–. No lo recuerdo exactamente. Primero en el Madison Square Garden, y más tarde en Forest Hills. En Forest Hills Dylan cantó un bis con él. *Blowin in the Wind*.

La muchacha lo miró con franca admiración, al parecer –por lo que Steve veía– sin sombra de duda.

–¡Vaya, qué alucine! ¿Y a qué te dedicabas? ¿Transportabas el material?

–Por aquellas fechas, sí. Luego fui técnico de sonido. Y ahora... –Sí, ése era un buen comienzo, pero ¿qué era ahora exactamente? Técnico de sonido no, desde luego. En cierto modo lo habían degradado de nuevo a encargado del material. Y era también psicólogo a jornada parcial. Y además una especie de Mary Poppins, sólo que con una larga melena castaña de hippy y algún que otro mechón gris en el centro–. Ahora me dedico a otra cosa. ¿Cómo te llamas?

–Cynthia Smith –contestó, y le tendió la mano.

Steve se la estrechó, y advirtió que era larga y ligera, de huesos muy frágiles; era como darle la mano a un pájaro.

–Yo me llamo Steve Ames.

–De Texas.

–Sí, de Lubbock. Habrás oído antes el acento, ¿no?

–Una o dos veces. –Su sonrisa pícara le iluminó toda la cara–. «Puedes sacar al chico de Texas...»

Completaron juntos la frase («... pero el chico siempre llevará Texas dentro») y se echaron a reír, ya amigos, con esa clase de breve amistad que entabla la gente cuando se encuentra casualmente en las carreteras más solitarias de Estados Unidos.

# 3

Saltaba a la vista que Cynthia Smith era un bicho raro, pero Steve también lo era; uno no podía pasar la mayor parte de su vida adulta en el mundo de la música sin sucumbir en mayor o menor medida a la excentricidad, pero eso a él no le molestaba. Cynthia le contó que tenía motivos de sobra para recelar de los hombres; uno casi le había arrancado la oreja izquierda y otro, no hacía mucho, le había roto la nariz.

—Y el que me hizo lo de la oreja era un tipo que me caía bien —añadió—. Les tengo cariño a mis orejas. La nariz... sí, la nariz tiene carácter, pero a las orejas les tengo un cariño especial, vete a saber por qué.

Steve se volvió y le echó un vistazo a su oreja izquierda.

—Bueno, yo te las veo un poco planas por arriba —bromeó—, pero eso tampoco es un gran problema. Si tanto cariño les tienes, podrías dejarte crecer el pelo y tapártelas.

—Ni hablar —dijo Cynthia con firmeza, e inclinándose un poco a la derecha para mirarse en el retrovisor montado en su lado de la cabina, se ahuecó el pelo. Llevaba la mitad izquierda teñida de verde y la otra mitad de naranja—. Según mi amiga Gert, parezco la Huerfanita Annie, la de las historietas, pero salida del infierno. Y eso es demasiado chachi para cambiarlo.

—No renuncias a tus pelos, ¿eh? —dijo Steve, parafraseando el lema de su camiseta.

Cynthia sonrió, se dio una palmada en la pechera, e imitando pasablemente el acento jamaicano afirmó:

—Yo sigo mi camino, como Peter.

El camino de Cynthia Smith había sido huir de casa y de los reproches más o menos continuos de sus padres a la edad de diecisiete años. Había pasado una breve temporada en la costa Este («Me marché cuando me di cuenta de que iba a convertirme en un polvo fácil», dijo con naturalidad), y luego vagó sin rumbo hasta acabar en el Medio Oeste, donde se «medio limpió» y conoció a un tipo atractivo en una reunión de Alcohólicos Anónimos. El tipo atractivo le aseguró que estaba *totalmente* limpio, pero mintió. ¡Que si mintió! Cynthia se fue a vivir con él de todos modos, un grave error («Nunca he tenido mucho acierto con los hombres», admitió con igual naturalidad). El tipo atractivo llegó a casa una noche atiborrado de tripis, y por lo visto decidió que quería la oreja de Cynthia para usarla como señal en los libros. Cynthia se marchó a un centro de mujeres maltratadas, y allí no sólo se «medio limpió» sino que incluso trabajó de consejera durante un tiempo cuando la supervisora murió asesinada y el centro estuvo a punto de cerrar.

–El tipo que mató a Anna es el mismo que me rompió la nariz –precisó Cynthia–. Era mala persona. Richie, el que quería mi oreja como señal, simplemente tenía mal carácter. Pero Norman era mala persona. Un loco peligroso.

–¿Lo cogieron?

Cynthia movió la cabeza en un solemne gesto de negación.

–Pero no íbamos a dejar que HH desapareciese sólo porque un tipo enloqueció cuando lo abandonó su mujer, así que arrimamos todas el hombro para sacarlo adelante. Y lo conseguimos.

–¿HH?

–Son las siglas de Hijas y Hermanas. Allí recuperé la confianza en mí misma. –Cynthia contemplaba el desierto por la ventanilla y se frotaba el puente torcido de la nariz con el pulgar–. En cierto modo, incluso el tipo que me hizo esto me sirvió de ayuda.

–Norman.

–Sí, Norman Daniels, así se llamaba. Al menos yo

y Gert (Gert es una colega, la que dice que me parezco a la Huerfanita Annie) le plantamos cara, ¿sabes?

—Ya.

—Y el mes pasado me decidí por fin a escribir a mis padres. Hasta puse el remite en el sobre. Pensaba que cuando me escribiesen, si es que escribían, estarían furiosos, sobre todo mi padre. Era el pastor de la parroquia. Ya se ha jubilado, pero...

—Puedes sacar al chico del infierno, pero el chico siempre llevará el infierno dentro —dijo Steve.

Cynthia sonrió.

—Sí, eso mismo esperaba yo, pero la carta que recibí me sorprendió. Los llamé por teléfono. Hablamos. Mi padre lloró. —Lo explicaba con cierta admiración—. En serio, *lloró*. ¿Puedes creerlo?

—Oye, he estado de gira ocho meses con Black Sabbath —protestó Steve—. A partir de ahí, me lo creo todo. Así que vuelves a casa, ¿eh? El regreso de la nena pródiga.

Cynthia le lanzó una mirada, y Steve sonrió.

—Perdona.

—Perdonado. En todo caso, así es poco más o menos.

—¿Dónde viven tus padres? —preguntó Steve.

—En Bakersfield. Por cierto, ¿tú hasta dónde vas?

—Hasta San Francisco, pero...

—¿En serio? —dijo con una sonrisa—. ¡Genial!

—Pero no sé si podré llevarte hasta allí. De hecho, no sé si podré llevarte más allá de Austin. Austin de Nevada, no de Texas.

—Ya sé dónde está Austin; tengo un mapa —replicó Cynthia, y le lanzó una mirada de niña enojada con su estúpido hermano mayor que a Steve le gustó más aún que la que le había dirigido antes de subir al camión. Era un encanto, sin duda, pero ¿qué pensaría ella si se lo dijese?

—Te llevaré hasta donde pueda, pero este trabajo es

un tanto peculiar. Bueno, en realidad como todos los trabajos en este medio. El mundo del espectáculo es atípico por naturaleza, y esto forma parte del mundo del espectáculo... En fin, supongo... pero... lo que quiero decir...

Se interrumpió. ¿Qué quería decir exactamente? Su empleo temporal como encargado del material de un escritor (sabía que ese título no era el más adecuado para describir su actual cometido, no hacía falta ser escritor para darse cuenta de eso, pero no se le ocurría otro mejor) casi había terminado, y sin embargo aún no había extraído conclusiones al respecto, ni sobre el trabajo ni sobre el propio Johnny Marinville. Sólo sabía con certeza que el gran hombre no le había pedido droga ni mujeres, y que ni una sola vez al reunirse con él al final de la jornada en la habitación de algún motel había percibido olor a whisky en su aliento. Y por el momento con eso le bastaba. Ya pensaría más adelante en cómo describirlo en su currículum.

–¿En qué consiste el trabajo? –preguntó Cynthia–. Porque en este camión no parece que haya espacio suficiente para llevar el material de un grupo de rock. ¿Estás de gira con un cantante folk esta vez? ¿Con Gordon Lightfoot o alguien así?

Steve sonrió.

–Bueno, mi jefe tiene algo de folk, supongo, sólo que él no usa una guitarra o una armónica sino la boca. Es...

En ese momento el teléfono móvil del salpicadero emitió su zumbido penetrante y extrañamente nasal. Steve lo cogió al segundo pitido pero no lo abrió de inmediato, sino que miró a Cynthia.

–No hables –dijo mientras el teléfono sonaba por tercera vez en su mano–. Podrías meterme en un lío si te oyen, ¿entendido?

El teléfono sonó otras dos veces.

Cynthia asintió con la cabeza. Steve desplegó el auricular y pulsó un botón para aceptar la llamada. Lo primero que oyó al acercarse el teléfono a la oreja fue la intensa crepitación de la interferencia estática; de hecho, le sorprendió que la llamada hubiese llegado.

–Sí, ¿eres tú jefe?

Se oyó de fondo un rumor más grave y monótono –el sonido de un camión al pasar, pensó Steve– y luego la voz de Johnny Marinville. Steve percibió su pánico pese a las interferencias, y se le aceleró el corazón. Ya antes había oído hablar a otras personas en ese mismo tono (al parecer, ocurría una vez por gira cuando menos), y lo reconoció al instante. Al otro lado de la línea se había producido un desastre de un tipo u otro.

–¡Steve! ¡Steve! Estoy... lío... serio...

Steve miró la carretera, una línea recta que se adentraba en el desierto, y notó que el sudor empezaba a brotar en su frente. Se acordó del agente bajo y rechoncho de Marinville con sus Mandamientos y su voz amenazadora, pero de inmediato alejó la imagen de su memoria. Lo último que necesitaba en ese momento era la incómoda presencia de Bill Harris en su cerebro.

–¿Has tenido un accidente? ¿Es eso? ¿Qué ocurre, jefe? Repítelo.

La línea crepitó.

–... Johnny... ¿oyes?

–Sí, te oigo –contestó Steve a voz en grito aun sabiendo que no servía de nada. Observó a Cynthia con el rabillo del ojo y advirtió su creciente inquietud–. ¿Qué ha pasado?

No llegó respuesta alguna durante un largo momento, y Steve tuvo la certeza de que se había cortado la comunicación. Se apartaba ya el teléfono de la oreja cuando la voz de Marinville llegó de nuevo, muy lejana, como una voz procedente de otra galaxia.

–... cuenta... oeste... Ely...

¿Cuenta?, pensó Steve. No, debe de ser cincuenta. «Estoy en la interestatal 50 al oeste de Ely.» Quizá. Quizá ha dicho eso. Un accidente. Seguro que ha tenido un accidente. Se ha salido de la carretera y ahora está tendido en la cuneta con una pierna rota y la cara llena de sangre, y cuando volvamos a Nueva York, su agente y su editor van a crucificarme, aunque sólo sea porque no pueden crucificarlo a él.

–No... exac... qué distancia... kilómetros, probablemente más... oco más adelante... una caravana junto a la carretera...

A continuación una intensa ráfaga de interferencia estática ahogó cualquier otro sonido en la línea. Luego Marinville dijo algo sobre la policía. La policía estatal y la policía de un pueblo.

–¿Qué...? –dijo Cynthia en el asiento contiguo.

–¡Chist! ¡Ahora no! –la interrumpió Steve.

Por el auricular oyó:

–... la moto... al desierto... el viento... un par de kilómetros al este de la caravana...

No oyó nada más. Gritó al menos media docena de veces el nombre de Johnny por el micrófono del teléfono, pero la línea siguió en silencio. La comunicación se había cortado definitivamente. Utilizó el botón NOMBRE/MENÚ, y cuando aparecieron las iniciales J.M. en la pantalla, cursó la llamada. Una voz grabada le dio la bienvenida a la red de rastreo de llamadas de la zona oeste, se produjo un silencio, y otra grabación anunció que en ese momento no podía establecerse comunicación. La voz comenzó a numerar las posibles razones, y Steve cortó la línea y plegó el teléfono.

–¡Maldita sea! –exclamó.

–Algún problema grave, ¿verdad? –preguntó Cynthia. Lo miró de nuevo con los ojos muy abiertos, pero esta vez sólo se advertía en ellos alarma–. Lo veo en tu cara.

—Es posible —contestó Steve, y movió la cabeza en un gesto de impaciencia—. Es muy probable. Era mi jefe. Está más adelante, pero no sé dónde exactamente. A unos cien kilómetros, supongo, pero podrían ser ciento cincuenta. Viaja en una Harley. Es...

—¿Una moto grande de colores rojo y crema? —preguntó Cynthia con repentina excitación—. ¿Es una especie de Jerry García, con el pelo gris y largo?

Steve asintió.

—Lo he visto esta mañana, bastante al este de aquí —dijo Cynthia—. Ha puesto gasolina en la estación de servicio de Pretty Nice. ¿Conoces ese pueblo? ¿Pretty Nice?

Steve asintió de nuevo.

—Yo estaba desayunando en el bar y lo he visto por la cristalera. Me ha sonado de algo. Me ha dado la impresión de que había salido alguna vez por la tele.

—Es escritor —explicó Steve. Comprobó el cuentakilómetros y vio que viajaban a ciento diez kilómetros por hora. Decidió que podía forzar el camión un poco más. La aguja giró hasta ciento veinte. Fuera el paisaje desértico empezó a quedar atrás un poco más deprisa—. Ha cruzado el país reuniendo material para un libro. También ha pronunciado unas cuantas conferencias, pero básicamente visita sitios, habla con la gente y toma notas. Y ahora ha tenido un accidente. O al menos esa impresión me ha dado.

—La comunicación era pésima, ¿no?

—Sí.

—Si quieres parar y dejarme aquí, por mí no hay problema —propuso Cynthia.

Steve lo pensó detenidamente. Una vez pasado el sobresalto inicial, su mente volvió a funcionar con frialdad y precisión, como siempre ante circunstancias adversas. No, decidió, no quería dejarla allí. Había surgido una situación delicada, una situación que debía afrontarse sin pérdida de tiempo; pero no por eso debía perder de vista el futuro. Aun en el caso de que Johnny Marinville se hubiese estrellado con la moto y fuese a pasar un buen tiempo fuera de la circulación, Appleton probablemente se resignaría; parecía un hombre (pese a las chaquetas de *sport* y las corbatas del Partido Republicano) capaz de aceptar la idea de que a veces las cosas se torcían. Bill Harris, en cambio, le había parecido uno de esos individuos que ante cualquier problema buscan una cabeza de turco.

Y Steve, como turco potencial, llegó a la conclusión de que le convenía tener un testigo, alguien totalmente ajeno a él hasta ese momento.

–No; prefiero que te quedes. Pero te seré sincero: no sé con qué vamos a encontrarnos. Con sangre, quizá.

–No me asusta la sangre –repuso Cynthia.

4

Cynthia no hizo el menor comentario acerca de la velocidad a que viajaban, pero cuando el camión alcanzó los ciento cuarenta kilómetros por hora y la carrocería empezó a temblar, se abrochó el cinturón de seguridad. Steve apretó un poco más el acelerador, y cuando la aguja marcó casi ciento cincuenta, se redujo la vibración. Así y todo, agarró firmemente el volante; soplaba un fuerte viento de costado, y a aquella velocidad una ráfaga violenta podía desviarlo hacia la cuneta. Si eso ocurría y embarrancaban, las cosas se complicarían más aún. Sería llover sobre mojado. En su moto el jefe era mucho más vulnerable al viento, reflexionó Steve. Quizá era eso lo que había ocurrido.

En los últimos kilómetros había puesto al corriente a Cynthia sobre los aspectos básicos de su trabajo: reservaba habitaciones, verificaba las rutas, revisaba los sistemas de sonido allí donde el jefe tenía previsto dar una conferencia, y se quedaba al margen para no estropear la imagen que el jefe quería ofrecer de sí mismo: Johnny Marinville, el lobo estepario de los pensadores, un héroe políticamente correcto de una película de Sam Peckinpah, un escritor que no había olvidado lo que era mantenerse fiel a sus compromisos.

El camión, explicó Steve, estaba vacío salvo por algunos accesorios de repuesto y una larga rampa de madera para que Johnny subiese a la caja si el mal tiempo le impedía seguir el camino en moto. Puesto que estaban a mediados del verano, eso era poco probable, pero tanto la rampa como las abrazaderas que Steve había fijado al suelo del camión antes de emprender viaje estaban allí también por otra razón, de la cual él y Johnny no habían hablado expresamente, si bien los dos la conocían desde el día mismo en que partieron de Westport, Connecticut. Johnny Marinville podía despertarse una mañana y descubrir que no le apetecía seguir el viaje en la Harley.

O que sus fuerzas ya no se lo permitían.

–He oído hablar de él –dijo Cynthia–, pero nunca he leído nada suyo. Mis autores preferidos son Dean Koontz y Danielle Steel. Yo sólo leo por placer. La moto era preciosa, eso sí. Y el tipo tenía un pelo gris genial. Pelo de rockero, ¿sabes?

Steve asintió. Lo sabía. Y Marinville también.

–¿Estás preocupado por él, o sólo te preocupa lo que pueda pasarte a ti?

Probablemente esa pregunta le habría molestado en caso de venir de otra persona, pero no percibió en el tono de Cynthia ninguna velada insinuación.

–Estoy preocupado por los dos –contestó Steve.

Cynthia movió la cabeza en un gesto de asentimiento.

–¿Qué distancia hemos recorrido ya?

Steve echó un vistazo al cuentakilómetros.

—Setenta kilómetros desde que se ha cortado la comunicación.

—Pero no sabes desde dónde telefoneaba exactamente.

—No —confirmó Steve.

—¿Crees que se habrá metido en algún lío él solo, o que habrá alguien más por medio?

Steve la miró, sorprendido. Lo que se temía era precisamente que hubiese alguien más por medio, pero se habría abstenido de mencionarlo si ella no hubiese planteado la posibilidad.

—Podría estar implicado alguien más —contestó de mala gana—. Ha dicho algo acerca de la policía estatal y la policía de un pueblo. Quizá que no avisase a la policía estatal, sino a la del pueblo más cercano. Pero no estoy seguro.

Cynthia señaló el teléfono móvil, que se hallaba en su soporte del salpicadero.

—Ni hablar —dijo Steve—. No voy avisar a la policía hasta que sepa en qué clase de lío se ha metido.

—Y yo te prometo que no incluiré eso en mi declaración si tú me prometes que no volverás a llamarme «nena».

Steve esbozó una fugaz sonrisa, pese a que su ánimo no era el más propicio para sonreír.

—Eso es una buena idea. Siempre puedes decir...

—Que el teléfono no funcionaba —apuntó Cynthia—. Todo el mundo sabe lo poco fiables que son esos artefactos.

—Eres una buena chica, Cynthia.

—Tú tampoco eres mal tipo.

A poco menos de ciento cincuenta por hora, los kilómetros se fundían como nieve en primavera. Cuando se hallaban ya a noventa y cinco kilómetros de donde se había interrumpido la comunicación, empezó a reducir gradualmente la velocidad. No había pasado ningún coche de policía en ninguno de los dos sentidos, y Steve supuso que era buena señal. Se lo comentó a Cynthia, y ella hizo un gesto de duda.

–A mí me parece extraño, la verdad. Si ha habido un accidente y tu jefe o alguna otra persona ha resultado herida, ¿no crees que ya habríamos visto pasar algún coche de policía? ¿O una ambulancia?

–Bueno, si hubiesen venido del otro lado, del oeste...

–Según mi mapa, el próximo pueblo en ese sentido es Austin, y está mucho más lejos de aquí que Ely. Deberíamos haber visto ya algún vehículo oficial, algo con sirenas, quiero decir, en un sentido u otro. ¿Entiendes?

–Supongo que tienes razón, sí –concedió Steve.

–¿Y dónde están?

–No lo sé.

–Yo tampoco –dijo Cynthia.

–Bueno, continúa mirando por si se ve... ¿qué sé yo?... algo fuera de lo común.

–Eso hago. Reduce un poco más.

Steve consultó su reloj y vio que eran las seis menos cuarto. Las sombras se habían extendido por el desierto, pero el día seguía claro y caluroso. Si Marinville estaba cerca, lo verían.

Claro que lo veremos, pensó Steve. Debe de estar sentado al borde de la carretera, probablemente con una brecha en la cabeza y los pantalones rotos. Y sin duda tomando notas sobre la experiencia. Afortunadamente lleva casco. Si no lo llevase...

–¡Veo algo! ¡Allí! –anunció Cynthia con voz nerviosa pero controlada. Se protegía los ojos del sol de poniente con la mano izquierda y señalaba con la derecha–. ¿Lo ves? Podría ser... Oh, mierda, no. Es demasiado grande para ser una moto. Parece una caravana.

–Ha debido de llamar desde aquí. O cerca de aquí.
–¿Cómo lo sabes?
–Ha dicho que había una caravana junto a la carretera un poco más adelante –explicó Steve–, eso lo he oído claramente. Ha dicho que se encontraba a un par de kilómetros al este de la caravana, y eso más o menos es por aquí, así que...
–Sí, no lo repitas. Estoy mirando, estoy mirando.

Steve redujo la velocidad primero a cincuenta y luego, cuando se aproximaban a la caravana, al paso de un hombre. Cynthia había bajado el cristal de la ventanilla y asomaba medio cuerpo; se le había subido la camiseta, y enseñaba la parte inferior de la espalda (diminuta como toda ella, pensó Steve) y la hilera de huesos de la columna.

–¿Ves algo? –preguntó.
–No. Me ha parecido ver un destello, pero era en el desierto, mucho más lejos de donde habría caído la moto si hubiera chocado con otro coche, o la hubiera tumbado el viento.
–Probablemente ha sido el reflejo del sol en la mica de las rocas.
–Sí, seguramente –convino Cynthia.
–¡Eh, no vayas a caerte por la ventanilla!
–Ya llevo cuidado –dijo ella, y entornó los ojos cuando el viento, cada vez más continuo e inclemente, lanzó arena contra su cara.
–Si ésta es la caravana a que se refería –comentó Steve–, ya hemos pasado el lugar desde donde ha telefoneado.

Cynthia asintió con la cabeza.
–Sí, pero sigue adelante. Quizá haiga alguien en la caravana.

Steve resopló.
–¿«Haiga»? ¿Eso es lo que has aprendido leyendo a Dean Koontz y Danielle Steel?

Cynthia se echó hacia atrás y le dirigió una mirada altiva, pero Steve notó que la había ofendido.

–Perdona –dijo–. Era sólo una broma.

–¡Ah! –replicó ella con aspereza–. Y dime, gran camionero tejano, ¿*tú* has leído algo de lo que ha escrito tu jefe?

–Bueno, me pasó un ejemplar de *Harper's* que incluía un relato suyo. «El mal tiempo que el cielo nos trae», se titulaba. Y lo leí, claro. Hasta la última palabra.

–¿Y *entendiste* hasta la última palabra?

–Ah, no. Mira, lo que he dicho era una impertinencia. Te pido disculpas. Sinceramente.

–Vale –respondió ella, pero por el tono de voz que empleó, Steve dedujo que se hallaba en período de prueba.

Abrió la boca con la intención de decir algo que, con un poco de suerte, resultase gracioso, algo que le arrancase a Cynthia una sonrisa (una de esas preciosas sonrisas suyas), pero al ver de cerca la caravana advirtió un detalle que lo apartó de su propósito.

–¿Qué ha pasado aquí? –preguntó, más para sí mismo que para Cynthia.

–¿Dónde? –se interesó ella, volviendo la cabeza para mirar por el parabrisas mientras Steve detenía el camión en el arcén detrás de la caravana.

Era un vehículo de tamaño medio, mayor que una furgoneta pero menor que la mayoría de las mastodónticas caravanas que Steve venía viendo desde Colorado.

–Han debido de encontrar clavos en la carretera o algo así –comentó Steve–. Da la impresión de que *todas* las ruedas están pinchadas.

–Sí. ¿Y cómo es que a nosotros no nos ha pasado lo mismo?

Cuando a Steve se le ocurrió que quizá los pasajeros de la caravana, movidos por un inusual sentido cívico, habían recogido los clavos del asfalto, Cynthia había ya saltado de la cabina y se dirigía hacia la caravana saludando a voz en grito a quien pudiese hallarse dentro.

Vaya, hay que reconocer que sabe escabullirse cuando le conviene, pensó Steve, y salió también del Ryder. El viento lo embistió con tal fuerza que se tambaleó. Era un viento caliente, como el aire que despide una incineradora.

–¿Steve? –lo llamó Cynthia con un tono distinto; de su voz había desaparecido el puntilloso descaro que, según sospechaba Steve, quizá fuese su manera de coquetear–. Ven. Esto no me gusta.

Se encontraba junto a la puerta lateral de la caravana, que estaba entornada y se movía ligeramente pese a que el viento soplaba del otro lado; la escalerilla se hallaba bajada. Sin embargo Cynthia no observaba la puerta ni la escalerilla. Al pie de ésta, medio enterrada por la arena que el viento arrastraba por debajo de la caravana, yacía de bruces una muñeca rubia con un vestidito azul claro. Tampoco a Steve le entusiasmó demasiado aquella visión. Las muñecas sin alguna niña alrededor que se ocupase de ellas resultaban escalofriantes en cualquier circunstancia, o al menos eso opinaba él, y tropezarse con una abandonada junto a la carretera y medio enterrada por la arena...

Abrió la puerta y se asomó al interior de la caravana. Dentro el calor era sofocante; la temperatura debía de ascender por lo menos a cuarenta y cinco grados.

–¡Hola! ¿Hay alguien?

Pero de antemano sabía que no obtendría respuesta. Los dueños de la caravana, de hallarse allí, habrían tenido el motor en marcha para mantener encendido el aire acondicionado.

–No te molestes –dijo Cynthia, que había recogido la muñeca y le sacudía la arena del pelo y los pliegues del vestido–. Esto no es una muñeca de todo a cien. Quizá no cueste una fortuna, pero desde luego es cara. Y alguien le tenía cariño. Mira. –Tiró de la falda con los dedos para mostrarle un pequeño parche pulcramente cosido sobre un roto; el color de las dos telas era casi idéntico–. Si la niña a quien pertenece esta muñeca estuviese por aquí, no la dejaría tirada en la arena, eso te lo garantizo. La cuestión es: ¿por qué no se la llevó cuando ella y su familia se marcharon? –Subió al primer peldaño de la escalerilla, vaciló y volvió la cabeza hacia Steve–. Vamos.

–No puedo. Tengo que buscar al jefe.

–Búscalo dentro de un minuto, ¿no? No quiero entrar aquí sola. Parece el *Andrea Doria*, o algo así.

–Dirás el *Mary Celeste* –corrigió Steve–; el *Andrea Doria* se hundió.

–Vale, listillo, lo que tú digas. Vamos, será sólo un momento. Además... –titubeó.

–Además, podría tener algo que ver con Marinville. ¿Es eso lo que ibas a decir?

Cynthia asintió y adujo:

–¿No te parece mucha casualidad? Al fin y al cabo, tanto él como los dueños de la caravana han desaparecido, ¿no?

Steve se resistió a aceptarlo; consideraba que era una complicación que no merecía. Mirándolo a la cara, Cynthia le adivinó el pensamiento (sin duda poseía una sagacidad natural) y levantó los brazos en un gesto de exasperación.

–¡Mierda! Entraré yo sola.

Penetró en la caravana con la muñeca en las manos. Steve la observó pensativamente por un instante y por fin la siguió. Cynthia volvió la cabeza, asintió, y dejó la muñeca en un asiento. Se tiró del cuello de la camiseta.

–¡Qué calor! –exclamó–. Esto es un horno.

Se dirigió hacia la parte trasera, y Steve fue a echar un vistazo a la cabina, agachando la cabeza para no golpearse. En el salpicadero, frente al asiento del acompañante, había tres montones de cromos de béisbol ordenados por equipos: los Indios de Cleveland, los Rojos de Cincinnati y los Piratas de Pittsburgh. Los ojeó y vio que aproximadamente la mitad estaban firmados, y de éstos la mitad incluían dedicatorias personales. Al dorso del cromo de Albert Belle se leía: «Para David: sigue pegándole. Albert Belle.» Y en otra del montón de Pittsburgh rezaba: «Mira la pelota antes de batear, Dave. Tu amigo, Andy Van Slyke.»

–Hay también un niño –dijo Cynthia–. A menos que la niña sea una entusiasta de la acción. En uno de los baúles laterales, además de muñecas, hay cómics de Joe y Judge Dredd y los MotoKops.

–Sí, hay un niño –confirmó Steve, colocando los cromos de Albert Belle y Andy Van Slyke en sus respectivos montones. Sólo ha traído los que eran importantes para él, pensó, sonriendo, los que no resistía dejar en casa–. Se llama David.

–¿Cómo carajo lo sabes? –preguntó Cynthia, sorprendida.

–Lo he descubierto viendo *Expediente X*. –Cogió un resguardo de un pago efectuado en una gasolinera con tarjeta de crédito que encontró entre otros papeles en la bandeja de mapas del salpicadero y lo alisó. Estaba a nombre de Ralph Carver, y la dirección era de algún lugar de Ohio. El carbón se había corrido en la casilla destinada al nombre de la población, pero podía ser Wentworth.

–Imagino que no sabrás nada más de él, ¿no? –dijo Cynthia–. ¿El apellido? ¿O de dónde es?

–David Carver –contestó Steve con una amplia sonrisa–. El padre se llama Ralph Carver. Vienen de Wentworth, Ohio. Un pueblo agradable. Casi en las afueras de Columbus. Estuve allí con Southside Johnny en el ochenta y seis.

Cynthia se acercó a la parte delantera. Había cogido otra vez la muñeca y la sostenía contra sus minúsculos pechos. Fuera una ráfaga de viento lanzó arena contra la caravana. Sonó igual que un aguacero.

—¡Te lo estás inventando! —dijo Cynthia.

—Ni mucho menos —contestó él, y le tendió el resguardo—. De aquí he sacado el apellido. Y sé que se llama David por los cromos de béisbol. Tiene algunas firmas muy valiosas, te lo aseguro.

Cynthia cogió los cromos, los miró, volvió a dejarlos y se dio media vuelta lentamente con expresión solemne. Le brillaba la cara a causa del sudor. También Steve estaba sudando, y en abundancia. Notaba cómo le corrían las gotas por el cuerpo como un aceite ligero y pegajoso.

—¿Dónde habrán ido? —preguntó Cynthia.

—Al pueblo más cercano —dedujo Steve—. Probablemente los ha llevado alguien. ¿Recuerdas si en tu mapa aparece algo por estos alrededores?

—No. Hay un pueblo, creo, pero no recuerdo el nombre. Pero en ese caso, ¿por qué no cerraron la caravana al irse? Tienen aquí todas sus cosas. —Señaló la parte trasera con la mano—. ¿Sabes qué hay allí junto al sofá?

—No.

—El joyero de la esposa. Una rana de cerámica. Se cuelgan los anillos y los pendientes en la boca de la rana.

—¡Qué refinado! —comentó Steve. Quería salir de allí, y no sólo porque hacía un calor asfixiante o porque tenía que buscar a Marinville. Quería salir de allí porque aquella jodida caravana parecía realmente el *Mary Celeste*. No resultaba difícil imaginar vampiros ocultos en los armarios, vampiros en bermudas y camisetas con frases tales como SOBREVIVÍ A LA INTERESTATAL 50, LA CARRETERA MÁS SOLITARIA DE AMÉRICA.

—Es una monada –añadió Cynthia–, pero ésa no es la cuestión. Hay dos pares de pendientes y un anillo. No muy caros, pero tampoco baratijas. El anillo lleva engastada una turmalina, creo. Así que no entiendo por qué no...

Vio algo en la bandeja de los mapas, algo que había quedado expuesto cuando él cogió el resguardo de la gasolinera de entre el resto de papeles. Era un grueso clip en forma de S barrada, el símbolo del dólar, y parecía de plata auténtica. Sujetaba un pequeño fajo de billetes. Cynthia los contó por encima pasándolos con la yema del dedo y luego los tiró a la bandeja como si quemasen.

—¿Cuánto hay? –preguntó Steve.

—Unos cuarenta –respondió Cynthia–. Probablemente el clip vale tres o cuatro veces más. ¿Sabes qué te digo? Esto me huele mal.

Otra ráfaga de viento cargada de arena azotó el costado de la caravana, en esta ocasión con fuerza suficiente para balancear el vehículo sobre sus ruedas deshinchadas. Sudorosos, Steve y Cynthia se miraron a la cara. Luego Steve contempló los inexpresivos ojos azules de la muñeca. ¿Qué ha pasado aquí, encanto? ¿Qué has visto?

Se volvió hacia la puerta.

—¿No es ya hora de avisar a la policía? –sugirió Cynthia.

—Todavía no. Primero quiero recorrer a pie uno o dos kilómetros hacia el este por si hay algún indicio de mi jefe.

—¿Con este viento? Es una tontería.

Steve la miró en silencio por un momento; después la apartó y bajó por la escalerilla.

Cynthia lo siguió de inmediato.

—Eh, dejémoslo en empate, ¿vale? –propuso–. Tú te has reído de mi gramática, y yo me he reído de tu lo que sea.

—Intuición —puntualizó Steve.

—¿Intuición? ¿Así lo llamas? Vale, perfecto. ¿Estamos en paz? Di que sí, por favor. Estoy demasiado asustada para encima andar peleándome contigo.

Steve le sonrió, un poco conmovido por la ansiedad que se reflejaba en su rostro.

—Está bien, sí. Estamos en paz, en la medida de lo posible.

—¿Quieres que yo retroceda con el camión? —ofreció Cynthia—. Puedo alejarme hasta que el cuentakilómetros avance un kilómetro y medio, y así sabrás hasta dónde has de llegar.

—¿Sabrás cambiar de sentido sin... —En dirección este pasó un semirremolque con publicidad de Kleenex en el costado. Cynthia, sobresaltada, dio un paso atrás y se protegió los ojos del polvo con un descarnado brazo. Steve le rodeó los hombros con el brazo para tranquilizarla— sin embarrancar?

Cynthia lo miró airada y se zafó de su abrazo.

—¡Claro!

—Bien. Que sean dos kilómetros, ¿de acuerdo? Sólo por mayor seguridad.

—Vale. —Cynthia se encaminó hacia el Ryder. Antes de llegar, se volvió y dijo—: Acabo de recordar cómo se llama el pueblo que está cerca de aquí. —Señaló hacia el este—. Está en esa dirección, al sur de la carretera. Tiene un nombre precioso. Te va a encantar, Lubbock.

—¿Cuál es?

—Desesperación.

Cynthia sonrió y trepó a la cabina del camión.


5


Steve avanzó lentamente hacia el este por el arcén del carril con sentido oeste. Cuando el camión Ryder pasó a escasa velocidad junto a él conducido por Cynthia, saludó con la mano pero no levantó la vista del suelo.

—¡No entiendo qué andas buscando! —gritó ella desde la cabina.

Se alejó sin darle ocasión de responder. Mejor así; tampoco él sabía qué buscaba. ¿Huellas? Una idea absurda con aquel viento. ¿Sangre? ¿Fragmentos de metal cromado o cristales rotos de las luces traseras? Eso era lo más probable. Sólo dos cosas sabía con certeza: que sus instintos no le habían simplemente pedido que hiciese aquello, se lo habían *exigido*; y que no podía quitarse de la cabeza la mirada vidriosa de la muñeca. La muñeca preferida de una niña, sólo que la niña la había dejado tirada boca abajo en el polvo junto a la carretera. La madre había dejado sus joyas; el padre había dejado su clip para el dinero, y el niño, David, había dejado sus cromos de béisbol autografiados.

¿Por qué?

Más adelante Cynthia trazó un amplio giro para orientar el camión amarillo de nuevo hacia el oeste. Realizó la maniobra con una economía de movimientos que Steve no se habría visto capaz de igualar, retrocediendo una sola vez. Saltó de la cabina y se encaminó hacia él a paso rápido, mirando apenas al suelo, y Steve advirtió, casi molesto, que sin mayor esfuerzo había encontrado lo que sus instintos lo habían enviado a buscar.

—¡Eh! —exclamó Cynthia. Se agachó, cogió algo y sacudió la arena.

Steve corrió hacia ella.

—¿Qué es?

—Un bloc —contestó Cynthia, y se lo tendió—. Parece que sí ha estado aquí. Lleva su nombre, *J. Marinville*, impreso en la tapa. ¿Lo ves?

Steve cogió el pequeño bloc de espiral con la tapa

doblada y lo hojeó rápidamente. Direcciones, planos que el propio Steve había esbozado, y anotaciones en la recargada letra del jefe, la mayoría sobre las recepciones programadas. Bajo el encabezamiento «San Luis», Marinville había escrito: «Patricia Franklin. Pelirroja, tetas grandes. No *llamarla Pat o Patty.* Nombre de la org. *Amigos de las Bib. Abiertas.* Dice Bill que P. F. colabora también con org. de defensa de los animales. Vegetariana.» En la última página utilizada había escrita una sola palabra en una versión aún más pomposa de la letra del jefe:

*Para*

Sólo eso, como si hubiese empezado a dedicar un autógrafo a alguien y lo hubiese dejado a medias.

Miró a Cynthia, y vio que cruzaba los brazos bajo sus exiguos pechos y comenzaba a frotarse los codos.

—Es imposible tener frío aquí, pero yo estoy helada. Las cosas se ponen cada vez más feas.

—¿Cómo es que esto no se lo ha llevado el viento? —preguntó Steve.

—Pura casualidad. Ha topado con una roca grande y luego la arena lo ha cubierto en parte. Como a la muñeca. Si lo hubiese dejado caer quince centímetros a la derecha o a la izquierda, seguramente ahora estaría a mitad de camino de México.

—¿Por qué piensas que lo ha dejado caer?

—¿Tú no lo piensas? —replicó Cynthia.

Cuando se disponía a contestar que en realidad él todavía no pensaba nada, vio un destello en el desierto, probablemente el mismo que había advertido Cynthia mientras se aproximaban a la caravana, sólo que en ese instante no se hallaban en movimiento, de donde se desprendía que el destello procedía de un punto fijo. Y no era mica incrustada en una roca, Steve estaba seguro. Por primera vez sintió auténtico miedo. Apretó a correr por el desierto, hacia aquel brillo, aún antes de tomar la decisión consciente de hacerlo.

—¡Eh, no vayas tan deprisa! –protestó Cynthia, sorprendida–. ¡Espera!

Corrió los primeros cien metros, manteniendo aquel punto de luz frente a él (sólo que el punto de luz había empezado a agrandarse y cobrar una forma alarmantemente familiar), hasta que de pronto lo invadió una sensación de vértigo y se detuvo. Se inclinó, apoyándose las manos en las piernas justo por encima de las rodillas, convencido de que todos los puros que había fumado en los últimos dieciocho años habían vuelto para pasarle factura.

Cuando el vértigo remitió ligeramente y los mazazos de su corazón empezaron a atenuarse en sus oídos, oyó a sus espaldas un jadeo característicamente femenino. Volvió la cabeza y vio acercarse a Cynthia al trote, sudando copiosamente pero por lo demás fresca como una rosa. Sus vistosos rizos se habían aplanado un poco, pero eso era todo.

—Te pegas... como una pelotilla... a la punta de un dedo –dijo Steve resollando cuando ella se detuvo junto a él.

—Creo que es lo más amable que me ha dicho un hombre en toda mi vida. Apúntatelo en tu cuaderno de rimas, ¿vale? Y cuidado no vaya a darte un ataque al corazón. Por cierto, ¿cuántos años tienes?

Steve se enderezó con cierto esfuerzo.

—Demasiados para interesarme por tus huesos, y me encuentro bien. Te agradezco de todos modos que te preocupes por mi salud.

Un coche pasó por la carretera sin aminorar la marcha. Los dos volvieron la cabeza. Allí cada coche que pasaba era un acontecimiento.

—Te sugiero que hagamos andando el resto del camino. Sea lo que sea ese brillo, no va a moverse de ahí.

–Yo sé qué es –afirmó Steve, y recorrió al trote los últimos veinte metros. Se arrodilló ante aquello como un hombre primitivo ante una efigie. La Harley del jefe había sido enterrada apresuradamente y sin mucho esmero. El viento ya había descubierto uno de los brazos del manillar y parte del otro.

La sombra de Cynthia se proyectó sobre Steve, y él levantó la vista deseando decir algo que camuflase el profundo terror que sentía, pero no se le ocurrió nada. Y en cualquier caso, no estaba seguro de que ella lo hubiese oído. Contemplaba la moto con los ojos muy abiertos y expresión atemorizada. Se arrodilló junto a él, extendió las manos como si tomase medidas, y cavó a corta distancia del brazo derecho del manillar. Encontró primero el casco del jefe. Lo extrajo, lo vació de arena y lo dejó a un lado. A continuación apartó con delicadeza la arena justo debajo de donde había aparecido el casco. Steve la observaba. No sabía si lo sostendrían las piernas en caso de intentar levantarse. Pensó en las noticias que uno leía de vez en cuando en los periódicos, noticias sobre cadáveres hallados entre la grava y extraídos de la proverbial fosa poco profunda.

En la pequeña concavidad que Cynthia había abierto, Steve vio metal pintado, resplandeciente en contraste con la arena parduzca. Era de colores rojo y crema, y se leían las letras HARL.

–Es ésta –dijo Cynthia. Steve apenas entendió sus palabras, porque ella se frotaba compulsivamente la boca una y otra vez–. Ésta es la moto que he visto esta mañana, no hay duda.

Steve agarró el manillar y tiró. Nada. No le sorprendió; no había tirado con fuerza. De pronto se dio cuenta de algo siniestramente interesante. Ya no sólo le preocupaba el jefe. No. Por lo visto, sus temores se habían ampliado. Y tenía cierta sensación, cierta extraña sensación de que...

—Steve, mi encantador nuevo amigo —susurró Cynthia, apartando la vista de la moto semienterrada y mirándolo a la cara—, pensarás que es una estupidez, la clase de tonterías que siempre dice la chica en las películas malas, pero me siento observada.

—No creo que sea una estupidez —dijo Steve, y apartó un poco más de arena. Gracias a Dios no había sangre. Aunque podía haberla en otra parte. O un cadáver enterrado debajo de la moto—. Yo tengo esa misma sensación.

—¿Nos marchamos? —preguntó Cynthia. Era casi una súplica. Se enjugó el sudor de la frente con un brazo—. ¿Por favor?

Steve se puso en pie y se dirigieron hacia la carretera. Cuando Cynthia le tendió la mano, él se la cogió de buen grado.

—Dios, es una sensación intensa —comentó Cynthia—. ¿Tú también la percibes intensamente?

—Sí. Creo que simplemente es fruto del miedo, pero sí, la percibo intensamente. Como...

A lo lejos se oyó un aullido vacilante. Cynthia le apretó la mano con tal fuerza que Steve se alegró de que se mordiese las uñas.

—¿Qué ha sido eso? —musitó ella—. ¿Qué ha sido eso, Dios mío?

—Un coyote —contestó Steve—. Como en las películas del Oeste. No nos atacarán. No me aprietes tanto, Cynthia, me haces daño.

Ella intentó relajarse, pero se aferró de nuevo a su mano cuando sonó un segundo aullido, que envolvió lentamente al primero como si fuesen notas sucesivas salidas de la garganta de un buen tenor haciendo ejercicios de armonía.

—Están lejos —aseguró Steve, esforzándose por no

retirar su mano de la de ella. Era más fuerte de lo que parecía–. De verdad, Cynthia, probablemente están en otro condado; cálmate.

Cynthia le aflojó la mano, pero cuando volvió su cara reluciente hacia Steve, él advirtió que se hallaba al borde del pánico.

–Sí, vale –dijo Cynthia–, están lejos, probablemente están en otro condado, probablemente es una conferencia desde California; pero no me gustan las cosas que muerden. Me asustan las cosas que muerden. ¿Volvemos al camión?

–Sí.

Cynthia, caminando a su lado, le rozaba con la cadera, pero cuando se oyó el siguiente aullido ya no le apretó la mano con igual violencia; éste sonó obviamente lejos, y no se repitió. Llegaron al camión. Cynthia subió a la cabina por el lado del pasajero, dirigiéndole a Steve una sonrisa nerviosa. Steve rodeó el Ryder por la parte delantera, advirtiendo que la sensación de ser observado había desaparecido. Aún tenía miedo, pero de nuevo básicamente por el jefe: si Johnny Marinville había muerto, los periódicos de todo el mundo publicarían la noticia, y sin duda Steve Ames formaría parte de ella. Y no por sus méritos precisamente. Steve Ames sería el mecanismo de seguridad que había fallado, la red que no estaba en su sitio cuando el gran hombre cayó por fin del trapecio.

–Esa sensación de ser observados... quizá se debía a los coyotes –comentó Cynthia–. ¿No crees?

–Puede ser.

–Y ahora ¿qué?

Steve respiró hondo y cogió el teléfono móvil.

–Es hora de avisar a la policía –dijo, y marcó el 911.

Al otro lado de la línea oyó lo que preveía: una voz grabada que se disculpaba porque en ese momento no era posible establecer comunicación. El jefe había conseguido ponerse en contacto con él, aunque sólo brevemente, pero eso había sido un golpe de suerte. Steve plegó el micrófono con furia, dejó el teléfono en el soporte del salpicadero y puso el motor del Ryder en marcha. Observó con consternación que el desierto había adquirido un claro color púrpura. Habían pasado más tiempo en la caravana abandonada y ante la moto semienterrada de lo que creía.

–No funciona, ¿verdad? –preguntó Cynthia con expresión compasiva.

–No. Busquemos ese pueblo que has mencionado. ¿Cómo se llamaba?

–Desesperación. Hay que ir hacia el este.

Steve accionó la palanca del cambio automático.

–Indícame el camino, ¿quieres?

–Claro –respondió Cynthia, y le apoyó una mano en el brazo–. Conseguiremos ayuda. Incluso en un pueblo tan pequeño como eso tiene que haber por lo menos un policía.

Se acercaron de nuevo a la caravana abandonada antes de cambiar de sentido y encaminarse de nuevo hacia el este, y Steve vio que la puerta seguía moviéndose. Ninguno de los dos había pensado en cerrarla. Detuvo el camión, puso la palanca del cambio en punto muerto, y abrió la puerta del Ryder.

Cynthia lo agarró por el hombro cuando estaba a punto de salir.

–Eh, ¿adónde vas? –preguntó.

Ya no parecía asustada pero tampoco completamente serena.

–Tranquila, chica. Es sólo un segundo.

Salió y cerró la puerta de la caravana, que, según rezaba en las letras cromadas del costado, se llamaba Wayfarer. A continuación volvió al Ryder.

–¿Y eso? –preguntó Cynthia–. ¿Es que eres un perfeccionista?

-Normalmente no. Pero no me gustaba la idea de que el viento siguiese batiendo esa puerta. -Guardó silencio por un instante y permaneció con el pie en el estribo, mirándola, pensando. Finalmente hizo un gesto de indiferencia-. Era como ver el postigo abierto de una casa embrujada.

-Ya -dijo Cynthia.

A lo lejos volvieron a oírse los aullidos de los coyotes, quizá al sur, quizá al este -con aquel viento era difícil precisarlo-, pero esta vez dio la impresión de que fuese media docena de voces. Esta vez pareció una manada. Steve subió a la cabina y cerró la puerta.

-Vamos -anunció, accionando de nuevo la palanca del cambio-. Demos la vuelta y busquemos algún policía.

# V

## 1

David Carver lo vio mientras la mujer de la camisa azul y los vaqueros descoloridos, acurrucándose contra la reja de la celda para borrachos y cruzando los antebrazos ante los pechos en un gesto defensivo, se rendía definitivamente y el policía retiraba el escritorio para llegar hasta ella.

«No la toques, hijo –le había advertido el hombre del pelo blanco cuando la mujer arrojó la escopeta a un lado y ésta se deslizó por el suelo de madera hasta chocar contra los barrotes de su celda–. Está descargada, así que déjala.»

David siguió su consejo, pero vio algo más al contemplar la escopeta: un cartucho había rodado hacia su celda y se había detenido junto al último barrote de la izquierda. Era un cartucho grueso y verde, uno de los diez o doce que habían caído al suelo cuando el policía demente empezó a golpear a la mujer, Mary, con el escritorio para obligarla a soltar el arma.

El hombre del pelo blanco tenía razón: habría sido absurdo coger la escopeta. Habría sido absurdo incluso si conseguía hacerse también con el cartucho. El policía era enorme –alto como un jugador profesional de baloncesto, fornido como un jugador profesional de fútbol americano–, y además se movía con rapidez. Habría llegado hasta David, que nunca había tenido un arma auténtica entre sus manos, aun antes de que descubriese por dónde meter el cartucho. Sin embargo, si lograba coger el cartucho... tal vez... en fin, ¿quién sabía?

–¿Puedes andar? –preguntó el policía a la mujer llamada Mary con un tono grotescamente solícito–. ¿Tienes algo roto?

–¿Y eso qué más da? –replicó ella. Le temblaba la voz, pero David tuvo la impresión de que no era a causa del miedo sino de la ira–. Si va a matarme, acabe cuanto antes.

David miró al anciano que compartía la celda con él intentando adivinar si había reparado también en el cartucho. Al parecer no lo había visto, pese a que por fin se había levantado del catre y acercado a los barrotes.

En lugar de gritar o golpear a la mujer que había tratado de volarle la cabeza, el policía la rodeó con un brazo. Fue un abrazo cordial. En cierto modo aquel gesto de afecto aparentemente sincero resultaba más inquietante que los momentos de violencia que lo habían precedido.

–¿Matarte? ¿Matarte? ¡No voy a matarte, Mare!

El policía miró alrededor como si esperase ver confirmada su incredulidad en los rostros de los tres miembros de la familia Carver y el hombre del pelo blanco. Sus claros ojos grises y los ojos azules de David se cruzaron por un instante, y el muchacho dio un paso atrás instintivamente. Tal fue su terror que de pronto se sintió débil. Débil y vulnerable. David no entendió cómo podía sentirse aún más vulnerable de lo que ya era.

El policía tenía la mirada vacía, tan vacía como la de una persona inconsciente con los ojos abiertos. Al advertir ese detalle David se acordó de su amigo Brian y su inolvidable visita en noviembre del año anterior al hospital donde Brian se hallaba internado. Pero no era lo mismo, porque la mirada del policía estaba vacía y a la vez *no* lo estaba. Había algo en aquellos ojos, sí, había *algo*, pero David no sabía qué era ni se explicaba cómo podía haber algo y nada al mismo tiempo. Sólo sabía que nunca antes había visto una mirada como aquélla.

El policía miró de nuevo a la mujer con una expresión de exagerado asombro y dijo:

—¡No, por Dios! Y menos ahora que las cosas empiezan a ponerse interesantes. —Extrajo del bolsillo derecho de la camisa un manojo de llaves unidas por un aro y separó una que apenas parecía una llave; era un rectángulo de metal con una banda negra en el centro. A David le recordó a una de esas tarjetas codificadas que entregan en los hoteles para abrir las puertas de las habitaciones. El policía la introdujo en la cerradura de la amplia celda para borrachos y abrió la reja—. Entra, Mare. Estarás tan a gusto como una chinche en una manta.

Ella, sin prestarle atención, se volvió hacia los padres de David, que estaban agarrados a los barrotes de la pequeña celda situada enfrente de la que ocupaban David y el hombre del pelo blanco.

—Este individuo... este *maníaco*... ha matado a mi marido. Lo ha... —La mujer tragó saliva con una mueca de dolor, y el policía la observó benévolamente, casi esbozando una sonrisa de aliento, como si quisiese decir: «Sácalo, Mary, desahógate y te sentirás mejor»—. Lo ha rodeado con un brazo como ha hecho conmigo hace un momento y le ha disparado cuatro veces.

—También ha matado a nuestra hija —declaró Ellen Carver, y por un momento una sensación de irrealidad invadió a David, como si las dos estuviesen jugando a ver quién inventaba la mentira mayor. A continuación la mujer llamada Mary diría: «Y además ha matado a nuestro perro», y luego su madre replicaría...

—Eso no lo sabemos —intervino el padre de David. Tenía un aspecto espantoso, con la cara tumefacta y ensangrentada, como un boxeador de pesos pesados tras doce asaltos de severo castigo—. O al menos no estamos seguros. —Contempló al policía con una anhelante expresión de esperanza en el rostro hinchado, pero éste ni siquiera se dignó mirarlo; todo su interés se centraba en Mary.

—Ya está bien de charla —dijo con la voz tierna de un abuelo—. Entra en tu habitación, Mary mía. Entra en tu jaula de oro, mi dulce canario de ojos azules.

—Y si me niego ¿qué? —repuso Mary—. ¿Me matará?

—Ya te he dicho que no es ésa mi intención, pero no olvides el consabido destino peor que la muerte —contestó el policía. Aunque seguía hablando con la afabilidad de un abuelo, Mary lo miraba ahora fijamente, como una cabra atada a un poste miraría a una boa que reptase hacia ella—. Puedo hacerte daño, Mary. Podría hacerte tanto daño que al final desearías que te hubiese matado. Me crees, ¿verdad?

Mary lo miró aún un momento más y luego desvió violentamente la vista. Desde su celda David, a unos seis metros de Mary, tuvo la impresión de que se había zafado de un tirón de la mirada del policía, del mismo modo que uno arrancaría un trozo de cinta adhesiva de la solapa de un sobre o el envoltorio de un paquete. Mary entró en la celda con rostro trémulo y se desmoronó por completo cuando la reja se cerró a sus espaldas. Se arrojó a uno de los cuatro catres adosados a la pared del fondo, apoyó la cara en los brazos y empezó a sollozar. El policía la observó por un instante. David tuvo tiempo de mirar el cartucho y consideró la posibilidad de cogerlo. Pero de pronto el policía se sacudió como si despertase de una siesta, se dio media vuelta y se dirigió hacia la celda donde estaba David.

El hombre del pelo blanco retrocedió de inmediato hasta que tropezó con el borde del catre y se desplomó en él, tapándose otra vez los ojos con las manos. Momentos antes David había pensado que aquél era un gesto de desesperación, pero ahora comprendía que en realidad era fruto del terror que él mismo había experimentado cuando su mirada se cruzó con la del policía; no era desesperación sino el gesto instintivo de alguien decidido a no mirar en determinada dirección a menos que sea absolutamente inevitable.

–¿Qué tal, Tom? –preguntó el policía al hombre sentado en el catre–. ¿Cómo van las cosas, viejo amigo?

El hombre del pelo blanco se encogió y permaneció con la cara oculta entre las manos. El policía lo miró por un momento y a continuación posó sus ojos grises en David. El muchacho fue incapaz de apartar la vista; ahora era él quien se hallaba atrapado en aquella mirada. Pero había algo más: sentía una especie de *llamada*.

–¿Te diviertes, David? –preguntó el enorme policía rubio. Sus ojos parecieron agrandarse, convertirse en claros estanques grises llenos de luz–. ¿Estás aprovechando bien este interludio, minuto a minuto?

–No... –Se le quebró la voz. Se humedeció los labios y probó de nuevo–: No sé de qué me habla.

–¿Ah, no? Me extraña, porque veo... –El policía se llevó los dedos a la comisura de los labios y tras un instante bajó de nuevo la mano. Su cara reflejó genuina perplejidad–. No sé *qué* veo. Es desconcertante, sí señor. ¿Quién eres, muchacho?

David dirigió un vistazo a sus padres, pero apartó la mirada rápidamente al ver lo que se adivinaba en sus rostros. Pensaban que el policía iba a matarlo como había matado a Bombón y al marido de Mary.

–Soy David Carver –contestó, mirando de nuevo al policía–. Vivo en el número 248 de la calle Poplar, en Wentworth, Ohio.

–Sí, no dudo que eso sea cierto, pero ¿quién te ha

hecho, pequeño Dave? ¿Acaso no puedes decirme quién te ha hecho? *Tak!*

No está leyéndome el pensamiento, se dijo David, pero quizá podría. Si se lo propusiese, quizá podría.

Probablemente un adulto habría descartado esa idea por considerarla absurda y se habría instado a no sucumbir a una actitud paranoica inducida por el miedo. Eso es precisamente lo que quiere que creas, habría pensado un adulto. Pero David no era un adulto; era un niño de once años. Aunque tampoco era un niño cualquiera, al menos desde noviembre del año anterior. Desde entonces su personalidad había experimentado cambios notables. Y esperaba que tales cambios lo ayudasen a afrontar aquella extraña situación.

Entretanto el policía lo observaba pensativamente con los ojos entornados.

–Supongo que me hicieron mi madre y mi padre –respondió David por fin–. ¿No es así como funciona?

–¡Vaya, un muchacho que conoce los misterios de la vida! ¡Estupendo! ¿Y qué contestas a mi otra pregunta, soldado? ¿Te diviertes?

–Ha matado a mi hermana, así que no haga preguntas estúpidas.

–¡Hijo, no lo provoques! –gritó su padre con voz asustada. En realidad ni siquiera parecía la voz de su padre.

–No, no soy *estúpido* –repuso el policía, aproximando más aún sus horrendos ojos a David. Sus iris parecían girar y girar como peonzas. Contemplándolos, David sintió náuseas, tuvo de hecho que reprimir el vómito; sin embargo, le fue imposible apartar la mirada–. Puedo ser muchas cosas, pero no estúpido. Sé más de lo que te imaginas, soldado. Te lo aseguro. Más de lo que te imaginas.

–¡Déjelo en paz! –dijo la madre de David a voz en cuello. Ahora David no la veía; el enorme cuerpo del policía la tapaba por completo–. ¿No le ha hecho ya bastante daño a nuestra familia? ¡Si le toca un pelo, lo mataré!

El policía no se dio por aludido. Se llevó los dedos índices a los párpados inferiores y tiró de ellos hacia abajo, mostrando los globos oculares en una mueca grotesca.

–Tengo ojos de águila, David, y ésos son ojos que distinguen la verdad desde lejos. Te conviene creerme. Ojos de águila, sí señor. –Siguió mirándolo fijamente a través de los barrotes casi como si David lo hubiese hipnotizado. Al cabo de un instante susurró–: Eres un elemento de cuidado, ¿no? Sí señor, un elemento de cuidado.

Piense lo que quiera, se dijo David, pero no piense que estoy pensando en el cartucho.

El policía abrió aún más los ojos, y por un angustioso momento David creyó que era eso exactamente lo que estaba pensando, que había sintonizado la mente de David como si fuese una emisora de radio. De pronto se oyó el aullido de un coyote, un sonido prolongado y solitario, y el policía miró en esa dirección. El hilo que lo unía a David –quizá telepatía, quizá simplemente una mezcla de miedo y fascinación– se rompió.

Se agachó a recoger la escopeta. David contuvo la respiración, temiendo que viese el cartucho que había en el suelo a su derecha, pero el policía no dirigió la mirada hacia ese lado. Se irguió a la vez que tiraba de una palanca en el costado de la escopeta. Ésta se abrió, y los cañones reposaron en su brazo como un animal obediente.

–No te vayas, David –dijo con familiaridad, como de compañero a compañero–. Tenemos mucho de qué hablar. Ésa es una conversación que espero con impaciencia, créeme, pero ahora estoy un poco ocupado.

Volvió hacia el centro de la sala con la vista baja,

recogiendo cartuchos a su paso. Con los dos primeros cargó la escopeta, y se guardó el resto distraídamente en los bolsillos. David, incapaz de esperar un instante más, se inclinó, introdujo la mano entre los dos últimos barrotes del lado izquierdo de la celda, se apoderó del tubo verde y grueso, y se lo metió en un bolsillo de los vaqueros. La mujer llamada Mary no lo vio; continuaba echada en el catre con la cara entre los brazos. Sus padres no lo vieron; estaban de pie tras los barrotes de su celda y, cogidos de la cintura, contemplaban con horrorizada fascinación al hombre del uniforme caqui. David se dio la vuelta y vio que el anciano del pelo blanco –Tom– seguía cubriéndose la cara con las manos, así que quizá por esa parte tampoco tenía nada que temer. O quizá sí, porque tras los dedos extendidos del viejo Tom se entreveían sus acuosos ojos abiertos. En cualquier caso era demasiado tarde para dejar de nuevo el cartucho. Mirando al hombre que el policía había llamado Tom, David se llevó un dedo a los labios para indicarle que guardase silencio. El viejo Tom no dio señales de ver su gesto; sus ojos, tras su propia prisión, contemplaban el vacío a través de los barrotes formados por los dedos.

El policía que había matado a Bombón recogió el último cartucho del suelo y cerró la escopeta con un ágil movimiento de muñeca. David lo había observado con atención mientras recogía los cartuchos, intentando adivinar si los contaba. Le había dado la impresión de que no era así... hasta ese momento. Estaba de espaldas a David, con la cabeza inclinada, y de pronto se volvió y se acercó a él en dos zancadas. El niño sintió que el estómago le pesaba como si fuese de plomo.

Por un instante el policía se quedó inmóvil frente a él, como si hurgase en su interior, y David pensó: Intenta forzarme el cerebro como un ladrón fuerza una cerradura.

—¿Estás pensando en Dios? —preguntó el policía—. No te molestes. El territorio de Dios termina en Indian Springs, y ni siquiera Satán pone sus pezuñas mucho más al norte de Tonopah. No hay Dios en Desesperación, muchacho. Aquí sólo hay *can de lach*.

Con eso pareció dar por concluida su visita. Abandonó la sala con la escopeta bajo el brazo, y durante unos cinco segundos sólo los ahogados sollozos de Mary rompieron el silencio. David miró a sus padres, y ellos lo miraron a él. Allí de pie, abrazados, ofrecían el aspecto que debieron de tener cuando eran niños, mucho antes de conocerse en la facultad, y esa imagen asustó a David más que cualquier otra cosa. Habría preferido sorprenderlos desnudos en pleno acto sexual. Deseó decir algo, pero no se le ocurrió nada.

De pronto el policía entró de nuevo en la sala. Tuvo que agachar la cabeza para no golpearse con el dintel de la puerta. En sus labios había una sonrisa de loco que recordó a David la cara de *Garfield*, el gato de las historietas gráficas, mientras representaba sus números de vodevil en los patios traseros de las casas. Y también aquello, por lo visto, era un número de vodevil. Un antiguo teléfono beige con la caja sucia y agrietada colgaba de la pared. Descolgó el auricular, se lo acercó a la oreja y exclamó:

—¿Servicio de habitación? Súbanme una habitación. —Colgó con brusquedad y, dirigiendo su demente sonrisa de *Garfield* a los prisioneros, explicó—: Es un viejo chiste de Jerry Lewis. Los críticos americanos no entienden a Jerry Lewis, pero en Francia lo adoran. Allí es un verdadero ídolo. —Miró a David—. En Francia tampoco hay *Dieu*, soldado. Te lo digo yo. Sólo hay Cinzano, caracoles y mujeres que no se depilan los sobacos. —Recorrió con la mirada a sus otras víctimas, y su grotesca mueca se desvaneció gradualmente—. Y vosotros quedaos quietos. Sé que me tenéis miedo, y quizá con razón. Pero, creedme, estáis aquí encerrados por un motivo: éste es el único lugar seguro en kilómetros a la redonda. Ahí fuera existen fuerzas que no desearíais ni imaginar. Y cuando caiga la noche... –se interrumpió y movió la cabeza en un gesto sombrío, como si el resto de la frase fuese demasiado horrible para expresarlo en voz alta.

Mientes, eres un embustero, pensó David, pero en ese preciso momento penetró por la ventana abierta de la escalera otro vibrante aullido, y eso lo hizo dudar.

–En cualquier caso –añadió el policía–, éstas son buenas celdas y tienen buenas cerraduras. Se construyeron para encerrar mineros alborotadores, y no es posible escapar. Si la idea se os había pasado por la cabeza, ya podéis archivarla. Ahora estáis bajo mi custodia, y es lo que más os conviene, creedme.

Dicho esto, se marchó, y esta vez de verdad. David oyó las contundentes pisadas de sus botas en la escalera y notó cómo temblaba todo el edificio.

El muchacho permaneció donde estaba por un momento, consciente de qué debía hacer a continuación –era perentoriamente necesario– pero reacio a hacerlo delante de sus padres. Sin embargo, no le quedaba alternativa. Y su sospecha acerca del policía había sido acertada: si bien no era capaz de leerle el pensamiento como si se tratase de un periódico, sí había percibido algo; había percibido la parte relacionada con Dios. Pero era mejor que hubiese adivinado eso y no lo del cartucho.

Se volvió y se acercó despacio al pie del catre. Notaba el peso del cartucho en el bolsillo, un peso palpable, bien definido. Tenía la sensación de llevar una pepita de oro oculta en los vaqueros.

No, algo más peligroso que el oro, se dijo. Un fragmento de material radiactivo, quizá.

Permaneció inmóvil por un momento, de espaldas a la sala, y por fin se arrodilló muy lentamente. Respiró hondo, llenando por completo los pulmones, y a continuación expulsó el aire en un suspiro largo y silencioso. Cruzó las manos sobre la tosca manta de lana y apoyó en ellas la frente.

–David, ¿qué te pasa? –preguntó su madre–. ¡David!

–No le pasa nada –dijo su padre, y David sonrió a la vez que cerraba los ojos.

–¿Cómo que no le pasa nada? –gritó Ellie–. Míralo. Se ha caído, está desmayándose. ¡David!

Sus voces sonaban cada vez más lejanas, pero antes que se desvanecieran del todo David oyó decir a su padre:

–No está desmayándose. Está rezando.

¿No hay Dios en Desesperación?, pensó David. Bien, ahora lo veremos.

Después de eso se sumió en un estado de total abstracción. No le preocupaba ya lo que pudieran pensar sus padres, ni le inquietaba la posibilidad de que el anciano del pelo blanco lo hubiese visto coger el cartucho y fuese a contárselo al monstruoso policía, ni sentía dolor por su tierna hermana, que nunca había hecho daño a nadie y no merecía morir como había muerto. De hecho David ni siquiera estaba ya dentro de su propia cabeza. Estaba en la oscuridad, ciego pero no sordo; estaba en la oscuridad escuchando a su Dios.

2

Como la mayoría de las conversiones espirituales, la de David Carver había sido espectacular sólo externamente; por dentro fue apacible, tan natural casi como cualquier hecho cotidiano. Quizá no había sido racional –los asuntos del espíritu rara vez son estrictamente racionales–, pero se había producido de una manera clara y conforme a su propia lógica. Y su autenticidad, al menos para David, era incuestionable. Había encontrado a Dios, así de sencillo. Y, más importante aún, Dios lo había encontrado a él.

En noviembre del año anterior un coche había atropellado a Brian Ross, el mejor amigo de David, cuando se dirigía al colegio en bicicleta. Brian salió despedido y fue a estrellarse contra la pared de una casa. Normalmente David se habría encontrado con él, pero aquella mañana en particular se había quedado en casa recuperándose de un virus no demasiado grave. El teléfono sonó a las ocho y media, y su madre apareció en la sala de estar pálida y temblorosa diez minutos después.

–David, Brian ha tenido un accidente. Por favor, procura no alterarte demasiado.

David no recordaba apenas nada del resto de la conversación, salvo las palabras «no esperan que sobreviva».

Fue idea suya ir a visitar a Brian al día siguiente tras telefonear esa tarde al hospital para asegurarse de que su amigo seguía con vida.

–Cariño, entiendo cómo te sientes, pero no me parece buena idea –dijo su padre. El hecho de que lo llamase «cariño», una expresión de afecto que había quedado arrinconada hacía mucho tiempo junto con los muñecos de peluche de David, revelaba la honda inquietud de Ralph Carver. Miró a Ellen, pero ella siguió frente a la fregadera escurriendo una y otra vez un paño de cocina con manifiesto nerviosismo. Obviamente no iba a recibir ayuda de ella. Tampoco Ralph había supuesto una gran ayuda en realidad, pero ¿quién iba a imaginar que algún día sostendrían una conversación como aquélla? El chico tenía sólo once años, y Ralph no se había planteado siquiera contarle las verdades de la vida, y mucho menos las de la muerte. Por suerte Kirstie se encontraba en la sala de estar viendo dibujos animados por la televisión.

–Al contrario –repuso David–, es una *buena* idea. De hecho es la *única* idea posible. –Pensó en añadir algo heroicamente modesto como «Además, Brian habría hecho lo mismo por mí», pero prefirió callar. A decir verdad, dudaba que Brian lo hubiese hecho, pero eso no cambiaba las cosas, porque incluso en esos primeros momentos, antes de lo que ocurriría en los jardines de la calle Bear, comprendió de una manera intuitiva que debía acudir al hospital no por Brian sino por sí mismo.

Su madre abandonó su bastión frente a la fregadera y avanzó hacia él con paso vacilante.

–David –dijo–, tienes muy buen corazón... el mejor corazón del mundo... pero Brian... ha salido... en fin... lanzado...

–Tu madre intenta decirte que ha salido lanzado y se ha golpeado la cabeza contra una pared de ladrillo –explicó Ralph Carver–. Ha sufrido lesiones irreversibles en el cerebro. Está en coma, y sus constantes vitales son poco alentadoras. ¿Sabes qué significa todo eso?

–Que creen que tiene el cerebro hecho puré –contestó David.

Ralph parpadeó y luego asintió con la cabeza.

–Brian se encuentra en un estado en el que lo mejor que podría ocurrir sería que todo acabase cuanto antes. Si vas al hospital, no verás al amigo que tú conocías, al muchacho que te invitaba a dormir en su casa...

En ese punto su madre salió de la cocina y fue a la sala de estar. Allí sentó en su regazo a Bombón, que la miró desconcertada, y empezó a llorar de nuevo.

Ralph la observó como si desease marcharse con ella y luego se volvió otra vez hacia David.

–Es mejor que recuerdes a Brian tal como era cuando lo viste por última vez, ¿comprendes?

–Sí, pero tengo que ir a verlo. Si no quieres llevarme, no hay problema. Tomaré el autobús después de clase.

Ralph exhaló un profundo suspiro.

—¡Mierda, ya te llevaré yo! Y no es necesario que esperes hasta después de clase. Pero, por lo que más quieras, no le digas nada de esto a... —Señaló con el mentón hacia la sala de estar.

—¿A Bombón? No, por Dios —repuso David. Se abstuvo de añadir que Bombón había ido ya a su habitación para preguntarle qué le había pasado a Brian, si le había dolido, qué creía David que se sentía al morir, si después de la muerte iba uno a alguna otra parte, y otras cien preguntas más. Y mientras hablaban ella lo miraba con una expresión tan solemne y atenta, con unos ojos tan... tan inconfundiblemente suyos... Pero a menudo era mejor no contárselo todo a los padres. Eran mayores, y ciertas cosas los ponían nerviosos.

Ellie volvió a la cocina y dijo:

—Los padres de Brian no te dejarán entrar en la habitación. Conozco a Mark y Debbie desde hace años, y aunque estén trastornados por el dolor, como sin duda lo estarán (yo en su lugar habría perdido el juicio), no consentirán que un niño vea... a otro niño que está agonizando.

—He hablado con ellos después de telefonear al hospital —contestó David con serenidad—. La señora Ross dice que no tiene inconveniente.

Su padre le tenía cogida la mano. Aquel contacto le resultaba agradable. Quería mucho a sus padres, y le dolía verlos tan angustiados, pero no tenía la menor duda sobre cuál era su obligación. Se sentía como si lo guiase una fuerza exterior, del mismo modo que una persona mayor y más versada guiaría la mano de un niño de corta edad para ayudarlo a dibujar un perro, una gallina o un muñeco de nieve.

—¿Cómo es posible? —dijo Ellen Carver con voz empañada—. ¿En qué demonios estará pensando Debbie?

—Ha dicho que le gustaría que me despidiese de él.

Van a retirarle la respiración artificial este fin de semana, cuando sus abuelos hayan venido a verlo, y le gustaría que yo fuese primero.

Al día siguiente Ralph se tomó la tarde libre en el trabajo y pasó a recoger a su hijo por el colegio. David lo esperaba ya en la acera, y en el bolsillo de su camisa asomaba la tarjeta azul donde constaba que podía abandonar las clases antes de hora. Cuando llegaron al hospital, subieron a la quinta planta –donde se hallaba la unidad de cuidados intensivos– en el ascensor más lento del mundo. En el camino David intentó prepararse para lo que iba a ver. «No te asustes, David –le había dicho la señora Ross por teléfono–. No tiene muy buen aspecto. Nos consta que no siente dolor, porque el coma es muy profundo; pero no tiene buen aspecto.»

–¿Quieres que entre contigo? –preguntó su padre ante la puerta de la habitación de Brian.

David movió la cabeza en un gesto de negación. Percibía aún con gran intensidad la sensación que lo había invadido cuando su madre le dio la noticia del accidente: aquella sensación de ir de la mano de alguien más experto que él, alguien en quien apoyarse si llegaba a faltarle el valor.

Entró en la habitación. Los señores Ross se hallaban allí, sentados en butacas rojas de vinilo. Sostenían entre las manos sendos libros que no leían. La cama donde yacía Brian se encontraba junto a la ventana, rodeada de máquinas que emitían peculiares pitidos y trazaban líneas verdes en sus respectivos monitores. Una manta ligera cubría a Brian hasta la cintura. Llevaba una fina camisa blanca de hospital totalmente abierta, y los dos lados de la pechera caían a sus costados como las lechosas alas de ángel de una representación escolar, dejando a la vista varias ventosas de goma enganchadas en el pecho. También tenía ventosas en la cabeza, bajo un enorme vendaje blanco. Un largo corte descendía por la mejilla izquierda desde el borde del vendaje hasta la comisura de los labios, donde se curvaba como un anzuelo. El corte había sido cerrado con puntos de sutura negros. David tuvo la impresión de estar viendo una imagen de una película de Frankenstein, alguna de las antiguas versiones con Boris Karloff que pasaban en el ciclo de terror de los sábados por la noche. A veces, cuando David dormía en casa de Brian, se quedaban despiertos hasta tarde comiendo palomitas de maíz y viendo aquellas películas. Les encantaban los viejos monstruos del cine en blanco y negro. En una ocasión, mientras veían *La momia*, Brian se volvió hacia David y exclamó: «¡Mierda, nos persigue la momia! Caminemos más deprisa.» Era una estupidez, pero a la una menos cuarto de la madrugada cualquier cosa puede resultar graciosa a unos niños de once años, y los dos se echaron a reír como buenos amigos.

Brian, tendido en la cama del hospital, lo miraba. De hecho sus ojos, tan abiertos y vacíos como las aulas de un colegio en agosto, parecían traspasarlo.

Experimentando con mayor intensidad que nunca las sensación de que sus miembros se movían por influencia de una fuerza exterior, David penetró en el mágico círculo de máquinas de hospital. Observó las ventosas adheridas al pecho y las sienes de Brian. Observó los cables conectados a las ventosas. Observó la anómala curvatura del vendaje en el lado izquierdo de la cabeza de Brian, como si debajo la forma del cráneo hubiese sido drásticamente alterada. David supuso que en efecto estaba alterada. Cuando uno se golpeaba contra una pared de ladrillo, algo tenía que ceder. Un tubo salía del brazo derecho de Brian, y otro del pecho. Los tubos ascendían hacia dos bolsas llenas de líquido que colgaban de los ganchos de un soporte. Brian tenía un artilugio de plástico en la nariz y una tira de esparadrapo en la muñeca.

Todas estas máquinas lo mantienen vivo, pensó

David, y cuando las desconecten, cuando retiren las agujas...

Ante esa idea lo asaltó un sentimiento de incredulidad, punzadas de asombro que eran en el fondo dolor. Él y Brian se salpicaban de agua en la fuente situada frente a la sala de profesores del colegio cuando creían que no había nadie vigilando. Montaban en bicicleta por los fabulosos jardines de la calle Bear creyéndose miembros de un comando. Intercambiaban libros, tebeos y cromos de béisbol y a veces pasaban largos ratos en el porche trasero de la casa de David jugando con el Gameboy de Brian, leyendo o tomando la limonada que su madre les preparaba. Se daban bofetadas y se llamaban mutuamente «mal chico». (En ocasiones, cuando estaban solos, se llamaban «mamón» o «gilipollas».) En segundo de primaria se habían pinchado las yemas de los dedos con agujas y después, juntando las heridas sangrantes, se habían jurado amistad eterna. En agosto de ese año, con la ayuda de Mark Ross, habían construido un Partenón con chapas inspirándose en una fotografía de un libro. Al final les quedó tan bien que Mark lo colocó en el recibidor de su casa para enseñárselo a las visitas. Estaba previsto que el Partenón de chapas se trasladase a la casa de los Carver –a menos de dos manzanas de la casa de Brian– a primeros del año siguiente.

Fue en ese Partenón precisamente en lo que David fijó su pensamiento durante el rato que permaneció junto al lecho de su amigo comatoso. Lo habían construido ellos –David, Brian y el padre de Brian– en el garaje de los Ross mientras en un casete sonaba una y otra vez *Rattle and Hum*. Por un lado, aquel Partenón era una estupidez, pues estaba hecho de chapas; por otro lado, era genial porque tenía un inconfundible parecido con el original, cualquiera lo habría reconocido. También era genial porque lo habían construido con sus propias manos. Y pronto un empleado de una funeraria, utilizando un cepillo especial y prestando particular atención a las uñas, limpiaría y arreglaría las manos de Brian. La gente no deseaba ver un cadáver con las uñas sucias, supuso David. Y cuando Brian tuviese las manos limpias y se encontrase ya dentro del ataúd que sus padres hubiesen elegido, el empleado de la funeraria le enlazaría los dedos como si fuesen los cordones de unas zapatillas deportivas. Y en esa posición permanecerían sus manos bajo tierra, pulcramente cruzadas, tal como les ordenaban sus maestros en segundo de primaria. Aquellas manos no construirían ya más edificios con chapas. Aquellos dedos no desviarían ya el chorro de ninguna fuente para salpicar a nadie. Permanecerían inmóviles en la oscuridad.

Mientras todo aquello acudía a su mente, David no sintió terror sino desesperación, como si la imagen de los dedos entrecruzados de Brian en el ataúd demostrase que nada merecía la pena, que los actos de los hombres jamás ahuyentaban la muerte, que ni siquiera los niños estaban exentos de los horrores que se desarrollaban sin cesar tras la empalagosa fachada de telecomedia en que creían los padres y en que querían hacerle creer a uno.

Ni el señor ni la señora Ross le dirigieron la palabra mientras estaba junto a la cama de Brian meditando en todo aquello con el estilo taquigráfico propio de los niños. A David no le incomodó su silencio. Le caían bien los padres de Brian, sobre todo el señor Ross, que tenía una interesante vena de locura, pero no había ido allí a verlos a ellos. No eran ellos quienes estaban conectados al gotero y el respirador que serían retirados en cuanto los abuelos tuviesen ocasión de despedirse.

Había ido a ver a Brian.

David cogió la mano de su amigo. La notó fría y flácida pero todavía viva. Se percibía en ella la vida como el ronroneo de un motor. Se la apretó con suavidad y susurró:

—¿Cómo va, mal chico?

No recibió más respuesta que el tenue zumbido de la máquina que respiraba por Brian ahora que se habían fundido la mayoría de los fusibles de su cerebro. Esa máquina se hallaba en la cabecera de la cama y era la más voluminosa. De un costado salía un tubo de plástico transparente con una especie de acordeón blanco en el interior. Producía un ruido casi imperceptible —de hecho, todas aquellas máquinas eran muy silenciosas—, pero de todos modos el acordeón resultaba inquietante. Emitía un sonido grave e insistente. Un jadeo. Daba la impresión de que una parte de Brian no se encontrase en un estado de coma tan profundo como para no sentir el dolor, y que esa parte hubiese sido extirpada de su cuerpo e introducida en aquel tubo de plástico, donde quedaba resguardada de tormentos aún mayores, y donde el acordeón blanco se encargaba de extraerle los restos de vida.

Y además estaban sus ojos.

David no podía evitar mirarlos una y otra vez. Nadie le había advertido que Brian tenía los ojos abiertos; hasta ese instante no sabía que una persona podía hallarse inconsciente y mantener los ojos abiertos. Debbie Ross le había dicho que no se asustase, que Brian no ofrecía buen aspecto; pero no le había prevenido sobre aquella mirada de ratón disecado. No obstante, quizá no había nada que reprochar a la madre de Brian; quizá uno nunca, a ninguna edad, podía prepararse para las cosas verdaderamente horribles.

Brian tenía un ojo inyectado en sangre, y la pupila de ese mismo ojo tan dilatada que alrededor se veía apenas un delgadísimo aro de iris castaño. En el otro ojo tanto el blanco como la pupila parecían en su estado normal, pero eso era lo único normal, porque no había ni rastro de su amigo en aquellos ojos, ni rastro. El niño que le había hecho reír diciendo «¡Mierda, nos persigue la momia! Caminemos más deprisa» no estaba allí, a menos que se hallase en el tubo de plástico, a merced del acordeón blanco.

David desviaba la vista –dirigiéndola al corte cosido en forma de anzuelo, el vendaje, la única oreja que las vendas dejaban al descubierto–, pero una y otra vez su mirada volvía a los ojos abiertos y fijos de Brian con sus disparejas pupilas. Lo que lo atraía era la *nada*, la *ausencia*, la *lejanía* de aquellos ojos. Y aquel interés no era sólo impropio; era... era...

*Perverso*, susurró una voz en lo más profundo de su mente. Era una voz desconocida, que nunca antes había oído en sus pensamientos, y cuando Debbie Ross le apoyó una mano en el hombro, David tuvo que apretar los labios para reprimir un grito.

–El hombre que lo atropelló estaba borracho –explicó la señora Ross con una voz ronca y empañada por el llanto–. Dice que no recuerda nada, que tiene amnesia temporal, y lo peor, Davey, es que le creo.

–Deb... –trató de decir el señor Ross, pero su esposa no le prestó atención.

–¿Cómo puede Dios consentir que ese hombre haya olvidado que atropelló a mi hijo con su coche? –Había empezado a levantar la voz. Ralph Carver, desconcertado, asomó la cabeza por la puerta abierta, y una enfermera que empujaba un carrito por el pasillo se detuvo en seco y miró alarmada hacia el interior de la habitación 508–. ¿Cómo puede Dios tener tanta compasión de un hombre que merecería despertarse cada noche durante el resto de su vida con el recuerdo de la sangre de mi pobre hijo saliendo a borbotones?

El señor Ross le rodeó los hombros con el brazo. En la puerta Ralph Carver retiró la cabeza como una tortuga refugiándose en su caparazón. David lo vio, y quizá en aquel momento odió un poco a su padre por ello, aunque en realidad no lo recordaba con seguridad.

Sí recordaba claramente la cara pálida e inmóvil de Brian, el vendaje que parecía comprimir la cabeza, la oreja blanquecina como la cera, los labios rojos de la herida unidos en un beso por el hilo negro de sutura, y los ojos. Sobre todo recordaba los ojos. La madre de Brian se hallaba a un paso de él, llorando y gritando, y sin embargo aquellos ojos no se inmutaron.

*Pero Brian está ahí,* pensó David de pronto, y esa idea, al igual que muchas otras que habían acudido a su mente desde que su madre le anunció el accidente de Brian, no parecía surgir de él sino *pasar a través* de él, como si su cuerpo y su mente se hubiesen convertido en una especie de conducto.

*Brian está ahí, me consta que está ahí, como una persona atrapada en un corrimiento de tierras o bajo los escombros de un edificio derrumbado.*

Debbie Ross había perdido el control por completo. Chillaba y se agitaba entre los brazos de su marido, intentando zafarse. El señor Ross la arrastró como pudo hacia las butacas rojas de vinilo. La enfermera se apresuró a entrar en la habitación y la sujetó por la cintura, ordenando:

—Señora Ross, siéntese. Se encontrará mejor si se sienta.

—¿Qué clase de Dios permite a un hombre olvidar que ha matado a un niño? —preguntó la madre de Brian—. La clase de Dios que quiere que ese hombre coja otra borrachera y vuelva a hacerlo, esa clase de Dios. ¡Un Dios que ama a los borrachos y odia a los niños!

Brian seguía mirando con ojos ausentes. Oía el sermón de su madre con su oreja cerosa. Sin enterarse de nada. Sin estar allí. Pero...

*Sí,* susurró alguien o algo en la cabeza de David. *Sí, está ahí. En alguna parte.*

—Enfermera, ¿podría inyectarle un sedante a mi esposa? —pidió el señor Ross, que a duras penas conseguía impedirle que corriera a abrazarse a David, a su hijo, quizá a ambos. Algo se había desatado en su mente. Algo que tenía mucho que decir.

–Iré a buscar al doctor Burgoyne; está aquí mismo, al final del pasillo –contestó la enfermera, y salió rápidamente.

El padre de Brian miró a David con una forzada sonrisa. El sudor formaba una galaxia de pequeños puntos en su frente y le rodaba por las mejillas. Tenía los ojos enrojecidos, y aunque había pasado sólo un día desde el accidente, parecía haber adelgazado. David pensó que no era posible sufrir una pérdida de peso tan repentina, pero esa impresión daba. En ese momento rodeaba con un brazo a la señora Ross por la cintura, y con la otra mano la mantenía sujeta por el hombro.

–Será mejor que te marches, David –dijo el señor Ross. Pese a sus esfuerzos por hablar con normalidad, la voz salía entrecortada de su garganta–. No... no estamos demasiado bien.

Pero si aún no me he despedido, deseó responder David; sin embargo advirtió que por las mejillas del señor Ross no corría sudor sino lágrimas, y eso lo indujo a retirarse. Al llegar a la puerta, se giró y vio que la imagen de los señores Ross se volvía borrosa y se desdoblaba, comprendiendo que también él estaba a punto de llorar.

–¿Puedo volver, señor Ross? –preguntó con una voz trémula y cascada que apenas reconoció–. ¿Mañana, quizá?

La señora Ross había dejado de forcejear. Su marido la sujetaba ahora por debajo de los pechos con las manos entrelazadas, y ella tenía la cabeza inclinada y el pelo le caía ante el rostro. En esa posición recordaban a dos púgiles en un combate de lucha libre como los que David y Brian veían a veces por televisión. ¡Mierda, nos persigue la momia!, pensó David sin razón aparente.

El señor Ross movió la cabeza en un gesto de negación.

–Mejor no, Davey –dijo.

–Pero...

–No, mejor no. Compréndelo, los médicos dicen que no hay ninguna posibilidad de que Brian... de que...

El rostro del señor Brian comenzó a cambiar como David nunca había visto cambiar el rostro de un adulto; parecía desintegrarse por dentro. Fue un rato más tarde, en los jardines de la calle Bear, cuando David comprendió la causa de aquella insólita expresión: había presenciado lo que ocurría cuando alguien que no había llorado desde hacía mucho tiempo, quizá años, de pronto era incapaz de contener las lágrimas un solo instante más, y entonces se rompía la presa.

–¡Hijo mío! –gritó el señor Ross–. ¡Hijo mío! –Soltó a su esposa y se dejó caer de espaldas contra la pared entre las dos butacas rojas. Permaneció así por un momento, medio inclinado, y finalmente dobló las rodillas y se deslizó por la pared hasta quedar sentado en el suelo. Así, con los brazos extendidos hacia la cama, las mejillas húmedas, un hilo de mucosidad y lágrimas colgándole de la nariz, el pelo erizado en la coronilla y los faldones de la camisa por fuera, empezó a gimotear. Su esposa se arrodilló junto a él y lo rodeó con sus brazos. En ese momento entró el médico seguido de la enfermera, y David aprovechó para marcharse, llorando pero procurando no sollozar. Al fin y al cabo se encontraban en un hospital, y había pacientes intentando recobrarse de sus enfermedades.

Su padre estaba tan pálido como lo había estado su madre al darle la noticia del accidente, y cuando lo cogió de la mano David notó su piel más fría aún que la de Brian.

–Lamento que hayas tenido que ver esa escena –dijo su padre mientras esperaban el ascensor más lento del mundo.

David tuvo la impresión de que ese comentario era lo único que podía decir. En el camino a casa Ralph Carver empezó a hablar en dos ocasiones, pero en ambas se interrumpió. Puso la radio, sintonizó una emisora de canciones de otra época, y luego la apagó de nuevo para preguntar a David si le apetecía un helado o alguna otra cosa. David rehusó con la cabeza y su padre volvió a encender la radio, esta vez subiendo el volumen más que de costumbre.

Cuando llegaron a casa, David dijo a su padre que se quedaría una rato fuera tirando a la canasta. Su padre asintió y entró de inmediato. La ventana de la cocina estaba abierta y el niño oyó conversar a sus padres mientras lanzaba la pelota desde detrás de la grieta del pavimento que utilizaba como línea de tiros libres. Su madre quería saber qué había ocurrido, cómo había reaccionado David.

–Se ha organizado una buena escena –explicó su padre, como si el coma y la inminente muerte de Brian formasen parte de una obra de teatro.

David dejó de escuchar. Lo había asaltado de nuevo la sensación de ser otra persona, una diminuta parte en lugar de un todo, una pieza en los planes de otro. De pronto experimentó un vehemente deseo de ir a los jardines de la calle Bear, hasta un pequeño claro entre los árboles. Un sendero, estrecho pero con espacio suficiente para pasar en bicicleta en fila de a uno, conducía a aquel claro. Allí, en lo alto del Puesto de Observación Vietcong, los dos muchachos habían probado un cigarrillo que Brian le cogió a su madre y lo habían encontrado espantoso; allí habían hojeado su primer ejemplar de *Penthouse* (Brian lo había visto abandonado sobre un contenedor de basura situado tras el E-Z Stop 24 que había en su misma calle); allí, sentados en la plataforma con los pies colgando, habían mantenido largas conversaciones y compartido sus sueños, casi todos relacionados con sus futuras hazañas en el instituto de Wentworth Oeste cuando terminasen la primaria. Fue allí, en el claro al que se llegaba por el Camino de Ho Chi Minh, donde los dos muchachos más habían disfrutado su amistad, y allí repentinamente tuvo necesidad de ir David aquella tarde.

Hizo botar por última vez la pelota con la que Brian y él habían jugado al veintiuno en tantas ocasiones, flexionó las rodillas y la lanzó. Falló. Sólo consiguió tocar la red. Cuando la pelota volvió a él, la dejó en la hierba. Sus padres seguían en la cocina; aún se oían sus voces a través de la ventana abierta. Sin embargo David no consideró siquiera la posibilidad de asomar la cabeza y decir que se iba a dar una vuelta. Podrían habérselo prohibido.

En ningún momento pensó en coger la bicicleta. Se fue a pie, con la cabeza baja. En el bolsillo de su camisa asomaba aún el permiso para salir antes del colegio pese a que a esas horas las clases habían terminado ya. Los autobuses escolares iniciaban sus itinerarios de regreso a casa; bulliciosos grupos de niños pasaban junto a él agitando sus papeles y fiambreras. Él no prestaba atención. Tenía la mente en otra parte. Días más tarde el padre Martin le hablaría de «la voz serena y casi inaudible» de Dios, y David sabría que era eso lo que había oído, pero en aquel momento no parecía una voz ni un pensamiento, ni siquiera una intuición. Una simple idea volvía con insistencia a su mente: cuando tienes sed, todo tu cuerpo pide agua, y acabas tirándote al suelo y bebiendo de un barrizal si no te queda otra opción.

Llegó a la calle Bear y siguió por el Camino de Ho Chi Minh. Con su andar lento y la cabeza todavía gacha, parecía un colegial preocupado por un enorme problema. El Camino de Ho Chi Minh no era propiedad exclusiva de David y Brian; otros muchos chicos cruzaban por allí los jardines para ir al colegio o volver a casa. Sin embargo, aquella tarde templada de mediados de otoño nadie transitaba por él; daba la impresión de que lo hubiesen despejado para dejar paso a David. A mitad de camino vio un envoltorio de chocolatinas Los Tres Mosqueteros. Lo cogió. Era la única marca de chocolatinas que Brian comía –las llamaba «Los Tres Mosques»–, y David no dudó que aquel envoltorio lo había tirado su amigo a un lado del camino uno o dos días antes del accidente. En realidad Brian no tenía por costumbre arrojar basura al suelo; en circunstancias normales se habría guardado el envoltorio en un bolsillo. Pero...

Pero quizá algo o alguien lo hizo tirarlo, pensó David. Algo o alguien que sabía que yo pasaría por aquí después de que un coche lo hubiese lanzado contra una pared de ladrillo; algo o alguien que sabía que yo lo encontraría y me acordaría de Brian.

David se dijo que aquello era absurdo, un absoluto disparate, pero quizá el mayor disparate era que él le veía pleno sentido. Tal vez resultase absurdo si lo expresaba en voz alta, pero en el interior de su cabeza parecía totalmente lógico.

Sin pensar lo que hacía, David se metió el envoltorio rojo y plata en la boca y dejó que los restos de chocolate se disolviesen en su saliva. Entretanto cerró los ojos y las lágrimas rebosaron de nuevo bajo sus párpados. Cuando el envoltorio, una vez disuelto por completo el chocolate, no sabía ya más que a papel húmedo, David lo escupió y siguió su camino.

En el límite este del claro se alzaba un roble con dos gruesas ramas en forma de horquilla a unos seis metros de altura. David y Brian no se habían atrevido a construir una cabaña en aquella horcadura tan visible –alguien podía descubrirla y obligarlos a derruirla–, pero hacía ya más de un año, un día de verano, llevaron allí tablas, martillos y clavos y armaron una plataforma que seguía aún en lo alto del roble. Sabían que a veces la usaban los alumnos del instituto (de vez en cuando aparecían sobre las tablas oscurecidas por la intemperie colillas y latas de cerveza, y en una ocasión hallaron incluso unas medias), pero por lo visto nunca antes de anochecer, y la idea de que chicos mayores usasen algo que ellos habían construido resultaba halagadora. Por otra parte, los primeros puntos de apoyo para trepar al árbol se hallaban a una altura suficiente para disuadir a niños más pequeños de intentarlo.

David subió a la plataforma con las mejillas húmedas, los ojos hinchados, el sabor a chocolate y papel mojado aún en la boca, y el jadeo del acordeón blanco todavía en los oídos. Presentía que hallaría algún otro vestigio de Brian en la plataforma, pero no había nada. Sólo estaba el cartel donde se leía PUESTO DE OBSERVACIÓN VIETCONG, que habían clavado al árbol un par de semanas después de terminar la plataforma. Habían sacado la idea (para aquello y para el nombre que habían puesto al sendero) de una vieja película de Arnold Schwarzenegger cuyo título David no recordaba. Desde el principio había esperado que un día al subir se encontraría con que los chicos mayores habían arrancado el cartel o pintado encima algo como CHÚPAME LA POLLA, pero eso nunca ocurrió. Dedujo que también a ellos debía de gustarles.

Una brisa susurró entre las ramas de los árboles y le refrescó la piel. Cualquier otro día Brian habría compartido aquella brisa con él. Habrían estado allí charlando y riendo, sentados con los pies colgando. David se echó a llorar de nuevo.

¿Qué hago aquí?
No hubo respuesta.
¿A qué he venido? ¿Algo me ha obligado a venir?
No hubo respuesta.

Si hay alguien ahí, contesta, por favor.

No hubo respuesta por un largo rato, pero al final oyó algo, y tuvo la certeza de que no era él hablándose a sí mismo en su cabeza, engañándose para obtener consuelo. Al igual que cuando estaba junto a la cama de Brian, el pensamiento que cobró forma en su mente parecía proceder del exterior.

*Sí*, dijo la voz. *Estoy aquí.*

¿Quién eres?

*Soy quien soy,* respondió la voz, y a continuación guardó silencio, como si eso explicase realmente algo.

David cruzó las piernas bajo el cuerpo y cerró los ojos. Apoyó las palmas de las manos en las rodillas y abrió la mente tanto como pudo. No se le ocurría qué más hacer. En esa postura aguardó durante un tiempo indeterminado, oyendo las voces lejanas de los niños que regresaban a sus casas, percibiendo las cambiantes formas rojas y negras que se dibujaban en sus párpados mientras la brisa movía las ramas sobre su cabeza y las manchas de sol se deslizaban arriba y abajo por su cara.

Dime qué quieres, preguntó a la voz.

No hubo respuesta. La voz no parecía querer nada.

Dime entonces qué debo hacer.

La voz no contestó.

A lo lejos, muy a lo lejos, oyó la sirena del parque de bomberos de Columbus Broad. Eran las cinco. Había estado en la plataforma con los ojos cerrados por lo menos una hora, probablemente casi dos. Sus padres habrían advertido su ausencia, habrían visto la pelota abandonada en la hierba, y estarían preocupados. Los quería y no deseaba inquietarlos –en cierto modo comprendía que la inminente muerte de Brian los afectase tanto como a él–, pero aún no podía volver a casa. Aún no había *terminado.*

¿Quieres que rece?, preguntó David. Lo intentaré si

es eso lo que quieres, pero no sé cómo. No vamos a misa, y...

La voz lo interrumpió. No sonaba iracunda, ni burlona, ni impaciente. No reflejaba de hecho ningún sentimiento que David supiese interpretar.

*Ya estás rezando,* dijo.

¿Por qué debo rezar?

*Mierda, nos persigue la momia,* dijo la voz. *Caminemos más deprisa.*

No sé qué significa eso.

*Sí lo sabes.*

¡No! ¡No lo sé!

–Sí lo sé –dijo David en voz alta, casi gimiendo–. Sí lo sé. Significa que debo pedir lo que nadie se atreve a pedir, rezar por lo que nadie se atreve a rezar. ¿Es eso?

La voz no respondió.

David abrió los ojos y el sol lo bombardeó con sus últimos rayos, el resplandor dorado de una tarde de noviembre. Tenía las piernas entumecidas de rodilla para abajo y se sentía como si hubiese despertado de un profundo sueño. La sencilla hermosura del día lo maravilló, y por un momento fue consciente de que formaba parte de un todo, de que era una célula en la epidermis del mundo. Levantó las manos y las extendió con las palmas hacia el cielo.

–Cúralo –dijo–. Dios, cúralo. Si lo curas haré lo que me pidas. Escucharé tus deseos y los realizaré. Lo prometo.

No cerró los ojos pero escuchó con atención por si la voz tenía algo que añadir. En un primer momento creyó que la conversación había concluido. Bajó las manos y se dispuso a levantarse, pero se detuvo e hizo una mueca al notar un repentino hormigueo en las pantorrillas. Incluso rió. Se agarró a una rama para erguirse, y mientras se ponía en pie la voz habló de nuevo.

David escuchó con la cabeza ladeada, sujeto aún a

la rama, sintiendo aún el intenso cosquilleo en los músculos mientras la sangre volvía a circular por ellos. Finalmente asintió con la cabeza. Brian y él habían fijado el cartel al tronco del árbol con tres clavos. Desde entonces la madera se había encogido y alabeado, y las cabezas oxidadas de los clavos sobresalían del cartel. David se sacó del bolsillo la tarjeta azul y la ensartó en uno de los clavos. Una vez hecho esto movió las piernas hasta que empezó a remitir el hormigueo y se sintió en condiciones de bajar del árbol.

Volvió a casa. Aún no había llegado siquiera al camino de entrada cuando sus padres salieron por la puerta de la cocina. Ellen Carver se quedó en el portal, protegiéndose los ojos del sol con la mano, mientras Ralph Carver corría hasta la acera y cogía a David por los hombros.

—¿Dónde estabas? ¿Dónde demonios te habías metido, David?

—He ido a dar una vuelta por los jardines de la calle Bear. Estaba pensando en Brian.

—Pues nos has dado un susto de muerte —reprochó su madre. Kirsten había salido también al portal. Llevaba un tazón de jalea entre las manos y su muñeca preferida, *Melissa Sweetheart*, bajo un brazo—. Hasta Kirstie estaba preocupada, ¿verdad?

—No —respondió Bombón, y siguió comiendo jalea.

—¿Estás bien? —preguntó su padre.

—Sí.

—¿Seguro?

—Sí.

Al entrar en la casa David tiró suavemente de una de las trenzas de Bombón. Ella arrugó la nariz y sonrió.

—La cena está casi lista. Ve a lavarte —dijo Ellen.

El teléfono empezó a sonar. Su madre fue a contestar, y casi de inmediato llamó a gritos a David, que se dirigía al cuarto de baño a lavarse las manos, pegajosas a causa de la savia del árbol. Se giró y vio que su madre le tendía el auricular con una mano mientras retorcía la otra nerviosamente en el bolsillo del delantal. Ellen trató de hablar, pero en un primer momento ningún sonido salió de su boca al mover los labios. Tragó saliva y lo intentó otra vez.

—Es Debbie Ross. Pregunta por ti. Está llorando. Ya debe de haber terminado. Sé amable con ella, por favor.

David cruzó la sala y cogió el auricular. Volvía a inundarle la sensación de ser otro. Estaba seguro de que su madre tenía razón en parte: *algo* debía de haber terminado.

—¿Sí? —dijo por el auricular—. ¿Señora Ross?

Al principio el llanto impidió hablar a la madre de Brian. Lo intentó, pero entre sus sollozos salió sólo un sonido inarticulado. David oyó al señor Ross decir a cierta distancia:

—Déjame a mí.

Pero la señora Ross repuso:

—No; estoy bien. —Un sonoro bocinazo, como el graznido de un pato hambriento, llegó al oído de David cuando la señora Ross se aclaró la garganta. A continuación anunció—: Brian está despierto.

—¿Sí? —dijo David. Aquello le causó la mayor alegría de su vida pero no sorpresa.

—¿Está muerto? —preguntó Ellen en un susurro. Continuaba retorciendo una mano en el bolsillo del delantal.

—No —respondió David, tapando el micrófono para dirigirse a sus padres. Podía permitírselo porque Debbie Ross había empezado a sollozar de nuevo. Pensó que eso le ocurriría cada vez que diese a alguien la noticia, al menos durante un tiempo. No podría evitarlo, pues ella ya había dado por perdido a Brian.

—¿Está muerto? —repitió Ellen.

—¡No! —repitió David un poco irritado. Su madre

parecía sorda–. No está muerto. Está vivo. Ha despertado.

Sus padres boquearon como peces en una acuario. Bombón pasó ante ellos, todavía comiendo jalea, miró a su muñeca, que asomaba rígida por encima de su codo, y dijo con tono concluyente:

–¿No te había dicho que se curaría? ¿No te lo había dicho?

–Ha despertado –musitó, asombrada, la madre de David–. Está vivo.

–David, ¿sigues ahí? –dijo la señora Ross por el teléfono.

–Sí, aquí estoy.

–Unos veinte minutos después de marcharte empezaron a aparecer ondas en el monitor del encefalógrafo. Yo fui la primera en verlas (Mark había bajado a la cafetería por unos refrescos), y me dirigí a la sala de enfermeras. No me creían. –Rió entre sollozos–. Claro, ¿quién iba a creerlo? Y cuando conseguí que viniesen a la habitación, en lugar de llamar a un médico avisaron a mantenimiento... imagínate hasta qué punto estaban convencidos de que eso era imposible. Llegaron al extremo de cambiar el monitor, ¿no es asombroso?

–Sí –convino David–. Increíble.

Ahora tanto su padre como su madre le hablaban en susurros, y Ralph Carver hacía grandes aspavientos. Parecía, pensó, un enfermo mental que se creía presentador de un concurso de televisión. Ante la idea sintió ganas de reír, pero se controló. Prefería no reírse estando al teléfono –la señora Ross no lo entendería–, de modo que se dio media vuelta y siguió escuchando de cara a la pared.

–Únicamente cuando vieron las mismas ondas en el monitor nuevo –prosiguió la señora Ross–, sólo que más marcadas, una de las enfermeras fue a buscar al doctor Waslewski. Es el neurólogo. Antes de que llegase, Brian nos miró, y me preguntó si le había echado comida al pez de colores. Le contesté que sí, que el pez estaba bien atendido. No lloré; estaba demasiado atónita para llorar. Después dijo que le dolía la cabeza y cerró los ojos. Cuando entró el doctor Waslewski, daba le impresión de que Brian siguiese en coma, y el médico le lanzó una mirada a la enfermera como diciendo: «¿Para esto me ha llamado?» ¿Entiendes?

—Claro —respondió David.

—Pero cuando el médico dio una palmada junto al oído de Brian, él volvió a abrir los ojos. ¡Tendrías que haberle visto la cara a ese viejo polaco, Davey! —Se echó a reír; sus carcajadas eran como el cloqueo entrecortado de una loca—. Y entonces... entonces Brian d-d-dijo que tenía sed y preguntó s-s-si podíamos darle a-a-agua.

Debbie Ross no pudo contener más el llanto, y sus sollozos llegaron a través del auricular con tal intensidad que a David casi le dolió el oído. Al cabo de un momento los sollozos se alejaron, y el padre de Brian preguntó:

—¿David? ¿Sigues ahí? —Su voz no parecía mucho más serena, pero al menos no hablaba a gritos, lo cual era un alivio.

—Sí, aquí sigo.

—Brian no recuerda el accidente, no recuerda nada desde la noche anterior; pero recuerda su nombre, su dirección y nuestros nombres. Sabe cómo se llama el presidente y es capaz de realizar sencillos problemas de cálculo. El doctor Waslewski dice que había oído hablar de casos como éste, pero hasta ahora no había presenciado ninguno. Lo ha calificado de «milagro clínico». Ignoro si eso tiene sentido o si es simplemente algo que siempre había deseado decir, pero me trae sin cuidado. Sólo quería darte las gracias, David. Y Debbie también. De todo corazón.

—¿A mí? —Una mano le tiró de la manga para obligarlo a volverse. Se resistió—. ¿Por qué a mí?

—Por devolvernos a Brian. Tú le has hablado; las ondas han aparecido en el monitor poco después de marcharte. Te ha oído, Davey. Te ha oído y ha regresado con nosotros.

—No he sido yo –repuso David. Se dio la vuelta. Sus padres estaban muy cerca de él, mirándolo con impaciente expresión de esperanza, incredulidad y desconcierto. Su madre lloraba. Aquél día todo eran lágrimas. Sólo Bombón, que solía andar por la casa vociferando por lo menos seis horas de cada veinticuatro, permanecía tranquila.

—Sé lo que digo –afirmó el señor Ross–. Sé lo que digo, David.

Tenía que explicar lo ocurrido a sus padres antes de que le prendiesen fuego a su camisa con sus incandescentes miradas. Pero primero debía averiguar una cosa.

—¿A qué hora despertó Brian y preguntó por el pez? ¿Cuánto tiempo después de aparecer las ondas en el monitor?

—Pues han cambiado el monitor... ya te lo ha contado mi mujer... y luego... no sé... –Pensó por un momento y por fin añadió–: Ah, sí. Recuerdo que poco antes oí la sirena del parque de bomberos de Columbus Broad, así que debían de ser poco más de las cinco.

David no se sorprendió. A esa hora aproximadamente la voz de su cabeza había dicho: «Ya estás rezando.»

—¿Puedo ir a verlo mañana? –preguntó David.

El señor Ross se echó a reír.

—Puedes venir a medianoche si te apetece. ¿Por qué no? De hecho el doctor Waslewski nos ha pedido que lo despertemos de vez en cuando y le hagamos preguntas estúpidas. Sé por qué lo ha pedido. Teme que Brian vuelva a entrar en coma, pero dudo que eso ocurra. ¿Tú qué crees?

—Yo también lo dudo. Adiós, señor Ross.

Colgó el auricular, y sus padres casi se abalanzaron sobre él. Querían saber cómo había ocurrido y en qué modo creían que había influido David en su recuperación.

En ese momento el niño sintió el súbito impulso de bajar la vista en un gesto de modestia y decir: «Bueno, se ha despertado; eso es lo único que sé. Salvo que... bueno... –Ahí se interrumpiría con fingida reticencia y luego añadiría–: Los señores Ross piensan que quizá haya oído mi voz y haya reaccionado, pero ya sabéis lo alterados que estaban.» Bastaría con eso para dar origen a una leyenda. Parte de él lo sabía. Lo sabía y lo deseaba.

Parte de él deseaba intensamente decir aquello.

No fue la extraña voz interior y exterior la que lo disuadió, sino un pensamiento suyo, un pensamiento más intuido que articulado: Si te atribuyes el mérito, se acaba aquí.

¿Qué acaba?

Todo lo importante, respondió la voz de la intuición. Todo lo importante.

–Vamos, David –instó su padre sacudiendo los hombros–. Dinos qué ha pasado.

–Brian está despierto –respondió por fin, eligiendo las palabras con cuidado–. Puede hablar y conserva la memoria. El médico del cerebro dice que es un milagro. Los señores Ross creen que yo he tenido algo que ver, que me ha oído hablar y ha vuelto; pero son sólo imaginaciones suyas. Le he cogido la mano a Brian, y no estaba allí. Era la persona más ausente que he visto en mi vida. Por eso he llorado, no por el ataque de nervios de sus padres sino porque Brian no estaba allí. No sé qué ha pasado, y tampoco me importa. Está despierto, eso es lo único que me importa.

–Y eso es lo único que debe importarte, cariño –dijo su madre, abrazándolo con fuerza.

—Tengo hambre —anunció David—. ¿Qué hay para cenar?

3

Ahora flotaba en la oscuridad, ciego pero no sordo, esperando a oír esa voz que el padre Gene Martin había definido como «la voz serena y casi inaudible de Dios». En los últimos siete meses el padre Martin había escuchado el relato de David no una sino docenas de veces, y le complacía de manera especial la parte donde el muchacho explicaba cómo se había sentido durante la conversación con sus padres después de hablar por teléfono con el señor Ross.

—Estabas en lo cierto —le aseguró un día el padre Martin—. No fue otra voz lo que oíste al final, y en concreto no fue la voz de Dios, salvo en el sentido de que Dios siempre nos habla a través de la conciencia. Desde el punto de vista laico, David, la conciencia es sólo una especie de censor, un espacio donde se almacenan las sanciones sociales, pero en realidad viene a ser algo así como un intruso, y a menudo nos guía hasta las soluciones adecuadas incluso en situaciones que escapan a nuestra comprensión. ¿Me sigues?

—Creo que sí —respondió David.

—No sabías por qué era incorrecto atribuirte el mérito de la recuperación de tu amigo, pero no te hacía falta saberlo. Satanás te tentó del mismo modo que a Moisés; sin embargo tú obraste como Moisés no quiso o no pudo: primero comprendiste, luego te resististe.

—¿Y Moisés? ¿Qué hizo él?

El padre Martin le contó cómo Moisés, durante el éxodo de los israelitas, hizo brotar agua de una piedra golpeándola con el cayado de Aarón para aplacar la sed de su gente. Y cuando los israelitas preguntaron a quién debían mostrar su gratitud, Moisés respondió que el mérito era suyo. Mientras le contaba esta historia, el padre Martin bebía de una taza de té que llevaba estampado el lema FELIZ, JUBILOSO Y LIBRE, pero el contenido de la taza no olía exactamente a té. Olía más bien como el whisky que tomaba su padre por las noches cuando veía el último noticiario en televisión.

–Fue sólo un pequeño desliz en una larga vida de sacrificios al servicio del Señor –prosiguió el padre Martin alegremente–, pero en castigo Dios no le permitió llegar a la Tierra Prometida. Josué guió a aquel pueblo ingrato y rencoroso a través del río.

Mantuvieron esta conversación un domingo de junio por la tarde. Por entonces los dos se conocían desde hacía meses y se sentían a gusto juntos. David había tomado la costumbre de asistir a misa en la iglesia metodista los domingos por la mañana e ir por la tarde a la casa del párroco. Allí él y el padre Martin, sentados en el despacho de éste, charlaban durante una hora poco más o menos. David esperaba con ilusión estos encuentros, y Gene Martin también. Le había cogido mucho cariño a David, quien unas veces parecía un niño corriente y otras revelaba una madurez insólita en un muchacho de once años. Y había otra cosa: Gene Martin creía que David Carver había sido tocado por Dios, y que quizá Dios seguía presente en él.

Lo fascinaba la historia de Brian Ross, y el hecho de que ese suceso hubiese inducido a David, un perfecto ignorante en materia religiosa, a buscar respuestas, a buscar a Dios. Dijo a su esposa que David era el único auténtico converso que había conocido, y que lo ocurrido a su amigo era el único milagro moderno de cuantos había oído hablar en el que creía sinceramente. La curación de Brian había sido completa salvo por una leve cojera, y según los médicos incluso de eso podía recuperarse en menos de un año.

—Estupendo –repuso Stella Martin–. Eso nos servirá de consuelo a mí y al bebé si tu joven amigo dice algo indebido acerca de su instrucción religiosa y acabas ante un tribunal acusado de corrupción de menores. Ándate con cuidado, Gene... y es un disparate que bebas en su presencia.

–*No* bebo en su presencia –se defendió el padre Martin, hallando de pronto algo interesante que mirar por la ventana. Finalmente volvió la cabeza hacia su esposa y añadió–: En cuanto a lo otro, Dios es mi pastor.

Siguió recibiendo a David los domingos por la tarde. Gene Martin no había cumplido aún los treinta años, y por primera vez tenía ocasión de experimentar los placeres de escribir en una tabla rasa. Tampoco renunció a echar un chorro de Seagram's en su té, una antigua tradición dominical, pero empezó a dejar la puerta del despacho abierta cuando se reunía con David. Durante sus conversaciones el televisor estaba siempre en marcha, siempre sin sonido y sintonizado en alguna retransmisión deportiva: fútbol americano en las primeras visitas de David, más tarde baloncesto y después béisbol.

Aquella tarde, mientras David reflexionaba sobre el episodio de Moisés y el agua extraída de la roca, retransmitían un partido de béisbol entre los Indians y los A's. Al cabo de un rato desvió la vista del televisor y dijo:

—Dios no es muy misericordioso, ¿verdad?

—Sí, sí lo es –contestó el padre Martin, al parecer un tanto sorprendido–. Es tan exigente que por fuerza ha de ser misericordioso.

—Pero también es cruel, ¿no?

—Sí –respondió Gene Martin sin dudar–. Dios es cruel. Tengo maíz, David. ¿Quieres que prepare unas palomitas?

Ahora flotaba en la oscuridad, esperando a oír a ese Dios cruel del padre Martin, el que había negado a Moisés la entrada en Canaán porque en una única ocasión se había atribuido el mérito de una obra realizada por Dios, el que de algún modo se había servido de él para curar a Brian Ross, el que había quitado la vida a su dulce hermana y había dejado al resto de la familia en manos de un gigante chiflado con la misma mirada vacía que un paciente en estado de coma.

Sonaban otras voces en el oscuro lugar al que se trasladaba mientras rezaba; las oía con frecuencia mientras estaba allí, por lo general lejanas, como las indistintas voces que en ocasiones se oían de fondo cuando uno mantenía una conferencia telefónica, pero a veces con mayor claridad. Aquel día en particular una de ellas le llegó con total nitidez.

*Si quieres rezar, rézame a mí,* dijo esa voz. *¿Por qué vas a rezar a un Dios que mata a niñas? Ya nunca más te reirás de las gracias de tu hermana, ni le harás cosquillas hasta que grite, ni le tirarás de las trenzas. Está muerta, y tú y tus padres estáis en la cárcel. Cuando el poli chiflado vuelva, probablemente os matará a los tres. Y a los otros dos también. Eso es lo que hará tu Dios, ¿qué otra cosa podría esperarse de un Dios que mata niñas? En el fondo, está tan loco como el poli. Y sin embargo tú te arrodillas ante él. Vamos, Davey, sé dueño de tu vida. Coge las riendas. Rézame a mí. Yo al menos no estoy loco.*

Esta voz no lo inquietó, o no demasiado. La había oído ya antes. Quizá apareció por primera vez en su mente camuflada tras el intenso impulso de dar a sus padres la impresión de que Brian había vuelto del coma gracias a él. Pero luego la oyó más nítidamente, más *personalmente*, durante sus oraciones diarias, y en un principio esto llegó a preocuparlo, pero cuando comentó al padre Martin que esa voz interfería en sus conversaciones con Dios como si hablase desde un supletorio, el párroco se echó a reír.

—Al igual que Dios —explicó—, Satanás tiende a hablarnos con mayor claridad cuando oramos o meditamos. En esos momentos nos encuentra más abiertos, más en contacto con nuestro *pneuma*.

—¿*Pneuma*? ¿Qué es eso? —preguntó David.

—El espíritu. La parte de ti que intenta desarrollar su potencial divino y ser eterna; la parte que Dios y Satanás se disputan incluso ahora mientras charlamos.

El padre Martin le había enseñado un breve mantra para tales ocasiones, y David lo usó mientras rezaba en la celda. Ve en mí, mora en mí, repitió mentalmente. Esperaba que esa voz desapareciese, pero también necesitaba mitigar de nuevo el dolor, que lo asaltaba una y otra vez como calambres. El pesar por lo que había ocurrido a Bombón era demasiado profundo. Y sí, sentía resentimiento hacia Dios por haber consentido que el policía demente la empujase escalera abajo. No resentimiento, *odio*.

Ve en mí, Dios. Mora en mí, Dios. Ve en mí, mora en mí.

La voz de Satanás (si realmente era la suya, cosa que David no sabía con certeza) se desvaneció, y durante un rato David percibió sólo la oscuridad.

Dime qué debo hacer, Dios. Dime qué quieres. Y si tu voluntad es que muramos aquí, no permitas que pierda el tiempo volviéndome loco, dejándome vencer por el miedo o exigiendo explicaciones.

Se oyó el remoto aullido de un coyote. Luego nada.

Aguardó, tratando de permanecer abierto, pero Dios continuó en silencio. Al final desistió y pronunció en un susurro las palabras con las que el padre Martin le había enseñado a concluir sus oraciones: «Señor, hazme útil a mí mismo y ayúdame a recordar que mientras no lo consiga no seré útil a los demás. Ayúdame a recordar que eres mi Creador. Soy lo que tú me haces ser, unas veces el pulgar de tu mano, otras la lengua de tu boca. Haz de mí una vasija consagrada plenamente a tu servicio. Gracias. Amén.»

Abrió los ojos. Como siempre, primero fijó la mirada en el hueco oscuro formado por sus manos unidas, y como siempre le recordó un ojo, un orificio semejante a un ojo. Pero un ojo ¿de quién? ¿De Dios? ¿Del diablo? ¿Quizá suyo?

Se levantó y se volvió lentamente. Sus padres lo miraban, Ellie asombrada, Ralph con expresión grave.

—¡Por fin! ¡Gracias a Dios! —exclamó su madre. Hizo una pausa para permitirle contestar. Al ver que David guardaba silencio, añadió—: ¿Rezabas? Has estado media hora de rodillas. Ya pensaba que te habías dormido. ¿Rezabas?

—Sí.

—¿Lo haces a menudo, o ésta era una ocasión especial?

—Lo hago tres veces diarias —contestó David—. Una por la mañana, otra por la noche y otra hacia el mediodía. En la del mediodía doy gracias por las cosas buenas que me han pasado y pido ayuda con lo que no entiendo. —Lanzó una risa breve y nerviosa—. Esto último es lo que me lleva más tiempo.

—¿Y es una novedad reciente, o lo haces desde que vas a misa? —Ellen lo miraba aún con una expresión de perplejidad que lo incomodó. El malestar de David se debía en parte al enorme moretón que se extendía en torno al ojo de su madre, pero no sólo a eso; se debía sobre todo a que ella lo miraba como si lo viese por primera vez en su vida.

—Reza desde el accidente de Brian —terció Ralph. Se tocó la hinchazón de debajo del ojo izquierdo, hizo una mueca de dolor y apartó la mano. Miraba a su hijo por entre dos barrotes, al parecer tan incómodo con aquello como el propio David—. Un día, poco después de salir Brian del hospital, subí a tu habitación a darte las buenas noches y te vi de rodillas al pie de la cama. Al principio pensé que estabas... no sé, haciendo otra cosa, pero luego oí algo de lo que decías y comprendí.

David sonrió y notó el rubor en sus mejillas. Era un tanto absurdo sonrojarse en aquellas circunstancias, pero no pudo evitarlo.

–Ahora rezo en silencio. Ni siquiera muevo los labios. Una vez unos compañeros de colegio me oyeron murmurar en la hora de estudio y creyeron que estaba mal de la cabeza.

–Puede que tu padre lo entienda, pero yo no –repuso Ellen.

–Hablo con Dios –dijo David. Aquello le resultaba muy violento, pero quizá si lo explicaba una vez con toda franqueza no tuviese que repetirlo–. En eso consiste rezar: en hablar con Dios. Al principio tienes la impresión de hablar contigo mismo, pero luego es distinto.

–¿Lo has aprendido tú solo, David, o te lo ha enseñado tu nuevo amigo de los domingos?

–Lo he aprendido yo solo.

–¿Y Dios te contesta? –quiso saber su madre.

–A veces creo oírlo. –David se metió la mano en el bolsillo y tocó el cartucho con las yemas de los dedos–. Y sé con toda seguridad que una vez lo oí. Le pedí que Brian se curase. Cuando volvimos del hospital, fui a los jardines de la calle Bear y subí a la plataforma que Brian y yo habíamos construido en un árbol. Desde allí rogué que se curase. Prometí que si Dios me concedía ese favor, le daría una especie de pagaré. ¿Entiendes lo que quiero decir?

–Sí, David, sé qué es un pagaré. ¿Y te ha hecho ya cumplir el compromiso, ese Dios tuyo?

–Todavía no. Pero cuando iba a bajar del árbol, Dios me pidió que dejase el permiso para salir del colegio antes de hora enganchado en un clavo que sobresalía del tronco, como si quisiese que se lo entregase a él en lugar de a la señora Hardy, la mujer de la secretaría. Y me pidió también que averiguase todo lo posible sobre Él: qué es, qué quiere, qué hace, y qué no haría nunca. No me lo dijo con esas mismas palabras, pero pronunció el nombre de la persona a la que debía acudir, el padre Martin. Por eso voy a la iglesia metodista. Aunque seguramente a Dios le da lo mismo una iglesia que otra. Él sólo me dijo que en la iglesia encontraría orientación para el corazón y el espíritu, y en el padre Martin para la mente. Al principio ni siquiera sabía quién era el padre Martin.

—Sí lo sabías —corrigió Ellen Carver con el tono compasivo y reconfortante de alguien que de pronto cae en la cuenta de que tiene enfrente a una persona con problemas mentales—. Gene Martin estuvo en casa hace dos o tres años durante una campaña de recogida de fondos para las misiones de África.

—¿De verdad? Yo no lo vi. Debía de estar en el colegio cuando vino.

—Tonterías —replicó su madre, esta vez con tono taxativo—. Vino por Navidades, así que no estabas en el colegio. Y ahora escúchame con atención, David. Cuando ocurrió lo de Brian, debiste de... en fin, no sé... debiste de creer que necesitabas ayuda, y el subconsciente te proporcionó el único nombre que conocías. El Dios que oíste en esos momentos de desolación era tu subconsciente, que buscaba respuestas. —Se volvió hacia Ralph y extendió las manos—. La lectura obsesiva de la Biblia era ya preocupante, pero *esto*... ¿Por qué no me dijiste que había empezado a rezar?

—Porque me pareció que era asunto suyo —respondió Ralph con un gesto de indiferencia, eludiendo su mirada—. Y no le hacía daño a nadie.

—No, claro, rezar es maravilloso. Sin rezos no se habrían inventado las empulgueras ni el potro de tortura.

David ya había oído antes aquel tono de voz en su

madre. Era el tono nervioso y agresivo que adoptaba cuando temía desmoronarse por completo. De aquel modo empezó a hablarles a él y a su padre cuando Brian acababa de sufrir el accidente; de hecho siguió en esa línea durante casi una semana incluso después de salir Brian del coma.

Ralph Carver se metió las manos en los bolsillos y, bajando la vista, se apartó de ella. Esa actitud enfureció más aún a Ellen, que se volvió hacia David con lágrimas en los ojos y dijo a voz en grito:

–¿Qué clase de trato has hecho con ese extraordinario Dios tuyo? ¿Ha sido como cuando cambias cromos de béisbol con tus amigos? ¿Te ha dicho: «Eh, te cambio este precioso Brian Ross del año ochenta y cuatro por ese Kirstie Carver del ochenta y ocho»? ¿Ha sido así? ¿O más bien...?

–Señora, es su hijo y no quiero entrometerme, pero ¿por qué no lo deja estar? Usted ha perdido a su hija, y yo he perdido a mi marido. Todos hemos tenido un mal día.

Era la mujer que había disparado contra el policía. Se hallaba sentada en el extremo del catre. El pelo le caía sobre las mejillas como unas alas flácidas pero no le ocultaba el rostro. Parecía conmocionada, afligida y cansada. Sobre todo cansada. David no recordaba haber visto antes unos ojos tan cansados como aquéllos.

Por un momento pensó que su madre volcaría su ira en ella. No le habría sorprendido; a veces arremetía contra un desconocido con la violencia de un ciclón. En una ocasión atacó como una fiera a un candidato a algún cargo político que pedía votos ante el supermercado del barrio. El pobre hombre cometió el error táctico de intentar entregarle un panfleto cuando ella salía cargada con la compra y llegaba tarde a una cita. Su madre se revolvió como un animal venenoso y le preguntó quién se había creído que era, a quién se había creído que representaba, cuál era su postura ante el déficit de la balanza comercial, si había fumado hierba alguna vez, y si estaba a favor del derecho a la libre elección de la mujer. A esto último el candidato respondió con orgullo que sí estaba a favor del derecho a la libre elección de la mujer. Y Ellen Carver replicó a pleno pulmón: «¡Estupendo, porque libremente le exijo que *desaparezca de mi vista*!» El hombre simplemente se dio media vuelta y se fue. David lo comprendió; él habría hecho lo mismo. Sin embargo su madre advirtió algo en la expresión de la mujer de pelo oscuro (Mary, pensó David; se llama Mary) que la hizo cambiar de idea, si es que realmente estaba a punto de estallar.

Se concentró de nuevo en David.

−¿Y qué? ¿Te ha dicho el gran Dios cómo vamos a salir de ésta? Has estado de rodillas un buen rato; algún mensaje habrás recibido.

Ralph se volvió hacia ella.

−¡Deja de acosarlo! −gruñó−. ¡Déjalo ya! ¿Acaso crees que eres la única que sufre?

Ellen le lanzó una mirada peligrosamente próxima al desprecio y después dirigió otra vez la atención a David.

−¿Y bien?

−No −contestó David−. No he recibido ningún mensaje.

−Viene alguien −anunció de pronto Mary. Había una ventana detrás de ella. Se subió al catre e intentó mirar al exterior−. ¡Mierda! Barrotes y cristal opaco reforzado con tela metálica. Pero lo oigo. ¡Estoy segura!

David también lo oía: era un motor. De repente aceleró, retumbando a plena potencia. Siguió un chirrido de neumáticos. David miró al anciano. Éste se encogió de hombros y levantó las manos.

David oyó un grito de dolor, y después un aullido. Un aullido humano. Hubiese preferido pensar que era el aullido del viento al soplar por el canalón de un tejado, pero tuvo la casi total certidumbre de que había sido humano.

—¿Qué demonios es eso? —preguntó Ralph—. ¡Dios mío, alguien grita como si lo estuviesen matando! ¿Será el policía?

—¡Ojalá! —exclamó Mary con vehemencia, todavía de pie sobre el catre y mirando en vano la ventana—. ¡Espero que alguien le arranque los pulmones del pecho! —Se volvió hacia ellos. Sus ojos aún revelaban cansancio, pero ahora también fiereza—. Quizá vienen en nuestra ayuda. ¿No podría ser? ¡Quizá vienen en nuestra ayuda!

El motor —no demasiado cercano pero tampoco lejano— aceleró. Los neumáticos chirriaron de nuevo, como chirrían en las películas pero rara vez en la vida real. Se oyó un crujido. De madera o metal, o tal vez de ambas cosas. Luego un breve bocinazo, como si alguien hubiese tocado sin querer la bocina del coche. El fluctuante y nítido aullido de un coyote traspasó el aire. A éste se unieron otros. Parecían una burla a las esperanzas de Mary. A continuación el ruido del motor se acercó; ahora era sólo un tranquilo ronroneo.

El hombre del pelo blanco estaba sentado en el catre con las manos juntas entre los muslos. Habló sin levantar la vista.

—No se hagan ilusiones. —Su voz sonaba tan seca y polvorienta como las vastas salinas que se extendían al norte y el oeste de aquella zona—. Es él. Reconozco el ruido del motor.

—Me niego a creerlo —replicó Ellie Carver.

—Usted misma —dijo el anciano—. Poco importa lo que crea. Yo formaba parte de la comisión que aprobó la partida para la compra de un nuevo coche patrulla. Eso fue poco antes de retirarme de la política. Fui a Carson City con Collie y Dick en noviembre del año pasado, y lo compramos en una subasta del Departamento de Lucha contra la Droga. Ese mismo coche que ahora oyen. Metí la cabeza bajo el capó antes de ofrecer dinero por él y lo conduje la mitad del camino de regreso a velocidades que oscilaban entre los cien y ciento sesenta kilómetros por hora. Lo reconozco sin sombra de duda. Es el nuestro.

Y mientras David se volvía hacia el anciano, la voz serena y casi inaudible –la que había oído por primera vez en la habitación del hospital– le habló. Como de costumbre, lo cogió por sorpresa, y al principio no supo interpretar el sentido de las dos palabras que pronunció.

*El jabón.*

Las oyó tan claramente como había oído «Ya estás rezando» cuando se hallaba en la Plataforma Vietcong con los ojos cerrados.

*El jabón.*

Miró hacia el rincón izquierdo de la celda. Había un inodoro sin tapa y al lado un herrumbroso lavabo de loza. Junto a la llave del agua situada a la derecha vio una pastilla verde de jabón.

Fuera el motor del coche patrulla de Desesperación se oyó cada vez más cerca. A mayor distancia aullaban los coyotes. Aquellos aullidos empezaban a sonarle como las carcajadas de un grupo de lunáticos en un manicomio tras marcharse los enfermeros.

4

Al llegar a Desesperación la familia Carver estaba demasiado angustiada y atenta al policía para reparar en el perro colgado del cartel de bienvenida al pueblo; pero Johnny Marinville era un experto observador de su entorno. Además ahora era difícil que el animal pasase inadvertido. Lo había encontrado una bandada de buitres, los más abominables que Johnny había visto. Apiñados bajo el cadáver, uno tiraba del rabo del pastor alemán, otro roía con el pico una de las patas, y el resto aguardaba. El cuerpo del perro se mecía en la cuerda que le rodeaba el cuello. Johnny emitió un chasquido de repugnancia.

—¡Buitres! —dijo el policía—. Dios, ¿no son unas aves extraordinarias? —Su voz sonaba más ronca. Había estornudado dos veces más en el camino, y la segunda había expulsado por la boca varios dientes además de sangre. Johnny no sabía qué le ocurría ni le importaba; sólo deseaba que su final estuviese cerca. El policía añadió—: Te contaré algo sobre los buitres. Despiertan lentamente del sueño. Aprenden yendo a donde tienen que ir. ¿Coincides conmigo, *mon capitaine*?

Un policía chiflado que recitaba versos. Muy sartriano.

—Si usted lo dice, agente... —Johnny procuraría no llevarle la contraria de nuevo; aquel tipo se hallaba en pleno proceso de autodestrucción, y Johnny quería seguir presente cuando aquello terminase.

Pasaron junto al perro muerto y la bandada de pajarracos grisáceos y medio desplumados.

¿Qué pasaba con los coyotes, Johnny?, se preguntó. ¿Qué hacían allí?

Pero prefirió no pensar en los coyotes, que momentos antes se hallaban alineados a intervalos regulares a ambos lados de la carretera como una guardia de honor, ni en cómo se retiraban a medida que pasaba el coche y se alejaban por el desierto a toda prisa igual que si tuviesen fuego en el culo.

—Se tiran pedos, ¿sabías? —informó el policía con la voz velada por la sangre—. Los buitres se tiran pedos.

—No, no lo sabía.

—Pues sí señor, así es. Son las únicas aves que se tiran pedos. Puedes ponerlo en tu libro. Capítulo dieciséis de *Viajes en Harley*.

Johnny pensó que el hipotético título de su libro nunca había sonado tan ridículo.

El coche patrulla pasó ante el edificio de una compañía minera. A Johnny le extrañó ver que había unos cuantos coches y furgonetas en el aparcamiento. La jornada laboral había terminado hacía ya rato. ¿Por qué, pues, no estaban aquellos vehículos ante las casas de sus dueños o ante algún bar del pueblo?

–Sí, sí –se burló el policía, levantando una mano y colocando los dedos como si encuadrase una imagen–. Ya lo estoy viendo. Capítulo dieciséis: Los buitres pedorros de Desesperación. Suena bien, ¿eh? Como si fuese una condenada novela de Edgar Rice Burroughs. Pero Burroughs era mejor escritor que tú, ¿y sabes por qué? Porque era un escritorcillo sin pretensiones, con *prioridades*: contar una historia, hacer su trabajo, dar a los lectores libros con que divertirse sin sentirse demasiado imbéciles, y mantenerse al margen de la prensa del corazón.

–¿Adónde me lleva? –preguntó Johnny, esforzándose por hablar con tono neutro.

–A la cárcel –respondió el policía con su voz pastosa–, donde todos tus rebuznos serán utilizados en tu contra como te mereces.

En ese momento pasaban ante un cámping de caravanas; frente a una de ellas, oxidada y con el techo hundido, se leía el cartel:

SOY UN PISTOLERO, UN BORRACHO, UN FANÁTICO
RELIGIOSO, UN PENDENCIERO Y UN HIJO DE PUTA.
NO SE PREOCUPE POR EL PERRO:
¡TENGA CUIDADO CON EL DUEÑO!

Bienvenidos al infierno de la música country, pensó Johnny.

Se inclinó hacia la rejilla, haciendo una mueca de

dolor al notar una punzada en el lugar de la espalda donde el policía le había asestado el puntapié.

—Necesita ayuda —dijo, tratando de mantener un tono casi amable, en modo alguno acusador—. ¿Es consciente de eso, agente?

—Eres tú quien necesita ayuda —replicó el policía—. Espiritual, física y editorial. *Tak!* Pero no vas a recibirla, Johnny. Tú ya has disfrutado de tu último almuerzo literario y de tu último coño cultural. Estás solo en medio del desierto, y los próximos van a ser los cuarenta días y cuarenta noches más largos de tu desaprovechada vida.

Aquellas palabras resonaron en la mente de Johnny como el tañido de una horrenda campana. Estaban ya en el pueblo. Johnny vio un bar a un lado de la calle y una ferretería al otro. Nadie transitaba por las aceras, nadie en absoluto. En el oeste los pueblos nunca eran bulliciosos, pero aquello resultaba insólito. No había *nadie*. Al pasar frente a una gasolinera de Conoco vio a un hombre sentado en la oficina; estaba recostado contra el respaldo de la silla y tenía los pies sobre la mesa. Pero eso fue todo. Salvo por... un poco más adelante...

Un par de animales avanzaban con un trote perezoso por lo que parecía ser el único cruce del pueblo. Johnny intentó convencerse de que eran perros, pero no lo eran. Eran coyotes.

No es sólo el policía, Johnny, ¿no crees?, se dijo. Aquí ocurre algo anormal. Algo en extremo anormal.

Cuando llegaron al cruce, el policía pisó el freno. Johnny, desprevenido, se vio lanzado contra la rejilla que separaba el asiento trasero de la parte delantera. Se golpeó la nariz y emitió un alarido de dolor y sorpresa.

El policía no se volvió siquiera.

—¡Billy Rancourt! —exclamó, complacido—. ¡Maldita sea, pero si es Billy Rancourt! ¿Dónde se habría metido? En el sótano del Broken Drum a dormir la borrachera, seguro. Apostaría dólares a cambio de rosquillas. Billy *el Huevón,* lo llaman, y menudo huevón está hecho.

—¡Mi nariz! —protestó Johnny. Volvía a sangrar y hablar con voz gangosa—. ¡Dios, qué dolor!

—¡Cállate, nenita! —dijo el policía—. ¡Dios! ¡Hay que ver lo quejica que eres!

Retrocedió unos metros y giró hasta enfilar la calle transversal en dirección oeste. Bajó el cristal de la ventanilla y asomó la cabeza. Ahora tenía la nuca del color de los ladrillos viejos y llena de grietas y ampollas. Algunas de las grietas rezumaban sangre brillante.

—¡Billy! —llamó el policía—. ¡Eh, Billy Rancourt, granuja!

La parte oeste de Desesperación era por lo visto una zona residencial, polvorienta y sin vida pero de un nivel ligeramente superior al cámping de caravanas. A través de las lágrimas que le empañaban los ojos, Johnny vio a un hombre con tejanos y un sombrero de vaquero parado en medio de la calle. Observaba dos bicicletas que se hallaban en la calzada vueltas del revés; había tres, pero el viento había abatido la tercera, una pequeña bicicleta rosa de niña. Las ruedas de las otras dos giraban desoladamente. El individuo levantó la vista, vio el coche patrulla, saludó con un gesto vacilante y se dirigió hacia ellos.

El policía volvió a meter su cabeza grande y cuadrada y miró a Johnny, que al punto comprendió que el tipo que caminaba hacia el coche no se había fijado bien en aquel peculiar agente del orden; de lo contrario habría salido corriendo en cualquier otra dirección. Los labios del policía, sin el respaldo de los dientes, ofrecían un aspecto hundido y enfermizo, y de las comisuras brotaban dos hilillos de sangre. Uno de sus ojos era una masa rojiza salvo por algún que otro destello gris en sus líquidas profundidades. Una reluciente mancha de sangre cubría la mitad superior de su camisa caqui.

—Ése es Billy Rancourt —explicó, satisfecho—. Es mi barbero. Estaba buscándolo. —Bajando la voz para hablarle en confianza, añadió—: Empina un poco el codo.

A continuación miró al frente, metió la primera y apretó el acelerador. El motor retumbó; los neumáticos chirriaron, y Johnny cayó contra el respaldo lanzando un grito de sorpresa. El coche patrulla salió disparado.

Johnny alargó los brazos, se agarró a la rejilla con los dedos y tiró para volver a enderezarse en el asiento. El hombre de los tejanos y el sombrero de vaquero —Billy Rancourt el Huevón— se quedó inmóvil, como paralizado, viendo acercarse el Caprice. Pareció crecer por momentos en el parabrisas a medida que el coche avanzaba hacia él, como en un disparatado efecto de zoom.

—¡No! —gritó Johnny, golpeando la rejilla con la palma de la mano izquierda—. ¡No! ¡No lo haga! ¡Cuidado!

En el último instante Billy Rancourt comprendió las intenciones del policía y trató de huir. Corrió hacia la derecha, en dirección a una ruinosa casa que reposaba como un animal cansado tras una cerca de estacas, pero había reaccionado demasiado tarde y era demasiado lento. Gritó, y un instante después el coche patrulla lo alcanzó, golpeándolo con tal fuerza que vibró todo el chasis. La sangre salpicó la cerca; en el interior se percibió por dos veces un ruido sordo al pasar las ruedas sobre el hombre caído. Luego el coche se estrelló contra la cerca y la derribó. El policía piso el freno, y el coche se detuvo en el patio de tierra de la casa, lanzando a Johnny otra vez contra la rejilla; en esta ocasión consiguió levantar el brazo y agachar la cabeza, evitando un nuevo golpe en la nariz.

—¡Billy, pedazo de cabrón! —exclamó el policía con visible entusiasmo—. *Tak an lah!*

Billy Rancourt soltó un aullido de dolor. Johnny se

volvió y por la luneta trasera lo vio arrastrarse tan deprisa como podía –es decir, no mucho, porque tenía una pierna rota– hacia la acera norte de la calle. En la espalda y en los tejanos le había quedado nítidamente grabado el dibujo de los neumáticos. El sombrero yacía en el asfalto, vuelto del revés como las bicicletas. En su vana huida Billy Rancourt lo rozó con la rodilla. El sombrero se ladeó, y la sangre que contenía se derramó como si fuese agua. También manaba la sangre a borbotones del cráneo abierto y el rostro desfigurado de Billy Rancourt. Sin duda estaba malherido, pero a pesar de que el coche le había golpeado de pleno y después le había pasado por encima, no parecía ni mucho menos en trance de morir. A Johnny no le sorprendió. Costaba mucho matar a un hombre. En Vietnam lo había comprobado una y otra vez: tipos vivos con media cabeza destrozada; tipos vivos con las tripas fuera sirviendo de pasto a las moscas; tipos vivos con la yugular seccionada y la sangre escurriéndose entre los dedos. La gente se resistía a morir, y eso era lo más horrible.

–¡Yuuuju! –gritó el policía, y puso la marcha atrás. Los neumáticos chirriaron y echaron humo. El coche retrocedió, bajó de la acera y pasó sobre el sombrero de Billy Rancourt. Después, con gran estrépito, arrolló una de las dos bicicletas que quedaban en pie, y ésta saltó sobre el maletero, golpeó la luneta trasera y voló por encima del techo hasta caer delante del Caprice. Johnny tuvo tiempo de ver que Billy Rancourt había dejado de arrastrarse, que había vuelto la cabeza y los miraba por encima del hombro, que su rostro ensangrentado revelaba una indescriptible resignación. No debe de tener ni treinta años, pensó Johnny, y en ese momento el hombre desapareció bajo la parte trasera del coche. Éste pasó sobre el cuerpo y se detuvo junto al bordillo de la otra acera. Al volver la vista al frente, el policía hizo sonar sin querer la bocina con el codo. Ante el morro del coche patrulla yacía Billy Rancourt, boca abajo en medio de un gran charco de sangre. Uno de sus pies se sacudió espasmódicamente por un instante.

–¡Uf! –exclamó el policía–. Menuda hemos organizado, ¿no?

–Sí, lo ha matado –dijo Johnny. De pronto le traía sin cuidado irritar a aquel tipo, vivir o no más que él. Ya no le importaban el libro, la Harley, ni dónde podía hallarse Steve Ames. Quizá después, si había un después, volvería a preocuparse por alguna de esas cosas, pero no en ese momento. En ese momento, fruto de la indignación y la amargura, asomó a la superficie una versión anterior de Johnny Marinville, un borrador de sí mismo a quien importaban un carajo el Premio Pulitzer, el Premio Nacional de Literatura y follarse a actrices, con o sin esmeraldas–. Lo ha atropellado en medio de la calle como a un conejo. ¡Muy valiente!

El policía se giró, le lanzó una mirada pensativa con su único ojo sano y de nuevo volvió la vista al frente.

–«Te he mostrado el camino de la sabiduría –dijo–. Te he guiado por el camino recto. Cuando camines, no habrás de enmendar tus pasos; cuando corras, tu pie no tropezará.» Eso es del Libro de los Proverbios, John. Pero creo que el pobre Billy sí ha tropezado. Sí, eso creo. Siempre fue un patoso. Creo que ése era su mayor problema.

Johnny abrió la boca. Por primera vez en su vida nada salió de ella. Mejor así, quizá.

–«Atesora mis enseñanzas, no las dejes escapar: consérvalas, porque son tu vida.» Ése es un consejo que te conviene seguir, señor Marinville. Disculpa un momento.

Se apeó del coche y se acercó al cadáver que yacía en la calle. Sus botas, barridas por la arena que arrastraba el fuerte viento, despedían un resplandor trémulo. Llevaba una extensa mancha roja en los fondillos del pantalón, y cuando se agachó a recoger el cuerpo del difunto Billy Rancourt, Johnny vio a través de las costuras descosidas de los sobacos que la piel le rezumaba sangre. Sudaba sangre literalmente.

Puede ser, pensó Johnny. Es muy probable. Parece a punto de desangrarse, como ocurre a veces a los hemofílicos. Si no fuese tan corpulento, posiblemente estaría ya muerto. Sabes qué debes hacer, ¿no?

Sí, claro que lo sabía. Tenía mal genio, un genio de mil demonios, y al parecer ni siquiera unos cuantos puntapiés por parte de un policía maníaco habían conseguido moderárselo. Lo que debía hacer, pues, era mantener ese mal genio bajo control. Bastaba ya de comentarios mordaces, como por ejemplo decirle: «Muy valiente.» Al oírlo, el policía le había dirigido una mirada que no le había gustado nada. Una mirada *peligrosa*.

El policía se encaminó hacia el otro lado de la calle con Billy Rancourt a cuestas. Pasó entre las dos bicicletas caídas y luego junto a la tercera, cuyas ruedas seguían girando, reflejando en los radios la luz crepuscular. Pisó la porción de cerca derribada, subió por los peldaños del porche, y desplazó su carga a un lado para intentar abrir la puerta. Ésta se abrió sin problemas. A Johnny no le sorprendió. Seguramente en el pueblo nadie se molestaba en cerrar la puerta con llave.

Tendrá que matar a quienes encuentre dentro, pensó Johnny. Eso por descontado.

Sin embargo el policía simplemente se agachó, dejó el cadáver y volvió a salir al porche. Cerró la puerta y pasó las manos por el dintel para limpiárselas. Era tan alto que ni siquiera tuvo que alargar los brazos. Un escalofrío recorrió a Johnny cuando vio aquel gesto; parecía salido del Éxodo, la señal para que el Ángel de la Muerte pasase de largo... salvo que aquel hombre era el Ángel de la Muerte, el Exterminador.

El policía volvió al coche patrulla, montó y regresó tranquilamente hacia el cruce.

—¿Por qué lo ha metido en esa casa? —preguntó Johnny.

—¿Qué querías que hiciese? —Su voz era cada vez más gutural; ya casi daba la impresión de hacer gárgaras al hablar—. ¿Que se lo dejase a los buitres? Me avergüenzas, *mon capitaine*. Llevas tanto tiempo viviendo entre la gente supuestamente civilizada que has empezado a pensar como ellos.

—El perro...

—Un hombre no es un perro —repuso con tono puntilloso y aleccionador. Dobló a la derecha en el cruce y casi inmediatamente después giró a la izquierda para entrar en el aparcamiento contiguo al ayuntamiento. Apagó el motor, se apeó y abrió la puerta trasera del lado derecho. De ese modo Johnny se evitó al menos el esfuerzo de tener que deslizarse tras el combado asiento del conductor—. Un pollo no es un plato de pollo, y un hombre no es un perro, Johnny. Ni siquiera un hombre como tú. Vamos. Sal de ahí. ¡Halehob!

Johnny obedeció. Reinaba un silencio palpable. Los sonidos que se oían —el viento, el golpeteo de la arena contra la pared de ladrillo del ayuntamiento, un monótono chirrido procedente de algún lugar cercano— sólo ponían aún más de manifiesto el silencio, lo convertían en una especie de bóveda. Pese al dolor en la espalda y la pierna, Johnny estiró los miembros para desentumecerse; tenía todos los músculos agarrotados. A continuación se obligó a mirar el desfigurado rostro del policía. La estatura de aquel hombre lo intimidó, le produjo un extraño sentimiento de desorientación. No era sólo que Johnny, con su metro noventa, estuviese habituado a mirar a los demás inclinando la cabeza; era sobre todo la *magnitud* de la diferencia de alturas entre ellos, no tres o cuatro centímetros sino por lo menos diez. Y además estaba su asombrosa envergadura. No sólo se hallaba frente a él; se *cernía* sobre él.

—¿Por qué no me ha matado como a ese otro tipo, el tal Billy? ¿O ni siquiera tiene sentido preguntar? ¿Acaso está ya de vuelta de los porqués?

—¡Mierda! Todos estamos de vuelta de los porqués, y *tú* lo sabes —contestó el policía, mostrando unos pocos dientes ensangrentados en una sonrisa que Johnny habría preferido no ver—. Y ahora escúchame con atención: lo importante es que podría dejarte marchar. ¿Te gustaría? Quizá te queden aún un par de estúpidos libros en la cabeza, o incluso media docena. Aún podrías escribir unos cuantos antes de que un reventón de coronarias se te lleve al otro barrio. Y sin duda con el tiempo llegarías a olvidar este interludio y convencerte otra vez de que haces algo que justifica tu existencia. ¿Te gustaría, Johnny? ¿Te gustaría que te dejase en libertad?

*Erin go bragh*, pensó Johnny, recordando sin motivo aparente el grito de guerra de los independentistas irlandeses. Por un horrendo instante estuvo a punto de escapársele una carcajada. Pero el impulso remitió, y Johnny asintió.

—Sí, me gustaría mucho.

—Así que te gustaría ser libre, como un pájaro fuera de su jaula. —Batió los brazos para mayor énfasis.

Johnny vio que las manchas de sangre de los sobacos se habían extendido más aún; ahora tenía los costados de la camisa teñidos de rojo carmesí casi hasta la cintura.

—Sí —repitió Johnny. De hecho no creía que su nuevo compañero de juegos tuviese la menor intención de dejarlo marchar. No, ni mucho menos. Pero dicho compañero de juego en breve no sería más que una morcilla sujeta por el uniforme, y si él conseguía conservarse entero y en funcionamiento hasta que llegase ese momento...

—Muy bien. He aquí el trato, gran hombre: chúpame la polla. Hazlo, y te dejaré ir. Te doy mi palabra.

El policía se bajó la cremallera y tiró del elástico del calzoncillo. Por la bragueta asomó algo parecido a una culebra muerta. Johnny advirtió que la punta goteaba sangre. No le sorprendió. Aquel hombre se estaba desangrando por todos los orificios de su cuerpo.

—En términos literarios —añadió el policía con una sonrisa—, esta particular mamada se acerca más a Anne Rice que a Henry Miller. Te recomiendo que sigas el consejo de la reina Victoria: cierra los ojos y piensa que es una tarta de fresas.

Johnny Marinville miró la polla del maníaco, luego su rostro sonriente, y después de nuevo la polla. No sabía qué esperaba de él —gritos, náuseas, lágrimas, una melodramática súplica—, pero tenía la clara impresión de que no sentía lo que él quería que sintiese, lo que probablemente pensaba que sentía.

Por lo visto, pensó Johnny, no sabes que en mi vida he visto cosas mucho peores que una polla chorreando sangre. Y no sólo en Vietnam.

Notó que la cólera crecía en su interior, que amenazaba con apoderarse de él. Y claro que se apoderó de él. La cólera era su principal adicción, no el whisky o la coca o las anfetas. La ira pura y simple. No tenía nada que ver con lo que el policía había sacado del pantalón, y probablemente sería eso lo que él no comprendiese. No era un problema sexual. Era sólo que Johnny Marinville no tenía por costumbre actuar contra su voluntad.

—Me arrodillaré ante usted si es ése su deseo —dijo, y aunque no levantó la voz, algo cambió en el rostro del policía, algo cambió realmente por primera vez. En cierto modo desapareció de su cara todo rastro de expresión, salvo por la mirada de recelo que le dirigió con su único ojo sano.

—¿Por qué me miras así? —preguntó el policía—. ¿Qué derecho tienes tú a mirarme así? *Tak!*

—Olvídate de cómo te miro y escúchame, gilipollas: voy a meterme en la boca esa rata de pantalón que te cuelga entre las piernas, y a los tres segundos la verás tirada en el asfalto. ¿Lo has entendido? *Tak!*

Escupió esa última palabra al rostro del policía poniéndose de puntillas, y por un momento el gigante lo miró atónito. De inmediato contrajo la cara en una expresión de rabia y empujó a Johnny con tal violencia que éste creyó volar. Fue a parar contra el muro del edificio, vio estrellas al golpearse la cabeza con los ladrillos, rebotó, se le enredaron los pies y cayó de bruces. El dolor apareció en otros puntos de su cuerpo y se agudizó en las zonas que tenía ya magulladas, pero valió la pena sólo por ver la expresión de aquel demente. Johnny levantó la vista, deseando saborear de nuevo aquella expresión como una abeja saborea el polen de una flor, pero el corazón le dio un vuelco.

La cara del policía se había tensado. Su piel parecía ahora maquillaje o una fina capa de pintura, una máscara irreal. Incluso el ojo ensangrentado semejaba irreal. Daba la impresión de que hubiese otra cara bajo la que Johnny veía, empujando la carne exterior, intentando asomar a la superficie.

El policía fijó en él su único ojo sano por un instante y después alzó la cabeza. Señaló el cielo con los cinco dedos de la mano izquierda y gritó con su voz gutural:

—*Tak ah lah. Timoh. Can de lach.* ¡Vamos! ¡Vamos!

Se oyó un aleteo, semejante al ruido de la ropa agitada por el viento, y una sombra descendió sobre el rostro de Johnny. Se oyó un grito áspero, no exactamente un graznido, y algo con unas escabrosas alas en movimiento cayó sobre él, le aferró los hombros con sus garras y empezó a picarle en el cráneo mientras repetía su inhumano grito.

Fue el olor lo que le permitió adivinar qué lo atacaba, un olor a carne podrida. Agitó sus enormes e inmundas alas en torno a la cara, intentando afianzarse en su posición, y aquel hedor inundó su boca y su nariz, penetró hasta su garganta y le provocó arcadas. Johnny recordó el pastor alemán balanceándose en el extremo de la cuerda mientras aquellos pajarracos semidesplumados le tiraban del rabo y las patas con los picos. Ahora uno de ellos se había cebado en él –uno que al parecer ignoraba que los buitres eran esencialmente cobardes y se alimentaban sólo de animales muertos– y le hendía el cuero cabelludo con el pico.

–¡Sáquemelo de encima! –rogó, amedrentado. Trató de agarrar las anchas alas del buitre, pero sólo consiguió dos puñados de plumas. Tampoco podía ver; no abría los ojos por temor a que el ave cambiase de posición y se los hiriese con sus picotazos–. ¡Dios santo! ¡Sáquemelo de encima, por favor!

–¿Me mirarás como es debido? ¿No habrá más insolencias? ¿No más faltas de respeto?

–¡No! ¡Ninguna más! –Johnny habría prometido cualquier cosa. El sentimiento que lo había inducido a provocar al policía se había desvanecido por completo; el buitre había dado buena cuenta de él, como si fuese un gusano en una mazorca.

–¿Lo prometes?

El ave aleteaba, graznaba y le tiraba del pelo. Apestaba a carroña y a tripas reventadas. Seguía sobre él, devorándolo. Devorándolo vivo.

–¡Sí! ¡Sí! ¡Lo prometo!

–Pues jódete –repuso el policía tranquilamente–. Jódete, *op pa*. Me paso por el culo tu promesa. Líbrate tú de él. O muere.

Abriendo apenas los ojos, Johnny consiguió incorporarse. De rodillas y con la cabeza inclinada, buscó a tientas las alas del buitre, las agarró por donde se unían al cuerpo, y se lo quitó de los hombros. El ave se sacudió espasmódicamente en el aire y expulsó un chorro de excrementos blanquecinos que el viento dispersó. Empezó a agitar la cabeza de un lado a otro y emitir graznidos de dolor. Sollozando –ahora sentía básicamente repugnancia–, Johnny le arrancó un ala y lo lanzó contra el muro. El buitre lo miró con unos ojos negros como el alquitrán. Abría y cerraba el pico con un chasquido húmedo.

Ésa es mi sangre, hijo de puta, pensó Johnny. Tiró al suelo el ala del ave y se puso en pie. El buitre trató de huir, moviendo su única ala como un remo y levantando a su paso una nube de polvo y plumas. Se dirigía hacia el coche patrulla de Desesperación, pero no había recorrido ni dos metros cuando Johnny lo pisó con una de sus botas de motorista y le rompió el espinazo. Sus patas escamosas asomaron a ambos lados del cuerpo como si fuese a desdoblarse. Johnny se llevó las manos a los ojos, convencido de que la cabeza estaba a punto de partírsele como se había partido el espinazo del buitre.

–No ha estado mal –dijo el policía–. Te lo has cargado. Y ahora andando.

–No –respondió Johnny, y se quedó inmóvil, temblando, con las manos en la cara.

–Andando.

Aquella voz no admitía discusión. Johnny se dio la vuelta y vio que el policía señalaba de nuevo hacia el cielo con los cinco dedos extendidos. Johnny alzó la cabeza y vio más buitres –dos docenas por lo menos– posados en lo alto del edificio. Miraban hacia ellos.

–¿Quieres que los llame? –Su tono era engañosamente afable–. Puedo hacerlo. Las aves son una de mis aficiones. Te comerán vivo si yo se lo ordeno.

–N-n-no. –Miró de nuevo al policía y sintió alivio al ver que se había cerrado la bragueta. Sin embargo, una mancha de sangre se extendía por la parte delantera de su pantalón–. No, n-n-no lo haga.

—¿Cuál es la palabra mágica, Johnny?

Por un momento —un espantoso momento— no imaginó siquiera a qué se refería, pero de pronto cayó en la cuenta.

—Por favor.

—¿Te comportarás de una manera sensata?

—S-sí.

—No sé si creerte. —Parecía hablar consigo mismo—. No lo sé.

Johnny lo miró en silencio. Su ira había desaparecido. Todo había desaparecido, dando paso a una especie de profunda insensibilidad.

—Ese chico... —murmuró el policía levantando la vista hacia el primer piso del ayuntamiento, donde se alineaban unas cuantas ventanas con cristales opacos y barrotes en el exterior—. Ese chico me preocupa. Quizá debería hablarte de él. Quizá debería pedirte consejo. —Se llevó las manos a las clavículas y, observando a Johnny, empezó a tamborilear en ellas como había hecho antes en el volante del coche—. O quizá debería matarte ahora mismo. Puede que eso sea lo mejor. Tal vez cuando estés muerto te den ese Nobel por el que suspiras. ¿Tú qué opinas?

El policía miró la hilera de buitres que aguardaban en el tejado del ayuntamiento y se echó a reír. Las aves le contestaron con ásperos graznidos, y Johnny no consiguió ahuyentar el pensamiento que lo asaltó. Era tan convincente que resultaba doblemente horrible: los buitres se ríen con él, porque la broma no es sólo de él sino de todos *ellos*.

Una fuerte ráfaga de viento lo hizo tambalear y arrastró el ala arrancada del buitre por el asfalto como si fuese un plumero. La luz se desvanecía por momentos; de hecho se desvanecía anormalmente deprisa. Johnny miró hacia poniente. Vio que una nube de polvo oscurecía las montañas y no tardaría en ocultarlas por completo. El sol se hallaba aún más alto que la nube, pero por poco tiempo. Estaba preparándose un vendaval, y avanzaba hacia Desesperación.

5

Las cinco personas encerradas en las celdas –el matrimonio Carver y su hijo, Mary Jackson, y el anciano del pelo blanco– oyeron los gritos de un hombre y los sonidos que los acompañaron: aleteos y ásperos graznidos de ave. Finalmente remitieron. David esperaba que no hubiese muerto nadie más, pero sabía que en aquellas circunstancias eso era poco probable.

–¿Cómo ha dicho que se llama? –preguntó Mary.

–Collie Entragian –respondió el anciano. Parecía presa de un profundo cansancio tras oír los gritos–. Collie es la forma abreviada de Collier. Vino hace quince o dieciséis años de un pueblo minero de Wyoming. Por entonces era casi un adolescente. Quería entrar en la policía, pero no lo admitieron y fue a trabajar a la mina con la compañía Diablo. Por esas fechas Diablo se disponía a coger los bártulos y marcharse a casa. Collie se incorporó al equipo destinado a las tareas de cierre de la mina, si no recuerdo mal.

–A nosotros nos dijo que la mina estaba abierta –comentó Mary.

El anciano negó con la cabeza en un gesto que podía interpretarse como hastío o exasperación.

–Algunos creen que la Mina de los Chinos no está cerrada, pero se equivocan. Es cierto que vuelve a haber cierta actividad por allí, pero no van a sacar nada de ese agujero; malgastarán el dinero de los inversores y la cerrarán definitivamente. Y Jim Reed será quizá quien más se alegre. Está ya harto de peleas en los bares. Aunque todos deseamos que se olviden de la mina de una vez. Está embrujada, o eso creen los lugareños ignorantes. –Hizo una pausa–. Yo entre ellos.

–¿Quién es Jim Reed? –preguntó Ralph.

–El agente de seguridad del pueblo. Lo que sería el jefe de policía en una población mayor, por ahora quedan sólo unos doscientos habitantes en Desesperación. Jim tenía dos ayudantes a jornada completa, Dave Pearson y Collie. Nadie esperaba que Collie se quedase aquí cuando Diablo dejó de explotar la mina, pero se quedó. Al fin y al cabo no estaba casado y había recibido una indemnización de la compañía. Durante un tiempo aceptó empleos temporales, y al final Jim empezó a encargarle tareas. Hacía bien su trabajo, y en 1991 la alcaldía, por recomendación de Jim, lo contrató a jornada completa.

–¿Y no son muchos tres policías para un pueblo tan pequeño como éste? –comentó Ralph.

–Es posible. Pero, a raíz de la nueva Ley de Seguridad Rural, Washington nos aumentó el presupuesto, y por otra parte llegamos a un acuerdo con el condado de Sedalia para ocuparnos de la vigilancia de las tierras circundantes a nuestra circunscripción: multas por exceso de velocidad, arrestos por conducir bajo los efectos del alcohol y cosas así.

Fuera se oyeron más aullidos de coyote; sonaban trémulos a causa del intenso viento.

–¿Por qué recibió una indemnización? –preguntó Mary–. ¿Algún problema mental?

–No. La furgoneta en la que iba volcó mientras descendían a la Mina de los Chinos. Antes de que los directivos de Diablo decidiesen abandonarla, claro. Se destrozó una rodilla. Con el tiempo se recuperó, pero le quedó una leve cojera.

–Entonces no es él –dijo Mary.

El anciano la miró enarcando sus pobladas cejas.

–El hombre que ha matado a mi marido no cojea.

—No —coincidió el anciano. Hablaba con extraña serenidad—. No, no cojea. Pero sin duda es Collie. Lo he visto a diario durante quince años, lo he invitado a tomar unas copas de vez en cuando en el Broken Drum, y él me ha invitado a mí en el Bud's Suds. Fue él quien vino a la clínica a tomar fotografías y buscar huellas cuando entraron a robar. Probablemente buscaban drogas, pero no lo sé con seguridad. Nunca los atraparon.

—¿Es usted médico? —preguntó David.

—Veterinario. Me llamo Tom Billingsley. —Tendió a David una mano grande, curtida y ligeramente temblorosa, y el muchacho se la estrechó con recelo.

Abajo se abrió de pronto una puerta.

—¡Ya hemos llegado, gran John! —anunció el policía, y su voz jovial resonó en el hueco de la escalera—. Tu habitación te espera. ¿Qué digo habitación? ¡Un apartamento entero con todas las comodidades! Nos hemos olvidado el ordenador, pero dispondrás de amplias paredes donde los inquilinos anteriores han dejado su sello personal en frases como «Chúpamela» o «Me he follado a tu hermana».

Tom Billingsley dirigió la vista hacia la puerta de la sala y luego miró de nuevo a David. Habló lo bastante alto para que los otros lo oyeran, pero se dirigía a David.

—Y te diré una cosa. Ahora es más grande.

—¿Qué quiere decir? —preguntó David, aunque creía que ya conocía la respuesta.

—Lo que has oído. Collie nunca ha sido un enano. Medía algo más de metro noventa y pesaba alrededor de cien kilos, calculo. Pero ahora...

Volvió a echar un vistazo a la puerta, hacia las sonoras pisadas que subían por la escalera, dos pares de pies. Luego miró otra vez a David.

—Ahora diría que ha crecido ocho o nueve centímetros y pesa unos treinta kilos más.

—¡Eso es absurdo! —replicó Ellen—. ¡No tiene sentido!

—Desde luego —convino el hombre del pelo blanco—. Pero así es.

La puerta de la sala se abrió de par en par, y un hombre con el rostro ensangrentado y una melena gris hasta los hombros —también manchada de sangre— fue arrojado al interior de la sala. No la cruzó con la gracia de una bailarina como Mary Jackson, sino que tropezó a mitad de camino y cayó de rodillas al suelo, levantando las manos para no golpearse contra el escritorio. Lo seguía el hombre que los había arrastrado a todos hasta allí, y sin embargo no parecía el mismo; ahora era una especie de cíclope sanguinolento, una criatura monstruosa que se desintegraba por momentos ante sus ojos.

Aquel rostro de aspecto derretido los observó con la boca abierta en una amplia sonrisa.

—Fijaos —dijo con voz gutural y tono sensiblero—. Fijaos. ¡Dios! ¡Somos una familia feliz!

SEGUNDA PARTE

# DESESPERACIÓN: ALGO PODRÍA SURGIR DE ESTOS SILENCIOS

# I

## 1

—¿Steve?
—¿Qué?
—¿Es eso lo que yo creo que es?
Cynthia señalaba hacia el oeste por la ventanilla.
—¿Qué crees que es? —preguntó Steve.
—Arena. Arena y viento.
—Sí. Diría que es eso.
—Para un momento, ¿quieres? —pidió Cynthia.
Steve la miró con expresión interrogativa.
—Sólo un momento —insistió Cynthia.

Steve Ames detuvo el camión Ryder en el arcén de la carretera que conducía de la interestatal 50 hasta el pueblo de Desesperación. Habían encontrado el desvío sin problemas. Sentado al volante con el camión parado, volvió la cabeza hacia Cynthia Smith, que le había llegado al corazón aun en una angustiosa situación llamándolo «mi encantador nuevo amigo». En ese momento, sin embargo, no miraba a su encantador nuevo amigo sino que mantenía la vista fija en el dobladillo de su camiseta con Peter Tosh en la pechera y le daba nerviosos tirones.

—Soy una chica realista —dijo Cynthia sin levantar la cabeza—. Un poco adivina, pero realista. ¿Me crees?

—¿Por qué no iba a hacerlo?

—Y práctica. ¿Eso también lo crees?

—Sí —contestó Steve.

—Por eso me he reído antes de tu intuición, o lo que fuese. Pero tú estabas convencido de que encontraríamos algo junto a la carretera, y lo hemos encontrado.

—Sí. Así es.

—O sea que era una buena intuición —afirmó Cynthia.

—¿Te importaría ir al grano? Mi jefe...

—Sí. Tu jefe, tu jefe, tu jefe. Ya sé que estás pensando en eso y prácticamente en nada más, y eso es lo que me preocupa, Steve, porque tengo un mal presentimiento. Una mala *intuición*.

Steve la miró. Lentamente, casi a su pesar, Cynthia levantó la cabeza y le devolvió la mirada. Él se sobresaltó al ver en sus ojos el mortecino resplandor del miedo.

—¿Qué ocurre? ¿Qué temes?

—No lo sé —respondió ella.

—Mira, Cynthia, sólo tenemos que encontrar a un policía, o en su defecto una cabina de teléfono, e informar de la desaparición de Johnny. Y de una familia llamada Carver.

—Así y todo...

—No te preocupes —la interrumpió—, llevaré cuidado. Te lo prometo.

—¿Por qué no pruebas a marcar otra vez el nueve once en el móvil? —preguntó Cynthia con una voz débil y tímida que en nada se parecía a su tono habitual.

Steve la complació sin esperar nada, y en efecto no obtuvo respuesta. Esta vez ni siquiera una grabación. No estaba seguro, pero sospechaba que el inminente vendaval o tormenta de arena o comoquiera que lo llamasen por allí debía de haber empeorado las comunicaciones.

—Lo lamento. No funciona —dijo—. ¿Quieres intentarlo tú? Quizá tengas más suerte. El toque femenino y esas cosas.

Cynthia negó con la cabeza.

—¿Tú no sientes algo? —preguntó.

Steve suspiró. Sí, sentía algo. Le recordaba una sensación que había experimentado a veces en su pubertad, cuando vivía aún en Texas. El verano que cumplió trece años fue el más largo, agradable y extraño de toda su vida. Hacia finales de agosto solían formarse en la zona tormentas eléctricas —el cielo negro, el aire quieto, truenos ensordecedores, relámpagos que se clavaban en la pradera como tenedores en un trozo de carne dura—, convulsiones breves pero muy violentas que los viejos del lugar llamaban «jaranas». Y aquel año (un año en que en las emisoras de radio una de cada dos canciones era de Bee Gees) los minutos de silencio previos a esas tormentas lo excitaban de un modo que nunca más se había repetido. Sus ojos parecían globos eléctricos en cuencas cromadas, su estómago se agitaba, su pene se henchía de sangre y se enderezaba como el mango de una sartén. Una sensación de aterrorizado éxtasis lo invadía en aquellos momentos, una sensación de que el mundo estaba a punto de revelarle un gran secreto, de jugarlo como una carta especial. Al final, como es lógico, nunca se producía tal revelación (a menos que consistiese en el posterior descubrimiento de la masturbación), simplemente llovía. Y de ese mismo modo se sentía ahora, sólo que sin erección, sin vello erizado, sin éxtasis y sin auténtico terror. Desde que había encontrado el casco del jefe más que terror experimentaba una sensación premonitoria, una sensación de que las cosas no iban bien y pronto empeorarían más aún. Hasta que Cynthia le había preguntado, esa sensación había permanecido latente. De niño, aquel estado obedecía probablemente a cambios en la presión atmosférica cuando se acercaba la tormenta, o a la electricidad del aire, o a cualquier otra cosa. Y en ese momento se avecinaba una tormenta, ¿no? Sí. De modo que seguramente aquello era lo mismo, simple *déjà vu*, como solían llamarlo, algo comprensible, sin el menor misterio. Aun así...

–Sí, es verdad. Siento algo –admitió Steve–. Pero ¿qué quieres que haga? No pretenderás que me eche atrás, ¿verdad?

–No. Eso no. Pero ve con cuidado, ¿vale?

Una ráfaga de viento sacudió el Ryder. Una nube de arena ambarina voló sobre la carretera, convirtiéndola por un instante en un espejismo.

–Muy bien, pero tendrás que cooperar.

Puso el camión en marcha. El sol poniente hirió con sus rayos la membrana de arena, y ésta se tiñó de un color tan rojo como la sangre en su arco inferior.

–Sí, claro –dijo Cynthia con una sonrisa forzada mientras otro golpe de viento embestía el camión–. Cuenta con ello.

2

El policía ensangrentado encerró al recién llegado en la celda contigua a la que ocupaban David Carver y Tom Billingsley. A continuación se dio la vuelta lentamente con una expresión solemne y contemplativa en el rostro sangrante y medio despellejado. Volvió a sacar las llaves y separó, advirtió David, la misma que la vez anterior –el rectángulo de metal con una banda magnética–, así que debía de ser una llave maestra.

–Uni, doni, nono, diez –canturreó–, atrapa a un turista por los pies.

Se dirigió hacia la celda donde estaban los padres de David. Al verlo acercarse, retrocedieron y volvieron a abrazarse.

–¡Déjelos en paz! –gritó David, alarmado. Billingsley

lo agarró del brazo, pero él se soltó de un tirón–. ¿Me oye? ¡Déjelos en paz!

–Ni lo sueñes, chaval –dijo Collie Entragian. Metió la llave en la cerradura y se oyó un ligero chasquido al correrse los cerrojos–. Buenas noticias, Ellie. Te han concedido la libertad condicional. Sal de ahí.

Ella negó con la cabeza. Las sombras habían empezado a adueñarse de la sala, y su rostro flotaba en ellas blanco como el papel. Ralph le rodeó la cintura con los brazos y la arrastró hacia el fondo de la celda.

–¿Es que no le ha hecho ya bastante daño a nuestra familia? –exclamó.

–Pues no. –Entragian sacó su revólver del tamaño de un cañón, apuntó a Ralph y bajó el percutor–. O sales ahora mismo, damisela, o le meto una bala entre los ojos a este mequetrefe. ¿Dónde prefieres sus sesos? ¿Dentro de su cráneo o secándose en la pared? A mí igual me da lo uno que lo otro.

Por favor, Dios, que pare ya, suplicó David. Que pare ya. Si trajiste a Brian de dondequiera que estuviese, también puedes hacer esto. Puedes conseguir que este hombre los deje en paz. Dios mío, por favor, no permitas que se lleve a mi madre.

Ellen apartó los brazos de Ralph.

–¡No, Ellie! –rogó su marido.

–Tengo que hacerlo –repuso ella–. ¿No te das cuenta?

Ralph dejó caer los brazos. Entragian devolvió el percutor a su anterior posición y guardó el revólver en la funda. Tendió una mano a Ellen como si la invitase a salir a la pista de baile. Ella avanzó hacia él. Bajando la voz, dijo:

–Si lo que quiere es... eso, lléveme a donde mi hijo no pueda verlo.

David comprendió que no deseaba que él la oyese, pero tenía un oído muy fino.

–No te preocupes –contestó Entragian, también en

un susurro de conspiración–. No quiero... eso, y mucho menos de ti. Y ahora vamos.

Sin soltar la mano de Ellen, cerró la reja de la celda con brusquedad y tiró de ella para cerciorarse de que el cerrojo estaba echado. Después guió a Ellen hacia la puerta.

–¡Mamá! –gritó David. Se agarró a los barrotes y los sacudió–. ¡Mamá, no! ¡Déjela, hijo de puta! ¡Deje en paz a mi madre!

–No te preocupes, David, volveré –aseguró Ellen, pero su voz débil, casi sin inflexiones, inquietó más aún al muchacho; daba la impresión de que ya no estuviese allí, como si el policía la hubiese hipnotizado sólo tocándola–. No te preocupes.

–¡No! –rogó David–. ¡Papá, impídeselo! ¡Impídeselo! –En su pecho cobró forma la certidumbre de que si aquel enorme y ensangrentado policía se llevaba a su madre de aquella sala, nunca volverían a verla.

–David... –murmuró Ralph. Retrocedió con paso vacilante hasta el catre, se sentó, hundió la cara entre las manos y se echó a llorar.

–Yo cuidaré de ella, Dave; no te preocupes –dijo Entragian. Estaba ante la puerta que daba a la escalera y sujetaba a Ellen Carver por el brazo. Exhibía una sonrisa que habría podido calificarse de radiante de no ser por la sangre que teñía los pocos dientes que le quedaban–. Soy un hombre sensible, como el protagonista de *Los puentes de Madison* pero sin las cámaras.

–Si le hace daño se arrepentirá –amenazó David.

La sonrisa se borró del rostro de Entragian. Ahora parecía colérico y a la vez un poco dolido.

–Puede ser, pero lo dudo. Sinceramente. Eres un meapilas, ¿verdad?

David lo miró en silencio.

–Sí, claro que lo eres –afirmó Entragian–. Tienes toda la pinta de un meapilas, con esos ojos de misticón y esa bocaza que no para. ¡Hay que ver! ¡Un meapilas con camiseta de béisbol! –Acercó la cabeza a la de Ellen y miró perversamente al muchacho a través del pelo de su madre–. Reza todo lo que quieras, David, pero no esperes ayuda. Dios no está aquí, como tampoco estaba al lado de Jesús mientras éste agonizaba en la cruz con moscas en los ojos. *Tak!*

Ellen lo vio subir por la escalera. Lanzó un chillido e intentó apartarse, pero Entragian la obligó a permanecer donde estaba. El coyote cruzó la puerta mansamente. Ni siquiera miró a la mujer que gritaba y forcejeaba para librarse del policía. Se limitó a avanzar hasta el centro de la sala. Allí se detuvo, volvió la cabeza y fijó su mirada amarillenta de animal disecado en Entragian.

–*Ah lah* –dijo el policía, y soltó el brazo de Ellen por un instante para darse un golpe seco con la palma de la mano derecha en el dorso de la izquierda en un gesto que recordó a David el salto de un guijarro plano sobre la superficie de un estanque–. *Him en tow.*

El coyote se sentó.

–Este fulano se mueve deprisa –advirtió Entragian señalando al coyote. En apariencia hablaba para todos, pero miraba a David–. Muy deprisa, lo digo en serio. Mucho más que un perro. Si alguien saca una mano o un pie de la celda, lo habrá perdido aun antes de darse cuenta. Os lo aseguro.

–Deje a mi madre en paz –repitió David.

–Hijo –respondió Entragian con hastío–, si me viene en gana, le meteré un palo por el culo y la haré girar hasta que salten chispas, y tú no podrás hacer nada para impedírmelo. Y luego volveré por ti.

Salió por la puerta llevándose a la madre de David a rastras.

# 3

La sala quedó en silencio, roto sólo por los ahogados sollozos de Ralph Carver y el jadeo del coyote, que observaba a David con ojos inquietantemente malévolos. La baba le caía de la punta de la lengua como el goteo de una tubería.

—Ten valor, hijo —lo alentó el hombre de la melena gris. De su voz se desprendía que estaba más habituado a recibir consuelo que a darlo—. Ya lo has visto. Tiene hemorragias internas; ha perdido la mitad de los dientes; uno de los ojos se le ha hundido en la carne descompuesta. No puede vivir mucho más.

—No necesita mucho tiempo para matar a mi madre si es eso lo que se propone —repuso David—. Ya ha matado a mi hermana menor. La ha empujado por la escalera, y al caer se le ha roto... se le ha roto el c-c-cuello. —De pronto los ojos se le llenaron de lágrimas pero, con un supremo esfuerzo de voluntad, logró contenerlas. No era momento de lloriqueos.

—Sí, pero... —empezó el hombre de la melena gris, pero se quedó sin argumentos.

David recordó entonces parte de la conversación con el policía cuando se hallaban en el coche patrulla camino del pueblo, cuando aún creían que era un hombre normal y cuerdo y sólo pretendía ayudarlos. David le había preguntado cómo sabía el apellido de su familia, y él había contestado que lo había leído en la placa que se encontraba sobre la mesa. Era una buena respuesta, porque efectivamente había una placa con su apellido sobre la mesa... pero era imposible que Entragian la viese desde la posición que ocupaba junto a la escalerilla de la caravana. «Tengo ojos de águila, David —había dicho más tarde—, y ésos son ojos que distinguen la verdad desde lejos.»

Ralph Carver se acercó despacio, casi arrastrando

los pies, a la reja de su celda. Tenía los ojos inyectados en sangre, los párpados hinchados, la cara amoratada. Por un momento David, casi cegado por la ira, sintió el vehemente deseo de gritar: «¡Todo esto es culpa tuya! Por tu culpa ha muerto Bombón. Por tu culpa ese hombre se ha llevado a mi madre para matarla o violarla. ¡Tú y tu pasión por el juego! ¡Tú y tus estúpidos planes para las vacaciones! Debería haberte llevado a ti, papá, debería haberte llevado a ti.»

Basta ya, David, pensó con la voz de Gene Martin. Así es como *eso* desea que pienses.

¿Eso? El policía, Entragian, a él se refería la voz al decir «eso». ¿Y qué deseaba él, o eso, que David pensase? En realidad, ¿qué más le daba lo que pudiese pensar?

—Fíjense en ese animal —comentó Ralph mirando al coyote—. ¿Cómo lo ha hecho venir hasta aquí? ¿Y por qué se ha quedado?

El coyote se volvió hacia la voz de Ralph, luego miró a Mary y finalmente sus ojos se posaron de nuevo en David. Jadeaba y seguía goteando baba en el suelo de madera, donde había empezado a formarse un charco.

—Debe de tenerlos adiestrados —sugirió el hombre de la melena gris—. Igual que a los buitres. Ahí fuera tiene unos cuantos buitres adiestrados. Yo maté uno de esos pajarracos esqueléticos. Lo pisé...

—No —lo interrumpió Mary.

—No —coincidió Billingsley—. Sin duda es posible adiestrar coyotes, pero éste no está adiestrado.

—Claro que lo está —insistió el hombre de la melena gris.

—Según el señor Billingsley —dijo David—, ese policía es más alto que antes. Ocho o nueve centímetros por lo menos.

—Eso es absurdo. —El hombre de la melena gris llevaba una cazadora de motorista. Bajó la cremallera de un bolsillo lateral, sacó un ajado paquete de caramelos energéticos, y se echó uno a la boca.

—¿Cómo se llama? —preguntó Ralph al hombre de la melena gris.

—Marinville. Johnny Marinville. Y estoy...

—Lo que está es ciego si no se ha dado cuenta de que aquí ocurre algo espantoso y anormal —dijo Ralph.

—Yo no he dicho que no sea espantoso, y tampoco que sea normal, desde luego —replicó Marinville. Siguió hablando, pero en ese momento David volvió a oír la voz, aquella voz exterior, y dejó de atender a la conversación.

*El jabón. David, el jabón.*

David miró el jabón, la pastilla verde que estaba junto al grifo, y recordó que Entragian había dicho: «Volveré a por ti.»

*El jabón.*

De pronto comprendió, o creyó, *esperó,* haber comprendido.

Más vale que sea así, pensó. Más vale que sea así, o si no...

Llevaba una camiseta de los Indians de Cleveland. Se la quitó y la dejó junto a los barrotes de la celda. Levantó la vista y vio que el coyote lo miraba. Tenía en alto las raídas orejas, y a David le pareció oír un gruñido en el fondo de su garganta.

—¿Qué haces, hijo? —preguntó Ralph.

Sin contestar, David se sentó en el extremo del catre, se descalzó y echó las zapatillas de deporte junto a la camiseta. Era ya indudable que el coyote gruñía, como si hubiese adivinado qué planeaba. Como si estuviese decidido a impedírselo si lo intentaba.

No seas estúpido, se dijo David. Claro que está decidido a impedírtelo. ¿Para qué, si no, lo ha dejado ahí el policía? Basta con que confíes en la voz. Confía en la voz y ten fe.

—Ten fe en que Dios te protegerá —murmuró.

Se puso en pie y se desabrochó el cinturón. Cuando iba a bajarse la cremallera de los vaqueros, se detuvo.

—¿Señora? —dijo—. ¿Señora? —Mary Jackson lo miró, y él se sonrojó—. Le importaría darse la vuelta. Tengo que quitarme el pantalón, y será mejor que me quite también los calzoncillos.

—Pero, por Dios, ¿qué te propones? —preguntó su padre. Se advertía pánico en su voz—. ¡Sea lo que sea, te lo prohíbo!

David no contestó. Se limitó a mirar a Mary. La miró tan fijamente como el coyote lo miraba a él. Al cabo de un instante ella volvió la espalda sin pronunciar palabra. El hombre de la cazadora se incorporó en el catre y, masticando aún el caramelo, observó a David. Al muchacho le daba tanta vergüenza como a cualquier otro niño de once años mostrarse desnudo, y la mirada atenta de aquel hombre lo incomodó; pero, como se había dicho a sí mismo poco antes, no era momento de estupideces. Lanzó otro vistazo a la pastilla de jabón y, sin dudarlo, se bajó los pantalones y los calzoncillos.


4


—Genial —comentó Cynthia—. A eso llamo yo clase.

—¿A qué? —preguntó Steve. Conducía inclinado sobre el volante, atento a la carretera. El intenso viento arrastraba rastrojos y levantaba nubes de polvo sobre la calzada, reduciendo drásticamente la visibilidad.

—A ese cartel. ¿Lo ves?

Steve miró en la dirección que Cynthia le indicaba. El cartel, que originalmente rezaba LAS INSTITUCIONES MUNICIPALES Y ECLESIÁSTICAS DE DESESPERACIÓN LE DAN LA BIENVENIDA, había sido modificado con pintura; ahora se leía LOS PERROS MUERTOS DE DESESPERACIÓN LE DAN LA BIENVENIDA.

Una cuerda, deshilachada en un extremo, oscilaba agitada por el viento. Sin embargo el pastor alemán había desaparecido. Primero los buitres habían devorado su parte, y después habían llegado los coyotes. Hambrientos y sin el menor reparo a comerse a un pariente cercano, habían roto la cuerda a tirones y se habían llevado de allí a rastras el cadáver, deteniéndose sólo para disputarse algún pedazo de carne. Los restos, básicamente huesos y uñas, se hallaban en un promontorio cercano, y la arena no tardaría en cubrirlos.

–Vaya, la gente de por aquí debe de tener mucho sentido del humor –dijo Steve.

–Desde luego –convino Cynthia, y al cabo de un instante añadió–: Para ahí.

Señaló un herrumbroso barracón de metal acanalado. El letrero de la entrada rezaba: COMPAÑÍA MINERA DE DESESPERACIÓN. Junto al edificio había un aparcamiento con varios coches y furgonetas.

Steve salió de la carretera pero decidió no entrar en el aparcamiento, al menos de momento. Las ráfagas de viento, cada vez más frecuentes, tendían a fundirse en un viento casi uniforme. Al oeste el sol se había convertido en un surrealista disco de color rojo anaranjado que pendía sobre los montes Desatoya, tan planos y henchidos como un paisaje de Júpiter. De algún lugar cercano llegaba un golpeteo continuo y metálico, posiblemente un acollador de acero repicando contra el asta de una bandera.

–¿Por qué me has pedido que pare? –preguntó Steve.

–Telefoneemos a la policía desde aquí. Tiene que haber alguien; se ven luces.

Steve observó el barracón. En efecto se veían cinco o seis rectángulos de resplandor dorado en la parte trasera. Oscurecidos por el polvo, parecían las ventanas de un vagón de tren. Volvió a mirar a Cynthia e hizo un gesto de incomprensión.

—¿Por qué desde aquí si podríamos acercarnos a la comisaría? El centro del pueblo no debe de estar lejos.

Cynthia se frotó la frente con el dorso de la mano como si se sintiese cansada o tuviese dolor de cabeza.

—Has prometido que irías con cuidado, y yo te he dicho que te ayudaría a ir con cuidado. Eso precisamente estoy haciendo ahora. Sólo quiero ver cómo pintan las cosas antes de que un fulano de uniforme me obligue a sentarme en una silla y empiece a interrogarme. Y no me preguntes la razón, porque no la sé. Si llamamos a la policía y se enrollan bien, estupendo. Ellos se enrollan; nosotros nos enrollamos. Pero ¿dónde carajo estaban? Y no me refiero a tu jefe, que ha desaparecido casi sin dejar rastro. Pero una caravana abandonada junto a la carretera, con todas las ruedas pinchadas, la puerta abierta, objetos de valor dentro... No lo entiendo, en serio. ¿Dónde estaba la policía?

—Volvemos a eso, ¿no?

—Sí, volvemos a eso.

La policía podía estar ocupada en un accidente de carretera, un incendio en un rancho, un atraco a una tienda o incluso un asesinato, y Cynthia lo sabía; de hecho *todos* su efectivos podían estar ocupados, porque no había mucha policía en aquella parte del mundo. Sin embargo ella tenía razón: había que volver a aquello. Porque no sólo resultaba extraño; resultaba *sospechoso*.

—Muy bien —dijo Steve mansamente, y dirigió el camión hacia la entrada del aparcamiento—. En cualquier caso, quizá no encontrásemos a nadie en lo que pueda ser el Departamento de Policía de Desesperación. Es ya bastante tarde. De hecho, para serte sincero, me sorprende que quede alguien aquí. Los minerales deben de dar mucho dinero, ¿no crees?

Aparcó junto a una furgoneta y abrió la puerta del Ryder, pero el viento se la arrancó de la mano, golpeando el costado de la furgoneta. Steve hizo una mueca, temiendo oír los gritos airados del dueño del otro vehículo. No apareció nadie. Por su lado pasó a toda velocidad una bola de rastrojo, con rumbo por lo visto a Salt Lake City, pero nada más. El polvo alcalino hacía el aire irrespirable. Steve llevaba un pañuelo rojo en el bolsillo. Lo sacó, se lo ató al cuello y se cubrió la boca.

–Un momento –dijo a Cynthia, tirándole del brazo para que no abriese la puerta todavía. Se inclinó, abrió la guantera y revolvió el contenido hasta que encontró otro pañuelo, éste azul. Se lo entregó e indicó–: Póntelo antes de salir.

Ella alzó el pañuelo, lo examinó con expresión seria y después dirigió a Steve de nuevo su mirada de niña.

–¿No tendrá piojos? –preguntó.

–Está limpio como los chorros del oro, que diríamos en Lubbock. Póntelo.

Cynthia se lo ató a la nuca y se lo subió hasta la boca.

–Butch y Sundance –dijo, su voz amortiguada por la tela.

–Sí, Bonnie y Clyde.

–Omar y Shariff –añadió ella, y se echó a reír.

–Cuidado al salir. Esto es un auténtico huracán.

Steve se apeó y el viento le azotó el rostro. Tambaleándose, rodeó el camión por la parte delantera. La arena le aguijoneó la frente. Cynthia estaba agarrada al tirador de la puerta con la cabeza inclinada. La camiseta de Peter Tosh flameaba alrededor de su descarnado torso como una vela. Aún no había empezado a oscurecer y el cielo seguía despejado, pero la total ausencia de sombras revestía el paisaje de un extraño aspecto. Como Steve sabía, era la peculiar luminosidad previa a una tormenta.

–¡Vamos! –gritó Steve, sujetándola por la cintura–. ¡Acabemos con esto cuanto antes!

Corrieron por el asfalto agrietado hasta el largo

barracón. Había una puerta en un extremo. A un lado un cartel blanco atornillado a la pared de metal acanalado rezaba COMPAÑÍA MINERA DE DESESPERACIÓN, igual que el de la entrada, pero Steve advirtió que éste había sido pintado sobre un letrero anterior, algún otro nombre que empezaba a revelarse a través de la pintura blanca como un fantasma rojo. Tuvo casi la total certeza de que una de las palabras del letrero original era DIABLO, con la I en forma de tridente.

Cynthia llamó a la puerta con una uña mordida. Al otro lado del cristal un cartel colgaba de una ventosa. Steve pensó que había algo irritantemente característico del oeste en el mensaje que se leía en el cartel:

SI ESTÁ ABIERTO, ESTÁ ABIERTO
SI ESTÁ CERRADO, VUELVA EN OTRO MOMENTO

–Se han olvidado «amigo» –comentó.
–¿Cómo?
–Debería decir: «Vuelva en otro momento, amigo.» Entonces sería perfecto. –Consultó su reloj y vio que eran las siete y veinte, lo cual significaba que estaba cerrado. Pero en ese caso ¿qué hacían todos aquellos coches y furgonetas en el aparcamiento?

Empujó la puerta, y ésta se abrió. Del interior llegó una ráfaga de música country envuelta en interferencia estática. «Lo construí pieza a pieza –cantaba Johnny Cash–, y no me costó un centavo.»

Entraron. La puerta, provista de un brazo neumático, se cerró. Fuera el viento rehilaba en los canales metálicos de las paredes y el tejado. Se hallaban en una zona de recepción. A la derecha había cuatro sillas con los asientos de vinilo remendado. Daba la impresión de que estaban allí para uso básicamente de hombres robustos con vaqueros y botas de trabajo. Frente a las sillas se extendía una mesa baja y alargada con varias pilas de revistas que uno no encontraría en la consulta de un médico: *Armas y Munición*, *Información Minera*, *Boletín Metalúrgico*, *Carreteras de Arizona*. Había también un número muy antiguo de *Penthouse* con Tonya Harding en la portada.

Enfrente de ellos se hallaba el escritorio de la recepcionista, gris y tan desportillado como si lo hubiesen llevado hasta allí a patadas desde el cruce de la interestatal 50. Dispuestos de cualquier manera sobre su superficie había papeles, un montón de volúmenes en precario equilibrio con el rótulo *Normativa de seguridad laboral* en los lomos (coronado por un cenicero lleno de colillas hasta el borde), y tres cestas de alambre repletas de piedras. En un extremo medio colgaba una máquina de escribir manual, y debajo se ocultaba una silla con ruedas que nadie ocupaba. El aire acondicionado estaba en marcha, y la temperatura era desagradablemente baja.

Steve rodeó el escritorio y vio un cojín sobre el asiento de la silla. Lo levantó para enseñárselo a Cynthia. Bordado de parte a parte con una anticuada caligrafía del oeste, rezaba la frase APARCA TU CULO AQUÍ.

—Muy buen gusto —comentó ella.

En el escritorio, flanqueada por un cartel con el jocoso lema NO ME AYUDES A CAER EN LA TENTACIÓN, PORQUE YA SÉ CAER YO SOLO y una placa de identificación (BRAD JOSEPHSON), había una rígida foto de estudio de una gruesa pero atractiva mujer negra con dos preciosos niños. Era un recepcionista varón, pues, y no precisamente pulcro. La radio, una vieja Philco con la caja agrietada, se encontraba en un estante cercano, junto al teléfono. «Justo entonces salió mi esposa —cantaba Johnny Cash entre salvas de interferencia estática—, y de inmediato noté que tenía sus dudas, pero abrió la puerta y dijo: "Cariño, llévame a..."»

Steve apagó la radio. Una ráfaga de viento más intensa aún que las anteriores sacudió el barracón, haciéndolo chirriar como un submarino sometido a gran presión. Cynthia, con la nariz y la boca tapadas todavía por el pañuelo, miró alrededor visiblemente inquieta. Pese a que había apagado la radio, Steve oía aún a Johnny Cash explicar que había sacado su coche pieza a pieza de la fábrica de GM oculto en la fiambrera. La misma emisora sintonizada en otra radio, al fondo del barracón, seguramente donde habían visto las luces.

Cynthia señaló el teléfono. Steve levantó el auricular, escuchó y volvió a dejarlo en la horquilla.

–No hay línea. El viento seguramente ha derribado algún poste telefónico.

–¿Ahora no van bajo tierra los cables? –preguntó Cynthia, y Steve reparó en un detalle interesante: los dos hablaban en voz baja, casi en susurros.

–Quizá esos avances no hayan llegado aún a Desesperación.

Detrás del escritorio había una puerta. Steve tendió la mano hacia el tirador, pero Cynthia le agarró el brazo.

–¿Qué pasa? –preguntó él.

–No lo sé. –Lo soltó, se llevó una mano a la cara y se bajó el pañuelo. Dejó escapar una risa nerviosa–. No lo sé... todo esto es tan... incomprensible.

–Tiene que haber alguien al fondo del barracón. Hay coches aparcados fuera; se ven luces; la puerta no está cerrada con llave.

–Tú también tienes miedo, ¿verdad?

Steve pensó la respuesta y asintió con la cabeza. Sí, tenía miedo. Era la misma clase de miedo que experimentaba en su infancia antes de las tormentas –las «jaranas»–, pero despojado de la exultación que lo acompañaba por aquel entonces.

–Así y todo tenemos que...

–Sí, ya lo sé. Vamos. –Cynthia tragó saliva, notando que le pasaba con dificultad por la garganta–. Dime que dentro de unos segundos estaremos riéndonos el uno del otro y sintiéndonos como idiotas. Dímelo si no te importa, Lubbock.

–Dentro de unos segundos estaremos riéndonos el uno del otro y sintiéndonos como idiotas.

–Gracias.

–De nada –dijo Steve, y abrió la puerta.

Daba a un estrecho pasillo de unos diez metros de largo con una doble hilera de fluorescentes en el techo y una resistente moqueta en el suelo. Había dos puertas a un lado, ambas abiertas, y tres al otro, dos abiertas y una cerrada. Al final del pasillo una luz amarillenta alumbraba lo que debía de ser una zona de trabajo, un taller, quizá, o un laboratorio. Allí estaban las ventanas iluminadas que habían visto desde el exterior, y de allí provenía la música. Johnny Cash había dado paso a los Tractors, que sostenían que a la nena le gustaba menearlo como un bugui-bugui chu-chu tren. A Steve le sonó a las mismas fanfarronadas de siempre.

Esto está jodido, pensó. Lo sabes, ¿verdad?

Sí, lo sabía. Se oía una radio. Soplaba el viento, cargado de polvo alcalino, azotando las paredes metálicas del barracón con la fuerza de una ventisca de Montana. Pero ¿dónde estaban las *voces*? ¿Los hombres hablando, bromeando, despotricando? ¿Los dueños de los vehículos aparcados fuera?

Avanzó despacio por el pasillo, pensando que debía decir algo como «¡Eh! ¿Hay alguien ahí?», pero incapaz de reunir valor para hacerlo. Daba la sensación de que el lugar estaba vacío y a la vez no lo estaba, pero escapaba a su comprensión cómo podían darse esas dos situaciones...

Cynthia, a sus espaldas, le tiró de la camisa con tal brusquedad que estuvo a punto de gritar.

–¿Qué? –dijo, exasperado, con el corazón acelerado, y se dio cuenta de que esta vez *sí* había hablado en un susurro.

—¿Oyes eso? –preguntó Cynthia–. Suena como... no sé... un niño soplando con una pajita en un vaso de limonada.

Al principio Steve oyó sólo a los Tractors –«Dijo que se llamaba Emergencia y quiso ver mi arma; dijo que su número de teléfono era el 911»–, pero al cabo de un momento percibió un sonido líquido y rápido. No humano sino mecánico. Un sonido que casi le resultaba familiar.

—Sí, lo oigo.

—Steve, quiero marcharme de aquí.

—Vuelve al camión y espérame.

—No.

—Cynthia, por Dios...

Él la miró y se interrumpió al ver sus grandes ojos muy abiertos, sus labios apretados en un gesto nervioso. No, no deseaba volver sola al camión, y la comprendía. Había afirmado que era una mujer realista, y quizá lo fuese, pero en ese momento parecía una niña muerta de miedo. La cogió por los hombros, la acercó hacia sí y la besó en la frente, justo entre los ojos.

—No temas, pequeña –dijo en una pasable imitación de Batman–, yo te protegeré.

Cynthia sonrió a su pesar.

—Estás como una regadera.

—Vamos. No te separes de mí. Y si tenemos que correr, corre deprisa. Si no, podría pasarte por encima.

—Por eso no te preocupes –respondió Cynthia–. Estaré fuera de aquí antes de que tú hayas dado el primer paso.

La primera puerta de la derecha daba a un despacho. También vacío. El burbujeo se oía más cercano, y Steve supo qué era aún antes de asomarse a la siguiente puerta a la derecha. Sintió cierto alivio.

—Es un acuario –dijo–, un simple acuario.

Aquel despacho era bastante más agradable que el

anterior, y una auténtica alfombra cubría el suelo. El acuario se hallaba sobre un soporte a la izquierda del escritorio, bajo una fotografía de dos hombres con trajes, botas y sombreros estrechándose las manos bajo una bandera, probablemente la que flameaba en la parte trasera del barracón. El acuario estaba muy poblado. Steve vio peces tigre, angelotes y peces de colores. En el fondo de arena reposaba un extraño objeto, uno de esos adornos con que la gente decora el interior de los acuarios, supuso, pero no se trataba de un barco hundido, un cofre de pirata o un castillo de Neptuno. Era otra cosa, algo semejante a...

–Eh, Steve –susurró Cynthia casi sin voz–. Eso es una mano.

–¿Qué? –preguntó él sin entender a qué se refería. Más tarde pensó que desde el primer momento debió de saber qué era el objeto sumergido en el acuario. ¿Qué otra cosa podía ser?

–Una *mano* –repitió Cynthia, casi con un gemido–. Una jodida *mano*.

Y mientras un diminuto pez tigre nadaba entre el dedo medio y el anular –éste con una alianza de oro–, Steve comprendió que Cynthia estaba en lo cierto. Tenía uñas. Tenía una fina cicatriz blanca en el pulgar. Era una mano.

Aunque Cynthia intentó detenerlo, Steve se acercó al acuario y se inclinó para observar la mano detenidamente. De inmediato se desvaneció su esperanza de que fuese postiza a pesar de la alianza y el realista detalle de la cicatriz. De la muñeca colgaban jirones de carne y tendón que ondeaban como plancton en las corrientes generadas por el regulador del acuario. Y vio también los huesos.

Se enderezó y vio a Cynthia junto al escritorio. La persona que trabajaba allí era mucho más pulcra. Un pequeño archivador metálico cerrado ocupaba el ángulo derecho. Al lado estaba el teléfono, y junto a él había un contestador automático; la luz roja de mensaje parpadeaba. Cynthia levantó el auricular, escuchó y colgó. A Steve le alarmó la palidez de su cara. Con tan poca sangre en la cabeza, pensó, ya debería estar tendida en el suelo. Sin embargo Cynthia, en lugar de desmayarse, alargó un dedo hacia el botón de reproducción de mensajes del contestador automático.

—¡No lo hagas! —susurró Steve sin saber por qué. En todo caso era ya demasiado tarde.

Se oyó un pitido, luego un chasquido, y a continuación una espeluznante voz que no parecía masculina ni femenina empezó a hablar.

«*Pneuma* —dijo con tono místico—. *Soma. Sarx. Pneuma. Soma. Sarx. Pneuma. Soma. Sarx.*»

Continuó pronunciando lentamente esas tres palabras, al parecer elevando poco a poco el volumen. ¿Era posible? Steve contempló fascinado el contestador mientras las palabras —*soma, sarx, pneuma*— se clavaban en su cerebro como tachuelas. Podría haberlo seguido mirando indefinidamente si Cynthia no hubiese golpeado el botón de interrupción con fuerza suficiente para hacer saltar el aparato sobre el escritorio.

—Lo siento, pero no. Es demasiado escalofriante —dijo con tono de disculpa y a la vez desafío.

Salieron del despacho. Al final del pasillo, en el taller o laboratorio o lo que fuese, los Tractor seguían cantando sobre la chica chu-chu que te la levantaba hasta el techo.

¿Cuánto dura esa puñetera canción?, se preguntó Steve. Ya lleva sonando por lo menos quince minutos.

—¿Nos vamos ya? —sugirió Cynthia—. Por favor.

Steve señaló hacia las luces amarillas.

—¡Dios, estás loco! —dijo ella, pero cuando él empezó a andar en aquella dirección, lo siguió.

5

—¿Adónde me lleva? –preguntó Ellen Carver por tercera vez. Se inclinó, enroscando los dedos en la rejilla que separaba el asiento trasero de la parte delantera–. Por favor, dígamelo.

En un primer momento simplemente dio gracias por no haber sido violada o asesinada, y también alivio al ver que el cuerpo de su dulce hija Kirstie no estaba ya al pie de la letal escalera. Había, sin embargo, una enorme mancha de sangre en los peldaños de la escalinata exterior; todavía no se había secado por completo y la arena que arrastraba el viento la había cubierto sólo en parte. Supuso que aquella sangre pertenecía al marido de Mary. Intentó esquivarla, pero el policía, Entragian, le tenía el brazo atenazado y la obligó a pasar por encima, de modo que sus zapatillas dejaron en la acera tres repugnantes huellas rojas al doblar la esquina. Todo aquello era espantoso, pero al menos seguía viva.

Pero su inicial alivio dio paso a una creciente sensación de miedo. Para empezar, la extraña desintegración de aquel siniestro individuo se había acelerado. Ellen oía ligeros estallidos mientras se le reventaba la piel en distintos sitios y un continuo goteo de sangre. La espalda del uniforme, antes caqui, era ahora totalmente roja.

También la inquietaba la dirección que habían tomado, hacia el sur. Allí no había nada salvo la enorme muralla de la mina abierta.

El coche patrulla avanzó lentamente por la calle principal y pasó ante los dos últimos establecimientos de la calle: un bar llamado Broken Drum y un taller mecánico. Después de eso quedaba sólo un lóbrego cobertizo con el letrero BODEGA sobre el dintel de la puerta y un cartel derribado por el viento junto a la entrada donde se leía COMIDA MEJICANA.

El sol era una bola descendente de polvoriento fuego rojo, y el paisaje se hallaba envuelto en una especie de clara penumbra que a Ellen le pareció apocalíptica. La cuestión no era tanto dónde se hallaba, comprendió, como *quién* era. Le costaba creer que fuese la misma Ellen Carver que formaba parte de la Asociación de Padres de Alumnos de Wentworth y había estado considerando la posibilidad de solicitar una plaza de inspectora de enseñanza el curso siguiente; la misma Ellen Carver que a veces comía con sus amigas en un restaurante chino, donde al final, cuando habían bebido ya suficiente mai tai, hablaban de trapos y matrimonios (cuáles se tambaleaban y cuáles no). ¿Era realmente la Ellen Carver que elegía sus mejores ropas en el catálogo de Boston Proper, se ponía perfume Red cuando se sentía amorosa y tenía una divertida camiseta brillante en cuya pechera se leía REINA DEL UNIVERSO? ¿La Ellen Carver que había criado a dos hijos y había conservado a su marido mientras otras muchas perdían a los suyos? ¿La misma que se examinaba los pechos cada seis semanas en busca de posibles bultos? ¿La misma que se enroscaba en la sala de estar las noches de los fines de semana con una taza de té caliente, chocolatinas y libros de bolsillo con títulos como *Dolor en el paraíso*? ¿En realidad era esa Ellen Carver? Sí, probablemente era esa Ellen y otras mil: Ellen vestida de seda y Ellen con vaqueros, Ellen ante el tocador y Ellen en la cocina batallando con una nueva receta de tarta de manzana. Era, supuso, todas sus partes y a la vez algo más que esas partes unidas. Pero ¿acaso significaba eso que era también la Ellen Carver cuya querida hija había sido asesinada, la que se hallaba acurrucada en el asiento trasero de un coche patrulla envuelta en un hedor irrespirable, la que acababa de pasar ante un cartel caído donde se leía COMIDA MEXICANA, aquella mujer que no volvería a ver su casa ni a sus amigos ni a su marido? ¿Era ella esa Ellen Carver que el policía llevaba hacia una oscuridad ventosa y polvorienta donde nadie recibía el catálogo de Boston Proper ni bebía mai-tais con una pequeña sombrilla de papel asomando de la copa, donde sólo aguardaba la muerte?

–Por favor, no me mate –suplicó con una voz débil y trémula que apenas reconoció como suya–. Por favor, agente, no me mate; no quiero morir. Haré lo que me pida, pero no me mate. Por favor.

El policía no contestó. Se percibió un golpe sordo bajo el coche cuando terminó el asfalto. Encendió los faros, pero no sirvió de mucho. Ellen vio sólo dos conos de luz horadando una nube de polvo. De vez en cuando una bola de rastrojo cruzaba ante ellos en dirección este. La grava del camino susurraba bajo los neumáticos y golpeteaba los bajos del coche.

Pasaron junto a un ruinoso edificio alargado con las paredes de metal herrumbroso –una especie de fábrica, pensó Ellen–, y el camino empezó a ascender. Habían comenzado a subir por el terraplén.

–Por favor –murmuró–. Por favor, dígame qué va a hacer conmigo.

–¡Uf! –exclamó el policía, y se llevó una mano a la boca como alguien que nota un pelo en la lengua; pero en lugar de un pelo se sacó la propia lengua. La contempló por un momento, extendida en la palma de su mano como un trozo de hígado, y después la tiró a un lado.

Pasaron junto a dos furgonetas, un volquete y una excavadora amarilla, todos aparcados en la primera curva del camino en su ascenso hacia lo alto del promontorio.

–Si va a matarme, hágalo deprisa –dijo Ellen con voz trémula–. No me haga daño, por favor. Al menos prométame que no me hará daño.

Pero la figura encorvada y sanguinolenta sentada al volante del coche patrulla no le prometió nada. Se limitó a seguir conduciendo a través de la nube de polvo, guiándola a la cresta de la muralla. Al llegar arriba el policía no vaciló: cruzó el borde de la mina y empezó a descender, dejando atrás el viento. Ellen volvió la cabeza, deseando ver la luz por última vez, pero ya era tarde. Las paredes de la mina habían ocultado la claridad crepuscular. El coche patrulla bajaba hacia un vasto lago de oscuridad, un abismo donde los faros eran dos ridículos puntos de luz.

Allí abajo ya había caído la noche.

# II

## 1

«Te has convertido», dijo el padre Martin a David en una de sus primeras conversaciones. Fue por entonces cuando David empezó a advertir que los domingos por la tarde, a eso de las cuatro, Gene Martin no estaba ya estrictamente sobrio. Sin embargo, tardaría meses en darse cuenta de lo mucho que su mentor bebía. «De hecho la tuya es la primera conversión auténtica que he visto, y quizá la única que veré en toda mi vida –añadió el padre Martin en aquella ocasión–. No corren buenos tiempos para el Dios de nuestros padres, David. Mucha gente habla y habla, pero pocos recorren el camino.»

David tenía sus dudas sobre si la palabra «conversión» era la más adecuada para describir lo que le había ocurrido, pero no dio muchas vueltas a la cuestión. Había ocurrido *algo*, y de momento con hacer frente a eso le bastaba. Ese algo lo había llevado hasta el padre Martin, y el párroco –ebrio o no– lo había puesto al corriente acerca de todo lo que necesitaba saber y le había encomendado las tareas que debía realizar. Cuando David le preguntó en una de aquellas reuniones dominicales (aquel día retransmitían un partido de baloncesto) qué debía hacer, el padre Martin respondió sin vacilar:

—La misión del cristiano nuevo es encontrar a Dios, conocer a Dios, confiar en Dios y amar a Dios. Pero eso no debe entenderse como la lista de la compra que uno lleva al supermercado, donde puedes ir echando cada artículo a la cesta en el orden que quieras. Es una progresión, como los distintos niveles de matemáticas: primero aprendes aritmética y después álgebra. Tú ya has encontrado a Dios, y de una manera bastante espectacular, todo hay que decirlo. Y ahora tienes que conocerlo.

—Bueno, para eso hablo con usted —contestó David.

—Sí, y hablas con Dios. Porque hablas con Él, ¿no? ¿No has dejado de rezar?

—No. Aunque rara vez recibo respuesta.

El padre Martin rió y se llevó la taza de té a los labios.

—Dios es un pésimo conversador —explicó—, de eso no hay duda, pero nos ha dejado un manual de uso. Te aconsejo que lo consultes.

—¿Cómo? —preguntó David.

—La Biblia —aclaró el religioso, mirándolo por encima de la taza con los ojos enrojecidos.

Así pues, David inició la lectura de la Biblia. Empezó en marzo y terminó el Apocalipsis («Que la gracia del Señor Jesús sea con todos. Amén») una semana antes de salir de Ohio. Se lo planteó como sus deberes escolares: veinte páginas cada noche (excluidos los fines de semana), tomando notas, memorizando frases que le parecían importantes, y saltándose sólo los fragmentos que el padre Martin le indicaba, en su mayor parte genealogías. Y lo que recordó con especial claridad mientras se mojaba con agua helada en el lavabo de la celda fue la historia de Daniel en la fosa de los leones. El rey Darío no deseaba en realidad arrojar a Daniel a la fosa de los leones, pero sus consejeros no le dejaron alternativa. David había observado con asombro que la política estaba presente en buena parte de la Biblia.

—¡No sigas con eso! —ordenó su padre, arrancando a David de sus reflexiones. El muchacho volvió la cabeza. En la creciente oscuridad vio el miedo reflejado en el largo rostro de su padre, y el dolor en sus ojos inyectados. En su estado de agitación, hablaba como si él mismo fuese un niño de once años con una rabieta—. ¡Déjalo ahora mismo, ¿me oyes?!

David se volvió de nuevo hacia el lavabo sin contestar y empezó a mojarse la cara y el pelo. Recordó el consejo de despedida que el rey Darío dio a Daniel cuando iba a ser arrojado a la fosa: «Tu Dios, a quien sirves con perseverancia, te librará.» Y había otra cosa, algo que Daniel dijo al día siguiente al explicar por qué Dios había mantenido cerradas las bocas de los leones...

—¡David! ¡David!

Esta vez no iba a volverse. No podía. No le gustaba ver llorar a su padre, y nunca lo había visto u oído llorar de aquel modo. Era horrible, como si alguien le hubiese seccionado una vena en el corazón.

—¡David, contéstame!

—¡Cállese, amigo! —dijo Marinville.

—Cállese *usted* —intervino Mary.

—Pero ¿no ve que está excitando al coyote?

Mary no le prestó atención.

—David, ¿qué haces?

David no contestó. Aquello era algo de lo que no podía hablarse racionalmente, ni siquiera si hubiese habido tiempo, porque la fe no era racional. El padre Martin se lo había recalcado una y otra vez como si se tratase de una importante regla ortográfica, delante de *b* y *p* siempre *m*: los hombres cuerdos no creen en Dios. Así de sencillo. «No puedo decirlo desde el púlpito, porque los feligreses me echarían del pueblo —había declarado el padre Martin—; pero es la pura verdad. Dios escapa a la razón; Dios es sólo cuestión de fe. Dios dice: Claro, quita la red de seguridad. Y cuando ya no haya red, quita también la cuerda floja.»

Se llenó las manos de agua una vez más y se la echó a la cara. La cabeza, ahí residiría la clave del fracaso o el éxito. Era la parte más grande de su cuerpo, y dudaba que el cráneo de una persona pudiese encogerse demasiado.

David cogió la pastilla de jabón y empezó a frotarse. Se jabonó bien de las ingles hacia arriba –excluyó las piernas, pues por ese lado no cabía esperar problemas–, estregándose con fuerza para producir espuma. Su padre seguía gritando, pero el tiempo apremiaba y David no podía permitirse escucharlo. Debía actuar deprisa, y no sólo porque podía llegar a arredrarse si se detenía a pensar en el coyote que lo esperaba fuera. Existía otro peligro: si el jabón se secaba, perdería sus cualidades lubricantes, y el engrudo que le quedaría en la piel provocaría el efecto contrario al deseado.

Se jabonó el cuello y luego se frotó con especial esmero la cara y el pelo. Con los ojos entornados y la pastilla de jabón en la mano, se acercó a la reja de la celda. Un barrote horizontal cruzaba los verticales a algo menos de un metro del suelo. El espacio entre los barrotes verticales era de diez centímetros, quizá doce. Aquellas celdas habían sido construidas para albergar a hombres –fornidos mineros en su mayoría–, y no a espigados niños de once años. David confiaba en poder pasar entre los barrotes sin demasiadas dificultades.

Al menos hasta llegar a la cabeza.

Date prisa, no pienses, ten fe en Dios.

Se arrodilló, temblando y cubierto de espuma verde de la cabeza a la cadera, y empezó a jabonar el lado interior de los dos barrotes elegidos.

Fuera, junto al escritorio, el coyote se levantó. Miró fijamente a David con sus ojos amarillos y, contrayendo el hocico en una siniestra sonrisa, exhibió los dientes.

–¡David, no! ¡No lo hagas, hijo! ¡Es una locura!

—Tu padre tiene razón, muchacho –dijo Marinville, que se había levantado y estaba agarrado a los barrotes de su celda. También Mary lo observaba desde detrás de la reja. A David le violentaba ser el centro de atención, pero suponía que era inevitable considerando el comportamiento de su padre. Y en cualquier caso no le quedaba elección. Tenía que salir, y salir cuanto antes. No había conseguido sacar agua caliente del grifo, y pensaba que con el frío el jabón se secaría antes en su piel.

Volvió a recordar la historia de Daniel y los leones mientras, de rodillas, hacía acopio de valor. No era extraño dadas las circunstancias. Cuando el rey Darío llegó a la fosa al día siguiente, encontró a Daniel indemne. «Mi Dios ha enviado a su ángel –dijo Daniel–, que ha cerrado la boca de los leones, porque he sido hallado inocente ante él.» La cita no era exactamente así, pero a David le constaba que incluía la palabra «inocente». Aquel relato le había fascinado, había tocado alguna fibra sensible en el fondo de su alma. Entonces habló al ser cuya voz oía a veces, el ser que había identificado como la voz de otro: Encuéntrame inocente, Dios. Encuéntrame inocente y cierra la boca de ese saco de pulgas. En el nombre de Jesús, amén.

Se volvió de medio lado y apoyó todo el peso del cuerpo en un brazo, como Jack Palance cuando se disponía a hacer flexiones de brazos en la ceremonia de entrega de los Oscar. En esta posición, pasó los dos pies entre los barrotes simultáneamente. Se arrastró hacia fuera y sacó los tobillos, las rodillas y los muslos. En ese punto comenzó a notar la presión de los barrotes en su piel fría y resbaladiza.

Oyó un tintineo, seguido de una tenue fricción semejante al sonido de una canica al rodar por el suelo. Volvió la cabeza y vio que Mary asomaba las manos entre los barrotes. En el hueco de la mano izquierda tenía varias monedas. Cogió otra con la mano derecha y se la lanzó al coyote. Aunque le golpeó en el flanco, el animal apenas prestó atención. Mantenía la vista fija en los pies de David y gruñía.

2

Dios santo, pensó Johnny. Este condenado crío debe de haberse dejado el cerebro en la entrada.

De inmediato se sacó el cinturón que ceñía la cazadora por la parte inferior, estiró el brazo tanto como pudo a través de los barrotes y azotó al coyote con la hebilla en su descarnado flanco cuando se disponía a morder el pie derecho del chico.

El coyote dejó escapar un aullido de dolor y sorpresa. Se giró y lanzó una dentellada al cinturón. Johnny lo apartó: era demasiado delgado, y no habría resistido los afilados dientes del animal el tiempo suficiente para permitir salir al chico. En caso de que llegase a salir, cosa que Johnny dudaba. Dejó el cinturón y se sacó la gruesa cazadora de cuero, intentando atraer la atención del coyote, deseando que no desviase la vista. Los ojos del animal le recordaban a los del policía.

El chico, jadeando, empujó las nalgas a través de los barrotes, y Johnny se preguntó qué tal le habría sentado eso a las joyas de la familia. Al oír los jadeos del chico, el coyote empezó a volverse, y Johnny sacó la cazadora entre los barrotes, sosteniéndola por el cuello. Si un momento antes el animal no hubiese dado un par de pasos para intentar atrapar el cinturón, Johnny no habría llegado hasta él con la cazadora. Pero el coyote estaba a su alcance, y cuando el cuero le rozó la paletilla, se giró rápidamente y mordió la cazadora con tal fiereza que a Johnny casi se le escapó de las manos. Sin embargo resistió el tirón y se vio arrastrado de cabeza contra los barrotes. Sintió un intenso dolor en la frente y tras sus ojos se produjo un estallido de vivo color rojo; así y todo, pensó, había sido una suerte que la nariz acabase *entre* los barrotes y no aplastada *contra* uno de ellos.

—No, ni hablar —gimió, enrollándose el cuello de la cazadora alrededor de las manos y tirando con fuerza—. Vamos, monada... vamos, carroñero asqueroso... ven a saludar.

El coyote gruñía furioso, pero el sonido quedaba ahogado por la cazadora, mil doscientos dólares en Barney's de Nueva York. Al probársela Johnny no habría imaginado que le serviría para eso.

Tensó los músculos de los brazos, que si bien no poseían ya la fuerza de treinta años atrás, no eran precisamente débiles, y arrastró al coyote hacia sí. Las garras del animal rechinaron en el suelo de madera. Consiguió afianzar una pata delantera contra la base del escritorio y sacudió la cazadora de un lado a otro, tratando de arrancársela a Johnny de las manos. De los bolsillos cayeron los caramelos energéticos, los mapas, un juego de llaves, su farmacia de bolsillo (aspirinas, cápsulas de codeína, azúcar concentrado, un complejo vitamínico), las gafas de sol y el maldito teléfono móvil. Dejó retroceder un par de pasos al coyote para mantener vivo su interés, como un pescador daría sedal a un pez, y tiró de nuevo. El coyote se golpeó la cabeza con el borde del escritorio, y el sonido produjo un gran placer a Johnny.

—¡Bravo! —gruñó—. ¿Qué tal ha estado eso, monada?

—¡Date prisa! —apremió la mujer—. ¡Date prisa, David!

Johnny echó un vistazo a la celda del chico. Al ver lo que ocurría relajó los músculos, y el coyote aprovechó la ocasión para redoblar su esfuerzo, consiguiendo casi arrebatarle la cazadora.

—¡Date prisa! —repitió la mujer, pero Johnny vio que el chico no podía hacer nada para acelerar su huida.

Desnudo como una gamba pelada y enjabonado, había logrado llegar hasta la barbilla, y allí se había quedado atascado, con todo el cuerpo en la sala y la cabeza dentro de la celda. Johnny tuvo una acongojante impresión, provocada principalmente por la torsión del cuello y la tensa mandíbula.

El chico se había estrangulado.

3

Todo fue bien hasta que llegó a la cabeza, y allí se quedó atascado con la mejilla en el suelo, un jabonoso barrote bajo la barbilla y otro en la nuca. Una sensación de pánico inducida por la claustrofobia —el olor del suelo de madera, el duro contacto de los barrotes, el opresivo recuerdo de una película en la que aparecía un puritano condenado al cepo— nubló su visión como una opaca cortina. Oía los gritos de su padre y la mujer y los gruñidos del coyote, pero eran sonidos muy lejanos. Tenía atrapada la cabeza, se vería obligado a entrar de nuevo, sólo que no sabía si sería capaz con los dos brazos fuera de la celda y uno inmovilizado bajo el cuerpo.

Dios, ayúdame, pensó pero no en actitud de oración; en semejante aprieto y asustado como estaba no podía rezar. Por favor, ayúdame; no me dejes aquí atrapado, por favor.

*Gira la cabeza*, dijo la voz que oía a veces. Como siempre, habló de una manera casi indiferente, dando al parecer por sobreentendido todo lo que decía, y como siempre, David la reconoció por el modo en que pasaba *a través de* él en lugar de surgir *de* él.

Una imagen acudió entonces a su mente: unas manos apretaban un libro por ambos lados, comprimiendo las hojas pese a las tapas y el lomo. ¿Podía hacerse eso mismo con una cabeza? David pensó –o quizá simplemente deseó– que sí. Pero debería adoptar la posición correcta.

*Gira la cabeza*, había dicho la voz.

Detrás de él oyó un sonoro desgarrón, y a continuación Marinville dijo con un tono a la vez divertido, asustado y molesto:

–¿Sabes cuánto cuesta esta cazadora?

David giró el cuerpo hasta quedar tendido sobre la espalda. Sólo librarse de la presión que ejercía el barrote en su mandíbula representó ya un increíble alivio. Levantó los brazos y apoyó las palmas de las manos en los barrotes.

¿Así?, preguntó.

La voz no respondió. Rara vez respondía. ¿Por qué?

«Porque Dios es cruel –dijo el padre Martin, que permanecía alerta en su mente–. Dios es cruel. Tengo maíz, David. ¿Quieres que prepare unas palomitas? Quizá estén emitiendo una vieja película de terror en algún canal de televisión, algo de la Universal, quizá incluso *La momia*.»

Empujó con las manos. Al principio no se movió, pero al cabo de unos segundos su cabeza enjabonada empezó a deslizarse lentamente entre los barrotes. La angustia lo invadió por un momento cuando quedó trabado de nuevo a la altura de las orejas y las sienes. Sintió una punzante palpitación que fue tal vez el peor padecimiento físico que había experimentado en su vida. Por un instante tuvo la convicción de que quedaría atascado en ese punto y moriría en medio de horribles dolores, como un hereje en un instrumento de tortura de la Inquisición. Empujó con más fuerza, fijando la vista en el techo polvoriento con agónica concentración, y exhaló un ligero gemido de alivio al notar que avanzaba de nuevo. Quedándole ya sólo la parte más estrecha del cráneo atrapada entre los barrotes, consiguió liberarse sin grandes dificultades. Le sangraba una oreja, pero estaba fuera. Lo había conseguido. Desnudo y cubierto de espuma verdosa, se incorporó. Un penetrante dolor le traspasó la cabeza de atrás hacia adelante, y por un momento tuvo la sensación de que los ojos se le salían de las órbitas como los de un donjuán al ver a una rubia monumental en una película de dibujos animados.

El coyote era de momento el menor de sus problemas. Dios le había cerrado la boca con una cazadora de motorista. El contenido de los bolsillos se hallaba esparcido por la sala, y la cazadora estaba rasgada por la mitad. Un jirón de cuero húmedo colgaba a un lado de la boca del animal como la colilla de un puro muy chupado.

—¡Márchate, David! —gritó su padre. Tenía la voz empañada a causa del llanto y la ansiedad—. ¡Márchate ahora que aún estás a tiempo!

El hombre de la melena gris, Marinville, dirigió una breve mirada a David y dijo:

—Tu padre tiene razón, chico. Lárgate. —De inmediato concentró de nuevo la atención en el coyote—. Vamos, chucho, esmérate un poco más. Dios, me encantaría verte cuando empieces a cagar cremalleras a la luz de la luna. —Tiró con todas sus fuerzas de la cazadora.

El coyote resbaló por el suelo con la cabeza gacha, el cuello estirado, las patas delanteras rígidas, el estrecho hocico girando a derecha e izquierda.

David se volvió y cogió su ropa a través de los barrotes. Apretó el pantalón para comprobar si el cartucho estaba aún en el bolsillo. Allí seguía. Se puso en pie y por unos segundos el mundo se convirtió en un tiovivo. Tuvo que agarrarse a la reja de la celda donde había estado encerrado para no caerse. Billingsley apoyó una mano sobre la suya. A David le sorprendió el calor que emanaba de su piel.

—Vete, hijo —lo instó el anciano—. Te queda poco tiempo.

David se volvió y corrió hacia la puerta. Todavía le palpitaba la cabeza y le costaba conservar el equilibrio. La puerta parecía girar sobre un eje. Se tambaleó, consiguió mantenerse en pie y abrió la puerta. Antes de salir miró a su padre y anunció:

—Volveré.

—Ni se te ocurra —repuso Ralph Carver—. Busca un teléfono y avisa a la policía, David. La policía *estatal*. Y ten cuidado. No...

Se oyó un áspero desgarrón cuando la cara cazadora de cuero se rompió en dos. El coyote, sorprendido por tan repentina victoria, salió despedido hacia atrás, resbaló por el suelo y vio al chico desnudo en el umbral de la puerta. Se levantó en el acto y se abalanzó hacia él con un gruñido. Mary chilló.

—¡Vete, chico! ¡Sal ahora mismo! —gritó Johnny.

David saltó a la escalera y cerró la puerta de un tirón. Una décima de segundo después el coyote chocó contra ella con un ruido sordo. Un aullido, espantoso por la proximidad, surgió de la sala. Era como si el animal, pensó David, fuese consciente de que había sido engañado, y de que el hombre que le había encomendado aquella misión, al regresar, no vería con buenos ojos su fracaso.

Se oyó otro golpe cuando el coyote se lanzó nuevamente contra la puerta y después un tercero. Volvió a aullar. A David se le puso carne de gallina en los brazos y el pecho enjabonados. Frente a él descendía la escalera donde su hermana había encontrado la muerte. Si el policía no había retirado su cuerpo, Kirstie seguiría allí, aguardándolo en la penumbra con los ojos abiertos y mirada acusadora, preguntándole por qué no la había defendido del hombre del saco. ¿Para qué servía un hermano mayor si no podía defenderla del hombre del saco?

No puedo bajar, pensó. No puedo.
No... pero tenía que hacerlo.

Fuera el viento soplaba con tal intensidad que hacía crujir el edificio de ladrillo como si fuese un barco en un mar embravecido. David oía también el golpeteo de la arena contra la pared del edificio y las puertas de la calle. El coyote aulló otra vez, separado de él por sólo dos o tres centímetros de madera... y consciente de su proximidad.

David cerró los ojos y se apretó la boca y la barbilla con los dedos.

—Dios, vuelvo a ser yo, David Carver. Estoy hecho un lío, un lío espantoso. Por favor, Dios, protégeme y ayúdame a hacer lo que debo hacer. En nombre de Jesús, amén.

Abrió los ojos, tomó aire y tendió la mano hacia la barandilla de la escalera. A continuación, desnudo, sosteniendo su ropa contra el pecho con la mano libre, David Carver empezó a descender hacia las sombras.


4

Steve intentó hablar y no pudo. Probó de nuevo y tampoco pudo, aunque esta vez consiguió emitir una especie de ronco chirrido. Pareces un ratón echándose un pedo detrás de un rodapié, pensó.

Cynthia aferrada a su mano, le comprimía los dedos dolorosamente, pero el dolor carecía de importancia en aquellos momentos. Steve ignoraba cuánto tiempo habrían permanecido inmóviles en la puerta de la amplia sala situada al fondo del barracón si el viento no hubiese hecho rodar estrepitosamente un objeto en las inmediaciones del edificio. Cynthia, tapándose media cara con la mano libre, jadeaba como si le hubiesen asestado un puñetazo en el estómago. En esa posición se volvió hacia Steve, mirándolo con un solo ojo muy abierto y aterrorizado. De él caía una lágrima.

–¿Por qué? –susurró–. ¿Por qué?

Steve movió la cabeza en un gesto de incomprensión. Ignoraba la razón; no tenía la menor idea. Sólo estaba seguro de dos cosas: por un lado, quienes habían hecho aquello se habían marchado, o de lo contrario Cynthia y él estarían ya muertos; por otro, él, Steve Ames de Lubbock, Texas, no pensaba quedarse allí para comprobar si decidían regresar.

Por lo visto, la amplia sala era una combinación de taller, laboratorio y almacén. Estaba iluminada por lámparas colgantes de alta intensidad con alargadas pantallas metálicas semejantes a las de los salones de billar. Producían un vivo resplandor limonado. Al parecer, pensó Steve, dos equipos trabajaban allí simultáneamente: uno analizando los minerales en la sección izquierda de la sala; otro seleccionando y clasificando a la derecha. En la zona de clasificación había grandes cestas alineadas contra la pared, y todas ellas contenían fragmentos de roca. Resultaba obvio que se hallaban clasificados: una de las cestas, por ejemplo, estaba llena de rocas casi totalmente negras; en otra había piedras de menor tamaño, casi guijarros, moteadas de resplandeciente cuarzo.

Una larga mesa atravesaba la sección de análisis de parte a parte, y sobre ella había una hilera de ordenadores Macintosh, instrumentos y manuales. Los Mac tenían activados los protectores de pantalla. En uno de los monitores se desplegaban sin cesar bellas formas helicoidales de distintos colores sobre las palabras GAS / CROMATÓGRAFO / LISTO. En otro aparecía una imagen de Goofy (difundida seguramente sin autorización de Disney) bajándose el pantalón cada siete segundos y mostrando un enorme trasero en el que se leía JIU JIU JIU.

Al fondo de la sala, frente a una puerta de garaje

cerrada con un rótulo en letras azules donde se leía BIEN-VENIDOS A LA GUARIDA DE HERNANDO, había aparcado un todoterreno con un remolque descubierto enganchado a la parte trasera. El remolque contenía también muestras de minerales. En la pared de la izquierda otro letrero rezaba: ES OBLIGATORIO EL USO DE CASCO. NO SE ADMITEN EXCUSAS. Bajo el letrero una fila de ganchos sobresalía de la pared, pero de ellos no colgaban cascos. Los cascos se hallaban dispersos por el suelo, bajo los pies de las personas que habían sido colgadas de los ganchos, colgadas como reses muertas en la cámara frigorífica de una carnicería.

—Steve... Steve... parecen muñecos. Maniquíes de una tienda de ropa. ¿Es... es una broma?

—No. —Era una palabra corta y la voz había salido de su garganta tan ronca como el viento que soplaba fuera, pero no estaba mal para empezar—. De sobra sabes que no lo son. No me aprietes tanto, Cynthia; vas a romperme la mano.

—No me pidas que te suelte —rogó ella con voz temblorosa. Seguía con la mano en la cara y contemplaba los cadáveres colgados al otro lado de la sala.

En la radio los Tractors habían dado paso a David Lee Murphy, y David Lee Murphy al anuncio de un establecimiento llamado Whalen's, que el locutor describió como «¡La tienda mejor surtida de Austin!»

—No es necesario que me sueltes, pero no aprietes tanto —repitió Steve. Alzó un dedo vacilante y empezó a contar—. Uno... dos... tres...

—Creo que me he mojado un poco las bragas —dijo Cynthia.

—No me extraña. Cuatro... cinco... seis...

—Tenemos que salir de aquí, Steve. Al lado de los que han hecho esto el tipo que me rompió la nariz es Papá No...

—¡Calla y déjame contar!

Cynthia guardó silencio. Le temblaban los labios y se le sacudía el pecho en el esfuerzo de contener el llanto. Steve lamentó haberle levantado la voz –la muchacha había pasado por experiencias terribles, incluso antes de aquel día–, pero era incapaz de razonar correctamente. Ni siquiera sabía ya si era capaz de razonar a secas.

–Trece –concluyó.

–Catorce –rectificó Cynthia con voz dócil y convulsa–. Mira allí, en el rincón. Ha caído uno. Se ha descolgado del g-g-g...

«Gancho» intentaba decir, pero el tartamudeo degeneró en entrecortados sollozos, y se echó a llorar. Steve la abrazó. Notó palpitar contra su pecho la cara húmeda y caliente de la muchacha. Casi *bajo* su pecho. Era realmente menuda.

Por encima de su pelo de extravagante colorido Steve observó el otro extremo de la sala. Cynthia tenía razón: un decimocuarto cadáver se había descolgado de su gancho y yacía desmadejado en el suelo. Catorce muertos en total, y al menos tres de ellos mujeres. Con las cabezas inclinadas y los mentones pegados al pecho, era difícil distinguir el sexo de algunos de los otros once. Nueve vestían batas de laboratorio –no, diez contando el que había caído en el rincón– y dos llevaban vaqueros y camisas con el cuello desabrochado. Otros dos iban ataviados con trajes, lazos y elegantes botas. A uno de éstos le faltaba la mano izquierda, y Steve creía saber dónde se hallaba aquella mano, sí, estaba casi seguro. Casi todos presentaban heridas de bala, y al morir debían de encontrarse de cara a sus asesinos, porque Steve veía anchos orificios de salida en la parte trasera de la mayoría de los cráneos. Sin embargo, al menos tres habían sido abiertos en canal como pescados. Pendían sobre charcos de sangre con las batas teñidas de un color pardusco y las tripas colgando.

«Y ahora –anunció el locutor por la radio– Mary Chapin Carpenter nos contará por qué cree que hoy es su día de suerte. Quizá ha estado comprando en Whalen's de Austin. Escuchémoslo.»

Mary Chapin Carpenter empezó a contar a los cadáveres colgados en el laboratorio de la Compañía Minera de Desesperación que aquél era su día de suerte, que había ganado en la lotería y todo eso, y Steve se desprendió de Cynthia. Entró en el laboratorio y olfateó el ambiente. No olía a pólvora, pero quizá eso no fuese muy significativo, ya que probablemente el sistema de refrigeración renovaba el aire muy deprisa. Sin embargo en los cadáveres destripados la sangre estaba seca, y eso sí indicaba casi con toda seguridad que los autores de la matanza se habían marchado de allí hacía bastante tiempo.

–¡Vámonos! –susurró Cynthia, tirándole de la manga.

–Enseguida –contestó Steve–. Sólo...

Algo captó su atención y se interrumpió. Estaba en el extremo de la mesa alargada, a la derecha del monitor con la imagen de Goofy como protector de pantalla. No era una roca, o al menos no una *simple* roca, sino un artefacto de piedra. Se acercó y lo observó detenidamente.

Cynthia corrió tras él y volvió a tirarle de la manga.

–¿Qué te pasa? –preguntó–. Esto no es una visita turística. ¿Y si...? –Entonces también ella vio lo que Steve miraba, lo *vio* realmente, y enmudeció. Vacilante, tendió un dedo y lo tocó. Ahogó un grito y retiró el dedo. A la vez adelantó la cadera en un gesto brusco, como si le hubiese pasado la corriente, y se golpeó la pelvis en el borde de la mesa. –¡Mierda! Por un momento... –se interrumpió.

–Por un momento ¿qué?

–No, nada –dijo. Sin embargo pareció ruborizarse, así que Steve supuso que algo le había pasado por la cabeza–. En los diccionarios tendrían que poner una foto de eso al lado de la palabra «repugnante».

Era una estatuilla de un lobo o un coyote, y pese a su tosquedad poseía fuerza suficiente para hacerles olvidar, al menos por unos segundos, que se encontraban a veinte metros de los restos de un asesinato múltiple. El animal tenía la cabeza torcida en un ángulo anómalo (un ángulo en cierto modo *voraz*), y los ojos parecían salírsele de las órbitas en una expresión de furia. El hocico era de un tamaño desproporcionado en relación con el cuerpo –era casi el hocico de un caimán–, y la boca abierta exhibía una irregular dentadura. La estatuilla, si realmente lo era, estaba rota por debajo del pecho, y las patas delanteras se reducían a dos muñones. La piedra estaba picada y erosionada por el tiempo. Despedía destellos en algunos puntos, como parte de las rocas de una de las cestas. Al lado, bajo una caja de tachuelas, había una nota: «Jim, ¿qué demonios es esto? ¿Tienes idea? Barbie.»

–Fíjate en la lengua –dijo Cynthia con una extraña voz, como en sueños.

–¿Qué tiene de especial?

–Es una serpiente.

Sí, lo era, comprobó Steve. Una serpiente de cascabel, quizá. En todo caso, algo con colmillos.

Cynthia sacudió la cabeza. Miró a Steve con los ojos muy abiertos y expresión alarmada. De pronto lo agarró por la camisa y tiró.

–Pero ¿qué hacemos? –preguntó–. Esto no es la clase de contemplación artística, por Dios. ¡Tenemos que salir de aquí!

Sí, tenemos que salir de aquí, se dijo Steve. La cuestión es: ¿adónde vamos? Ya pensarían en eso cuando volviesen al camión. No allí dentro. Steve tenía la impresión de que allí era imposible pensar de manera productiva.

—Eh, ¿qué ha pasado con la radio? —preguntó Cynthia.

—¿Cómo? —Steve escuchó, pero la música ya no sonaba—. No lo sé.

Con una expresión extraña y resuelta, Cynthia alargó otra vez el brazo hacia la estatuilla rota. En esta ocasión la tocó entre las orejas. Sofocó un grito. Las lámparas parpadearon —Steve las vio parpadear— y la radio volvió a sonar. «Eh, Dwight, eh, Lyle; chicos, no tenéis por qué pelear —cantaba Mary Chapin Carpenter sobre un fondo de interferencia estática—. Perrito caliente, ésta es mi noche de suerte.»

—¿Por qué tenías que hacer eso? —reprochó Steve.

Cynthia le dirigió una mirada anormalmente turbia. Se encogió de hombros y se tocó el labio superior con la punta de la lengua.

—No lo sé. —Se llevó una mano a la frente y se apretó las sienes con los dedos. Cuando apartó la mano, volvía a tener clara la mirada pero un intenso miedo se reflejaba en sus ojos—. ¿Qué pasa aquí? —dijo más para sí que para él.

Steve se dispuso a tocar también la estatuilla, pero ella le agarró la muñeca.

—No la toques. Tiene un tacto desagradable.

Steve se soltó y apoyó un dedo en la espalda del lobo (de pronto estaba convencido de que sólo podía ser un lobo, no un coyote sino un lobo). La radio volvió a apagarse. Simultáneamente se produjo un estallido de cristales rotos detrás de ellos. Cynthia chilló.

Steve apartó el dedo de la estatuilla. Lo habría hecho aunque no hubiese ocurrido nada, porque en efecto tenía un tacto desagradable. Pero por un momento algo sucedió. Fue como si se hubiese cortado alguno de los circuitos vitales de su cerebro. Salvo que... ¿no había pensado en la chica? ¿En hacer algo a la chica, con la chica? ¿Esa clase de cosas que a los dos os gustaría probar pero de la que nunca hablaríais con los amigos? ¿Una especie de experimento?

Incluso mientras pensaba en ello, intentando recordar la naturaleza del experimento, tendió de nuevo el dedo hacia la piedra labrada. Esta acción no obedeció a una decisión consciente, pero una vez iniciada le pareció buena idea. Deja que el dedo vaya a donde quiera, pensó, aturdido. Deja que toque...

Cynthia le agarró la mano y se la apartó del fragmento de roca justo cuando se disponía a apoyar el dedo otra vez en la espalda del lobo.

–Eh, colega, atiende: ¡Quiero salir de aquí! ¡Ahora mismo!

Steve tomó aire y lo expulsó. Repitió el proceso. Su cabeza empezó a resultarle de nuevo un terreno familiar, pero de pronto se adueñó de él una sensación de pánico aún más intensa que antes. Ignoraba cuál era la verdadera causa de ese miedo, y no estaba seguro de querer saberlo.

–De acuerdo. Vámonos.

Cogió a Cynthia de la mano y la guió hacia el pasillo. Antes de salir de la sala, echó un último vistazo a la estatuilla gris, rota y erosionada: cabeza torcida y voraz, ojos saltones, hocico demasiado largo, lengua en forma de serpiente. Advirtió otra cosa. Las formas helicoidales y el Goofy exhibicionista habían desaparecido. Esos dos monitores se habían apagado, como si una brusca subida de tensión en la línea eléctrica hubiese provocado cortocircuitos en sus respectivos ordenadores.

Salía agua por la puerta abierta del despacho donde se hallaba el acuario. Un pez tropical daba sus últimos coletazos en el borde de la moqueta del pasillo. Bueno, pensó Steve, por lo menos ahora sabemos qué se ha roto; una duda menos.

–No mires hacia dentro al pasar –dijo.

—¿Has oído algo hace un momento? —preguntó Cynthia—. ¿Golpes, estallidos o algo así?

Steve escuchó con atención. Sólo oyó el sonido del viento. Pero de pronto creyó oír unos pasos sigilosos a su espalda.

Se volvió al instante. No había nadie. Claro que no había nadie. ¿Qué pensaba? ¿Que uno de los cadáveres se había descolgado del gancho y los seguía? Ridículo. Incluso en aquellas tensas circunstancias eso era una estupidez. Pero había algo más, algo que, estúpido o no, no podía pasar por alto: la estatuilla. Era como una presencia física en su mente, un pulgar que le hurgaba con saña la corteza cerebral. Lamentaba haberla visto, y lamentaba más aún haberla tocado.

—¿Steve? ¿Has oído algo? —insistió Cynthia—. Podrían ser disparos. ¡Escucha! ¡Acaba de oírse otra vez!

El viento azotaba el flanco del barracón con un penetrante aullido. Derribó algo no lejos de allí y lo arrastró por el suelo con un desapacible chirrido. Steve y Cynthia se abrazaron como dos niños en la oscuridad.

—Yo sólo oigo el viento —afirmó él—. Probablemente has oído un portazo. Si es que realmente has oído algo.

—Lo he oído al menos tres veces —aseguró ella—. Quizá no fueran disparos; sonaban más bien como golpes, pero...

—Algún objeto arrastrado por el viento habrá golpeado la pared del barracón. Vamos, nena, mueve el culo.

—No me llames «nena», y yo no te llamaré «macho» —protestó Cynthia débilmente.

Al pasar ante el despacho de donde salía el agua, ella no miró hacia el interior, pero Steve sí. Ahora el acuario no era más que un rectángulo de arena rodeado de afiladas y desiguales puntas de cristal. La mano descansaba sobre el dorso en la alfombra empapada junto al escritorio. Tenía un guppy muerto en la palma. Los dedos parecían invitarlo a entrar: pase, desconocido, acerque una silla, póngase cómodo, mi casa es su casa.

No gracias, pensó Steve.

Atravesaron la desordenada sala de recepción, y Steve abrió la puerta que daba al exterior. El polvo formaba espirales en el aire. Al oeste las montañas quedaban ocultas por completo tras las movedizas membranas de oro mate –nubes de arena y polvo alcalino que flotaban en los últimos diez minutos de luz de aquel extraño atardecer–, pero Steve vio claramente el resplandor de las primeras estrellas en el cielo. Soplaba un viento continuo casi huracanado. Un oxidado tonel que llevaba estampado el rótulo DESHÁGASE DE LOS RESIDUOS QUÍMICOS CON LAS DEBIDAS PRECAUCIONES rodó por el aparcamiento, cruzó la carretera y desapareció en el desierto. El golpeteo del acollador contra el asta de la bandera había alcanzado un ritmo febril. De pronto a su izquierda se oyó por dos veces un ruido sordo, semejante al disparo de una pistola con silenciador. Steve se volvió hacia ese sonido y vio un gran contenedor azul. Mientras lo miraba, el viento levantó parcialmente la tapa, que al caer produjo de nuevo aquel mismo ruido ahogado.

–Ahí tienes tus disparos –dijo, levantando la voz para hacerse oír por encima del silbido del viento.

–Bueno... a mí no me sonaba a eso.

Sucesivos aullidos de coyote resonaron en la noche. Algunos procedían del oeste y flotaban en el viento junto con la arena, otros del norte. Por alguna razón aquel sonido recordó a Steve un documental sobre la beatlemanía que había visto recientemente, donde las admiradoras gritaban como posesas al ver aparecer a los melenudos de Liverpool. Cynthia y él cruzaron una mirada.

–Vamos –dijo Steve–. Al camión.

Con el viento soplando a sus espaldas, corrieron abrazados hacia el Ryder. Cuando se hallaron de nuevo en la cabina, Cynthia bajó el seguro de la puerta con gesto resuelto. Steve hizo lo mismo y puso el motor en marcha. Su ruido uniforme y el resplandor que apareció en el salpicadero cuando encendió los faros lo reconfortaron. Se volvió hacia Cynthia.

–Muy bien. ¿Adónde vamos a informar de esto? Austin queda descartado. Está demasiado lejos, y la jodida tormenta viene de esa dirección. Tarde o temprano tendríamos que parar en el arcén, y sabe Dios si podríamos volver a arrancar el motor cuando amainase el viento. Eso nos deja dos opciones: Ely, que está a dos horas de aquí, o más si nos atrapa la tormenta, y Desesperación que está a menos de un kilómetro.

–Ely –contestó Cynthia–. La gente que ha hecho esto podría estar en Desesperación, y dudo que un par de policías de pueblo o incluso la policía montada del condado estuviesen en condiciones de enfrentarse con unos individuos capaces de lo que acabamos de ver.

–También cabe la posibilidad de que los asesinos hayan vuelto a la interestatal 50 –adujo Steve–. No te olvides de la caravana y la moto del jefe.

–Pero hemos visto tráfico –repuso Cynthia, y se sobresaltó cuando el viento derribó algún otro objeto a corta distancia. A juzgar por el ruido, debía de ser algo grande y metálico–. ¡Por Dios, Steve! ¿No podemos largarnos ya de una puta vez?

Steve lo deseaba tanto como ella, pero movió la cabeza en un gesto de negación.

–No hasta que tengamos claro adónde ir. El asunto es serio. Hay catorce muertos, y eso sin contar lo que pueda haberles pasado al jefe y la gente de la caravana.

–La familia Carver –apuntó Cynthia.

–Esto va a ser sonado en cuanto corra la noticia. Si volvemos a Ely y resulta que había dos policías con teléfono y radio a menos de un kilómetro carretera adelante, y si los asesinos escapan porque nosotros tardamos demasiado en dar la voz de alarma... en fin, te aseguro que cuestionarán nuestra decisión. La cuestionarán *sin contemplaciones*.

A la tenue luz del salpicadero la cara de la chica se veía verde y enfermiza.

–¿Tú crees que pensarán que estamos implicados?

–No lo sé, pero te diré una cosa: tú no eres la duquesa de Windsor y yo no soy el duque de Earl. Somos un par de vagabundos, ni más ni menos. ¿Tienes algún documento con que identificarte? ¿El carnet de conducir, quizá?

–Nunca me he presentado al examen –respondió Cynthia–. He andado siempre de un lado a otro.

–¿Y el de la Seguridad Social?

–Lo he perdido en algún sitio. Creo que me lo dejé al separarme del fulano que quería mi oreja, pero recuerdo el número.

–¿Y qué papeles reales llevas? –preguntó Steve.

–El carnet de descuento de Tower Records –replicó Cynthia–. Con dos compras más me darán un compact gratis. Ya le he echado el ojo a la banda sonora de *Bailando con lobos*, que además resulta muy indicado en esta situación. ¿Satisfecho?

–Sí –respondió Steve, y se echó a reír. Ella lo miró por un momento, con las mejillas verdes, las sombras ondeando en su frente, los ojos oscuros, y Steve creyó que iba a abalanzarse sobre él y ver cuánta piel podía arrancarle. Pero de pronto rió también; era un chirriante sonido de impotencia que a Steve no le gustó demasiado. Tendiendo un brazo, añadió–: Ven aquí un segundo.

–No te hagas ilusiones conmigo, te lo advierto –dijo Cynthia, pero al instante se deslizó sobre el asiento hacia Steve y aceptó su abrazo. Él notó contra el cuerpo el temblor de su hombro. Si salían del camión, iba a pasar frío con aquella camiseta sin mangas. En aquella parte del mundo los termómetros caían en picado en cuanto se ponía el sol–. ¿De verdad quieres ir al pueblo, Lubbock?

–Lo que querría es estar en Disneylandia lameteando un helado, pero creo que debemos acercarnos hasta allí y echar un vistazo. Si todo está en orden... si todo *parece* en orden... informamos allí. Pero a la menor sospecha, salimos volando rumbo a Ely.

Cynthia lo miró con expresión solemne y advirtió:

–Te tomo la palabra.

–La cumpliré.

Steve arrancó, y avanzaron lentamente hacia la carretera. Al oeste el resplandor dorado que un rato antes se filtraba a través de la arena se había reducido a un tenue rescoldo. En el cielo aparecían más estrellas, pero empezaban a rielar a medida que se condensaba la nube de arena.

–Steve, ¿no tendrás una pistola?

Negó con la cabeza. Pensó en entrar de nuevo en el barracón en busca de algún arma, pero descartó la idea. No volvería a poner allí los pies por nada del mundo.

–Pistola no –contestó–, pero tengo una navaja suiza provista de todos los artilugios imaginables. Hasta lleva lupa.

–Eso me tranquiliza –bromeó Cynthia.

Steve pensó en preguntarle por sus sensaciones al tocar la estatuilla, o si alguna idea extraña –alguna idea *experimental*– había pasado por su cabeza, pero también lo desechó. Eso, al igual que la perspectiva de regresar al barracón, resultaba demasiado escalofriante. Al llegar a la carretera giró y, con el brazo sobre los hombros de Cynthia, se encaminó hacia el pueblo. La arena se arremolinaba en el cono de luz proyectado por los altos faros del Ryder, formando alargadas sombras que le recordaban hombres colgados de ganchos.

## 5

Para alivio de David, el cuerpo de su hermana no estaba al pie de la escalera. En el vestíbulo, miró por un momento a través de la puerta de cristal. Ya oscurecía, y si bien el cielo estaba despejado –teñido de un color añil claro–, al nivel del suelo una nube de polvo restaba luminosidad al crepúsculo. En la acera de enfrente el viento mecía un cartel que rezaba: CAFETERÍA Y VIDEOCLUB DE DESESPERACIÓN. Bajo el cartel montaban guardia otros dos coyotes, observándolo atentamente. Entre ellos había un ave grande y calva cuyas raídas plumas se agitaban al viento como las del sombrero de una vieja loca. David supo que era un buitre. Permanecía inmóvil justo entre los dos coyotes.

–Eso es imposible –susurró, y quizá lo fuese, pero en todo caso estaba viéndolo con sus propios ojos.

Mientras se vestía, echó un vistazo a la puerta situada a su izquierda. Estampado en el panel de cristal opaco se leía el rótulo OFICINAS MUNICIPALES DE DESESPERACIÓN, junto con el horario de atención al público, de nueve a cuatro. Se ató los cordones de las zapatillas y abrió esa puerta, dispuesto a darse media vuelta y huir por piernas a la menor señal de peligro... o al menor movimiento, en realidad.

Pero ¿adónde huiría?, se preguntó. ¿Adónde podría dirigirme?

La sala a la que daba la puerta estaba a oscuras y en silencio. Buscó a tientas a su izquierda, esperando que algo o alguien surgiese de las sombras y le agarrase la mano. Nadie apareció. Encontró un interruptor y lo accionó. Parpadeó mientras sus ojos se adaptaban a la luz procedente de unos anticuados globos colgantes, y luego siguió adelante. Justo enfrente de la puerta se extendía un largo mostrador con varias ventanillas protegidas mediante rejas, como las ventanillas de caja en los bancos antiguos. En una se leía RECAUDACIÓN DE IMPUESTOS, en otra PERMISOS DE CAZA, en otra MINAS Y MINERALOGÍA. El letrero de la última ventanilla, más pequeña que las anteriores, rezaba: INSPECCIÓN DE SEGURIDAD EN LAS MINAS y NORMATIVA FEDERAL PARA LA EXPLOTACIÓN DE LA TIERRA. En la pared situada al fondo, más allá del mostrador, una pintada anunciaba: ALGO PODRÍA SURGIR DE ESTOS SILENCIOS.

Me temo que ya ha surgido, pensó David mientras volvía la cabeza para echar una ojeada al otro lado de la sala. Y lo que ha surgido no es muy...

De pronto sus pensamientos se interrumpieron. Miró con ojos desorbitados y se tapó la boca con las manos para ahogar un grito. Por un momento el mundo se tornó gris, y David creyó que iba a desmayarse. Para evitarlo se llevó las manos a la frente y se apretó las sienes, renovando el dolor que había sentido minutos antes. Después dejó caer los brazos a los costados y contempló con los ojos muy abiertos y la boca trémula la hilera de perchas que había en la pared de la derecha. De la más próxima a las ventanas colgaba un sombrero de vaquero con una cinta de piel de serpiente en torno a la copa. Dos mujeres colgaban de las dos siguientes, una muerta de un balazo, la otra destripada. Esta segunda tenía el pelo rojo y la boca abierta en un mudo chillido. A su izquierda pendía un hombre con uniforme caqui, la cabeza gacha y la pistolera vacía. Pearson, quizá, el otro ayudante del jefe de policía. A continuación había un hombre con vaqueros y una camisa salpicada de sangre. La última de la fila era Bombón, enganchada por la espalda de su camiseta de los MotoKops. En la pechera aparecía Cassie Styles, sonriente y cruzada de brazos ante su Carroza de los Sueños. De entre todos los personajes de *MotoKops 2200,* la famosa serie de dibujos animados, Cassie había sido siempre la preferida de Bombón. Tenía la cabeza ladeada sobre el cuello roto y sus zapatillas colgaban lánguidamente en el aire.

Sus manos. David no podía apartar la vista de sus manos, pequeñas y rosadas, con los dedos ligeramente separados.

No puedo tocarla, pensó. No puedo acercarme a ella.

Pero sí podía. Tenía que hacerlo, a menos que estuviese dispuesto a dejarla allí con las otras víctimas de Entragian. Y al fin y al cabo, ¿para qué servía un hermano mayor, especialmente uno que no era lo bastante mayor para impedir al hombre del saco cometer una atrocidad semejante?

Con el pecho agitado y la piel cubierta de escamas de jabón seco, juntó las manos y las levantó a la altura de la cara. Cerró los ojos. Su voz, cuando por fin le salió de la garganta, temblaba de tal modo que apenas la reconoció como propia.

–Dios, ya sé que mi hermana está contigo y que éstos son sólo sus restos. Por favor, ayúdame a hacer por ella lo que debo. –Abrió los ojos y miró a Kirstie–. Te quiero, Bombón. Me arrepiento de todas las veces que te he gritado o tirado de las trenzas demasiado fuerte.

Al pronunciar la última frase la emoción lo desbordó. Se arrodilló y se llevó las manos a la cabeza inclinada. Así permaneció un rato, respirando de manera entrecortada e intentando no perder el conocimiento. Las lágrimas abrieron surcos en la capa verde y pegajosa que cubría sus mejillas. Su mayor motivo de aflicción era saber que la puerta que se había cerrado entre ellos ya nunca se abriría, al menos en este mundo. Nunca vería a Bombón salir con un chico o meter una canasta de tres puntos a dos segundos del final del partido. Nunca volvería a pedirle que le aguantase las piernas mientras hacía el pino ni a preguntarle si la luz de la nevera se quedaba abierta al cerrarse la puerta.

Cuando se serenó, acercó una silla a la percha donde colgaba su hermana. Le miró las manos, las palmas rosadas, y la cabeza le dio vueltas de nuevo. Trató de controlar esa sensación de vértigo, y sólo descubrir que era capaz de ello fue ya una grata sorpresa. El dolor estuvo a punto de vencerlo otra vez cuando, de pie en la silla, contempló el rostro anormalmente pálido y los labios amoratados de su hermana. Con cautela, permitió que parte del dolor permaneciese en él. Intuyó que era mejor así. Aquélla era la primera persona muerta en su vida, pero era también Bombón, y no quería que su cuerpo inerte le produjese miedo o asco. Prefería sentir lástima, y la sintió.

*Date prisa, David.*

No sabía con certeza si ésa era su propia voz o la otra, pero esta vez eso carecía de importancia. La voz tenía razón. Bombón estaba muerta; en cambio, su padre y las otras personas encerradas arriba seguían vivas. Y estaba además su madre. Eso era lo peor, en cierto modo peor aún que la muerte de Bombón, porque no sabía qué había sido de ella. El policía loco se la había llevado a algún sitio, y podía estar haciéndole cualquier cosa. *Cualquier cosa.*

No pensaré en eso. No me lo permitiré.

Apartó aquella idea de su mente y pensó en las horas que Bombón había pasado ante el televisor viendo *Barney* con *Melissa Sweetheart* en su regazo. Durante el último año el dinosaurio morado había cedido el lugar de honor en el corazón de Bombón a los MotoKops (sobre todo Cassie Styles y el atractivo coronel Henry); así y todo, David consideró que Barney era lo más indicado en aquellos momentos. Sólo recordaba una de las cancioncillas del dinosaurio, la que tomaba su melodía de *This Old Man*, y la cantó mientras rodeaba con los brazos el cuerpo de la niña muerta y lo descolgaba:

—Yo te quiero a ti... Tú me quieres a mí...

La cabeza de Bombón le cayó a David sobre el hombro. Le pesaba muchísimo. ¿Cómo, siendo tan pequeña, había podido mantenerla en alto de la mañana a la noche?

—Somos una familia feliz...

Se dio la vuelta y bajó torpemente de la silla. Se tambaleó, sin llegar a caerse, y llevó a Bombón hasta las ventanas. Mientras cargaba con ella, le alisó la camiseta por la espalda. La tenía rota, pero sólo un poco. La tendió en el suelo, sujetándole la cabeza por la nuca para que no se golpease. Así le había enseñado a sostenerla su madre cuando Bombón era todavía un bebé. ¿Le cantaba David por aquel entonces? No lo recordaba, pero probablemente.

—Un gran abrazo y un beso te daré...

A los lados de las ventanas colgaban desde el techo hasta el suelo unas horribles cortinas de color verde oscuro de más de dos metros y medio. David tiró de una.

—¿No me dirás que me quieres tú también?

Extendió la cortina junto al cuerpo de su hermana y empezó a cantar de nuevo la tonta cancioncilla. Lamentó no poder ponerle a *Melissa Sweetheart* entre los brazos para hacerle compañía, pero *Lissa* se encontraba junto a la escalerilla de la Wayfarer. Levantó a Bombón, la tendió en la mitad superior de la cortina y dobló sobre ella la mitad inferior. Le llegó holgadamente al cuello. Así se la veía mucho mejor, pensó David, como si estuviese en casa acostada en su cama.

—Un gran abrazo y un beso te daré —canturreó—. ¿No me dirás que me quieres tú también? —Besó a su hermana en la frente y dijo—: Te quiero.

Le cubrió la cara con el extremo de la cortina y permaneció junto a ella por un momento, de rodillas con las manos entre los muslos, intentando controlar sus emociones. Cuando se serenó, se puso en pie. El viento aullaba, la luz casi se había extinguido, y el sonido de la arena al chocar contra los cristales de las ventanas parecía el tamborileo de infinitos dedos. Oía también un monótono chirrido, seguramente algo que giraba impulsado por el viento. De pronto fuera algo se desplomó con gran estrépito, y David se sobresaltó en la creciente oscuridad.

Se apartó de las ventanas y, con paso vacilante, rodeó el mostrador. No encontró más cadáveres, pero tras la ventanilla con el rótulo RECAUDACIÓN DE IMPUESTOS había papeles esparcidos y algunos estaban salpicados de sangre seca. El taburete de largas patas y respaldo alto se había volcado.

En la zona de trabajo delimitada por el mostrador David vio una caja de caudales abierta; contenía pilas de papel pero no dinero, y nada parecía fuera de su sitio. A la derecha había varios escritorios agrupados, y a la izquierda dos puertas cerradas, ambas con letreros dorados. En una leyó JEFE DE BOMBEROS y no le interesó, pero la otra era el despacho del agente de seguridad del pueblo, que se llamaba Jim Reed, y ésta sí despertó su interés.

–«El agente de seguridad del pueblo. Lo que sería el jefe de policía en una población mayor» –murmuró David, recordando las palabras de Tom Billingsley, y se dirigió hacia esa puerta.

No estaba cerrada con llave. Buscó a tientas el interruptor, lo encontró y encendió la luz. En primer lugar vio una enorme cabeza de caribú colgada de la pared a la izquierda del escritorio. Luego reclamó su atención el hombre sentado tras el escritorio. Tan relajada era su postura que, salvo por los bolígrafos que tenía clavados en los ojos y la placa de escritorio que le asomaba por la boca, habría dado la impresión de que dormía. Mantenía las manos entrelazadas sobre el abultado vientre, y llevaba una camisa caqui y una bandolera como las de Entragian.

Fuera el viento derribó algún otro objeto, y varios coyotes aullaron al unísono como un cuarteto vocal del infierno. David se sobresaltó y volvió la cabeza para asegurarse de que Entragian no lo espiaba desde detrás. No, el policía demente no estaba allí. David miró de nuevo al agente de seguridad y supo qué debía hacer, pensando que si había reunido valor para tocar a Bombón, sin duda podía tocar también a aquel desconocido.

Primero, no obstante, levantó el auricular del teléfono. Presentía que no habría línea, y así fue. Sin embargo pulsó un par de veces la pieza móvil de la horquilla y dijo:

—¿Hola? ¿Hola?

«¿Servicio de habitación? Súbanme una habitación», recordó, y se estremeció mientras colgaba el auricular. Rodeó el escritorio y se situó junto al policía. Advirtió que la placa con su nombre y cargo —JAMES REED, AGENTE DE SEGURIDAD MUNICIPAL— seguía sobre el escritorio, así que la que tenía encajada en la boca debía de ser otra cosa. NDAMÁS, leyó David en la parte que asomaba entre sus dientes.

Percibió un olor familiar, y no era loción para después del afeitado ni colonia. Observó las manos entrecruzadas del cadáver, vio profundas grietas en la piel, y comprendió. Olía a crema hidratante, la misma que utilizaba su madre o alguna parecida. Jim Reed debía de haberse puesto crema en las manos poco antes de morir.

David intentó echar un vistazo a la cintura de Reed pero no vio nada. Estaba demasiado gordo y demasiado cerca del escritorio, y lo que David necesitaba ver quedaba oculto. Un orificio pequeño y negro atravesaba el respaldo de la silla; eso sí lo vio claramente. Reed había muerto de un disparo; la macabra idea de los bolígrafos había sido posterior, o eso esperaba David.

*Vamos, date prisa.*

Se dispuso a echar la silla hacia atrás, pero ésta, nada más tocarla, se desequilibró y el peso muerto de Jim Reed rodó por el suelo. David lanzó un grito de sorpresa y se apartó de un brinco. Al caer, el cadáver dejó escapar un sonoro eructo, y la placa salió despedida como un misil disparado desde su silo. Aterrizó con el rótulo invertido, pero David pudo leerlo de todos modos: YO SOY EL MANDAMÁS.

Con el corazón acelerado, se arrodilló junto al cuerpo. Reed llevaba el pantalón del uniforme desabrochado, y su bragueta abierta revelaba un calzoncillo (de seda, color melocotón) que sin duda incumplía las normas sobre indumentaria de la policía. David, no obstante, apenas se fijó en esos detalles. Él buscaba otra cosa, y exhaló un suspiro de alivio cuando la vio. Sujeto a la mullida cadera de Reed se encontraba su arma reglamentaria; al otro lado, un llavero colgaba de una de las trabillas de la cintura. Mordiéndose el labio inferior, convencido de que en cualquier momento el policía muerto tendería una mano

(«¡Mierda, nos persigue la momia!»)

y le agarraría el brazo, trató de soltar el llavero de la trabilla. Al principio el cierre se resistió pero finalmente logró desprenderlo. Examinó rápidamente las llaves, rogando encontrar la que necesitaba. Allí estaba: un rectángulo de metal con una banda magnética que no parecía una llave. Era la llave de las celdas.

O al menos eso esperaba.

David se guardó el llavero en un bolsillo, echó una ojeada de curiosidad a la bragueta abierta de Reed, y desabrochó la correa de seguridad de la pistolera. Extrajo el arma y la sostuvo en sus manos, percibiendo su extraordinario peso y la sensación de violencia potencial. Era un revólver, no una pistola automática con el cargador insertado en la culata. David volvió el cañón hacia sí procurando mantener los dedos fuera del guardamonte para echar un vistazo al tambor giratorio. En cada uno de los orificios visibles había una bala, así que debía de estar cargado. Quizá la primera cámara se hallaba vacía –a veces en las películas los policías la dejaban vacía para no dispararse accidentalmente–, pero David supuso que eso carecía de importancia si apretaba el gatillo dos veces por los menos, y deprisa.

Giró de nuevo el arma y la inspeccionó de punta a punta en busca de un seguro. No lo encontró, y con sumo cuidado apretó un poco el gatillo. Al ver que el percutor se movía, retiró el dedo de inmediato. No deseaba disparar el revólver allí abajo. No sabía hasta dónde llegaba la inteligencia de los coyotes, pero por poco astutos que fuesen, supuso, debían de reconocer el sonido de un arma.

Salió de nuevo a la oficina principal. El viento silbaba y la arena azotaba las ventanas. A través de los cristales vio que la luz exterior había adquirido un tono morado oscuro. Pronto anochecería. Miró la fea cortina verde y la forma que se dibujaba debajo. Te quiero, Bombón, pensó, y después volvió al vestíbulo. Permaneció allí de pie por un momento con los ojos cerrados y el revólver apuntado al suelo, respirando rítmicamente.

–Dios, no he disparado un arma en toda mi vida –dijo–. Por favor, ayúdame a disparar ésta. En nombre de Jesús, amén.

Pronunciada esta breve súplica, David empezó a subir por la escalera.

# III

## 1

Mary Jackson estaba sentada en el catre mirándose las manos entrelazadas y pensando con ira en su cuñada, Deirdre Finney, con su cara pálida y bonita, su sonrisa dulce y ebria de droga y sus rizos prerrafaelistas. Deirdre, que no comía carne («Es como... cruel, ¿no?») pero fumaba hierba a todas horas desde hacía años. Deirdre, con sus adhesivos de Mr. Smiley. Deirdre, que había conseguido que su hermano acabase muerto y su cuñada encerrada en la cárcel de un pueblucho perdido que era literalmente la antesala de la muerte, y todo porque tenía demasiado humo en el cerebro para recordar que había guardado su maría de reserva bajo la rueda de repuesto.

Eso no es justo, se rebeló la parte más racional de su mente. Ha sido la matrícula y no la droga. Entragian nos ha parado por la matrícula. En cierto modo ha sido como si el Ángel Exterminador no hubiese visto la marca convenida en el dintel de la puerta. Si la droga no hubiese estado allí, habría encontrado alguna otra excusa. Una vez nos puso el ojo encima, estábamos condenados, así de sencillo. Y tú lo sabes.

Pero esa interpretación no la convencía. Considerar

aquello una especie de extraño desastre natural le resultaba demasiado siniestro. Prefería culpar a la hermana idiota de Peter, e imaginar diversos castigos, no letales pero dolorosos. Los baquetazos, tal como los administraban en Hong Kong a los ladrones, era quizá la modalidad más satisfactoria; pero también se imaginaba metiéndole a Deirdre un afilado tacón de zapato por aquel culo plano de maniquí que tenía. En realidad serviría cualquier cosa capaz de arrancarle la expresión de atolondramiento para a continuación anunciarle a voz en cuello: «Has conseguido que maten a tu hermano, pedazo de gilipollas, ¿te enteras?», y ver cómo surgía en su rostro una mueca de horrorizada comprensión.

–La violencia engendra violencia –dijo a sus manos con una voz serena y doctrinal. En aquellas circunstancias hablar sola parecía algo lógico y natural–. Yo lo sé, todo el mundo lo sabe, pero a veces pensar en la violencia resulta tan gratificante...

–¿Cómo? –preguntó Ralph Carver. Parecía aturdido. De hecho (idea espeluznante) recordaba incluso al cortocircuito andante que era su cuñada.

–Nada. No tiene importancia.

Mary se puso en pie. Con dos pasos se plantó ante la reja de la celda. Entrecruzó las manos fuera de los barrotes y contempló la sala. El coyote estaba sentado con los restos de la cazadora de cuero de Johnny Marinville ante las patas delanteras y miraba al escritor como hipnotizado.

–¿Cree que habrá escapado? –dijo Ralph–. ¿Cree que mi hijo habrá escapado, señora?

–No me llamo «señora» sino Mary, y no lo sé. Deseo creer que sí, desde luego. Y en realidad tiene bastantes posibilidades. –Siempre y cuando no se tropiece con el policía, añadió para sí.

–Sí, yo también lo creo. No imaginaba que se hubiese tomado tan en serio eso de la oración –comentó

Ralph. Casi parecía pedir disculpas, lo cual en aquellas circunstancias asombró a Mary–. Yo pensaba que quizá fuese... no sé... un capricho pasajero. Pero no daba esa impresión, ¿verdad?

–No –contestó Mary–. En absoluto.

–¿Por qué me miras con esa cara, *Bosco*? –preguntó Marinville al coyote–. Ya tienes la jodida cazadora, ¿qué más quieres? Como si no lo supiera. –Miró a Mary–. ¿Sabe?, creo que si alguien consiguiera realmente salir de aquí, ese bicho sarnoso se daría la vuelta y...

–¡Silencio! –dijo Billingsley–. ¡Alguien sube por la escalera!

El coyote también lo oyó. Apartó la vista de Marinville y, gruñendo, concentró su atención en la puerta. Las pisadas se aproximaron, llegaron al rellano y se detuvieron. Mary se volvió hacia Ralph Carver, pero enseguida tuvo que desviar la mirada; no pudo resistir la combinación de esperanza y terror que vio en su rostro. Ella había perdido a su marido, y el dolor que eso le producía era mil veces superior a cualquier tormento que hubiese podido imaginar. ¿Qué sentiría una persona a quien el destino había arrebatado toda la familia en una sola tarde?

El viento rehiló en los aleros del edificio. El coyote dirigió una mirada nerviosa hacia ese sonido y luego avanzó tres pasos hacia la puerta con las raídas orejas de punta.

–¡Hijo! –gritó Ralph, desesperado–. ¡Si eres tú no entres! Ese animal está justo detrás de la puerta.

–¿A qué distancia? –preguntó una voz. Era él, el muchacho. Había vuelto. Asombroso. Y la serenidad que mostraba al hablar era aún más asombrosa. Mary pensó que quizá debiera reconsiderar el poder de la oración.

Ralph parecía perplejo, como si no entendiese la pregunta de su hijo. Marinville, en cambio, sí la entendió.

—A un metro y medio más o menos —contestó—. Y está de cara a la puerta. Ten cuidado.

—Tengo un arma —dijo el muchacho—. Será mejor que se metan todos debajo de los catres. Mary, acérquese tanto como pueda a la celda de mi padre. ¿Seguro que está justo enfrente de la puerta, señor Marinville?

—Sí. Ahí está mi amigo *Bosco*, real como la vida misma y el doble de feo. ¿Has disparado alguna vez un arma de fuego, David?

—No.

—¡Dios mío! —exclamó Marinville, alzando la vista al techo.

—¡No, David! —ordenó Ralph. Una tardía expresión de alarma asomó gradualmente a su rostro; parecía empezar a comprender qué ocurría allí—. ¡Vete y busca ayuda! Si abres la puerta, ese animal se te echará encima en dos saltos.

—No —respondió el muchacho—. Lo he pensado bien, papá. Prefiero arriesgarme con el coyote a enfrentarme con el policía. Además tengo una llave. Creo que servirá para abrir las celdas. Es como la que ha usado el policía.

—Me has convencido —dijo Marinville, como si aquello zanjase el asunto—. Todo el mundo al suelo. Cuenta hasta cinco, David, y adelante.

—¡Si lo hace, morirá! —gritó Ralph a Marinville—. ¡Morirá sólo para que usted salve el pellejo!

—Entiendo su preocupación, señor Carver —terció Mary—, pero si no salimos de aquí moriremos todos.

—¡Cuenta hasta cinco, David! —repitió Marinville. A continuación se arrodilló y se deslizó bajo el catre.

Mary miró hacia la puerta, advirtió que su celda estaba en la línea de fuego del muchacho, y comprendió por qué le había indicado que se acercase a la celda de su padre. Quizá tuviese sólo once años, pero pensaba con mayor claridad que ella.

—Uno —empezó a contar David al otro lado de la

puerta. Mary percibía lo asustado que estaba, y lo entendía. Lo entendía perfectamente–. Dos.

–¡Hijo! –gritó Billingsley–. ¡Escúchame, hijo! Ponte de rodillas. Coge el arma con las dos manos y estáte preparado para disparar alto. ¿Entiendes? ¡Alto! Ese animal no se acercará por el suelo; saltará sobre ti. ¿Entiendes?

–Sí –respondió David–. Sí, comprendido. ¿Estás bajo el catre, papá?

Ralph seguía de pie ante los barrotes de su celda con una expresión de miedo en el rostro hinchado.

–¡No lo hagas, David! ¡Te lo prohíbo!

–Tírese al suelo, gilipollas –dijo Marinville, lanzándole una mirada furiosa desde debajo del catre.

Mary compartía la opinión de Marinville, pero consideraba que su táctica dejaba mucho que desear; habría esperado más tacto en un escritor. O cuando menos en otro escritor; a aquél lo había reconocido y tenía una vaga idea de sus antecedentes. El autor de *Placer*, quizá el libro más obsceno del siglo, estaba encerrado en la celda contigua a la suya, surrealista pero cierto, y aunque daba la impresión de que su nariz jamás se recuperaría de lo que el policía había hecho con ella, Marinville mantenía la actitud de un hombre que espera conseguir lo que desea, y probablemente en bandeja de plata.

–¿Se ha apartado ya mi padre? –preguntó David, que ahora parecía indeciso además de asustado.

Mary aborreció a su padre por lo que hacía: rasguear los tensos nervios del muchacho como cuerdas de una guitarra.

–¡No! –bramó Ralph–. ¡Y no pienso apartarme! ¡Márchate de aquí, busca un teléfono y avisa a la policía estatal!

–Ya he probado con el del escritorio del señor Reed –alegó David–. No hay línea.

—¡Prueba con otro, pues! ¡Maldita sea! Sigue probando hasta que encuentres uno que...

—Deje de comportarse como un estúpido y métase bajo el catre —dijo Mary sin levantar la voz—. ¿Qué quiere que el chico recuerde de este día? ¿Que vio morir a su hermana y mató a su padre de un tiro por error, y todo antes de la cena? Coopere. Su hijo hace lo que puede; ponga usted también algo de su parte.

Ralph la miró. Sus pálidas mejillas contrastaban con la sangre coagulada que cubría el lado izquierdo de su cara.

—David es lo único que me queda —susurró—. ¿Lo comprende?

—Claro que lo comprendo. Y ahora métase debajo del catre, señor Carver.

Ralph retrocedió hacia el interior de la celda, vaciló por un momento, y por fin se arrodilló y se deslizó bajo el catre.

Mary echó un vistazo a la celda de la que había salido David —Dios, el muchacho había demostrado tener agallas— y vio que el viejo veterinario se hallaba también bajo el catre. Sus ojos, la única parte en él que se mantenía joven, brillaban en las sombras como luminosas gemas azules.

—¡David! —anunció Marinville—. ¡Ya no hay nadie a tiro!

—¿Mi padre tampoco? —preguntó David con un dejo de duda.

—Estoy debajo del catre —aseguró Ralph—. Hijo, ten cuidado. Si... —Le tembló la voz por un instante pero logró controlarse—. Si se echa sobre ti, agarra firmemente el arma e intenta dispararle en el vientre. —De pronto, alarmado, asomó la cabeza y preguntó—: ¿Está cargada el arma? ¿Lo has comprobado?

—Sí, está cargada. —Hizo una pausa y añadió—: ¿Sigue enfrente de la puerta?

—Sí —contestó Mary.

De hecho el coyote se había acercado un poco más. Tenía la cabeza gacha y emitía un gruñido continuo como el ruido de un motor fuera borda. Cada vez que el chico hablaba al otro lado de la puerta el animal aguzaba el oído.

—Bien, ya estoy de rodillas —anunció David. Mary percibía su nerviosismo aún con mayor claridad. Tuvo la impresión de que en cualquier momento podía perder el control—. Voy a empezar a contar otra vez. Procuren estar todos lo más lejos posible de la puerta cuando llegue a cinco. No... no quiero herir a nadie por accidente.

—Acuérdate de disparar alto —repitió el veterinario—. No mucho pero sí un poco. ¿De acuerdo?

—Porque el coyote saltará —dijo David—. Sí, me acordaré. Uno... dos...

Fuera el viento cesó por unos segundos. En aquel súbito silencio Mary oyó dos cosas con total nitidez: el vibrante gruñido del coyote y los latidos de su propio corazón. Su vida estaba en manos de un niño de once años con un arma. Si David erraba el tiro o se quedaba paralizado y ni siquiera llegaba a disparar, muy probablemente el coyote lo mataría. Y después, cuando el policía psicópata regresase, todos morirían.

—... tres... —su voz trémula sonaba extrañamente parecida a la de su padre— cuatro... cinco...

El pomo de la puerta comenzó a girar.

## 2

Para Johnny Marinville aquello fue como volver a hallarse de pronto en Vietnam, donde la muerte se presentaba a una inconcebible velocidad y siempre los cogía por sorpresa. No había puesto grandes esperanzas en el chico, que podía disparar sin ton ni son a cualquier parte menos al pellejo de *Bosco*, pero no tenían otra opción. Al igual que Mary, había llegado a la conclusión de que si no salían de allí antes de que regresase el policía, morirían todos.

Y el chico lo sorprendió.

Para empezar, no abrió la puerta de un empujón sino que la dejó ir lentamente, asegurándose así de que no rebotaba contra la pared y acababa obstruyendo su línea de tiro. Estaba de rodillas y se había vestido de nuevo, pero se veían aún restos de jabón verde en sus mejillas. Antes de que la puerta describiese todo su arco, sujetaba ya con las dos manos el arma, que parecía, por lo que Johnny pudo ver, un revólver de calibre 45. Un arma demasiado grande para un niño. La sostenía a la altura del pecho, con el cañón ligeramente inclinado hacia arriba. Aguardaba con expresión solemne e incluso calculadora.

El coyote, que quizá no esperaba que la puerta se abriese después de haber oído la voz al otro lado, retrocedió medio paso, encogió las patas traseras y saltó sobre el chico con un gruñido. Fue, pensó Johnny, aquel vacilante paso atrás lo que lo sentenció; le dejó al chico tiempo suficiente para afianzar su posición de tiro. Disparó dos veces, soportando el retroceso del arma y apuntando de nuevo antes de apretar el gatillo por segunda vez. Las detonaciones fueron ensordecedoras en aquel espacio cerrado. A continuación el coyote, que se hallaba en el aire entre el primer y el segundo disparo, cayó sobre el chico y lo derribó.

Su padre gritó y salió atropelladamente de debajo del catre. Por un momento dio la impresión de que el chico peleaba con el animal en el rellano, pero Johnny dudaba que al coyote le quedasen aún fuerzas para luchar. Había oído entrar en su cuerpo las dos balas, y tanto el suelo como el escritorio estaban salpicados de sangre.

—¡David! ¡David! Dispárale en el vientre —gritó su padre, dando saltos de inquietud.

El chico, en lugar de disparar, se zafó del coyote muerto como si fuese una piel en la que había quedado enredado. Retrocedió deslizándose con el trasero. En su rostro se dibujaba una expresión de asombro. Tenía la pechera de la camisa manchada de sangre y pelo. Topó con la pared que se alzaba a sus espaldas y la utilizó de apoyo para ponerse en pie. Miró el revólver, sorprendido al parecer de verlo aún al extremo de su brazo.

—Estoy bien, papá, cálmate. Lo he conseguido. Ni siquiera ha llegado a morderme. —Se pasó la mano por el pecho y por el brazo que sostenía el revólver como para cerciorarse de que así era. Después miró al coyote. Seguía vivo. Emitía un jadeo rápido y estertóreo y su cabeza colgaba sobre el primer peldaño de la escalera. Donde antes tenía el pecho se advertía un ancho y sanguinolento agujero.

David apoyó una rodilla en el suelo y apoyó el cañón del revólver en la cabeza colgante del animal. A continuación desvió la vista. Johnny vio que el chico cerraba los ojos y apretaba los párpados, y de pronto sintió por él un cálido afecto. Nunca había disfrutado de sus propios hijos —que se habían dedicado a agobiarlo durante sus primeros veinte años de vida y a intentar desbancarlo en los veinte posteriores—, pero quizá no fuese tan malo tener alrededor uno como aquél. Tenía juego, como decían los jugadores de baloncesto.

Incluso me arrodillaría junto a su cama a la hora de acostarse, pensó Johnny. ¡Carajo! ¿Quién no lo haría? Sólo hay que ver el resultado.

Aún con aquella tensa expresión en la cara —la de un niño que sabe que debe comerse el filete de hígado antes de irse a jugar—, David apretó el gatillo. La detonación fue igual de sonora pero no tan penetrante. El cuerpo del coyote saltó. Un abanico de gotas rojas tan finas como el hilado de un encaje salpicó el rodapié de la barandilla. El jadeo cesó. El chico abrió los ojos y contempló lo que acababa de hacer.

–Gracias, Dios –dijo con voz apagada–. Pero ha sido horrible. Realmente horrible.

–Buen trabajo, chico –alentó Billingsley.

David se levantó y entró despacio en la sala. Miró a su padre. Ralph le tendió los brazos. David se acercó a él con lágrimas en los ojos, y ambos se estrecharon en un torpe abrazo a través de los barrotes.

–Temía por tu vida, David –dijo Ralph–. Por eso te he pedido que te fueses. Lo entiendes, ¿verdad?

–Sí, papá. –David lloraba ahora con mayor violencia, y Johnny comprendió, aun antes de que siguiese hablando, que aquel llanto no tenía nada que ver con el coyote–. Bombón estaba abajo colgada de una pe-pepercha. Y había ta-ta-también otras personas. La he descolgado. A los otros no he podido descolgarlos; son a-a-adultos. Pero he descolgado a Bombón. Le he ca-ca-cantado... le he cantado...

Intentó seguir, pero sus palabras quedaron ahogadas por histéricos sollozos. Apretó la cara contra los barrotes, y su padre le acarició la espalda y le dijo que callase, que estaba seguro de que había hecho por Kirsten todo lo que era posible hacer.

Johnny miró su reloj y dejó pasar un minuto completo. El muchacho se merecía al menos aquello por abrir la puerta sabiendo que detrás lo esperaba un perro salvaje. Finalmente pronunció su nombre. David no se volvió, así que Johnny lo pronunció de nuevo, esta vez en voz más alta. David se giró. Tenía los ojos llorosos e irritados.

–Escucha, muchacho, sé que lo has pasado mal –dijo Johnny–, y si salimos de ésta yo seré el primero que te recomiende para la Estrella de Plata. Pero ahora tenemos que marcharnos. Entragian podría regresar en cualquier momento. Si anda cerca, es probable que haya oído los disparos. Si tienes una llave ya es hora de probarla.

David sacó el llavero del bolsillo y separó la que se parecía a la que Entragian había utilizado. La introdujo en la cerradura de la celda de su padre. Nada ocurrió. Mary lanzó un chillido de frustración y golpeó un barrote con la palma de la mano.

—Del revés —sugirió Johnny—. Dale la vuelta.

David insertó la tarjeta en la ranura tal como Johnny le indicaba. Esta vez se oyó un sonoro chasquido, casi un aldabonazo, y la reja se abrió.

—¡Sí! —exclamó Mary—. ¡Sí!

Ralph salió de la celda y volvió a estrechar a su hijo entre los brazos, en esta ocasión sin barrotes por medio. Y cuando David le besó la hinchazón del lado izquierdo de la cara, Ralph gritó de dolor y rió al mismo tiempo. Johnny pensó que aquél había sido uno de los sonidos más extraordinarios que había oído en su vida, un sonido que uno no podía describir con palabras en un libro; su esencia, al igual que la expresión de Ralph Carver al mirar a su hijo a la cara, estarían siempre fuera del alcance de cualquier escritor.


3

Ralph cogió el llavero de manos de su hijo y abrió las otras celdas con la tarjeta magnética. Salieron y formaron un corrillo ante el escritorio: Mary de Nueva York, Ralph y David de Ohio, Johnny de Connecticut, el viejo Tom Billingsley de Nevada. Se miraron con expresión de supervivientes de un accidente ferroviario.

—Salgamos de aquí —propuso Johnny. Advirtió que el chico había entregado a su padre el revólver y preguntó—: ¿Sabe cómo funciona eso, señor Carver? ¿Le permitirá ese ojo ver adónde dispara?

–Sí tanto a lo uno como a lo otro –contestó Ralph–. Vamos.

Con David cogido de la mano, salió al rellano. Lo siguieron Mary y Billingsley. Johnny se quedó en retaguardia. Al pasar por encima del coyote, vio que el último balazo prácticamente le había pulverizado la cabeza. Se preguntó si el padre del muchacho habría sido capaz de hacer aquello. Se preguntó si *él mismo* habría sido capaz.

Al pie de la escalera David les indicó que se detuviesen y miró a través de las puertas de cristal. Había anochecido. El viento aullaba como un animal perdido y furioso.

–No van a creerlo, pero les aseguro que es verdad –dijo el chico, y contó lo que había visto en la otra acera un rato antes.

–Oíd lo que os digo, el buitre yacerá con el coyote –declamó Johnny, echando un vistazo a través del cristal–. Eso viene en la Biblia. Epístola a los jamaicanos, capítulo tres.

–No le veo la gracia –dijo Ralph.

–En realidad, yo tampoco –admitió Johnny. Fuera veía los contornos de los edificios y alguna que otra bola de rastrojo que rodaba por la calle, pero nada más. Pero ¿qué importaba lo que viese? ¿Qué importaba incluso si había una manada de hombres lobo ante el salón de billar del pueblo fumando crack y escudriñando la calle en busca de fugitivos? En cualquier caso no podían quedarse allí dentro. Entragian regresaría. Los hombres como él siempre regresaban.

No existen otros hombres como él, pensó. En la historia del mundo nunca ha existido otro hombre como él, y tú lo sabes.

Sí, quizá lo sabía, pero eso no modificaba esencialmente la situación. Tenía que salir de allí.

–Te creo –aseguró Mary a David. Miró a Johnny–.

Vamos. Echemos un vistazo en la oficina del jefe de policía o comoquiera que se llame por aquí.

–¿Para qué?

–Para buscar linternas y armas. ¿Nos acompaña, señor Billingsley?

El anciano veterinario movió la cabeza en un gesto de negación.

–David, ¿me dejas las llaves? –pidió Mary.

David se las entregó y ella se las guardó en un bolsillo de los vaqueros.

–Mantén los ojos bien abiertos –advirtió Mary.

David asintió. Ella, con unos dedos fríos como el hielo, cogió a Johnny de la mano y tiró de él hacia la puerta que conducía a las oficinas.

Dentro Johnny vio la pintada de la pared del fondo y la señaló.

–«Algo podría surgir de estos silencios» –leyó–. ¿Qué querrá decir eso?

–No lo sé, ni me importa –repuso Mary–. Ahora sólo quiero llegar a algún sitio donde haya luces y gente y teléfonos...

Mientras hablaba giró a la derecha y miró sin demasiado interés una cortina plegada en dos que se extendía bajo las ventanas (la forma que se dibujaba bajo la tela verde era demasiado pequeña para que ella la reconociese). De pronto vio los cadáveres colgados de la pared. Sofocó un grito y se dobló por la cintura como si le hubiesen asestado un golpe en el vientre. A continuación se dio media vuelta para huir de la espectral visión. Johnny la agarró, pero por un momento temió que fuese a zafarse de él; aquella mujer tenía mucha más fuerza de la que cabía esperar en un cuerpo tan delgado.

–¡No! –exclamó Johnny, sacudiéndola movido en parte por una repentina exasperación. Se avergonzó de aquel sentimiento pero no pudo reprimirlo por completo–. No, tiene que ayudarme. Basta con que no mire a esos cadáveres.

–¡Pero uno de ellos es Peter!

–Y está muerto. Lo siento, pero así es. En cambio, nosotros estamos vivos. Al menos, de momento. No lo mire. Vamos.

La rodeó con un brazo y la arrastró rápidamente hacia la puerta en que se leía AGENTE DE SEGURIDAD MUNICIPAL, pensando entretanto por dónde empezar a buscar. En el camino descubrió otro aspecto desagradable de aquella experiencia: Mary Jackson comenzaba a excitarlo. Notaba el temblor de su cuerpo contra el costado y la turgencia de su pecho justo encima de su mano, y la deseó. Su marido se hallaba colgado detrás de ellos como un jodido abrigo, y sin embargo él sentía ya una respetable erección, sobre todo para un hombre con posibles problemas de próstata. Terry tenía toda la razón, pensó. Soy un gilipollas.

–Vamos –dijo, estrechándola contra sí en lo que esperaba que pareciese un abrazo fraternal–. Si ese chico ha sido capaz de lo que hemos visto, usted puede entrar ahí. Sé que puede. Serénese, Mary.

Mary respiró hondo.

–Lo intento.

–Buena chi... –Johnny se interrumpió–. ¡Mierda! Aquí tenemos otro fiambre. Le pediría que no mirase, pero creo que no estamos ya para tales delicadezas.

Mary contempló el cuerpo desmadejado del agente de seguridad y emitió un extraño gorgoteo.

–Ese chico... David... Dios santo... ¿Cómo lo ha hecho?

–No lo sé –contestó Johnny–. Es un crío de armas tomar. Quizá mientras intentaba coger las llaves el sheriff Jim se le ha venido abajo. ¿Por qué no entra usted en el despacho del jefe de bomberos? Acabaremos antes si los registramos los dos al mismo tiempo.

—Bien.
—Prepárese para lo peor. Si el jefe de bomberos se encontraba en su despacho cuando Entragian enloqueció, es posible que esté tan muerto como todos los demás.
—No se preocupe —dijo Mary—. Tome esto.
Le entregó las llaves y se dirigió al despacho contiguo. Antes de entrar lanzó una mirada fugaz hacia su marido pero de inmediato desvió la vista. Johnny asintió con la cabeza e intentó infundirle ánimo mentalmente: buena chica, buena idea. Mary hizo girar el pomo de la puerta y la empujó con las puntas de los dedos, como si temiese que pudiera haber conectada una bomba trampa. Echó un vistazo al interior, resopló y miró a Johnny levantando el pulgar.
—Tres cosas, Mary: linternas, armas, y cualquier llave de coche que encuentre. ¿Entendido?
—Entendido.
Johnny entró en el despacho del policía examinando simultáneamente las llaves que David le había entregado. Incluían un juego de llaves de algún vehículo de General Motors, probablemente el coche patrulla en el que Entragian lo había llevado hasta allí. Si se encontraba en el aparcamiento, podía servirles, pero Johnny no se hizo ilusiones. Había oído el ruido de un motor poco después de marcharse el psicópata con la esposa de Carver.
Los cajones del escritorio estaban cerrados, pero la llave encajada en la cerradura del cajón más ancho situado sobre el hueco para las piernas los abrió todos. En uno encontró una linterna y una caja cerrada con llave en la que se leía el rótulo RUGER. Probó varias llaves pequeñas en la cerradura de la caja. Ninguna entró.
¿Me la llevo de todos modos?, pensó. Quizá. Si no encontramos otras armas en algún sitio.
Al cruzar el despacho se detuvo a mirar por la ventana. Fuera sólo se veía el polvo que flotaba en el aire.

Probablemente no había nada más que ver. Dios, ¿por qué no habré tomado por la autopista?

Esta idea le resultó graciosa; sofocó la risa mientras dirigía su atención a una puerta cerrada situada tras el escritorio de Reed. Hay que estar loco para plantearse una cosa así a estas alturas, pensó. Olvídate de *Viajes en Harley*; si sales de ésta con vida deberías titular el libro *Viajes con una majara*.

Rió con más ganas. Se tapó la boca con la mano para ahogar sus carcajadas y abrió la puerta. La risa se le cortó en el acto. Sentada entre botas y zapatos, medio oculta por las chaquetas y uniformes de recambio allí colgados, había una mujer muerta. Estaba apoyada contra el fondo del ropero y, por su indumentaria –pantalones abombados y una blusa de seda con unas rosas entrelazadas bordadas en el lado izquierdo del pecho–, Johnny pensó que debía de ser una secretaria. La mujer parecía mirarlo con los ojos muy abiertos y expresión de asombro, pero eso era sólo una ilusión óptica.

Porque uno espera ver ojos, pensó, y no un par de cuencas vacías y rojas donde los ojos solían estar.

Reprimió el impulso de cerrar la puerta y apartó la ropa colgada hacia ambos extremos de la barra para echar un vistazo al fondo del ropero. Fue una buena idea. Había allí un armero con una docena de rifles. Una de las casillas, la tercera empezando por la derecha, estaba vacía, y Johnny supuso que ése debía ser el sitio habitual de la escopeta con que Entragian lo había apuntado en el coche patrulla.

–¡Vaya, vaya! –exclamó–. ¡Mira qué tenemos aquí!

Entró en el ropero, plantando un pie a cada lado del cadáver sentado dentro, pero se sintió sumamente incómodo; en una ocasión una mujer le hizo una mamada en aquella misma posición. Fue durante una fiesta en East Hampton, y ellos dos se habían refugiado en un dormitorio. En la fiesta estaba Spielberg. Y también Joyce Carol Oates.

Retrocedió, apoyó un pie en el hombro del cadáver, y empujó. El cuerpo de la mujer resbaló lenta y rígidamente hacia la derecha. Sus enormes cuencas rojas parecieron mirarle con una expresión de sorpresa mientras se ladeaba, como si se preguntase por qué un tipo tan culto como él, un escritor galardonado con el Premio Nacional de Literatura, podía degradarse hasta el punto de empujar a una dama en un ropero. Su pelo, disperso en mechones, se deslizó por la pared tras ella.

–Disculpe, señora –dijo Johnny–, pero es lo mejor para los dos, créame.

Los rifles se hallaban asegurados al armero mediante un cable enhebrado en los guardamontes. En un extremo el cable estaba sujeto a un cáncamo con un candado. Johnny confiaba en tener más suerte con el candado que con la cerradura de la caja que contenía la Ruger.

A la tercera llave que probó se abrió el candado. Tiró del cable con tal fuerza que uno de los rifles –un Remington 30-06– saltó del armero. Lo agarró, se volvió... y la mujer, Mary, estaba justo frente a él. Johnny dejó escapar un sonido ahogado que probablemente habría sido un grito si el miedo no le hubiese atenazado la garganta. El corazón dejó de latirle, y por un larguísimo momento Johnny estuvo convencido de que ya no volvería a ponerse en marcha; estaría muerto de terror aun antes de desplomarse sobre el cadáver con la blusa de seda. Por fin, gracias a Dios, volvió a latir. Se golpeó el pecho con un puño justo por encima de la tetilla izquierda (una zona de su cuerpo que en otro tiempo había estado dura y ahora ya no lo estaba demasiado) para demostrarle a la bomba que había debajo quién era el jefe.

–No vuelva a hacer eso –dijo a Mary, procurando no jadear–. ¿Qué le pasa?

–Creía que me había oído. –No parecía muy dispuesta a compadecerse de él. Llevaba colgada al hombro nada menos que una bolsa de golf. Una bolsa de tartán. Observó el cadáver del ropero–. En el ropero del jefe de bomberos hay también un cuerpo. Un hombre.

–¿Y a cuántos hoyos acostumbraba jugar? ¿Tiene alguna idea? –se burló Johnny. Aún tenía el corazón acelerado pero ya no tanto quizá.

–Nunca desiste, ¿verdad?

–Maldita sea, Mary, intento escabullirme de una muerte más que probable. Todos los martinis que he tomado en mi vida le han pasado factura a mi corazón. ¡Por Dios, me ha asustado!

–Lo siento, pero debemos darnos prisa –recordó ella–. Entragian podría volver en cualquier momento.

–¡Vaya! Una sospecha que mi limitada mente no había concebido. Tenga, coja esto. Y lleve cuidado. –Le entregó el Remington 30-06, acordándose de una vieja canción de Tom Waits. «Cartuchos negros como cuervos de un 30-06», cantaba Waits con su voz desgarrada y un tanto macabra. «Te reducen a astillas.»

–¿Por qué? ¿Está cargado?

–Ni siquiera recuerdo cómo comprobarlo. Estuve en Vietnam pero como corresponsal. En cualquier caso, de eso hace ya mucho tiempo. Desde entonces sólo he visto disparar armas en las películas. Ya las examinaremos después, ¿de acuerdo?

Mary guardó el rifle en la bolsa y anunció:

–He encontrado dos linternas, y las dos funcionan. Una es larga y potente. Da mucha luz.

–Estupendo –dijo Johnny, y le entregó la linterna que había hallado en el cajón.

–La bolsa estaba colgada detrás de la puerta –explicó Mary, metiendo dentro la linterna–. El jefe de bomberos, si era él... en fin, tenía uno de los palos hundido en la cabeza. Muy hundido. Era como si... lo hubieran *ensartado* en él.

Johnny cogió otros dos rifles y una escopeta del armero y se volvió. Si el cofre de nogal situado en el suelo bajo el armero contenía munición, como era de suponer, podían darse por satisfechos: un rifle o escopeta para cada adulto. El chico podía quedarse el revólver del sheriff Jim. Aunque por Johnny, podía quedarse lo que le viniese en gana. Hasta el momento David Carver era el único que había demostrado que sabía usar un arma.

–Siento que haya tenido que ver eso –dijo Johnny, ayudándola a meter las armas en la bolsa de golf.

Ella movió la cabeza en un gesto de impaciencia, como para indicar que no era ésa la cuestión.

–¿Cuánta fuerza se necesita para hacer una cosa semejante? ¿Para clavar un palo de golf por el mango en la cabeza de un hombre y hundirlo hasta que no asome más que la punta como un... un sombrerito o algo así?

–No lo sé. Mucha, supongo. Pero Entragian es un auténtico toro.

Era un toro, sin duda, pero planteado de aquel modo resultaba realmente extraño.

–Es el grado de violencia lo que más me asusta –añadió Mary–. La ferocidad. Esa mujer del ropero... le ha sacado los ojos, ¿verdad?

–Sí.

–Y la niña de los Carver... y lo que ha hecho con Peter, disparándole a bocajarro en el estómago una y otra vez... y esa gente ahí colgada como venados en temporada de caza... ¿Entiende lo que le quiero decir?

–Claro –contestó Johnny, y pensó: Y eso no es más que una pequeña parte, Mary. Entragian no es un simple asesino en serie; es el doctor Dolittle en versión de Bram Stoker.

Mary miró alrededor con visible nerviosismo cuando una ráfaga de viento especialmente fuerte azotó el edificio.

—No importa adónde vayamos ahora en tanto salgamos de aquí. ¡Vamos ya, por Dios!

—Bien, sólo treinta segundos más, ¿de acuerdo?

Se arrodilló junto a las piernas de la mujer muerta, y percibió olor a sangre y perfume. Volvió a probar las llaves, y esta vez tuvo que llegar casi hasta la última para dar con la que abría la cerradura de lo que resultó ser un cofre de munición muy bien surtido. Cogió ocho o nueve cajas de cartuchos, confiando en que sirviesen para las armas que había elegido, y las metió también en la bolsa de golf.

—Yo voy a ser incapaz de acarrear todo eso —protestó Mary.

—No se preocupe, yo lo llevaré.

Pero a la hora de la verdad Johnny tampoco pudo. Para su vergüenza, no consiguió siquiera levantar del suelo la bolsa de golf, y mucho menos cargársela al hombro. *Si la muy puta no me hubiera asustado de ese modo*, pensó, y no pudo evitar reír.

—¿De qué se ríe? —preguntó Mary, furiosa.

—De nada. —Johnny borró la sonrisa de su rostro—. Tenga, agárrela de la correa. Ayúdeme a llevarla a rastras.

Juntos arrastraron la bolsa de golf por el suelo. Cuando rodearon el mostrador y se encaminaron hacia la puerta, Mary inclinó la cabeza y mantuvo la mirada fija en el ramillete de armas que sobresalía de la bolsa. Johnny lanzó un único vistazo a los cadáveres colgados de las perchas y pensó: *La tormenta, los coyotes sentados en la carretera como una guardia de honor, el que nos vigilaba en el calabozo, los buitres, los muertos. ¡Qué reconfortante habría sido pensar que todo aquello era una aventura en el país de los sueños!* Pero no lo era; sólo tenía que percibir el olor acre de su propio sudor a través de sus fosas nasales taponadas y doloridas para saber que era real. Algo inconcebible estaba ocurriendo allí, y no era un sueño.

—Muy bien —dijo Johnny entre jadeos—, no mire.

—No voy a mirar; no se preocupe —respondió Mary.

A él le complació oír que también ella jadeaba un poco.

En el vestíbulo el viento sonaba con más intensidad que antes. Ralph estaba frente a la puerta con un brazo apoyado en los hombros de su hijo. El anciano se hallaba tras ellos. Los tres se volvieron al regresar Johnny y Mary.

—Hemos oído un motor —anunció David de inmediato.

—Eso nos ha *parecido* —rectificó Ralph.

—¿Era el coche patrulla? —preguntó Mary. Sacó de la bolsa uno de los rifles, y cuando apuntó sin querer a Billingsley, el viejo hizo una mueca y apartó el cañón con la palma de la mano.

—Ni siquiera estoy seguro de que fuese un motor —contestó Ralph—. El viento...

—No era el viento —lo interrumpió David.

—¿Han visto los faros? —quiso saber Johnny.

David negó con la cabeza.

—No, pero la arena apenas deja ver nada.

Johnny echó un vistazo al arma que sostenía Mary (ahora con el cañón apuntado al suelo, lo cual parecía un paso en la dirección adecuada) y las otras que asomaban de la bolsa de golf, y luego miró a Ralph, que hizo un gesto de duda y miró a su vez al anciano.

Billingsley advirtió su mirada y suspiró.

—Adelante, saquémoslas —dijo—. Veamos qué han encontrado.

—¿No podríamos dejar esto para luego? —preguntó Mary—. Si ese psicópata vuelve...

—Señora, mi hijo dice que ha visto más coyotes ahí

fuera –adujo Ralph Carver–. No podemos arriesgarnos a que nos ataquen.

–Por última vez, me llamo Mary, no señora –repuso malhumorada–. De acuerdo, muy bien. Pero dense prisa.

Johnny y Ralph sostuvieron la bolsa mientras Billingsley extraía las armas y se las entregaba a David.

–Ponlas en fila, muchacho –dijo.

David obedeció, alineándolas pulcramente al pie de la escalera, donde las iluminaba la luz procedente de las oficinas.

Ralph levantó la bolsa y la volvió del revés. Johnny y Mary cogieron las linternas y los cartuchos a medida que caían. El anciano entregó las cajas de munición a David de una en una, indicándole el arma a que correspondían. Al final había tres cajas apiladas junto al Remington 30-06 y ninguna junto al rifle situado a un extremo.

–No han traído munición para ese Mossberg –dijo Billingsley–. Es un arma excelente, pero usa balas del calibre 22. ¿No querrán volver ahí adentro a buscar munición del 22?

–No –se apresuró a responder Mary.

Johnny le lanzó una mirada colérica –no le gustaba que una mujer contestase a una pregunta dirigida a él– pero se contuvo. En realidad Mary tenía razón.

–No hay tiempo –contestó a Billingsley–. Nos lo llevaremos de todos modos. Alguien en el pueblo tendrá munición del calibre 22. Cójala usted, Mary.

–No, gracias –repuso ella con frialdad, y escogió la escopeta, que el veterinario había identificado como una Rossi de calibre 12–. Si ha de ser utilizada como porra en lugar de como arma de fuego, será mejor que la lleve un hombre. ¿No le parece?

Johnny se dio cuenta de que le había tendido una trampa. Y limpiamente, había que reconocerlo. La muy puta, pensó, y lo habría dicho en voz alta, por más que el marido estuviese colgado de una percha, pero en ese momento David Carver anunció:

—¡Un camión! —A continuación abrió una de las hojas de la puerta.

Todos oían silbar el viento desde hacía rato, y habían notado cómo sacudía el edificio de ladrillo donde se hallaban, pero ninguno de ellos estaba preparado para la ferocidad de la ráfaga que arrancó la puerta de la mano de David y la estrelló contra la pared con fuerza suficiente para agrietar el cristal. Los papeles clavados con tachuelas al tablón de anuncios del vestíbulo se agitaron. La arena entró a raudales y azotó a Johnny en la cara. Éste levantó una mano para protegerse los ojos y se golpeó accidentalmente la nariz. Lanzó un grito de dolor.

—¡David! —gritó Ralph, y tendió el brazo para agarrar a su hijo de la camisa.

Demasiado tarde. El chico se adentró como una flecha en la ululante oscuridad, ajeno a todos los peligros que pudiesen estar acechando. Johnny vio entonces lo que había galvanizado a David: unos faros. Unos faros que barrían la calle de derecha a izquierda, como si estuviesen articulados mediante un cardán. La arena bullía frenéticamente ante los haces móviles.

—¡Eh! —llamó David agitando los brazos—. ¡Eh, usted! ¡El del camión!

Las luces empezaron a extinguirse. Johnny agarró del suelo una de las linternas y salió corriendo tras los Carver. En la puerta, al recibir el impacto del viento, se tambaleó y tuvo que agarrarse a la jamba de la puerta para no caer por la escalinata. David se había plantado en medio de la calle, y agachó un hombro para esquivar un objeto oscuro que lo embistió a gran velocidad. En un primer momento Johnny pensó que se trataba de un buitre, pero encendió la linterna y vio que era sólo una bola de rastrojo.

Entornando los ojos para protegerse de la arena, dirigió la linterna hacia las luces traseras que se alejaban y empezó a moverla de un lado a otro trazando un arco. La luz apenas se veía en aquella oscuridad saturada de arena.

—¡Eh! —volvió a gritar David. Su padre estaba tras él, revólver en mano. Intentaba mirar en todas direcciones al mismo tiempo, como un guardaespaldas presidencial que presintiese peligro—. ¡Eh, vuelvan!

Las luces traseras menguaron por momentos rumbo al norte por la carretera que conducía a la interestatal 50. El semáforo intermitente oscilaba impulsado por el viento, y Johnny entrevió por un instante el camión bajo su vacilante resplandor ambarino. La caja era de paneles y llevaba un rótulo estampado en la parte trasera. No pudo leerlo a causa de la densa nube de arena.

—¡Entren! —instó Johnny—. ¡Se ha ido!

El chico permaneció un rato más en medio de la calle, mirando en la dirección en que habían desaparecido las luces. De pronto encorvó los hombros en un gesto de desaliento. Su padre se los rodeó con el brazo y dijo:

—Vamos, David. No necesitamos ese camión. Estamos en un pueblo. Sólo tenemos que encontrar a alguien que pueda ayudarnos y...

Su voz se desvaneció cuando miró alrededor y vio lo que Johnny ya había visto. El pueblo entero estaba a oscuras. Eso sólo podía significar una cosa: la gente sabía qué ocurría y se ocultaba de aquel psicópata en espera de la caballería. Eso tenía cierto sentido, pero a Johnny el corazón le decía algo muy distinto.

Le decía que aquel pueblo parecía una tumba.

David y su padre volvieron hacia la escalinata del ayuntamiento. El chico caminaba con la cabeza gacha, abatido; el padre seguía mirando en todas direcciones, alerta a un posible peligro. Mary los observaba acercarse desde el umbral de la puerta, con el pelo agitado por el viento, y Johnny la encontró muy hermosa.

El camión, Johnny, dijo la voz de Terry en su cabeza. ¿No te resultaba familiar ese camión? Sí, ¿verdad?

Sonaron aullidos en la ventosa oscuridad. Parecían carcajadas, como una burla, y daba la impresión de que procedían de todas partes. Johnny apenas los oyó. Sí, algo le resultaba familiar en aquel camión. Sin duda. El tamaño, y el rótulo, y el aspecto en general, a pesar de la oscuridad y la arena. Algo...

–¡Mierda! –exclamó, y se llevó una mano al pecho, esta vez no al corazón sino a un bolsillo que ya no estaba allí. En su mente vio al coyote sacudir su cara cazadora de motorista, rasgar el forro y esparcir en todas direcciones el contenido de los bolsillos. Incluido...

–¿Qué? –preguntó Mary, alarmada al ver la expresión de Johnny–. ¿Qué?

–Será mejor que entren todos hasta que las armas estén cargadas –advirtió Billingsley–, a menos que quieran que los ataque algún bicho.

Johnny tampoco oyó apenas la voz del anciano. El rótulo del camión rezaba RYDER. Era lógico, ¿no? Steve Ames lo buscaba. Había echado un vistazo en Desesperación, no había visto nada, y ahora se disponía a buscar en otra parte.

Johnny pasó rápidamente junto al asombrado Billingsley, que arrodillado en el suelo cargaba las armas, y corrió escalera arriba hacia las celdas, suplicando al Dios de David Carver que el teléfono móvil estuviera intacto.

# 4

«Si todo está en orden... –había dicho Steve Ames– si todo *parece* en orden... informamos allí. Pero a la menor sospecha, salimos volando rumbo a Ely.»

Y mientras el Ryder pasaba despacio bajo el oscilante semáforo intermitente que marcaba el único cruce de Desesperación, Cynthia tiró a Steve de la manga.

–Hora de volver a Ely –anunció, y señaló por la ventanilla hacia la sección oeste de la calle transversal–. Allí hay bicicletas en la calle, ¿las ves? Mi abuela decía que las bicicletas en la calle traen mala suerte, como romper un espejo o dejar un sombrero encima de una cama. Ya es hora de largarse.

–¿Eso decía tu abuela?

–En realidad no tuve abuela, o al menos no la conocí, pero sé realista: ¿Qué hacen ahí en medio de la calle? ¿Por qué no ha salido nadie a guardarlas con esta tormenta? ¿No te parece muy raro?

Steve miró las bicicletas, que yacían en la calzada como si las hubiese derribado el viento, y luego echó un vistazo al resto de la calle transversal.

–Sí, pero hay gente en las casas. –Señaló–. Se ven luces.

Cynthia vio que efectivamente había luz en algunas casas, pero daba la impresión de que alguien las hubiese encendido al azar. Además...

–También había luces en el barracón de la compañía minera –adujo–. Y fíjate bien: la mayoría de las casas están a oscuras. ¿Por qué? ¿Tú qué crees? –Cynthia percibió un tono sarcástico en su propia voz. No le gustó, pero no pudo evitarlo–. ¿Acaso crees que la mayoría de los patanes del pueblo han fletado un autocar para ir a ver el partido de ida entre los Capullos de Desesperación y los Gilipollas de Austin? ¿El gran derby del desierto? ¿El encuentro más esperado de la tem...? Eh, ¿qué haces?

La pregunta estaba de más. Obviamente Steve estaba girando hacia el oeste por la calle transversal. Una bola de rastrojo voló ante el camión como algo salido de una película en tres dimensiones. Cynthia chilló y se cubrió la cara con un brazo. El rastrojo golpeó el parabrisas, rebotó y rodó por el techo del camión.

—Esto es una estupidez —reprochó Cynthia—. Y además es peligroso.

Steve le dirigió una breve mirada, sonrió y asintió con la cabeza. Cynthia debería haberse enfadado con él por sonreír en aquellas circunstancias, pero no lo consiguió. Era difícil enfadarse con un tipo capaz de sonreír de aquel modo, y ella sabía de sobra que ésa era la mitad de su problema. Como decía su amiga Gert Kinshaw en HH, quienes no aprenden del pasado están condenadas a ser apaleadas otra vez en el futuro. Dudaba que Steve Ames fuese de la clase de hombres que levantan la mano a una mujer, pero no era ésa la única forma en que los hombres herían a las mujeres. También herían con una sonrisa seductora, atrayéndola a una hacia las fauces del león.

—Si sabes que es peligroso, Lubbock, ¿por qué lo haces?

—Porque tenemos que encontrar un teléfono que funcione, y porque no me gusta cómo me siento. Es casi de noche y tengo el peor caso de pánico de toda la historia. No quiero que el miedo me haga perder el control. Sólo déjame mirar en un par de sitios. Tú puedes quedarte en el camión si lo prefieres.

—¡Y una mierda voy yo...! Eh, mira. Allí. —Señaló una cerca de estacas derribada sobre el jardín de una pequeña casa de madera. A la luz de los faros era imposible adivinar de qué color era la casa, pero Cynthia sí veía con toda claridad las huellas de unos neumáticos impresas en la cerca caída.

—Eso podría ser obra de un conductor borracho

–comentó Steve–. Ya he visto dos bares, y eso que apenas me he fijado.

Una idea estúpida, pensó Cynthia, pero cada vez le agradaba más su acento tejano. Otra mala señal.

–Vamos, Steve, sé realista. –Como contrapunto al viento, sonaron varios aullidos de coyote. Cynthia volvió a arrimarse a Steve–. ¡Dios, me ponen los pelos de punta! ¿Qué les pasa?

–No lo sé.

Steve avanzaba a menos de quince kilómetros por hora con la esperanza de poder detenerse antes de pasar por encima de cualquier cosa que pudiesen revelar los faros. Probablemente era lo más sensato. Pero habría sido más sensato aún, en la humilde opinión de Cynthia, darse media vuelta y salir volando de allí.

–Steve, me muero de impaciencia por llegar a un sitio con vallas publicitarias, letreros de bancos y puestos de venta de coches usados que no cierren en toda la noche.

–Te he oído –contestó Steve.

Cynthia pensó: No, no me has oído. Cuando la gente dice «Te he oído», casi nunca es verdad.

–Déjame probar en esa casa, y después este pueblo será historia –propuso Steve, y entró en el camino de acceso de una pequeña casa decorada como un rancho que se hallaba en el lado izquierdo de la calle. Estaban quizá a unos trescientos metros del cruce; Cynthia veía aún el resplandor del semáforo a través de la nube de arena.

La casa que Steve había elegido tenía luces encendidas: una intensa luz que se filtraba por los visillos de la sala de estar, y otra mortecina y amarillenta que salía por los tres óvalos de cristal opaco dispuestos en diagonal ascendente en la puerta de entrada.

Steve se tapó la boca y la nariz con el pañuelo y abrió la puerta del camión, sujetándola con fuerza para resistir el tirón del viento.

—Quédate aquí –dijo.

—Sí, que te crees tú eso –repuso Cynthia. Abrió la puerta de su lado y el viento se la arrancó de la mano. No obstante, se apeó antes de que Steve pudiese protestar.

Una ráfaga de aire caliente la empujó hacia atrás. Se tambaleó y se agarró al borde de la puerta para no perder el equilibrio. La arena le aguijoneó los labios y las mejillas, obligándola a contraer el rostro mientras se subía el pañuelo. Y lo peor era que la tormenta parecía arreciar.

Echó un vistazo alrededor en busca de coyotes –sus aullidos parecían cercanos– y no vio ninguno. Steve trepaba ya por los peldaños del porche, actitud poco digna de un macho protector. Cynthia lo siguió, haciendo una mueca cuando otra ráfaga de viento la sacudió.

Nos estamos comportando como los personajes de una película de terror barata, pensó Cynthia con consternación, quedándonos cuando deberíamos irnos, metiendo la nariz donde no nos llaman.

Era cierto, supuso, pero ¿no actuaba siempre así la gente? ¿No estaba todavía en casa ella misma, la pequeña señorita Cynthia, cuando Richie Judkins llegó con mal rollo dispuesto a arrancarle una oreja? ¿No era ésa la causa de muchos males de este mundo, que la gente se quedaba cuando debía irse, que seguía adelante cuando sabía que debía darse media vuelta y salir corriendo? ¿No era ésa en último extremo la razón de que las películas de terror baratas tuviesen tanto público? ¿El hecho de que los espectadores se reconociesen en los niños asustados que se negaban a abandonar la casa embrujada aun después de los primeros asesinatos?

Steve estaba ya ante la puerta en medio del viento ululante, con la cabeza gacha y el pañuelo flameando... y llamaba al timbre. Llamaba realmente al timbre, como si se dispusiese a pedirle a la señora de la casa que lo dejase entrar para explicarle las ventajas de una compañía telefónica sobre otra.

Cynthia lo miró exasperada. Aquello excedía el límite de su paciencia. Se dirigió al portal, apartó a Steve de un empujón casi arrojándolo sobre unos arbustos cercanos, agarró el pomo de la puerta y lo hizo girar. La puerta se abrió. Cynthia no veía la parte inferior de la cara de Steve porque la tenía tapada por el pañuelo, pero la expresión de asombro que se reflejó en sus ojos cuando la vio entrar en la casa fue en extremo satisfactoria.

–¡Eh! –gritó Cynthia–. ¿Hay alguien en casa? ¡Avon llama, joder!

Nadie respondió, pero enfrente, a la derecha, había una puerta abierta, y de ella llegaba un extraño sonido, una especie de siseo.

Cynthia se volvió hacia Steve y dijo:

–No hay nadie en casa, ¿lo ves? Ahora ya podemos irnos.

Pero Steve, en lugar de regresar al camión, entró en el recibidor y se encaminó hacia el sonido.

–¡No! –susurró Cynthia, furiosa, y lo agarró del brazo–. No. Ene, o, que significa no. ¡Ya basta!

Steve se soltó sin mirarla siquiera –hombres, condenados hombres, valiente hatajo de caballerescos gilipollas– y cruzó el recibidor.

–¿Hola? –dijo mientras avanzaba, de ese modo cualquiera con intención de matarlo sabría exactamente dónde estaba.

Cynthia tomó la firme decisión de regresar al camión. Esperaría tres minutos reloj en mano, y si para entonces no había salido, pondría el camión en marcha y se iría, claro que se iría.

Sin embargo siguió tras los pasos de Steve.

–¿Hola? –repitió Steve. Se detuvo poco antes de llegar a la puerta abierta (quizá aún le quedaba algo de sentido común, aunque sólo fuese un poco) y se asomó con cautela–. ¡Demonios! –exclamó, y se quedó inmóvil.

El extraño siseo se oía allí con mayor intensidad, era un sonido trémulo, inestable, casi como...

Cynthia, casi contra su voluntad, miró por encima del hombro de Steve y vio que había palidecido. Mala señal.

No, aquel sonido no era un siseo. Era más bien un tintineo.

La puerta daba al comedor de la casa. La familia se hallaba en torno a la mesa y la cena estaba ya servida, aunque no era la cena de ese día, Cynthia lo advirtió de inmediato. Un enjambre de moscas zumbaba sobre el asado y en algunas de las porciones cortadas pululaban colonias de gusanos. La crema de maíz se había coagulado en el tazón. Y la salsa era un cuajarón de grasa.

Alrededor de la mesa había sentadas tres personas: una mujer, un hombre y un bebé en una sillita alta. La mujer llevaba aún el delantal con el que debía de haber preparado la cena. Del cuello del bebé colgaba un babero donde se leía YA SOY MAYOR. Estaba ladeado sobre uno de los brazos de la sillita, y ante él había un plato con varias rodajas de naranja secas. Contemplaba a Cynthia con una sonrisa inmutable. Tenía la cara amoratada, y sus ojos sobresalían de las cuencas tumefactas como canicas de vidrio. Sus padres estaban también hinchados. Cynthia vio varios pares de orificios en la cara del hombre, dos de ellos en la aleta de la nariz; eran orificios diminutos, como los que deja en la piel una aguja hipodérmica.

Varias serpientes de cascabel enormes reptaban inquietas entre los platos agitando las colas. De pronto el pecho de la mujer se hinchó bajo el delantal, y Cynthia creyó por un momento que estaba viva pese a su cara amoratada y sus ojos vidriosos, que aún respiraba, pero al cabo de un instante asomó entre los pliegues la cabeza triangular de una serpiente, y miró a Cynthia con sus ojos negros y minúsculos como perdigones.

La serpiente abrió la boca y silbó. Su lengua se agitó.

Y había más. Había serpientes en el suelo bajo la mesa, zigzagueando entre los zapatos del hombre muerto. Había serpientes en la cocina, al otro extremo del comedor. Cynthia vio una enorme que se deslizaba por la encimera de formica bajo el horno microondas.

Las que se hallaban en el suelo avanzaban hacia ellos, y avanzaban deprisa.

¡Corre!, se ordenó a sí misma, pero fue incapaz de moverse, como si tuviese los zapatos pegados al suelo. Detestaba a las serpientes más que a cualquier otro animal; sentía por ellas una profunda repugnancia que era incapaz de expresar o comprender. Y aquella casa era un nido de serpientes; quizá hubiese más a sus espaldas, entre ellos y la puerta de la calle...

Steve la agarró y tiró de ella. Cuando se dio cuenta de que estaba paralizada, la levantó y, con ella en brazos, cruzó el recibidor y traspasó el umbral de la puerta hacia la oscuridad, como un novio pero en sentido inverso.

5

—Steve, ¿has visto...?

La puerta del camión del lado de Cynthia seguía abierta. La ayudó a subir y cerró. Después rodeó la parte delantera del Ryder y entró en la cabina. Contempló a través del parabrisas el rectángulo de luz que se proyectaba ante la puerta de la casa y luego miró a Cynthia con los ojos desorbitados sobre el pañuelo.

—Claro que lo he visto –respondió–. Hasta la última puta serpiente del universo estaba ahí metida, y venían todas por nosotros.

—No podía correr –dijo Cynthia–. Las serpientes... me aterrorizan. Lo siento.

—Ha sido culpa mía por insistir en entrar. –Puso la marcha atrás y retrocedió hasta la calle, girando de manera que el morro del camión quedase orientado en sentido este, hacia las bicicletas caídas, la cerca derribada y el semáforo oscilante–. Vamos a volver a la interestal 50 tan deprisa que te dará vueltas la cabeza. –La miró con horrorizada perplejidad–. Estaban ahí, ¿no? No ha sido una alucinación, ¿verdad? Estaban a*hí*.

—Sí. Y ahora vámonos, Steve. En marcha.

Steve arrancó. Esta vez aumentó la velocidad pero no tanto como para no poder reaccionar en caso de peligro. Cynthia admiró su control, sobre todo considerando que obviamente estaba muerto de miedo. En el semáforo dobló a la izquierda y se dirigió hacia el norte, de vuelta por donde habían llegado.

—Pon la radio –dijo cuando el macabro pueblo quedó atrás–. Alguna emisora con música. Pero nada romántico. Hace tiempo que no resisto esa clase de canciones.

—Vale.

Cynthia se inclinó hacia el salpicadero y a la vez miró por el retrovisor exterior de su lado. Por un instante creyó ver un tenue arco de luz detrás de ellos. Podría haber sido una linterna; podría haber sido un reflejo del semáforo oscilante, o podría haber sido simplemente su imaginación. Prefirió quedarse con esta última posibilidad. En cualquier caso el destello ya había desaparecido, engullido por el polvo del ambiente. Pensó en mencionárselo a Steve, pero desechó la idea. Dudaba que quisiese volver a investigar, creía que a esas alturas estaba tan asustado como ella, pero nunca podía subestimarse la capacidad de un hombre para actuar a lo John Wayne.

Pero si hay gente ahí...

Movió la cabeza en un breve pero rotundo gesto de negación. No. No iba a caer en esa trampa. Quizá en aquel pueblo hubiese gente viva, médicos y abogados y jefes indios, pero también había allí algo muy siniestro. Lo mejor que podían hacer por los posibles supervivientes de Desesperación era buscar ayuda.

Además no he visto nada en realidad. Estoy casi segura.

Encendió la radio y recorrió todo el dial sin encontrar más que estática. Pulsó el botón de búsqueda automática, pero se disparó al cabo de unos instantes sin obtener resultado.

—No hay nada que hacer, Steve. Ni la emisora local...

—¿Qué carajo es eso? —exclamó Steve con una voz aguda, casi un grito, que no se parecía en nada a la suya habitual—. ¿Qué carajo es eso?

—No veo... —repuso Cynthia. Pero de pronto vio lo mismo que Steve.

Frente a ellos surgió de entre el polvo una enorme silueta de grandes ojos amarillos. Cynthia se llevó la mano a la boca para ahogar un chillido, pero no llegó a tiempo. Steve pisó el freno con los dos pies. Cynthia, que no se había abrochado el cinturón de seguridad, salió lanzada contra el salpicadero y por muy poco consiguió protegerse la cabeza con los antebrazos.

—¡Dios santo! —dijo Steve. Su voz sonaba ya más normal—. ¿Cómo ha llegado eso a la carretera?

—¿Qué es? —preguntó Cynthia, y supo la respuesta aun antes de que la pregunta saliese de su boca. No era un monstruo salido de *Parque Jurásico* (su primera impresión) ni tenía unos enormes ojos amarillos. Lo que había confundido con unos ojos era el reflejo de los faros del Ryder en una amplia ventana de cristal. Era una caravana, y estaba en medio de la carretera. *Bloqueaba* la carretera.

Cynthia miró a su izquierda y vio que la cerca que separaba el arcén del cámping de caravanas había sido derribada. Tres caravanas –las más grandes– no ocupaban ya sus lugares en el cámping; los bloques de cemento donde habían estado cimentadas se hallaban vacíos. Las tres caravanas se encontraban ahora atravesadas en la carretera, la mayor delante, las otras dos detrás como una barricada secundaria levantada por si cedía la primera línea de defensa. Una de las dos situadas en segundo plano era la oxidada Airstream que tenía instalada en el techo la antena parabólica del cámping Serpiente de Cascabel. La antena yacía vuelta del revés en el límite del cámping como un enorme tapacubos negro. Al caer había arrastrado el tendedero de alguna mujer. En él ondeaban bragas y blusas.

–Rodéalas –dijo Cynthia.

–Por este lado de la carretera no puedo; la cuneta es demasiado escarpada. El terraplén del lado del cámping también es escarpado pero...

–Puedes hacerlo –aseguró Cynthia, intentando reprimir el temblor en la voz–. Además, me lo debes. Yo he entrado contigo en la casa...

–De acuerdo, de acuerdo. –Bajó la mano hacia la palanca de cambio, probablemente con la intención de poner la marcha más lenta, pero de pronto se quedó paralizado. Ladeó la cabeza. Cynthia lo oyó un segundo más tarde y en un primer momento de pánico pensó

(están aquí, Dios santo, han conseguido entrar en el camión)

en las serpientes. Pero no era el mismo sonido. Esta vez se trataba de un zumbido ronco, casi como el aleteo de un papel atrapado en un ventilador, o como...

Algo cayó sobre ellos, algo que parecía una gran piedra negra. Golpeó el parabrisas con fuerza suficiente para perforarlo como una bala en el punto de impacto y dejar en torno a él una telaraña de grietas plateadas.

Una mancha de sangre –en aquella luz parecía negra– se extendió por el cristal como un borrón de tinta. Se produjo un desagradable chasquido cuando el camicace se plegó sobre sí mismo, y por un momento Cynthia vio uno de sus despiadados y moribundos ojos mirándola fijamente. Lanzó otro grito, en esta ocasión sin intentar siquiera ahogarlo con las manos.

Se oyó otro golpe, esta vez sobre el camión. Cynthia alzó la vista y vio que el techo de la cabina se había abollado.

–¡Steve, vámonos de aquí! –suplicó.

Steve puso en marcha el limpiaparabrisas, y una de las varillas arrastró al buitre aplastado, que quedó enganchado en la toma de aire exterior como un extraño tumor con pico. La otra varilla esparció un abanico de sangre y plumas por el cristal. La sangre empezó a adherirse de inmediato al amasijo. Steve pulsó el botón del líquido limpiador. El limpiaparabrisas quedó ligeramente despejado en la parte superior, pero la parte inferior seguía como antes. El cuerpo del ave muerta no permitía el paso de las varillas.

–Steve –dijo Cynthia. Oyó su propia voz pero no la sintió; tenía los labios adormecidos. Y todo su vientre parecía haber desaparecido. No tenía hígado ni intestinos, sólo un vacío en el que silbaba su propia tormenta interior–. Bajo la caravana. Están saliendo de debajo de la caravana. ¿Los ves?

Señaló hacia allí. Steve los vio. La arena arrastrada por el viento formaba líneas en el asfalto semejantes a dedos en posición de agarrar. Más tarde, si el viento seguía soplando con aquella intensidad, los dedos se convertirían en brazos, pero en ese momento eran todavía dedos. De debajo de la caravana, como la vanguardia de un ejército, surgía un batallón de escorpiones. Cynthia no sabía cuántos. ¿Cómo iba a saberlo si apenas podía creer aún que los estaba viendo? Eran menos de cien probablemente, pero sí había unas cuantas docenas. Docenas.

Entre los escorpiones reptaban innumerables serpientes, deslizándose sobre los dedos de arena con la velocidad de culebras en un estanque.

Aquí no pueden entrar, se dijo. Tranquila, aquí no pueden entrar.

No, y quizá tampoco querían. Quizá no tenían por qué. Quizá estaban allí sólo para...

Se oyó otro golpe sordo como los dos anteriores, esta vez en su lado del camión, y se inclinó hacia Steve, se *encogió* contra Steve, protegiéndose la cara con un brazo. El buitre se estrelló contra la ventanilla como una bomba llena de sangre en lugar de explosivos. El cristal se volvió blanco y se hundió hacia adentro pero resistió. Una de las alas del buitre se agitó débilmente contra el parabrisas. La varilla derecha del limpiaparabrisas se la arrancó.

—¡Tranquila! —gritó Steve, casi riendo y rodeando a Cynthia con un brazo mientras parecía repetir sus anteriores pensamientos—. No hay problema; no pueden entrar.

—¡Sí pueden! —replicó ella—. Los *buitres* sí pueden, si nos quedamos aquí dentro, si les damos tiempo. Y las serpientes... y los escorpiones...

—¿Qué? ¿Qué dices?

—¿Podrían agujerear los neumáticos? —En su mente veía las ruedas pinchadas de la caravana de los Carver... la caravana y el rostro amoratado del hombre que habían encontrado en la casa, tatuado con pares de orificios, orificios tan diminutos que parecían copos de pimienta—. Podrían, ¿verdad? Muchos juntos, todos mordiendo y picando a la vez, *podrían.*

—No —respondió Steve, dejando escapar una extraña carcajada—. Pequeños escorpiones de desierto, de menos de cinco centímetros de largo, con aguijones no mayores que una espina... ¿bromeas?

Pero entonces el viento cesó momentáneamente, y debajo de ellos –ya debajo de ellos– oyeron un peculiar roce, como el ruido de insignificantes pasos, y Cynthia advirtió algo que podría habérsele pasado por alto: Steve no creía lo que estaba diciendo. Lo deseaba, pero no podía.

# IV

## 1

El teléfono móvil había ido a parar al otro extremo de la sala, junto a un archivador que tenía pegado a un lado un cartel electoral donde se leía VOTE A PAT BUCHANAN. El aparato no parecía averiado, pero...

Johnny extendió la antena y desplegó el micrófono. El teléfono emitió un zumbido y apareció la S, bien, pero no había barras de transmisión, mal. *Muy* mal. Aun así, tenía que probar. Pulsó varias veces el botón NOMBRE/MENÚ hasta que leyó STEVE en la pantalla y entonces apretó el botón de envío de mensaje.

–Señor Marinville. –Era Mary, que lo llamaba desde el umbral de la puerta–. Tenemos que irnos. El policía...

–Lo sé, lo sé. Sólo un segundo.

Nada. Ni línea, ni timbre ni voces de autómata. Sólo un sonido hueco y grave, algo como el rumor de una caracola.

–¡Mierda! –exclamó, y plegó el micrófono del teléfono–. Pero ése era Steve, estoy seguro. Si hubiésemos salido treinta segundos antes... sólo treinta jodidos segundos antes...

–Johnny, *por favor.*

—Ya voy —dijo él, y la siguió escalera abajo.

Mary llevaba en una mano la escopeta Rossi, y cuando llegaron al vestíbulo Johnny vio que David Carver había cogido de nuevo el revólver y lo sostenía junto a la pierna. Ralph se había adueñado de uno de los rifles y lo mantenía apoyado en la sangría del brazo como Daniel Boone.

Vamos, Johnny, dijo una voz sarcástica en el interior de su cabeza (era Terry, la perseverante bruja que lo había metido en aquel jodido asunto). No irás a decirme que tienes envidia de ese pueblerino de Ohio, ¿verdad?

Quizá sí. Sólo un poco. Sobre todo porque el pueblerino de Ohio iba provisto de un rifle cargado, a diferencia del Mossberg que Johnny acababa de coger.

—Eso es un Ruger 44 —explicaba el anciano a Ralph—. Lleva cuatro cartuchos en el cargador. He dejado la recámara vacía; recuérdelo si tiene que disparar.

—Lo tendré en cuenta —aseguró Ralph.

—El retroceso es muy violento. Recuerde eso también.

Billingsley recogió la última arma, el Remington 30-06. Por un momento Johnny pensó que el viejo carcamal se la cambiaría, pero no fue así.

—Muy bien —dijo—, creo que estamos listos. No disparen a ningún bicho a menos que nos ataquen. Fallarían el tiro, malgastarían munición y probablemente atraerían a otros bichos. ¿Queda claro, Carver?

—Sí —asintió Ralph.

—¿Hijo?

—Sí —dijo David.

—¿Señora?

—Sí —contestó Mary, al parecer resignada a ser una «señora», al menos hasta que volviese a la civilización.

—Y yo no golpearé a ninguno con la culata a no ser que se acerque demasiado, lo prometo —dijo Johnny. No era más que una broma, un comentario jocoso para levantar los ánimos, pero Billingsley respondió con una mirada de frío desdén. Johnny no creía merecer aquel desaire–. ¿Tiene algún problema conmigo, señor Billingsley?

–No me gusta mucho su pinta –replicó Billingsley–. Por estas tierras no sentimos mucho respeto por los tipos de su edad que llevan el pelo largo. Y en cuanto a si tengo algún *problema* con usted, el tiempo lo dirá.

–Por lo que yo he visto hasta el momento, lo que hacen por estas tierras a los tipos de todas las edades es matarlos a tiros y después dejarlos colgados de un gancho como a ciervos en una cacería, así que perdone si no me tomo muy en serio sus opiniones.

–Oiga...

–Y si está cabreado porque hoy no ha podido tomarse su dosis diaria de bourbon, yo no tengo la culpa.
–Johnny sintió vergüenza y a la vez un profundo placer por el modo en que el viejo pestañeó al oír esa acusación. Uno reconocía siempre a los de su condición. Había muchos charlatanes y sabihondos en Alcohólicos Anónimos, pero a ese respecto no se equivocaban. Uno reconocía a los de su condición incluso cuando no les apestaba el aliento o les rezumaba el alcohol por los poros. Uno casi los oía, como los pitidos de un sonar.

–¡Ya basta! –prorrumpió Mary, dirigiéndose a Johnny–. Si quiere hacer el gilipollas, hágalo en su tiempo libre.

Johnny la miró, herido por su tono de voz, deseando responder con alguna excusa infantil como «¡Eh, ha empezado él!».

–¿Adónde vamos? –preguntó David, enfocando la linterna hacia el establecimiento situado en la acera de enfrente, la cafetería y videoclub de Desesperación–. ¿Allí? Los coyotes y el buitre que he visto antes ya no están.

–Demasiado cerca, diría yo –observó Ralph–. ¿Por

qué no nos vamos del pueblo? ¿Han encontrado las llaves de algún coche?

Johnny rebuscó en los bolsillos y por fin sacó el llavero del policía muerto.

–Aquí hay sólo un juego. Imagino que son del coche patrulla que conducía Entragian.

–Que aún conduce –corrigió David–. En ese coche se ha llevado a mi madre. –Era imposible interpretar la expresión de su rostro mientras pronunciaba esas palabras.

Su padre lo agarró por la nuca y lo atrajo hacia sí.

–En todo caso quizá por ahora sería más seguro no conducir –comentó Ralph–. Un coche resulta muy visible cuando es el único en la carretera.

–De momento cualquier sitio servirá –afirmó Mary.

–Cualquier sitio, sí, pero cuanto más lejos de la base del policía, tanto mejor –dijo Johnny–. De todos modos, ésa es la opinión del gilipollas.

Mary le dirigió una mirada de rabia. Johnny la sostuvo impasible, y finalmente fue ella quien, turbada, desvió la vista.

–Nos convendría escondernos, al menos durante un rato –sugirió Ralph.

–¿Dónde? –preguntó Mary.

–¿A usted qué le parece, señor Billingsley? –dijo David.

–En el Oeste Americano –contestó el anciano tras pensarlo por un momento–. De entrada ése podría ser un buen sitio, supongo.

–¿Qué es? –quiso saber Johnny–. ¿Un bar?

–Un cine –respondió Mary–. Lo he visto cuando Entragian nos traía al pueblo. Parecía cerrado.

Billingsley asintió con la cabeza.

–Lo está. Lo habrían demolido hace ya diez años si hubiese alguna otra cosa que construir en el solar. La puerta está cerrada con llave, pero yo conozco otra entrada. Vamos. Y recuerden lo que he dicho sobre los animales. No disparen a menos que sea inevitable.

—Y mantengámonos juntos —añadió Ralph—. Guíenos, señor Billingsley.

De nuevo Johnny, encorvando los hombros contra el intenso viento de poniente, cerró la marcha mientras se encaminaban hacia el norte por la calle principal. Johnny miró a Billingsley, que casualmente sabía cómo entrar en el viejo cine abandonado del pueblo. Billingsley, que tenía opiniones para los temas más diversos cuando uno lo sonsacaba un poco. Es usted un alcohólico en fase terminal, ¿no, amigo mío?, pensó Johnny. Presenta todos los síntomas.

Si realmente lo era, aguantaba bien el tipo considerando que llevaba horas sin tomar un trago. Johnny necesitaba algo para reducir el palpitante dolor de la nariz, y sospechaba que sería una buena inversión para el futuro conseguirle un poco de alpiste al bueno de Tommy.

Cuando pasaban bajo la decrépita marquesina del Owl's Club, el casino de Desesperación, Johnny dijo:

—Esperen. Voy a entrar aquí un momento.

—¿Está loco? —preguntó Mary—. ¡No podemos quedarnos en la calle!

—En la calle sólo estamos nosotros —repuso Johnny—, ¿no se ha dado cuenta? —Bajó la voz e intentó emplear un tono razonable—. Mire, sólo quiero una aspirina. La nariz me está matando. Serán sólo treinta segundos, un minuto a lo sumo.

Probó a abrir la puerta antes de que ella pudiera contestar. Estaba cerrada. Rompió el cristal con la culata del rifle, casi deseando que sonase una alarma antirrobo, pero sólo se oyó el tintineo de los cristales rotos al caer al otro lado de la puerta y el silbido del viento. Desprendió a golpes algunos fragmentos de cristal del bastidor de la puerta, metió la mano y buscó a tientas el tirador del cerrojo.

–Miren –murmuró Ralph, señalando al otro lado de la calle.

Frente a un edificio bajo de ladrillo con dos ventanas –en una se leía COMPAÑÍA y en la otra DEL AGUA–, había cuatro coyotes al acecho. Permanecían inmóviles, pero no quitaban ojo del grupo de personas detenido en la otra acera. Un quinto coyote llegó trotando por la calle y se unió a sus cuatro congéneres.

Mary alzó la escopeta Rossi y apuntó hacia los coyotes. David Carver, con expresión abstraída y distante, la obligó a bajar el cañón del arma y dijo:

–No pasa nada. Sólo nos observan.

Johnny encontró el tirador y abrió la puerta. Los interruptores estaban a la izquierda. Encendían varias hileras de fluorescentes redondos cubiertos por anticuados plafones, de esos que semejaban bandejas invertidas. Bajo su resplandor aparecieron un pequeño comedor (vacío), unas cuantas máquinas tragaperras (apagadas), y un par de mesas de blackjack. De uno de los plafones colgaba un loro. En un primer momento Johnny pensó que estaba disecado, pero al acercarse vio sus ojos protuberantes y una mancha de sangre y excrementos en el suelo. Era auténtico. Alguien lo había ahorcado.

A Entragian no le habrá gustado la manera en que decía «Polly quiere una galleta», pensó Johnny.

En el Owl's Club flotaba un rancio olor a hamburguesas y cerveza. Al fondo del salón había una pequeña tienda. Johnny fue hasta allí, cogió un tubo de aspirinas y volvió al bar.

–¡Dése prisa! –gritó Mary desde fuera–. ¡Dése prisa, por favor!

–Enseguida salgo –contestó Johnny.

Tras la barra, en el suelo sucio de linóleo, yacía un hombre con un pantalón oscuro y una camisa que en otro tiempo habría sido blanca. El barman, a juzgar por su vestimenta. Miraba a Johnny con unos ojos tan vidriosos como los del loro. Lo habían degollado.

Johnny cogió una botella de Jim Beam, la miró al trasluz para comprobar el nivel y se apresuró a salir de allí. Un pensamiento –no precisamente agradable– pugnó por salir a la superficie, pero Johnny lo reprimió. Con contundencia. Sólo pretendía lubrificar al viejo veterinario, nada más, ayudarlo a relajarse. Pensándolo bien, era un acto de caridad cristiana.

Eres un encanto, dijo Terry en su cabeza. Un verdadero santo. John el Lubrificador. A eso siguió la risa cínica de su ex mujer.

Cállate de una vez, bruja, pensó, pero como siempre Terry se mostró reacia a marcharse.

2

Cálmate, Steven, se dijo. Sólo así conseguirás salir de ésta. Si te dejas vencer por el pánico, existen muchas probabilidades de que acabéis los dos muertos en este condenado camión de alquiler.

Puso la marcha atrás y, mirando por el retrovisor exterior (no se atrevió a abrir la puerta y asomarse; si uno de aquellos buitres impactaba directamente contra él, podía romperle el cuello), empezó a retroceder por la carretera. Aunque el viento volvía a soplar con fuerza, oyó crujir a los escorpiones que el camión iba aplastando. Recordaba al sonido de los cereales al masticarlos.

No caigas en la cuneta, pensó, por lo que más quieras.

–No nos siguen –dijo Cynthia con tono de alivio.

Steve echó un vistazo al frente, comprobó que Cynthia estaba en lo cierto, y paró. Habían retrocedido unos quince metros, distancia suficiente para que la primera caravana atravesada en la carretera se convirtiese en una forma imprecisa en medio de la nube de polvo. Steve veía manchas marrones en la arena blanquecina depositada en el asfalto. Escorpiones triturados. Desde allí parecían boñigas de vaca. Y los supervivientes habían emprendido la retirada. En cuestión de segundos a Steve le costaría creer que los había visto.

Pero los has visto, pensó. Si tienes alguna duda al respecto, muchacho, basta con que eches una ojeada al pajarraco muerto que todavía obstruye la toma de aire situada bajo el parabrisas.

—Y ahora ¿qué hacemos? —preguntó Cynthia.

—No lo sé.

Steve miró por su ventanilla y vio el restaurante Rosa del Desierto. A causa del viento la mitad del toldo se había venido abajo. Miró hacia el otro lado, por la ventanilla de Cynthia, y vio un solar vacío delimitado por una cerca. Habían tapiado la entrada con tres tablas, y en la del medio alguien que por lo visto no creía en la tradicional hospitalidad del oeste había pintado con descuidadas mayúsculas blancas el rótulo PROHIBIDO EL PASO.

—Algo quiere impedirnos que salgamos del pueblo —dijo Cynthia—. Lo sabes, ¿no?

Marcha atrás, Steve entró en el aparcamiento de la Rosa del Desierto, intentando concebir un plan. Sin embargo sólo acudieron a su mente imágenes y palabras inconexas: la muñeca tirada boca abajo junto a la escalerilla de la caravana abandonada; los Tractors diciendo que la chica se llamaba Emergencia y su número de teléfono era el 911; Johnny Cash, cantando que lo había construido pieza a pieza; cadáveres colgados de ganchos; un pez tigre nadando entre los dedos de la mano sumergida en el acuario; el babero del bebé; la serpiente deslizándose por la encimera de la cocina bajo el microondas.

Se dio cuenta de que estaba al borde del pánico,

quizá a punto de cometer una auténtica estupidez, y buscó a ciegas algo donde aferrarse, algo que le permitiese pensar de nuevo con coherencia. De manera espontánea acudió a su mente algo inesperado. Era la imagen –más nítida que cualquiera de las anteriores– de la estatuilla que habían visto junto a los ordenadores en la mesa del laboratorio de la compañía minera. El coyote, o lobo, con la cabeza extrañamente torcida e inquietantes ojos; el coyote con una serpiente por lengua.

«En los diccionarios tendrían que poner una foto de eso al lado de la palabra "repugnante"», había dicho Cynthia, y sin duda tenía razón, pero Steve se vio de pronto asaltado por la abrumadora convicción de que algo tan repugnante debía de ser también muy poderoso.

¿Estás de broma?, pensó distraídamente. Al tocar la estatuilla, la radio se apagaba y encendía, las luces parpadeaban, el acuario ha estallado. Claro que es poderosa.

—¿Qué era aquella estatuilla que hemos encontrado en el barracón? –preguntó–. ¿Qué misterio encerraba?

—No lo sé –respondió Cynthia–. Sólo sé que cuando la he tocado...

—¿Qué? Cuando la has tocado, ¿qué?

—Ha sido como si de pronto recordase todas las cosas desagradables que me han pasado en la vida –dijo Cynthia–. Cuando Sylvia Marcucci me escupió en el patio en octavo curso; sostenía que le había quitado el novio, y yo ni sabía de quién me hablaba. Cuando mi padre se emborrachó en la segunda boda de mi tía Wanda y me tocó el culo mientras bailábamos haciendo ver que era involuntario; tan involuntario, supongo, como la empalmada que se le notaba bajo el pantalón. –Se llevó una mano a la sien–. Las veces que me han gritado. Las veces que me han rechazado. Cuando Richie Judkins estuvo a punto de arrancarme la oreja. Me he acordado de todo eso.

—Sí, pero ¿en qué has pensado realmente?

Por un momento pareció que iba a decirle que no se pasase de listo, pero no fue así.

—En sexo —contestó, y exhaló un trémulo suspiro—. Y no simplemente en un polvo. Sexo al completo. Y cuanto más obsceno, mejor.

Sí, pensó Steve, cuanto más obsceno mejor. Cosas que te gustaría probar pero de las que nunca hablarías. Sexo experimental.

—¿Qué piensas? —dijo Cynthia con una voz tensa y a la vez extrañamente penetrante, como un aroma.

Steve volvió a mirarla y de repente se preguntó si ella tendría el coño húmedo. Una idea demencial en un momento como aquél, pero eso fue lo que acudió a su mente.

—¿Steve? —Ahora su voz era aún más penetrante—. ¿Qué piensas?

—Nada —respondió él como alguien que intenta despertar de un profundo sueño—. Nada, no tiene importancia.

—¿Empieza por C y acaba por E?

En realidad, encanto, «coño» termina por O, pero te has acercado.

¿Qué le pasaba? ¿Qué demonios le pasaba? Daba la impresión de que aquel curioso fragmento de roca hubiese encendido otra radio, éste en el interior de su cabeza, y en ella sonase una voz que era casi la suya.

—¿A qué te refieres? —preguntó Steve.

—Coyote, coyote —dijo Cynthia, canturreando como un niño. No, no estaba acusándolo de nada, aunque supuso que era natural que por un momento lo hubiese pensado; Cynthia parecía presa de una gran agitación—. ¡Eso que hemos visto en el laboratorio! Si lo tuviésemos, podríamos salir de aquí. Estoy segura, Steve. Y no me hagas perder el tiempo, ni pierdas el tuyo, diciéndome que me he vuelto loca.

Teniendo en cuenta todo lo que habían visto y todo

lo que les había ocurrido en la última hora y media, a Steve ni se le habría ocurrido decir algo semejante. Su Cynthia estaba loca, lo estaban los dos. Pero...

—Me has dicho que no lo tocara. —Steve tenía problemas para articular las palabras; era como si se le hubiesen llenado de barro los engranajes del cerebro—. Has dicho que tenía un tacto...

Un tacto ¿cómo? ¿Qué había dicho? Agradable. Eso era. «Tócalo, Steve. Tiene un tacto agradable.»

No. Se equivocaba.

—Has dicho que tenía un tacto desagradable.

Cynthia sonrió. A la luz verdosa procedente del salpicadero su sonrisa pareció cruel.

—¿Quieres tocar algo que sí tiene un tacto agradable? —preguntó—. Pues toca esto.

Le cogió a Steve la mano, se la puso entre los muslos y levantó la cadera. Steve cerró la mano en torno a su pubis, quizá con fuerza suficiente para hacerle daño, pero ella siguió sonriendo. De hecho su sonrisa era aún más amplia.

¿Qué estamos haciendo?, se dijo Steve. ¿Y por qué demonios lo hacemos ahora?

Oyó esa voz, pero casi perdida, como una voz alertando de un incendio en un salón de baile lleno de gente vociferante y música a todo volumen. Cynthia tensó aún más la cadera. Steve notó la raja de su entrepierna más cerca, más apremiante. Podía palparla a través de los vaqueros, y ardía. Ardía.

Dijo que se llamaba Emergencia y quiso ver mi arma, pensó Steve. Y vas a verla, encanto, ya lo creo. Una pistola calibre treinta y ocho en un cuerpo del cuarenta y cinco; dispara balas como losas sepulcrales.

Steve hizo un colosal esfuerzo por controlarse, buscando algo que le permitiese parar el reactor nuclear antes de que se fundiesen las barras de seguridad. Por fin se aferró a una imagen: la expresión cauta y curiosa en el rostro de Cynthia mientras lo miraba a través de la puerta abierta del camión sin decidirse a subir, examinándolo antes con sus ojos azules, intentando adivinar si era la clase de hombre capaz de morderla o arrancarle algo. Una oreja, por ejemplo. «¿Eres buena persona?», le había preguntado. Él había contestado: «Sí, supongo.» Y en prueba de lo buena persona que era la había llevado a aquel pueblo fantasma, y estaba magreándole el coño y pensando que le gustaría follársela y hacerle daño a la vez, en una especie de experimento, podría decirse, un experimento relacionado con el placer y el dolor, lo dulce y lo salado. Porque así se hacían las cosas en la casa del lobo, en la casa del escorpión, porque eso entendían por amor en Desesperación.

¿Eres buena persona? ¿No serás un asesino en serie o un psicópata? ¿Eres buena persona? ¿Lo eres? ¿Lo eres?

Estremeciéndose, Steve retiró la mano de entre sus muslos. Volvió la cabeza hacia la ventanilla y contempló la oscuridad, donde la arena danzaba como la nieve. Notaba que el sudor le corría por el pecho, los brazos y las axilas, y aunque empezaba a recuperarse, se sentía aún como un enfermo tras un delirio. Ahora que había pensado en el lobo de piedra, no podía al parecer quitárselo de la mente; seguía viendo su cabeza absurdamente torcida y sus ojos protuberantes. La imagen flotaba en su cerebro como un hábito no satisfecho.

–¿Qué ha pasado? –gimió Cynthia–. Dios mío, Steve, yo no quería hacer eso. ¿Qué nos está pasando?

–No lo sé –respondió Steve con voz ronca–, pero sí puedo decirte una cosa: acabamos de probar en nuestras carnes una pizca de lo que ha ocurrido en este pueblo, y no me ha gustado mucho. No puedo apartar de mi mente ese jodido animal de piedra.

Por fin reunió valor suficiente para mirar a Cynthia. Se apretujaba contra la puerta del camión como una adolescente asustada en una primera cita que ha llegado demasiado lejos, y aunque parecía serena, tenía las mejillas encendidas y se enjugaba las lágrimas con el dorso de la mano.

—Yo tampoco —dijo Cynthia—. Recuerdo que una vez me entró un trocito de cristal en un ojo. Y esa misma sensación tengo ahora. No dejo de pensar que me gustaría coger esa piedra y frotarme con ella el... ya sabes. Salvo que en realidad no se parece en nada a *un pensamiento*.

—Te entiendo —afirmó Steve, deseando intensamente que Cynthia no hubiese dicho aquello. Porque ahora la idea había arraigado también en su mente. Se vio a sí mismo frotándose el pene erecto con aquel repugnante objeto, repugnante pero poderoso. Y se imaginó también follando con ella en el suelo bajo la hilera de ganchos, bajo la fila de cadáveres colgados, y la piedra gris y erosionada se hallaba entre ellos, la sujetaban con los dientes.

Steve alejó esas ideas de su mente, pero ignoraba cuánto tiempo conseguiría mantenerlas a raya. Miró de nuevo a Cynthia y consiguió esbozar una sonrisa.

—No me llames nena —bromeó, imitándola—. No me llames nena, y yo no te llamaré macho.

Cynthia dejó escapar un trémulo suspiro que terminó en una breve risa.

—Sí. Algo así. Creo que empiezo a sentirme mejor.

Steve asintió con cautela. Sí. Aún tenía una erección de campeonato y no le habría venido mal un poco de alivio, pero por lo menos los pensamientos que cobraban forma en su mente parecían de nuevo los suyos. Si lograba mantenerlos alejados de aquel trozo de piedra un rato más, quizá volvería a la normalidad. Pero durante unos segundos la situación había sido crítica, quizá la peor que había vivido. En esos segundos había averiguado lo que debían de sentir individuos como

Ted Bundy. Podría haber matado a Cynthia. Quizá la habría matado de no haber roto el contacto físico. O también, supuso, Cynthia podría haberlo matado a él. Era como si en aquel horrible pueblo el sexo y el asesinato hubiesen intercambiado sus papeles. Salvo que en realidad el sexo no era tampoco exactamente sexo. Recordó que al tocar el lobo las luces habían parpadeado y la radio se había encendido.

–No es sexo –dijo, pensando en voz alta–. Tampoco asesinato. Es *energía*.

–¿Cómo?

–Nada. Cruzaremos otra vez el pueblo. Iremos hacia la mina.

–¿Aquella enorme pared que hay al sur?

Steve asintió con la cabeza.

–Es una mina, una explotación a cielo abierto. Tiene que estar comunicada con la interestatal por una carretera de servicio para el transporte de maquinaria. La encontraremos y volveremos por allí. De hecho me alegro de que ésta esté cortada. No quiero acercarme a ese barracón ni ese...

Cynthia le agarró el brazo. Steve siguió la dirección de su mirada y vio que algo se adentraba en el arco de luz formado por los faros del camión. La visibilidad era tan escasa que al principio el animal parecía un fantasma, el espíritu evocado a través de un antiguo conjuro indio. Era un lobo gris del tamaño de un pastor alemán pero más flaco. A la luz de los faros sus ojos eran dos cuencas de color carmesí. Lo seguían, como un séquito en un malévolo cuento de hadas, dos filas de escorpiones del desierto con los aguijones encorvados sobre el dorso. Dos coyotes por cada lado flanqueaban a los escorpiones; parecían sonreír nerviosamente.

Una ráfaga de viento más intenso balanceó el camión sobre los amortiguadores. A su izquierda el toldo caído ondeaba como una vela rasgada.

—El lobo trae algo en la boca —observó Cynthia con voz ronca.

—Estás loca —dijo Steve, pero cuando el animal se acercó, comprobó que Cynthia *no* estaba loca.

El lobo se detuvo a unos cinco metros del camión, tan nítido y real como una fotografía en alta resolución del escenario de un crimen. A continuación agachó la cabeza y dejó en el suelo el objeto que sostenía entre los dientes. Lo contempló con atención por un momento y después retrocedió tres pasos, se sentó y empezó a jadear.

Era la estatuilla. Yacía de costado en la entrada del aparcamiento, yacía en medio del polvo, con la boca abierta en un gruñido, la cabeza torcida, los ojos protuberantes. Furia, rabia, sexo, energía; todo eso parecía transmitir hacia el camión en apretadas ondas, como una especie de campo magnético.

A la mente de Steve volvió la imagen de sí mismo follando con Cynthia, enterrado en ella como una espada hundida hasta la empuñadura en barro caliente y compacto, la imagen de ellos dos cara a cara, las bocas abiertas en idénticos gruñidos y entre los dientes el coyote de piedra, uniéndolos como una correa.

—¿Voy a buscarlo? —preguntó Cynthia, y ahora era ella quien hablaba como si estuviese dormida.

—¿Bromeas? —repuso Steve. Era su voz, su acento tejano, pero no sus palabras. Esas palabras procedían de la radio que sonaba en su cabeza, la radio que la estatuilla había encendido.

Los ojos del coyote de piedra lo miraban con fiereza entre el polvo.

—¿Qué hacemos, pues?

Steve la miró y sonrió, notando su propia expresión horrible y a la vez fascinante.

—Iremos a buscarlo los dos juntos, naturalmente. ¿Estás de acuerdo?

Ahora la tormenta estaba en su mente, y el viento ululante la sacudía de lado a lado y de arriba abajo, presentándole las imágenes de lo que haría a la chica, lo que ella le haría a él, y lo que ambos harían a cualquiera que se interpusiese en su camino.

Cynthia le devolvió la sonrisa. Sus enjutas mejillas se dilataron hacia arriba hasta que su rostro pareció una calavera sonriente. El resplandor verdoso del salpicadero teñía su frente y sus labios, iluminaba las cuencas de sus ojos. Sacó la lengua y la agitó, como la lengua en forma de serpiente de la estatuilla. Steve sacó también la lengua e imitó aquel serpenteo. A continuación buscó a tientas el tirador de la puerta. Los dos correrían hacia el fragmento de piedra y harían el amor entre los escorpiones sosteniéndolo entre ellos con las bocas, y no importaba lo que ocurriese después.

Porque en un sentido muy real ya no estarían allí.

3

Johnny salió a la calle y entregó la botella de Jim Beam a Billingsley, que la contempló con la cara de incredulidad de alguien que acaba de enterarse de que ha ganado el primer premio de la lotería.

–Aquí tiene, Tom –dijo–. Eche un trago, pero sólo uno, eh, y luego pásela. No a mí; yo estoy en el dique seco.

Miró al otro lado de la calle esperando ver más coyotes, pero seguía habiendo sólo cinco.

–¿Usted qué problema tiene? –preguntó Mary a Johnny–. ¿Qué carajo le pasa?

–A mí nada –contestó Johnny–. Bueno, tengo la nariz rota, pero supongo que no se refiere a eso, ¿verdad?

Tras desenroscar el tapón, Billingsley empinó la botella con un golpe rápido y preciso de muñeca en el que parecía tan ducho como una enfermera en la técnica de poner inyecciones. Bajó la botella y tosió. Los ojos se le llenaron de lágrimas. Al cabo de un instante volvió a llevarse la botella a los labios, pero Johnny se la arrebató.

–No, con uno basta, amigo mío.

Johnny ofreció la botella a Ralph, que la aceptó, le echó un vistazo y bebió un trago. Ralph se la tendió a Mary.

–No –rehusó ella.

–Vamos –dijo Ralph con voz queda, casi humilde–. Le vendrá bien.

Mary lanzó a Johnny una mirada de ira y perplejidad, y luego tomó un breve trago. Tosió, apartó la botella y la contempló como si contuviese una sustancia tóxica. Ralph la cogió, rescató el tapón de la mano izquierda de Billingsley, y lo enroscó. Entretanto Johnny abrió el tubo de aspirinas, sacó media docena, las agitó en la mano por un momento y se las metió en la boca.

–Vamos –dijo a Billingsley–. Indíquenos el camino.

Mientras avanzaban por la calle, Johnny explicó por qué había subido corriendo a buscar el teléfono móvil. En la otra acera los coyotes se habían levantado y caminaban a la par de ellos. Aquello no gustó mucho a Johnny, pero ¿qué podían hacer? ¿Dispararles? Demasiado ruido. Por lo menos no había aún señales del policía. Y si aparecía antes de que llegasen al cine, podían esconderse en algún otro establecimiento de la calle. Cualquier puerto sirve en una tempestad.

Al tragar la masa de aspirinas medio licuefactas sintió escozor en la garganta e hizo una mueca. A continuación intentó guardarse el tubo en el bolsillo del pecho, pero el teléfono móvil lo llenaba por completo. Lo sacó, dejó caer en el interior el tubo de aspirinas, y se disponía a meterse el teléfono en el bolsillo del pantalón cuando decidió que no perdía nada probando de nuevo. Extendió la antena y desplegó el micrófono. Seguían sin aparecer las barras de transmisión. No había nada que hacer.

—¿De verdad cree que el camión que hemos visto era el de su amigo? —preguntó David.

—Sí, estoy casi seguro.

David tendió la mano.

—¿Me deja intentarlo?

Johnny percibió algo peculiar en la voz del chico. Ralph lo oyó también, como revelaba el modo en que miró a su hijo.

—¿David? —dijo Ralph—. ¿Te pasa al...?

—¿Me deja intentarlo, *por favor*?

—Claro, si tú quieres —dijo Johnny, y le tendió el inútil teléfono al chico.

En cuanto David lo cogió, Johnny vio tres barras de transmisión junto a la S. No una ni dos, sino *tres*.

—¡Hijo de puta! —masculló Johnny, y le arrancó el teléfono de las manos.

David, que examinaba el teclado de funciones, no advirtió el gesto de Johnny a tiempo de detenerlo.

Tan pronto como Johnny tuvo el teléfono en su mano, las barras de transmisión se desvanecieron, dejando sólo la S.

En realidad no han estado ahí en ningún momento, lo sabes, ¿no?, se dijo Johnny. Ha sido una alucinación.

—¡Devuélvamelo! —exigió David.

Johnny quedó estupefacto al oír la cólera en su voz. El chico le arrebató el teléfono, pero Johnny aún pudo ver el resplandor dorado de las barras de transmisión en la oscuridad.

—Esto es una estupidez —protestó Mary, echando una ojeada a los coyotes que los observaban desde la otra acera. También ellos se habían detenido—. Pero si quieren jugar a esto, ¿por qué no traemos una mesa y nos emborrachamos todos en medio de la jodida calle?

Nadie prestó atención. Billingsley no apartaba la vista de la botella de Jim Beam. Johnny y Ralph miraban al chico, que pulsó repetidamente el botón de la función NOMBRE/MENÚ con la presteza de un veterano jugador de Nintendo. En la pantalla del teléfono aparecieron en rápida sucesión los nombres del agente, la ex esposa y el editor de Johnny hasta llegar a STEVE.

—David, ¿qué pasa? —preguntó Ralph.

David se volvió hacia Johnny con un ademán apremiante como si no hubiese oído a su padre.

—¿Es éste, señor Marinville? ¿Éste es el hombre que va en el camión?

—Sí.

David pulsó el botón de envío de mensaje.


4

Steve había oído la expresión «salvado por la campana», pero aquello era ridículo.

En el momento en que sus dedos encontraron el tirador de la puerta —y oía a Cynthia accionar el de la suya— sonó el zumbido nasal y perentorio del teléfono móvil.

Steve se quedó inmóvil. Miró el teléfono. Luego miró a Cynthia, cuya puerta estaba ya entornada. Ella lo observaba; la malévola sonrisa se había borrado de sus labios.

—¿Y bien? —preguntó Cynthia—. ¿No vas a contestar?

Steve no pudo evitar reír al detectar en su voz un apremiante tono de esposa.

Fuera el lobo alzó el hocico y aulló, como si hubiese oído la risa de Steve y lo reprobase. Al parecer los coyotes interpretaron aquel aullido como una señal. Se levantaron y se marcharon por donde habían venido, desvaneciéndose en la nube de polvo. Los escorpiones ya se habían ido. Si es que realmente habían estado allí. Steve no podía asegurarlo; tenía la impresión de que su cabeza era una casa embrujada, llena de alucinaciones y falsos recuerdos.

El teléfono sonó de nuevo.

Steve lo extrajo de su soporte en el salpicadero, apretó el botón de recepción y se lo acercó al oído.

–¿Jefe? ¿Eres tú, jefe?

Claro que era él. ¿Quién podía telefonearle, si no? Pero no era él. Oyó la voz de un niño.

–¿Se llama usted Steve? –preguntó el chico.

–Sí. ¿De dónde has sacado el teléfono de Marinville? ¿Dónde...?

–Eso ahora no importa –respondió el chico–. Está en un apuro, ¿verdad?

–No... –empezó a decir Steve, pero se interrumpió. Fuera un torbellino de viento ululante envolvía la cabina del Ryder. Sin apartarse el teléfono del oído, miró a través del parabrisas por encima de los viscosos restos del buitre. Vio ante el camión el fragmento de estatuilla. Las brutales imágenes de sexo y violencia entremezclados se disipaban gradualmente, pero recordaba el control que habían ejercido sobre él del mismo modo que recordaba ciertas pesadillas especialmente vívidas–. Sí, supongo que sí.

–¿Está ahora en el camión que hemos visto? –preguntó el chico.

–Si has visto un camión, probablemente era el nuestro, sí. ¿Está mi jefe contigo?

–El señor Marinville está aquí, sí. Se encuentra perfectamente. ¿Usted también?

–No lo sé –admitió Steve–. Enfrente tenemos un lobo, y ha traído eso... una especie de estatuilla pero...

Cynthia alargó el brazo e hizo sonar la bocina. Steve se sobresaltó. En la entrada del aparcamiento el lobo también dio un respingo. Steve vio que encogía el hocico y gruñía. Sus orejas cayeron flácidas a los lados del cráneo.

No le gusta el sonido de la bocina, pensó. De pronto afloró en su mente otra idea, una de esas sencillas ocurrencias que lo inducen a uno a darse una palmada en la frente, como para castigar al cerebro por su holgazanería: Si no se quita de en medio, puedo pasarle por encima, ¿o no?

Sí. Claro que podía. Al fin y al cabo él conducía el camión.

–¿Qué ha sido eso? –se apresuró a preguntar el chico. Y a continuación, como dándose cuenta de que no era la pregunta adecuada, rectificó–: ¿Por qué ha hecho eso?

–Tenemos compañía, e intentamos librarnos de ella.

Cynthia hizo sonar de nuevo la bocina. El lobo se levantó. Mantenía las orejas gachas. Parecía furioso, pero también desconcertado. Cuando Cynthia tocó la bocina por tercera vez, Steve apoyó su mano sobre la de ella y contribuyó. El lobo los miró aún por un momento con la cabeza ladeada y los ojos de un repugnante color amarillo verdoso a la luz de los faros. Finalmente inclinó la cabeza, agarró la estatuilla entre los dientes y desapareció.

Steve miró a Cynthia, y ella le devolvió la mirada. Aún se la veía asustada, pero una leve sonrisa se dibujaba en sus labios.

–¿Steve? –dijo el chico. Ahora su voz llegaba más débilmente, entre ráfagas de interferencia estática–. Steve, ¿sigue ahí?

–Sí.

–¿Y la compañía a que se ha referido?

–Se ha ido. Al menos de momento. La cuestión es qué hacemos a continuación. ¿Tienes alguna sugerencia?

–Quizá.

Steve habría jurado que el niño también sonreía.

–¿Cómo te llamas, chico?

5

Detrás de ellos, en las inmediaciones del ayuntamiento, algo cedió a los embates del viento y se desmoronó con un estrépito ensordecedor. Mary se volvió en dirección al ruido pero no vio nada. Se alegró de haber accedido a tomar un trago de whisky. Sin esa pizca de alcohol en la sangre, al oír aquel sonido –tal vez algún elemento decorativo de una fachada al caer a la calle– se habría muerto del susto.

El chico hablaba aún por teléfono, rodeado por los tres hombres. Mary notó que Marinville deseaba desesperadamente apoderarse otra vez del teléfono; notó también que no se atrevía a quitárselo al chico. Le vendrá bien no conseguir lo que desea, Johnny, pensó Mary. Pero que muy bien.

–Quizá –dijo David, sonriendo. Escuchó, dio su nombre de pila, y después se volvió de cara al Owl's Club. Agachó la cabeza, y cuando volvió a hablar, Mary apenas oyó su voz. Una sensación de asombro la traspasó como un vertiginoso hechizo.

No quiere que los coyotes de la otra acera oigan lo que dice. Ya sé que suena absurdo, pero eso es lo que está haciendo. Pero aún hay algo más absurdo: creo que hace bien.

–Hay un cine viejo –susurró David–. Se llama Oeste Americano. –Miró a Billingsley para que se lo confirmase.

Billingsley asintió.

–Dile que vaya por la parte de atrás –indicó el anciano, y Mary llegó a la conclusión de que si estaba loca, al menos no era la única. Billingsley hablaba también en un murmullo, e incluso lanzó una mirada furtiva por encima del hombro como para cerciorarse de que los coyotes no se acercaban a escuchar. Cuando hubo comprobado que continuaban al otro lado de la calle, añadió–: Dile que hay un callejón.

David transmitió su mensaje. Cuando terminó de hablar, algo se le ocurrió de pronto a Marinville. Hizo ademán de recuperar el teléfono, pero se reprimió.

–Dile que aparque el camión lejos del cine. –El gran novelista norteamericano hablaba también en susurros, y además se cubría la boca con una mano como si temiese que alguno de los coyotes pudiera leerle los labios–. Si lo deja enfrente y vuelve Entragian...

David asintió y repitió también sus palabras. Escuchó a Steve por un instante, asintió y volvió a sonreír. Mary desvió la vista hacia los coyotes. Mientras los observaba, una perversa idea cobró forma en su mente: si lograban permanecer ocultos el tiempo suficiente para reagruparse y abandonar el pueblo, una parte de ella lo lamentaría. Porque cuando aquella pesadilla terminase, debería afrontar la muerte de Pete; debería llorar su pérdida y el final de la vida que habían construido juntos. Y acaso no fuese eso lo peor. Debería asimismo pensar en todo lo ocurrido, buscarle sentido, y no sabía si sería capaz. Dudaba que alguno de ellos fuese capaz. Excepto David, quizá.

–Venga lo antes posible –concluyó David, y se oyó un leve pitido cuando interrumpió la comunicación. Bajó la antena y devolvió el teléfono a Marinville, quien de inmediato extrajo de nuevo la antena, observó la pantalla, movió la cabeza en un gesto de incomprensión, y plegó el micrófono.

–¿Cómo lo haces, David? ¿Es magia?

El niño miró a Marinville como si tuviese delante a un loco.

–Es Dios –afirmó David.

–Es *Dios*, pedazo de imbécil –repitió Mary, y rió de un modo que ella misma no reconoció como propio. No era el momento de poner a prueba la paciencia de Marinville, pero no pudo contenerse.

–Quizá debería haberle dicho al amigo del señor

Marinville que viniese a recogernos –comentó Ralph con expresión de duda–. Probablemente habría sido lo más sencillo, David.

–No es nada sencillo –contestó David–. Steve te lo contará cuando lleguen.

–¿Lleguen? –preguntó Marinville.

David no le prestó atención. Miraba a su padre.

–Además, está mamá –dijo–. No nos marcharemos sin ella.

–¿Qué vamos a hacer con *ésos*? –preguntó Mary, señalando a los coyotes. Habría jurado que no sólo vieron su gesto sino que lo comprendieron.

Marinville bajó de la acera y se dirigió hacia los coyotes. Su melena gris ondeaba en el aire como la de un profeta del Antiguo Testamento. Los coyotes se levantaron, y Mary oyó sus gruñidos. Marinville debía de oírlos también, pero no se dejó intimidar y avanzó otros dos pasos. Entornó los ojos por un momento, al parecer no para protegerse de la arena sino intentando recordar algo. De pronto dio una palmada seca y dijo:

–*Tak*.

Uno de los coyotes alzó el hocico y aulló. Mary se estremeció.

–*Tak, ah lah. Tak* –continuó Marinville.

Los coyotes se apretaron un poco más entre sí, pero eso fue todo.

Marinville dio otra palmada.

–*Tak... Ah lah... Tak...* ¡Mierda! En realidad nunca se me han dado bien los idiomas.

Permaneció inmóvil, con expresión molesta y vacilante. Por lo visto ni siquiera se le había pasado por la mente que pudiesen atacarlo, a él y su Mossberg 22 descargado.

David bajó de la acera. Su padre lo agarró por el cuello de la camisa.

–No te preocupes, papá –dijo David.

Ralph soltó a su hijo, pero lo siguió mientras éste se acercaba a Marinville. A continuación el chico pronunció unas palabras que Mary supo que recordaría siempre aun cuando consiguiese enterrar en el olvido toda aquella experiencia; sería de esa clase de recuerdos que vuelven una y otra vez en los sueños.

–No les hable en el idioma de los muertos, señor Marinville.

David dio otro paso al frente. Ahora estaba solo en medio de la calle, con Ralph y Marinville a su espalda. Mary y Billingsley seguían en la acera. El viento se había convertido en un continuo y penetrante zumbido. Mary sentía los aguijonazos de la arena en las mejillas y la frente, pero en esos instantes era una molestia lejana, carente de importancia.

David juntó las manos ante la boca, en el gesto que adoptaba al rezar. Al cabo de unos segundos las tendió hacia los coyotes con las palmas hacia el cielo.

–Que Dios os bendiga y ampare, que Dios os mire con rostro radiante y os dé aliento y paz –oró–. Y ahora marchaos.

Fue como si un enjambre de abejas hubiese caído sobre el grupo de coyotes. Se convirtieron en un torpe y frenético torbellino de hocicos, orejas, dientes y colas, y empezaron a morderse mutuamente en los flancos. De repente se alejaron a toda prisa, ladrando y gimiendo en lo que parecía una encarnizada discusión. Pese al intenso zumbido del viento, Mary los oyó durante largo rato.

David se dio media vuelta, examinó los rostros de estupefacción de todos ellos y sonrió haciendo un gesto de indiferencia, como si dijese: «En fin, qué le vamos a hacer.» Mary advirtió que aún tenía restos de jabón verde en la cara. Parecía la víctima de un maquillador inepto en la noche de Halloween.

–Vamos –dijo David–. Sigamos adelante.

Se agruparon en la calle.

–Y un niño los guiará –declamó Marinville–. Vamos pues, chico, guíanos.

Los cinco se encaminaron por la calle principal hacia el Oeste Americano.

# V

## 1

—Creo que es ahí. —Cynthia señaló por la ventanilla—. ¿Lo ves?

Encorvado sobre el volante y mirando con los ojos entornados a través de la sangre que impregnaba el parabrisas (aunque el verdadero problema era la arena adherida a la sangre), Steve asintió. Sí, veía la anticuada marquesina, sujeta mediante herrumbrosas cadenas a la fachada de un desgastado edificio de ladrillo. Sólo quedaba una letra en la marquesina, una N torcida.

Dobló a la izquierda y entró en la gasolinera de Conoco. Un cartel donde se leía LOS MEJORES PRECIOS DEL PUEBLO había sido derribado por el viento. La arena, como si de nieve se tratase, se había amontonado contra los bordillos de la base de hormigón donde se hallaba el único surtidor.

—¿Adónde vas? —preguntó Cynthia—. Creía que el niño había dicho que nos esperaban en el cine.

—También ha dicho que no dejemos el camión cerca de allí. Y tiene razón. Sería... ¡Eh, hay alguien ahí dentro!

Steve detuvo bruscamente el camión. En efecto había un hombre sentado en la oficina de la gasolinera.

Estaba recostado contra el respaldo de la silla y tenía los pies sobre el escritorio. Salvo por algún detalle anómalo en su postura –sobre todo la manera en que la cabeza le colgaba hacia atrás–, habría podido pensarse que dormía.

–Está muerto –afirmó Cynthia, y apoyó una mano en el hombro de Steve mientras éste abría la puerta del camión–. No te molestes. Lo veo desde aquí.

–Así y todo, necesitamos un sitio donde esconder el camión. Si hay espacio en el garaje, abriré la puerta, y tú lo entras. –De más estaba preguntarle si se veía capaz de hacerlo; Steve recordaba la habilidad con que había maniobrado al cambiar de sentido en la interestatal 50.

–Vale –dijo Cynthia–. Pero no tardes.

–Yo soy el más interesado en volver cuanto antes, créeme. –Steve se dispuso a salir, pero se detuvo–. Estás bien, ¿no?

Cynthia sonrió. Con evidente esfuerzo, pero sonrió.

–Por el momento sí. ¿Y tú?

–En plena forma.

Steve bajó de la cabina, cerró la puerta y cruzó el suelo alquitranado de la gasolinera hacia la oficina. Le asombró la cantidad de arena que se había acumulado ya. Daba la impresión de que el viento de poniente se hubiese propuesto enterrar el pueblo entero. Y a juzgar por lo que había visto de él, no era mala idea.

Había una bola de rastrojo atrapada en el hueco de la puerta; sus esqueléticas ramas se agitaban ruidosamente. Steve la apartó de un puntapié y la observó alejarse en la oscuridad. Volvió la cabeza, vio que Cynthia se había sentado al volante del camión y le dirigió un saludo. Ella levantó los puños y luego, con expresión seria y resuelta, alzó los pulgares. Control de misión: todo en orden. Steve sonrió, asintió con la cabeza y entró en la oficina. A veces Cynthia era realmente graciosa. Steve ignoraba si ella lo sabía o no, pero lo era.

El tipo sentado en la oficina necesitaba con urgencia una tumba. El semicírculo de sombra proyectado por la visera de la gorra envolvía su cara lívida, de piel tirante y satinada. Presentaba al menos dos docenas de marcas negras. No eran mordeduras de serpiente, y por su diminuto tamaño tampoco podían ser picaduras de escorpión.

Sobre el escritorio había una revista de chicas. Steve leyó el nombre del revés: *Lesbo Sweethearts*. Una araña pasó sobre las mujeres desnudas de la cubierta y se acercó al borde del escritorio. La siguieron dos más. En el borde del escritorio se detuvieron, formando una pulcra línea, como soldados en posición de descanso.

Otras tres salieron de debajo del escritorio y avanzaron hacia Steve por el sucio suelo de linóleo. Retrocedió un paso, se preparó, y las pisó con la bota. Aplastó a dos. La tercera se desvió a la derecha y huyó hacia lo que probablemente era el cuarto de baño. Cuando Steve miró de nuevo el escritorio, vio que ahora había ocho alineadas en el borde, como indios apostados en lo alto de un peñasco en una película del Oeste

Eran arañas reclusas, conocidas también como arañas violinistas porque su cefalotórax recordaba vagamente la forma de un violín. Steve había visto muchas en Texas; incluso una vez le había picado una mientras revolvía un montón de leña en casa de su tía Betty, que vivía en Arnette. Había sentido un dolor espantoso, como el de una picadura de hormiga pero unido a un intenso escozor. Comprendió por qué el cadáver olía a podrido pese a la sequedad del ambiente. En aquella ocasión la tía Betty había insistido en desinfectarle la picadura con alcohol de inmediato, diciéndole que si uno descuidaba una picadura de araña violinista, la carne circundante podía corromperse. Tenía que ver con cierta sustancia de su saliva. Y si muchas atacaban simultáneamente a una persona...

Aparecieron otras dos arañas, éstas procedentes del surco oscuro en que se unían las hojas del libro de registro de la gasolinera, abierto sobre el escritorio. Se reunieron con sus amigas. Eran ya diez, y lo miraban. Estaba seguro de que lo miraban. Surgió otra de entre el cabello del cadáver; se paseó por la frente y la nariz, bajó a los labios hinchados y cruzó la mejilla. Seguramente se dirigía a la convención que se celebraba al borde del escritorio, pero Steve no se quedó a comprobarlo. Se encaminó hacia el garaje, no sin antes subirse el cuello de la camisa. El garaje podía estar lleno de arañas. A las arañas reclusas les gustaba esconderse en lugares oscuros.

Así que deprisa, ¿entendido?, se dijo.

Encontró un interruptor a la izquierda de la puerta y lo accionó. En el garaje se encendió con un zumbido media docena de fluorescentes polvorientos. Un par de columnas dividía en dos partes iguales el espacio interior. A un lado había una furgoneta convertida en todoterreno, con unas ruedas enormes y la caja descubierta; estaba pintada de un color azul metalizado y en la puerta del conductor un rótulo en letras rojas rezaba EL VAGABUNDO DEL DESIERTO. Al otro cabría el Ryder si apartaba un montón de neumáticos y la máquina de recauchutado.

Salió de nuevo a la oficina e hizo una señal a Cynthia sin saber si lo veía. Luego se acercó a los neumáticos, y cuando se inclinaba sobre ellos, una rata saltó del centro del montón y le hincó los dientes en la camisa. Steve lanzó un grito de sorpresa y asco y se golpeó el pecho con el puño, rompiéndole el espinazo a la rata. Ésta sacudió las patas en el aire, chillando con los dientes apretados e intentando morderle.

—¡Joder! —exclamó Steve—. ¡Suéltame, maldito, bichejo!

No tan bichejo, en realidad; sería del tamaño de un gato adulto. Steve se inclinó para que la camisa se le separase del cuerpo (lo hizo inconscientemente, del mismo modo que tampoco era consciente de que estaba gritando y maldiciendo), agarró a la rata por el rabo y tiró con fuerza. Se le rasgó la camisa, y la rata, doblada por las protuberantes vértebras de su espinazo roto, trató de morderle la mano.

Steve la hizo girar en el aire como un Tom Sawyer chiflado y la lanzó. El roedor, un ratasteroide, voló hasta el otro extremo del garaje y fue a estrellarse contra la pared más allá del *Vagabundo del desierto*. Quedó inmóvil en el suelo con las patas hacia arriba. Steve la observó con atención para asegurarse de que no se levantaba y lo atacaba de nuevo. Temblaba de la cabeza a los pies, y por el castañeteo de sus dientes habría parecido que tenía frío.

A la derecha de la puerta había una mesa alargada cubierta de herramientas. Agarró una de las palancas que se usaban para extraer las cubiertas de los neumáticos y dio una patada al montón de ruedas. Éste se desmoronó, y de debajo salieron chillando otras dos ratas más pequeñas, que huyeron de inmediato hacia las zonas oscuras del garaje.

No pudo resistir ni un segundo más el contacto caliente y nauseabundo de la sangre de rata sobre la piel. Acabó de romperse la camisa y se la quitó. Lo hizo con una sola mano. No estaba dispuesto a desprenderse de la palanca. Sólo conseguiréis esta palanca cuando me la arranquéis de los dedos fríos y muertos, pensó, y soltó una carcajada. Todavía temblaba. Se examinó el pecho con detenimiento, obsesivamente, en busca de algún posible arañazo. No lo había.

–He tenido suerte –masculló mientras arrimaba la máquina de recauchutado contra la pared–. Un suerte loca, maldita rata de mierda.

A continuación corrió hasta el portón levadizo del garaje y apretó el botón de apertura. Se hizo a un lado para dejar paso a Cynthia y miró alrededor buscando ratas, arañas o sabía Dios qué otras sorpresas desagradables. Junto a la mesa de las herramientas había un mono de trabajo colgado de un clavo. Mientras Cynthia metía el camión Ryder en el garaje, Steve empezó a golpear el mono de abajo arriba con la palanca como si fuese una alfombra, observando los extremos de las piernas y las mangas en espera de ver aparecer alguna otra alimaña.

Cynthia apagó el motor y salió del camión.

—¿Qué haces? —preguntó—. ¿Por qué te has quitado la camisa? Vas a morirte de frío; la temperatura ya ha empezado...

—Ratas.

Cuando hubo vareado el mono hasta la parte superior sin descubrir más fauna, empezó a golpearlo de nuevo de arriba abajo. Era mejor prevenir que curar. Seguía oyendo el chasquido que había producido el espinazo de la rata al romperse, y sintiendo el rabo caliente de la rata en su mano.

—¿Ratas? —dijo Cynthia, y miró alrededor con movimientos nerviosos.

—Y arañas. Las arañas son las que han matado al tipo de la...

De pronto se dio cuenta de que estaba solo. Cynthia había salido del garaje y lo esperaba en medio del viento y la arena rodeándose los hombros con los brazos.

—¡Arañas! ¡Qué asco! —exclamó—. Odio las arañas, más aún que las serpientes. —Parecía enojada, como si las arañas fuesen culpa de Steve—. ¡Sal de ahí!

Convencido por fin de que el mono no entrañaba peligro, lo descolgó. Se disponía a dejar la palanca, pero cambió de idea. Con el mono doblado en el antebrazo, pulsó el botón de cierre del portón y salió. Cynthia tenía razón; había refrescado. El polvo alcalino le azotó el vientre y los hombros desnudos. Empezó a ponerse el mono. Iba a quedarle un poco holgado de cintura para arriba, pero mejor grande que pequeño, pensó.

–Lo siento –se disculpó Cynthia, haciendo una mueca y protegiéndose la cara de la arena con una mano–. Es sólo que las arañas... uf... no las... ¿De qué clase eran?

–Más vale que no lo sepas. –Se subió la cremallera del mono y la rodeó con un brazo–. ¿Has dejado algo en el camión?

–La mochila, pero supongo que por esta noche puedo pasar sin cambiarme de ropa interior –dijo Cynthia con una débil sonrisa–. ¿Y tú has cogido el teléfono?

Se dio una palmada en el bolsillo anterior izquierdo del vaquero a través del mono.

–Nunca salgo sin él –contestó. Sintió un cosquilleo en la nuca y se golpeó furiosamente con la palma de la mano, recordando las arañas reclusas alineadas en el borde del escritorio, soldados de una causa desconocida en aquel rincón perdido del desierto.

–¿Qué pasa? –preguntó Cynthia.

–Nada. Simplemente estoy un poco excitado. Y ahora andando. Vámonos al cine.

–¡Vaya! –exclamó Cynthia con aquel tono de voz sensato y algo afectado que tanto seducía a Steve–. Una cita. Sí, gracias.

2

Mientras Tom Billingsley guiaba a Mary, David, Ralph y el mayor novelista vivo de Norteamérica (al menos en opinión del novelista) por el callejón que separaba el Oeste Americano del Depósito de Pienso y Grano de Desesperación, el viento silbaba sobre ellos como el aire que escapa al abrir una gaseosa.

–No enciendan las linternas –aconsejó Ralph.

–Bien dicho –convino Billingsley–. Y cuidado aquí.

Hay cubos de basura y un montón de latas y chatarra.

Rodearon la pila de latas y chatarra. Mary sofocó un grito cuando Marinville la cogió del brazo, sobresaltada en un primer momento porque no sabía quién la tocaba. Cuando vio junto a ella la melena larga y un tanto teatral, intentó zafarse.

–Ahórrese la caballerosidad. Ya me arreglo yo sola.

–Pero yo no –dijo Marinville, sin soltarla–. De noche no veo una mierda. Es como estar ciego.

Hablaba de un modo distinto. No exactamente con humildad –Mary tenía la impresión de que para John Marinville la humildad era tan inalcanzable como para algunas voces el *do* mayor– pero al menos como un ser humano. Le permitió sujetarse.

–¿Ve algún coyote? –preguntó Ralph a Mary en un susurro.

Mary reprimió el impulso de responder con algún comentario mordaz; por lo menos no la había llamado «señora».

–No. Pero en realidad no veo nada a dos palmos de mi nariz.

–Se han marchado –dijo David, al parecer muy seguro de sí mismo–. Al menos de momento.

–¿Cómo lo sabes? –preguntó Marinville.

David se encogió de hombros en la oscuridad.

–Simplemente lo sé.

Y Mary pensó que podían confiar en él. Hasta ese extremo había llegado aquella absurda situación.

Billingsley dobló una esquina. Una precaria valla corría paralela a la pared trasera del cine, dejando un pasadizo de una anchura no mayor de un metro. El anciano avanzó despacio y con los brazos extendidos. Los otros lo siguieron en fila india; no había espacio para andar de dos en dos. Mary comenzaba a pensar que Billingsley los había llevado hasta allí para nada cuando de pronto el anciano veterinario se detuvo.

—Ya hemos llegado.

Se inclinó, y Mary vio que levantaba algo, en apariencia una caja de embalaje. La colocó sobre otra caja, y luego se subió a aquella improvisada plataforma con una mueca de dolor en el rostro. Se hallaba ante una sucia ventana de cristal opaco. Apoyó las manos en la parte inferior del cristal con los dedos abiertos como los brazos de una estrella de mar y empujó. Era una ventana basculante, y giró hacia el interior sobre su eje, dejando espacio suficiente para entrar.

—Es el servicio de señoras —informó—. Mucho cuidado. Hay cierta altura de la ventana al suelo.

Se volvió de medio lado y penetró; parecía un niño grande y arrugado al entrar en la cabaña del Club de los Cinco. Lo siguió David y después su padre. A continuación se encaramó a la plataforma Johnny Marinville, y al ladearse estuvo a punto de caer. Realmente padecía una grave ceguera nocturna, pensó Mary, y tomó nota de que nunca debía montar en un coche conducido por aquel hombre. Ni en una moto. ¿Sería verdad que había cruzado el país en moto? Dios debía de apreciarlo mucho más de lo que ella lo apreciaría nunca.

Mary lo sujetó por la parte trasera del cinturón y lo ayudó a recobrar el equilibrio.

—Gracias —dijo Marinville, y en esta ocasión sí pareció hablar con humildad. Después se introdujo torpemente por la ventana, resoplando y gruñendo, con largos mechones de pelo cayéndole en la cara.

Mary lanzó un fugaz vistazo alrededor, y por un momento oyó voces fantasmales en el viento.

«¿No lo has visto?
»Si he visto ¿qué?
»En aquella señal. La señal de velocidad máxima.
»¿Qué tenía de especial?
»¡Había un gato muerto!»

De pie sobre la caja de embalaje, pensó: Las personas que han pronunciado esas palabras son en efecto fantasmas, porque han muerto. Yo tanto como él; es obvio que la Mary Jackson que emprendió este viaje ya no existe. La mujer que se encuentra aquí, detrás de este viejo cine, es otra persona.

Entregó la escopeta y la linterna a las manos que las aguardaban en el interior del cine, se volvió de medio lado y se deslizó ágilmente por encima del alféizar de la ventana.

Ralph la sujetó por la cintura y la ayudó a bajar. David inspeccionaba el servicio de señoras con la linterna, manteniendo la mano ahuecada sobre el foco como si fuese una visera. El olor que flotaba en el ambiente, una mezcla de humedad, moho y alcohol, obligó a Mary a arrugar la nariz. En un rincón había una caja de cartón llena de botellas de whisky vacías. En una de las cabinas el inodoro había sido sustituido por un par de grandes cubos de plástico que contenían latas de cerveza. Aquello le recordó que necesitaba ir al cuarto de baño y que, pese al hedor de aquel lugar, tenía hambre. Era lógico. No había comido nada desde hacía casi ocho horas. Sin embargo la invadió un sentimiento de culpabilidad por tener hambre cuando Peter ya nunca más comería, y a la vez supuso que ese sentimiento no tardaría en desaparecer. Y si uno se paraba a pensar, eso era lo más horrible del caso. Precisamente eso.

—¡Vaya, vaya! —exclamó Marinville, que había sacado su linterna de un bolsillo y alumbraba las abundantes reservas de cerveza—. Usted y sus amigos deben de correrse unas buenas juergas, Thomas.

—Limpiamos el cine de arriba abajo una vez al mes —dijo Billingsley a la defensiva—. Y no como los chicos que venían a hacer el vándalo en el piso de arriba hasta que finalmente, el invierno pasado, se desplomó la escalera de incendios. Nosotros no nos meamos en los rincones ni tomamos drogas.

Marinville observó la caja de cartón repleta de botellas vacías.

—Si además de todo ese whisky hubiesen tomado drogas —bromeó—, probablemente habrían explotado.

—Perdone, pero ¿dónde se puede orinar? —intervino Mary—. Porque empiezo a necesitar con urgencia una visita al baño.

—Encontrará un urinario portátil en el servicio de caballeros, según se sale a la derecha. Es una de esas sillas con orinal que utilizan en los hospitales. También eso lo limpiamos —explicó Billingsley, y lanzó a Marinville una mirada entre hostil y tímida.

Mary intuyó que Marinville estaba preparándose para arremeter contra Billingsley. Quizá el anciano también lo presentía. ¿Y por qué? Porque la gente como Marinville necesita siempre un blanco para sus pullas, y entre los presentes el veterinario era el más vulnerable.

—Disculpe, Johnny, ¿podría prestarme la linterna? —dijo Mary, tendiendo la mano.

Johnny la miró con recelo, pero se la entregó. Mary le dio las gracias y se dirigió hacia la puerta.

—¡Uau! ¡Genial! —susurró David, y Mary se detuvo.

El chico iluminaba con la linterna una de las pocas porciones de pared donde los azulejos permanecían casi intactos. Allí alguien había dibujado un barroco pez con rotuladores de distintos colores. Era una de esas criaturas semimitológicas de ancha cola que se pintaban a veces sobre las olas en las cartas de navegación muy antiguas. Sin embargo, aquel pez que nadaba en la pared sobre el destartalado distribuidor de toallas de papel tenía algo de horripilante, de monstruoso; con sus ojos azules a lo Betty Boop, sus agallas rojas y su aleta dorsal amarilla, resultaba a la vez simpático y exuberante. En aquel ambiente oscuro y fétido, el pez parecía casi un milagro. Sólo uno de los azulejos que abarcaba el dibujo se había desprendido, llevándose consigo la mitad inferior de la cola.

—Señor Billingsley, ¿ha sido usted...? —empezó a preguntar David.

—Sí, hijo —lo interrumpió Billingsley, desafiante y al mismo tiempo incómodo—. Lo dibujé yo. —Miró a Marinville—. Probablemente estando borracho.

Mary se preparó para una mordaz respuesta de Marinville, pero éste la sorprendió.

—Yo también he dibujado peces en mis momentos de ebriedad. No con rotuladores sino con palabras, pero supongo que en esencia es lo mismo. No está nada mal, Billingsley. Pero ¿por qué aquí? ¿Por qué precisamente aquí?

—Porque me gusta este sitio —respondió el anciano con notable pundonor—. En especial desde que no vienen los chicos. No es que nos molestasen aquí abajo; ellos preferían la galería. Le parecerá un disparate, pero no me importa. Aquí vengo con mis amigos desde que me jubilé y abandoné mi puesto en la Comisión Municipal. Espero con ilusión las veladas que paso con ellos. Esto no es más que un viejo cine. Hay ratas y las butacas están enmohecidas, pero ¿qué más da? Es asunto nuestro, ¿no? Asunto nuestro. Aunque ahora supongo que están todos muertos. Dick Onslo, Tom Kincaid, Cash Lancaster. Mis viejos compinches. —Dejó escapar un ronco y sobrecogedor sollozo, como el graznido de un cuervo, y Mary se sobresaltó.

—¿Señor Billingsley? —dijo David. El anciano lo miró—. ¿Cree que ha matado a *todos* los habitantes del pueblo?

—¡Eso es absurdo! —prorrumpió Marinville.

Ralph le tiró de un brazo como si fuese el freno de emergencia de un tren.

—Calle.

Billingsley, mirando todavía a David, se frotó las ojeras con sus dedos largos y torcidos.

—Creo que es muy posible —afirmó, y dirigió a Marinville una mirada fugaz—. Creo que al menos lo ha intentado.

—¿Cuánta gente vive aquí? —preguntó Ralph.

—¿En Desesperación? Ciento noventa personas, quizá doscientas. Contando los nuevos trabajadores de la compañía minera que han empezado a instalarse en el pueblo, tal vez cincuenta o sesenta más. Aunque es difícil saber cuántos estaban aquí y cuántos en la mina.

—¿La mina? —preguntó Mary.

—La Mina de los Chinos. La que han reabierto. Por el cobre.

—No me diga que un solo hombre, aun tratándose de un toro como ése, ha matado a *doscientas* personas —dijo Marinville—, porque, sintiéndolo mucho, no me lo trago. Creo como el que más en el espíritu emprendedor del pueblo norteamericano, pero eso no tiene pies ni cabeza.

—Bueno, quizá se le hayan escapado algunos en la primera pasada —comentó Mary—. ¿No nos ha contado que cuando lo traía hacia aquí ha atropellado a un hombre en la calle? ¿Que lo ha atropellado y lo ha matado?

Marinville la miró ceñudo.

—Pensaba que tenía que ir a mear.

—Tengo unos riñones muy resistentes. Eso ha hecho, ¿no? Ha atropellado a un hombre en la calle. Usted nos lo ha contado.

—Sí, es verdad. Rancourt, se llamaba. Billy Rancourt.

—¡Dios mío! —exclamó Billingsley, cerrando los ojos.

—¿Lo conocía? —preguntó Ralph.

—En un pueblo de este tamaño nos conocemos todos. Billy trabajaba en el depósito de pienso y cortaba el pelo en su tiempo libre.

—Muy bien, sí, Entragian ha atropellado a ese Rancourt en la calle; lo ha atropellado como si fuese un perro. —Marinville parecía alterado—. Estoy dispuesto a aceptar que Entragian puede haber matado a *mucha* gente. Sé de lo que es capaz.

—¿De verdad lo sabe? —murmuró David, y todos se volvieron hacia él. El chico desvió la mirada y contempló el pez que flotaba en la pared.

—Para un hombre matar centenares de personas... —Marinville se interrumpió, como si hubiese perdido el hilo—. Incluso si lo hizo de noche...

—Quizá no haya actuado solo —adujo Mary—. Quizá lo hayan ayudado los buitres y los coyotes.

Marinville buscó argumentos en contra de esa idea —pese a la oscuridad Mary advirtió sus esfuerzos—, pero al final desistió. Exhaló un suspiro y se frotó la sien como si le doliese.

—De acuerdo, es una posibilidad. El pajarraco más asqueroso del mundo ha intentado arrancarme el cuero cabelludo por orden de Entragian, eso me consta que ha ocurrido. Así y todo...

—Es como la historia del Ángel Exterminador en el Éxodo —intervino David—. Los israelitas tuvieron que poner sangre en las puertas para avisar que ellos eran los buenos, ¿lo sabían? Sólo que aquí Entragian es el Ángel Exterminador. Y si es así, ¿por qué ha pasado de largo al llegar a nosotros? Podría habernos matado tan fácilmente como a Bombón o a su marido, Mary. —Se volvió hacia el anciano—. Si ha matado a los demás habitantes del pueblo, ¿por qué no lo ha matado a *usted*?

Billingsley hizo un gesto de incomprensión.

—No lo sé. Yo estaba en casa durmiendo la mona. Llegó en el coche patrulla nuevo... Dios, el mismo que yo ayudé a elegir... y me detuvo. Me metió en la parte trasera del coche y me llevó al calabozo. Le pregunté por qué, qué había hecho, pero no se dignó contestar. Le supliqué. Lloré. Aún no sabía que estaba loco, ¿cómo iba a saberlo? No hablaba, pero no daba señales de locura. Empecé a sospecharlo más tarde, pero al principio creí que había cometido algún delito durante la borrachera y no lo recordaba. Quizá que había salido en coche y había atropellado a alguien. Una... una vez me pasó.

–¿Cuándo fue a buscarlo? –preguntó Mary.

Billingsley tuvo que pensar la respuesta.

–Anteayer. Poco antes de la puesta de sol. Estaba acostado. Me dolía la cabeza y me disponía a levantarme con la idea de tomar algo para la resaca. Un aspirina, y un poco más del veneno que me había dejado en aquel estado a modo de antídoto. Llegó y me sacó de la cama. Yo sólo llevaba puestos unos calzoncillos. Me dejó vestirme, incluso me ayudó. Pero no me permitió tomar un trago a pesar de que temblaba de la cabeza a los pies, y no me explicó por qué me detenía. –Guardó silencio por un momento. Seguía frotándose las ojeras. Aquel gesto ponía nerviosa a Mary–. Después, cuando ya me había encerrado en la celda, me llevó una cena caliente. Se sentó en el escritorio durante un rato y me habló. Entonces empecé a pensar que se había vuelto loco, porque sólo decía cosas sin sentido.

–«Veo agujeros como ojos» –dijo Mary.

Billingsley asintió con la cabeza.

–Sí, cosas así. «Tengo la cabeza llena de mirlos», ésa es otra frase que recuerdo. Y otros muchos disparates que ya he olvidado. Eran como los pensamientos del día de un calendario, pero escritos por un loco.

–Salvo por el hecho de que usted es del pueblo, su situación es idéntica a la nuestra –comentó David–. Y como nosotros, tampoco sabe por qué lo ha dejado con vida.

–Sí, así es.

–¿Y a usted cómo lo ha atrapado, señor Marinville? –preguntó David.

Marinville contó que el policía había detenido el coche patrulla detrás de su moto mientras orinaba y contemplaba el paisaje en el lado norte de la carretera, y que en un primer momento se había mostrado amable.

–Hemos hablado de mis libros –dijo–. Creía que era un admirador. Incluso iba a darle un jodido autógrafo, y perdona la expresión, David.

–No tiene importancia. ¿Ha pasado algún coche mientras hablaban? Supongo que sí, ¿verdad?

–Unos cuantos, sí, creo que sí, y un par de camiones. En realidad yo no prestaba atención al tráfico.

–Y sin embargo él no ha molestado a ningún otro conductor.

–No.

–Sólo se ha fijado en usted.

Marinville miró al chico pensativamente.

–También lo ha elegido –insistió David.

–Bueno, quizá. No podría asegurarlo. Todo ha ido bien hasta que ha encontrado la droga.

Mary levantó las manos.

–Eh, eh, un momento.

Marinville la miró.

–Esa droga que llevaba...

–No se confunda; no era mía. ¿Acaso cree que cruzaría el país en una Harley con una bolsa de hierba en las alforjas? Puede que esté mal de la cabeza, pero no tanto.

Mary se echó a reír. Con las contorsiones aumentó su necesidad de vaciar la vejiga, pero no podía evitarlo. Aquello era demasiado perfecto, demasiado redondo.

–¿Llevaba la bolsa un adhesivo de una cara sonriente? –preguntó. Ya conocía la respuesta, pero de todos modos deseaba oírla de labios de Marinville–. Un Mr. Smiley.

–¿Cómo lo sabe? –dijo Marinville con expresión de perplejidad. Por un momento, a la luz de las linternas, pareció el vivo retrato del cantante Arlo Guthrie, y la risa de Mary se convirtió en carcajadas. Se dio cuenta de que si no iba pronto al baño, se mojaría las bragas.

—Po-porque esa bolsa de droga salió de nuestro ma- maletero –contestó Mary, sujetándose el estómago–. Pe-pertenecía a mi cu-cuñada. La pobre es un ca-caso perdido. Puede que Entragian esté lo-lo-loco, pero al menos re-re-recicla... Discúlpeme pero he de irme, o tendré un accidente.

Salió al pasillo, se dirigió hacia la derecha y lo que vio al abrir la puerta del servicio de caballeros la hizo reír aún con mayor fuerza. Colocado en el centro del cubículo como el trono de una ópera bufa, había un inodoro portátil con un saco de lona suspendido de un bastidor metálico bajo el asiento. Decoraba una de las paredes laterales otro dibujo en rotulador, creado obviamente por la misma mano que el pez. Éste era un caballo a galope tendido. Expulsaba humo por las narices y en sus ojos destellaba un siniestro brillo ígneo. Parecía dirigirse a una pradera situada al este del sol y al oeste del lavamanos. La pared conservaba todos sus azulejos, pero en su mayoría estaban desencajados y medio levantados; en esa irregular superficie, el caballo ondulaba como la imagen de un sueño.

Fuera ululaba el viento. Mientras Mary se bajaba el pantalón y se sentaba en el frío asiento del inodoro portátil, recordó de pronto que a veces Peter se tapaba la boca con la mano cuando se reía –el pulgar a un lado y el índice al otro–, como si la risa lo hiciese más vulnerable; y súbitamente, sin tránsito intermedio, Mary pasó de la risa al llanto. Qué poco sentido tenía todo aquello: viuda a los treinta y cinco años, fugitiva en un pueblo lleno de cadáveres, sentada en un inodoro portátil en medio del servicio de caballeros de un cine abandonado, meando y llorando al mismo tiempo, meando y gimiendo y contemplando una siniestra bestia dibujada en una pared tan combada que parecía una visión subacuática. Qué poco sentido tenía estar tan asustada, y verse privada del dolor por la firme y brutal determinación de sobrevivir a toda costa, como si Peter nunca hubiese significado nada para ella, como si fuese una nota a pie de página.

Y qué poco sentido tenía aquella sensación de hambre en el estómago... pero allí estaba.

—¿Por qué está ocurriendo esto? ¿Por qué me ha tocado a mí? —susurró, y hundió la cara entre las manos.


3

Si Steve o Cynthia hubiesen ido armados, probablemente habrían disparado contra ella.

Pasaban ante el Bud's Sud (en el letrero de neón de la cristalera se leía DISFRUTE DEL JUEGO EN NUESTRA COMPAÑÍA) cuando se abrió la puerta del establecimiento contiguo —la lavandería— y una mujer salió precipitadamente. Steve vio sólo una silueta oscura y blandió la palanca de hierro.

—¡No! —exclamó Cynthia, sujetándole la muñeca—. ¡No lo hagas!

La mujer —en un primer momento Cynthia sólo vio que tenía abundante cabello oscuro y la piel muy blanca— se abalanzó sobre Steve, lo agarró por los hombros y acercó su cara a la de él. Cynthia dudaba que se hubiese dado cuenta de que Steve blandía una palanca. Ahora le preguntará si ha encontrado a Jesuuus, pensó Cynthia. Cuando te agarran de esa forma, nunca es Jesús sino Jesuuus.

Pero naturalmente la mujer no era una evangelista ni fueron ésas sus palabras.

—Tenemos que salir de aquí —dijo con voz ronca—. Ahora mismo.

Dirigió una breve mirada a Cynthia y la descartó como posible ayuda para concentrarse de nuevo en Steve. Cynthia había visto antes aquella actitud y no se ofendió. En situaciones difíciles cierta clase de mujeres sólo tenían ojos para los hombres. Unas veces se debía a la educación que habían recibido; otras, las más, lo llevaban impreso en sus preciosos circuitos de Barbie.

Pese a la oscuridad y el polvo que flotaba en el aire, Cynthia la veía ahora con mayor claridad. Era mayor que ella (treinta años por lo menos), parecía inteligente y no carecía de encantos. Sus largas piernas asomaban bajo un vestido corto que llevaba con poca gracia, como si de hecho no estuviese acostumbrada a los vestidos. Sin embargo no era ni mucho menos torpe, a juzgar por cómo se movió cuando Steve retrocedió, sin despegarse de él, como si bailasen.

–¿Tiene un coche? –preguntó con tono apremiante.

–Un camión, pero no sirve de nada –contestó Steve–. La carretera que sale del pueblo está cortada.

–¿Cortada? ¿Cómo?

–Han atravesado en medio tres caravanas –explicó Steve.

–¿A qué altura?

–Cerca del barracón de la compañía minera –dijo Cynthia–, pero ése no es el único problema. Ha muerto mucha gente...

–A mí me lo va a contar –la interrumpió la mujer, y soltó una estentórea carcajada–. Collie se ha vuelto loco. Con mis propios ojos lo vi matar a media docena de personas. Los persiguió con el coche patrulla y los mató a tiros en plena calle. Como si fuesen ganado. –Mantenía agarrado a Steve y lo sacudía como si le reprendiese, pero su mirada estaba en otra parte–. No podemos quedarnos en la calle. Si nos ve... Entren en la lavandería; estaremos a salvo. Llevo aquí metida desde ayer por la mañana. Entró una vez. Me escondí bajo el escritorio de la oficina. Notó el olor de mi perfume, y pensé que me encontraría... que rodearía el escritorio y me encontraría... pero no se acercó. No fue capaz de guiarse por el olor. ¡Quizá tenga la nariz tapada! –Se echó a reír (era una risa histérica) y de pronto se dio una bofetada para obligarse a callar. Resultó gracioso y sorprendente a la vez, uno de esos gestos que hacían a veces los personajes de los dibujos animados de la Warner.

Cynthia movió la cabeza en un gesto de negación.

–A la lavandería no. Al cine. Allí nos espera otra gente.

–Vi su sombra –dijo la mujer. Seguía aferrada a Steve y acercaba a él la cara en una actitud casi de intimidad, como si creyese que eran Humphrey Bogart e Ingrid Bergman ante una cámara con filtro difusor–. Su sombra se proyectó por encima del escritorio y la vi en el suelo junto a mí. Estaba segura... pero no me encontró. En la lavandería estaremos a salvo mientras pensamos cómo...

Cynthia alargó el brazo, cogió a la mujer por la barbilla y la obligó a mirarla.

–¿Qué hace? –preguntó ella, indignada–. ¿Qué demonios hace?

–Atraer su atención, espero.

Cynthia retiró la mano, y de inmediato la condenada mujer volvió la cara hacia Steve, sin más voluntad que una flor al girar el tallo para seguir al sol, y continuó con su atropellada narración.

–Estaba bajo el escritorio... y... y... tenemos que... escuchar, tenemos que...

Cynthia de nuevo alargó el brazo, agarró a la mujer por la barbilla y la hizo volver la cara hacia ella.

–Cariño, atiende. El cine. Allí nos espera otra gente.

La mujer arrugó la frente como si tratase de descifrar las palabras de Cynthia. Luego miró por encima del hombro de Cynthia hacia la marquesina del Oeste Americano.

–¿En el viejo cine?

–Sí.

—¿Seguro? Anoche intenté abrir y no pude. Las puertas están cerradas con llave.

—Tenemos que ir por detrás —aclaró Steve—. Nos espera un amigo mío, y ahí es donde nos ha dicho que fuésemos.

—¿Cómo ha podido decírselo? —preguntó la mujer del pelo oscuro con manifiesto recelo, pero cuando Steve empezó a andar en dirección al cine, lo siguió. Cynthia se situó junto a ella—. ¿Cómo ha podido decírselo?

—Por un teléfono móvil —respondió Steve.

—Por lo general en esta zona no funcionan bien —dijo la mujer del pelo oscuro—. Hay demasiados yacimientos minerales.

Pasaron bajo la marquesina del cine (una bola de rastrojo atrapada en el ángulo formado por la taquilla y la puerta de la izquierda restallaba como una maraca) y se detuvieron en la esquina.

—Éste es el callejón —dijo Cynthia, y se dispuso a adentrarse en él.

La mujer se quedó atrás, mirando alternativamente a Steve y Cynthia con expresión ceñuda.

—¿Quién es ese amigo? ¿Quiénes son esas otras personas? —preguntó—. ¿Cómo han llegado hasta aquí? ¿Cómo es que ese cabrón de Collie no los ha matado?

—Dejemos eso para más tarde —dijo Steve, y la cogió del brazo.

La mujer se resistió, y cuando volvió a hablar la voz apenas le salía.

—Me llevan a donde está él, ¿verdad?

—Oiga, ni siquiera sabemos a quién se refiere —intervino Cynthia—. ¡Dése prisa, por amor de Dios!

—Se oye un motor —advirtió Steve, ladeando la cabeza—. Viene del sur, creo. Y viene en esta dirección, eso sin duda.

—Es él —susurró la mujer con los ojos desorbitados–. Es *él*. –Echó un vistazo atrás, como si añorase la seguridad de la lavandería, pero de pronto se decidió y corrió hacia el callejón.

Cuando llegaron al pasadizo que discurría entre la valla y la pared posterior del cine, Cynthia y Steve tuvieron que apresurarse para no quedar rezagados.

4

–¿Están seguros...? –empezó a preguntar la mujer, pero en ese momento parpadeó una linterna desde una ventana del edificio unos metros más adelante.

Avanzaron en fila india por el pasadizo, Steve en medio, precedido por la mujer de la lavandería y seguido de Cynthia. Las cogió a las dos de la mano; la mujer del pelo oscuro la tenía muy fría, y Cynthia mucho más caliente en comparación. La linterna volvió a parpadear, esta vez enfocando dos cajas de embalaje apiladas.

–Sube ahí y entra por la ventana –susurró una voz.

Steve se alegró de oírla.

–¿Jefe?

–Yo mismo. –Marinville parecía sonreír–. Te queda muy bien el mono; es tan masculino... Entra, Steve.

–No estoy solo. Somos tres.

–Cuantos más seamos, más reiremos.

La mujer del pelo oscuro se remangó la falda para trepar a las cajas, y Steve vio que el jefe recreaba la mirada en ella. Por lo visto ni el Apocalipsis cambiaba ciertas cosas.

Steve ayudó a subir a Cynthia y luego se encaramó él a la ventana. Desde el alféizar se volvió e, inclinándose, empujó la segunda caja hasta hacerla caer. Ignoraba si bastaría con eso para engañar al individuo que tanto asustaba a la mujer del pelo oscuro en caso de que fuese a husmear por allí, pero no estaba de más intentarlo.

Se descolgó hasta el suelo, miró alrededor y vio que se hallaba en una guarida de borrachos donde las hubiera. A continuación abrazó al jefe. Marinville se echó a reír, sorprendido y a la vez complacido.

—Sin lengua, Steve, insisto.

Steve cogió a Marinville por los hombros y sonrió.

—Pensaba que habías muerto. Hemos encontrado la moto enterrada en la arena.

—¿La has encontrado? —dijo Marinville con franca satisfacción—. ¡Hijo de puta!

—¿Qué te ha pasado en la cara?

Marinville se colocó el foco de la linterna bajo el mentón, y su rostro desfigurado y pálido semejó una máscara salida de una película de terror. Tenía la nariz como si le hubiese pasado un camión por encima. Su sonrisa, aunque alegre, empeoraba aún más su aspecto.

—¿Crees que si diera una conferencia en el Pen Club con esta pinta conseguiría por fin que esos gilipollas prestasen atención?

—¡Dios mío! —exclamó Cynthia, horrorizada—. Alguien se ha ensañado con usted.

—Entragian —precisó Marinville con súbita seriedad—. ¿Os habéis tropezado con él?

—No —contestó Steve—. Y a juzgar por lo que he oído y visto hasta el momento, prefiero no encontrármelo.

La puerta del servicio se abrió con un chirrido de bisagras, y apareció un niño de pelo corto y piel blanca con una camiseta de los Indians de Cleveland manchada de sangre. Llevaba una linterna en la mano, y enfocó las caras de los recién llegados una por una. En la mente de Steve todo encajó de pronto como las piezas de un puzzle; supuso que la camiseta del chico era el elemento clave.

—¿Usted es Steve? —preguntó el chico.

Steve asintió con la cabeza.

—Sí. Steve Ames. Y ésta es Cynthia Smith. Y tú debes de ser mi amigo el del teléfono.

El chico esbozó una sonrisa triste.

—Tu llamada no ha podido ser más oportuna, David. Nunca imaginarías lo oportuna que ha sido. Te llamas David Carver, ¿no?

Steve dio un paso al frente y estrechó la mano al chico, complacido al ver la expresión de sorpresa en su rostro. Bien sabía Dios lo mucho que él lo había sorprendido antes con su llamada.

—¿Cómo ha averiguado mi apellido? —preguntó David.

Cuando Steve se hizo a un lado, Cynthia se acercó al chico y le dio también ella un firme apretón de manos.

—Hemos encontrado vuestra caravana o casa rodante o como se llame —explicó Cynthia—. Steve ha echado un vistazo a tus cromos de béisbol.

—Con franqueza, David —dijo Steve—, ¿crees que los Indians ganarán alguna vez el campeonato?

—Me trae sin cuidado, siempre y cuando pueda verlos jugar otra vez —respondió David con un amago de sonrisa en los labios.

Cynthia se volvió hacia la mujer de la lavandería, la que habrían abatido a tiros si hubiesen ido armados.

—Y ésta es...

—Audrey Wyler —se presentó la mujer—. Soy geóloga y trabajo para la compañía minera Diablo. O trabajaba. —Echó un vistazo al servicio de señoras con los ojos muy abiertos y expresión aturdida, reparando en la caja de cartón llena de botellas de whisky vacías, los cubos repletos de latas de cerveza y el fabuloso pez que nadaba en los azulejos sucios de la pared—. Ahora ya no sé qué soy ni qué hago aquí. Me siento como un pedazo de carne pasada.

Mientras hablaba se giró poco a poco hacia Marinville, y acabó dirigiéndose sólo a él como antes había hecho con Steve frente a la lavandería.

–Tenemos que salir del pueblo –dijo, volviendo sobre su guión original–. Según su amigo, la carretera está cortada, pero yo conozco otra. Va desde la zona de carga y descarga que se encuentra al pie del terraplén hasta la interestatal 50. Está en muy mal estado, pero la compañía tiene varios todoterrenos en la mina, una media docena...

–No me cabe duda que eso nos resultará muy útil, pero habrá que dejarlo para más tarde –la interrumpió Marinville, empleando un tono amable y profesional que Steve reconoció de inmediato. De aquel modo hablaba a las mujeres (eran invariablemente mujeres, por lo general de entre cincuenta y sesenta años) que asistían a sus conferencias literarias, o «bombardeos culturales», como él las llamaba–. Primero tenemos que aclarar unas cuantas cuestiones. Vamos a la platea del cine. Hay allí un montaje curioso. Les sorprenderá.

–¿Es usted idiota, o qué? –saltó Audrey Wyler–. No hay nada que aclarar. Lo que tenemos que hacer es marcharnos de aquí. Por lo visto no entiende el alcance de lo que ha ocurrido aquí. Ese hombre, Collie Entragian...

Marinville levantó la linterna y se iluminó la cara por un momento, permitiéndole a la mujer observarlo con detalle.

–He tenido ocasión de conocer a ese hombre, como puede ver, y entiendo de sobra el alcance de la situación. Vamos a la platea, señorita Wyler, y allí hablaremos. Me hago cargo de su impaciencia, pero es por bien de todos. Los carpinteros tienen un dicho: mide dos veces, corta una. Es un dicho inteligente. ¿De acuerdo?

La mujer no pareció muy contenta, pero cuando Marinville se dirigió hacia la puerta, lo siguió. Lo mismo hicieron David, Steve y Cynthia. Fuera el viento aullaba en torno al cine, y éste gemía desde sus más profundas junturas.

5

La oscura silueta de un coche –un coche con un bastidor para luces en el techo– avanzaba despacio hacia el norte a través del ululante viento, alejándose de la lóbrega muralla que se alzaba al sur de Desesperación. Llevaba los faros apagados; la criatura sentada al volante veía bien en la oscuridad, incluso si esa oscuridad resultaba impenetrable a causa del polvo y la arena.

El coche pasó ante la bodega que se hallaba en el límite sur del pueblo. El letrero caído donde se anunciaba COMIDA MEJICANA estaba cubierto de arena casi por completo; lo único que se leía a la tenue luz de la bombilla de la entrada era IDA MEJ. El coche patrulla siguió lentamente por la calle principal hasta el ayuntamiento, entró en el aparcamiento contiguo y ocupó la plaza donde había estado antes. Tras el volante, la figura enorme y encorvada que llevaba ceñida la bandolera con la insignia policial, cantaba monótonamente una vieja canción: «Bailaremos, nena, y entonces verás la magia que hay en la música, y la música que hay en mí...»

La criatura que conducía el Caprice apagó el motor y permaneció inmóvil en el asiento. Mantenía la cabeza gacha y tamborileaba con los dedos en el volante. Un buitre surgió del polvo y, rectificando en el último instante su descenso para contrarrestar el impulso del viento, se posó en el capó del coche patrulla. Lo siguieron otros dos. El tercero graznó a sus compañeros y dejó caer un grueso chorro de excrementos en el capó.

Formaron en línea con la vista fija en el sucio parabrisas.

–Los judíos deben morir –dijo la criatura sentada al volante del Caprice–. Y los católicos. Y también los mormones. *Tak.*

Se abrió la puerta del coche. Asomó un pie y luego otro. La figura que llevaba la bandolera se irguió y cerró la puerta. Sostenía en una mano la escopeta que la mujer, Mary, había cogido del escritorio. Dobló la esquina y se dirigió a la puerta del ayuntamiento. Allí dos coyotes flanqueaban la entrada. Al ver acercarse a la criatura emitieron nerviosos gañidos y se encogieron, esbozando serviles sonrisas caninas. La criatura pasó entre ellos sin mirarlos siquiera.

Al llegar a la puerta se detuvo en seco. Estaba entornada. El viento casi la había cerrado, pero estaba entornada.

-¿Qué carajo pasa aquí? -masculló, y abrió la puerta. Empuñó la escopeta con las dos manos y corrió escalera arriba.

En el rellano yacía un coyote muerto. La puerta que conducía a las celdas también estaba abierta. La criatura que empuñaba la escopeta entró en la sala, y aunque sabía ya lo que encontraría, no pudo reprimir un rugido de rabia al ver confirmada su sospecha. Fuera, ante la entrada del ayuntamiento, los dos coyotes gañeron, orinaron y se revolcaron por el suelo. En el coche patrulla los buitres, al oír el bramido de la criatura, agitaron las alas nerviosamente, casi alzándose del capó y volviéndose a posar, y lanzaron picotazos al aire.

Arriba todas las celdas estaban abiertas y vacías.

-Ese chico -murmuró la criatura, inmóvil en el umbral de la puerta-. Y ese asqueroso drogadicto.

Contempló la sala vacía un instante más y después entró lentamente. Sus ojos se movían de un lado a otro en el rostro inexpresivo. Pese a sus anchas espaldas la bandolera se le deslizaba ligeramente hombro abajo. El anterior propietario tenía mayor envergadura. La mujer que Collie Entragian se había llevado de una de las celdas medía un metro sesenta y ocho de estatura y pesaba cincuenta y siete kilos. La criatura que empuñaba el arma parecía la hermana mayor de esa mujer: un metro noventa, complexión fuerte, y unos noventa kilos. Vestía un mono de trabajo que había encontrado en un cobertizo de material de lo que la compañía minera llamaba Serpiente de Cascabel Número Dos y los lugareños conocían como la Mina de los Chinos desde hacía más de cien años. El mono le apretaba un poco en el pecho y la cadera, pero era más cómodo que la anterior ropa de aquel cuerpo. Esa ropa le resultaba ya tan inútil como los antiguos deseos e inquietudes de Ellen Carver. De Entragian conservaba la bandolera, la insignia y el revólver que llevaba al cinto.

¿Por qué no iba a conservarlos? Al fin y al cabo ahora Ellen Carver representaba la ley al oeste del Pecos. Era su trabajo, y que Dios librase a cualquiera que intentara interferirse en su camino.

Por ejemplo, su anterior hijo.

Sacó una estatuilla del bolsillo superior del mono. Era una araña tallada en piedra gris. Cuando Ellen la sostuvo en la palma de su mano, se decantó hacia la izquierda como si estuviese borracha (le faltaba una pata), pero eso no le restaba fealdad ni malevolencia. Los picados ojos, de un tono violáceo a causa del hierro fusionado con la piedra en las incandescentes entrañas de la tierra millones de años atrás, sobresalían por encima de las maxilas abiertas, y entre éstas asomaba una lengua que no era una lengua sino la cabeza sonriente de un coyote. El dorso de la araña recordaba vagamente un violín.

–*Tak!* –dijo la criatura, de pie junto al escritorio. Tenía el rostro blando y flácido, una cruel imitación de la cara de la mujer que diez horas antes leía un cuento a su hija y compartía con ella una taza de leche con cacao. Miraba con ojos alertas y malignos, unos ojos siniestramente parecidos a los de la araña que sostenía en la palma de su mano. De pronto cogió la estatuilla con la otra mano y la levantó sobre su cabeza, exponiéndola a la luz del plafón colgado del techo–. *Tak ah wan. Tak ah lah. Mi him, en tow. En tow.*

De inmediato empezaron a aparecer arañas reclusas por el hueco de la escalera, las grietas del rodapié, los rincones oscuros de las celdas vacías. Formaron un círculo en torno a la criatura, que lentamente bajó la araña de piedra y la dejó en el escritorio.

–*Tak!* –exclamó en un susurro–. *Mi him, en tow.*

Una visible agitación recorrió el círculo de atentas arañas. Había quizá cincuenta en total, en su mayoría no mayores que ciruelas pasas. A continuación la formación circular se rompió, y las arañas se encaminaron hacia la puerta en fila de a dos. La criatura que había sido Ellen Carver hasta que Collie Entragian la llevó a la Mina de los Chinos las observó mientras partían. Luego se guardó la talla de piedra en el bolsillo.

–Los judíos deben morir –dijo a la habitación vacía–. Los católicos deben morir. Los admiradores de Grateful Dead deben morir. –Guardó silencio por un instante. Después añadió–: Y los pequeños meapilas también deben morir.

Cruzó los brazos de Ellen Carver ante el pecho de Ellen Carver y empezó a tamborilear pensativamente con los dedos de Ellen Carver en las clavículas de Ellen Carver.

TERCERA PARTE

# EL OESTE AMERICANO: SOMBRAS LEGENDARIAS

# I

## 1

–¡Santo cielo! –exclamó Steve–. Esto es increíble.

–¿Increíble? Jodidamente raro, diría yo –replicó Cynthia, y echó un vistazo alrededor para ver si había ofendido al anciano, pero Billingsley no estaba presente en ese momento.

–Jovencita –dijo Johnny–, raro es el bacalao, el único invento cuyo mérito puede atribuirse tu generación. Esto no es raro; de hecho es precioso.

–Raro –repitió Cynthia, pero sonreía.

Johnny supuso que el Oeste Americano había sido construido en la posguerra, cuando los cines no eran ya los superpalacios de los años veinte y treinta pero mucho antes de que las galerías comerciales y las multisalas los convirtiesen en cajas de zapatos con equipos Dolby. Billingsley había encendido los focos situados sobre la pantalla y las luces de lo que antiguamente se habría llamado el foso de la orquesta. La sala era amplia pero acogedora. En las paredes había candelabros eléctricos vagamente *art déco*, pero ahí acababan los detalles ornamentales. La mayoría de las butacas seguían en su sitio, pero el tapizado rojo estaba descolorido y deshilachado y despedía un intenso olor a moho. La pantalla era un enorme rectángulo blanco donde en otro tiempo Rock Hudson debió de abrazar a Doris Day, y Charlton Heston competir en una carrera de cuádrigas con Stephen Boyd. Medía unos doce metros de largo por seis de alto; desde donde Johnny se hallaba parecía la pantalla de un autocine.

Frente a la pantalla había un escenario, una especie de vestigio arquitectónico de otra época, imaginó Johnny, pues seguramente los espectáculos de variedades ya habían pasado a la historia cuando se construyó aquella sala. ¿Lo habrían usado alguna vez? Probablemente. Para discursos electorales, ceremonias de graduación del instituto, o quizá incluso para la final del concurso de ortografía del condado. Pero al margen de cuál hubiese sido su utilidad en el pasado, los asistentes a esos pintorescos actos rurales difícilmente habrían adivinado cuál sería la función última de aquel escenario.

Johnny echó una ojeada alrededor, ya un poco preocupado por Billingsley, y vio que el anciano se acercaba por el estrecho y corto pasillo que comunicaba los servicios con los bastidores, donde se encontraba reunido el resto del grupo. El viejo debe de tener guardada una botella, y ha ido a echar un trago, eso es todo, pensó Johnny, pero no olió a alcohol cuando Billingsley pasó por su lado, y ése era un olor que nunca se le escapaba desde que había dejado la bebida.

Siguieron a Billingsley hacia el escenario –el grupo que Johnny denominaba para sí (y no sin cierto afecto) Asociación de Supervivientes de Collie Entragian–, acompañados del eco de sus pisadas y de sus alargadas sombras. Con la tenue luz que caía sobre ellos lateralmente, sus cuerpos proyectaban sombras alargadas e imprecisas. Billingsley había encendido los focos de la pantalla y el foso mediante los interruptores de una caja que formaba parte del armario de contadores situado junto a la entrada izquierda del escenario. Por encima de las raídas butacas la luz se difuminaba rápidamente y hacia las invisibles alturas ascendían sólo sombras. Más arriba, y también en los cuatro costados del edificio, soplaba el viento del desierto. El sonido que producía helaba la sangre a Johnny; sin embargo no podía negar que a la vez poseía un extraño encanto, aunque ignoraba en qué residía ese encanto.

Vamos, no mientas, se dijo. Sí lo sabes. Y Billingsley y sus amigos lo sabían también; por eso venían aquí. Dios te ha dotado de los oídos necesarios para percibir ese sonido, y una sala como ésta actúa como un eficaz amplificador. Uno lo oye incluso mejor sentado en el escenario en compañía de sus viejos compinches, rodeado de sombras legendarias y brindando por el pasado. Ese sonido proclama que rendirse no es malo, que rendirse es de hecho la única opción razonable. Ese sonido habla de la atracción del vacío y los placeres de la nada.

En medio del polvoriento escenario había una sala de estar: sillones, sofás, lámparas de pie, una mesita de centro, e incluso un televisor. Todo el mobiliario se hallaba sobre un extenso pedazo de moqueta. Parecía una exposición de la sección de muebles de unos grandes almacenes. Johnny pensó que si Eugene Ionesco hubiese escrito el guión de un episodio de *Dimensión desconocida*, probablemente habría creado un escenario como aquél. Un bar de roble ahumado dominaba la decoración. Johnny lo acarició con la mano mientras Billingsley encendía las lámparas una tras otra. Johnny advirtió que los cables eléctricos pasaban a través de pequeños orificios abiertos en la parte inferior de la pantalla, y que los contornos de estos orificios habían sido asegurados con cinta adhesiva para evitar que se extendiesen.

Billingsley señaló el bar con el mentón.

–Eso lo conseguimos en una subasta. Procedía de

un rancho cercano. Buzz Hansen y yo nos pusimos de acuerdo y lo sacamos por diecisiete pavos. ¿No es increíble?

–Pues sí, francamente –dijo Johnny, intentando imaginar cuánto cobrarían por una pieza como aquélla en alguna de las elegantes tiendas de antigüedades del SoHo. Abrió las puertas y vio que estaba bien abastecido, y además con bebida de calidad. Nada selecto pero de calidad. Se apresuró a cerrar nuevamente las puertas. Aquellas botellas lo tentaban como no lo había tentado la botella de Jim Beam del casino.

Ralph Carver se sentó en un sillón de orejas y contempló las butacas vacías de la platea con la expresión de confusa esperanza de quien piensa que acaso todo es un sueño. David se acercó al televisor.

–Consiguen sintonizar algún canal con esto... ¡Ah, ya veo!

Había descubierto un vídeo debajo del televisor. Se agachó para echar un vistazo a las cintas apiladas sobre él.

–Hijo... –empezó a decir Billingsley, pero desistió.

David ojeó rápidamente las carátulas –*Ninfomanía en las aulas, Las debutantes cachondas, Azafatas calientes (tercera parte)*– y volvió a dejarlas sobre el vídeo.

–¿Ven esto? –dijo David.

Billingsley se encogió de hombros en un gesto de turbación y a la vez de hastío.

–Somos demasiado viejos para la práctica activa, hijo. Quizá algún día lo entiendas.

–Eh, es asunto suyo –repuso David, irguiéndose–. Yo sólo preguntaba.

–Steve, mira esto –dijo Cynthia. Retrocedió, levantó las manos sobre la cabeza, cruzó las muñecas e imitó un aleteo. Una enorme forma oscura flotó en la pantalla, grisácea a causa del polvo acumulado durante varias décadas–. Un cuervo. No está mal, ¿eh?

Steve sonrió, se acercó a ella y juntó las manos ante él con un único dedo extendido.

—¡Un elefante! —exclamó Cynthia—. ¡Genial!

David se echó a reír. Era una risa alegre y desenfadada. Su padre volvió la cabeza al oírla y sonrió.

—No está mal para ser de Lubbock —se burló Cynthia.

—Ándate con cuidado, o empezaré a llamarte «nena» otra vez.

Cynthia, con los ojos cerrados, sacó la lengua y se tiró de las orejas. A Johnny le recordó tan vívidamente a Terry que no pudo evitar soltar una carcajada. El sonido de su propia risa lo sobresaltó, casi lo asustó. Supuso que en algún momento entre su encuentro con Entragian y el anochecer había decidido no reír nunca más, al menos de las cosas divertidas.

Mary Jackson, que había estado curioseando entre los muebles del escenario, contempló el elefante de Steve y anunció:

—Yo sé hacer el perfil de Nueva York.

—¡Y una mierda! —dijo Cynthia, incrédula y a la vez intrigada.

—¡A verlo! —pidió David, mirando la pantalla con la misma expectación que un niño espera el comienzo de la última película de Ace Ventura.

—De acuerdo —accedió Mary, y alzó las manos con los dedos hacia arriba—. Veamos... un segundo... Lo aprendí de pequeña en unas colonias de verano, y de eso hace ya mucho tiempo.

—¿Qué carajo están haciendo?

La estridente voz sobresaltó a Johnny, y por lo visto no sólo a él. Mary dejó escapar un grito. El perfil urbano que había empezado a dibujarse en la vieja pantalla se desenfocó y desapareció.

Audrey Wyler, con la cara pálida y mirada febril, se hallaba a mitad de camino entre bastidores y la sala de estar. Su sombra se proyectaba en la pantalla detrás de ella, formando también una imagen sin saberlo su creadora: la capa de Batman.

–Están tan locos como Entragian. Está ahí fuera buscándonos en este mismo momento. ¿No recuerda el coche que hemos oído, Steve? Era él, que ha vuelto. Y sin embargo ahí están, con las luces encendidas y perdiendo el tiempo con jueguecitos.

–Las luces no se verían desde fuera aunque estuviesen todas encendidas –repuso Billingsley, dirigiendo a Audrey una mirada pensativa y a la vez intensa, como si, pensó Johnny, creyese haberla visto antes en alguna parte. Posiblemente en *Las debutantes cachondas*–. Recuerde que esto es un cine, y está aislado de la luz y el ruido. Por eso nos gustaba a mí y mi panda.

–Pero vendrá a echar un vistazo. Y si está atento, nos oirá. En Desesperación no hay muchos sitios donde esconderse.

–Que venga –dijo Ralph Carver con voz grave, levantando el rifle Ruger 44–. Ha matado a mi hija y se ha llevado a mi mujer. Sé qué clase de individuo es tan bien como usted, señora. Así que ojalá venga. Tengo un mensaje urgente para él.

Audrey lo miró indecisa por un momento. Ralph le dirigió una mirada sin vida. A continuación Audrey lanzó una ojeada indiferente a Mary, y por último se concentró de nuevo en Billingsley.

–Podría entrar en el edificio sin que nos diésemos cuenta. En un sitio como éste debe de haber al menos media docena de entradas. Quizá más.

–Exacto –repuso Billingsley–, y todas cerradas a cal y canto menos la ventana del servicio de señoras. Acabo de venir de allí. He colocado una hilera de botellas vacías en la repisa interior de csa ventana. Si la abre, se levantará hacia adentro y tirará todas las botellas al suelo al mismo tiempo. Oiremos el ruido, y cuando entre aquí, le meteremos tanto plomo en el cuerpo que luego podremos cortarlo en pedazos para hacer plomadas. –Mientras exponía este osado plan, sus ojos se desplazaban incesantemente de la cara de Audrey, que no estaba mal, a sus piernas, que en la humilde opinión de John Edward Marinville eran espectaculares.

Audrey siguió mirando a Billingsley como si fuese el mayor necio que había visto en su vida.

–¿Ha oído hablar de una cosa que se llama «llave», vejete? En pueblos tan pequeños como éste los policías tienen llave de todos los establecimientos comerciales.

–De los establecimientos *en activo* –puntualizó Billingsley sin inmutarse–. Pero el Oeste Americano lleva mucho tiempo sin abrir al público. Las puertas no están simplemente cerradas con llave; están tapiadas por dentro. Los chicos que venían aquí usaban la salida de incendios, pero la escalera se desplomó en marzo pasado. No; pienso que éste es el lugar más seguro.

–Más seguro en todo caso que la calle –añadió Johnny.

Audrey se volvió hacia él y lo miró con las manos en jarras.

–¿Y bien? ¿Cuál es su plan? ¿Quedarse todos aquí y jugar a hacer sombras de animales en la pantalla?

–Cálmese –dijo Steve.

–¡Cálmese *usted*! –gruñó Audrey–. ¡*Yo* quiero salir de aquí!

–Eso mismo deseamos todos, pero no es el momento idóneo –terció Johnny. Dirigiéndose a los otros, preguntó–: ¿Alguien no está de acuerdo?

–Sería una locura salir en plena noche –convino Mary–. El viento debe de soplar a ochenta kilómetros por hora, y con la arena que flota en el ambiente podría atraparnos uno por uno.

–¿Y qué cree que va a cambiar mañana cuando pase

la tormenta y salga el sol? –preguntó Audrey, pero dirigiéndose a Johnny y no a Mary.

–Creo que nuestro amigo Entragian puede estar muerto cuando amaine la tormenta –dijo Johnny–. Si no lo está ya.

Ralph asintió con la cabeza. David, de nuevo en cuclillas junto al televisor, con las manos cruzadas entre las rodillas, escuchaba absorto a Johnny.

–¿Por qué? –preguntó Audrey

–¿Es que no lo ha visto? –dijo Mary.

–Claro que lo he visto, pero no hoy. Hoy sólo he oído su coche, sus pisadas... y también lo he oído hablar solo. Pero *verlo* lo vi ayer por última vez.

–¿Hay alguna fuente de radiactividad en esta zona, señora? –preguntó Ralph a Audrey–. ¿Ha habido alguna vez un vertedero de residuos nucleares, o quizá un depósito de armas atómicas? Porque daba la impresión de que el policía estuviese cayéndose a pedazos.

–No creo que su enfermedad se deba a la contaminación radiactiva –comentó Mary–. He visto fotografías de esa clase de enfermos, y...

–Un momento –la interrumpió Johnny–. Tengo una proposición que hacer. Creo que deberíamos sentarnos cómodamente y hablar del asunto. ¿No les parece? Por lo menos mataremos el rato, y con un poco de suerte quizá se nos ocurra alguna manera de salir de aquí. –Miró a Audrey con su sonrisa más persuasiva y vio complacido que si bien no se derretía, al menos se relajaba un poco. Tal vez Johnny no había perdido aún todo su encanto–. Como mínimo será más constructivo que proyectar sombras en la pantalla.

Moderando un poco la sonrisa, recorrió a todo el grupo con la mirada: Audrey, de pie en el borde de la moqueta con su tentador vestido; David, en cuclillas junto al televisor; Steve y Cynthia, sentados en los brazos de un mullido sillón que parecía adquirido en la misma subasta que el bar; Mary, de pie junto a la pantalla con los brazos cruzados bajo los pechos y aspecto de profesora; Tom Billingsley, inspeccionando con las manos a la espalda el contenido del bar; Ralph, sentado en el sillón de orejas en el límite mismo de la zona iluminada, con el ojo izquierdo casi cerrado debido a la hinchazón. La Asociación de Supervivientes de Collie Entragian, todos presentes e identificados.

¡Menuda pandilla!, pensó Johnny. Manhattan Transfer en el desierto.

–Existe otra razón por la que debemos hablar. –Contempló las sombras de todos ellos proyectadas en la pantalla. Por un momento tuvo la impresión de estar viendo las sombras de enormes aves. Recordó que Entragian había dicho que los buitres se echaban pedos, que eran las únicas aves que lo hacían. Y también había dicho: «¡Mierda! Todos estamos de vuelta de los porqués, y *tú* lo sabes.» Johnny pensó que eso era lo más espeluznante que había oído jamás, en gran medida porque parecía verdad. Johnny movió la cabeza en un lento gesto de asentimiento, como expresando su conformidad a algún interlocutor interior. Luego prosiguió–: A lo largo de mi vida he visto cosas extraordinarias, pero nunca había pasado por una experiencia que pudiese calificarse de sobrenatural. Hasta hoy, quizá. Y lo que más me asusta es que esa experiencia tal vez no haya concluido todavía. No lo sé. Sólo puedo afirmar con total certeza que en las últimas horas me han ocurrido cosas que soy incapaz de explicar.

–¿De qué habla? –prorrumpió Audrey, casi al borde del llanto–. ¿No es demasiado grave lo que ha sucedido para convertirlo en una especie de... de cuento de excursionistas alrededor de una hoguera?

–Sí –contestó Johnny con una voz baja y compasiva que apenas reconoció como propia–. Pero eso no cambia nada.

—Me resulta más fácil escuchar y hablar si tengo algo en el estómago –dijo Mary–. ¿No habrá algo de comer por aquí?

Tom Billingsley, al parecer azorado, movió nerviosamente los pies.

—Pues no, no gran cosa, señora. Por lo general veníamos aquí de noche para tomar unas copas y charlar de los viejos tiempos.

Mary suspiró.

—Eso me temía.

Billingsley señaló hacia la entrada derecha del escenario.

—Marty Ives trajo algo de comer hace un par de noches. Probablemente sardinas. A Marty le encantan las sardinas y las galletas saladas.

—¡Uf! –exclamó Mary, pero pareció atraída a su pesar por el ofrecimiento. Johnny supuso que en dos o tres horas más se conformaría incluso con unas anchoas.

—Iré a echar un vistazo. Quizá Marty trajo algo más –dijo Billingsley sin muchas esperanzas.

David se irguió.

—Ya iré yo si quiere.

Billingsley hizo un gesto de indiferencia. Contemplaba de nuevo las piernas de Audrey y por lo visto había perdido el interés en las sardinas.

—Hay un interruptor a la izquierda nada más salir del escenario –explicó–. Enfrente verás una estantería. Solían dejar ahí todo lo que traían de comer. Puede que encuentres también unas galletas de chocolate.

—Puede que usted y sus amigos se excedieran un poco con la bebida, pero al menos no descuidaban las necesidades alimenticias mínimas –se burló Johnny–. Eso está bien.

El veterinario lo miró por un momento, se encogió de hombros y volvió a concentrarse en las piernas de Audrey Wyler. Al parecer ella no había advertido el interés del viejo en sus extremidades inferiores, o si lo había advertido, no le importaba.

David se encaminó hacia los bastidores, pero de pronto se detuvo y volvió a coger el revólver. Lanzó una mirada fugaz a su padre, pero éste contemplaba absorto las hileras de butacas rojas que se perdían en la oscuridad. El chico se metió el arma con cuidado en un bolsillo de los vaqueros hasta que sólo asomó la culata y se dirigió de nuevo hacia los bastidores. Al pasar junto a Billingsley, preguntó:

—¿Hay agua corriente?

—Esto es el desierto, hijo. Cuando un edificio queda vacío, cortan el agua.

—¡Mierda! —exclamó David—. Aún llevo jabón por todo el cuerpo, y me pica horrores.

Cruzó el escenario, se detuvo ante la entrada a bastidores y se inclinó en la oscuridad. Al cabo de un momento se encendió la luz. Johnny se relajó —consciente de pronto de que esperaba que algo sobresaltase al chico— y se dio cuenta de que Billingsley lo miraba.

—Lo que ese chico ha hecho antes —comentó—, el modo en que ha salido de la celda, era imposible.

—En ese caso debemos de estar todavía allí encerrados —dijo Johnny. Pensó que su tono volvía a ser el de siempre, pero en realidad lo que el viejo veterinario acababa de decir también a él se le había pasado por la cabeza. Incluso había encontrado una expresión para describirlo: *un milagro discreto*. Lo habría anotado en su cuaderno si no se le hubiese caído junto a la interestatal 50—. ¿Es eso lo que cree?

—No. Estamos aquí, y todos lo hemos visto con nuestros propios ojos —respondió Billingsley—. Se ha embadurnado de jabón y pasado entre los barrotes como una pepita de sandía. En apariencia tenía cierta lógica, ¿no? Pero le aseguro una cosa, amigo: ni Houdini hubiese sido capaz de salir así. Por la cabeza. Debería haberse quedado atascado por la cabeza, pero no ha sido así. –Miró a sus acompañantes uno por uno, terminando en Ralph. Éste al parecer lo escuchaba, pero Johnny dudaba que comprendiese sus palabras. Y quizá mejor así.

–¿Adónde quiere ir a parar? –preguntó Mary.

–No estoy seguro –contestó Billingsley–. Pero creo que nos conviene permanecer alrededor del joven Carver. –Tras un breve titubeo, añadió–: En mis tiempos se decía que cualquier hoguera sirve en las noches frías.

2

La criatura recogió el coyote muerto del rellano y lo examinó.

–*Soma* muere; *pneuma* se va; sólo *sarx* permanece –recitó con una voz paradójica, sonora y a la vez susurrante–. Siempre ha sido así; siempre será así; la vida se extingue, y mueres.

Llevó al animal escalera abajo, las patas y la destrozada cabeza colgando, el cuerpo meciéndose como una estola de piel ensangrentada. La criatura se detuvo un instante ante las puertas de cristal del ayuntamiento; desde allí contempló la turbulenta oscuridad y escuchó el viento.

–*So cah set!* –exclamó.

A continuación llevó al coyote a las oficinas. Al entrar miró las perchas situadas a la derecha de la puerta y vio de inmediato que la niña –Bombón, como la llamaba su hermano– había sido descolgada y envuelta en una cortina.

La ira contorsionó el pálido rostro de la criatura.

–¡La ha descolgado! –dijo al coyote muerto que sostenía en sus brazos–. ¡Ese chico despreciable la ha descolgado! ¡Chico estúpido y alborotador!

Sí. Chico insensato. Chico grosero. Chico *necio*. En cierto modo este último calificativo era el mejor, ¿o no? El que más se ajustaba a la verdad. El necio meapilas había intentado remediar al menos una parte, como si alguna parte de una cosa como aquélla pudiera remediarse, como si la muerte fuese una obscenidad pintada en la pared de la vida y pudiese limpiarse a estregones con un brazo fuerte. Como si el libro cerrado pudiese reabrirse y volverse a leer con un final distinto.

Sin embargo un vago temor se entrelazaba con su ira, como una puntada amarilla en una tela roja, porque el chico no iba a rendirse, y por consiguiente ninguno de ellos se rendiría. No deberían haber osado escapar

(de Entragian, ella, la criatura, ellos)

ni siquiera con las puertas de las celdas abiertas de par en par. Pero habían escapado. Por culpa del chico, el miserable y vanidoso meapilas, que había tenido la insolencia de descolgar a la putita de su hermana e intentar proporcionarle algo parecido a un entierro decente...

La criatura notó un calor denso en los dedos y las manos. Bajó la vista y vio que había hundido las manos de Ellen hasta las muñecas en el vientre del coyote.

Tenía previsto colgar el coyote en una de las perchas, simplemente porque eso mismo había hecho con algunos de los otros, pero de pronto se le ocurrió otra idea. Llevó el coyote hasta el bulto verde que yacía en el suelo, se arrodilló y apartó la cortina. Bajó la vista y, con la boca abierta en un mudo gruñido, contempló el cadáver de la niña que años atrás se había gestado en el cuerpo que ahora ocupaba.

¡Cómo había tenido la desfachatez de cubrirla aquel meapilas!

Extrajo del vientre del coyote las manos de Ellen, ahora enfundadas en cálidos guantes de sangre, y colocó al animal sobre Kirsten. Le separó las mandíbulas y se las cerró en torno al cuello de la niña. Aquel *tableau de la mort* tenía algo de horripilante y fantástico; parecía una ilustración de un macabro cuento de hadas.

–*Tak* –susurró la criatura, y sonrió. El labio inferior de Ellen Carver se agrietó y un inadvertido hilillo de sangre corrió por su barbilla. El despreciable y presuntuoso muchacho no vería probablemente aquella rectificación a su rectificación. Así y todo era un gran placer imaginar su reacción si la hubiese visto. Si hubiese comprobado lo inútiles que habían sido sus esfuerzos, con qué facilidad había quedado en nada su muestra de respeto, con qué naturalidad el cero se había impuesto en los artificiales cálculos de los hombres.

Tiró del borde de la cortina y cubrió el coyote hasta el cuello. En aquella posición la niña y el animal casi parecían amantes. ¡Cómo deseó que el chico estuviese allí! También el padre, pero sobre todo el chico, porque era quien más necesitaba una lección.

Era él quien representaba auténtico peligro.

Se produjo un roce de numerosos pasos a su espalda, un sonido de hecho inaudible, pero lo oyó de todos modos. Se giró sobre las rodillas de Ellen y vio que las arañas reclusas estaban ya de vuelta. Cruzaron las puertas de las oficinas municipales, torcieron a la izquierda y treparon por la pared, pasando sobre anuncios de inminentes actos ciudadanos y una solicitud de voluntarios para la obra teatral de otoño acerca de las vidas de los primeros colonos. Encima del aviso de una sesión informativa en la que los directivos de la Compañía Minera de Desesperación hablarían de la reanudación de los trabajos de extracción de cobre en la Mina de los Chinos, las arañas volvieron a formar en círculo.

La alta mujer que llevaba el mono y la bandolera se levantó y se acercó a ellas. El círculo de arañas tembló, como en una expresión de miedo o éxtasis, o ambas cosas a la vez. La mujer juntó las manos ensangrentadas y después las separó con las palmas vueltas hacia la pared.

–*Ah lah?*

El círculo se dispersó, y las arañas se reagruparon en una nueva forma con la precisión de un grupo coreográfico. Formaron una C, se disolvieron y volvieron a unirse en una I. Siguió una N, y cuando empezaban a dibujar una E, la mujer las interrumpió con un gesto.

–*En tow* –dijo–. *Ras.*

Las arañas dejaron la E a medias y de nuevo formaron un trémulo círculo.

–*Ten ah?* –preguntó al cabo de un momento, y las arañas se disgregaron y volvieron a agruparse en un círculo de menor diámetro. Era la forma del *ini*. La mujer lo contempló por un momento, tamborileando con los dedos de Ellen en las clavículas de Ellen, y después indicó algo con un gesto en dirección a la pared. El círculo se dispersó y las arañas comenzaron a descender hacia el suelo.

La criatura regresó al vestíbulo, sin prestar atención a las arañas que pululaban en torno a sus pies. Estarían a su disposición siempre que las necesitase, y eso era lo único que importaba.

Se detuvo ante las puertas y volvió a contemplar la oscuridad. No veía el viejo cine, el Oeste Americano, pero sabía que estaba a unos doscientos metros de allí, pasado el único cruce del pueblo. Y gracias a las arañas violinistas sabía también dónde se hallaban los fugitivos, dónde se hallaba el despreciable meapilas.

3

Johnny Marinville volvió a contar lo que le había ocurrido, esta vez de principio a fin. Por primera vez en muchos años intentó abreviar (no pocos críticos de todo el país le habrían aplaudido, incrédulos). Les explicó que había parado a orinar y que Entragian había aprovechado ese momento para meter la droga en una de sus alforjas. Les habló de los coyotes –el que había parecido escuchar a Entragian y los otros, dispuestos a intervalos regulares a ambos lados de la carretera como una peculiar guardia de honor– y de la paliza que le había propinado el enorme policía. Volvió a describir el atroz asesinato de Billy Rancourt y después, sin ninguna variación apreciable en la voz, el ataque que había sufrido por parte del buitre, que al parecer obedecía instrucciones de Collie Entragian.

En este punto del relato apareció una expresión de franca incredulidad en el rostro de Audrey Wyler, pero Johnny advirtió que Steve y la muchacha flaca y menuda que había encontrado en algún lugar del camino cruzaban una mirada de comprensión. Johnny no se molestó en comprobar la reacción de los demás, sino que bajó la vista y se contempló las manos, apoyadas en las rodillas, concentrándose como cuando, al escribir, se peleaba con un párrafo difícil.

–Quería que le chupase la polla. Probablemente Entragian esperaba que empezase a balbucear y suplicarle compasión, pero la idea no me ha resultado tan escandalosa como él había previsto. La felación es una petición sexual bastante corriente en situaciones donde la autoridad rebasa sus límites y restricciones habituales, pero no es lo que parece. En apariencia la violación es una agresión y un acto de dominación; en el fondo, se reduce a una reacción colérica motivada por el miedo.

–Gracias, doctor Freud –lo interrumpió Audrey–. Y a continuación hablaremos del incesto.

Johnny la miró sin rencor.

–Escribí una novela sobre el tema de la violación homosexual. *El tiburón*, se titulaba. No fue un gran éxito de crítica, pero entrevisté a mucha gente y llegué a comprender los mecanismos básicos bastante bien, creo. La cuestión es que en lugar de asustarme me he puesto furioso. Y en todo caso a esas alturas ya había decidido que no tenía mucho que perder. Le he dicho que se la chuparía si era eso lo que quería, pero que en cuanto la tuviese entre los dientes, se la arrancaría de cuajo. Y luego... luego... –Se esforzó en pensar como no lo había hecho ni una sola vez en los últimos diez años–. Luego le he soltado una de esas palabras sin sentido que él usa. Al menos a mí me parecía que no tenían sentido, que eran una especie de jerga inventada. ¿Cómo era? Tenía un sonido gutural...

–¿No sería *tak* por casualidad? –preguntó Mary.

Johnny asintió.

–Y por lo visto para los coyotes y el propio Entragian sí tenía sentido. Cuando la he pronunciado, ha dado un respingo... e inmediatamente después ha ordenado al buitre que me atacase.

–Eso no me lo creo –dijo Audrey–. Parece que es usted un escritor famoso o algo así, y da la impresión de que no está acostumbrado a que pongan en duda su palabra, pero eso no me lo creo.

–Sin embargo ha ocurrido –repuso Johnny–. ¿No ha visto usted en el pueblo nada parecido? ¿Animales con un comportamiento anormal o agresivo?

–Mire, yo he estado escondida en la lavandería –respondió Audrey–. Empiezo a pensar que no hablamos el mismo idioma.

–Pero...

–Oiga, ¿quiere usted hablar de animales con un comportamiento anormal o agresivo? –Audrey se inclinó, fijando en Marinville sus ojos brillantes–. Pues ahí tiene a *Collie*. Collie tal como es ahora. Ha matado a cuantos le salían al paso. ¿No le basta con eso? ¿Necesita también buitres amaestrados?

–¿Y arañas? –preguntó Steve. Él y la chica delgada

se habían dejado caer en el asiento del sillón en cuyos brazos estaban sentados un rato antes, y Steve la rodeaba con un brazo.

–¿Qué pasa con las arañas? –preguntó Audrey.

–¿No ha visto arañas... bueno... en grupo?

–¿En grupo? –repitió Audrey, dirigiéndole una mirada que parecía decir: «Cuidado, lunático en acción.»

–Sí, moviéndose en manadas, como los lobos o los coyotes.

Audrey negó con la cabeza.

–¿Y serpientes?

–Tampoco he visto serpientes. Ni coyotes en las calles del pueblo. Ni siquiera un perro con sombrero de fiesta montado en bicicleta. Todo eso es nuevo para mí.

David regresó al escenario con una pequeña bolsa de papel marrón –como las que daban en las tiendas para las compras menores– y un paquete de galletas saladas.

–He encontrado un poco de comida –anunció.

–Ya veo –bromeó Steve, observando el paquete y la pequeña bolsa–. Desde luego eso basta para acabar con el hambre en América. ¿A cuánto tocamos, Davey? ¿Una sardina y dos galletas por cabeza?

–En realidad hay bastante –contestó David–. Más de lo que parece. Esto... –Se interrumpió, y los miró pensativo y un tanto nervioso–. ¿Les importa si pronuncio una oración antes de repartir la comida?

–¿Como si bendijeses la mesa? –preguntó Cynthia.

–Sí, exacto.

–Por mí no hay inconveniente –accedió Johnny–. Creo que no nos vendrá mal una bendición en estas circunstancias.

–Amén –dijo Steve.

David dejó la bolsa y el paquete de galletas entre sus pies. A continuación cerró los ojos y juntó las manos ante la cara sin cruzar los dedos. A Johnny le llamó la atención la naturalidad con que actuaba el chico. Había en sus gestos una sencillez que la asiduidad había convertido en belleza.

—Dios, bendice por favor los alimentos que vamos a comer —comenzó David.

—Sí, lo poco que hay —comentó Cynthia, y de inmediato se arrepintió de haber hablado.

Sin embargo a David no pareció molestarle la interrupción; quizá no la había oído siquiera.

—Bendícenos a todos, protégenos y líbranos del mal. Protege también a mi madre, por favor, si es ésa tu voluntad. —Guardó silencio por un instante y luego, bajando la voz, añadió—: Probablemente no es tu voluntad, pero si lo es, protégela, por favor. En nombre de Jesús, amén. —Volvió a abrir los ojos.

Johnny estaba conmovido. La oración de aquel chico había llegado al rincón de su alma al que Entragian había intentado en vano llegar.

Claro que me ha conmovido. Porque su fe es sincera. A su lado el papa Juan Pablo, con su postinera indumentaria y su sombrero de ala ancha, parece un cristiano de relumbrón.

David se agachó y cogió la comida que había encontrado. Mientras revolvía en el interior de la bolsa se lo veía tan alegre como un magnate presidiendo una comida de beneficencia.

—Aquí tiene, Mary. —Sacó una lata de sardinas y se la entregó—. El abridor está debajo.

—Gracias, David.

El chico sonrió.

—Déselas al amigo del señor Billingsley. La comida es suya, no mía. —Le ofreció también el paquete de galletas saladas—. Páselas.

—Tome lo que necesite y deje el resto —comentó Johnny con tono jovial—. Eso decimos los del club del codo empinado, ¿eh, Tom?

El veterinario lo miró con ojos acuosos pero no contestó.

David dio una lata de sardinas a Steve y otra a Cynthia.

—No, con una ya está bien —dijo Cynthia, haciendo ademán de devolver la suya—. Steve y yo podemos compartirla.

—No es necesario —aseguró David—; hay de sobra. De verdad.

A continuación distribuyó otras tres latas entre Audrey, Tom y Johnny. Éste hizo girar la suya en la mano un par de veces, como para asegurarse de que era real, antes de sacarla de la caja, despegar el abridor del dorso e insertar en la ranura de éste la pestaña de la lata. La abrió. En cuanto le llegó a la nariz el olor a pescado, sintió un apetito voraz. Si alguien le hubiese dicho alguna vez que un día reaccionaría de ese modo ante una miserable lata de sardinas, se habría echado a reír.

Alguien le tocó el hombro. Era Mary, que le tendía el paquete de galletas saladas. En su rostro había una expresión casi de éxtasis. Un brillante hilillo de aceite le caía de la comisura de los labios hasta la barbilla.

—Coja —ofreció—. Las sardinas están buenísimas con galletas saladas. ¡En serio!

—Sí —dijo Cynthia alegremente—. A mal hambre no hay pan duro.

Johnny aceptó el paquete, miró dentro y vio que ya sólo quedaba medio cilindro de galletas envuelto en papel encerado. Cogió tres. Eran de color tostado. Su estómago rugió en protesta por tan comedida actitud, y no pudo evitar coger otras tres antes de pasarle el paquete a Billingsley. Cruzó una mirada con el anciano veterinario y le oyó susurrar de nuevo que ni Houdini habría salido de la celda como había hecho el chico, por la cabeza. Y aparte estaba el detalle del teléfono móvil: habían aparecido tres barras de transmisión en cuanto

David lo cogió, y ninguna mientras Johnny lo sostenía.

—Esto zanja definitivamente la cuestión —declaró Cynthia con la boca llena y una expresión semejante a la de Mary—. La comida es *mucho* mejor que el sexo.

Johnny miró a David, que comía sentado en un brazo del sillón ocupado por su padre. Ralph tenía la lata de sardinas sin abrir sobre el regazo y seguía con la mirada perdida en la platea vacía. David sacó un par de trozos de sardina de su lata, los puso sobre una galleta, y se la ofreció a su padre. Ralph comenzó a masticar mecánicamente, como si su único objetivo fuese volver a tener la boca vacía cuanto antes. Johnny se sintió incómodo al ver la expresión de solícito afecto en el rostro del chico, como si estuviese invadiendo su intimidad. Desvió la mirada y vio el paquete de galletas en el suelo. Todos comían absortos y nadie se fijó en él cuando cogió el paquete y miró dentro.

Había pasado ya por manos de todos los presentes, y cada uno se había servido al menos media docena de galletas (Billingsley incluso más, quizá; el viejo chivo las engullía como un desesperado), pero el cilindro de papel encerado estaba aún en el paquete, y Johnny habría jurado que seguía quedando la mitad; la cantidad de galletas no había variado.

4

Ralph contó el calvario de la familia Carver tan claramente como pudo, comiendo sardinas entre párrafo y párrafo. Intentaba mantener la mente despejada, conservar el control —más por David que por sí mismo—, pero no era fácil. No podía quitarse de la cabeza la imagen de Kirstie, tendida inmóvil al pie de la escalera, ni la de Ellie cuando Entragian se la llevó a rastras del calabozo. «No te preocupes, David, volveré», había dicho, pero

Ralph, que creía haber oído todos los matices e inflexiones en la voz de su esposa durante sus catorce años de matrimonio, tuvo la impresión de que Ellie había salido de sus vidas. Así y todo, por David debía mantenerse firme, volver del lugar adonde su mente conmocionada y desbordada –y también culpable, sí, por qué no reconocerlo– lo había llevado.

Pero no era fácil.

Cuando terminó de contar su historia, Audrey dijo:

–Bueno, al menos no ha presenciado ninguna revuelta del reino animal. Lo siento mucho por su esposa y su hija, señor Carver. Lo siento, David.

–Gracias –respondió Ralph.

–Mi madre aún podría estar viva –añadió David, y Ralph le revolvió el pelo y le dio la razón.

A continuación tocó el turno a Mary, que contó cómo había aparecido la bolsa de droga debajo de la rueda de recambio, cómo Entragian había insertado la frase «Voy a mataros» mientras los advertía de sus derechos, y cómo, sin previo aviso ni mediar provocación, había matado a tiros a su marido ante las puertas del ayuntamiento.

–Sigue sin haber fauna –comentó Audrey. Por lo visto ésa era ahora su principal preocupación. Levantó la lata de sardinas y, sin el menor pudor, se bebió el resto de aceite.

–O no ha oído, o no ha *querido* oír la parte del coyote que ha hecho venir para vigilarnos –dijo Mary.

Audrey le quitó importancia a eso con un gesto de la mano. Se había sentado, proporcionándole a Billingsley otros diez centímetros de muslo en los que recrear la vista. Ralph la miraba también, pero no sentía nada. Tenía la impresión de que en ese momento quedaba más energía en la batería de un coche viejo que en sus circuitos emocionales.

–Es posible amaestrarlos, ¿sabían? –aduje Audrey–.

De hecho les dan de comer carne y los adiestran como a perros.

—¿Ha visto alguna vez a Entragian paseando a un coyote por el pueblo sujeto de una correa? —preguntó Marinville con delicadeza.

Audrey lo miró y apretó los dientes.

—No. Lo saludaba cuando me cruzaba con él en algún sitio, como todo el mundo, pero no lo conocía apenas. Paso la mayor parte del tiempo en la mina o el laboratorio, y en mis días libres monto a caballo. La vida social de los pueblos no me entusiasma.

—¿Y tú, Steve? —preguntó Marinville—. ¿Qué tienes que contar?

Ralph vio que el tipo alto y delgado de acento tejano cruzaba una mirada con su novia —si es que lo era— y luego volvió la cabeza de nuevo hacia el escritor.

—Bueno, en primer lugar si le cuentas a tu agente que he recogido una autoestopista, me quedaré sin bonificación.

—Creo que en estos momentos mi agente es la menor de tus preocupaciones. Adelante. Cuéntanos.

Alternándose, Steve y Cynthia empezaron a contar su historia, conscientes ambos de que lo que habían visto y experimentado excedía ampliamente los límites de la credibilidad. Los dos expresaron un similar sentimiento de frustración por su incapacidad para describir la repugnancia que les había causado el fragmento de piedra tallada en el laboratorio y el poderoso efecto que había ejercido sobre ellos, y ninguno se atrevió a explicar lo que había ocurrido en el aparcamiento de la Rosa del Desierto poco antes de aparecer el lobo con la estatuilla entre los dientes (estuvieron de acuerdo en que era un lobo y no un coyote). Por sus insinuaciones, Ralph dedujo que se trataba de algo sexual, pero no imaginó qué clase de atrocidad podía ser para que los dos se negasen a hablar de ello tan rotundamente.

—¿Todavía le queda alguna duda? —preguntó Marinville a Audrey cuando Steve y Cynthia hubieron terminado. Se dirigió a ella cortésmente, como si no deseara que se sintiese amenazada.

Claro que no desea que se sienta amenazada, pensó Ralph. Somos sólo ocho, y quiere que estemos unidos. Y lo está consiguiendo.

—Ya no sé qué pensar. —Audrey parecía aturdida—. Me resisto a creerlo, aunque sólo sea por el miedo que me da; pero no veo por qué iban a mentir. —Hizo una pausa y, pensativamente, añadió—: A menos que después de encontrarse con todos esos cadáveres colgados en la Guarida de Hernando... no sé, de puro terror...

—¿Hayamos empezado a imaginar cosas? —apuntó Steve.

Audrey asintió con la cabeza.

—En cuanto a las serpientes que han visto en la casa... bueno, tiene una explicación. Esos reptiles presienten estas tormentas hasta con tres días de antelación, y entonces buscan refugio en cualquier sitio. En cuanto a lo otro... no sé. Soy científica, y no se me ocurre...

—Vamos, parece usted un niño que finge tener la boca cosida para no comerse su plato de coliflor —reprochó Cynthia—. Todo lo que Steve y yo hemos visto encaja por completo con lo que el señor Marinville ha visto antes que nosotros, y lo que Mary ha visto antes que él, y lo que la familia Carver ha visto antes que todos nosotros. Todo coincide hasta el último detalle, incluida la cerca derribada donde Entragian se ha cargado al barbero o quien fuese, así que no nos venga ahora con el cuento de que es científica. Estamos todos de acuerdo; es usted la única que sigue en sus trece.

—¡Pero yo no he visto nada de todo eso! —replicó Audrey casi con un gemido.

—¿Y *qué* ha visto? —preguntó Ralph—. Cuéntenoslo.

Audrey cruzó las piernas y tiró hacia abajo del dobladillo del vestido.

—La semana pasada me marché de acampada —comenzó—. Tenía cuatro días libres, así que cogí los bártulos, ensillé a Sally y me dirigí hacia el norte, a los montes Copper. Es mi zona preferida de Nevada.

Ralph tuvo la impresión de que hablaba a la defensiva, como si en el pasado alguien se hubiese mofado de ella por esa clase de pasatiempos.

Billingsley tenía la misma expresión que si acabase de despertar de un sueño, quizá un sueño en el que las largas piernas de Audrey envolvían su descarnado trasero.

—Sally —repitió el anciano—. ¿Qué tal está Sally?

Audrey lo miró desconcertada por un momento y después sonrió como un niña.

—Está bien.

—¿Se ha recuperado de la torcedura? —preguntó Billingsley.

—Sí, gracias. El linimento era muy eficaz.

—Me alegro.

—¿De qué hablan? —quiso saber Marinville.

—Hace alrededor de un año atendí a su caballo —aclaró Billingsley—. Eso es todo.

Ralph no sabía si él habría dejado a Billingsley tratar a su caballo de haberlo tenido; no sabía si lo habría dejado tratar siquiera a un gato callejero. Pero supuso que quizá un año atrás el veterinario fuese una persona distinta. Cuando uno se daba a la bebida, doce meses podían suponer muchos cambios, y en su mayoría para peor.

—Reabrir Serpiente de Cascabel ha sido un trabajo arduo —prosiguió Audrey—. Últimamente nos hemos dedicado a sustituir los rociadores por emisores. Habían muerto unas cuantas águilas...

—¿Unas cuantas? —la interrumpió Billingsley—. Vamos, yo no soy un ecologista fanático, pero no tiene por qué esconder nada.

–Está bien, unas cuarenta en total –admitió Audrey–. No es una cifra alarmante desde el punto de vista de la especie; en Nevada las águilas no están en peligro de extinción, como usted bien sabrá, señor Billingsley. Los verdes también lo saben, pero cada vez que muere un águila reaccionan como si hubiésemos quemado un bebé en la hoguera. ¿Y a qué obedece esa actitud? Muy sencillo: quieren impedirnos que extraigamos el cobre. ¡Dios, qué harta me tienen! Se presentan aquí con sus preciosos coches extranjeros, que al menos contienen veinte kilos de cobre norteamericano cada uno, y nos acusan de violar la tierra. Son...

–Señora –dijo Steve con amabilidad–, disculpe pero ninguno de nosotros milita en Greenpeace.

–Sí, ya lo sé. Esto venía a que a todos nosotros nos preocupa lo que ha ocurrido con las águilas, y también con los halcones y los cuervos, dicho sea de paso, al margen de lo que digan esos fanáticos ecologistas. –Echó un vistazo alrededor como para evaluar el efecto que causaba su honestidad en quienes la escuchaban y luego continuó–. Tratamos el cobre con ácido sulfúrico para desprender la tierra. Los rociadores, una especie de aspersores de jardín pero más grandes, son el método más fácil de aplicar el ácido. Pero los rociadores dejan charcos. Las aves los ven, bajan a bañarse y beber, y mueren. Además, no es una muerte agradable.

–No –coincidió Billingsley, parpadeando–. Cuando extraían oro de la Mina de los Chinos y la Mina de Desatoya, allá por los años cincuenta, se formaban charcos de cianuro. También provocaban una muerte horrible. Pero por entonces no había verdes. Debieron de ser buenos tiempos para la compañía minera, ¿no, señorita Wyler? –Se puso en pie, se acercó al bar, se sirvió un dedo de whisky, y se lo bebió de un trago como si fuese un medicamento.

—¿Sería tan amable de servirme a mí otro con esa misma cantidad? —preguntó Ralph.

—Naturalmente —contestó Billingsley. De inmediato entregó a Ralph su bebida y sacó más vasos. Ofreció a los demás refrescos del tiempo, pero todos optaron por el agua mineral, que Billingsley vertió de una garrafa de plástico.

—Hemos retirado los rociadores y los hemos sustituido por emisores y cabezas de distribución —explicó Audrey—. Es un sistema de goteo, más caro que los rociadores, *mucho* más caro, pero elimina el riesgo de contaminación para las aves.

—Así —corroboró Billingsley. Se sirvió otro whisky, y esta vez lo bebió más despacio, contemplando las piernas de Audrey por encima del vaso.


5


¿Un problema?

Quizá todavía no. Pero acabaría siéndolo si no se tomaban las medidas oportunas.

La criatura que parecía Ellen Carver estaba sentada tras el escritorio entre las celdas vacías. Tenía la cabeza erguida y miraba al frente con ojos brillantes. Fuera el viento silbaba con fluctuante intensidad.

Unas blandas pisadas ascendieron por la escalera y se detuvieron al otro lado de la puerta. A continuación se oyó un gruñido, y la puerta se abrió; un puma la había empujado con el hocico. Para ser una hembra tenía un tamaño considerable: quizá un metro ochenta del hocico a las patas posteriores, más un grueso rabo en continuo movimiento que añadía casi otro metro a la longitud total.

Mientras el puma entraba en la sala, casi arrastrándose por el suelo de madera, con las orejas pegadas al cráneo en forma de cuña, la criatura que parecía Ellen Carver se adentró más aún en su cabeza, deseando percibir lo que el animal sentía y a la vez atraerlo. El puma estaba asustado; examinaba los distintos olores del lugar pero ninguno de ellos lo tranquilizaba. Era una guarida humana, pero eso era sólo parte del problema.

El olfato del puma percibía allí un sinfín de peligros. Pólvora, en primer lugar. Para él, el olor de los disparos recientes era aún intenso. Notaba asimismo el olor del miedo, como una combinación de sudor y hierba quemada. Le llegaba también olor a sangre: sangre de coyote y sangre humana mezcladas. Y estaba por último el ser sentado en la silla, que lo observaba mientras avanzaba hacia él contra su voluntad. Parecía un ser humano pero olía de otro modo. El puma no consiguió identificar aquel olor. Se acurrucó a los pies de la extraña criatura y emitió un quejumbroso maullido.

La criatura se arrodilló, obligó al puma a levantar el hocico y lo miró a los ojos. Empezó a hablar rápidamente en una misteriosa lengua, la lengua de los seres sin forma, e indicó al puma adónde debía ir, cómo debía aguardar, y cómo debía actuar llegado el momento. Estaban armados y probablemente matarían al animal, pero éste cumpliría antes su misión.

Mientras la criatura hablaba, la nariz de Ellen empezó a gotear sangre. Notó la sangre y se la enjugó. Habían empezado a formarse ampollas en las mejillas y el cuello de Ellen. ¡Una jodida dermatitis! Sólo era eso, al menos de momento. ¿Por qué algunas mujeres eran incapaces de cuidarse?

El puma emitió de nuevo su quejumbroso maullido, lamió la mano de la criatura que moraba ahora en el cuerpo de Ellen Carver, y después se dio la vuelta y abandonó la sala.

La criatura volvió a sentarse y se reclinó contra el respaldo de la silla. Cerró los ojos de Ellen y escuchó el incesante golpeteo de la arena contra las ventanas, dejando marchar una parte de sí con el animal.

## II

### 1

—Tenía unos días libres, ensilló y se fue de acampada —dijo Steve—. Y luego ¿qué?

—Pasé cuatro días en los montes Copper, pescando, tomando fotos... la fotografía es una de mis mayores aficiones. Hizo un tiempo magnífico. Y hace tres noches volví. Fui directamente a mi casa, que está en la parte norte del pueblo.

—¿Por qué volvió? —preguntó Steve—. No se avecinaba mal tiempo, ¿no?

—No. Llevaba un transistor, y los partes meteorológicos no hacían más que pronosticar sol y calor.

—Eso mismo había oído yo en la radio —dijo Steve—. Esta tormenta es todo un misterio.

—Tenía una reunión con Allen Symes, el interventor de la compañía, para informarle sobre la sustitución de los rociadores por emisores. Venía en avión desde Arizona expresamente para eso. Debíamos encontrarnos anteayer a las nueve de la mañana en la Guarida de Hernando, que es como llamamos al laboratorio y las oficinas que están en las afueras del pueblo. Por eso llevo este condenado vestido, por la reunión y porque Frank Geller me había dicho que a Symes no le gustaban las mujeres con vaqueros. Me consta que todo estaba en orden cuando regresé de la acampada, porque esa noche alrededor de las siete me telefoneó Frank para decirme que a la mañana siguiente me pusiese un vestido.

–¿Quién es Frank Geller? –preguntó Steve.

–El ingeniero jefe de la mina –contestó Billingsley–. Es el principal responsable de la reapertura de la mina. O al menos lo era. –Dirigió una mirada interrogativa a Audrey.

Ella asintió con la cabeza.

–Sí. Está muerto.

–Hace tres noches –masculló Marinville–. La vida seguía su curso normal en Desesperación hasta hace tres noches, al menos por lo que usted sabe.

–Así es. Pero cuando volví a ver a Frank, estaba colgado de un gancho y le faltaba una mano.

–Lo hemos visto –recordó Cynthia, y se estremeció–. También hemos visto la mano. En el fondo de un acuario.

–Durante esa noche me desperté como mínimo dos veces. La primera creí que había oído un trueno, pero la segunda me pareció que eran disparos. Supuse que lo había soñado y volví a dormirme, pero probablemente todo empezó a esas horas. Y cuando fui a las oficinas de la compañía...

Al principio, dijo, no notó nada anormal, y menos el hecho de que Brad Josephson no estuviese en su escritorio. Brad nunca estaba allí si podía evitarlo. De modo que entró en la Guarida de Hernando y allí vio lo mismo que verían Steve y Cynthia no mucho tiempo después: cadáveres colgados de ganchos. Al parecer cuantos se hallaban en las oficinas aquella mañana. Uno de ellos, ataviado con un lazo y unas elegantes botas que habrían hecho las delicias de un cantante country, era Allen Symes. Se había tomado la molestia de viajar desde Phoenix para morir en Desesperación.

—Si es verdad lo que ha dicho —continuó Audrey, dirigiéndose a Steve—, Entragian debió de matar a otros empleados de la compañía más tarde. No conté los cadáveres (estaba demasiado asustada para concebir siquiera la idea de contarlos), pero no podía haber más de siete. Me quedé paralizada. Quizá incluso me desmayé, no estoy segura. Luego oí disparos. Esta vez no había duda. Y también gritos. Volvieron a oírse disparos, y los gritos cesaron.

Regresó a su coche, sin correr —dijo que temía que el pánico se apoderase de ella si se echaba a correr—, y se encaminó hacia el pueblo. Tenía intención de informar a Jim Reed de lo que acababa de ver, o si él estaba ausente por algún asunto del condado, como a menudo ocurría, a alguno de sus ayudantes, Entragian o Pearson.

—No corrí hasta el coche ni vine al pueblo a toda velocidad, pero de todos modos estaba conmocionada. Recuerdo que busqué un paquete de tabaco en la guantera pese a que dejé de fumar hace cinco años. Entonces vi correr a dos personas en el cruce, donde está el semáforo intermitente, ¿saben?

Asintieron.

—El nuevo coche patrulla del pueblo los perseguía. Lo conducía Entragian, aunque yo aún no lo sabía. Se oyeron tres o cuatro disparos, y las dos personas que perseguía cayeron en la acera, una enfrente de la tienda de comestibles, la otra un poco más allá. Vi sangre. Mucha sangre. Entragian no redujo la marcha. Siguió hacia el oeste, y al cabo de un momento sonaron más disparos. Estoy segura de que le oí gritar «¡Yuuuju!».

»Quería ayudar a la gente contra la que había disparado si aún era posible. Avancé un poco más, aparqué, y salí del coche. Probablemente fue eso lo que me salvó, salir del coche, porque Entragian mataba todo lo que se movía. Había coches y camiones parados de cualquier manera en medio de la calle, atravesados aquí y allá, al menos una docena. Vi un camión volcado delante de la ferretería, el de Tommy Ortega, creo. Ese camión era casi su novia.

—Yo no he visto nada de eso —dijo Johnny—. La calle estaba despejada cuando me ha traído al pueblo.

—Sí, ese hijo de puta mantiene la casa limpia y ordenada, eso hay que reconocerlo. Seguramente le preocupa que alguien pueda pasar por el pueblo y preguntarse qué ha ocurrido. En realidad no ha hecho más que esconder la porquería debajo de la alfombra, pero durante un tiempo le basta con eso. Sobre todo con semejante tormenta.

—Una tormenta que no estaba prevista —insistió Steve pensativamente.

—Exacto, no estaba prevista.

—¿Qué pasó después? —preguntó David.

—Me acerqué a las dos personas que había herido. Una era Evelyn Shoenstack, la dueña de la peluquería; trabajaba también a tiempo parcial en la biblioteca. Estaba muerta, con los sesos esparcidos por la acera.

Mary hizo una mueca de asco. Audrey la advirtió y se volvió hacia ella.

—Ésa es otra cosa que le conviene recordar: si le ve y decide dispararle, dése por muerta. —Recorrió a los demás con la mirada, como para asegurarse de que no tomaban en broma sus palabras o creían que exageraba—. Es un tirador excelente.

—Lo tendremos en cuenta —dijo Steve.

—El otro era un repartidor. Llevaba el uniforme de Tastykake. Entragian le alcanzó también en la cabeza, pero aún vivía.

Hablaba con una frialdad que Johnny reconoció al instante. La había visto en Vietnam después de media docena de refriegas, no como combatiente, claro, sino con un cuaderno en una mano, un bolígrafo en la otra, y un magnetófono Uher colgado del hombro y marcado con un distintivo blanco de corresponsal. Observando, escuchando, tomando notas y sintiéndose como un intruso. Sintiendo *envidia*. Los mordaces pensamientos que entonces cruzaban por su mente –el eunuco en el harén, el pianista en el burdel– le parecían ahora demenciales.

–Cuando tenía doce años, mi padre me regaló un rifle de calibre veintidós –prosiguió Audrey–. Vivíamos en Sedalia, y lo primero que hice fue salir de casa y disparar a un arrendajo. Cuando me acerqué a él, aún vivía. Temblaba, tenía la vista fija al frente, y abría y cerraba el pico muy lentamente. Nunca me he arrepentido tanto de algo. Me arrodillé junto al pájaro y esperé a que muriese. Tenía la impresión de que era lo mínimo que podía hacer. Siguió temblando hasta el final. El repartidor de Tastykake temblaba igual que el arrendajo moribundo. Miraba calle abajo pese a que no había nadie, y pequeñas gotas de sudor le cubrían la frente. Tenía la cabeza deformada, y algo blanco en un hombro. Por un momento me ha asaltado la absurda impresión de que era un molde de poliestireno para embalaje, ¿saben?, ese relleno que se pone en las cajas cuando hay que transportar algo frágil... y luego me he dado cuenta de que eran fragmentos de hueso. Suyos, de su cráneo, ¿entienden?

–No quiero oír más –protestó Ralph de pronto.

–Lo comprendo –dijo Johnny–, pero creo que nos conviene conocer lo ocurrido. ¿Por qué no se van usted y su hijo a echar un vistazo entre bastidores? Quizá encuentren algo útil.

Ralph asintió con la cabeza, se puso en pie y apoyó una mano en el hombro de su hijo.

–No –se opuso David–. Tenemos que quedarnos.

Ralph lo miró desconcertado.

–Lo siento pero tenemos que quedarnos –repitió David.

Su padre permaneció inmóvil por un momento y luego volvió a sentarse.

Entretanto Johnny miró casualmente a Audrey y vio que observaba al chico con una expresión que podía interpretarse como temor o respeto, o quizá ambas cosas al mismo tiempo. Parecía que no hubiese visto nunca una criatura como él. Se acordó entonces de las galletas saliendo del paquete como payasos de un coche minúsculo en un espectáculo circense, y se preguntó si alguno de ellos había visto antes una criatura como David Carver. Recordó también las barras de transmisión y el comentario de Billingsley sobre el modo en que el chico había salido de la celda. Se habían concentrado en los buitres, las arañas y los coyotes, en ratas ocultas entre neumáticos y casas llenas de serpientes de cascabel; y sobre todo se habían concentrado en Entragian, que hablaba en un idioma extraño y disparaba con la puntería de Buffalo Bill. Pero ¿y David? ¿Qué era exactamente aquel chico?

–Siga, Audrey –propuso Cynthia. Señalando a David con la barbilla, añadió–: Sólo procure que la película sea apta para todos los públicos.

Audrey la miró confusa por un momento. Al cabo de un instante comprendió y continuó con su relato.

2

–Estaba arrodillada junto al repartidor, pensando qué hacer, si quedarme con él o correr a buscar ayuda, cuando oí más gritos y disparos en la calle Cotton. Siguió un enorme estrépito: cristales rotos, madera astillada, un ruido metálico. Luego el coche patrulla volvió a acelerar. Tengo la impresión de no haber oído otra cosa durante dos días, los acelerones del coche patrulla. Chirriaron las ruedas, y comprendí que venía en dirección a donde yo estaba. Sólo tuve un segundo para pensar, pero probablemente habría actuado igual aunque hubiese tenido más tiempo. Corrí.

»Quería volver al coche y marcharme de allí, pero pensé que ya era demasiado tarde. Era demasiado tarde incluso para doblar la esquina. Así que entré en la tienda de comestibles. Wendy Worrell yacía muerta junto a la caja registradora. Su padre, que es el dueño del establecimiento y atiende en la carnicería, estaba sentado en el despacho de la trastienda, con un tiro en la cabeza. No llevaba camisa. Debía de estar cambiándose cuando los sorprendió Entragian.

–Hugh empieza la jornada temprano –comentó Billingsley–. Mucho antes que el resto de la familia.

–Sí, pero Entragian vuelve una y otra vez a comprobar –dijo Audrey. Se la veía animada, locuaz, histérica–. Por eso es doblemente peligroso: *vuelve una y otra vez a comprobar.* Está loco y no tiene compasión, pero es *metódico.*

–Sin embargo está muy enfermo –adujo Johnny–. Cuando me ha traído al pueblo, estaba a punto de desangrarse, y de eso hace ya seis horas. Si su enfermedad, sea cual sea, no ha remitido...

–No se deje engañar –repuso Audrey casi en un susurro.

Johnny comprendió qué sugería, supo por lo que había visto con sus propios ojos que era imposible, pero supo asimismo que intentar rebatírselo era malgastar las palabras.

–Siga –animó Steve–. Y después ¿qué?

–Intenté usar el teléfono de la tienda del señor Worrell. No había línea. Me quedé en la trastienda una media hora. El coche patrulla pasó dos veces durante ese rato, una por la calle principal, y otra por detrás, probablemente por la calle Mesquite, o de nuevo por Cotton. Se oyeron más disparos. Subí al piso de arriba, donde viven los Worrell, pensando que quizá allí el teléfono funcionaría. Tampoco había línea. Y encontré muertos a la señora Worrell y a su hijo, Mert, creo que se llamaba. Ella estaba en la cocina con la cabeza en la fregadera y la garganta cortada. El chico estaba aún en la cama. Había sangre por todas partes. Permanecí inmóvil en la puerta de su habitación, contemplando los pósters de rockeros y jugadores de baloncesto, y fuera oí otra vez el coche patrulla, acelerando.

»Bajé a la trastienda, pero una vez allí no me atreví a abrir la puerta trasera. Me lo imaginaba agazapado bajo el porche, aguardándome. En serio, acababa de oírlo pasar, pero lo imaginaba aguardándome fuera.

»Decidí que lo mejor era esperar a que anocheciese. Entonces podría llegar hasta el coche y marcharme. Quizá. No podía estar segura, porque su conducta era *imprevisible*. No *siempre* estaba en la calle principal y no *siempre* se lo oía. Pero cuando empezaba a pensar que quizá se había ido, quizá había huido a las montañas, aparecía de nuevo como un condenado conejo salido de la chistera de un mago.

»Sin embargo no podía quedarme en la tienda. El zumbido de las moscas me enloquecía, y hacía calor. Por lo general, el calor no me molesta (viviendo en la zona central de Nevada una ha de resignarse a las temperaturas altas), pero no dejaba de pensar que los *olía*. De manera que esperé hasta que oí sus disparos en algún lugar cercano al taller mecánico, que está en la calle Dumont, en el límite este del pueblo, y aproveché para salir. Abandonar mi refugio y salir de nuevo a la acera me exigió uno de los mayores esfuerzos de mi vida, como si fuese un soldado entrando en tierra de nadie. Al principio no conseguí dar un paso; me quedé paralizada. Me recordé que debía andar; no podía correr porque el pánico se apoderaría de mí, pero debía andar. Sólo que era incapaz. De pronto oí que regresaba. Fue extraño, como si hubiese percibido mi presencia. O al menos la presencia de *alguien* que se movía a sus espaldas. Como si jugase a un nuevo juego de niños en el que los perdedores no eran hechos prisioneros sino asesinados. El motor... suena tan fuerte cuando acelera. Tan potente. Tan estruendoso. Incluso cuando no lo oigo, imagino que lo oigo. Suena como una pantera cuando se la f... como una pantera en celo. Ése fue el sonido que oí aproximarse, y sin embargo no pude moverme. Sólo pude quedarme allí parada y escucharlo cada vez más cerca. Pensé en el repartidor de Tastykake, en cómo temblaba, igual que el arrendajo que maté de pequeña, y esa imagen me permitió ponerme en movimiento. Entré en la lavandería y me tiré al suelo justo en el momento en que pasaba por delante. Oí más gritos en la zona norte del pueblo, pero no sé de quién eran, porque no conseguí levantar la vista. No pude ponerme de pie. Debí de quedarme tendida en el suelo casi veinte minutos, tal era mi estado de nervios. Puedo decir que el miedo me había desbordado, pero me es imposible describir con palabras el efecto que eso tiene en la cabeza de una. Estaba allí en el suelo, mirando las bolas de polvo y las colillas aplastadas y pensando que incluso desde esa perspectiva se adivinaba que aquello era una lavandería, por el olor y porque todas las colillas tenían manchas de carmín. Estaba allí tirada y no habría podido moverme aunque lo hubiese oído acercarse por la acera. Habría seguido en aquella posición hasta que él me hubiese apoyado el cañón del revólver en la sien y...

–No –dijo Mary con una mueca–. No hable de eso.

–¡Pero no puedo dejar de pensar en eso! –gritó, y algo de aquella frase penetró en los oídos de Johnny Marinville como ningún otro detalle de su relato. Con un visible esfuerzo por controlarse, continuó–: Lo que por fin me arrancó de aquel estado fue el sonido de unas voces en la calle. De rodillas, me acerqué a la puerta. Vi cuatro personas en la acera de enfrente, ante el Owl's Club. Dos eran mejicanas: Escolla, el chico que trabaja en la compresora de la mina, y su novia. No sé cómo se llama ella, pero tiene un mechón de pelo rubio, casi con toda seguridad natural, y es preciosa. *Era* preciosa. Había otra mujer, muy gruesa; no la conocía. Señor Billingsley, al hombre que la acompañaba lo he visto alguna vez en el billar del Bud's Sud. Flip no sé cómo.

–¿Flip Moran? ¿Vio a Flipper?

Audrey asintió.

–Iban mirando los coches aparcados junto a la acera, buscando alguno con las llaves puestas. Pensé en el mío, y en que podíamos escapar todos juntos. Empecé a levantarme. En ese momento ellos cruzaban el callejón que separa el Broken Drum y el local donde estaba antes el restaurante italiano, y de pronto Entragian salió a toda velocidad del callejón en el coche patrulla, como si hubiese estado esperándolos. Probablemente *estaba* esperándolos. Los atropelló a los cuatro, pero creo que sólo su amigo Flipper resultó muerto en el acto. Los otros se tambalearon como bolos cuando los roza una bola. Ayudándose mutuamente consiguieron mantener el equilibrio, y enseguida echaron a correr. El muchacho, Escolla, rodeaba a su novia con el brazo. Ella lloraba y se sujetaba un brazo contra el pecho. Lo tenía roto. Era evidente; daba la impresión de que tuviese una articulación de más por encima del codo. La otra mujer llevaba la cara manchada de sangre. Cuando oyó que Entragian los seguía (aquel sonoro y potente motor), se dio media vuelta y levantó los brazos como un guardia urbano. Entragian conducía con una mano y asomaba la cabeza por la ventanilla como un maquinista de tren. Le disparó dos veces antes de arrollarla. Fue entonces cuando vi claramente que era él, cuando supe con quién me enfrentaba. –Audrey los miró uno por uno como si intentase medir el efecto de sus palabras–. Reía. Reía como un niño en su primera visita a Disneylandia. Estaba contento, ¿saben? Contento.

3

Audrey permaneció de rodillas a la entrada de la lavandería, viendo cómo Entragian daba caza con el coche patrulla a Escolla y su novia en el tramo norte de la calle principal. Los alcanzó y los arrolló como había hecho con la mujer de mayor edad; fue fácil atropellar a los dos simultáneamente, explicó Audrey, porque el chico, tratando de ayudar a la chica, no se despegaba de ella. Cuando estaban tendidos en el suelo, Entragian frenó, retrocedió lentamente y pasó sobre ellos (todavía no soplaba el viento, dijo Audrey, y oyó claramente los chasquidos de los huesos al romperse). Luego se apeó, se acercó a ellos, se arrodilló entre ambos, le metió una bala en la nuca a la chica, levantó el sombrero de Escolla, que pese a todo seguía en su cabeza, y le metió también una bala en la nuca.

–Después volvió a ponerle el sombrero –dijo Audrey–. Si salgo de ésta, ése es un detalle que no olvidaré aunque viva cien años: cómo quitó el sombrero al muchacho para dispararle y volvió luego a ponérselo. Como si comprendiese lo horrible que era para ellos morir de aquel modo, y deseare tratarlos con consideración en la medida de lo posible.

Entragian se irguió y se dio la vuelta (cargando entretanto el arma); parecía mirar en todas direcciones a la vez. Audrey dijo que tenía en los labios una amplia y estúpida sonrisa. Johnny entendió de inmediato a qué se refería. Había visto antes esa sonrisa. Tuvo la absurda impresión de que ya había visto antes *todo* aquello, en un sueño o en otra vida.

Vuelve a ser simplemente otro soldado con nostalgia de su época en Vietnam, pensó. Por la descripción de Audrey, el policía le recordó a ciertos combatientes drogados que había conocido, y ciertas historias contadas en susurros ya entrada la noche por soldados que habían visto cometer terribles atrocidades a compañeros suyos con esa misma expresión de inmaculada alegría en el rostro. Es otra vez Vietnam, sólo eso, que vuelve a ti como una ácida retrospectiva. Para completar el círculo ya sólo necesitas oír en un transistor *People Are Strange* o *Pictures of Matchstick Men*.

Pero ¿realmente era sólo eso? Una parte más profunda de él parecía dudarlo. Esa parte estaba convencida de que allí ocurría algo más, algo que guardaba poca o ninguna relación con los insignificantes recuerdos de un novelista que se había alimentado de la guerra como un buitre de carroña, y por consiguiente había producido el pésimo libro que probablemente tal comportamiento garantizaba.

Muy bien, pues. Si no es eso, ¿qué es?

–¿Qué hizo después? –preguntó Steve a Audrey.

–Retrocedí a rastras hasta la oficina de la lavandería. Y una vez allí me metí bajo el escritorio hecha un ovillo y me quedé dormida. Estaba exhausta. Ver todo aquello... aquella matanza... me había agotado.

»Fue un sueño ligero. Oía cosas continuamente. Disparos, explosiones, cristales rotos, gritos. Ignoro en qué medida eran reales, y en qué medida alucinaciones. Cuando desperté, ya atardecía. Me dolía todo el cuerpo. Al principio pensé que había sido una pesadilla; creí incluso que seguía de acampada. Pero abrí los ojos y vi dónde estaba, enroscada bajo un escritorio, y noté el olor a jabón y lejía, y me di cuenta de que me moría de ganas de orinar. Además, tenía las dos piernas dormidas.

»Empecé a salir de debajo del escritorio, diciéndome que no debía asustarme si me costaba un poco moverme, y entonces oí que alguien entraba en el establecimiento y volví a esconderme. Era él. Lo adiviné por el andar. Eran las pisadas de un hombre con botas.

»Dijo: "¿Hay alguien?", y avanzó por el pasillo que separa las lavadoras de las secadoras, como si me siguiese el rastro. Y en cierto modo así era. Se guiaba por el olor de mi perfume. Rara vez uso, pero esa mañana, al ponerme el vestido, había pensado que quizá un poco de perfume crearía un ambiente más distendido en la reunión con el señor Symes. –Se encogió de hombros, quizá un poco turbada–. Como dicen, una mujer debe usar sus armas, ya saben.

Cynthia la miró con cara de incomprensión, pero Mary asintió.

–«Huele a Opium», dijo Entragian. «¿Lo es, señorita? ¿Es ése el perfume que lleva?» Yo no contesté; seguí acurrucada bajo el escritorio con la cabeza entre los brazos. Y él continuó: «¿Por qué no sale? Si sale, le prometo una muerte rápida. Si me obliga a buscarla, será más lento.» Y yo estaba tan aterrorizada que deseé salir. Creía que estaba seguro de que seguía escondida allí dentro, y que iba a guiarse por el perfume como un sabueso; y deseé salir y entregarme a él para que me matase deprisa. Deseé entregarme a él como los miembros de la secta de Jonestown debieron de aceptar su destino y aguardar en fila para tomarse uno a uno el ponche con cianuro. Sólo que no pude salir. Me quedé paralizada de nuevo, pensando que iba a morir con la vejiga llena. Reparé entonces en la silla de la oficina (la había apartado para poder meterme en el hueco del escritorio) y pensé: Cuando vea dónde está la *silla*, sabrá dónde estoy *yo*. En ese momento, mientras pensaba aquello, Entragian entró en la oficina. «¿Hay alguien?», preguntó. «Salga. No le haré daño. Sólo quiero preguntarle qué ha visto. Tenemos un serio problema.»

Audrey empezó a temblar, seguramente como había temblado, supuso Johnny, mientras permanecía oculta bajo el escritorio, esperando a que Entragian se acercase, la encontrase y le quitase la vida. Pero también sonreía, con una de esas sonrisas que no es fácil mirar.

–Para que vean lo loco que está. –Cruzó sus manos trémulas sobre la falda–. Tan pronto dice que si sales te recompensará con una muerte rápida, como te asegura que sólo desea hacerte unas preguntas. Completamente loco. Pero yo creí las dos cosas a la vez. Así que ¿quién está más loco? ¿Eh? ¿Quién está más loco?

»Entró en la oficina y avanzó un par de pasos. Creo que fueron un par. Suficientes para que su sombra se proyectase sobre el escritorio y asomase en el suelo junto a mí. Pensé que si la sombra tenía ojos, sin duda me vería. Se quedó allí un buen rato. Oía su respiración. Por fin dijo "¡A la mierda!", y se marchó. Al cabo de un momento oí la puerta abrirse y cerrarse. Al principio creí que era una trampa. En mi mente lo vi como los veo a ustedes ahora: abría la puerta y volvía a cerrarla, pero se quedaba dentro, junto a la máquina expendedora de jabón, y esperaba con el revólver desenfundado a que yo apareciese. ¿Y saben qué? Seguí pensando que era una trampa incluso cuando oí que volvía a recorrer las calles en el coche patrulla buscando otras víctimas. Creo que seguiría allí de no ser porque sabía que si no iba al baño de inmediato, me mojaría las bragas, y no me atraía la idea. Si había olido mi perfume, olería más fácilmente mi orina. Así que salí a rastras y fui al baño. Cojeaba como una anciana porque tenía las piernas dormidas, pero llegué de todos modos.

Y aunque continuó hablando otros diez minutos, Johnny pensó que su historia terminaba en ese punto, con su renqueante visita al cuarto de baño para orinar. Tenía el coche cerca y las llaves en un bolsillo, pero para lo que iba a servile podría haber estado en la luna. Varias veces salió de la oficina y se acercó a la puerta del establecimiento (Johnny no dudó por un instante que debió de exigirle gran acopio de valor recorrer incluso esa corta distancia), pero no se atrevió a ir más allá. No sólo tenía miedo; estaba aterrorizada. Cuando los disparos, los gritos y el rugido del motor cesaban durante un rato, se planteaba escapar, dijo, pero entonces se imaginaba a Entragian alcanzándola, obligándola a salir de la carretera, sacándola a rastras del coche y pegándole un tiro en la cabeza. Por otra parte, explicó, estaba convencida de que llegaría ayuda. *Tenía* que llegar. El pueblo estaba apartado de la interestatal 50, pero no en el fin del mundo, y con la mina a punto de reabrirse, siempre iba y venía gente.

Y de hecho llegó gente al pueblo, dijo. Había visto un camión de correos hacia las cinco de la tarde y una camioneta de la compañía eléctrica del condado de Wickoff alrededor de las doce del mediodía de la mañana siguiente. Los dos vehículos pasaron por la calle principal. Salía música de la camioneta. En ese momento no se oía el coche patrulla de Entragian, pero cinco minutos más tarde la camioneta pasó por delante de la lavandería, hubo más disparos y un hombre gritó «¡Oh, no! ¡Oh, no!» con una voz tan aguda que parecía la de una chica.

Después de eso otra noche interminable, sin querer quedarse ni atreverse a huir, comiendo chucherías que sacaba de la máquina expendedora situada al extremo de la hilera de secadoras, bebiendo agua del grifo en el cuarto de baño. Luego empezó un nuevo día, y Entragian seguía merodeando como un buitre.

No se había dado cuenta, dijo, de que el policía se dedicaba a traer gente al pueblo y encerrarla en el calabozo. Por entonces sólo podía pensar en posibles planes de huida, sin hallar ninguno por completo satisfactorio. Y en cierto modo la lavandería se había convertido en su hogar, en el único sitio donde se sentía a salvo. Entragian había entrado allí una vez, se había marchado y no había vuelto. Quizá *nunca* volvería.

—Seguía aferrada a la idea de que no podía haber matado a *todo el mundo*, de que había otros en mi misma situación, otros que se habían dado cuenta a tiempo y permanecían ocultos. Alguien escaparía. Avisaría a la policía estatal. Una y otra vez me decía que lo más prudente, al menos de momento, era esperar. Entonces ha empezado la tormenta y he decidido probar suerte aprovechando la escasa visibilidad. Me proponía ir a las oficinas de la compañía. Hay un todoterreno en el garaje de la Guarida...

Steve asintió.

—Lo hemos visto. Tenía enganchado un remolque con muestras de rocas.

—Mi idea era desenganchar el remolque y dirigirme por el desierto hacia la interestatal 50, al noroeste. Podía coger una brújula del armario de material y orientarme pese a la tormenta. Era consciente de que podía caer en una grieta o algo así, pero después de lo que había visto eso no me parecía un riesgo excesivo. Y tenía que escapar. Dos noches en una lavandería... no se lo recomiendo a nadie. Me disponía a marcharme cuando han aparecido ustedes.

—He estado a punto de romperle la cabeza —dijo Steve—. Lo siento.

Audrey esbozó una débil sonrisa y miró alrededor una vez más.

—El resto ya lo conocen —dijo.

No estoy de acuerdo, pensó Johnny. El palpitante dolor de la nariz aumentaba de nuevo. Deseaba tomar una copa, pero como en su caso habría sido una locura sacó el tubo de aspirinas y tomó dos con un sorbo de agua. No creo que sepamos nada. De momento.

# 4

—¿Qué hacemos ahora? —preguntó Mary Jackson—. ¿Cómo saldremos de aquí? ¿Lo intentamos, o esperamos a que nos rescaten?

Durante un largo rato nadie contestó. Por fin Steve cambió de posición en el sillón que compartía con Cynthia y dijo:

—No podemos esperar. Al menos, no demasiado tiempo.

—¿Por qué dices eso? —preguntó Johnny con una voz curiosamente amable, como si ya conociese la respuesta.

—Porque alguien debería haber escapado ya, alguien debería haber encontrado un teléfono fuera del pueblo y desenchufado esa máquina de asesinar. Sin embargo nadie lo ha conseguido, ni siquiera antes de empezar la tormenta. Una poderosa fuerza está actuando en este pueblo, y si creemos que va a llegar ayuda de fuera, acabaremos muertos. Sólo podemos contar con nuestros propios recursos, y tenemos que marcharnos cuanto antes. Ésa es mi opinión.

—Yo no pienso marcharme sin averiguar antes qué le ha pasado a mi madre —declaró David.

—No puedes aferrarte a esa idea, David —dijo Johnny.

—Sí puedo.

—No —intervino Billingsley, y algo en su voz hizo levantar la cabeza a David—. No, habiendo otras vidas en juego. No, teniendo en cuenta que eres... especial. Te necesitamos, hijo.

—Eso no es justo —susurró David.

—No, no lo es —convino Billingsley con una expresión severa en su arrugado rostro.

—De poco le servirá a tu madre que mueras intentando encontrarla, chico. Por otra parte, si salimos del pueblo, podemos volver con ayuda.

—Tiene razón —dijo Ralph, pero con una voz débil y sepulcral.

—No, no la tiene —replicó David—. Eso son gilipolleces.

—¡David! —lo reprendió su padre.

El chico los observó con expresión de ira y miedo.

—A ninguno de ustedes les preocupa mi madre, a ninguno. Y a ti tampoco, papá.

—Eso no es verdad —contestó Ralph—. Y es muy cruel por tu parte decir una cosa así.

—Sí, pero de todos modos creo que es verdad. Sé que la quieres, pero creo que la dejarías porque piensas que ha muerto. —David miró fijamente a su padre, y éste bajó la vista con lágrimas en los ojos hinchados. Luego se volvió hacia el veterinario—. Y le diré una cosa, señor Billingsley: el hecho de que rece no me convierte en una especie de mago de cómic. Rezar no es magia. La única magia que conozco es un par de trucos de cartas que rara vez acabo bien.

—David... —empezó a decir Steve.

—Si nos vamos, cuando regresemos será ya demasiado tarde para salvarla. Lo sé. Estoy seguro. —Sus palabras resonaron en la sala como la declamación de un actor y se extinguieron. Fuera el viento indiferente seguía soplando.

—David, probablemente es ya demasiado tarde —adujo Johnny. Habló con voz firme pero fue incapaz de mirar al chico a los ojos.

Ralph exhaló un ronco suspiro. Su hijo se acercó a él, se sentó a su lado y le cogió la mano. Ralph, visiblemente cansado y confuso, parecía más viejo.

Steve se volvió hacia Audrey.

—Ha dicho que conocía otro camino para volver a la interestatal.

—Sí. El enorme terraplén de tierra que han visto al llegar al pueblo es la cara norte de la mina que queremos reabrir. Hay una carretera que sube por el terraplén, llega a la cima y baja por el otro lado de la mina. Y de allí sale otra que lleva a la interestatal 50. Bordea el arroyo de Desesperación, que ahora está seco. ¿La conoce, señor Billingsley?

El anciano asintió.

–Esa carretera parte del estacionamiento de la compañía minera. Allí hay varios todoterrenos más. En los mayores sólo caben cuatro personas, pero podríamos enganchar un remolque vacío para llevar a los demás.

Steve, con muchos años de experiencia en tareas de carga y descarga, decisiones rápidas y fugas precipitadas (provocadas a menudo por la explosiva mezcla de hoteles de cinco estrellas y rockeros gilipollas), había escuchado con atención sus palabras.

–Muy bien –dijo–, propongo lo siguiente: esperamos hasta que amanezca, descansamos un poco o incluso dormimos, y quizá mañana la tormenta...

–Creo que ya no es tan intensa –observó Mary–. Tal vez sólo sean ilusiones mías, pero parece que amaina.

–Incluso si para entonces el tiempo no ha mejorado, podemos llegar al estacionamiento, ¿no, Audrey?

–Sí, seguro.

–¿A qué distancia está? –preguntó Steve.

–A tres kilómetros de las oficinas de la compañía, y de aquí probablemente a un kilómetro y medio.

Steve movió la cabeza en un gesto de asentimiento.

–Y a plena luz del día veremos a Entragian si se acerca. De noche, y con esta tormenta, podría sorprendernos.

–De noche tampoco veríamos a los... animales –añadió Cynthia.

–Debemos salir deprisa y armados –continuó Steve–. Si la tormenta amaina, podemos ir a la mina en mi camión, tres en la cabina y el resto detrás, en la caja. Si el tiempo sigue igual que ahora, y en realidad eso espero, lo mejor será ir a pie. De ese modo atraeremos menos la atención. Tal vez ni llegue a saber que nos hemos marchado.

—Imagino que Escolla y los otros tenían un plan parecido cuando Collie les dio caza —dijo Billingsley.

—Ellos se dirigían al norte por la calle principal —argumentó Johnny—, tal como Entragian debía de prever. Nosotros nos dirigiremos al sur, hacia la mina, al menos en principio, y abandonaremos el pueblo por una carretera de servicios.

—Exacto —secundó Steve—, y habremos escapado. —Se acercó a David (se había apartado de su padre y estaba sentado al borde del escenario, contemplando las raídas butacas vacías) y se agachó junto a él—. Pero volveremos. ¿Me oyes, David? Volveremos a buscar a tu madre y a cualquier otra persona que siga con vida. Eso es una promesa en firme, entre tú y yo.

David mantuvo la vista fija en las butacas.

—No sé qué hacer —admitió—. Sé que debo pedir a Dios que me ayude a pensar, pero ahora estoy tan furioso con él que no sería capaz. Cada vez que intento serenarme, esa rabia me lo impide. ¡Él ha consentido que el policía se lleve a mi madre! ¿Por qué? Dios, ¿por qué?

¿Eres consciente de que hace un rato has hecho un milagro?, pensó Steve. No lo dijo; eso sólo habría aumentado la confusión y la tristeza de David. Al cabo de un momento Steve se irguió y se quedó allí de pie, con las manos en los bolsillos y semblante preocupado, mirando al muchacho.

5

El puma avanzó lentamente por el callejón con la cabeza gacha y las orejas contra el cráneo. Sorteó los cubos de basura y el montón de chatarra con mucha mayor facilidad que los humanos; el felino veía mejor que ellos en la oscuridad. No obstante se detuvo al final del callejón y emitió un gutural gruñido. Aquello no le gustaba. Uno de ellos era fuerte, muy fuerte. Percibía esa fuerza incluso a través de la pared de ladrillo del edificio, palpitando como un resplandor. Sin embargo la desobediencia no era posible. El intruso, el ser que procedía de las entrañas de la tierra, se hallaba en la cabeza del puma y su voluntad se hendía en la mente del animal como un anzuelo. Hablaba la lengua de los seres sin forma, de tiempos ancestrales, cuando todos los animales excepto los hombres y el intruso eran una sola cosa.

Pero al puma no le gustaba la fuerza que percibía en el interior del edificio.

Volvió a gruñir, un sonido ronco y fluctuante que salía más por su nariz que por su boca cerrada. Asomó la cabeza por la esquina, y entornó los ojos cuando una ráfaga de viento le erizó el pelaje y le saturó el olfato de olores diversos: castillejas y bromelias, alcohol antiguo y ladrillos más antiguos aún. Incluso desde allí percibía el olor penetrante de la mina que se encontraba al sur del pueblo, un olor que flotaba en el aire desde que la última tanda de barrenos había vuelto a abrir el lugar maligno, un lugar que los animales conocían y los hombres habían intentado olvidar.

El viento dejó de soplar, y el puma avanzó con sigilo por el pasadizo que discurría entre la valla y la parte posterior del cine. Se detuvo ante las cajas de embalaje y las olfateó, dedicando mayor tiempo a la que había sido derribada. Captó allí muchos olores mezclados. La última persona que se había encaramado a aquella caja la había empujado después de subir. El puma percibió el olor de sus manos, más intenso que el de las manos de los otros, un olor *desnudo* en cierto modo, a sudor y restos de aceite. Pertenecía a un macho adulto.

Percibió también el olor de las armas. En otras circunstancias ese olor habría bastado para ahuyentarlo, pero ahora no importaba. Iría a donde el intruso lo enviase; no le quedaba otra opción. El puma olfateó la pared y luego observó la ventana. No estaba cerrada por dentro; notó que el viento la movía ligeramente. Podía entrar por allí. Sería sencillo. La ventana cedería al empujarla, como ocurría a veces con ciertas cosas humanas.

*No,* dijo la voz del ser sin forma. *No puedes.*

Una imagen parpadeó por un instante en su mente: objetos relucientes. Bebederos humanos, a veces hechos añicos contra las rocas cuando los hombres acababan de usarlos. El puma comprendió (del mismo modo que un lego en matemáticas comprendería vagamente un complejo problema de geometría si se le explicaba con detenimiento) que tiraría al suelo varios bebederos humanos si intentaba saltar por aquella ventana. No entendía la razón, pero en su cabeza la voz así lo aseguraba, y los otros oirían el ruido.

El puma, como un oscuro remolino, dejó atrás la ventana abierta, se detuvo a olisquear la salida de emergencia, que estaba tapiada, y siguió hasta una segunda ventana. Se hallaba a la misma altura que la anterior y era de idéntico cristal blanco, pero estaba cerrada por dentro.

*Sin embargo entrarás por ésta,* susurró la voz en la cabeza del puma. *Cuando yo te avise, saltarás.*

Sí. Quizá se cortase con los cristales, como en una ocasión se había cortado en las patas al pisar unos fragmentos de bebederos humanos en las montañas; pero cuando la voz anunciase que había llegado el momento, saltaría. Una vez dentro seguiría obedeciendo las instrucciones de la voz. No era lo normal, pero así era.

El puma se agazapó bajó la ventana cerrada del servicio de caballeros, enroscó la cola y aguardó a oír la voz del ser de la mina. La voz del intruso. La voz de Tak. Cuando hablase, él actuaría. Entretanto permanecería allí inmóvil y escucharía la voz del viento, y el penetrante olor que arrastraba consigo, como una mala noticia de otro mundo.

## III

### 1

El anciano veterinario sacó del bar una botella de whisky que casi se le cayó de las manos y se sirvió otro vaso. Mary, que venía observándolo desde hacía rato, se acercó a Johnny y le habló en voz baja:

–No lo deje seguir bebiendo. Una copa más y estará borracho como una cuba.

Johnny la miró enarcando las cejas.

–¿Quién la ha nombrado Reina de la Abstinencia?

–¡Pedazo de capullo! –masculló Mary–. ¿Cree que no me he dado cuenta de que *usted* lo ha incitado a beber? ¿Cree que estoy ciega?

Hizo ademán de dirigirse hacia Billingsley, pero Johnny la agarró y decidió ocuparse personalmente del asunto. Oyó que Mary sofocaba un grito de dolor y supuso que le había apretado la muñeca con mayor fuerza de lo que se consideraba caballeroso. Lo sentía, pero no estaba acostumbrado a que lo llamasen capullo. Al fin y al cabo, había ganado el Premio Nacional de Literatura. Había aparecido en la portada de la revista *Time*. Se había follado a la novia de América (bueno, esto último quizá con carácter retroactivo, pues la actriz no era la novia de América desde el año 1965 poco más o menos, pero se la había follado de todos modos), y no estaba acostumbrado a que lo llamasen capullo. Aun así, a Mary no le faltaba razón. Él, pese a estar familiarizado con las tácticas y los principios básicos de Alcohólicos Anónimos, había ofrecido al vejete su primer trago de la noche. Había pensado que Billingsley, con un poco de alcohol en el cuerpo, se serenaría, se centraría (y lo *necesitaban* lo más centrado posible, porque en definitiva sólo él conocía el pueblo). Pero ¿no había actuado en cierta medida por despecho al ver que el veterinario borrachín se agenciaba un arma cargada mientras él, todo un Premio Nacional de Literatura, debía conformarse con un rifle del 22 descargado?

No. No, por favor. El arma no ha tenido nada que ver, se dijo. La idea era mantenerle los circuitos conectados para que nos sirviera de ayuda.

En fin, quizá. Quizá. Sonaba un poco a falso, pero uno debía concederse el beneficio de la duda en determinadas situaciones, sobre todo en situaciones descabelladas, y aquélla lo era. En todo caso, tal vez no había sido muy buena idea. A lo largo de su vida Johnny había concebido un sinfín de ideas no muy buenas, y si alguien estaba cualificado para reconocer una, ése era él.

—¿Por qué no dejamos éste para más tarde, Tom? —dijo, y con delicadeza le quitó el vaso de la mano cuando se lo acercaba a los labios.

—¡Eh! —protestó Billingsley, intentando recuperarlo. Tenía los ojos más acuosos que antes, y en los blancos se dibujaban brillantes capilares rojos parecidos a pequeños cortes—. ¡Devuélvamelo!

Johnny alejó de él el vaso, alzándolo junto a su boca, y sintió el súbito y horripilante impulso de resolver el problema del modo más simple y expeditivo. Sin embargo se contuvo y lo dejó en lo alto del mueble bar, donde el viejo Tommy no podía cogerlo a menos que brincase desde un costado. Aunque por supuesto el viejo

Tommy sería capaz de brincar por una copa; el viejo Tommy había llegado a un punto en el que probablemente interpretaría a pedos el himno nacional si alguien le prometía un whisky doble. Entretanto, los demás observaban, Mary frotándose la muñeca (que se le había enrojecido, advirtió Johnny, aunque no demasiado).

—¡Démelo! —bramó Billingsley, y tendió una mano hacia el vaso abriendo y cerrando los dedos como un bebé furioso que quiere recuperar su chupete.

Johnny recordó de pronto la ocasión en que la actriz —la de las esmeraldas, la que en otro tiempo había sido la mujer más deseada del país, tan dulce que el azúcar no se habría disuelto en su coño— lo había arrojado a la piscina de un hotel de Bel-Air. Recordó que todos rieron, que él mismo rió al salir chorreando de la piscina, con la botella de cerveza todavía en la mano, demasiado ebrio para saber qué ocurría, para darse cuenta de que el sonido que oía era el chorro de agua que se llevaba los últimos vestigios de su reputación por el desagüe del váter. Sí, damas y caballeros, allí estaba él aquel caluroso día en Los Ángeles, riendo como un loco con su traje de Pierre Cardin empapado, con la botella de Bud en alto como un trofeo, y todos los presentes reían con él. Lo estaban pasando en grande. Su mujer lo había tirado a la piscina como en las películas, y todos lo estaban pasando en grande. Bienvenido al maravilloso mundo de los alcohólicos irreversibles, a ver si eres capaz de salir de ésta con tu literatura, Marinville.

De repente sintió vergüenza, más por sí mismo que por Tom, aunque sabía que era a éste a quien miraban los demás (salvo Mary, que seguía exagerando el dolor de la muñeca), que era Tom quien pedía a voz en cuello su copa mientras abría y cerraba la mano como un bebé frenético, que era Tom quien se había colocado con sólo tres copas. También aquello lo había visto Johnny ya antes. Después de unos años nadando en torno a la botella, bebiendo cualquier cosa que tuviese a tiro y manteniéndose no obstante relativamente sereno, las branquias del bebedor presentaban una extraña tendencia a cerrarse casi al primer sorbo. Absurdo pero cierto. Observen, señoras y señores, al increíble Alcohólico en Fase Terminal, acérquense y no darán crédito a sus ojos.

Rodeó los hombros de Tom con un brazo, inclinándose sobre el dorado aroma del whisky que envolvía al anciano como un halo de vapor, y susurró:

—Pórtese bien y podrá tomarse esa copa después.

Tom lo miró con ojos enrojecidos. Sus labios agrietados estaban húmedos de saliva.

—¿Me lo promete? —dijo en un susurro de conspiración, exhalando más vapores.

—Sí —contestó Johnny—. Puede que me haya equivocado al ofrecerle el primer trago, pero ahora que hemos empezado le mantendré el suministro. Así que compórtese con dignidad, ¿de acuerdo?

Billingsley lo miró, los ojos abiertos y acuosos, los párpados rojos, los labios brillantes.

—No puedo —murmuró.

Johnny lanzó un suspiro y cerró los ojos por un momento. Cuando volvió a abrirlos, Billingsley observaba a Audrey Wyler, que se hallaba en el otro extremo del escenario.

—¿Por qué llevará esa condenada falda tan corta? —masculló.

El intenso olor de su aliento indujo a Johnny a pensar que quizá aquél no era un simple caso de ebriedad a las tres copas; el viejo Tom se había tomado otras dos o tres a escondidas en algún momento.

—No lo sé —respondió Johnny con una amplia sonrisa que se le antojó tan falsa como la del presentador de un concurso televisivo, y condujo a Billingsley hacia el resto del grupo, alejándolo del bar y del vaso colocado en lo alto—. ¿Es una queja?

—No —repuso Billingsley—. No, es... es sólo que...
—Dirigió a Johnny una mirada indefensa—. ¿Qué estaba diciendo?

—No tiene importancia. —Una voz de presentador de concurso surgió de la mueca de presentador de concurso: sonora, cordial, tan sincera como la promesa de un productor de telefonear a la semana siguiente—. Dígame una cosa, sólo por curiosidad: ¿por qué llaman Mina de los Chinos a ese enorme agujero excavado en la tierra?

—Supongo que la señorita Wyler está mejor informada que yo a ese respecto —contestó Billingsley, pero Audrey no estaba ya en el escenario. Mientras David y su padre, visiblemente preocupados, se acercaban a ellos, Audrey había salido por la derecha del escenario, quizá con la intención de buscar más comida.

—Vamos, no sea modesto —dijo Ralph, inesperadamente animado. Johnny lo miró y advirtió que, pese a su angustiosa situación, Ralph Carver comprendía el estado en que se encontraba el viejo Tommy—. Me juego cualquier cosa a que usted ha olvidado más historia local de la que ha aprendido en toda su vida esa joven. Y esa mina forma parte de la historia local, ¿no?

—Bueno... sí. De la historia y la geología.

—Vamos, Tom —animó Mary—. Cuéntenoslo, así mataremos el rato.

—De acuerdo, pero hay para largo.

Steve y Cynthia se aproximaron también. Steve rodeaba con el brazo la cintura de la chica, y ella rodeaba la de él.

—Sí, cuéntenoslo —dijo Cynthia con dulzura—. Vamos.

Y Billingsley los complació.

# 2

—Mucho antes de que a nadie se le ocurriese explotar los yacimientos de cobre, de esa montaña sólo se extraía oro y plata –explicó Billingsley. Se acomodó en el sillón de orejas y rehusó con la cabeza cuando David le ofreció un vaso de agua mineral–. Por entonces la mina no se había convertido aún en una explotación a cielo abierto. En mil ochocientos cincuenta y ocho una compañía minera llamada Diablo abrió Serpiente de Cascabel Número Uno donde ahora se encuentra la Mina de los Chinos. Había oro, y en abundancia.

»Era una explotación subterránea, como todas en aquella época, y siguiendo la veta ahondaron y ahondaron pese a que la compañía debía de conocer los riesgos de horadar a tales profundidades. En el lado sur de la actual mina, la superficie no es mala; se compone de piedra caliza, silicato y una especie de mármol de Nevada. Se encuentra mucha wellastonita, que si bien no es un mineral valioso, resulta agradable a la vista.

»Debajo, en el lado norte, abrieron el pozo Serpiente de Cascabel. Allí la tierra es mala: mala para la minería, mala para la agricultura, mala para todo. Maleada, decían que estaba los indios shoshones. Le daban un nombre a esa tierra, un nombre muy acertado, como casi todas las palabras shoshonas, pero no lo recuerdo. En esa zona todo son depósitos ígneos, materias incrustadas en la capa interna de la corteza terrestre por erupciones volcánicas que no afloraron a la superficie. Existe un nombre para esa clase de depósitos, pero tampoco lo recuerdo.

—Pórfidos –apuntó Audrey. Estaba en la parte derecha del escenario y sostenía una bolsa de rosquillas saladas–. ¿Alguien quiere? Huelen un poco raro pero saben bien.

—No, gracias –dijo Mary.

Los demás rechazaron también el ofrecimiento.

—Pórfidos, eso es —confirmó Billingsley—. Esa parte es rica en minerales valiosos, desde granates hasta uranio, pero el terreno es muy inestable. En el lugar donde abrieron Serpiente de Cascabel Número Uno había un buen filón de oro, pero el terreno se componía esencialmente de esquisto quemado. El esquisto es una roca sedimentaria, poco consistente. Puede fragmentarse con las manos. Cuando habían perforado ya a una profundidad de veinte metros, las paredes empezaron a gemir y chirriar por todas partes, y un buen día los mineros decidieron que aquello pasaba ya de la raya y se marcharon. No fue una huelga para exigir aumento de sueldo; simplemente no querían morir. Y en respuesta la compañía contrató chinos. Los trajeron en trenes de carga desde San Francisco, encadenados como reclusos. Eran setenta hombres y veinte mujeres, todos vestidos con abrigos acolchados y pequeños sombreros redondos. Imagino que los dueños de la compañía se tiraron de los pelos por no haber pensado antes en aquella solución, pues los chinos tenían muchas ventajas respecto de los blancos. No bebían ni alborotaban en el pueblo; no vendían bebidas alcohólicas a los shoshones y los paiutes; no pedían prostitutas. Ni siquiera escupían tabaco en la aceras. Y ésas eran sólo las ventajas menores. Lo importante era que no se resistían a bajar por profunda que fuese la mina, y no parecían preocuparlos los continuos crujidos de las paredes de esquisto. Y podía ahondarse más deprisa, porque los chinos eran mucho más pequeños que los mineros blancos y además accedían a trabajar de rodillas, así que necesitaban mucho menos espacio. Por otra parte, si se sorprendía a un minero chino intentando llevarse una pepita de oro, podían ejecutarlo en el acto, cosa que ocurrió más de una vez.

—¡Dios santo! —exclamó Johnny.

—La realidad no se parecía en nada a las películas de John Wayne –añadió Billingsley–. El caso fue que cuando habían ahondado ya cuarenta metros, es decir, el doble de la profundidad a la que habían abandonado los picos los mineros blancos, se produjo un derrumbe. La causa exacta se desconoce, pero corren distintas versiones. Una es que desenterraron un *waisin*, una especie de antiguo espíritu terrestre, y éste destruyó la mina; otra, que enfurecieron a los trasgos de la mina.

—¿Quiénes son los trasgos de la mina? –preguntó David.

—Duendes alborotadores –aclaró Johnny–. La versión subterránea de los gremlins.

—Quiero puntualizar dos cosas –intervino Audrey, que seguía a la derecha del escenario y mordisqueaba una rosquilla–. En primer lugar, esa mina no era un pozo sino un túnel, o sea, no se perforaba hacia abajo sino horizontalmente. Y segundo, fue un derrumbe, así de sencillo, sin trasgos ni espíritus terrestres.

—Habló el racionalismo –dijo Johnny–, el espíritu de nuestros tiempos. ¡Bravo!

—Yo no ahondaría ni dos metros en un terreno como ése –añadió Audrey–; ni yo ni ninguna persona cuerda. Y ellos, ya ven, cuarenta mineros, un par de capataces y al menos cinco ponis a cuarenta metros de profundidad, todos picando, gritando y metiendo ruido; sólo les faltaba poner barrenos. ¡Lo asombroso es que los trasgos los protegiesen tanto tiempo de su propia estupidez!

—El derrumbe –prosiguió Billingsley– se produjo en un sitio que podría considerarse bueno. El techo se vino abajo a unos veinte metros de la bocamina. –Miró a David y aclaró–: Así es como se llama a la entrada de una mina, hijo. Los mineros retrocedieron hasta ese punto y se encontraron el paso obstruido por cinco metros de silicato y esquisto. Sonó la sirena, y los vecinos del pueblo subieron a ver qué pasaba. Subieron hasta las putas y los jugadores. Desde fuera oyeron los gritos de los chinos, que suplicaban que los sacasen de allí antes de que se derrumbase el resto de la mina. Según dijeron algunos, por sus voces daba la impresión de que se peleasen entre ellos. Pero nadie se atrevió a entrar y empezar a cavar. Los crujidos del esquisto mal asentado se oían más que nunca, y el techo se había abombado en un par de puntos entre la bocamina y los primeros escombros.

–¿No podría haberse apuntalado el techo en esos dos puntos? –preguntó Steve.

–Por supuesto, pero nadie quiso asumir la responsabilidad. Pasados dos días llegaron de Reno el presidente y el vicepresidente de Diablo acompañados de dos ingenieros de minas. Según me explicó mi padre, discutieron la posible solución mientras almorzaban frente a la bocamina. Extendieron una manta en el suelo y comieron mientras en el pozo (perdón, el *túnel*), a menos de treinta metros de donde se hallaban, cuarenta almas gritaban en la oscuridad.

»Se produjeron otros derrumbes a mayor profundidad. Los testigos dijeron que parecían salir eructos de las entrañas de la tierra. Sin embargo los chinos seguían bien, o al menos vivos, tras los primeros cinco metros de escombros, y suplicaban sin parar que los sacasen de allí. A esas alturas, supongo, llevaban ya dos días sin agua ni luz y debían de haber empezado a comerse los ponis. Los ingenieros de minas entraron, o más bien asomaron la cabeza, y dictaminaron que era demasiado arriesgado intentar cualquier operación de rescate.

–¿Y qué hicieron? –preguntó Mary.

Billingsley se encogió de hombros.

–Pusieron cargas de dinamita en el primer tramo de la mina y lo derrumbaron también. Le cerraron la boca.

–¿Quiere decir que enterraron intencionadamente a cuarenta personas vivas? –dijo Cynthia.

—Cuarenta y dos, contando al jefe de cuadrilla y el capataz –precisó Billingsley–. El jefe de cuadrilla era blanco, pero bebía y se dirigía con palabras obscenas a mujeres decentes. Nadie habló en su favor. Ni en favor del capataz, a decir verdad.

—¿Cómo pudieron hacer una cosa así?

—La mayoría eran chinos, señora –adujo Billingsley–, así que la decisión fue fácil.

El viento silbó, y el edificio se estremeció bajo su áspera caricia como si estuviese vivo. Oían batir ligeramente la ventana del servicio de señoras. Johnny temía que una de la veces se abriese más que de costumbre y derribase las botellas que Billingsley había colocado en el antepecho a modo de alarma.

—Pero la historia no acaba ahí –continuó Billingsley–. Ya saben cómo se agrandan esas cosas en la cabeza de la gente con el paso del tiempo. –Cruzó las manos y movió los nudosos dedos. En la pantalla un ave gigantesca, un legendario milano real, pareció remontar el vuelo–. Se agrandan como las sombras.

—¿Y cómo acaba, pues? –preguntó Steve. Aun a su edad se quedaba embelesado ante una buena historia, y aquélla no estaba nada mal.

—Tres días después se presentaron dos jóvenes chinos en el Lady Day, una cantina que se hallaba donde ahora está el Broken Drum. Dispararon contra siete hombres antes de que consiguiesen reducirlos. Mataron a dos. Uno de los muertos era el ingeniero de minas de Reno que había aconsejado dinamitar el pozo.

—El túnel –corrigió Audrey.

—Déjelo hablar –dijo Johnny, e indicó a Billingsley que siguiese.

—Uno de los «culis», como llamaban a los mineros chinos en el pueblo, resultó muerto en la refriega. De una puñalada en la espalda, probablemente, aunque la versión que prefiere la mayoría de la gente es que un jugador profesional, un tal Harold Brophy, lanzó un naipe desde su silla y le seccionó la yugular.

»El que sobrevivió recibió cinco o seis heridas de bala, pero eso no les impidió colgarlo al día siguiente después de un juicio sumarísimo ante un tribunal improvisado. Supongo que el pobre muchacho los defraudó; según se cuenta, estaba demasiado enajenado para darse cuenta de lo que ocurría. Le habían puesto grilletes en los tobillos y las muñecas, y aun así, siguió peleando como un gato montés, delirando en su idioma. –Billingsley se inclinó un poco y pareció mirar a David en particular. El chico, fascinado, lo observaba con los ojos muy abiertos–. Sólo habló en chino, pero entre la gente corrió la idea de que él y su amigo habían salido de la mina para vengarse de quienes primero los habían hecho entrar allí y después los habían abandonado. –Billingsley hizo un gesto de duda–. Probablemente eran del campamento chino que había al sur de Ely, hombres menos pasivos o resignados que los otros. Por entonces ya se había difundido la noticia del derrumbe, y los chinos de ese campamento debían de estar enterados. Posiblemente algunos tenían familiares en Desesperación. Y recuerden que el que sobrevivió al tiroteo sólo sabía decir en inglés un puñado de palabras malsonantes. La poca información que les dio debió de ser a base de gestos. Y ya saben que a la gente le gusta añadir la guinda en estas historias. De hecho no había pasado ni un año cuando algunos empezaron a decir que los mineros chinos seguían vivos en la mina, que los habían oído hablar y reír y suplicar que los sacasen, gemir y jurar venganza.

–¿Habría sido posible que un par de hombres escapasen de la mina? –preguntó Steve.

–No –contestó Audrey desde el extremo del escenario.

Billingsley la miró por un momento y después posó sus ojos hinchados y enrojecidos en Steve.

—Quizá –dijo–. Podrían haber retrocedido mientras sus compañeros se quedaban apiñados tras los escombros. Quizá alguno de ellos recordase la ubicación de un respiradero o una chimenea...

—Tonterías –lo interrumpió Audrey.

—Es una posibilidad, y usted lo sabe –afirmó Billingsley–. Antiguamente todo este territorio fue una zona volcánica. Incluso hay pórfido extrusivo al este del pueblo; parece cristal negro con rubíes incrustados. En realidad son granates. Y allí donde hay rocas volcánicas, hay también conductos y chimeneas.

—Las probabilidades de que dos hombres...

—Es sólo un planteamiento hipotético –terció Mary–. Una manera de pasar el rato, nada más.

—Una estupidez hipotética –gruñó Audrey, y mordió otra rosquilla dudosamente comestible.

—En todo caso, ésa es la historia –dijo Billingsley–: un grupo de mineros enterrados, dos que consiguen salir, ambos enloquecidos, e intentan vengarse. Y después, fantasmas. No me dirán que no es una buena historia para una noche de tormenta. –Miró a Audrey, y en sus labios apareció una maliciosa sonrisa de borrachín–. Y ahora que han empezado a excavar de nuevo, señorita, ¿no han encontrado huesos pequeños?

—Está borracho, señor Billingsley –contestó Audrey con frialdad.

—No –dijo Billingsley–. Ojalá lo estuviese, pero no lo estoy. Discúlpenme un momento, señoras y señores. En cuanto me pongo a hablar, me entran ganas de ir al baño. Nunca falla.

Tambaleándose un poco, cruzó el escenario con la cabeza gacha y los hombros encorvados. La sombra que lo siguió a lo largo de la pantalla resultaba irónica tanto por su tamaño como por su heroico aspecto. Sus pisadas resonaron. Todos lo observaron mientras se alejaba.

De pronto se oyó un golpe sordo, y todos se sobresaltaron. Cynthia esbozó una sonrisa de culpabilidad y levantó el pie.

—Lo siento —se disculpó—. Una araña. Creo que era una de esas...

—Violinistas —apuntó Steve.

Johnny se agachó a echar un vistazo, apoyándose las manos en los muslos justo por encima de las rodillas.

—No.

—No ¿qué? —preguntó Steve—. ¿No es una violinista?

—No sólo una —respondió Johnny—. Un par. —Alzó la vista; en su rostro no se advertía ni un amago de sonrisa—. Puede que sean violinistas *chinas*.


3

—*Tak! Can ah wan me. Ah lah.*

El puma abrió los ojos. Se levantó y empezó a agitar la cola nerviosamente. Casi había llegado el momento. Aguzó las orejas y se tensó al oír que alguien entraba en la habitación a la que daba la ventana. Levantó la vista, absorto, calculando. El salto debía ser perfecto si quería atravesar el cristal, y perfección era exactamente lo que le exigía la voz en su cabeza.

Esperó, y en su garganta se formó de nuevo un gruñido leve y quejumbroso, pero esta vez salió por su nariz y también por su boca, porque había contraído los labios para enseñar los dientes. Poco a poco se encogió sobre sus patas traseras.

Casi ha llegado el momento.

Casi ha llegado el momento.

*Tak ah ten.*

4

Billingsley se asomó primero al servicio de señoras e iluminó la ventana con la linterna. Las botellas seguían en la repisa. Había temido que una ráfaga fuerte de viento abriese la ventana y las tirase al suelo, provocando una falsa alarma, pero eso no había ocurrido, y ya no era probable que ocurriese, pensó, porque la intensidad del viento había disminuido considerablemente. La tormenta, un vendaval veraniego como nunca antes había visto, amainaba.

Entretanto tenía un pequeño problema: aquella sed que debía ser aplacada. Aunque en los últimos cuatro o cinco años más que sed era una especie de comezón, como si hubiese contraído una extraña y horrenda forma de urticaria que no afectaba a la piel sino al cerebro. Pero poco importaba. Conocía el remedio, y eso era lo importante. Y le permitía mantener la mente alejada de todo lo demás, de aquella locura. Si hubiese sido simple peligro, un descontrolado blandiendo un arma, probablemente –viejo o no, borracho o no– habría podido hacerle frente. Pero aquella situación no era un peligro claro y concreto. La geóloga insistía en que sí lo era, en que Entragian era el único peligro, pero Billingsley sabía que se equivocaba. Porque Entragian no era ya la misma persona. Se lo había comentado a los otros, y Ellen Carver había dicho que era un disparate. Pero...

Pero ¿en qué modo había cambiado Entragian? ¿Y por qué él, Billingsley, tenía la impresión de que ese cambio era importante? No lo sabía. Debería saberlo, debería verlo tan claro como la palma de su mano, pero últimamente su pensamiento se tornaba borroso cada vez que bebía, como si empezase a dar síntomas de senilidad. Ni siquiera recordaba el nombre del caballo de la geóloga, la yegua con la torcedura...

–Sí lo recuerdo –murmuró–. Sí lo recuerdo. Se llamaba...

¿Cómo se llamaba, viejo borracho? No tienes la menor idea, ¿verdad?

–¡Sí, se llamaba *Sally*! –exclamó con tono triunfal. Pasó junto a la salida de emergencia, que estaba tapiada, y empujó la puerta del servicio de caballeros. Enfocó el inodoro portátil con la linterna por un momento–. ¡*Sally*, exacto! –Dirigió el haz de luz a la pared e iluminó el caballo al galope que expulsaba humo por las narices. No recordaba haberlo dibujado (seguramente estaba borracho en aquel momento, pensó), pero sin duda era obra suya, y no le había quedado nada mal. Le gustaba sobre todo su imagen de locura y libertad, como si procediese de un mundo en que las diosas montaban a pelo, dando a veces saltos de varias leguas en sus desenfrenadas correrías.

De pronto se disipó un poco la bruma que envolvía sus recuerdos, como si de algún modo el dibujo de la pared hubiese abierto su mente. *Sally*, sí. Hacía un año poco más o menos. Los rumores de que iban a reabrir la mina empezaban a consolidarse en hechos. Se veían ya coches y camiones en el aparcamiento del barracón donde se hallaban las oficinas de la compañía minera, llegaban aviones al aeródromo situado al sur del pueblo, y una noche –precisamente allí, en el Oeste Americano, mientras bebía con sus amigos– le contaron que una geóloga se había instalado en la antigua casa de los Rieper. Joven. Soltera. Atractiva, según se decía.

Billingsley tenía en efecto ganas de orinar –no había mentido–, pero no era ésa su necesidad más urgente. En uno de los lavabos había un mugriento trapo azul, una de esas cosas que uno no tocaría sin pinzas a menos que fuese inevitable. El viejo veterinario lo levantó y debajo apareció una botella de whisky Satin Smooth, un auténtico matarratas donde los hubiese, pero cualquier puerto servía durante una tormenta.

Desenroscó el tapón y, sosteniendo la botella con las dos manos porque los temblores casi le impedían acercársela a los labios, bebió un largo trago. Una llamarada de napalm le lamió la garganta y se propagó por su estómago. Abrasaba, pero ¿cómo decía esa canción de Patty Loveless que ponían a todas horas por la radio? Hazme daño, cariño, para que sienta placer.

Tras el primer trago tomó otro sorbo (los temblores habían desaparecido y sostenía la botella con mayor facilidad), y luego enroscó el tapón y volvió a dejar la botella en el lavabo.

—Me telefoneó —susurró.

Al otro lado de la ventana el puma estiró aún más las orejas al oír su voz. Agazapado, esperó a que se acercase un poco más, a que se hallase exactamente en el punto donde él caería tras el salto.

—Esa mujer me telefoneó. Dijo que tenía una yegua de tres años que se llamaba *Sally*. Sí señor.

Cubrió la botella con el trapo sucio, escondiéndola por puro hábito, sin pensar, concentrado en aquel día del verano anterior. Acudió a la antigua residencia de los Rieper, una preciosa casa de adobe situada en las afueras del pueblo, y un empleado de la compañía —el negro que acabaría de recepcionista en las oficinas— lo guió hasta el caballo. Dijo que Audrey había recibido un aviso urgente y tenía que viajar de inmediato a Phoenix, donde tenía su sede la compañía. Luego, mientras se dirigían al establo, el negro se volvió y...

—«Por allí va», dijo —murmuró Billingsley. Había iluminado de nuevo el caballo que galopaba por la abombada pared de azulejos y lo observaba con los ojos muy abiertos, absorto en sus recuerdos y olvidando por un momento su vejiga—. Y la saludó.

Sí señor. «¡Hola, Aud!», dijo, y levantó una mano. Ella le devolvió el saludo. Billingsley la saludó también con la mano, pensando que lo que había oído era cierto: era una mujer joven y atractiva. No poseía la belleza deslumbrante de una actriz de cine, pero no estaba mal para un rincón del mundo donde ninguna mujer soltera tenía que pagar en los bares si no lo deseaba. Después examinó la pata de la yegua, entregó al negro una muestra de linimento que llevaba en el maletín, y al cabo de unos días ella pasó por la consulta para comprar más. Se lo dijo Marsha; él había ido a Washoe para atender a unas ovejas enfermas. Desde entonces la había visto a menudo por el pueblo. No había llegado a hablar con ella; se relacionaban con gente distinta. Pero la había visto en más de una ocasión: cenando en el hotel Antlers o el Owl's Club, y también una vez en el Jailhouse de Ely; tomando unas copas en el Bud's Sud o el Drum con otros empleados de la compañía minera y jugándose a los dados quién pagaba la ronda; comprando comida en la tienda de los Worrell; poniendo gasolina en la estación de servicio de Conoco; comprando una lata de pintura y una brocha en la ferretería... Sí, la había visto a menudo. En un pueblo tan pequeño y aislado como aquél uno veía a menudo a todo el mundo; era inevitable.

¿Por qué a esta obtusa cabeza tuya le ha dado ahora por recordar todo eso?, se preguntó, acercándose finalmente al inodoro. Bajo sus botas rechinaron la arenilla, el polvo y los fragmentos de lechada que se habían desprendido de las rendijas que separaban los abombados azulejos. Se detuvo y se bajó la cremallera, viéndose la puntera desgastada de una bota a la luz de la linterna; por muy poco, seguía aún fuera de la distancia de ataque del puma. ¿Qué tenía que ver Audrey Wyler con Collie? ¿Qué relación *podía* existir entre ellos? No recordaba haberlos visto nunca juntos, ni había oído rumores de que hubiese algo entre ellos. No, no era eso. Entonces ¿qué era? ¿Y por qué sospechaba que la clave estaba en aquella visita a la casa para examinar a la yegua? Aquel día la vio sólo un instante, y de lejos.

Se colocó ante el inodoro y sacó su vieja y marchita herramienta. Ya era hora de vaciar la vejiga. Para beber hay que saber mear, según decían.

Saludó con la mano... corrió hasta el coche... partió hacia el aeródromo, a coger un avión rumbo a Phoenix. Llevaba un traje chaqueta, naturalmente, porque no iba a un barracón perdido en medio del desierto; iba a algún sitio donde había moqueta en el suelo y las ventanas se hallaban por lo menos a una altura de tres pisos por encima de la calle. Iba a ver a los jefazos. Y tenía bonitas piernas... Ya voy para viejo, pero no estoy aún tan senil como para no fijarme en unas rodillas bien hechas... Preciosas, sí señor, pero...

Y de pronto todas las piezas encajaron en su mente, no con un ligero chasquido sino un sonoro golpe, y por un momento, antes de que el puma emitiese su gruñido gutural y creciente, pensó que el ruido de cristales rotos se había producido en el interior de su mente, que era el estruendo que acompañaba a aquella súbita chispa de clarividencia.

Entonces oyó el gruñido, que aumentó de volumen rápidamente hasta convertirse en una especie de aullido, y empezó a orinar de puro miedo. Por un momento fue incapaz de relacionar aquel sonido con ningún animal que hubiese pisado alguna vez la tierra. Se volvió, trazando un arco de orina en el aire, y vio sobre las baldosas una forma oscura de ojos verdes. Pese a su sorpresa y terror, estableció rápidamente la conexión entre el sonido y la forma, y de inmediato supo qué era.

El puma –a la luz de la linterna Billingsley vio que era una hembra de extraordinario tamaño– alzó el hocico, revelando dos hileras de dientes blancos y largos. Y había dejado el Remington 30-06 en el escenario, apoyado contra la pantalla.

–¡Oh, no! ¡Dios mío! –susurró Billingsley, y lanzó

la linterna por encima del puma, errando el lanzamiento intencionadamente. Cuando el animal volvió la cabeza, siguiendo la trayectoria de aquel objeto luminoso, Billingsley corrió hacia la puerta, metiéndose el pene en la bragueta con la mano que segundos antes sostenía la linterna.

El puma emitió otro aullido penetrante y angustioso –el alarido de una mujer al ser quemada o apuñalada, ensordecedor entre aquellas cuatro paredes– y saltó sobre Billingsley con las patas anteriores extendidas. Las afiladas garras del felino le atravesaron la camisa y se hundieron en su espalda mientras buscaba a tientas el tirador de la puerta, desgarraron sus débiles músculos, trazaron en su piel líneas de sangre que confluyeron formando una V. Las poderosas garras del puma se engancharon al cinturón, y el anciano –ahora también él aullaba– se vio arrastrado de nuevo al interior del servicio. De pronto el cinturón se rompió, y Billingsley cayó de espaldas sobre el puma. Saltó a un lado, rodó por el suelo cubierto de cristales, y cuando apoyó una rodilla para intentar erguirse, el puma se abalanzó de nuevo sobre él. Lo tiró de espaldas e intentó hincarle los dientes en la garganta. Billingsley se protegió con el brazo, y el puma le arrancó media mano de una dentellada. Las gotas de sangre resplandecieron en sus bigotes como granates. Billingsley volvió a gritar, agarró al animal por la mandíbula inferior con la otra mano e intentó apartarlo. Notaba su aliento en la mejilla, palpándosela como unos dedos calientes. Miró por encima del animal y vio el caballo dibujado en la pared, *su* caballo, saltando libre y salvaje. El puma se revolvió y embistió de nuevo, atrapándole la mano entre las fauces. Billingsley sólo sintió dolor. En su mente no quedó espacio para nada más.

## 5

Cynthia se servía otro vaso de agua mineral cuando el puma lanzó su primer aullido. Todos los nervios y músculos de su cuerpo parecieron derretirse. La garrafa se le resbaló de entre las manos, súbitamente flácidas, cayó al suelo entre sus zapatillas de deporte y estalló como una bomba de agua. Reconoció el sonido de inmediato –era el chillido agudo de un gato salvaje–, pero sólo lo había oído en el cine. Y de hecho –extraño pero cierto– también ahora lo oía en un cine.

Siguieron los gritos de un hombre. Los gritos de Tom Billingsley.

Cynthia se volvió, y vio que Steve miraba a Marinville, vio que Marinville, lívido, con los labios apretados pero trémulos, desviaba la mirada. En ese momento el escritor parecía débil, indefenso y extrañamente femenino con su melena gris, como una anciana que se hubiese perdido y no sólo desconociese su paradero sino también su identidad.

Con todo, en aquellas circunstancias Cynthia sólo pudo sentir desprecio por Johnny Marinville.

Steve miró a Ralph, que asintió, cogió su arma y corrió hacia la salida izquierda del escenario. Steve lo siguió y ambos desaparecieron. El anciano volvió a gritar, pero esta vez su alarido semejaba un gorgoteo, como si intentase chillar y gargarear al mismo tiempo, y apenas duró unos segundos. El puma aulló de nuevo.

Mary se acercó al jefe de Steve y le tendió la escopeta, de la que hasta entonces no se había separado ni un instante.

–Tenga. Vaya a ayudarlos.

Marinville la miró y se mordió el labio.

–Oiga –dijo–, tengo una pésima visión nocturna. Ya sé a qué suena eso, pero...

El felino volvió a aullar, y esta vez el sonido alcanzó tal intensidad que Cynthia creyó que iba a perforarle los tímpanos. Un escalofrío le recorrió la espalda.

–A perdonavidas con más boca que agallas, a eso suena –espetó Mary, y se dio media vuelta.

El reproche espoleó a Marinville, que se puso en movimiento, pero muy despacio, como si acabase de despertar de un profundo sueño. Cynthia vio el rifle de Billingsley apoyado contra la pantalla y no se lo pensó dos veces. Lo agarró y cruzó rápidamente el escenario, levantando el arma sobre la cabeza con los dos brazos como un guerrillero en un póster (no porque desease ofrecer una imagen romántica, sino porque temía que la escopeta pudiera dispararse si tropezaba con algo y caía; podía herir involuntariamente a alguien).

Pasó junto a un par de sillas arrinconadas junto a lo que parecía un cuadro de distribución de luces en desuso y siguió por el angosto pasillo por el que habían salido al escenario al llegar al cine. Ladrillo a un lado, madera a otro. Olor a viejos con demasiado tiempo libre. Y demasiada calentura, a juzgar por su videoteca.

Se oyó otro grito animal –éste mucho más penetrante–, pero el anciano no volvió a emitir el menor sonido. Mala señal. Un portazo resonó en el pasillo unos metros más adelante, el ruido inconfundible de la puerta de unos aseos públicos al estrellarse contra los azulejos. Bien, pensó Cynthia, el de hombres o el de mujeres, y debe de ser el de hombres porque ahí está el váter portátil.

–¡Cuidado! –Era la voz de Ralph, casi un alarido–. ¡Dios santo, Steve...!

El felino lanzó una especie de bufido. Siguió un golpe sordo. Steve gritó, pero Cynthia fue incapaz de adivinar si era un grito de dolor o sorpresa. A continuación se oyeron dos detonaciones atronadoras. Los fogonazos del rifle iluminaron por un instante la porción de pared situada ante el servicio de caballeros, revelando un extintor de incendios donde alguien había colgado un raído sombrero. Instintivamente, Cynthia se agachó. Avanzó unos pasos más y se asomó al servicio. Ralph Carver mantenía la puerta abierta con el cuerpo. Dentro no había más iluminación que la linterna del anciano, tirada en un rincón con el foco orientado hacia la pared; el haz de luz se extendía por los azulejos, pero el débil reflejo proporcionaba visibilidad suficiente. Aquella tenue claridad y el ondulante humo de la pólvora creaban un ambiente difuso y alucinatorio que recordó a Cynthia su media docena de experiencias con el peyote y la mescalina.

Billingsley, aturdido, se arrastraba hacia los urinarios con la cabeza tan gacha que rozaba las baldosas con la frente. Tenía la camisa y la camiseta rasgadas de arriba abajo. Su espalda manaba sangre. Daba la impresión de que un maníaco lo hubiese azotado con un látigo.

En el centro del cuarto tenía lugar un insólito vals. El puma, erguido sobre las patas traseras, apoyaba las garras en los hombros de Steve. Sangraba por los flancos, pero no parecía herido de gravedad. Uno de los disparos de Ralph ni siquiera debía de haberlo tocado, pues Cynthia advirtió que la mitad del caballo dibujado en la pared había quedado reducida a añicos. Steve tenía los brazos cruzados ante el pecho y contenía con ellos al puma.

—¡Dispare! —exclamó—. ¡Por lo que más quiera, dispare otra vez!

Ralph, su rostro una máscara de sombras a la tenue luz, alzó el rifle, apuntó y volvió a bajarlo en un gesto de desesperación por temor a herir a Steve.

El felino gruñó y lanzó hacia adelante su cabeza triangular. Steve se echó hacia atrás, y se tambalearon en esa posición como dos borrachos. El puma hundió más aún sus garras en los hombros de Steve, y Cynthia vio extenderse dos manchas de sangre por el mono que llevaba puesto. El animal agitaba frenéticamente la cola a uno y otro lado.

Giraron ambos, y Steve tropezó con el inodoro y lo volcó. A duras penas consiguió mantener el equilibrio y contener a la vez las embestidas del animal. Al fondo del servicio, Billingsley había llegado al rincón y sin embargo seguía intentando avanzar, como si el ataque del puma lo hubiese convertido en un juguete mecánico condenado a permanecer en movimiento hasta que se le acabase la cuerda.

—¡Péguele un tiro a este jodido bicho! —gritó Steve. Logró meter un pie entre la base del armazón del inodoro y la bolsa de lona sin caerse, pero en aquella posición no podía seguir retrocediendo; en cuestión de segundos el puma lo derribaría—. ¡Dispare, Ralph! ¡Dispare!

Ralph volvió a llevarse el rifle al hombro, mordiéndose el labio inferior, y entonces alguien apartó a Cynthia de un empujón. Cruzó el servicio a trompicones y consiguió agarrarse al lavabo central de la hilera de tres justo antes de estrellarse de cara contra el espejo mural. Se dio la vuelta y vio entrar a Marinville con la escopeta de Mary. La melena gris y apelmazada le barría los hombros. Cynthia pensó que nunca antes había visto a nadie tan aterrorizado; sin embargo, una vez en acción, Marinville no vaciló. Apoyó los dos cañones del arma contra la cabeza del puma y bramó:

—¡Empuja!

Steve empujó. La cabeza del animal retrocedió. Sus resplandecientes ojos parecían iluminados desde el interior, como si aquello no fuese el cráneo de un ser vivo sino una calabaza con una bombilla dentro. El escritor hizo una mueca, apartó ligeramente la cabeza, y apretó los dos gatillos. En comparación con el estruendo de aquella detonación, el sonido del rifle de Carver parecía insignificante. Un vivo destello brotó de los cañones, y de inmediato Cynthia olió a pelo quemado. El puma se desplomó de costado, casi sin cabeza, con el pelaje chamuscado en el cuello y el lomo.

Steve agitó los brazos en un intento por conservar el equilibrio. Marinville, aturdido, hizo un simbólico ademán de sujetarlo, y Steve –el encantador nuevo amigo de Cynthia– cayó de espaldas.

–¡Dios, creo que me he cagado! –dijo Marinville sin darle importancia, casi a título informativo–. Pues no, falsa alarma. Steve, ¿estás bien?

Cynthia se había arrodillado junto a él. Steve se incorporó, miró alrededor desorientado, e hizo una mueca de dolor cuando ella le palpó con los dedos un hombro ensangrentado.

–Eso creo. –Trató de levantarse. Cynthia le rodeó la cintura con un brazo y lo ayudó–. Gracias, jefe.

–Me cuesta creerlo –masculló Marinville. Por primera vez Cynthia tuvo la sensación de que hablaba con total naturalidad, como quien vive su vida en lugar de representar un papel–. Me cuesta creer que haya sido capaz de hacerlo. Esa mujer me ha obligado por pura vergüenza. ¿Seguro que estás bien, Steve?

–El puma le ha clavado las garras –explicó Cynthia–, pero eso ahora es secundario. Tenemos que ayudar al viejo.

En ese momento entró Mary. Llevaba el rifle de Marinville –el que estaba descargado– sujeto por el cañón y con la culata en alto. A Cynthia su expresión le pareció extrañamente serena. Mary observó la escena –ahora el humo de la pólvora enturbiaba aún más el aire, aumentando la sensación de experiencia alucinatoria– y al instante corrió hacia Billingsley, quien tras otros dos débiles intentos por traspasar la pared acabó desplomándose, y su cara se deslizó por los azulejos hasta el suelo.

Ralph apoyó una mano en el hombro de Steve. Al notar la sangre, la retiró y lo cogió por el bíceps.

—No he podido —se disculpó—. Quería, pero no he podido. Después de los dos primeros disparos temía herirlo a usted. Cuando por fin se ha puesto de medio lado y era posible disparar, ha aparecido Marinville.

—No se preocupe —dijo Steve—. Bien está lo que bien acaba.

—Se lo debía —afirmó el escritor con una efusiva actitud de atleta triunfador que Cynthia encontró nauseabunda—. De no haber sido por mis vacilaciones anteriores, no se habría visto...

—¡Vengan! —llamó Mary con la voz quebrada—. ¡Dios, está sangrando mucho!

Los cuatro se acercaron a Billingsley. Mary lo había tendido boca arriba, y Cynthia contrajo el rostro al ver su estado. Una de sus manos casi había desaparecido —todos los dedos menos el pulgar estaban reducidos a muñones—, pero no era eso lo peor. Una profunda incisión le atravesaba el hombro y la parte inferior del cuello. La sangre manaba a borbotones. Sin embargo estaba consciente, y en sus ojos se advertía una mirada viva y alerta.

—La falda —susurró con voz ronca—. La *falda*.

—No hable, Tom —dijo Marinville. Se agachó, recogió la linterna y enfocó a Billingsley. Si en la oscuridad su aspecto era malo, a la luz resultaba alarmante. Un charco de sangre se extendía junto a su cabeza. Cynthia no se explicaba cómo podía seguir con vida.

—¡Una compresa, deprisa! —pidió Mary—. No se queden ahí parados; ayúdenme. Si no detenemos la hemorragia de inmediato, morirá.

Demasiado tarde, pensó Cynthia pero prefirió callar.

Steve vio un trapo en uno de los lavabos y lo cogió. Resultó ser una camisa vieja. La plegó dos veces y se la entregó a Mary. Ella asintió, la plegó una vez más y la apretó contra el cuello de Billingsley.

—Ven —dijo Cynthia, tirando del brazo a Steve—.

Vamos al escenario. Si no encontramos nada mejor, al menos te lavaré las heridas con agua. Hay varias garrafas en el estante...

—No —susurró el anciano—. ¡Quédense! Tienen... que oír esto.

—No le conviene hablar —dijo Mary. Apretando más la improvisada compresa. La camisa ya casi estaba teñida de rojo—. Si habla, no parará de sangrar.

Billingsley miró a Mary.

—Demasiado tarde... ya no tiene... remedio. —Su voz era un estertor—. Me muero.

—No diga eso.

—Me muero —repitió Billingsley, y se agitó con vehemencia bajo las manos de Mary. Cynthia sintió náuseas al oír el chacoloteo de su espalda herida y ensangrentada contra las baldosas—. Agáchense... todos... y escuchen.

Steve miró a Cynthia. Ella se encogió de hombros, y los dos se arrodillaron junto a las piernas del anciano, Cynthia al lado de Mary. Carver y Marinville en los extremos.

—No debería hablar —insistió Mary, pero no parecía muy convencida.

—Deje que se desahogue —dijo Marinville—. ¿De qué se trata, Tom?

—Demasiado corto para una reunión de trabajo —musitó Billingsley. Los miraba fijamente, rogándoles con los ojos que entendiesen.

Steve movió la cabeza con un gesto de incomprensión.

—No sé a qué se refiere.

Billingsley se humedeció los labios.

—Sólo la había visto una vez con falda. Por eso he tardado tanto en darme cuenta de... qué era lo que no encajaba.

Una expresión de alarma asomó al rostro de Mary.

–Es verdad. ¡Dijo que tenía una reunión con el interventor de la compañía! Él viene desde Phoenix para oír un informe sobre algo importante, sobre algo en lo que hay en juego mucho dinero, ¿y ella qué hace? ¿Se pone un vestido tan corto que va a enseñar las bragas cada vez que cruce las piernas? Lo dudo.

Gruesas gotas de sudor rodaban como lágrimas por las mejillas pálidas y sin afeitar de Billingsley.

–Me siento como un idiota –dijo con voz jadeante–. Aunque la culpa es mía sólo en parte, eso sí. Nunca habíamos hablado; apenas nos conocíamos. Yo no estaba en la consulta cuando vino a comprar más linimento. Siempre la había visto de lejos, y aquí las mujeres van en vaqueros la mayor parte del tiempo. Pero algo sospechaba. Ya casi lo tenía cuando he empezado a beber y se me ha ido el santo al cielo. –Miró a Mary–. El vestido le venía bien... cuando se lo puso. ¿Se dan cuenta? ¿Comprenden?

–¿De qué habla? –preguntó Ralph–. ¿Cómo podía venirle bien al ponérselo y ser demasiado corto para una reunión de trabajo un rato más tarde?

–Más alta –susurró el anciano.

Marinville miró a Steve.

–¿Cómo ha dicho? ¿Me ha parecido oír...?

–*Más alta* –repitió Billingsley. Pronunció esas dos palabras con la mayor claridad posible y a continuación empezó a toser. La camisa plegada que Mary sostenía contra su cuello y su hombro estaba ya empapada. Los recorrió a todos con la mirada. Volvió la cabeza a un lado, escupió sangre, y finalmente la tos remitió.

–¡Santo cielo! –exclamó Ralph de pronto–. ¿Esa mujer es como Entragian? ¿Eso es lo que quiere decir? ¿Que es como el policía?

–Sí... no –murmuró Billingsley–. No estoy seguro. Lo habríamos... notado enseguida... pero...

–Señor Billingsley, ¿cree usted que esa mujer podría

hallarse en menor grado bajo la influencia de lo que ha trastornado al policía?

Billingsley la contempló agradecido y le apretó la mano.

–Desde luego no sangra como el policía –comentó Marinville.

–O no sangra de manera visible –replicó Ralph–. Al menos todavía.

Billingsley miró por encima del hombro de Mary.

–¿Dónde... dónde...?

Empezó a toser de nuevo y no pudo terminar la frase, pero ya no era necesario. Los cuatro cruzaron miradas de temor, y Cynthia volvió la cabeza. Audrey no estaba allí.

David Carver tampoco.

# IV

## 1

La criatura que había sido Ellen Carver, ahora más alta, se hallaba de pie en la escalinata del ayuntamiento. Llevaba aún la insignia policial pero no la bandolera y miraba hacia el norte, hacia el cruce señalizado con el semáforo intermitente que el viento mecía, contemplando la calle a través del polvo y la arena. No veía el cine, pero sabía dónde estaba. Más aún, sabía qué ocurriría en el interior. No todo, pero suficiente para enfurecerse. El puma no había conseguido silenciar al borracho a tiempo, pero por lo menos había alejado del chico al resto del grupo. En principio con eso bastaba, pero el chico había eludido a su otra emisaria, cuando menos por el momento.

¿Dónde se había metido? Lo ignoraba, no lo veía, y ésa era la principal causa de su ira y su miedo. *El chico* era la causa. David Carver. El *meapilas* de mierda. Debería haberlo matado cuando tuvo ocasión, cuando se hallaba en el cuerpo del policía; debería haberlo matado a tiros al pie de la escalerilla de la condenada caravana y habérselo dejado a los buitres. Pero no lo había hecho, y sabía por qué. En el alma del pequeño Carver había un núcleo impenetrable, envuelto en una coraza protectora que no había logrado traspasar. Eso había salvado antes al meapilas.

Con los brazos extendidos a los costados, apretó los puños. Sopló el viento, agitando el pelo corto y rojizo de Ellen Carver como una bandera. ¿Qué hace aquí alguien como él? ¿Es simple casualidad? ¿O es un enviado?

¿Por qué estás aquí? ¿Por casualidad? ¿O eres un enviado?

Pero tales preguntas eran superfluas. La criatura conocía su misión, *tak ah lah*, y eso bastaba. Cerró los ojos de Ellen, ahora suyos, volviendo la mirada hacia su interior pero sólo por un segundo; no le gustó lo que vio. Aquel cuerpo había empezado a fallar. No era tanto un problema de degradación como de *intensidad*; la fuerza que habitaba en él –*can de lach*, el corazón del ser sin forma– estaba haciéndolo pedazos literalmente, y sus recambios habían escapado de la despensa.

Por culpa del meapilas.

El meapilas de mierda.

Miró de nuevo al exterior. No deseaba pensar en la sangre que corría por los muslos de aquel cuerpo, en las palpitaciones que había empezado a notar en la garganta, o en el modo en que, al rascarse la cabeza, grandes mechones del pelo rojo de Ellen se le quedaban bajo las uñas.

Prefirió dirigir su mirada al cine.

Su percepción del interior del cine se componía de imágenes, fragmentarias, superpuestas, a veces contradictorias. Era como ver los distintos monitores de un circuito cerrado de televisión reflejados en un montón de cristales rotos. Esencialmente veía a través de los ojos de las arañas infiltradas, pero también se servía de moscas, cucarachas, ratas apostadas en los agujeros de las paredes, y murciélagos colgados del techo de la sala; estos últimos proyectaban imágenes extrañamente frías, que eran en realidad ecos.

Vio al hombre del camión, el que había llegado al pueblo por su cuenta, y a su flaca amiga, que guiaba a los otros al escenario. El padre llamaba a su hijo a gritos, pero el chico no contestaba. El escritor se acercó al borde del escenario y, abocinando las manos en torno a la boca, pronunció el nombre de Audrey a voz en cuello. ¿Y dónde estaba Audrey? No lo sabía con certeza. No podía ver a través de sus ojos como a través de los ojos de criaturas inferiores. Sin duda buscaba al chico. ¿O lo había encontrado ya? Seguramente no. Al menos, no todavía. Eso lo habría percibido.

La criatura golpeó el muslo de Ellen con la mano de Ellen en un gesto de impaciencia y frustración, dejando al instante en la piel un hematoma negro como una podredura en una manzana, y dirigió su atención hacia otro punto del cine. Advirtió entonces que no estaban todos en el escenario; el carácter prismático de las imágenes lo había inducido a error.

Mary seguía con el viejo Tom. Si Ellen llegaba hasta ella mientras los demás buscaban a Audrey y David, se ahorraría ulteriores problemas. En realidad no la necesitaba con urgencia; el cuerpo que ahora ocupaba podía aprovecharse aún durante un tiempo, pero no quería arriesgarse a que le fallase en un momento crucial. Sería mejor, más seguro, si...

La imagen provenía de una telaraña de la que pendían numerosas moscas envueltas en seda. Moscas paralizadas por el veneno de la araña pero no muertas.

—Raciones de emergencia —canturreó la criatura con la voz de Ellen Carver, en el idioma de Ellen Carver—. Tieso tente, tentetieso, este perro quiere un hueso.

Y la desaparición de Mary desmoralizaría a los otros, mermaría la seguridad en sí mismos que posiblemente les habían proporcionado sus anteriores logros: escapar, encontrar refugio, matar al puma. Esto último ya lo había previsto; al fin y al cabo, iban armados, y el puma era un ser físico, *sarx, soma* y *pneuma*, no un duende de la inmensidad metafísica. Pero ¿quién habría imaginado que lo mataría precisamente aquel presuntuoso charlatán?

Llamó al otro por un teléfono que tenía guardado. Tampoco eso lo percibiste. No te enteraste hasta que apareció el camión amarillo.

Sí, y pasar por alto el teléfono había sido un grave desliz –Marinville lo tenía en el primer plano de su conciencia, y la criatura debería haberlo percibido con facilidad–, pero no podía reprochárselo. En ese punto su principal objetivo era llevar al calabozo a ese despreciable necio y sustituir el cuerpo de Entragian antes de que se desintegrase por completo. Había sido una lástima perder a Entragian. El policía era *fuerte*.

Si se proponía capturar a Mary, ése era el momento idóneo. Y quizá entretanto Audrey encontraría al chico y lo eliminaría. Eso sería ideal. Se acabarían sus preocupaciones. Ya no tendría que ir apoderándose de cuerpos furtivamente. Reemplazaría a Ellen por Mary y se serviría de los demás a su antojo.

¿Y después, cuando se agotase su actual (y limitada) reserva de cuerpos? ¿Atraparía a otros viajeros en la carretera? Tal vez. ¿Y cuando se presentase gente en el pueblo con la intención de averiguar qué demonios ocurría en Desesperación? ¿Qué haría entonces? Ya cruzaría ese puente cuando llegase al río; tenía poca memoria y aún menos interés en el futuro. Por el momento bastaría con llevar a Mary a la Mina de los Chinos.

Tak descendió por la escalinata del ayuntamiento, echó un vistazo al coche patrulla, y cruzó la calle. Aquella misión era mejor realizarla a pie. Una vez en la otra acera, echó a correr, levantando arena con unos pies que ahora las zapatillas de deporte apenas podían contener.

## 2

Audrey los oía llamar a David –y también a ella– desde el escenario. Pronto se dispersarían y empezarían a buscarlos. Iban armados, y por consiguiente eran peligrosos. La idea de morir no la inquietaba –o al menos no demasiado, no como al principio–, pero sí temía que acabasen con ella antes de que tuviese ocasión de matar al chico. Para el puma, la voz de la criatura surgida de las entrañas de la tierra había sido como un anzuelo; para Audrey Wyler era como una serpiente impregnada de ácido que se adentraba sinuosamente en las profundidades de su cerebro y fundía a su paso la personalidad de la mujer. Ese proceso de disolución iba acompañado de un intenso placer, comparable a la ingestión de algo dulce y cremoso. En un primer momento, sin embargo, no había sido una sensación placentera, sino una especie de postración, como cuando uno sufre un acceso de fiebre, pero a medida que Audrey reunió más *can tahs* (como un niño participando en una recogida de trastos viejos), el malestar fue remitiendo. Ahora su única preocupación era encontrar al chico. Tak, el ser sin forma, no se atrevía a acercarse a él, de modo que esa misión le correspondía a ella.

La mujer que medía un metro setenta el día que Tom Billingsley la vio por primera vez se detuvo en lo alto de la escalera y echó un vistazo alrededor. Normalmente no habría visto nada en aquella oscuridad –había sólo una ventana y la escasa claridad que penetraba por ella procedía del semáforo intermitente del cruce y de una farola de escasa potencia situada ante el Bud's Sud–, pero su visión había mejorado notablemente con cada *can tah* que hallaba o recibía. Ahora casi poseía la fina vista de un gato, y el sucio pasillo no escondía misterios para ella.

La gente que había frecuentado esa parte del edificio tenía mucho menos interés en el orden y la limpieza que el grupo de Billingsley. En lugar de recoger las botellas vacías, las rompían y dejaban los fragmentos en los rincones; y en lugar de dibujar peces o caballos fantásticos, había decorado las paredes con enormes pictografías. Una de ellas, tan primitiva como una pintura rupestre, mostraba un niño deforme y con cuernos colgado de un pecho gigante. Debajo había escrito un pareado: BEBÉ CHULETA, BEBÉ PROBETA, TE HE VISTO MORDER LA TETA. A ambos lados del pasillo había basura amontonada: envases de comida para llevar, envoltorios de caramelos, bolsas de patatas fritas, paquetes de tabaco estrujados y cajas de preservativos vacías. Del pomo de la puerta marcada con el rótulo ENCARGADO pendía un condón usado, pegoteado en sus propios fluidos ya secos como un caracol muerto.

La puerta del despacho del encargado se hallaba a la derecha. Enfrente había otra donde se leía PORTERO. Más adelante, a la izquierda, había una tercera puerta, ésta sin rótulo, y más allá, en esa misma pared, un arco sobre el que se veía una palabra escrita con antigua pintura negra medio desconchada. Ni siquiera sus ojos pudieron distinguir esa palabra, al menos a la distancia a que se encontraba, pero al avanzar otros dos pasos la leyó claramente: GALERÍA. En otro tiempo el arco debió de estar tapiado, pero ahora las tablas estaban apiladas a ambos lados. De lo alto del arco pendía una muñeca hinchable de melena rubia, boca roja y redonda, pubis sin pelo y rudimentaria vagina. Estaba casi deshinchada, y una soga oscurecida por el tiempo le rodeaba el cuello. Sobre los pechos hundidos, colgado del cuello, tenía un letrero escrito a mano que parecía fruto de los esfuerzos caligráficos de un párvulo. NO ENTRAR AQI, rezaba, APUNTO DE UNDIRSE. ABLO EN SERIO. Encima se veía una calavera de ojos rojos sobre unos huesos en aspa. Frente a la entrada de la galería había un hueco en la pared que en su día albergó probablemente un bar. Al final del pasillo una escalera ascendía en la oscuridad. Llevaba, supuso Audrey, a la cabina de proyección.

Se acercó a la puerta con el rótulo ENCARGADO, agarró el pomo y apoyó la frente en la madera. Fuera el viento gemía como un animal moribundo.

—¿David? —preguntó con dulzura. Guardó silencio y escuchó—. David, ¿me oyes? Soy Audrey, David. Audrey Wyler. Quiero ayudarte.

No hubo respuesta. Abrió y vio una habitación vacía con un viejo póster de *Bonnie y Clyde* en la pared y un colchón roto en el suelo. Debajo del póster, otra pintada anunciaba: DE DÍA A DORMIR, DE NOCHE A VIVIR.

A continuación miró en el cubículo del portero. No era mucho mayor que un armario y estaba por completo vacío. La puerta sin rótulo daba a una habitación de pequeñas dimensiones destinada probablemente a almacenar las existencias del bar. Su olfato (al igual que su vista, ahora mucho más agudo) percibió un antiguo olor a palomitas de maíz. Había moscas muertas y excrementos de ratón, pero nada más.

Se dirigió hacia el arco, apartó la muñeca con el antebrazo y echó un vistazo. Desde allí no veía el escenario. La chica flaca seguía llamando a David, pero los otros guardaban silencio. Quizá eso no significase nada, pero hubiese preferido saber dónde estaban.

Audrey imaginó que el letrero que colgaba del cuello de la muñeca era una advertencia fundada. Habían quitado las butacas, y eso permitía ver las anormales ondulaciones del suelo; le recordó un poema que había escrito cuando estudiaba en la universidad, algo sobre un barco pintado en un mar pintado. Si el chico no se encontraba en la galería, tenía que estar en otro sitio. En algún sitio cerrado. No podía haber ido lejos. Y en la galería no estaba, eso seguro. Desprovista de butacas, no proporcionaba escondrijo posible, ni siquiera una cortina o una colgadura de terciopelo en una pared.

Audrey retiró el brazo que sostenía a un lado la muñeca medio deshinchada, y ésta se balanceó; el lazo que le rodeaba el cuello chirrió ligeramente. Sus ojos inexpresivos miraron a Audrey. El orificio que tenía por boca –una boca diseñada con una única finalidad– parecía reírse de ella. «Fíjate en qué andas metida –parecía reprochar la muñeca folladora–. Ibas camino de convertirte en la geóloga más cotizada del país, de tener tu propia empresa de asesoría a los treinta y cinco, quizá de ganar el Premio Nobel a los cincuenta... ¿No eran ésos tus sueños? La experta en el período devónico, la *summa cum laude* cuyo trabajo sobre las placas tectónicas apareció publicado en *Geology Review*, se dedica ahora a perseguir un niño en un cine decrépito. Y además no es un niño cualquiera. Es especial, tan especial como *tú* te sentías en tu infancia. Y si lo encuentras, Aud, ¿qué harás? Es fuerte.»

Audrey agarró el lazo y dio un violento tirón, rompiendo la vieja soga y llevándose de paso entre los dedos un mechón de pelo rubio pajizo. La muñeca cayó de bruces a sus pies, y Audrey la lanzó de una patada a la galería. Flotó a cierta altura y acabó posándose en el irregular suelo.

No más fuerte que Tak, pensó. Me tiene sin cuidado lo que sea, pero no es más fuerte que Tak. Tampoco es más fuerte que los *can tahs*. Ahora somos los dueños del pueblo. No importa el pasado ni los sueños del pasado; esto es el presente, y me gusta. Me gusta matar, arrebatar, dominar. Me gusta ser la única autoridad, aunque sea en el desierto. Ese chico no es más que un chico. Los otros son sólo comida. Ahora Tak está aquí, y habla con la voz de los tiempos inmemoriales, con la voz de los seres sin forma.

Levantó la vista y contempló la escalera que subía a la cabina de proyección. Movió la cabeza en un gesto de asentimiento y se metió la mano en el bolsillo del vestido para tocar los objetos que allí guardaba, para acariciarlos. El chico estaba en la cabina de proyección. Un enorme candado impedía el paso en la puerta que conducía al sótano. Así pues, ¿dónde podía estar, si no?

–*Him en tow* –susurró, y empezó a subir. Tenía los ojos muy abiertos y movía incesantemente los dedos dentro del bolsillo del vestido, produciendo un golpeteo de piedras casi inaudible.

3

Los muchachos que utilizaban el piso superior del Oeste Americano como lugar de reunión hasta que se desplomó la escalera de incendios eran unos vándalos, pero confinaban sus juergas básicamente al despacho del encargado y el pasillo; los otros cuartos estaban casi intactos, y la cabina de proyección seguía poco más o menos igual que el día de 1979 en que cinco empleados de la Nevada Sunlite Entertainment –todos ellos fumadores empedernidos– estuvieron allí, desmontaron los proyectores de fibra de carbón y los llevaron a Reno, donde aún permanecían arrinconados en un almacén lleno de material semejante como ídolos caídos.

David estaba de rodillas, con la cabeza inclinada, los ojos cerrados y las manos juntas frente a la barbilla. La porción de polvoriento linóleo sobre la que se hallaba presentaba un tono algo más claro que el resto del suelo; enfrente tenía otro rectángulo también más claro. Allí se alzaron en su día los viejos proyectores, dinosaurios ruidosos y calientes como hornos que algunas noches de verano elevaban la temperatura de la cabina hasta casi cincuenta grados. A su izquierda se encontraban las ventanillas a través de las cuales emitían sus dardos de luz y proyectaban sus grandes sombras:

Gregory Peck y Kirk Douglas, Sophia Loren y Jane Mansfield, un jovencísimo Paul Newman jugando al billar, una anciana pero aún vigorosa Bette Davis atormentando a su hermana minusválida.

En el suelo había fragmentos de película esparcidos como serpientes muertas. De las paredes colgaban viejos pósters y fotogramas ampliados. En uno de ellos Marilyn Monroe, de pie sobre la rejilla de ventilación de un metro, intentaba contener el vuelo de su falda. Una flecha trazada a mano apuntaba a sus bragas, y debajo algún chistoso había escrito: «Insertar con cuidado la clavija A en la ranura B, asegurándose de que queda firmemente encajada para evitar que se salga.» En el aire flotaba un indefinido olor a decrepitud que no era moho ni carcoma. Olía a agrio, como si algo se hubiese podrido hasta lo más hondo antes de consumirse definitivamente.

David no prestaba más atención a ese olor que a la voz de Audrey, que lo llamaba casi en susurros desde el pasillo que daba acceso a la galería. David había subido allí cuando los demás corrieron a ayudar a Billingsley –incluso Audrey se acercó en un primer momento a la salida izquierda del escenario, quizá para cerciorarse de que todos se habían marchado– porque lo había asaltado una perentoria necesidad de rezar. Había presentido que esta vez era sólo cuestión de buscar un sitio tranquilo y abrir la puerta, esta vez era Dios quien deseaba hablar con él y no a la inversa. Y aquella cabina era el sitio idóneo. Reza en la intimidad y no en la calle, decía la Biblia, y David consideraba que era un excelente consejo. Ahora que había cerrado una puerta entre él y el resto del grupo, podía abrir la puerta de su alma.

No le inquietaba que lo observasen arañas, serpientes o ratas. Si Dios quería que aquélla fuese una reunión privada, lo sería. El verdadero problema era la mujer que Steve y Cynthia habían encontrado; por alguna razón, lo ponía nervioso, y tenía la impresión de que a ella le ocurría lo mismo respecto a él. Había preferido no quedarse cerca de ella, así que había saltado del escenario y corrido por el pasillo central de la platea. Había llegado al vestíbulo antes de que Audrey se diese la vuelta y empezase a buscarlo. Desde el vestíbulo había subido al piso superior, y una vez allí simplemente había dejado que una especie de brújula interior –o quizá la «voz serena y casi inaudible» de que le había hablado el padre Martin– lo guiase.

Había cruzado la cabina, sin fijarse apenas en los pósters y los fragmentos de película, sin percibir apenas aquel olor que podía o no desprenderse de las fantasías de celuloide recalentadas por el sol del desierto hasta su total descomposición. Se había detenido en el rectángulo de linóleo más claro, contemplando por un momento los anchos orificios situados en sus ángulos, los orificios donde en otro tiempo se insertaron los pernos que mantenía afianzado al suelo el proyector. Le habían recordado

(Veo agujeros como ojos)

algo, algo que revoloteó por un instante en su mente y desapareció. ¿Un falso recuerdo, un recuerdo real, una intuición? ¿Todo eso a la vez? ¿Ninguna de esas cosas? Ni lo sabía ni le importaba. Su prioridad era ponerse en contacto con Dios, si podía. Nunca había tenido una necesidad mayor.

«Sí –dijo el padre Martin con voz serena en el interior de su cabeza–. Y ahora es cuando recoges el fruto de tu esfuerzo. Mantienes el contacto con Dios cuando el armario está lleno para poder acudir a Él cuando está vacío. ¿Cuántas veces te lo dije el pasado invierno y esta primavera?»

Muchas. Únicamente esperaba que el padre Martin, que bebía más de lo que debía y quizá no fuese totalmente digno de confianza, hubiese dicho la verdad y no sólo le hubiese «vendido el producto de su compañía», como decía el padre de David. Lo esperaba con toda su alma.

Porque había otros dioses de Desesperación.

No le cabía la menor duda.

Comenzó su oración como siempre, no en voz alta sino en su mente, transmitiendo las palabras en pulsaciones claras y uniformes de pensamiento: Ve en mí, Dios. Mora en mí. Y habla en mí si lo deseas, si es tu voluntad.

Como siempre necesitaba verdaderamente a Dios, la superficie de su mente permaneció serena, pero la parte más profunda, donde la fe y la duda lidiaban en una incesante batalla, temía que no hubiese respuesta. El problema era sencillo. Incluso a esas alturas, después de horas de lectura, oración y aprendizaje, después de la curación de su amigo, dudaba de la existencia de Dios. ¿Lo había utilizado Dios a él, David Carver, para salvar la vida de Brian Ross? ¿Por qué iba Dios a hacer una cosa tan absurda? ¿No era más probable que lo que el doctor Waslewski había descrito como un «milagro clínico» y David había considerado la respuesta a una oración fuese en realidad una simple coincidencia clínica? La gente podía producir sombras que semejaban animales, pero no por eso dejaban de ser sombras, insignificantes trucos de luz y proyección. ¿No cabía la posibilidad de que Dios fuese algo así? ¿Otra sombra legendaria?

David cerró los ojos y apretó los párpados, concentrándose en el mantra e intentando vaciar la mente.

Ve en mí. Mora en mí. Habla en mí si es tu voluntad.

Y una especie de oscuridad descendió sobre él. Nunca antes había experimentado nada semejante. Se desplomó de costado contra la pared entre dos de las ventanillas de proyección, con los ojos en blanco y las manos caídas sobre el regazo. De su garganta brotó un murmullo gutural, y después un extraño balbuceo –como si hablase en sueños– que quizá sólo su madre hubiese comprendido.

–Mierda –susurró–, nos persigue la momia.

Luego enmudeció. Permaneció recostado contra la pared, y un plateado reguero de saliva tan fino como el hilo de una araña le resbaló por la barbilla desde la comisura de los labios, unos labios todavía de niño. Fuera, unas pisadas se acercaron a la puerta que había cerrado para quedarse a solas con Dios (en otro tiempo disponía de un cerrojo, pero había desaparecido). Se detuvieron al otro lado de la puerta, y tras un prolongado silencio el pomo empezó a girar. Audrey Wyler apareció en el umbral, y sus ojos se abrieron desmesuradamente al posarse en el chico desvanecido.

Entró en la reducida y mal ventilada cabina, cerró la puerta y buscó algo con que atrancarla. Una tabla, una silla. No los detendría por mucho tiempo si subían hasta allí, pero incluso en un mínimo margen podía estar la diferencia entre el fracaso y el éxito. Pero no había nada.

–¡Mierda! –masculló. Observó al chico, dándose cuenta sin demasiada sorpresa que la intimidaba. Temía incluso acercarse a él.

*Tak ah wan!*, ordenó la voz en su cabeza.

–*Tak ah wan!* –repitió ella. Era su asentimiento, forzado y a la vez sincero.

Descendió los dos peldaños que separaban el umbral del suelo y, haciendo una mueca a cada paso al oír el chirrido de sus suelas contra el polvo y la arenilla, cruzó la cabina hacia donde David seguía arrodillado y recostado contra la pared entre las ventanillas de proyección. Esperaba que sus ojos se abriesen en cualquier momento, unos ojos de color azul eléctrico que irradiaban un inmenso poder. Apretó una vez más los *can tahs* con la mano derecha, haciendo acopio de fuerza, y de mala gana los soltó.

Se arrodilló ante David, entrelazando los dedos fríos y trémulos, y lo contempló. Era espantoso. Y el hedor que despedía le resultaba aún más repugnante. No era extraño que se hubiese mantenido alejada de él; parecía una Gorgona y apestaba como un guisado de carne podrida y leche agria.

–Meapilas. Asqueroso meapilas –dijo con una voz distinta, ni masculina ni femenina. Unas formas negras comenzaron a moverse de una manera imprecisa bajo la piel de sus mejillas y su frente, como las alas membranosas de pequeños insectos–. Y ahora haré lo que debería haber hecho la primera vez que vi tu cara de sapo.

Audrey rodeó la garganta de David Carver con sus manos fuertes y curtidas, salpicadas de costras por los inevitables arañazos propios de su trabajo. Cuando esas manos oprimieron la tráquea del chico, cortándole la respiración, Audrey parpadeó, pero sólo una vez.

Sólo una vez.

4

–¿Por qué has parado? –preguntó Steve.

Se hallaba de pie en medio de la inverosímil sala de estar montada en el escenario, junto al elegante mueble bar adquirido en una subasta. En ese momento su mayor anhelo era una camisa limpia. Había estado todo el día asfixiado de calor (el aire acondicionado del Ryder era sin duda lo peor en su género), pero ahora estaba muerto de frío. El agua que Cynthia le vertía en los hombros le resbalaba por la espalda en helados chorros. Al menos había conseguido disuadirla de usar el whisky de Billingsley para limpiar las heridas como una chica de cantina curando a un vaquero en una película antigua.

—Creo que he visto algo —susurró Cynthia.

—¿No sería otro gatito?

—Muy gracioso. —Levantando la voz, llamó—: ¿David? ¿David?

Estaban solos en el escenario. Steve se había ofrecido a ir con Marinville y Carver a buscar al chico, pero Cynthia había insistido en lavarle lo que ella llamaba «los agujeros del cuero». Los dos hombres habían desaparecido al fondo de la platea en dirección al vestíbulo. Marinville caminaba ahora con más brío, y el modo en que llevaba el arma recordó a Steve otra clase de películas antiguas, esas en que el canoso pero heroico cazador blanco supera mil peligros en la selva y finalmente consigue arrancar una esmeralda como un puño de la frente de un ídolo en una ciudad perdida.

—¿Qué has visto? —preguntó Steve.

—No lo sé. Ha sido raro. Allí, en la galería. Vas a reírte, pero por un momento me ha parecido ver flotar un cuerpo.

De pronto algo cambió dentro de Steve. No era como si se hubiese encendido una luz; era más bien como si se hubiese apagado. Se olvidó del escozor de las heridas, y sin embargo un frío aún más intenso le recorrió la espalda, tan intenso que estuvo a punto de echarse a temblar. Por segunda vez en aquel día recordó su adolescencia en Lubbock, y cómo el mundo entero parecía detenerse antes de llegar las jaranas de los llanos, arrastrando sus colas —a veces mortíferas— de granizo y viento.

—No voy a reírme —dijo—. Vamos a subir.

—Probablemente era sólo una sombra.

—No lo creo.

—Steve, ¿estás bien? —preguntó Cynthia.

—No. Tengo la misma sensación que cuando hemos entrado en el pueblo.

Cynthia lo miró, alarmada.

—Bueno, pero no tenemos ninguna arma...

—Da igual –la interrumpió Steve, y la agarró del brazo. Tenía los ojos muy abiertos y los labios apretados–. Vamos ya. Aquí pasa algo grave. ¿No lo notas?

—Puede... que note algo. ¿Voy por Mary? Está sola con Billingsley...

—No hay tiempo. Ven o quédate, como tú quieras.

Se cubrió los hombros con el mono, saltó del escenario, trastabilló, se aferró a un asiento de la primera fila para no caer, y corrió por el pasillo central hacia el vestíbulo. Cuando llegó al final, Cynthia estaba ya pegada a él, y tampoco esta vez resollaba siquiera.

El jefe salía de la taquilla seguido de Ralph Carver.

—Hemos echado un vistazo a la calle –informó Johnny–. Definitivamente la tormenta... ¿Steve? ¿Qué pasa?

Sin contestar, Steve miró alrededor, localizó la escalera, y se precipitó hacia ella. Una parte de él seguía asombrada por la sensación de urgencia que de repente lo había invadido. Pero básicamente estaba asustado.

—¡David! ¡David, contesta si me oyes!

Nada. Un pasillo lóbrego y sembrado de basura que probablemente llevaba a la vieja galería. Una estrecha escalera al final del pasillo. No vio a nadie. Y sin embargo tenía la clara sensación de que alguien había pasado por allí segundos antes.

—¡David! –gritó.

—¿Steve? ¿Señor Ames? –Era Carver. Parecía tan asustado como el propio Steve–. ¿Qué ocurre? ¿Le ha pasado algo a mi hijo?

—No lo sé.

Cynthia pasó bajo el brazo de Steve y corrió hasta la entrada de la galería. Steve la siguió. Un fragmento de cuerda deshilachado colgaba de lo alto del arco y aún oscilaba un poco.

—¡Mira! –Cynthia señaló algo.

En un primer momento Steve pensó que era un cadáver, pero enseguida se dio cuenta de que el pelo era sintético. Una muñeca. Una muñeca con un lazo corredizo alrededor del cuello.

–¿Es eso lo que has visto desde el escenario? –preguntó.

–Sí. Quizá alguien la haya descolgado de un tirón y luego la haya lanzado a la galería de una patada. –Se volvió hacia Steve, ahora pálida y tensa. Con una voz casi inaudible, susurró–: ¡Dios, Steve, esto no me gusta!

Steve dio un paso atrás y miró a izquierda (el jefe y el padre de David lo observaban visiblemente preocupados, sosteniendo sus armas ante el pecho) y derecha. Por ahí, murmuró su corazón, o quizá su olfato, que había percibido un tenue rastro de Opium. Por esa escalera. Debe de subir a la cabina de proyección.

Trepó rápidamente por la escalera con Cynthia pegada a sus talones, y cuando buscaba a tientas en la oscuridad el pomo de la puerta, ella lo agarró por detrás del pantalón para detenerlo.

–El chico llevaba un revólver –advirtió–. Si esa mujer está ahí dentro con él, ahora podría tenerlo ella. Mucho cuidado, Steve.

–¡David! –bramó–. David, ¿estás bien?

Steve pensó en decirle que no había tiempo para la cautela, que el tiempo se había acabado de hecho en el momento en que habían perdido de vista a David; pero tampoco había tiempo para explicaciones.

Hizo girar el pomo y empujó con el hombro, esperando encontrar un cerrojo o alguna otra clase de resistencia, pero no la había. La puerta se abrió de par en par, y Steve se precipitó al interior de la cabina.

Frente a él, junto a la pared con las ventanillas de proyección, se hallaban David y Audrey. David tenía los ojos entreabiertos, pero sólo se veían los blancos. Su rostro presentaba una horrenda lividez cadavérica, con un matiz verdoso a causa de los restos de jabón. Oscuras manchas moradas se extendían desde sus párpados inferiores hasta los pómulos. Sacudía las manos espasmódicamente sobre el regazo. Emitía un estertor de asfixia casi inaudible. Audrey lo tenía agarrado por la garganta con la mano derecha y hundía el pulgar en la carne blanca donde confluían el cuello y la mandíbula. Su cara, antes hermosa, se había convertido en una contorsionada mueca de odio y rabia distinta de cualquier cosa que Steve hubiese visto en su vida; de hecho aquella vehemente expresión parecía incluso oscurecer su piel. En la mano izquierda sostenía el revólver del calibre 45 con que David había matado al coyote. Sonaron tres disparos, y cuando apretó el gatillo por cuarta vez, sólo se oyó el chasquido del percutor en la recámara vacía.

Casi con toda seguridad los dos peldaños que descendían a la cabina de proyección salvaron la vida a Steve, o cuando menos evitaron que su «cuero» resultase perforado de nuevo. Cayó hacia adelante como alguien que ha calculado mal el número de peldaños de una escalera, y las tres balas pasaron por encima de su cabeza. Una se incrustó en la jamba de la puerta a la derecha de Cynthia, despidiendo una lluvia de astillas sobre su exótico pelo.

Audrey lanzó un aullido de frustración. Arrojó el revólver descargado a Steve, que agachó la cabeza y simultáneamente alzó una mano para desviar su trayectoria. De inmediato Audrey se volvió hacia el cuerpo desplomado del chico y le apretó la garganta con las dos manos, sacudiéndolo con saña como si fuese un muñeco. Las manos de David dejaron de agitarse y cayeron sobre su regazo, tan flácidas como una estrella de mar muerta.

# 5

—Miedo —dijo Billingsley con voz ronca, y fue la última palabra que articuló. Dirigió a Mary una mirada desesperada y a la vez confusa. Trató de hablar de nuevo, pero de su garganta salió sólo un débil gorgoteo.

—No tenga miedo, Tom —lo consoló Mary—. Estoy aquí con usted.

—Ah, ah. —Los ojos del anciano vagaron de izquierda a derecha por un momento, y después los fijó de nuevo en Mary. Aspiró aire profundamente, lo expulsó, aspiró otra vez pero ahora casi sin fuerza, volvió a expulsar el aire... y dejó de respirar.

—¿Tom? —dijo Mary.

No se oyó más que una ráfaga de viento y el ruido de la arena contra la ventana.

—¡Tom!

Lo zarandeó. Su cabeza rodó sin vida de uno a otro lado, pero su mirada permanecía clavada en la de ella. Mary sintió un escalofrío; los ojos del anciano parecían los de esos retratos que lo miran a uno fijamente por más que se mueva. En algún lugar del edificio Marinville llamaba a David, sin duda a voz en cuello pese a que su voz sonaba lejana. La chica punki también gritaba. Mary supuso que debía volver con ellos y ayudarlos a buscar a David y Audrey si realmente estaban perdidos, pero no quería dejar a Tom hasta asegurarse de que había muerto. De hecho estaba ya casi segura, pero no del mismo modo que cuando uno ve una muerte en televisión y de inmediato sabe...

—¿Ayuda?

La voz, aunque interrogativa y casi demasiado débil para oírse sobre el zumbido del viento, sobresaltó a Mary, que se tapó la boca con la mano para sofocar un grito.

—¿Ayuda? ¿Hay alguien ahí? Por favor, ayúdenme... Estoy herida.

Una voz de mujer. ¿La voz de Ellen Carver? ¡Dios santo! ¿Era su voz? Si bien había estado sólo un rato en compañía de la madre de David, Mary tuvo la certeza de que era ella casi en el momento mismo en que la idea acudió a su mente. Se levantó, echando un último vistazo a la cara contraída y la mirada fija del pobre Tom Billingsley. Se le habían entumecido las piernas y se tambaleó.

–Por favor –gimió la voz fuera del edificio. Procedía del pasadizo situado tras el cine.

–¿Ellen? –preguntó, lamentando de pronto no ser capaz de cambiar de voz como un ventrílocuo. Tenía la impresión de que no podía confiar en nadie, ni siquiera en una mujer herida y asustada–. Ellen, ¿es usted?

–¿Mary? –La voz sonó más cerca–. Sí, soy yo, Ellen. ¿Usted es Mary?

Mary abrió la boca pero volvió a cerrarla. Era Ellen Carver quien hablaba desde fuera, sin duda, pero...

–¿Está bien David? –preguntó la mujer desde la oscuridad, y a continuación ahogó un sollozo–. Por favor, diga que sí.

–Por lo que yo sé, sí, está bien. –Rodeando el charco de sangre del puma, se acercó a la ventana rota y se asomó. La mujer era en efecto Ellen Carver, y no ofrecía buen aspecto. Estaba doblada sobre el brazo izquierdo, que mantenía encogido contra el cuerpo y sujeto con la mano derecha. Tenía el rostro –o lo que Mary veía de él– blanco como el papel. Hilos de sangre le brotaban del labio inferior y una de las fosas nasales. Miró a Mary con unos ojos tan sombríos y desesperados que apenas parecían humanos.

–¿Cómo ha escapado de Entragian? –preguntó Mary.

–Simplemente... ha muerto. Se ha desangrado. Íbamos en el coche cuando ha ocurrido; me llevaba, creo, a la mina. El coche se ha salido de la carretera y ha volcado. Con la vuelta de campana, una de las puertas traseras se ha abierto, por suerte para mí, porque si no seguiría atrapada allí dentro como una chinche en una lata. He... he vuelto al pueblo a pie.

—¿Qué le ha pasado en el brazo?

—Lo tengo roto —respondió Ellen, encorvándose más aún. Se percibía algo desagradable en su postura; recordaba una perversa ilustración de un cuento de hadas, un gnomo encogido en actitud protectora sobre una saca de dinero obtenida ilícitamente—. ¿Puede ayudarme a entrar? Quiero ver a mi marido y mi hijo.

Una parte de Mary se alarmó ante la idea, intentó convencerla de que algo no encajaba en aquello; pero cuando Ellen tendió la mano, y Mary la vio manchada de sangre y tierra, trémula por el agotamiento, su natural buen corazón se impuso al receloso reptil del instinto que anidaba en el fondo de su cerebro. Aquella mujer había perdido a su hija, asesinada por un demente; había sobrevivido a un accidente de automóvil cuando iba con toda probabilidad camino de su propia muerte; tenía un brazo roto, y había regresado a pie en medio de la tormenta a un pueblo lleno de cadáveres. ¿Y la primera persona con que se encontraba iba a sucumbir al miedo y negarse a dejarla entrar?

No, ni hablar, pensó Mary, y aunque quizá resultase absurdo, se dijo también: No es así como me han educado.

—Por esta ventana no podrá entrar. Hay muchos cristales rotos. Un animal ha saltado a través de ella. Un poco más allá, a su izquierda, verá otra ventana; es la del servicio de señoras. Mejor será que lo intente por ahí. Incluso hay un par de cajas de embalaje para subir. ¿De acuerdo?

—Sí. Gracias, Mary. Gracias a Dios que la he encontrado. —Ellen le dirigió una desagradable sonrisa, mezcla de gratitud, servilismo y quizá terror, y después se alejó por el pasadizo arrastrando los pies y encorvada. Doce horas antes era un ama de casa de Ohio camino de unas plácidas vacaciones de clase media en el lago Tahoe, donde probablemente planeaba ponerse sus últimos modelitos veraniegos y su lencería fina. De día tomar el sol en compañía de los niños y enviar postales a familiares y amigos («Lo estamos pasando en grande... el aire es tan puro... ojalá estuvieseis aquí...»); de noche hacer el amor con su pareja estable y segura. Y en ese momento parecía un refugiado y actuaba como tal, una víctima de la guerra huyendo de un horrendo baño de sangre en el desierto.

Y Mary Jackson, la adorable princesita –votaba al Partido Demócrata, donaba sangre cada dos meses, escribía poemas– había considerado la posibilidad de dejarla gimiendo en la oscuridad mientras iba a consultar con los hombres. ¿Y por qué? Porque ella era también víctima de la misma guerra, supuso. Así era como uno pensaba, como uno se comportaba, cuando le tocaba a él. Salvo que Mary no estaba dispuesta a renunciar a su conciencia por culpa del miedo y la desconfianza. Ni mucho menos.

Mary salió al pasillo y aguzó el oído. Ya no se oían voces en el interior del cine. Pero cuando empujaba la puerta del servicio de señoras, sonaron tres disparos, amortiguados por la distancia y las paredes, pero sin duda detonaciones de un arma. Después se oyeron gritos. Mary se quedó paralizada, tentada con igual intensidad de correr en dos direcciones distintas. Acabó por decidirse al oír los débiles sollozos de Ellen Carver bajo la ventana.

–¿Ellen? ¿Qué ocurre? ¿Le pasa algo?

–¡Soy una idiota, sólo eso, una idiota! Me he dado un golpe en el brazo herido al intentar poner una caja sobre la otra para subir.

Al otro lado de la ventana Ellen Carver –una sombra borrosa tras el cristal opaco– empezó a llorar más vivamente.

–Un momento, enseguida la ayudo a entrar –dijo Mary, y corrió hacia la ventana. Retiró las botellas vacías de la repisa, y levantaba ya la ventana, pensando cómo facilitarle la entrada a Ellen para no agravar sus heridas, cuando recordó de pronto lo que Billingsley había dicho sobre el policía: era más alto. Y el padre de David, comprendiendo de pronto, había exclamado con expresión de asombro: «¡Santo cielo! ¿Esa mujer es como Entragian? ¿Eso es lo que quiere decir? ¿Que es como el policía?»

Quizá se ha roto el brazo, pensó Mary con frialdad, quizá sea cierto. Pero por otra parte...

Por otra parte, encorvada de aquel modo disimulaba eficazmente su verdadera estatura, ¿no era eso?

El reptil del instinto, por lo general arrinconado en el fondo de su cerebro, emergió de repente a la superficie emitiendo un silbido de terror. Mary decidió retroceder, tomarse un momento para recapacitar... pero aún no se había movido cuando una mano fuerte y caliente la agarró del brazo. Otra mano acabó de levantar la ventana de un golpe, y Mary notó que las fuerzas la abandonaban como agua escurriéndose entre los dedos al ver la cara sonriente que apareció ante ella. Era la cara de Ellen, pero la insignia que llevaba en el pecho

(Veo que es usted donante de órganos)

pertenecía a Entragian.

*Era* Entragian. Collie Entragian transmutado de algún modo en Ellen Carver.

—¡No! —gritó Mary, y tiró del brazo ajena al dolor que le produjeron las uñas de Ellen al hundirse en su carne—. ¡No! ¡Suélteme!

—No hasta que te oiga cantar *Leavin' on a Jet Plane*, mala puta —dijo la cosa que parecía Ellen, y cuando forzó a Mary a salir por la ventana que aún sostenía en alto, la sangre le brotó a chorros por la nariz. También empezó a sangrar por el ojo izquierdo, con unas lágrimas rojas que semejaban de goma—. «Ya rompe el alba, empieza un nuevo día...»

Al verse arrancada del interior del servicio de señoras, Mary tuvo la confusa sensación de que volaba hacia la valla que delimitaba el pasadizo.

–«El taxista hace sonar la bocina...» –siguió canturreando Ellen.

Mary consiguió parar el golpe parcialmente con un brazo, pero encajó la mayor parte del impacto en la frente y cayó de rodillas al suelo. Notó un calor que se extendía por sus labios y su barbilla. Bienvenida al club de las narices sangrantes, pensó mientras se ponía torpemente en pie.

–«Y estoy ya tan solo que podría echarme a lloraaaar...»

Mary intentó correr, pero a la segunda zancada el policía (para Mary, aquel ser seguía siendo el policía, sólo que ahora con peluca y pechos falsos) la agarró por el hombro, casi arrancándole la manga de la camisa, y la obligó a girar.

–¡Suélt...! –empezó a decir Mary, pero la cosa con cuerpo de Ellen le asestó un puñetazo en la barbilla, un golpe seco que la dejó sin sentido.

La criatura cogió a Mary por las axilas antes de que se desplomase y la atrajo hacia sí. Cuando notó el aliento de Mary en la piel de Ellen, la ligera expresión de ansiedad que había en el rostro de Ellen se desvaneció.

–¡Dios, me encanta esa canción! –dijo, y se echó el cuerpo de Mary al hombro como si fuese un saco de grano–. Me hace estremecer por dentro. *Tak!*

Dobló la esquina del callejón con su carga a cuestas. Cinco minutos más tarde el polvoriento Caprice de Collie Entragian partía de nuevo con rumbo a la Mina de los Chinos, perforando con los faros los remolinos de arena que levantaba el viento decreciente. Cuando pasaron ante el taller mecánico y la bodega, una luna azulada en forma de hoz apareció en el cielo.

# V

## 1

Incluso en su época de alcoholismo y drogadicción Johnny Marinville había poseído una memoria casi siempre infalible. En 1986, cuando viajaba en el asiento trasero del llamado Juergamóvil de Sean Hutter (Sean, Johnny y otros tres habían salido de bares por East Hampton un viernes por la noche en el viejo y enorme Cadillac del 65), se vio envuelto en un accidente fatal. Sean, que estaba demasiado bebido para andar, y no digamos para conducir, se salió de la carretera al intentar tomar un desvío sin reducir la velocidad. El coche dio dos vueltas de campana, y la chica sentada junto a Sean resultó muerta. Sean, por su parte, quedó con la columna vertebral pulverizada. En la actualidad el único Juergamóvil que conducía era una silla de ruedas motorizada, una Cadding, de las que se manejan con el mentón. Los otros sufrieron heridas menores, y Johnny se consideró afortunado porque salió de aquélla sólo con una espinilla magullada y un pie roto. Pero la cuestión era que únicamente él recordó después lo ocurrido. A Johnny eso le pareció tan curioso que interrogó con detenimiento a los otros supervivientes, incluso a Sean, que entre sollozos le suplicó una y otra vez que se marchase (Johnny no cedió hasta obtener lo que buscaba; al fin y al cabo, pensó, Sean se lo *debía*). Patti Nickerson dijo que recordaba vagamente haber oído decir a Sean «¡Agarraos, que vamos a dar una vuelta!» justo antes de volcar. En los otros casos el recuerdo se interrumpía poco antes del accidente y no se reanudaba hasta algún tiempo después, como si alguien hubiese tachado con tinta china aquel suceso de sus memorias. Sean en particular sólo recordaba hasta el momento en que salió de la ducha esa tarde y limpió el vaho del espejo para afeitarse. Después de eso, afirmó, todo era oscuridad hasta que despertó en el hospital. Quizá mintiese, pero Johnny creía que era cierto. Sin embargo él lo recordaba todo. Sean no dijo «¡Agarraos, que vamos a dar una vuelta!», sino «¡Agarraos, que nos vamos a la cuneta!». Y lo dijo riendo. De hecho seguía riendo cuando el Juergamóvil empezó a ladearse. Johnny recordaba que Patti gritó: «¡Mi pelo! ¡Mierda, mi pelo!»; recordaba también que al volcar ella cayó sobre su entrepierna, y el consiguiente dolor en los testículos. Recordaba el alarido de Bruno Gartner, y el sonido que se produjo cuando el techo se hundió y aplastó la cabeza contra los hombros a Rachel Timorov, abriéndole el cráneo como si fuese una flor de hueso. Fue un chasquido seco, el ruido que uno oye en su cabeza cuando parte con los dientes un trozo de hielo. Siempre recordaba la mierda. Sabía que eso formaba parte del trabajo de un escritor, pero ignoraba si era una cualidad congénita o un hábito contraído con la experiencia, causa o efecto. Suponía que tampoco tenía mucha importancia. La cuestión era que recordaba la mierda incluso cuando se daba en circunstancias tan confusas como los últimos segundos de un gran espectáculo de fuegos artificiales. Hechos superpuestos parecían desglosarse automáticamente y ordenarse incluso mientras ocurrían, como limaduras de hierro colocándose en fila por la atracción de un imán. Hasta la noche del accidente con el Juergamóvil, Johnny nunca había lamentado poseer esa cualidad. Y desde entonces no había vuelto a lamentarlo... hasta aquellos momentos. De pronto deseó que alguien tachase aquellos momentos con tinta china en las células que almacenaban su memoria.

Vio saltar astillas del marco de la puerta de la cabina de proyección cuando Audrey disparó el revólver, y vio que parte de ellas caían en el pelo de Cynthia. Oyó el silbido de una bala a escasos centímetros de su oreja. Vio cómo Steve, con una rodilla en el suelo pero aparentemente ileso, desviaba el revólver con la mano cuando Audrey se lo arrojó. A continuación ella levantó el labio superior, gruñó como un perro acorralado, y de inmediato se volvió y aferró de nuevo la garganta del chico.

¡Vamos!, se dijo Johnny. ¡Ve a ayudarlo! ¡Como has hecho antes con el puma!

Pero no pudo. Lo veía todo, pero era incapaz de mover un músculo.

Los hechos empezaron a superponerse, pero su mente se obstinó en ordenarlos secuencialmente, organizarlos, darles una forma coherente, como en una narración. Vio cómo Steve se abalanzaba sobre Audrey, diciéndole que soltase al chico, cómo la agarraba del cuello con una mano y de las muñecas con la otra. En ese mismo momento algo embistió a Johnny, arrojándolo al interior de la cabina con la fuerza de un hombre bala lanzado por un cañón. Era Ralph, naturalmente, que lo empujaba desde atrás y gritaba a pleno pulmón el nombre de su hijo.

Johnny voló por encima de los dos peldaños con las rodillas flexionadas, convencido de que la caída le depararía como mínimo fracturas múltiples en varios huesos, convencido de que el chico estaba muerto o a punto de morir, convencido de que Audrey Wyler había perdido el juicio a causa de la tensión y en su delirio había creído que David Carver era el policía o un secuaz del policía. Entretanto sus ojos continuaron registrándolo todo y su cerebro siguió almacenando las imágenes que recibía. Vio las musculosas piernas de Audrey separadas, tensando la tela de la falda. Vio también que iba a aterrizar junto a ella.

Cayó sobre un pie, como un patinador que ha olvidado los patines. Le falló la rodilla. En lugar de intentar recuperar el equilibrio, aprovechó el impulso para saltar sobre Audrey, tendiendo una mano hacia su pelo. Ella apartó la cabeza y le lanzó una dentellada a los dedos. En ese mismo instante (salvo que la mente de Johnny insistía en que era el instante *siguiente*, empecinada en reducir aquella locura a algo coherente, a una narración con un hilo argumental) Steve consiguió arrancarle las manos de la garganta del chico. Johnny vio en la piel de éste las huellas blancas de los dedos mientras su impulso lo llevaba hacia la pared. Audrey no logró morderle, y ésta fue la buena noticia, pero él no logró agarrarla por el pelo, y ésta fue la mala.

Audrey emitió un grito gutural mientras Johnny se estrellaba contra la pared. El brazo le salió por una de las ventanillas de proyección, y por un horrible momento creyó que el resto de su cuerpo seguiría al brazo, afuera, al vacío, adiós. Era imposible, por supuesto; la abertura era demasiado estrecha, pero Johnny lo pensó de todos modos.

En ese mismo momento (su mente volvió a insistir en que era el *siguiente* momento, el *siguiente* suceso, la *nueva* frase) Ralph gritó:

—¡Aparte las manos de mi hijo!

Johnny rescató el brazo y se dio media vuelta, apoyando la espalda contra la pared. Vio cómo Steve y Ralph alejaban a Audrey de David. Vio cómo el chico se desplomaba contra la pared y se deslizaba lentamente hacia el suelo, revelando con brutal claridad las marcas de la garganta. Vio cómo Cynthia entraba en la cabina de proyección intentando mirar en todas direcciones a la vez.

—¡Coge al chico, jefe! —dijo Steve, jadeando. Forcejeaba con Audrey, sujetándole las muñecas con una mano y rodeándole la cintura con el otro brazo. Ella corcoveaba como un potro indómito—. ¡Cógelo y sácalo de a...!

Audrey lanzó un alarido y se zafó de él. Ralph intentó torpemente rodearle el cuello con los brazos para inmovilizarla, pero ella le puso la palma de la mano bajo el mentón y lo empujó hacia atrás. A continuación Audrey retrocedió un paso, vio a David y volvió a gruñir enseñando los dientes. Cuando hizo ademán de avanzar hacia el chico, Ralph avisó:

—Si vuelve a ponerle la mano encima, la mato. Se lo juro.

A la mierda, pensó Johnny, y levantó en brazos al chico. Notó su cuerpo tibio, inerte y pesado. Su espalda, ya bastante maltratada por el viaje en moto a través de casi todo un continente, le dio una punzada de advertencia.

Audrey miró a Ralph como si lo desafiase a cumplir su promesa, y luego tensó los músculos, dispuesta a saltar sobre Johnny. Pero Steve no le dio ocasión. Volvió a sujetarla por la cintura, esta vez de cara a ella, y empezó a girar sobre los talones. Audrey profirió un chillido largo y continuo, tan agudo que a Johnny le dolieron hasta los empastes de las muelas.

A mitad del segundo giro Steve la soltó. Audrey salió despedida hacia atrás como una piedra lanzada con una honda sin dejar de gritar. Cynthia, que se hallaba detrás de ella, se puso a cuatro patas con la presteza de una superviviente de patio de colegio nata. Audrey tropezó con ella y cayó de espaldas en el rectángulo de color más claro donde en su día estuvo el segundo proyector. Desde el suelo, momentáneamente aturdida, los miró a través del pelo despeinado.

—¡Sácalo de aquí, jefe! —Steve señaló los peldaños que ascendían a la puerta de la cabina—. A esta mujer le pasa algo; actúa como todos esos animales que nos han atacado.

¿Que actúa *como* los animales?, pensó Johnny. *Es un jodido animal.* Oyó lo que Steve decía, pero no se dirigió hacia la puerta. Una vez más parecía incapaz de moverse.

Audrey, deslizando la espalda contra el rincón de la cabina, se puso en pie. Todavía gruñendo y enseñando los dientes, observó a Johnny y el chico inconsciente que sostenía en brazos, luego a Ralph y por último a Cynthia, que también se había puesto en pie y se apretaba contra Steve. Johnny echó de menos por un instante la escopeta Rossi y el fusil Rugger del 44. Las dos armas se habían quedado en el vestíbulo, apoyadas contra la taquilla. Ésta ofrecía una amplia vista de la calle, pero debido al escaso espacio había sido más cómodo dejar fuera la armas. Y ni él ni Ralph se habían acordado de recogerlas al subir. Pensó que una de las lecciones más escalofriantes que podían extraerse de aquella pesadilla era lo poco preparados que estaban todos ellos para la supervivencia. Sin embargo hasta el momento habían sobrevivido. Al menos la mayoría de ellos.

—*Tak ah lah!* —dijo Audrey, hablando con una voz potente y aterradora que en nada se parecía al murmullo vacilante con que les había contado su historia. A Johnny se le antojó un ladrido de perro. ¿Y acaso *reía*? Pensó que al menos una parte de ella sí reía. ¿Y aquella extraña oscuridad movediza que bullía bajo la superficie de su piel? ¿Realmente estaba viéndola?

—*Min! Min! Min en tow!*

Cynthia dirigió una mirada de perplejidad a Steve.

—¿Qué dice?

Steve movió la cabeza en un gesto de incomprensión, y Cynthia miró entonces a Johnny.

–Es el idioma del policía –explicó él. Rebuscó en su eficaz memoria el momento en que el policía aparentemente ordenaba a un buitre que lo atacase y, volviéndose hacia Audrey, espetó–: *Timoh! Candy latch!*

No había reproducido fielmente las palabras, pero debía de haberse aproximado bastante, porque Audrey retrocedió y por un momento asomó a su rostro una expresión de sorpresa muy humana. A continuación contrajo de nuevo el labio superior, y la delirante sonrisa reapareció en sus ojos.

–¿Qué le ha dicho? –preguntó Cynthia a Johnny.

–No tengo la menor idea.

–Jefe, tienes que llevarte al chico de aquí. Ahora –indicó Steve.

Johnny dio un paso atrás, dispuesto a salir. Audrey se metió la mano en el bolsillo del vestido, la sacó cerrada en torno a algo, y clavó en él su mirada de bestia furiosa, sólo en *él*, John Edward Marinville, destacado novelista y extraordinario pensador. Tendió la mano, rió y dijo:

–*Can tah! Can tah, can tak!* ¡Serás lo que cojas! ¡Claro que lo serás! *Can tah, can tak, mi tow!* ¡Coge esto! *So tah!*

Cuando Audrey abrió la mano y le mostró lo que contenía, el clima emocional cambió de inmediato en la cabeza de Johnny, y sin embargo seguía viéndolo todo y reelaborándolo en una secuencia ordenada, tal como había hecho cuando volcó el condenado Juergamóvil de Sean Hutter. Lo había registrado todo en aquella ocasión, cuando creía que iba a morir, y también lo registró todo en ese momento, cuando se adueñaron de él un súbito odio hacia el chico que sostenía en brazos y un intenso deseo de hundir algo –la llave de la moto, por ejemplo– en la garganta de aquel entrometido meapilas y abrírsela como una lata de cerveza.

Al principio pensó que en la mano de Audrey había tres extraños dijes, esa clase de adornos que las chicas jóvenes llevaban a veces colgados de las pulseras. Pero eran demasiado grandes, demasiado pesados. No eran dijes sino tallas, tallas de piedra, cada una de unos cinco centímetros de longitud. Una era una serpiente. La segunda representaba un buitre con un ala arrancada; unos ojos enloquecidos y protuberantes lo miraban desde el cráneo desplumado. La tercera era una rata erguida sobre las patas traseras. Todas estaban picadas y parecían antiguas.

—*Can tah!* —exclamó Audrey—. *Can tah, can tak!* ¡Mata al chico, mátalo ya, mátalo!

Steve avanzó hacia Audrey. Ella, con toda su atención puesta en Johnny, no lo vio hasta el último instante. Steve le golpeó la mano, y las estatuillas cayeron al suelo y rodaron hasta un rincón de la cabina. Una, la serpiente, se partió en dos. Audrey lanzó un grito de terror y cólera.

La furia asesina que se había apoderado de Johnny se disipó, pero no lo abandonó por completo. Sus ojos deseaban volverse hacia el rincón, donde yacían las tallas, esperándolo. Sólo tenía que cogerlas.

—¡Sal de aquí de una jodida vez! —ordenó Steve.

Audrey se abalanzó hacia las tallas, pero Steve la agarró del brazo. Su piel se oscurecía y arrugaba por momentos. Johnny supuso que el proceso que la había transformado empezaba a repetirse en sentido inverso, pero el resultado no era precisamente satisfactorio. Audrey estaba... ¿cómo decirlo? ¿Encogiéndose? ¿Menguando? Johnny no encontró la palabra adecuada, pero...

—¡Sal de aquí! —gritó Steve de nuevo, y le dio una palmada en el hombro.

El golpe lo despertó, pero cuando se volvía hacia la puerta, Ralph se acercó y le arrancó a David de los brazos. Con su hijo a cuestas, subió por los peldaños con andar torpe pero poderoso y se marchó de la cabina de proyección sin mirar atrás ni una sola vez.

Audrey lo vio salir. Aulló –esta vez Johnny advirtió desesperación en su voz– y volvió a lanzarse hacia las piedras. Steve tiró de ella, y se oyó un peculiar desgarrón cuando el brazo de Audrey se desprendió del hombro. Steve se quedó con el miembro cercenado en la mano como si fuese una pata de pollo demasiado asado.

## 2

Audrey no parecía consciente de lo que acababa de ocurrirle. Con un solo brazo y el lado derecho del vestido empapado de sangre, se acercó a las tallas balbuceando en aquella extraña lengua. Steve se hallaba paralizado, contemplando lo que sostenía en la mano: un brazo humano un poco pecoso con un reloj Casio en la muñeca. El jefe estaba tan paralizado como él. De no haber sido por Cynthia, pensó Steve más tarde, Audrey habría recuperado las tallas, y sabía Dios qué hubiese ocurrido entonces. Pese a que obviamente había concentrado el poder de aquellas piedras en el jefe, también Steve había notado su influencia. Esta vez no infundían perversas fantasías sexuales. Esta vez incitaban directamente al asesinato.

Antes de que Audrey se arrodillase en el rincón y recogiese sus juguetes, Cynthia los alejó con destreza de una patada. Audrey volvió a aullar, y en esta ocasión una bocanada de sangre acompañó al sonido. Volvió la cabeza hacia ellos, y Steve retrocedió a trompicones, alzando una mano como para protegerse de aquella visión.

El rostro de Audrey, antes atractivo, colgaba ahora de los huesos anteriores del cráneo en sudorosos pliegues. Sus globos oculares pendían de las dilatadas órbitas. La piel se le ennegrecía y agrietaba. Sin embargo no fue eso lo peor. Algo mucho más horrendo ocurrió cuando Steve soltó el miembro caliente que sostenía en la mano y ella se puso de pie.

–Lo siento mucho –dijo, y en aquella voz débil y ahogada Steve adivinó la presencia de una mujer real, muy distinta de aquella monstruosidad en estado de descomposición–. No era mi intención hacer daño a nadie. No toquen los *can tahs*. ¡No toquen los *can tahs* por nada del mundo!

Steve miró a Cynthia. Ella le devolvió la mirada, y él leyó en sus ojos lo que pensaba: Yo toqué uno. Dos veces. ¿Puedo considerarme afortunada?

Mucho, pensó Steve. Puedes considerarte muy afortunada. Y yo también.

Audrey avanzó hacia ellos con paso tambaleante, alejándose de las piedras grises. Steve percibió un olor dulzón a sangre y podredumbre. Alargó un brazo pero le faltó valor para agarrarla por el hombro y detenerla, pese a que se dirigía hacia la escalera y el pasillo de la galería... hacia el lugar a donde Ralph había llevado a su hijo. Le faltó valor porque sabía que si la tocaba, sus dedos se hundirían en la carne descompuesta.

Empezó a oírse un viscoso y creciente goteo a medida que diversas partes de su cuerpo se licuaban y desprendían en una especie de lluvia de carne fundida. Consiguió subir los dos peldaños y, dando tumbos, cruzó la puerta. Cynthia miró a Steve con la cara pálida y contraída en una mueca de asco. Él le rodeó la cintura con un brazo, y los dos salieron de la cabina de proyección detrás de Johnny.

Audrey consiguió mantenerse en pie hasta la mitad del corto pero empinado tramo de escalera que descendía al pasillo de la galería, y allí se desplomó. Rodó hasta el pie de la escalera, y en su interior se oyó un repugnante sonido, casi como el chapoteo de un líquido untuoso dentro de una vasija. Sin embargo aún vivía. Siguió avanzando a rastras; el pelo le colgaba en húmedos mechones, ocultando afortunadamente su rostro. Al otro extremo del pasillo, en lo alto de la escalera que conducía al vestíbulo, Ralph, con su hijo en brazos, observaba a la criatura que reptaba hacia ellos.

–¡Por amor de Dios, que alguien le pegue un tiro! –bramó Johnny.

–Imposible –dijo Steve–. Aquí arriba sólo tenemos el arma del chico, y está descargada.

–Ralph, llévese a David abajo –instó Johnny mientras avanzaba con cautela por el pasillo–. Llévelo abajo antes...

Pero, por lo visto, la criatura que había sido Audrey Wyler no tenía ya interés en David. Al llegar al arco de acceso a la galería, entró por él. Casi de inmediato los soportes de madera, resecos por el clima del desierto y roídos por generaciones de termitas, empezaron a crujir. Steve, aún con el brazo alrededor de Cynthia, corrió tras Johnny. Ralph se acercó también desde la otra punta del pasillo. Coincidieron ante el arco justo en el momento en que la criatura con el vestido empapado de sangre llegaba a la barandilla de la galería. Audrey había pasado por encima de la muñeca deshinchada, dejando en su cintura de plástico una ancha estela de sangre y otros fluidos difícilmente identificables. La boca redonda y apretada de la muñeca quizá expresase indignación ante tal trato.

Lo que quedaba de Audrey Wyler estaba aún aferrado a la barandilla, intentando erguirse lo suficiente para saltar al vacío, cuando los soportes cedieron y la galería se desprendió de la pared con un atronador rugido y una densa polvareda. En un primer momento se deslizó horizontalmente en el aire, arrancando las tablas del borde del pasillo. Steve y los otros retrocedieron al ver que la vieja alfombra primero se rasgaba y después se abría como una falla geológica. Los listones se partieron con sonoros chasquidos; los clavos chirriaron al divorciarse de las tablas a las que habían estado unidos en largo matrimonio. Al cabo de unos instantes la galería comenzó a ladearse. Audrey, ya casi erguida, se tambaleó. Por un segundo Steve vio sus pies por encima de la nube de polvo; luego desapareció. Un momento después la galería desapareció también. Desplomándose como una piedra y aplastando las butacas de la platea con un estrépito ensordecedor. El polvo ascendió como el hongo de una bomba atómica en miniatura.

–¡David! –gritó Steve–. ¿Cómo está David? ¿Vive?

–No lo sé –contestó Ralph. Miró a su hijo con ojos confusos y lacrimosos–. Desde luego vivía cuando lo he sacado de la cabina de proyección, pero ahora no lo sé. No noto su respiración.

3

Todas las puertas de acceso a la platea se habían abierto, y el polvo levantado por el derrumbamiento inundaba el vestíbulo. Llevaron a David junto a una de las puertas de la calle, donde una corriente de aire alejaba el polvo.

–Déjelo en el suelo –dijo Cynthia. Intentaba pensar qué hacer a continuación, por dónde empezar, pero los pensamientos se agolpaban sin orden en su mente–. Y tiéndalo recto. Hay que ventilarle las vías respiratorias.

Ralph le lanzó una mirada de esperanza y, con la ayuda de Steve, dejó a David sobre la alfombra raída.

–¿Entiende de esto? –preguntó Ralph.

–Depende de a qué se refiera –contestó Cynthia–. Aprendí algunas nociones de primeros auxilios, incluida la respiración artificial, cuando trabajaba en Hijas y Hermanas, sí. Pero en cuanto a mujeres que se convierten en maníacos homicidas y después se pudren, no, de eso no sé nada.

–David es lo único que tengo –gimió Ralph–. El único que queda de mi familia.

Cynthia cerró los ojos y se agachó junto a David. De inmediato percibió algo que le produjo un inmenso alivio: el roce ligero pero estable del aliento del niño en la mejilla.

–Está vivo. Noto su respiración. –Miró a Ralph y sonrió–. No me extraña que usted no la haya notado. Tiene la cara tan hinchada como la cámara de aire de un neumático.

–Sí. Quizá haya sido por eso. Pero sobre todo era que tenía tanto miedo... –Trató en vano de sonreír. Exhaló un entrecortado suspiro y se dejó caer contra las tablas del puesto de chucherías situado a la entrada del vestíbulo.

–Ahora voy a ayudarlo un poco –dijo Cynthia, observando la cara pálida y los ojos cerrados del chico–. Voy a ayudarte, David. Para acelerar un poco las cosas. Déjame que te ayude, ¿vale? Déjame que te ayude.

Le giró suavemente la cabeza e hizo una mueca al ver las marcas en el cuello. En el interior de la sala una porción de galería que había quedado sujeta a la pared cedió por fin y cayó sobre los escombros con gran estruendo. Los otros se volvieron en dirección al ruido, pero Cynthia continuó concentrada en David. Con los dedos de la mano izquierda le abrió la boca, se inclinó sobre él y le cerró suavemente la nariz con el dedo medio y el pulgar de la mano derecha. A continuación apoyó la boca en la del niño y exhaló. El pecho de David cobró más volumen y volvió a bajar cuando ella le soltó la nariz y se irguió. Luego Cynthia se inclinó a un lado y le habló al oído.

—Vuelve con nosotros, David. Te necesitamos. Y tú nos necesitas a nosotros. —Volvió a insuflar aire en sus pulmones y dijo—: Vuelve con nosotros, David. —El chico exhaló una mezcla de su propio aire y el de ella. Cynthia lo miró a la cara. David respiraba ahora con más vigor, y sus globos oculares se movieron tras los párpados azulados. Sin embargo no dio señales de recobrar el conocimiento—. Vuelve con nosotros, David. Vuelve con nosotros.

Johnny miró alrededor, parpadeando como alguien que regresa de los confines de su conciencia.

—¿Dónde está Mary? —preguntó—. No habrá quedado sepultada bajo la galería, ¿no?

—No veo por qué —dijo Steve—. Estaba con el anciano.

—¿Y crees que seguirá con el anciano después de los gritos y los disparos? ¿Después de desplomarse la jodida galería?

—Sí, tienes razón —admitió Steve.

—Vuelta a empezar —se lamentó Johnny—. Lo sabía. Vamos, mejor será que la busquemos.

Cynthia no prestaba atención. Continuaba arrodillada junto a David, mirándolo a la cara en espera de alguna reacción.

—No sé dónde estás, chico, pero mueve el culo y vuelve. Ya es hora de ensillar el caballo y salir de la ciudad sin ley.

Johnny cogió la escopeta y el rifle, y entregó éste a Ralph.

—Quédese aquí con su hijo y la chica —dijo—. Ya volveremos.

—¿Sí? —repuso Ralph—. Y si no vuelven, ¿qué?

Johnny lo miró por un momento con expresión de incertidumbre, y finalmente asomó a sus labios una radiante sonrisa.

—En ese caso, queme los documentos, destruya la radio e ingiera su cápsula letal.

-¿Eh?

-¿Qué carajo quiere que le diga? Use el sentido común. Pero una cosa sí puedo asegurarle: en cuanto encontremos a la señora Jackson, nos largaremos de este condenado pueblo. Vamos, Steve, por el pasillo de la izquierda, a menos que te apetezca escalar el monte Galería.

Ralph los siguió con la mirada hasta que atravesaron la puerta y después se volvió hacia Cynthia y su hijo.

-¿Qué le pasa a David? ¿Lo sabe? ¿Ha quedado en coma por falta de oxígeno? Un amigo de David estuvo en coma una vez. Se recuperó... según dicen, fue un milagro... pero no le desearía una cosa así ni a mi peor enemigo. ¿Cree que es eso lo que le pasa?

-Ni siquiera creo que esté inconsciente, y desde luego no está en coma. Fíjese en el movimiento de los párpados. Es más bien como si estuviese dormido y soñando... o quizá en trance.

Cynthia levantó la vista, y sus miradas se cruzaron por un instante. A continuación Ralph se arrodilló frente a ella. Le apartó el pelo de la frente a su hijo y lo besó suavemente entre los ojos, donde un ligero ceño arrugaba la piel.

-Vuelve, David -dijo-. Vuelve, por favor.

David tenía los labios apretados y respiraba regularmente. Tras los párpados amoratados los ojos se movían sin cesar.


4

En el servicio de caballeros encontraron un puma muerto, prácticamente sin cabeza, y un veterinario muerto con los ojos abiertos. En el servicio de señoras no encontraron nada, o eso le pareció a Steve.

—Enfoca hacia allí con la linterna –indicó Johnny. Cuando Steve dirigió el haz de luz a la ventana, precisó–: No, la ventana no; debajo de la ventana.

Steve iluminó media docena de botellas vacías alineadas contra la pared a la derecha de la ventana.

—Ésa es la alarma improvisada del veterinario –comentó Johnny–. Y las botellas no están rotas sino que alguien las ha apartado cuidadosamente.

—Ni siquiera me había dado cuenta de que no estaban en la repisa. Muy agudo, jefe.

—Ven a ver una cosa. –Johnny se acercó a la ventana, la levantó, se asomó, y se apartó un poco para dejar hueco a Steve–. Intenta recordar por un momento tu llegada a este bucólico palacio de los sueños, Steve. ¿Qué es lo último que has hecho antes de saltar al interior del servicio? ¿Te acuerdas?

Steve asintió con la cabeza.

—Claro. Había dos cajas de embalaje, una sobre otra, a modo de peldaños para facilitar la entrada. He empujado la de encima, porque he pensado que si el policía pasaba por aquí y las veía apiladas, enseguida sacaría conclusiones.

—Bien. ¿Y qué ves ahora?

Steve enfocó las cajas con la linterna, aunque en realidad no era necesario; el viento había amainado casi por completo y apenas flotaba polvo en el ambiente. Incluso había salido la luna.

—Están otra vez apiladas –dijo, y se volvió hacia Johnny con expresión de alarma–. ¡Mierda! Ha venido Entragian mientras buscábamos a David. Ha venido y...

«Se la ha llevado», iba a añadir, pero vio que el jefe movía la cabeza en un gesto de negación y se interrumpió.

—Olvidas un detalle. –Johnny cogió la linterna y volvió a iluminar la hilera de botellas–. No están rotas. Alguien las ha apartado y las ha alineado contra la pared. ¿Quién ha sido? ¿Audrey? No. Ella se ha ido en la otra dirección detrás de David. ¿Billingsley? Imposible, a juzgar por el estado en que se encontraba antes de morir. Eso nos deja a Mary, pero ¿habría retirado las botellas por el policía?

–Lo dudo –respondió Steve.

–Yo también. Si el policía hubiese aparecido por aquí, probablemente Mary habría venido a buscarnos de inmediato, gritando como una desesperada. ¿Y por qué están apiladas las cajas? Yo he tenido contacto personal con Collie Entragian; mide más de dos metros. No habría necesitado la segunda caja para subir a la ventana. En mi opinión, esas cajas apiladas revelan que se trataba de una persona más baja que Entragian, o que ha sido una treta para engañar a Mary y atraparla, o tal vez las dos cosas. Puede que esté excediéndome en mis deducciones, pero...

–Es decir, que podría haber otros. Otros como Audrey.

–Quizá, pero dudo que eso pueda concluirse de lo que vemos aquí –dijo Johnny–. No creo que haya apartado las botellas para dejar entrar a un desconocido. Ni siquiera a un niño llorando. Creo que en ese caso hubiese venido a buscarnos.

Steve cogió la linterna e iluminó el pez de Billingsley, tan alegre y estrafalario en la oscuridad. No le sorprendió descubrir que ya no le gustaba demasiado. De pronto le parecía como una risa siniestra en una casa embrujada o un payaso en mitad de la noche. Apartó el haz de luz con brusquedad.

–¿Y qué crees, pues, jefe?

–No vuelvas a llamarme así, Steve –protestó Johnny–. Nunca me ha entusiasmado.

–De acuerdo. ¿Qué crees, Johnny?

Johnny miró alrededor para cerciorarse de que seguían solos. Su rostro, dominado por la nariz tumefacta y torcida, reflejaba cansancio y a la vez una actitud alerta. Mientras sacaba otras tres aspirinas y se las tragaba en seco, Steve advirtió un detalle asombroso: Marinville parecía más joven. Pese a todo lo que había visto y sufrido en las últimas horas, parecía más joven.

Volvió a tragar saliva, hizo una mueca de repugnancia por el amargo sabor de las pastillas, y dijo:

—La madre de David.

—¿Cómo? —preguntó Steve.

—Es una posibilidad. Piénsalo un momento. Verás cómo encaja. Es todo tan lógico que, a su horrenda manera, resulta incluso fascinante.

Steve reflexionó. Y se dio cuenta de que aquella posibilidad explicaba por completo la situación. Ignoraba dónde se había desviado de la verdad la historia de Audrey Wyler, pero sabía con toda certeza que en algún punto aquellas piedras —los *can tahs*, como ella las llamaba— la habían cambiado. ¿Cambiado? Más aún: le habían inoculado alguna clase de rabia temible y degenerativa. A Ellen Carver podía haberle ocurrido lo mismo.

De pronto Steve, a su pesar, esperó que Mary Jackson hubiese muerto. Era una idea abominable, pero en aquellas circunstancias era preferible la muerte. Preferible a caer bajo el hechizo de los *can tahs*; preferible a lo que por lo visto ocurría al separarse de los *can tahs*.

—¿Y ahora qué hacemos? —preguntó.

—Marcharnos de este pueblo —contestó Johnny sin vacilar—. Como sea.

—De acuerdo. Si David sigue inconsciente, lo llevaremos en brazos. Pongámonos en marcha.

Se encaminaron hacia el vestíbulo.

5

David Carver caminaba por la avenida Anderson. Pasó ante el instituto de Wentworth Oeste y vio que en una pared lateral del edificio alguien había escrito con pintura amarilla ALGO PODRÍA SURGIR DE ESTOS SILENCIOS. A continuación dobló una esquina y siguió por la calle Bear. Eso resultaba bastante extraño, porque la calle Bear y los jardines homónimos estaban a nueve manzanas del instituto; sin embargo así ocurrirían las cosas en los sueños. Pronto despertaría en su cama y todo aquello se desvanecería.

Más adelante había tres bicicletas en medio de la calle. Estaban vueltas del revés, y sus ruedas giraban impulsadas por el viento.

—Y el faraón dijo a José: «He tenido un sueño, y según dicen de ti, si oyes un sueño, eres capaz de interpretarlo» —declamó alguien.

David miró hacia la otra acera y vio al padre Martin. Estaba borracho y necesitaba un afeitado. En una mano sostenía una botella de whisky Seagram's Seven. Entre sus pies había un charco amarillo de vómito. David apenas resistió verlo de aquel modo. Tenía la mirada muerta y vacía.

—Y José respondió al faraón: «No soy yo el intérprete; será Dios quien en buena hora conteste al faraón.» —El padre Martin brindó con la botella y bebió. Luego dijo—: Vamos por ellos. Ahora averiguaremos si sabes dónde estaba Moisés cuando se apagaron las luces.

David siguió adelante. Pensó en darse la vuelta, pero de pronto lo asaltó una idea peculiarmente persuasiva; si se daba la vuelta, vería acercarse a la momia, tambaleante y envuelta en una nube de vendas y antiguos ungüentos.

Apretó el paso.

Al pasar junto a las bicicletas abandonadas en medio de la calle advirtió que una de las ruedas producía un penetrante y desapacible chirrido al girar. Le recordó al sonido que emitía la veleta del Bud's Sud, el duende con la copa de oro bajo el brazo, el que estaba en...

¡Desesperación! ¡Estoy en Desesperación, y esto es un sueño! Me he quedado dormido mientras rezaba. Estoy en la cabina de proyección del viejo cine.

–Nacerá entre vosotros un profeta, y un soñador de sueños –dijo alguien.

David miró a la otra acera y vio un felino muerto –un puma– colgado de una señal de limitación de velocidad. El puma poseía cabeza humana. La cabeza de Audrey Wyler. Sus ojos cansados se posaron en él, y David tuvo la impresión de que intentaba sonreír.

–Pero si os dice «Busquemos otros dioses», no lo escuchéis.

Con una mueca de repugnancia en el rostro, David desvió la mirada, y justo delante de él, en su misma acera, vio a Bombón en el porche de la casa de su amigo Brian (Brian nunca había vivido en la calle Bear, pero por lo visto allí las reglas habían cambiado). Bombón tenía abrazada a *Melissa Sweetheart*.

–Ha resultado que sí era el hombre del saco –dijo su hermana–. Ya te has dado cuenta, ¿no?

–Sí, Bombón, ya me he dado cuenta.

–Ve un poco más deprisa, David. Te persigue el hombre del saco.

El olor a vendas y antiguos ungüentos era ahora más intenso, y David avivó de nuevo el paso. Frente a él se hallaba el hueco entre los arbustos que marcaba el comienzo del Camino de Ho Chi Minh. Antes no había allí nada salvo alguna que otra declaración de amor o una cuadrícula para jugar a la rayuela pintadas con tiza en la acera, pero ese día una antigua estatua custodiaba la entrada al camino. Era demasiado grande para ser un *can tah*, un pequeño dios; aquella estatua era un *can tak*, un gran dios. Representaba un chacal con la cabeza ladeada, la boca abierta en un gruñido y unos ojos saltones llenos de ira. Tenía una oreja rota o erosionada. Entre sus fauces no asomaba una lengua sino una cabeza humana, la cabeza de Collie Entragian, con sombrero incluido.

–Témeme y no entres por este camino –advirtió el policía desde la boca del chacal cuando David se acercaba–. *Mi tow, can de lach:* teme a los seres sin forma. Existen otros dioses además del tuyo: *can tah, can tak*. Sabes que hablo verdad.

–Sí, pero mi Dios es más fuerte –dijo David con naturalidad. Tendió la mano hacia la boca del chacal y agarró su psicótica lengua. Oyó gritar a Entragian, y percibió el grito en forma de vibración en la palma de su mano como si agitase un sonajero. Al cabo de un momento la cabeza del chacal se desintegró en una insonora y contenida explosión de luz. Sólo quedó una mole de piedra que terminaba en los hombros.

Se adentró por el camino, consciente de que alrededor crecían plantas que nunca antes había visto allí: cactus espinosos, cactus huecos, castillejas. De entre los arbustos salió su madre y le cortó el paso. Tenía la cara negra y arrugada, la mirada mortecina. Verla de aquel modo lo llenó de horror y pesar.

–Sí, sí, tu Dios es fuerte –dijo–, de eso no hay duda. Pero fíjate en lo que me ha hecho. ¿Es su fuerza digna de admiración? ¿Nos merecemos un Dios así? –Tendió las manos y le mostró las palmas putrefactas.

–No ha sido *Dios* –replicó David, y se echó a llorar–. ¡Ha sido el policía!

–Pero Dios lo ha consentido –adujo su madre, y uno de sus ojos se desprendió de la órbita–. El mismo Dios que permitió a Entragian empujar a Kirsten escalera abajo y después colgarla de una percha para que tú la encontrases. ¿Qué Dios es ése? Reniega de Él y abraza al mío. Al menos el mío no disimula su crueldad.

Pero esta conversación –no sólo la proposición final sino el tono desdeñoso y amenazador– era tan ajena al recuerdo que David conservaba de su madre que se dispuso a reanudar su camino. Tenía que reanudarlo. La momia lo perseguía, y era lenta, sí, pero David supuso que así daba caza a sus víctimas: recurriendo a su antigua magia egipcia para poner obstáculos en su camino.

–¡No te acerques a mí! –exclamó la corrompida criatura que parecía su madre–. ¡No te acerques a mí, o te convertiré en una piedra en la boca de un dios! ¡Serás *can tah* en *can tak*!

–No puedes hacerlo –respondió David con paciencia, y volvió a detenerse–, y no eres mi madre. Mi madre está con mi hermana en el cielo, en compañía de Dios.

–¡No me hagas reír! –gritó indignado el ser putrefacto. Su voz era ahora gutural y líquida, como la del policía. Escupía sangre y dientes mientras hablaba–. El cielo es una farsa, la clase de idea que el padre Martin intentaría venderte durante horas si le mantuvieses el suministro de whiskys y cervezas; no es más real que los peces y caballos de Tom Billingsley. No irás a decirme que te lo has tragado, ¿verdad? ¿Un chico listo como tú? ¿Te lo has tragado? ¡Oh, Davey! No sé si reír o llorar. –Lo que hizo fue reír con furia–. No existe el cielo, no existe otra vida después de la muerte, al menos para nosotros. Sólo los dioses, *can taks* y *can tahs*, pueden...

David adivinó el propósito de este confuso sermón: retenerlo allí. Retenerlo para que la momia lo alcanzase y lo estrangulase. Dio un paso al frente, agarró la delirante cabeza y la estrujó entre sus manos. Con sorpresa advirtió que también él reía al hacerlo, porque su gesto recordaba al de los telepredicadores chiflados, que cogían a sus víctimas por la cabeza y bramaban: «¡Saaal enfermedad! ¡Saliiid tumores! ¡Saaal reumatismo! ¡En el nombre de Jesuuus!» Se produjo otro estallido insonoro, y esta vez ni siquiera quedó el cuerpo; volvía a estar solo en el camino.

Siguió adelante, afligido por lo que la criatura que parecía su madre había dicho: «No existe el cielo, no existe otra vida después de la muerte, al menos para nosotros.» Eso podía ser verdad o no; no le era posible averiguarlo. Pero la criatura había dicho también que Dios había consentido la muerte de su madre y su hermana, y eso sí era verdad, ¿o no?

Bueno, puede ser. ¿Cómo va un niño a saber esa clase de cosas?

Llegó por fin al roble donde se hallaba el Puesto de Observación Vietcong. Al pie del árbol había un papel de colores rojo y plata, un envoltorio de chocolatinas Los Tres Mosqueteros. David se agachó, recogió el papel y se lo metió en la boca, dejando que los restos de chocolate se disolviesen en su saliva con los ojos cerrados. «Ten, come –oyó decir al padre Martin (para alivio suyo, era un recuerdo, no una voz)–. Éste es mi cuerpo, desmenuzado para ti y para muchos otros.» Abrió los ojos, temiendo no obstante ver el rostro ebrio y los ojos muertos del padre Martin, pero el padre Martin no estaba allí.

David escupió el envoltorio y trepó al Puesto de Observación Vietcong con el dulce sabor del chocolate en la boca. A medida que subía fueron envolviéndolo unos acordes de música rock.

En la plataforma había alguien sentado, contemplando los jardines. Por su postura –las piernas cruzadas, la barbilla apoyada en las palmas de las manos– creyó que era Brian, sólo que convertido en un adulto joven. David pensó que también a él podía hacerle frente. No sería mucho más siniestro que la efigie putrefacta de su madre o el puma con la cabeza de Audrey Wyler, y sin duda mucho menos angustioso.

El hombre llevaba una radio colgada del hombro. No era un Walkman sino un aparato de aspecto más antiguo. La funda de piel de la radio tenía pegados dos adhesivos circulares, una sonriente cara amarilla y el símbolo de la paz. La música salía de un pequeño altavoz exterior. Sonaba a lata y sin embargo la música llegaba con fuerza, la vigorosa batería, la impresionante guitarra eléctrica y una voz perfecta para el rock and roll: «Muy mal me encontraba... le pregunté al doctor qué me pasaba...»

–¿Bri? –preguntó David, agarrándose a la plataforma y encaramándose–. ¿Eres tú?

El hombre volvió la cabeza. Era delgado, de pelo oscuro, y llevaba una gorra de béisbol de los Yankees, vaqueros, una sencilla camiseta gris y grandes gafas de sol con cristales de espejo (David se veía reflejado en ellos). Era la primera persona que veía en aquel... lo que fuese... que no conocía.

–Brian no está aquí, David –contestó el hombre.

–¿Quién es usted, pues? –dijo David. Si el tipo de las gafas de sol con los cristales de espejo empezaba a pudrirse o sangrar como Entragian, David estaba decidido a marcharse de aquel árbol a toda prisa por más que la momia pudiese estar al acecho entre los arbustos–. Éste es nuestro rincón. Mío y de Bri.

–Brian *no puede* estar aquí –repuso amablemente el hombre del pelo oscuro–. Brian está vivo, ¿comprendes?

–No, no comprendo –dijo David, pero sospechaba que sí lo entendía.

–¿Qué has dicho a Marinville cuando ha intentado hablar a los coyotes?

David tardó un momento en recordar, y no era extraño, pues lo que había dicho no había *salido de* él sino *pasado a través de* él.

–He dicho que no les hablase en el idioma de los muertos. Pero en realidad no era yo quien...

El hombre de las gafas de sol quitó importancia a eso con un gesto.

–El lenguaje que Marinville ha intentado emplear

con los coyotes es poco más o menos el mismo que tú y yo utilizamos ahora: *si em, tow en can de lach*. ¿Me has entendido?

–Sí. «Hablamos el lenguaje de los seres sin forma.» El idioma de los muertos. –David se estremeció–. Entonces *yo* también estoy muerto, ¿no? También estoy muerto.

–No. Te equivocas. Un turno sin jugar. –El hombre subió el volumen de la radio («Dije, doctor... señor doctor....») y sonrió–. Los Rascals, y canta Felix Cavaliere. Suena bien, ¿eh?

–Sí –contestó David, y no por cumplir. Tuvo la sensación de que podría haber seguido escuchando aquella canción todo el día. Evocaba imágenes de playas y chicas preciosas en bikini.

El hombre con la gorra de los Yankees escuchó un momento más y después apagó la radio. Mientras accionaba el interruptor, David advirtió una irregular cicatriz en la cara interna de su muñeca derecha, como si en el pasado hubiese intentado suicidarse. De pronto pensó que quizá no hubiese sido un simple intento. ¿Acaso no estaban en el mundo de los muertos?

Reprimió un temblor.

El hombre se quitó la gorra, se enjugó con ella la nuca, volvió a ponérsela, y miró a David con expresión seria.

–Ésta es la Tierra de los Muertos, pero tú eres una excepción. Tú eres especial. *Muy* especial.

–¿Quién es usted? –preguntó David.

–Eso no importa. Uno de tantos miembros del club de admiradores de Felix Cavaliere y los Rascals, si a eso vamos –contestó el hombre. Miró alrededor, suspiró y sonrió lánguidamente–. Pero te diré una cosa, jovencito: no me sorprendería que la Tierra de los Muertos se hallase en la afueras de Columbus, Ohio. –Volvió a mirar a David, y la sonrisa se desvaneció–. Ya es hora de ponerse en marcha. El tiempo apremia. Por cierto, cuando despiertes, te dolerá un poco la garganta, y quizá en un primer momento te sientas desorientado; están trasladándote a la parte trasera del camión de Steve Ames. Los ha asaltado una urgente necesidad de abandonar el Oeste Americano, y no me extraña.

–¿Qué hace aquí?

–De entrada, para asegurarme de que sabes qué haces *tú* aquí, David. Así que dime: ¿Qué haces tú aquí?

–No sé a qué...

–Vamos, por favor –dijo el hombre de la radio. El sol destelló en los cristales de espejo de sus gafas–. Si no lo sabes, mal asunto. ¿Qué haces en la tierra? ¿Para qué te ha creado Dios?

David lo miró consternado.

–¡Vamos, vamos! –instó el hombre con impaciencia–. Son preguntas fáciles. ¿Para qué te ha creado Dios? ¿Para qué me ha creado a mí? ¿Para qué ha creado a todo el mundo?

–Para amarlo y servirlo –respondió David lentamente.

–De acuerdo, muy bien. Por algo se empieza. ¿Y qué es Dios? ¿Cuál es tu experiencia de la naturaleza divina?

–No quiero contestar. –David se contempló las manos, y luego miró al hombre serio y resuelto de las gafas de sol, aquel hombre extrañamente *familiar*–. Me da miedo quedar mal. –Titubeó, y por fin confesó su verdadero temor–: Me da miedo que *usted* sea Dios.

El hombre rió melancólicamente.

–Eso tiene gracia, en cierto modo, pero no cambiemos de tema. Concentrémonos en la pregunta: ¿Qué sabes de la naturaleza de Dios, David? ¿Cuál es tu experiencia?

–Dios es cruel –contestó David de mala gana.

Volvió a contemplarse las manos y contó despacio hasta cinco. Al acabar, advirtiendo que aún no lo había carbonizado un rayo, levantó la vista otra vez. El hombre de los vaqueros y la camiseta mantenía la expresión seria y resuelta, pero David no detectaba enojo en él.

–Correcto. Dios es cruel. Reducimos el paso, al final la momia siempre nos atrapa, y Dios es cruel. ¿Por qué es cruel Dios, David?

Por un momento David permaneció en silencio, y de pronto recordó algo que le había dicho el padre Martin (aquel día el mudo televisor ofrecía desde el rincón imágenes de un partido amistoso de béisbol).

–La crueldad de Dios nos purifica –dijo.

–¿Nosotros somos la mina, y Dios el minero?

–Bueno...

–¿Y toda crueldad es buena? –preguntó el hombre–. ¿Dios es bueno y la crueldad es buena?

–No, rara vez es buena –contestó David. Por un horrendo segundo vio a Bombón colgada de la percha, Bombón, que esquivaba a las hormigas en la acera para no hacerles daño.

–¿Qué es la crueldad cometida con intenciones perversas?

–Malevolencia. ¿Quién es usted?

–Eso no tiene importancia. ¿Quién es el padre de la malevolencia?

–El diablo... o quizá esos otros dioses de los que ha hablado mi madre.

–Por ahora olvídate de los *can tahs* y los *can taks*. Tenemos un asunto más serio entre manos, así que presta atención. ¿Qué es la fe?

Ésa era fácil.

–La sustancia de las cosas que esperamos, la evidencia de las cosas que no vemos –respondió David.

–Sí. ¿Y cuál es el estado espiritual del creyente?

–Esto... amor y aceptación, creo.

–¿Y qué es lo opuesto de la fe? –preguntó el hombre.

Ésa era más difícil, un verdadero hueso, como uno

de aquellos malditos tests de comprensión lectora. Escoger *a, b, c* o *d*. Salvo que aquí ni siquiera tenía las opciones.

—¿La incredulidad? —aventuró.

—No. El escepticismo. La incredulidad es natural; el escepticismo es deliberado. ¿Y cuál es el estado espiritual del escéptico, David?

David reflexionó por un momento, pero al final negó con la cabeza.

—No lo sé.

—Sí lo sabes.

David volvió a pensar y se dio cuenta de que en efecto lo sabía.

—El estado espiritual del escéptico es la desesperación —contestó.

—Sí. Mira ahí abajo, David —indicó el hombre.

David miró, y advirtió con sorpresa que el Puesto de Observación Vietcong no estaba ya sobre el árbol. Ahora flotaba como una alfombra voladora construida de tablas sobre un vasto y desértico paisaje. Veía edificios dispersos entre grupos de plantas grises y lánguidas. Uno era el barracón de la compañía minera que habían visto poco antes de entrar en el pueblo; otro era el ayuntamiento; otro era el Bud's Sud. El duende con la copa de oro bajo el brazo sonreía en medio de aquella desolación.

—Éste es el territorio contaminado —anunció el hombre de las gafas de sol con cristales de espejo—. Comparado con el veneno que ha infectado esta tierra, el agente naranja que usaban como deforestador en Vietnam parece azúcar candi. Esta tierra está maleada sin remedio. Debe ser erradicada, sembrada de sal. ¿Y sabes por qué?

—¿Porque si no el mal se propagaría?

—No. Eso es imposible. El mal es frágil y necio; siempre se extingue por sí solo poco después de contaminar el ecosistema.

—¿Por qué entonces...? —empezó a decir David.

—Porque es una ofensa a Dios. No existe otra razón. No hay secretos ni medias verdades; no hay letra menuda. El territorio contaminado es una perversidad y una ofensa a Dios. Y ahora vuelve a mirar abajo.

David obedeció. Los edificios habían quedado atrás. El Puesto de Observación Vietcong volaba sobre un enorme cráter. Desde aquella perspectiva parecía una llaga que hubiese corrompido la piel de la tierra y la carne subyacente. Las paredes internas descendían en abruptas y precisas gradas semejantes a escaleras; vista desde arriba, la descomunal excavación parecía

(ve un poco más deprisa)

una pirámide invertida. En las colinas situadas al sur de la mina había pinos, y algunos crecían prácticamente en los bordes del cráter, pero la mina en sí era estéril, ni siquiera enebro brotaba en ella. En la pared que acababan de sobrevolar —la cara norte, si el territorio contaminado era realmente Desesperación y sus inmediaciones— las gradas inferiores se habían desmoronado, y en su lugar había una larga pendiente de escombros. En este terraplén, no muy lejos de la pista de grava que descendía desde el borde de la mina, se abría un agujero negro. Al verlo David sintió una profunda inquietud. Era como si un monstruo enterrado en el desierto hubiese abierto un ojo. El terraplén en que se encontraba el agujero también lo inquietó. Porque no parecía fruto de un derrumbe accidental.

En el fondo de la mina, justo debajo del irregular agujero, había un estacionamiento lleno de camiones de carga, excavadoras, furgonetas, y vehículos con orugas en las ruedas que semejaban tanques de la Segunda Guerra Mundial. A corta distancia se alzaba un herrumbroso barracón de metal acanalado con una chimenea torcida en el techo. En la puerta un cartel rezaba: BIENVENIDOS A SERPIENTE DE CASCABEL NÚMERO DOS. ESTA EMPRESA PROPORCIONA

PUESTOS DE TRABAJO Y TRIBUTA AL FISCO EN NEVADA DESDE 1951.
A la izquierda había otro edificio menor, una construcción cúbica de hormigón. En éste, el texto del letrero colgado a la entrada era mucho más lacónico:

POLVORÍN

SÓLO PERSONAL AUTORIZADO

Aparcado entre los dos edificios se hallaba el polvoriento Caprice de Collie Entragian. La puerta del conductor estaba abierta, y el interior, iluminado por la luz del techo, parecía un matadero. Sujeto al salpicadero, junto a la brújula, había un oso de plástico con la cabeza oscilante.

Enseguida todo eso quedó atrás.

—Sabes dónde estamos, ¿verdad, David? —preguntó el hombre de las gafas de sol con cristales de espejo.

—En la Mina de los Chinos, ¿no?

—Sí.

Se acercaron a la pared de la mina, y David observó que allí la tierra era en cierto modo más desolada que en el territorio contaminado. No se veían piedras enteras ni salientes de roca; todo había sido reducido a cascotes amarillentos. Al otro lado del estacionamiento y los edificios, sobre enormes láminas de plástico negro, se alzaban grandes pilas de roca aún más desmenuzada.

—Lo que ves sobre los plásticos es ganga, desechos —explicó su guía—. Pero la compañía minera no está dispuesta a renunciar ni siquiera a eso. Aún quedan residuos, ¿comprendes? Oro, molibdeno, platino, y naturalmente cobre. Sobre todo cobre. Depósitos tan difusos como si los hubiesen insuflado en la roca en forma de humo. La explotación no era ya rentable, pero como se han agotado los mayores yacimientos del mundo lo que antes no era rentable ahora es lucrativo. Los plásticos son escurrideros; recogen el material que se precipita en ellos al rociar de ácido los montones ganga. Seguirán explotando la tierra hasta que todo esto, que en otro tiempo fue una montaña de dos mil quinientos metros de altura, quede reducido a polvo.

–¿Qué son esas gradas en las paredes de la mina?

–Bancales. Se utilizan como caminos periféricos para desplazar la maquinaria pesada por toda la mina, pero su función principal es evitar los corrimientos de tierra.

–Pues, por lo que se ve, allí no sirvieron de mucho –comentó David, señalando con el pulgar por encima del hombro el terraplén que habían sobrevolado momentos antes–. Y ahí delante tampoco.

Se aproximaban a otra zona donde los descomunales escalones que descendían a la tierra habían quedado sepultados bajo una avalancha de rocalla.

–Eso es una falla del terreno.

El Puesto de Observación Vietcong pasó sobre la zona del desprendimiento, y más allá David vio una especie de redes negras que a primera vista parecían telarañas. Cuando se acercaron, advirtió que los hilos de las supuestas telarañas eran en realidad tubos de PVC.

–Últimamente se han sustituido los rociadores por emisores. –Su guía, más que conversar, parecía recitar. David experimentó un instante de *déjà vu*, y enseguida comprendió por qué: el hombre repetía lo que antes había explicado Audrey Wyler–. Habían muerto unas cuantas águilas.

–¿Unas cuantas? –dijo David, usando a su vez las palabras del señor Billingsley.

–Está bien, unas cuarenta en total. No es una cifra alarmante desde el punto de vista de la especie; en Nevada las águilas no están en peligro de extinción. ¿Ves con qué han reemplazado los rociadores, David? Los tubos grandes son cabezas de distribución, *can taks*, por así decirlo.

–Dioses grandes.

–Sí. Y esos conductos flexibles que se extienden entre ellos como una malla son los emisores, *can tahs*. Producen un ligero goteo de ácido sulfúrico. Libera el mineral... y corroe la tierra. Sujétate, David.

El Puesto de Observación Vietcong se escoró –también como una alfombra voladora–, y David se agarró al borde de las tablas para no perder el equilibrio. No deseaba caer en aquella horrenda excavación donde nada crecía y riachuelos de líquido contaminante corrían bajo los escurrideros de plástico.

Volvieron a hundirse en la mina y sobrevolaron el barracón metálico con la chimenea torcida, el polvorín y los vehículos estacionados al final de la pista de grava. En lo alto del terraplén, sobre el agujero negro, se extendía una amplia zona salpicada de orificios mucho menores. En cada orificio asomaba un palo de punta amarilla.

–Eso parece la colonia de ardillas de tierra más grande del mundo.

–Es una zona de barrenado, y esos agujeros son los barrenos –informó su guía–. Aquí es donde se desarrolla la explotación activa. Cada uno de esos agujeros tiene un metro de diámetro y diez de profundidad. Cuando todo está listo para la explosión, se baja hasta el fondo de cada agujero un cartucho de dinamita provisto de una cápsula fulminante. Esa cápsula es el detonador. A continuación vierten un par de carretillas de NAFO, que son las siglas de nitrato de amonio y fuel-oil. Los gilipollas que volaron la sede de la administración federal en Oklahoma utilizaron NAFO. Generalmente lo fabrican en forma de minúsculas bolas semejantes a perdigones. –El hombre con la gorra de los Yankees señaló el polvorín–. Ahí dentro guardan gran cantidad de NAFO. Dinamita no queda; emplearon las últimas cargas el día que empezó todo esto. Pero hay NAFO en abundancia.

—No entiendo por qué me cuenta todo esto —dijo David.

—Da igual, tú escucha. ¿Ves los barrenos?

—Sí. Parecen ojos.

—Exacto, agujeros como ojos. Están perforados en el pórfido, que es una roca cristalina —prosiguió su guía—. Cuando se detona el NAFO, la roca se fragmenta, y los fragmentos resultantes contienen el mineral. ¿Comprendes?

—Sí, creo que sí.

—El material se traslada en camiones a los escurrideros, situados bajo las cabezas de distribución y los emisores, *can tahs* y *can taks*, y ahí se inicia el proceso de corrosión. *Voilà*, ahí lo tienes: las más modernas técnicas de lixiviación aplicadas en la minería. Pero mira qué apareció tras la última serie de detonaciones.

Señaló el agujero más grande, y David notó que una desagradable y enervante sensación de frío le recorría el cuerpo. El agujero parecía mirarlo incitadoramente.

—¿Qué es? —susurró, aunque supuso que ya conocía la respuesta.

—Serpiente de Cascabel Número Uno, conocida también como la Mina de los Chinos, el Pozo de los Chinos o el Túnel de los Chinos. Quedó al descubierto tras la última tanda de barrenos. Me quedaría corto si dijese que el personal de la mina se sorprendió, porque en el sector minero de Nevada nadie se cree esa vieja leyenda. A principios de siglo la compañía Diablo sostuvo que la mina se había clausurado al agotarse la veta. Pero estaba aquí, David. Ha estado aquí desde entonces, y ahora...

—¿Está embrujada? —preguntó David, estremeciéndose—. Lo está, ¿verdad?

—Sí, desde luego —contestó el hombre con la gorra de los Yankees, volviendo hacia David sus ojos invisibles.

—¡No sé para qué me ha traído aquí, pero no quiero oírlo! —exclamó David—. ¡Quiero volver! ¡Quiero volver con mi padre! ¡Esto no me gusta! ¡No me gusta estar en la Tierra de los...! —De pronto una espantosa idea acudió a su mente y se interrumpió. La Tierra de los Muertos, así lo había llamado aquel hombre. Según él, David era una excepción; pero eso significaba...—. El padre Martin... Lo he visto cuando me dirigía a los jardines. ¿Ha...?

El hombre observó por un momento su radio antigua; luego volvió a mirar a David y asintió.

—Dos días después de marcharte de Wentworth, David.

—¿Estaba bebido?

—Últimamente siempre lo estaba —contestó el hombre—. Como Billingsley.

—¿Se suicidó?

—No. —El hombre con la gorra de los Yankees apoyó afectuosamente una mano en la nuca de David; era una mano tibia, no la mano de un muerto—. O al menos no fue un suicidio *consciente*. Él y su esposa estaban en la playa. Se habían llevado la comida. Se echó al agua antes de acabar la digestión y se alejó demasiado de la orilla.

—Quiero volver —susurró David—. Estoy cansado de tanta muerte.

—El territorio contaminado es una ofensa a Dios —dijo el hombre—. Ya sé que es un encargo molesto, pero...

—¡Pues que lo limpie Dios! —gritó David—. No es justo que me lo pida a mí después de haber matado a mi madre y mi hermana...

—Él no...

—¡Me da igual! ¡Me da igual! ¡Incluso si no ha sido Él, no ha hecho nada para impedirlo!

—Eso tampoco es verdad —aseguró el hombre.

David cerró los ojos y se tapó los oídos con las palmas de las manos. No quería oír más. Se negaba a seguir oyendo. Sin embargo la voz de aquel hombre traspasó sus manos. Era implacable. Para David era tan imposible escapar de él como para Jonás escapar de Dios. Dios era tan implacable como un perro de caza tras un rastro fresco. Y Dios era cruel.

–¿Para qué estás en la tierra? –preguntó, y su voz parecía sonar *dentro* de la cabeza de David.

–¡No lo oigo! ¡No lo oigo!

–Dios te puso en la tierra para amarlo...

–¡No!

–... y servirlo.

–¡No! ¡A la mierda con Dios! –prorrumpió David–. ¡Que lo ame y lo *sirva* otro!

–Dios no puede obligarte a hacer algo que tú no deseas...

–¡Calle! ¡No pienso escuchar, no pienso decidir! ¿Me oye? ¿Me...?

–Chist. ¡Escucha!

Contra su voluntad sólo en parte, David escuchó.

CUARTA PARTE

# LA MINA DE LOS CHINOS: DIOS ES CRUEL

# I

## 1

Johnny se disponía a proponer que se pusiesen en marcha –Cynthia podía sujetar la cabeza del chico en su regazo para amortiguar las sacudidas– cuando David se llevó las manos a las sienes. Respiró hondo. Al cabo de un momento abrió los ojos y los miró a todos: Johnny, Steve, Cynthia, su padre. Los dos hombres de mayor edad tenían los rostros tan hinchados y lívidos como el de un boxeador de segunda fila tras un mal día en un pueblo de mala muerte; los cuatro presentaban claros síntomas de cansancio y temor, y al menor sonido saltaban como espoleados. Los restos de la Asociación de Supervivientes de Collie Entragian.

–Hola, David –saludó–. Me alegro de que hayas despertado. Estás en...

–El camión de Steve –dijo David–, que se encuentra aparcado cerca del cine. Lo han traído de la gasolinera de Conoco. –Se incorporó con visible esfuerzo, tragó saliva e hizo una mueca de dolor–. Debe de haberme agitado como a unos dados.

–Sí –confirmó Steve, lanzándole una mirada suspicaz–. ¿Te acuerdas de eso?

–No –contestó David–, pero ya me han informado.

Johnny miró a Ralph, que hizo un leve gesto de incomprensión, como diciendo: «A mí no me pregunte.»
—¿Tienen agua? Me arde la garganta.
—Hemos salido del cine a toda prisa y sólo hemos cogido las armas —explicó Cynthia—. Pero tenemos esto. —Señaló una caja de Pepsi-Cola en la que faltaban ya varias botellas—. Steve la lleva en el camión para el señor Marinville.
—Desde que dejé la bebida me he convertido en un fanático de la Pepsi —aclaró Johnny—. Y por fuerza tiene que ser Pepsi, no sé por qué. Está caliente pero...

David aceptó una y tomó un largo trago, contrayendo el rostro al notar el gas en la garganta pero no refrenándose por ello. Por fin, tras haberse bebido tres cuartos de botella, apoyó la cabeza contra el panel lateral del camión, cerró los ojos y soltó un sonoro eructo.

Johnny sonrió y exclamó:
—¡Premio!

David abrió los ojos y le devolvió la sonrisa.

Johnny le ofreció el tubo de aspirinas que había conseguido en el Owl's Club.
—¿Por qué no te tomas un par? Están caducadas, pero parece que aún hacen efecto.

David lo pensó por un momento. Finalmente sacó dos y se las tragó con el resto de la Pepsi.
—Nos marchamos —anunció Johnny—. Primero probaremos por el norte. Unas caravanas bloquean la carretera, pero Steve cree que podrá rodearlas por el lado del cámping. Si no es posible, tendremos que ir a la mina y tomar por la carretera de servicio que va de allí a la interestatal 50. Tú y yo nos sentaremos delante con...
—No.

Johnny enarcó las cejas.
—¿Cómo?
—Debemos ir a la mina, sí, pero no abandonar el pueblo. —David tenía la voz empañada, como si hubiese

estado llorando–. Debemos bajar al fondo de la mina.

Johnny se volvió hacia Steve, que se encogió de hombros y miró de nuevo al chico.

–¿Por qué lo dices, David? –preguntó Steve–. ¿Por tu madre? Porque probablemente lo mejor para ella, y también para nosotros, será...

–No, no es por eso. ¿Papá? –David alargó el brazo y cogió a su padre de la mano, en un gesto de consuelo curiosamente adulto–. Mamá ha muerto.

Ralph inclinó la cabeza.

–Bueno, David, no estamos seguros, y aunque sea lo más probable, no debemos perder la esperanza.

–Yo sí estoy seguro. No son suposiciones. –A la luz de los haces cruzados de las linternas el rostro de David se veía ojeroso. Al cabo de un instante se volvió hacia Johnny–. Tenemos una tarea pendiente. Usted lo sabe, ¿verdad? Por eso han esperado a que despertase.

–No, David. Te equivocas. Simplemente no queríamos arriesgarnos a moverte hasta estar seguros de que te encontrabas bien –respondió Johnny. Sin embargo tuvo la impresión de que mentía. Notó un vago y creciente nerviosismo. Era la misma sensación que experimentaba días antes de empezar un nuevo libro, cuando comprendía que lo inevitable no podía postergarse más, que pronto se hallaría de nuevo en la cuerda floja, aferrado al balancín y pedaleando en el ridículo monociclo.

Pero ahora era peor. Mucho peor. Sintió deseos de asestarle un culatazo en la cabeza al chico, de cerrarle la boca antes de que dijera algo más.

No nos jodas, mocoso, pensó. No nos vengas con ésas ahora que hemos visto un rayo de luz al final del túnel.

David miró otra vez a su padre. Tenía aún cogida la mano de Ralph.

–Está muerta pero no en paz. No descansará mientras Tak habite en su cuerpo.

–¿Quién es Tak, David? –preguntó Cynthia.

–Uno de los gemelos Wintergreen –bromeó Johnny–. El otro es Tik.

David le dirigió una prolongada y ecuánime mirada, y Johnny bajó la vista. Le molestó profundamente hacerlo pero no pudo evitarlo.

–Tak es un dios –dijo David–. O un demonio. O quizá no sea nada en absoluto, sólo un nombre, una sílaba sin sentido; pero una nada *peligrosa*, como una voz en el viento. En cualquier caso, eso poco importa. Lo importante es que mi madre descanse en paz. Así podrá reunirse con mi hermana en... bueno, dondequiera que vayamos después de la muerte.

–Hijo, lo realmente importante es que *salgamos de este pueblo* –insistió Johnny. Mantenía aún la voz controlada, pero percibía ya en ella una nota de impaciencia y temor–. En cuanto lleguemos a Ely, nos pondremos en contacto con la policía estatal... y con el FBI si hace falta. Mañana habrá aquí un centenar de policías y una docena de helicópteros, te lo prometo. Pero ahora...

–Mi madre está muerta, pero Mary no –lo interrumpió David–. Ella aún vive. Está en la mina.

–¿Cómo sabes que ha desaparecido? –preguntó Cynthia, atónita.

–Bueno, para empezar no la veo aquí –contestó David con una débil sonrisa–. Lo otro lo sé por la misma razón que sé que Audrey ha intentado estrangularme. Me lo han dicho.

–¿Quién, David? –dijo Ralph.

–No lo sé –respondió David–. Ni siquiera sé si tiene mucha importancia. Lo importante es que me ha contado cosas. Cosas que son *verdad*. Me consta que son verdad.

–Ya no es momento de contar historias, chico –atajó Johnny. Se advertía cierta aspereza en su voz. Él mismo lo notó, pero no pudo evitarlo. ¿Y qué tenía de extraño? Al fin y al cabo, aquello no era una mesa redonda sobre el realismo mágico o la prosa concreta. La hora de las historias había pasado; en ese momento el objetivo prioritario era huir. No tenía el menor interés en oír una sarta de gilipolleces de aquel espeluznante beato.

El beato ha logrado salir inexplicablemente de la celda, ha matado al coyote que Entragian había dejado de guardia, y ha salvado tu miserable vida, dijo Terry en el interior de su cabeza. Quizá deberías escucharlo, Johnny.

Y ésa, en pocas palabras, era la razón por la que se había divorciado de Terry. Se portaba divinamente en la cama, pero nunca sabía cuándo debía callar y escuchar a quienes la aventajaban en el terreno intelectual.

Pero el daño estaba ya hecho; sus pensamientos habían tomado esa dirección y no había manera de desviarlos. Recordó lo que Billingsley había dicho sobre el modo en que David había salido de la celda. Ni Houdini lo habría hecho. Por la cabeza. Y por otra parte estaban el detalle del teléfono, cómo había ahuyentado a los coyotes, y la multiplicación de las sardinas y las galletas saladas. Él mismo había calificado todo aquello de «milagros discretos».

No podía seguir pensando en esos términos. Porque los beatos siempre acababan provocando matanzas. Y para muestra ahí estaban san Juan Bautista, o las monjas de Sudamérica, o...

Ni siquiera Houdini.

Por la cabeza.

Johnny comprendió que de nada servía dorar la píldora, o hacer malabarismos mentales, o –y ése era el truco más viejo de todos– utilizar otras voces para disuadirse de su actitud. La cuestión se reducía al simple hecho de que ya no sólo temía al policía o las otras fuerzas que pudiesen haberse desencadenado en aquel pueblo.

Temía también a David Carver.

—En realidad no ha sido el policía quien ha matado a mi madre y mi hermana y al marido de Mary —dijo David, y dirigió a Johnny una mirada que curiosamente le recordó a Terry. Una mirada que lo llevaba al borde de la locura. Sabes a qué me refiero, decía esa mirada. Lo sabes perfectamente, así que no me hagas perder el tiempo obstinándote en no comprender—. Y con quien he hablado mientras estaba inconsciente era de hecho Dios. Dios no puede presentarse ante los hombres tal como es; nos aterrorizaría y nunca podría sacar nada en claro. Se presenta con apariencia de ave, columna de fuego, arbusto en llamas, torbellino...

—O apariencia humana —añadió Cynthia—. Claro, Dios es un maestro del disfraz.

El tono comprensivo de Cynthia colmó la paciencia de Johnny.

—¡Esto es demencial! —prorrumpió—. Tenemos que marcharnos, ¿no os dais cuenta? Estamos aparcados en la calle principal del pueblo, encerrados en la caja del camión sin una sola ventana por donde vigilar. Entragian podría estar en cualquier sitio, hasta sentado al volante en la cabina, que sepamos. Y aparte... no sé... los coyotes, los buitres...

—Se ha ido —dijo David con su voz serena. Se inclinó y cogió otra Pepsi de la caja.

—¿Quién? —preguntó Johnny—. ¿Entragian?

—El *can tak*. Da igual en qué cuerpo habite, el de Entragian, el de mi madre, el de su primera víctima; siempre es el mismo. Siempre es el *can tak*, el gran dios, el guardián. Se ha ido. ¿No lo nota?

—Yo no noto nada.

No seas idiota, dijo Terry en su cabeza.

—No sea idiota —dijo David, mirándolo con firmeza. Sostenía la botella de Pepsi lánguidamente entre las manos.

Johnny se inclinó hacia él.

—¿Estás leyéndome el pensamiento? —preguntó casi con amabilidad—. Porque si es así, chico, te agradecería que te largases de mi cabeza.

—Sólo pretendo que me escuche —contestó David—. Si usted me escucha, los demás escucharán también. No le hace falta enviarnos sus *can taks* o *can tah* si estamos enfrentados. A la que encuentre una sola grieta, entrará y nos dividirá.

—Vamos —dijo Johnny—, no me cargues a mí con el muerto. Yo no tengo la culpa de todo esto.

—Yo no digo que la tenga. Sólo quiero que escuche, ¿de acuerdo? —insistió David casi con tono de súplica—. Se ha ido, así que hay tiempo; por eso no se preocupe. Las caravanas que había puesto en la carretera tampoco están. Quiere que nos marchemos, ¿no lo entiende?

—¡Estupendo! ¡Lo complaceremos!

—Escuchemos lo que David tiene que decir —terció Steve.

Johnny se volvió hacia él.

—Me parece que has olvidado quién te paga, Steve. —Sus palabras le repugnaron en cuanto las pronunció, pero no hizo el menor intento de retractarse. Su deseo de salir de allí, de sentarse al volante del Ryder y alejarse unos kilómetros, en cualquier dirección menos hacia el sur, era tan intenso que rayaba en pánico.

—Me has pedido que no volviese a llamarte «jefe», y a eso me atengo.

—Además, ¿qué vamos a hacer con Mary? —preguntó Cynthia—. Dice David que está viva.

Johnny se volvió hacia ella, se volvió *contra* ella.

—Puede que tú quieras hacer las maletas y viajar con David en las Aerolíneas Transcelestiales, pero yo paso.

—Lo escucharemos —susurró Ralph.

Johnny lo miró asombrado. Si esperaba ayuda de alguien, era precisamente del padre del chico. «David es lo único que tengo –había dicho Ralph en el vestíbulo del Oeste Americano–. El único que queda de mi familia.»

Johnny recorrió a los otros con la mirada y advirtió con consternación que estaban todos de acuerdo; sólo él disentía. Y Steve tenía en su bolsillo las llaves del camión. Sin embargo el chico lo miraba básicamente a él, John Edward Marinville, a quien siempre miraba todo el mundo desde la publicación de su primera novela a la precoz edad de veintidós años. Pensaba que ya se había acostumbrado, y quizá así fuese, pero esta vez era distinto. Tenía la impresión de que ninguno de los otros –profesores, lectores, críticos, editores, compañeros de copas, mujeres– había querido nunca de él lo que aquel chico parecía querer, que no era simplemente ser escuchado; eso, temía Johnny, era sólo el principio.

Sin embargo los ojos de David no sólo lo miraban; le suplicaban.

Olvídate, chico, pensó. Cuando conduce la gente como tú, el autobús siempre acaba estrellándose.

Si no fuese por David, sospecho que tu autobús personal se habría estrellado ya, dijo Terry, atrincherada en su cabeza. Sospecho que ahora estarías muerto y colgado de un gancho. Escúchalo, Johnny. ¡Por lo que más quieras, escúchalo!

Bajando notablemente la voz, Johnny preguntó.

–¿Entragian se ha ido? ¿Estás seguro?

–Sí –respondió David–. Y los animales también. Los coyotes y los lobos, seguramente cientos o quizá miles, han apartado las caravanas de la carretera. Ahora casi todos ellos se han retirado al *mi him*, el círculo del guardián. –Bebió un trago de Pepsi. La mano con que sostenía la botella le temblaba ligeramente. Los miró a todos uno por uno, pero al final sus ojos se posaron de nuevo en Johnny.

–Él quiere lo mismo que usted: que nos vayamos.

–Si es así, ¿por qué nos ha traído?
–No ha sido él –replicó David.
–¿Cómo?
–Él cree que sí, pero no ha sido él. Nos ha traído Dios –afirmó David–. Para detenerlo.

## 2

En el silencio que se produjo a continuación Steve advirtió que ya no soplaba el viento. Escuchó con atención, y le pareció oír el ruido de un avión a lo lejos –gente cuerda camino de algún destino cuerdo durmiendo, comiendo o leyendo el *U.S. News & World Report*–, pero nada más.

Fue Johnny, cómo no, quien rompió el silencio, y aunque al hablar parecía tan seguro de sí mismo como siempre, Steve detectó algo en sus ojos (una mirada escurridiza) que no le gustó. Prefería la expresión enloquecida que había visto un rato antes: los ojos desorbitados y la mueca de terror a lo Clyde Barrow que tenía en el momento de acercar los cañones de la escopeta a la oreja del puma y volarle la cabeza. Que Johnny llevaba dentro un alocado forajido era algo que Steve sabía de sobra; había captado fugaces destellos de esa personalidad oculta desde el principio del viaje, y no ignoraba que era ese forajido lo que había inducido a Bill Harris a exponer sus Cinco Mandamientos el día de la entrevista en el despacho de Jack Appleton. Sin embargo en ese momento Clyde Barrow se había retraído, dejando su lugar al otro Marinville, el del ceño irónico y la retórica de charlatán de feria.

–Hablas como si todos tuviésemos el mismo Dios, David –dijo Johnny–. No es mi intención discutir contigo, pero dudo que ése sea el caso.

–Sí es el caso –replicó David con calma–. Comparado con Tak, el Dios del jefe de una tribu caníbal y el suyo serían el mismo. Usted ha visto los *can tahs*, lo sé. Y ha percibido su poder.

Johnny contrajo los labios, indicando, pensó Steve, que había encajado un revés pero no estaba dispuesto a admitirlo.

—Puede que tengas razón —dijo—, pero el individuo que me ha traído aquí no se parecía en nada a Dios. Era un policía enorme y rubio con problemas en la piel. Ha metido una bolsa de droga en mi alforja y después me ha dado una paliza.

—Sí, lo sé. La droga procedía del coche de Mary. Y ha puesto una especie de clavos en la carretera para obligarnos a parar. Pero hay un detalle curioso si nos paramos a pensar. Ha pasado por el pueblo como un ciclón, matando a cuantos le salían al paso: a tiros, a puñaladas, a golpes, tirándolos por las ventanas, atropellándolos. Y sin embargo no se ha acercado a nosotros, a *ninguno* de nosotros, ha sacado la pistola y ha dicho simplemente: «Acompáñenme.» Necesitaba un... no sé cómo expresarlo. —Miró a Johnny.

—Un pretexto —apuntó el ex jefe de Steve.

—Sí, exacto, un pretexto. Es como cuando en las películas de terror el vampiro no viene por su propia cuenta; hay que invitarlo.

—Y eso ¿por qué? —preguntó Cynthia.

—Quizá porque Entragian, el *auténtico* Entragian, estaba todavía en su cabeza. Como una sombra. O como una persona a la que no permiten entrar en su propia casa pero puede mirar por las ventanas y aporrear las puertas. Ahora Tak habita en mi madre, o lo que queda de ella, y nos mataría si pudiese; pero a la vez, probablemente, podría preparar la mejor tarta de lima del mundo. Si quisiese. —David, con labios trémulos, bajó la vista por un momento, y luego volvió a mirarlos—. Pero el hecho de que necesitase un pretexto para detenernos es secundario. Muchas de las cosas que hace o dice carecen de importancia; son estupideces o impulsos. Pero hay pistas. Siempre hay pistas. Se insinúa, muestra su verdadera identidad, como alguien que interpreta lo que ve en una mancha de tinta.

—Si eso es secundario, ¿dónde está la clave? —preguntó Steve.

—En que nos ha seleccionado a nosotros y ha dejado pasar a otra gente. Piensa que nos ha detenido al azar, como un niño que coge de los estantes del supermercado las latas que le llaman la atención y las echa en el carrito de su madre; pero no es eso lo que ha ocurrido.

—Ha hecho lo mismo que el Ángel Exterminador en Egipto, ¿no? —comentó Cynthia con una voz curiosamente átona—. Sólo que al revés. Teníamos una marca que indicaba a *nuestro* ángel de la muerte, ese tal Entragian, que debía detenernos en lugar de pasar de largo.

—Sí —confirmó David—. Antes no sabía, aunque ahora sí lo sabe (*mi him en tow*, diría él), que nuestro Dios es fuerte, que nuestro Dios está con nosotros.

—Si esto es un ejemplo de lo que significa estar en gracia de Dios, espero no atraer su atención cuando se ponga furioso —bromeó Johnny.

—Ahora Tak quiere que nos marchemos —prosiguió David—, y sabe que podemos marcharnos. Por el pacto de libre voluntad. Así lo llamaba siempre el padre Martin. Él... él...

—¿David? —dijo Ralph—. ¿Qué te pasa?

David se encogió de hombros.

—Nada. No es nada. Lo importante es que Dios nunca nos *obliga* a cumplir su voluntad. Él sólo manifiesta esa voluntad; luego se queda al margen y observa. Un día, mientras el padre Martin hablaba del pacto de libre voluntad, su esposa entró en el despacho y se quedó un rato escuchando. Al final dijo que su madre tenía un lema: «Dios dice: "Coge lo que quieras, y luego págalo."» Tak nos ha abierto la puerta de regreso a la interestatal 50, pero no es ahí adonde debemos ir. Si salimos por esa puerta, si abandonamos Desesperación sin cumplir la misión que Dios nos ha encomendado, pagaremos el precio. –Volvió a mirar uno por uno el círculo de rostros que lo rodeaba, y de nuevo terminó concentrando su atención en Johnny Marinville–. Yo me quedaré en cualquier caso, pero eso no servirá de mucho si no nos quedamos *todos*. Tenemos que abandonarnos a la voluntad de Dios, y tenemos que estar dispuestos a morir, porque ése podría ser el desenlace.

–Hijo, estás loco –dijo Johnny–. Por lo general, ése es un rasgo que me atrae en la gente, pero esto se pasa de la raya, incluso para mí. No he sobrevivido hasta este momento para que ahora me peguen un tiro o me devoren los buitres en el desierto. Y en cuanto a Dios, por lo que a mí se refiere murió en la zona desmilitarizada de Vietnam en 1969. En ese momento sonaba *Purple Haze* de Jimi Hendrix por la emisora de las fuerzas armadas.

–Escuche el resto, por favor, ¿o es mucho pedir?

–¿Por qué iba a escucharlo?

–Porque tengo que contar una historia. –David tomó otro trago de Pepsi, haciendo una mueca al notar el cosquilleo del gas en la garganta–. Una historia interesante. ¿Escuchará?

–La hora de contar historias ha pasado –respondió Johnny–. Ya te lo he dicho.

David calló.

Por un momento reinó el silencio en la caja del camión. Steve observó a Johnny con atención. Si hacía ademán de dirigirse a la puerta trasera del camión, estaba dispuesto a sujetarlo. No le gustaba la idea –había pasado muchos años en el ambiente brutalmente jerarquizado que se respiraba entre los bastidores del mundo del rock, y era consciente de que se sentiría como Fletcher Christian al relevar en el mando del *Bounty* al capitán Bligh, en su caso Johnny–, pero lo haría si no quedaba más remedio.

De modo que experimentó un gran alivio cuando Johnny hizo un gesto de indiferencia, se sentó en cuclillas junto al chico, y cogió también él una botella de Pepsi.

–Muy bien. Alargaremos la hora de contar historias. Pero sólo por esta noche. –Revolvió el pelo a David, y su propia falta de naturalidad confirió un extraño encanto a aquel gesto–. Las historias han sido mi talón de Aquiles desde que abandoné el biberón. Pero, te lo advierto, quiero que termine con la frase: «Y vivieron felices para siempre.»

–En eso estamos todos de acuerdo –convino Cynthia.

–Creo que el hombre con el que he hablado me lo ha contado todo –dijo David–, pero hay partes que desconozco. Partes borrosas o totalmente oscuras. Quizá porque no las he comprendido, o porque he preferido no comprenderlas.

–Hazlo lo mejor que puedas –alentó Ralph–, con eso basta.

David, con la vista perdida en las sombras, pensó por un momento –a Cynthia le pareció que evocaba algo– y empezó.


3

–Billingsley nos ha contado la leyenda, y como la mayoría de leyendas, supongo, se aleja bastante de la realidad. En primer lugar, no fue un derrumbe accidental lo que provocó el cierre de la Mina de los Chinos; la derruyeron a propósito. Y no ocurrió en 1858, aunque fue en esa fecha cuando llegaron los primeros mineros chinos, sino en septiembre de 1859. No había dentro cuarenta chinos sino cincuenta y siete, y no había dos blancos sino cuatro. Sesenta y una personas en total. Y el túnel no tenía cuarenta metros de profundidad sino casi sesenta. ¿Se imaginan? Sesenta metros de profundidad en un terreno de esquisto que podía desplomarse en cualquier momento.

El chico cerró los ojos. Parecía extremadamente frágil, como un niño que convalece de una grave enfermedad y puede recaer de un momento a otro. Ese aspecto podía deberse en parte a las escamas verdes de jabón que cubrían aún su piel, pero Cynthia dudaba que fuese ésa la única causa. No dudaba, en cambio, del poder de David, y aceptaba sin reparos la idea de que pudiese haber sido tocado por la mano de Dios. Ella se había criado en una parroquia, y había visto ya antes personas con ese aspecto, aunque nunca tan marcado.

–A la una y diez de la tarde del veintiuno de septiembre, los mineros que encabezaban la cuadrilla, al perforar la roca, encontraron una cavidad. En un primer momento pensaron que era una caverna. Esa cavidad contenía un montón de estatuillas de piedra como las que hemos visto. Representaban ciertas clases de animales, animales *perversos*, los *timoh sen cah*: lobos, coyotes, serpientes, arañas, ratas, murciélagos. Los mineros, asombrados, hicieron lo más natural del mundo: agacharse y cogerlas.

–Mala idea –murmuró Cynthia.

David asintió con la cabeza.

–Algunos enloquecieron de inmediato y se abalanzaron sobre sus amigos, hasta sobre sus familiares, dispuestos a degollarlos. Otros, y no sólo los que estaban más atrás y no habían llegado a tocar los *can tahs* sino también algunos que los habían tenido en sus manos, no parecieron afectados por ese delirio, al menos durante un rato. Entre éstos había dos hermanos de Tsingtao, Ch'an Lushan y Shih Lushan. Los dos vieron la brecha en la pared del túnel y entraron en la cavidad, que era de hecho una cámara subterránea. Era redonda, como el fondo de un pozo. Un relieve hecho de caras decoraba las paredes. Eran las caras de esos animales de piedra; caras de *can taks*, creo, aunque no estoy seguro. A un lado se alzaba una especie de pequeño edificio, el *pirin moh*, que no sé lo que significa, y en medio se abría un agujero redondo de unos tres metros y medio de diámetro. Como un ojo gigante, u otro pozo. Un pozo en un pozo. Como las tallas, que en su mayoría son animales con otros animales en la boca en lugar de lengua. *Can tak* en *can tah*, *can tah* en *can tak*.

–O una cámara con una *cámara oculta* –dijo Marinville enarcando una ceja, señal inconfundible de que bromeaba.

Sin embargo David tomó en serio el comentario. Asintió y empezó a temblar.

–Ésa es la morada de Tak –añadió–. El *ini*, el pozo de los mundos.

–No entiendo nada –dijo Steve con delicadeza.

David no le prestó atención; seguía hablando básicamente para Marinville.

–La fuerza del mal procedente del *ini* se hallaba en los *can tahs* del mismo modo que los minerales en la tierra, insuflada en cada una de sus partículas como si fuese humo. Y se hallaba también en el resto de la cámara. No es humo, pero el humo es la imagen que mejor lo representa. Afectó a los mineros en distintos grados, como el bacilo de una enfermedad. Los que enloquecieron de inmediato atacaron a los otros. Algunos empezaron a corromperse como Audrey antes de morir. Ésos habían tocado los *can tahs*; habían cogido un puñado de golpe y después lo habían dejado para... ya saben... atacar a sus compañeros.

»Algunos mineros empezaron a ensanchar la brecha que comunicaba el túnel con la cámara. Otros penetraban directamente por la estrecha grieta. Algunos actuaban como si estuviesen borrachos; otros parecían tener convulsiones. Algunos corrieron hasta el borde del pozo y se lanzaron al vacío riendo. Los hermanos Lushan vieron follar a un hombre y una mujer (tengo que usar esa palabra, porque aquello era lo menos parecido imaginable a hacer el amor); sostenían una estatuilla entre los dientes.

Cynthia cruzó una mirada de perplejidad con Steve.

–Los mineros que seguían en el túnel se agolpaban ante la brecha, empujándose y golpeándose mutuamente con piedras para entrar los primeros. –David los miró con expresión sombría–. He visto claramente esa parte. En cierto modo era divertido, como una escena de los hermanos Marx. Y eso empeoró aún más las cosas, el hecho de que fuese divertido. ¿Entiende?

–Sí –contestó Marinville–. Perfectamente, David. Sigue.

–Los hermanos Lushan percibían alrededor lo que emanaba de la cámara, pero no como algo que estuviese dentro de ellos, al menos todavía. A los pies de Ch'an cayó un *can tah*. Se inclinó para cogerlo, pero Shih se lo impidió. Prácticamente ya sólo ellos dos conservaban la cordura. La mayoría de los que no se habían visto afectados en el primer momento habían sido asesinados. Entonces empezó a salir algo de la brecha, una especie de serpiente de humo, y los dos hermanos corrieron hacia la salida. A unos veinte metros de la cámara se encontraron con uno de los capataces blancos. Llevaba desenfundado su revólver, y preguntó: «¿A qué viene tanto alboroto, chinos?»

Un escalofrío recorrió a Cynthia. Alargó un brazo hacia Steve, y sintió alivio cuando él le cogió la mano. El chico no simplemente imitó el gruñido del capataz blanco, sino que de hecho dio la impresión de que hablaba con la voz de otra persona.

—«Vamos, muchachos, volved al trabajo si no queréis acabar con una bala en las tripas.» Pero fue él quien murió de un disparo. Ch'an lo agarró por el cuello, y Shih le quitó el revólver. Luego le apoyó el cañón aquí —David se señaló bajo la mandíbula con el índice— y le voló la cabeza.

—David, ¿sabes qué pensaban mientras mataban al capataz? —preguntó Marinville—. ¿Ese amigo que has conocido en sueños ha podido llevarte hasta el interior de sus mentes?

—Básicamente yo sólo veía lo que ocurría.

—Esos *can tahs* debían de haberse adueñado de ellos, pues —dijo Ralph—. De lo contrario no habrían matado a un hombre blanco, por más que deseasen escapar de allí.

—Puede ser —contestó David—. Pero también Dios moraba en ellos, creo, del mismo modo que ahora mora en nosotros. Aunque estuviesen *mi en tak*, Dios podía atraerlos a su servicio, porque *mi him en tow,* nuestro Dios es fuerte. ¿Entienden?

—Creo que sí —dijo Cynthia—. ¿Qué pasó después, David?

—Los dos hermanos siguieron corriendo hacia la salida, encañonando con el revólver del capataz a cuantos intentaban detenerlos, que no fueron muchos; ni siquiera los otros blancos los miraron apenas cuando se cruzaron con ellos. Todos deseaban ver qué ocurría, qué habían encontrado los mineros. Aquella fuerza los arrastraba hacia la cámara. Comprenden, ¿no?

Todos asintieron.

—A unos veinte metros de la bocamina los hermanos Lushan se detuvieron y empezaron a trabajar en la pared colgante. No intercambiaron una sola palabra; simplemente vieron picos y palas en el suelo y se pusieron manos a la obra.

–¿Qué es la pared colgante? –preguntó Steve.
–El techo de un túnel y la capa de roca y tierra que hay encima –explicó Marinville.
–Trabajaron como desesperados –prosiguió David–. La roca era tan blanda que comenzó a desprenderse de inmediato, pero el techo no cedía. Del fondo de la mina llegaban gritos, aullidos y carcajadas. Conozco los nombres de los sonidos que oí, pero no encuentro palabras para describir lo horribles que eran. Algunos de ellos dejaron de ser voces humanas para convertirse en otra cosa. Una vez vi una película sobre un científico que vivía en una isla tropical y transformaba animales en hombres...

Marinville movió la cabeza en un gesto de asentimiento y apuntó:
–*La isla del Dr. Moreau.*
–Los sonidos procedentes del fondo de la mina, los que han llegado a mí a través de los oídos de los hermanos Lushan, eran como los de esa película pero al revés. Como si los hombres se transformasen en animales. Y probablemente era eso lo que ocurría. Supongo que de ese modo afectan los *can tahs* a las personas. Ésa debe de ser su función.

»Los hermanos (aún los estoy viendo, dos chinos tan parecidos como gemelos, con coletas colgando sobre las espaldas desnudas y sudorosas) siguieron trabajando, observando el techo, que debería haberse desplomado con sólo rozarlo pero resistía inexplicablemente, volviendo la vista atrás a cada dos o tres golpe de pico para ver quién se acercaba. Para ver *qué* se acercaba. Grandes fragmentos de roca caían del techo frente a ellos, *sobre* ellos, hiriéndoles en los hombros y la cabeza. Pronto la sangre empezó a correrles por el rostro, el cuello, el pecho. En esos momentos llegaban otros sonidos del fondo de la mina. Rugidos. Extraños chapoteos. Y el techo seguía sin desmoronarse. Entonces empezaron a verse luces en el túnel, quizá velas, o quizá los quinqués que usaban los capataces.

—¿Los qué? —preguntó Ralph.

—Quinqués. Unas lámparas de queroseno que se ataban a la cabeza. De pronto surgió alguien de la oscuridad, alguien que conocían. Era Yuan Ti, un tipo divertido, supongo; hacía muñecos de animales con trapos y representaba escenas para entretener a los niños. Yuan Ti se había vuelto loco, pero no sólo eso. Era *más grande*, tan grande que casi tenía que doblarse por la cintura para caminar por el túnel. Empezó a lanzarles piedras, insultarlos en mandarín, maldecir a sus antepasados y ordenarles que interrumpiesen de inmediato lo que estaban haciendo. Shih le disparó con el revólver del capataz. Tuvo que dispararle varias veces para matarlo. Pero los otros corrían ya hacia ellos, dispuestos a eliminarlos. Tak sabía qué se proponían.

David los miró pensativamente. Se advertía en sus ojos una expresión distraída, como si estuviese medio en trance, pero Cynthia no tuvo la impresión de que hubiese dejado de verlos. En cierto modo eso era lo más horrible. David los veía perfectamente, y también la fuerza que habitaba en él, la que en algunas partes del relato afloraba a la superficie para aclarar aquello que David no había entendido bien.

—Shih y Ch'an siguieron golpeando con los picos la pared flotante como locos, y locos acabarían antes de que todo aquello terminase. Para entonces la parte del techo que estaban socavando era como una bóveda sobre sus cabezas —David trazó una curva con las manos, y Cynthia notó que le temblaban— y apenas llegaban a lo alto con los picos. Así que Shih, el mayor, se subió a los hombros de su hermano y siguió picando de ese modo. Caía una lluvia de rocas, y el montón de escombros que se había formado le llegaba ya a las rodillas a Ch'an Lushan. Sin embargo el techo no se derrumbaba.

–¿Estaban poseídos por Dios, David? –preguntó Marinville. No había el menor indicio de sarcasmo en su voz–. ¿*Poseídos* por Dios? ¿Qué crees?

–Lo dudo –respondió David–. Dudo que Dios *necesite* poseer; por eso es Dios. Creo simplemente que deseaban lo mismo que Dios: mantener a Tak bajo tierra. Hundir el techo para impedirle salir si era posible.

»El caso es que vieron acercarse luces desde el fondo de la mina. Oyeron voces. Era una multitud. Shih dejó de perforar la pared colgante y se concentró en un travesaño del encofrado, golpeándolo con el mango del pico. Los mineros que se aproximaban les lanzaron piedras, y varias hicieron blanco en Ch'an, pero él se mantuvo firme bajo su hermano. Cuando por fin el travesaño cedió, cedió todo el techo. Ch'an estaba enterrado hasta las rodillas, pero su hermano tiró de él y lo sacó a rastras del montón de escombros. Ch'an tenía magulladuras por todo el cuerpo, pero no se había roto ningún hueso. Y lo importante era que habían quedado en el lado exterior del derrumbe. Al otro lado del muro de escombros oían pedir ayuda a los demás mineros: sus amigos, sus parientes, y en el caso de Ch'an incluso su prometida. De hecho Ch'an empezó a retirar algunas rocas, pero Shih lo detuvo y lo disuadió. Es decir, que aún razonaban.

»Entonces, como si los mineros atrapados en el lado interno del derrumbe, el lado de Tak adivinasen de pronto que no iban a recibir ayuda, los gritos de socorro se convirtieron en aullidos. Eran las voces de... en fin, personas que en realidad no eran ya personas. Ch'an y Shih corrieron hacia la bocamina. Se cruzaron con otros trabajadores, tanto blancos como chinos. Nadie preguntó nada salvo lo evidente: ¿Qué había ocurrido? Y como la respuesta era igual de evidente, los hermanos Lushan no tuvieron problemas. Se había producido un derrumbe; muchos hombres habían quedado atrapados, y lo que menos importaba a nadie era aquel par de muchachos chinos que había escapado milagrosamente. –David apuró la Pepsi y dejó la botella vacía a un lado–. Y poco más o menos ésta es la versión que conocía el señor Billingsley, una mezcla de verdades, errores y rotundas mentiras.

–En eso consiste exactamente una leyenda –dijo Marinville con una forzada sonrisa.

–Los mineros y los vecinos del pueblo oyeron los gritos de los chinos al otro lado de la pared de escombros, y no se quedaron cruzados de brazos; intentaron sacarlos y apuntalaron los primeros veinte metros de túnel. Pero se produjo otro desmoronamiento, éste menor, y se rompieron un par de travesaños del encofrado. Así que retrocedieron y esperaron a los expertos de Reno. No almorzaron ante la bocamina; eso es una mentira descarada. Prácticamente en el momento en que los ingenieros de minas bajaban de la diligencia en Desesperación, se produjeron otros dos derrumbes en la mina, los dos muy grandes, y esta vez sí fue por causas naturales. El primero tuvo lugar entre la pared de escombros y la bocamina, y tapó esos veinte metros de túnel como un corcho el cuello de una botella. Y el estruendo producido por el desprendimiento de toneladas y toneladas de esquisto desencadenó el segundo derrumbe, más adentro. Eso acabó con los gritos, al menos los de la gente que se hallaba más cerca de la salida. Y todo ocurrió mientras los ingenieros se trasladaban del pueblo a la mina en una carreta. Cuando llegaron, examinaron el terreno, escucharon lo ocurrido, y al saber que se había producido un segundo derrumbe (que, según los testigos, sacudió la tierra como un terremoto e hizo encabritarse a los caballos) hicieron gestos de pesimismo y dijeron que casi con toda seguridad no había supervivientes. E incluso si los había, un intento de rescate habría puesto en peligro más vidas de las que podían salvarse.

—Y además sólo eran chinos —dijo Steve.

—Exacto —convino David—, insignificantes chinos. En eso el señor Billingsley tenía razón. Y entretanto los dos muchachos chinos que habían escapado estaban en el desierto, cerca de Rose Rock, y habían empezado a enloquecer. Así que finalmente también los afectó. Volvieron a Desesperación al cabo de dos semanas, no de tres días. Y en efecto entraron en el Lady Day... ¿Ven cómo Billingsley mezclaba verdades y mentiras? Pero no mataron a nadie. Shih sacó el revólver del capataz, que estaba descargado, y con eso bastó. Un grupo de vaqueros y mineros los redujo de inmediato. No llevaban más que taparrabos. Estaban cubiertos de sangre. Los parroquianos del Lady Day pensaron, erróneamente, que esa sangre procedía de las víctimas que habían asesinado. Habían estado en el desierto, atrayendo animales del mismo modo que Tak envió al puma que usted mató, señor Marinville. Sólo que los hermanos Lushan no los querían para nada semejante; los querían para comer. Se comieron todo lo que encontraron: murciélagos, buitres, arañas, serpientes. —David se llevó una mano trémula a la cara y se enjugó primero un ojo y luego otro—. Siento lástima por los hermanos Lushan. Y tengo la sensación de que los conozco un poco, de que sé cómo debieron sentirse, cómo en cierto modo debieron dar gracias cuando la locura se adueñó de ellos y pudieron dejar de pensar.

»Podrían haberse quedado para siempre en las estribaciones de los montes Desatoya, supongo, pero eran el único recurso de Tak, y Tak es voraz. Los envió al pueblo porque no había otra posibilidad. Uno de ellos, Shih, resultó muerto allí mismo, en el Lady Day. A Ch'an lo ahorcaron dos días más tarde, más o menos donde estaban esta mañana las tres bicicletas vueltas del revés, ¿recuerdan? Maldijo en el idioma de Tak, la lengua de los seres sin forma, hasta el final. Se quitó la capucha de la cabeza para que lo ahorcasen con el rostro descubierto.

—¡Chico, vaya Dios el tuyo! —exclamó Marinville jovialmente—. Desde luego sabe devolver un favor, ¿no te parece, David?

—Dios es cruel —afirmó David en una voz casi demasiado baja para ser oída.

—¿Cómo? —preguntó Marinville—. ¿Qué has dicho?

—Ya lo sabe. Pero la vida no consiste sólo en soslayar el sufrimiento. Eso es algo que antes usted tenía muy claro, ¿no, señor Marinville?

Marinville desvió la mirada hacia un rincón del camión y guardó silencio.


4

La primera sensación que penetró en la conciencia adormecida de Mary fue un olor dulzón, fétido, nauseabundo. ¡Oh, Peter! ¡Vaya por Dios!, pensó aturdida. *Es la nevera; se ha estropeado toda la comida.*

Pero se equivocaba. El frigorífico se había averiado durante sus vacaciones en Mallorca, y de eso hacía mucho tiempo. Fue incluso antes del aborto. Muchas cosas habían ocurrido desde entonces. De hecho habían ocurrido muchas cosas recientemente. Malas en su mayoría. Pero ¿qué cosas?

«Nevada está llena de gente intensa.»

¿Quién había dicho eso? ¿Marielle? En su cabeza parecía desde luego la voz de Marielle.

Poco importa si es verdad. Y lo es, ¿no?

Mary no lo sabía. No *quería* saberlo. Su único deseo era volver a la oscuridad de la que una parte de ella intentaba salir. Porque se oían voces

(son un hatajo de villanos)
y sonidos
(un monótono chirrido)
en los que prefería no pensar. Era mejor seguir allí tendida y...

Algo le corrió por la cara. Era ligero y velloso al tacto. Se incorporó y se pasó las dos manos por la cara. Una atroz punzada de dolor le traspasó la cabeza, puntos brillantes parpadearon ante sus ojos en sincronización con su repentinamente acelerado ritmo cardíaco, y un recuerdo destelló en su mente con tal nitidez que incluso Johnny Marinville lo habría admirado.

«Me he dado un golpe en el brazo herido al intentar poner una caja sobre la otra para subir.»

«Un momento, enseguida la ayudo a entrar.»

Y después alguien la había agarrado. Ellen. No; la criatura

*(Tak)*

que llevaba puesto el cuerpo de Ellen. Aquella criatura la había golpeado, y se habían apagado las luces.

Y seguían apagadas en sentido literal. Tuvo que pestañear varias veces sólo para asegurarse de que tenía los ojos abiertos.

Sí, claro que los tienes abiertos. Quizá sea simplemente que este lugar está a oscuras... aunque también es posible que te hayas quedado ciega. Ésa sí es una idea agradable, ¿no, Mare? Quizá te ha pegado con fuerza suficiente para...

Tenía algo en el dorso de la mano. Se desplazó por su piel y se detuvo; parecía palpitar. Invadida por una sensación de profundo asco, chasqueó con la lengua y sacudió la mano como alguien que rechaza a una persona molesta. Dejó de notar la palpitación; la criatura había desaparecido del dorso de su mano. Mary se puso en pie con un nuevo estallido de dolor al que apenas prestó atención. Había allí insectos o alguna otra clase de sabandijas, y no tenía tiempo de ocuparse de un simple dolor de cabeza.

Giró lentamente sobre los talones, inhalando aquel repugnante olor tan parecido al hedor que los envolvió al regresar a casa después de unas breves vacaciones en las islas Baleares. Los padres de Pete les habían pagado el viaje como regalo de Navidad en su segundo año de matrimonio, y todo había salido a pedir de boca hasta que entraron, cargados de bolsas, y aquel hedor los golpeó como un puño. Se había estropeado todo: dos pollos, las chuletas y el redondo que había comprado a buen precio en una carnicería de Brooklyn, los bistecs de ternera que le había regalado a Peter su amigo Don, las cajas de fresas que habían traído de la Mohonk Mountain House el verano anterior. Aquel olor... tan parecido...

Algo del tamaño de una nuez le cayó en el pelo.

Gritando, se golpeó con la palma de la mano en la cabeza pero no sirvió de nada. Se deslizó los dedos entre el pelo y lo encontró. La criatura se revolvió por un momento y luego reventó entre sus dedos. Una sustancia viscosa le impregnó la palma de la mano. Rastrillándose el pelo, extrajo el cuerpo velloso y deshinchado y lo tiró al suelo. Al caer golpeó algún objeto y se oyó un chasquido. La palma de la mano le escocía como si hubiese tocado una ortiga. Se la restregó contra los vaqueros.

Por favor, Dios, no permitas que yo sea la próxima, pensó. Prefiero cualquier cosa antes que acabar como el policía. Como Ellen.

Reprimió el impulso de echarse a correr en la oscuridad. Quizá se hallaba en las dependencias de la compañía minera, y en tal caso podía tropezarse con alguna grotesca máquina y terminar empalada, destripada o con la cabeza rota. Pero no era eso lo peor. Lo peor era que, aparte de las sabandijas, podía haber allí algo más.

Algo que permanecía al acecho en espera de que ella se echase a correr presa del pánico.

Algo que la esperaba con los brazos abiertos.

Empezó a tener la sensación –quizá eran sólo imaginaciones suyas pero lo dudaba– de que se producían en torno a ella movimientos furtivos. Un susurro a su izquierda. Una fricción a su derecha. Un súbito chirrido a su espalda, apenas audible y tan fugaz que ni siquiera tuvo tiempo de gritar.

Ese último no era nada vivo, se dijo. O eso creo. Probablemente era una bola de rastrojo que ha arañado a su paso una superficie de metal. Me parece que estoy en el interior de un pequeño edificio. Me ha encerrado en un pequeño edificio, y hay en algún sitio una nevera, apagada como las luces, cuyo contenido se ha estropeado.

Pero si Ellen era Entragian en un nuevo cuerpo, ¿por qué no la había llevado de nuevo a la celda del ayuntamiento? ¿Porque temía acaso que los otros la encontrasen y la ayudasen a escapar? Era la razón más lógica que se le ocurría, y además le permitía ver un rayo de esperanza. Aferrándose a esa posibilidad, Mary empezó a avanzar lentamente con los brazos extendidos y casi sin levantar los pies del suelo.

Tuvo la sensación de que caminaba de ese modo durante un largo tiempo, años casi. Esperaba que en cualquier momento otra criatura volviese a tocarla, y finalmente así fue. Algo pasó por encima de su zapatilla. Mary se quedó inmóvil. La criatura siguió su camino sin mostrar mayor interés en ella. Pero a continuación oyó algo que la sobresaltó más aún: un campanilleo grave y seco frente a ella, ligeramente a la izquierda. Que ella supiese, sólo un animal producía ese sonido. El campanilleo no se interrumpió pero pareció amortiguarse, como el estridor de una cigarra en una tarde de agosto. Volvió a oírse un chirrido apagado como el de momentos antes. Esta vez tuvo la certeza de que se trataba de una bola de rastrojo al rozar una superficie metálica. Se hallaba en efecto en una de las dependencias de la compañía minera, quizá el barracón donde Steve y la chica del pelo estrafalario, Cynthia, habían visto la estatuilla de piedra que tanto los había inquietado.

Muévete.

No puedo. Aquí dentro hay una serpiente de cascabel. Quizá más de una. *Probablemente* más de una.

Pero no es eso lo único que hay aquí dentro. Mejor será que te muevas, Mary.

Sentía un palpitante y vivo escozor en la palma de la mano, donde la piel había entrado en contacto con los viscosos fluidos de la sabandija que se había quitado del pelo. El corazón le martillaba en los oídos. Empezó a avanzar centímetro a centímetro con las manos por delante. La asaeteaban ideas e imágenes horrendas. Imaginó una serpiente del grosor de un cable de alto voltaje colgada de una viga frente a ella con las fauces abiertas, la lengua viperina vibrando sin cesar y los colmillos listos para hincarse en la carne. Avanzaría derecha hacia ella sin darse cuenta hasta que le golpease en la cara, inoculándole su veneno justo entre los ojos. Vio a uno de los fantasmas de su infancia, un ogro malévolo al que por alguna razón llamaba Aguardiente, acurrucado en un rincón, sonriente, dispuesto a estrecharla en un abrazo letal; el último olor que percibiría en esta vida, mientras la estrujaba y la cubría de besos húmedos y voraces, sería su cargado aliento de borracho, encubierto de momento por el hedor a podredumbre que flotaba en el ambiente. Vio un puma, como el que había matado al pobre Tom Billingsley, agazapado en un rincón agitando la cola. Vio a Ellen con un garfio de carnicero en una mano y una paciente sonrisa tan curva como el propio garfio, aguardando sin prisa a que Mary se acercase lo suficiente para ensartarla.

Pero sobre todo veía serpientes.

Serpientes de cascabel.

Rozó algo con las yemas de los dedos. Sofocó un grito y casi retrocedió. Sólo fue una falsa alarma de sus crispados nervios, pues se trataba de un objeto duro, sin vida, un borde recto a la altura de la cadera. ¿Una mesa, quizá? Eso parecía. Empezó a palpar la superficie con los dedos, y se obligó a quedarse totalmente inmóvil cuando notó el contacto de otra sabandija. Trepó por el dorso de su mano, llegó a la muñeca y bajó de nuevo a la mesa. Casi con toda seguridad era una araña. Siguió buscando a tientas en la mesa, y otra sabandija –más «fauna», como lo llamaba Audrey– se acercó a examinarle la mano. No era una araña. Fuera lo que fuese, aquella criatura tenía uñas y un caparazón duro.

Mary se obligó de nuevo a quedarse quieta como una estatua, pero un gemido escapó de su garganta. El sudor le corría por la frente y las mejillas como tibio aceite lubricante. A continuación la invisible criatura le dio un obsceno pellizco en la mano y se alejó. Mary oyó el castañeteo de sus patas en la mesa. Venciendo el abrumador impulso de retirar la mano, reanudó su vacilante reconocimiento. ¿Qué iba a hacer, si no? ¿Quedarse temblando en la oscuridad hasta que los furtivos sonidos que la envolvían acabasen por enloquecerla, hasta que, desbordada por el pánico, no pudiese reprimir más el deseo de salir corriendo, tropezase con algo y perdiese de nuevo el sentido?

Encontró un plato –no, un tazón– con algo dentro. ¿Un cuajarón de sopa, quizá? Buscó a tientas alrededor del tazón y halló una cuchara. Sopa, sí. Más allá tocó algo que podía ser un salero o un pimentero, y luego algo blando y flácido. De pronto recordó un juego al que jugaba con sus amigas durante su infancia en Mamaroneck. Un juego que debía desarrollarse en la oscuridad. Consistía en pasar de mano en mano unos espaguetis y recitar «Éstas son las tripas del muerto», pasar un trozo de membrillo y recitar «Éstos son los sesos del muerto».

Su mano tropezó con un objeto duro y cilíndrico, erguido sobre la mesa. Lo volcó, y de inmediato identificó el ruido... o eso esperaba: unas pilas dentro del tubo metálico de una linterna.

Por favor, Dios, pensó, buscándola a tientas. Por favor, que sea lo que parece.

De fuera llegó otro chirrido ahogado, pero Mary apenas lo oyó. Su mano topó con un trozo de carne fría

(ésta es la cara del muerto)

pero Mary apenas lo notó. El corazón le latía con fuerza en el pecho, en la garganta, incluso en los párpados.

¡Aquí! ¡Aquí!

El metal frío y terso, resbaló por la mesa escapando a sus dedos, pero finalmente lo agarró con firmeza. Sí, era una linterna. Notó el interruptor en la membrana de piel que unía sus dedos pulgar e índice.

Que funcione, Dios, por favor.

Accionó el interruptor. Un haz de luz brotó en un amplio cono, y el martilleo de su corazón en los oídos se detuvo en seco por un momento. *Todo* se detuvo.

La mesa era un rectángulo alargado. En un extremo había material de laboratorio y muestras de roca; en el otro, un mantel de cuadros extendido. Sobre el mantel todo parecía preparado para una cena: un tazón, un plato, cubiertos y un vaso. Una enorme araña negra había caído en el vaso y no podía salir; se revolvía y arañaba el cristal pero sus esfuerzos eran inútiles. De vez en cuando mostraba el reloj de arena rojo que se dibujaba en su abdomen. Otras arañas, también viudas negras en su mayoría, deambulaban majestuosamente por la mesa. Algunos escorpiones de roca se paseaban con parsimonia de un lado a otro, como parlamentarios, con los aguijones enroscados sobre el dorso. Sentado al extremo de la mesa había un hombre calvo con una camiseta de la compañía minera Diablo. Le habían disparado en el cuello a bocajarro. La sustancia que contenía el tazón, la sustancia que Mary había tocado con sus dedos no era un cuajarón de sopa sino sangre coagulada.

El corazón de Mary volvió a latir, enviando un flujo de sangre a su cabeza con la fuerza de un pistón, y de pronto la amarillenta luz de la linterna se tornó roja y trémula. Un canto melodioso y penetrante sonó en sus oídos.

No te desmayes, no te *atrevas*...

El haz de luz se desplazó hacia la izquierda. En el rincón, bajo un póster que rezaba ¡ADELANTE, PROHÍBAN LAS PROSPECCIONES MINERAS, DEJEN QUE ESOS CABRONES SE PUDRAN EN LA OSCURIDAD!, había un bullicioso nido de serpientes de cascabel. Recorrió la pared metálica con la luz. Vio varias congregaciones de arañas (algunas de las viudas negras eran tan grandes como su mano) y, en el rincón opuesto, más serpientes. Libres ya del letargo diurno, se revolvían sin cesar, entrelazándose, haciendo y deshaciendo toda clase de nudos: ballestrinques, ases de guía, ahorcaperros. De vez en cuando una agitaba los discos óseos de la cola.

No te desmayes, no te desmayes, no te desmayes...

Siguió girando, y cuando la linterna enfocó los otros tres cadáveres que había allí dentro con ella, comprendió varias cosas a la vez, y el hecho de que acabase de descubrir el origen del mal olor no era ni mucho menos la más trascendente.

Los cuerpos que yacían junto a la pared se hallaban en avanzado estado de descomposición –en realidad, eran un hervidero de gusanos–, pero no habían sido abandonados allí de cualquier manera. Estaban pulcramente alineados, y tenían las manos –tumefactas y ennegrecidas– cruzadas sobre el pecho. El hombre colocado en medio parecía de raza negra, pensó, aunque dado su estado era imposible asegurarlo. Mary no lo conocía a él ni al cadáver de su derecha, pero sí reconoció el tercer cuerpo pese a la putrefacción y los afanosos gusanos. En su mente lo oyó enunciarle sus derechos e insertar la frase: «Voy a mataros.»

Mientras lo observaba, una araña salió de la boca de Collie Entragian.

El haz de luz tembló al pasar de nuevo sobre la hilera de cadáveres. Tres hombres. Tres hombres *corpulentos*, ninguno medía menos de un metro noventa y cinco.

Ya sé por qué estoy aquí y no en la celda, pensó. Y sé también por qué no me ha matado. Soy la siguiente. Cuando Ellen ya no le sirva, yo ocuparé su lugar.

Mary empezó a gritar.

5

La cámara de *an tak* resplandecía con una tenue luz roja que parecía proceder del propio aire. Un ser que aún recordaba vagamente a Ellen Carver la cruzó, acompañada de un séquito de escorpiones y arañas violinistas. Los pétreos rostros de los *can taks* la contemplaban desde el techo y las paredes. A un lado se hallaba el *pirin moh*, un resalte en el muro que semejaba la fachada de un rancho mexicano. Frente al *pirin moh* se abría el *ini*, el pozo de los mundos. Quizá la luz provenía de allí dentro, pero era imposible precisarlo. Sentados en círculo en torno a la boca del *ini* había coyotes y buitres. De vez en cuando una de las aves sacudía las plumas o uno de los coyotes alzaba una oreja; salvo por estos mínimos movimientos se habría dicho que también ellos eran de piedra.

El cuerpo de Ellen caminaba despacio, con la cabeza

gacha. El dolor palpitaba en su vientre. La sangre corría por sus piernas en finos y continuos hilillos. La criatura que moraba en ella había colocado una camiseta de algodón rota a modo de compresa entre los muslos de Ellen y eso había retenido la sangre durante un rato, pero la camiseta estaba ya empapada. Había tenido mala suerte, y no sólo con ese cuerpo. El primero padecía un cáncer de próstata –no diagnosticado–, y la putrefacción había empezado por ahí, propagándose a tal velocidad que a duras penas había conseguido llegar al cuerpo de Josephson a tiempo. Josephson había durado un poco más; Entragian –un espécimen casi perfecto– más aún. ¿Y Ellen? Ellen sufría una dermatitis. Una simple dermatitis, nada alarmante en condiciones normales, pero había bastado para desencadenar la caída del dominó, y ahora...

Bueno, aún le quedaba Mary. Sin embargo prefería no apoderarse aún de ella, al menos mientras no supiese qué decidía el resto del grupo. Si el escritor imponía su voluntad y los conducía de regreso a la interestatal 50, entraría en Mary de inmediato y partiría hacia las montañas con alguno de los todoterrenos (cargado con tantos *can tahs* como cupiesen en el remolque). Incluso había elegido ya un destino: Alphaville, una comuna vegetariana asentada en los Desatoya.

No seguirían siendo vegetarianos por mucho tiempo cuando Tak llegase allí.

Por otra parte, si el miserable meapilas conseguía imponerse y se dirigían hacia el sur, Mary le serviría de cebo. O de rehén. Ahora bien, no le serviría de nada si el meapilas percibía que ya no era humana.

Se sentó en el borde del *ini* y miró hacia abajo. El *ini* tenía forma de embudo, y sus toscas paredes convergían gradualmente hasta que, a unos ocho metros de profundidad, el inicial agujero de cuatro metros de diámetro se reducía a un minúsculo orificio de poco más de un centímetro. De este orificio surgía una siniestra luz pulsátil de color escarlata, tan intensa que casi era imposible mirarla. Era un orificio semejante a un ojo.

Uno de los buitres hizo ademán de hundir la cabeza en el regazo ensangrentado de Ellen. La criatura lo apartó de un manotazo. Tak había pensado que mirar en el interior del *ini* lo tranquilizaría, le ayudaría a planear el siguiente paso (pues el *ini* era su verdadera morada; Ellen Carver no era más que una avanzadilla), pero en realidad aumentó su inquietud.

Las cosas estaban a punto de torcerse de manera irreparable. Volviendo la vista atrás, comprendió que otra fuerza había actuado contra él desde el principio.

Temía al chico, especialmente considerando el débil estado de su actual cuerpo. Pero lo aterrorizaba sobre todo quedar de nuevo confinado más allá de la estrecha garganta del *ini,* como un genio en una botella. Pero eso no tenía por qué ocurrir. Incluso si el chico se presentaba allí con el resto del grupo, no tenía por qué ocurrir. Los otros se hallarían debilitados por sus dudas, el chico se hallaría debilitado por sus preocupaciones humanas –en particular por su madre–, y si el chico moría, Tak cerraría de nuevo la salida al exterior, les cortaría toda posible escapatoria, y se apoderaría de los demás. El escritor y el padre del chico tendrían que morir, pero intentaría serenar y salvar a los dos de menor edad. Posiblemente tarde o temprano desearía utilizar sus cuerpos.

Se inclinó, ajeno a la sangre que borbotaba entre los muslos de Ellen, tan ajeno como a los dientes que se habían desprendido de sus encías o a los tres nudillos que le habían estallado como piñas en una hoguera al golpear a Mary en la barbilla. Miró el cónico perímetro descendente del pozo, y el ojo escarlata circunscrito en su vértice.

El ojo de Tak.

El chico *podía* morir.

Al fin y al cabo era *sólo* eso, un chico, no un demonio, un dios o un salvador.

Tak se inclinó más aún sobre el embudo de irregulares paredes cristalinas y sobre la siniestra luz rojiza. Oyó un sonido muy tenue, una especie de zumbido átono y grave. Era un sonido estúpido, pero a la vez era magnífico, irresistible. Cerró sus ojos robados y respiró hondo, absorbiendo la fuerza que percibía, intentando henchirse de ella, deseando retardar –al menos temporalmente– la degeneración de aquel cuerpo. Y además ahora notaba por fin la paz del *ini*.

–*Tak* –susurró en la penumbra–. *Tak en tow ini, tak ah lah, tak ah wan.*

Siguió un profundo silencio. De las profundidades del vibrante silencio rojo del *ini* llegó el húmedo sonido de algo al deslizarse.

# II

## 1

—El hombre que me ha enseñado todo eso —dijo David—, que me ha guiado, me ha encargado que les diga que nada de lo que ha ocurrido estaba predestinado. —Tenía los brazos alrededor de las rodillas alzadas y la cabeza gacha; parecía hablar a sus zapatillas—. En cierto modo, eso es lo más espantoso. Bombón ha muerto, y el señor Billingsley, y todos los habitantes de Desesperación, porque un hombre odiaba a la Inspección de Seguridad en las Minas y otro era demasiado curioso para quedarse atado a su escritorio. Así de simple.

—¿Y Dios te ha contado todo eso? —preguntó Johnny.

El chico asintió con la cabeza sin levantar la vista.

—Así que tenemos aquí nada menos que una miniserie de televisión —bromeó Johnny—. Episodio primero: Los hermanos Lushan. Episodio segundo: Josephson, el recepcionista sin cadenas. Los directivos de la ABC estarán encantados.

—¿Por qué no se calla? —protestó Cynthia sin hostilidad.

—¡Habló la que faltaba! —exclamó Johnny—. Y ahora esta joven, esta trotacaminos con las ideas claras, esta rutilante dama del compromiso, nos expondrá, con fotografías y acompañamiento musical del famoso grupo de rock...

—Cállate de una puñetera vez —atajó Steve.

Johnny, sorprendido, lo miró en silencio.

Steve se encogió de hombros, incómodo pero firme en su actitud.

—No es momento de hacer teatro. Corta ya —añadió, y se volvió de nuevo hacia David.

—Esta segunda parte la conozco mejor —dijo David—. Mejor de lo que quisiera, de hecho. He llegado a estar dentro de él. Dentro de su cabeza. —Hizo una pausa—. Ripton. Se llama Ripton. Él fue el primero.

2

El hombre que odia a la Inspección de Seguridad en las Minas es Cary Ripton, capataz en la nueva etapa de Serpiente de Cascabel. Tiene cuarenta y ocho años, el pelo ralo, los ojos hundidos, y desde hace un tiempo frecuentes achaques. Es un hombre cínico que en su juventud deseó desesperadamente el título de ingeniero de minas, pero las matemáticas no eran su fuerte y acabó aquí, al frente de un equipo de mineros en una explotación a cielo abierto, llenando de NAFO los barrenos y esforzándose por estrangular al amanerado maricón de la Inspección de Seguridad en las Minas cuando aparece en la mina los martes por la tarde.

Cuando esta tarde Kirk Turner, visiblemente excitado, entra corriendo en la oficina que hay al pie del yacimiento y le cuenta que la última serie de detonaciones ha dejado al descubierto la entrada de una vieja mina subterránea y hay huesos dentro —se ven desde fuera—, el primer impulso de Ripton es ordenarle que organice una partida de voluntarios dispuestos a entrar.

Toda clase de posibilidades bailan en su mente. Ya no tiene edad para fantasías infantiles sobre minas de oro perdidas o cuevas llenas de tesoros indios, no tiene edad ni mucho menos para esas cosas, pero mientras él y Turner salen a toda prisa de la oficina, una parte de su cerebro da vueltas a esa idea de todo modos.

El grupo de hombres reunidos al pie de la zona de barrenos recién activados, contemplan el agujero que acaba de quedar al descubierto tras las últimas explosiones. No son muchos: siete en total, contando a Turner, el jefe de cuadrilla. En estos momentos no trabajan más de noventa hombres para la compañía minera de Desesperación. El año próximo con un poco de suerte –si tanto la extracción de cobre como los precios van al alza– la plantilla puede cuadruplicarse.

Ripton y Turner se acercan al borde del agujero. Del interior sale un olor extraño y malsano, un olor que Cary Ripton asocia de inmediato con el gas de hulla de las minas de Kentucky y Virginia. Y sí, en efecto hay huesos. Los ve esparcidos por el suelo de la oscura entrada de un anticuado túnel descendente, y aunque desde allí es imposible precisar la naturaleza de todos ellos, ve una caja torácica que casi con toda seguridad es humana. Más allá, inquietantemente cerca pero demasiado lejos para verlo con claridad aun con ayuda de una potente linterna, hay algo que podría ser un cráneo.

–¿Qué es esto? –pregunta Turner–. ¿Sabes algo?

Claro que lo sabe; es Serpiente de Cascabel Número Uno, la vieja Mina de los Chinos. Ripton abre la boca con la intención de explicarlo, pero se lo piensa mejor. Eso no es asunto de un barrenero como Kirk Turner, y desde luego tampoco de su cuadrilla, un grupo de dinamiteros que se pasan los fines de semana en Ely bebiendo, apostando, yendo de putas... y hablando, claro. Hablando por los codos de cualquier cosa. Tampoco puede hacerlos entrar. Cree que accederían, que les podría la curiosidad pese a los evidentes riesgos (en un túnel tan antiguo como ése, perforado en un terreno tan inestable, un grito bastaría para provocar un hundimiento), pero alguien iría con el cuento al amariconado inspector de minas, y cuando eso ocurriese, perder el empleo sería una de las menores preocupaciones de Ripton. El amariconado inspector de minas (mucho ruido y pocas nueces, como lo describe Frank Geller, el ingeniero jefe) no siente más simpatía por Ripton que Ripton por él, y el capataz que envíe hoy una expedición al interior de la Mina de los Chinos, sepultada desde hace más de un siglo, puede encontrarse la semana próxima ante un tribunal federal con muchas probabilidades de ser condenado a pagar una multa de cincuenta mil dólares y cumplir cinco años en prisión. Existen por los menos nueve apartados especiales en el reglamento de minas que prohíben explícitamente entrar en «estructuras precarias y no renovadas». Y éste es el caso.

Sin embargo esos huesos y sus viejos sueños lo llaman como angustiadas voces de su infancia, como los fantasmas de todas sus ambiciones frustradas, y sabe incluso ahora que no va a entregar dócilmente la Mina de los Chinos a la compañía y unos cuantos gilipollas de la administración federal sin echar antes al menos un vistazo.

Ordena a Turner que precinte el agujero con cintas amarillas de ZONA PROHIBIDA; el jefe de cuadrilla, aunque decepcionado, no discute (conoce la normativa de seguridad tan bien como Ripton, o quizá mejor aún por su especialidad de barrenero). A continuación Ripton se vuelve hacia los demás y les recuerda que el túnel recién descubierto, que podría ser un yacimiento arqueológico, se encuentra en las tierras de la compañía.

–No espero que os lo calléis durante el resto de vuestras vidas –dice–, pero os pido como favor personal que mantengáis la boca cerrada durante unos días. No se lo digáis ni a vuestras esposas. Dadme un tiempo para notificárselo a los jefes. Eso al menos será fácil; Symes, el interventor, viene de Phoenix la próxima semana. ¿Lo haréis por mí?

Los mineros aseguran que no lo contarán a nadie. No todos serán capaces de cumplir su promesa ni siquiera durante veinticuatro horas, desde luego –algunos hombres no sirven para guardar secretos–, pero Ripton cree que goza de respeto suficiente para conseguir al menos un margen de doce horas, y probablemente baste con cuatro. Cuatro horas cuando todos se hayan ido. Cuatro horas a solas en la vieja mina con una linterna, una cámara fotográfica y un carro eléctrico por si encuentra algún recuerdo que llevarse. Cuatro horas a solas con todas esas fantasías infantiles para las que ya no tiene edad. ¿Y si el techo, después de ciento cuarenta años e innumerables barrenos sacudiendo la tierra alrededor, elige ese momento para desplomarse? Que se desplome. Ripton no tiene mujer, ni hijo, ni padres, y sus dos hermanos se han olvidado de que existe. Y en todo caso sospecha que tampoco perdería muchos años de vida. Se nota achacoso desde hace seis meses, y hace sólo unas semanas ha empezado a orinar sangre. No mucha, pero incluso un poco parece mucha cuando es la propia sangre lo que uno ve en la taza del inodoro.

Si salgo de ésta, quizá vaya al médico, piensa. Lo interpretaré como un aviso e iré al jodido médico. ¿De acuerdo?

Al final de la jornada Turner insiste en tomar unas fotografías del túnel desenterrado. Ripton se lo permite. Parece la manera más rápida de librarse de él.

–¿A qué profundidad del antiguo túnel debía de estar esta sección de la mina? –pregunta Turner, tomando fotografías con su Nikon a medio metro de la cinta amarilla, fotografías que, sin flash, no revelarán más que un agujero negro y unos cuantos huesos que bien podrían ser de ciervo.

–Es imposible saberlo –contesta Ripton. En su mente está elaborando la lista del material que se llevará al interior del túnel.

–No harás ninguna tontería cuando yo me vaya, ¿verdad? –dice Turner.

–No –responde Ripton, tajante–. La jodida normativa de seguridad me inspira demasiado respeto para plantearme una cosa así.

–Sí, ya –dice Turner, sonriendo, y esa noche, alrededor de las dos, una versión mucho mayor de Cary Ripton entrará en la habitación que comparte con su esposa y le pegará un tiro mientras duerme. Y otro a ella. *Tak!*

Cary Ripton estará muy ocupado esa noche. Una noche de matanza (ni un solo miembro de la cuadrilla de Turner verá salir el sol) y de reparto de *can tahs*; al marcharse de la mina se ha llevado un saco lleno, un centenar o más en total. Algunos se han roto en el camino, pero Ripton sabe que incluso los fragmentos conservan parte de su extraño e imprevisible poder. Dedica casi toda la noche a distribuir por el pueblo estas reliquias. Las coloca en los rincones, los buzones, las guanteras de los coches. ¡Incluso en los bolsillos de algún que otro pantalón! Aquí casi nadie cierra con llave la puerta de su casa, casi nadie trasnocha, y las viviendas de los mineros de la cuadrilla de Turner no son las únicas que Cary Ripton visita.

Cuando regresa a la mina, está tan agotado como Papá Noel al volver al Polo Norte después de la gran noche, sólo que el trabajo de Papá Noel termina cuando los regalos han sido repartidos, y el de Ripton no ha hecho más que empezar. Son las cinco menos cuarto, y quedan poco más de dos horas para que lleguen los primeros miembros de la cuadrilla de Pascal Martínez.

Debería bastarle, pero desde luego no puede perder el tiempo. El cuerpo de Cary Ripton sangra de tal modo que ha tenido que rellenarse de papel higiénico la ropa interior para contener la hemorragia, y en el camino de regreso a la mina ha parado dos veces para vomitar sangre por la ventanilla de la furgoneta de Cary. La puerta ha quedado salpicada de rojo. Bajo la primera luz del nuevo día –vacilante y en cierto modo siniestra– las manchas de sangre seca parecen escupitajos de tabaco masticado.

Pese a las prisas se ha quedado inmóvil por un momento al llegar al fondo de la mina y ver el espectáculo que se despliega ante los faros de la furgoneta.

En la cara norte de la mina hay suficientes animales del desierto para llenar un arca: lobos, coyotes, buitres de cabezas desplumadas, búhos de ojos semejantes a grandes sortijas doradas, pumas e incluso unos cuantos gatos callejeros. Hay también perros salvajes en cuyos descarnados flancos se dibujan las costillas con todo detalle; muchos, como Ripton sabe, se han escapado de la mugrienta comuna asentada en las montañas. Y entre las patas de los otros animales pululan tranquilamente hordas de arañas y batallones de ratas de ojos negros.

Cada uno de los animales que salen de la Mina de los Chinos lleva un *can tah* en la boca. Asoman por el agujero y corren carretera arriba como una riada de estrafalarios refugiados huyendo de un mundo subterráneo. Abajo hay más animales, sentados mansamente como pacientes en un dispensario médico –pidan número y esperen–; aguardan su turno para entrar en la oscuridad.

Tak se echa a reír con las cuerdas vocales de Cary Ripton.

–¡Es para troncharse de risa! –exclama.

Después aparca junto a la oficina, abre la puerta con la llave de Ripton, y mata a Joe Prudum, el vigilante nocturno. El viejo Joe no es gran cosa como vigilante nocturno; llega al anochecer, no tiene la menor idea de lo que ocurre en la mina, y no ve nada raro en el hecho de que Cary Ripton se presente a esas horas de la mañana. Lava un poco de ropa en la pila del rincón, se sienta a tomar su intempestiva versión de una cena, y todo es amistoso hasta que Ripton le pega un tiro en la garganta.

Hecho esto, Ripton telefonea al Owl's Club. El casino abre veinticuatro horas al día (aunque, como un vampiro, nunca está realmente vivo). Es allí donde Brad Josephson, el de la magnífica piel de chocolate y voluminoso vientre, desayuna seis días a la semana, y siempre a esas disparatadas horas. Esa arraigada costumbre favorece los planes de Ripton, que quiere tener a Brad a mano, y pronto, antes de que el negro pueda contaminarse con los *can tahs*. Éstos son útiles de muy diversas maneras, pero incapacitan a los humanos para el principal servicio que Tak puede requerir de un hombre o una mujer. Ripton sabe que, en caso necesario, podría apoderarse de alguno de los miembros de la cuadrilla de Martínez o quizá incluso del propio Pascal, pero quiere a Brad (mejor dicho, es Tak quien lo quiere). A Brad puede sacarle más provecho.

¿Cuánto durará un cuerpo sano?, se pregunta mientras se acerca al teléfono. ¿Cuánto durará al forzar la marcha si no viene incubando un cáncer galopante?

No lo sabe, pero supone que pronto tendrá ocasión de averiguarlo.

—Owl's Club —contesta una voz de mujer por el teléfono; aún no ha salido el sol y ya parece cansada.

—¿Qué tal, Denise? —saluda—. ¿Cómo van las cosas?

—¿Quién es? —pregunta ella con visible recelo.

—Cary Ripton, encanto. ¿No me reconoces la voz?

—¡Rip! Chico, tienes un serio problema de ronquera matutina. ¿O es que has pillado un resfriado?

—Estoy un poco resfriado, me parece —responde Ripton, sonriendo y limpiándose la sangre que le cae por la barbilla. Le rezuma por entre los dientes. Tiene la sensación de que dentro de su cuerpo las entrañas se han desprendido y flotan a la deriva en un mar de sangre—. Dime, encanto, ¿está Brad ahí?

—Justo en su rincón de siempre, el inconfundible Brad, comiendo como un cerdo: cuatro huevos, patatas fritas caseras y casi un cuarto de kilo de beicon poco hecho. Sólo espero que cuando reviente, haya salido ya de aquí. ¿Para qué quieres a Brad a estas horas de un sábado?

—Por un asunto del trabajo —contesta Ripton.

—Bueno, pues ya me callo. Y cuídate ese resfriado, Rip, te noto muy cargado.

—De amor por ti —bromea él.

—Ya —dice ella, y Ripton oye el golpe del auricular contra una superficie dura e inmediatamente después la voz de Denise a cierta distancia—. ¡Brad! ¡Al teléfono! Es para ti. Un hombre encantador. —Sigue un instante de silencio, probablemente mientras Brad Josephson le pregunta de qué habla. Ella responde—: Averígualo tú mismo.

Al cabo de un momento Brad aparece en la línea. Saluda con el tono de quien sabe que nadie telefonea a las cinco de la mañana para anunciarte que has ganado el gordo de la lotería.

—Brad, soy Cary Ripton —dice. Conoce la manera exacta de atraer a Brad a la mina; debe la idea al difunto Kirk Turner—. ¿Llevas una cámara fotográfica en el coche?

Claro que la lleva. Una de las pasiones de Brad es la ornitología, y dedica buena parte de su tiempo libre a observar a la aves. Pero esta mañana Cary Ripton tiene algo más tentador que unos cuantos pájaros. Mucho más tentador.

—Sí, claro —contesta Brad—. ¿Por qué lo preguntas?

Ripton se reclina contra el póster pegado con celo en el rincón, el que muestra un minero sucio señalando con un dedo como el Tío Sam y reza: ¡ADELANTE, PROHÍBAN LAS PROSPECCIONES MINERAS, DEJEN QUE ESOS CABRONES SE PUDRAN EN LA OSCURIDAD!

–Si coges el coche y te acercas a la mina, lo verás con tus propios ojos –dice Ripton–. Y si llegas antes de que aparezcan Pascal Martínez y su gente, tendrás ocasión de tomar las fotografías más increíbles de tu vida.

–¿De qué me hablas? –pregunta Josephson con manifiesta curiosidad.

–Para empezar, de los huesos de cuarenta o cincuenta chinos muertos. ¿Qué te parece?

–¿Cómo?

–Tras las explosiones de ayer por la tarde quedó al descubierto la vieja Mina de los Chinos. A poco más de cinco metros de la entrada del túnel verás lo más asombroso...

–Voy para allá. No te muevas de ahí. No se te ocurra marcharte.

Se oye un chasquido por el auricular cuando Josephson cuelga, y Ripton sonríe con los labios ensangrentados.

–Aquí estaré –masculla–. Tenlo por seguro. *Can de lach! Ah ten! Tak.*

Diez minutos después Ripton atraviesa el suelo pedregoso del fondo de la mina en dirección al agujero. Allí extiende los brazos como un evangelista y habla a los animales en el idioma de los seres sin forma. Todos se alejan o se refugian en el túnel. No conviene que Brad Josephson los vea. No, no conviene en absoluto.

Al cabo de cinco minutos Josephson desciende por la escarpada pista de grava, sentado al volante del viejo Buick con la espalda muy erguida. En el adhesivo que lleva en la parte delantera se lee: LOS MINEROS PENETRAN A MAYOR PROFUNDIDAD Y PERMANECEN MÁS TIEMPO. Ripton lo observa desde la puerta de la oficina. Tampoco conviene que Brad lo vea bien hasta que esté un poco más cerca.

Eso no representa el menor problema. Brad se detiene con un chirrido de neumáticos, sale del coche, coge tres cámaras, y corre hacia la oficina, parándose sólo un instante a contemplar atónito el agujero abierto en el terraplén a unos seis metros del fondo.

—¡Joder, es verdad! ¡La vieja Mina de los Chinos! —exclama—. Tiene que serlo por fuerza. ¡Vamos, Cary! ¡Martínez está a punto de llegar!

—No, los sábados empiezan un poco más tarde —dice Ripton, sonriendo—. Enfría los motores.

—Sí, pero ¿y Joe? Sería un prob...

—¡Te digo que enfríes los motores! Joe está en Reno. Una nieta suya acaba de dar a luz.

—¡Bien! ¡Estupendo! —Brad suelta una carcajada—. ¿Te habrá dado puros, pues?

—Entra. Tengo que enseñarte una cosa.

—¿Algo que has sacado?

—Exacto —contesta Ripton, y en cierto modo es verdad, en cierto modo quiere enseñar a Brad algo que ha sacado de la mina.

Una vez dentro, mientras Josephson, con el entrecejo fruncido, intenta desenredar las correas de las tres cámaras que lleva colgadas al hombro, Ripton lo agarra y lo empuja hacia el fondo de la oficina. Josephson lanza un gruñido de indignación. Más tarde estará asustado, y al final incluso aterrorizado, pero en este momento no ha visto aún el cadáver de Joe Prudum y está sólo indignado.

—¡Por última vez, enfría los motores! —repite Ripton mientras se dirige hacia la puerta—. ¡Relájate, por Dios!

Sale y cierra con llave. Riéndose a carcajadas, va hasta su furgoneta y entra en la cabina. Como tantos otros en el oeste, Cary Ripton cree fervientemente en el derecho de los norteamericanos a portar armas; guarda una escopeta detrás del asiento y una pistola de aspecto siniestro –una Ruger Speed-Six– en la guantera. Carga la escopeta y la sostiene cruzada sobre los muslos. La Ruger está ya cargada, y simplemente la deja en el asiento contiguo. Su primer impulso es metérsela bajo el cinturón, pero esa zona de su cuerpo ya es casi un charco de sangre (Ripton, pedazo de idiota, piensa, ¿es que no sabes que un hombre de tu edad ha de someterse a un reconocimiento de próstata una vez al año más o menos?), y no conviene que la pistola se moje.

Cuando los incesantes golpes de Josephson en la puerta de la oficina empiezan a molestarle, enciende la radio, sube el volumen al máximo y canta junto con Johnny Paycheck, que cuenta a quien quiera escucharlo que él es el único escándalo que su madre armó.

Pascal Martínez no tarda en llegar dispuesto a engrosar su paga mensual con las horas extras del turno del sábado, que se pagan al doble de una hora normal. Lo acompaña su amigo Miguel Rivera. Ripton lo saluda con la mano. Pascal le devuelve el saludo. Aparca al otro lado de la oficina, y después él y Miguel rodean el edificio para ver qué hace Ripton allí un sábado por la mañana tan temprano. Ripton, todavía sonriente, asoma el cañón de la escopeta por la ventanilla y los mata a los dos. Es fácil. Ninguno intenta escapar. Mueren con expresiones de perplejidad en los rostros. Ripton los contempla y se acuerda de lo que su abuelo le contaba sobre las extintas palomas viajeras, aves tan estúpidas que podía cazárselas en tierra con un palo. Por estos alrededores todo el mundo tiene armas, pero en el fondo casi nadie piensa que un día tendrá que usarlas. Es puro pavoneo. O mucho ruido y pocas nueces, como quiera decirse.

Los demás miembros de la cuadrilla llegan de uno en uno o de dos en dos. Los sábados nadie se preocupa demasiado por la hora de fichar. Ripton los mata a medida que aparecen y lleva los cuerpos a rastras hasta detrás de la oficina, donde pronto empiezan a amontonarse como leña cortada bajo la salida de aire de la secadora. Cuando se le acaban los cartuchos de la escopeta (tiene munición de sobra para la Ruger, pero la pistola no sirve como arma principal; es poco precisa a distancias superiores a tres metros y medio), va a buscar las llaves de Martínez, abre el maletero de su Cherokee, y descubre una preciosa (y absolutamente ilegal) Iver Johnson automática oculta bajo una manta. Al lado, en una caja de zapatillas Nike, encuentra dos docenas de cargadores con treinta balas cada uno. Los mineros que van llegando oyen los disparos mientras ascienden por el lado norte de la explotación, pero piensan que seguramente alguien hace prácticas de tiro, que es como comienzan allí muchos sábados. Otra circunstancia que favorece a Ripton.

A las ocho menos cuarto de la mañana Ripton ha matado ya a todos los miembros de la cuadrilla de Pascal Martínez. Para completar la carnicería, liquida también al cojo del Bud's Sud, que ha acudido a rellenar la máquina de café. Veinticinco cadáveres detrás de la oficina.

Se reanuda entonces el desfile de animales en la vieja Mina de los Chinos. Cuando salen del túnel, se encaminan hacia el pueblo con *can tahs* entre los dientes. Pronto interrumpirán su recolecta y aguardarán hasta la noche, para empezar de nuevo amparándose en la oscuridad.

Entretanto dispone de toda la mina para él, y es hora de dar el salto. Desea abandonar este cuerpo desagradablemente corrompido, y si no se apresura, no llegará a su recambio.

Cuando abre la puerta de la oficina, Brad Josephson se abalanza sobre él. Ha oído las detonaciones, ha oído gritos cuando Ripton no ha conseguido abatir limpiamente a sus víctimas al primer disparo, y sabe que atacarlo es su única opción. Espera recibir un balazo, pero eso Ripton no puede permitírselo. Por consiguiente, reuniendo las últimas fuerzas que aún quedan en este cuerpo, agarra a Josephson por los brazos y lo empuja contra la pared con tal violencia que se sacude toda la estructura del barracón prefabricado. Y no es sólo la fuerza de Ripton, claro; es la fuerza de Tak. Como para confirmarlo, Josephson pregunta cómo demonios ha podido crecer tanto.

—Me he comido mis cereales —contesta—. *Tak!*

—¿Qué haces? —dice Josephson, intentado escabullirse mientras Ripton acerca su cara a la de él con la boca abierta—. ¿Qué ha...?

—¡Bésame, hermoso! —exclama Ripton, y cierra la boca en torno a la de Josephson. Con su propia sangre crea un precinto hermético a través del cual comienza a exhalar. Josephson se queda rígido entre los brazos de Ripton y empieza a temblar desenfrenadamente. Ripton exhala y exhala, percibiendo la transferencia. Por un angustioso instante la esencia de Tak flota desnuda entre Ripton, que está desmoronándose, y Josephson, que empieza a hincharse como una carroza horas antes del desfile de Acción de Gracias. Y de pronto, en lugar de ver con los ojos de Ripton, ve con los de Josephson.

Experimenta una embriagadora sensación de regeneración. Se siente henchido no sólo de la fuerza de Tak, sino también de la energía de un hombre que desayuna cuatro huevos fritos y un cuarto de kilo de beicon poco hecho. Se siente... se siente...

—¡Pletóóórico! —clama Brad Josephson con la atronadora voz de Pedro Picapiedra. Oye un horrísono crujido al estirarse la columna vertebral de Brad, un roce de seda y raso al dilatarse los músculos, un chasquido de hielo machacado al agrandarse el cráneo. Ventosea repetidas veces con un sonido semejante a la detonación de la pistola de un juez de pista al dar la salida en una prueba atlética.

Deja caer el cuerpo de Ripton, tan ligero como una vaina de guisantes vacía, y camina hacia la puerta, oyendo descoserse las costuras de la camisa de caqui de Josephson mientras sus hombros se ensanchan y sus brazos se alargan. Los pies no crecen demasiado, pero suficiente para romper los cordones de las zapatillas de tenis.

Tak sale al aire libre y mira alrededor con una amplia sonrisa. Nunca se ha sentido mejor. Nada escapa a su ojo. El mundo ruge como una cascada de agua. Una colosal erección convierte la parte delantera de sus vaqueros en una tienda de campaña.

He aquí a Tak, liberado del pozo de los mundos. Tak es grande; Tak proveerá, y Tak gobernará, como siempre ha gobernado, los vastos eriales del desierto, donde las plantas son migratorias y la tierra es magnética.

Entra en el Buick, y la costura trasera del pantalón de Brad Josephson se abre de arriba abajo. Luego, sonriendo al recordar el lema del adhesivo enganchado en la parte delantera del coche —LOS MINEROS PENETRAN A MAYOR PROFUNDIDAD Y PERMANECEN MÁS TIEMPO—, rodea la oficina y se dirige de regreso a Desesperación, dejando detrás una estela de polvo como la cola de un gallo de pelea.


3


David se interrumpió. Seguía recostado contra el panel de la caja del Ryder contemplándose las zapatillas. Su voz había enronquecido conforme hablaba. Los otros, de pie, formaban un semicírculo en torno a él, poco más o menos, supuso Johnny, como los sabios doctores rodearon en otro tiempo al joven Jesús mientras éste les comunicaba la primicia, la única verdad, el último rumor confirmado, la información fidedigna. A quien con más claridad veía era a la punki flaca y menuda, el hallazgo de Steve, y a juzgar por su expresión debía de sentirse como él: hipnotizada, estupefacta, pero no incrédula. Y naturalmente ése era el origen de su inquietud. Estaba decidido a marcharse de aquel pueblo, nada iba a impedírselo, pero habría sido mucho más llevadero para su ego pensar que el chico deliraba, que todo aquello eran sólo fantasías. Pero dudaba que ése fuera el caso.

Sabes que *no* es así, dijo Terry desde su confortable rincón en la cabeza de Johnny.

Johnny se agachó para coger otra botella de Pepsi y no se dio cuenta de que su cartera (piel de cocodrilo auténtica, trescientos noventa y cinco dólares en Barney's), medio salida del bolsillo trasero de su pantalón a causa el movimiento, caía al suelo. Tocó a David en la mano con el cuello de la botella. El chico levantó la vista y sonrió. Johnny advirtió con asombro su aspecto de extremo cansancio. Pensó en Tak, la extraña criatura que David había descrito –atrapado en la tierra como un ogro en un cuento de hadas, desechando seres humanos como vasos de papel a causa del vertiginoso ritmo al que se consumían los cuerpos poseídos–, y se preguntó si el Dios de David era realmente muy distinto.

—Así es, pues, como actúa –dijo David con la voz ronca–. Salta de un cuerpo a otro a través del aliento, como una semilla arrastrada por una corriente de aire.

—El beso de la muerte en lugar del beso de la vida —comentó Ralph.

David asintió con la cabeza.

—Pero ¿qué besó a Ripton? –preguntó Cynthia–. Cuando entró en la mina la noche anterior, ¿qué lo besó?

—No lo sé –contestó David–. O no me ha sido mostrado, o no lo he comprendido. Sólo sé que ocurrió en el pozo al que me he referido. Entró en esa sala... la cámara... atraído por los *can tahs*, pero no se le permitió tocarlos.

—Porque una persona bajo los efectos de los *can tahs* no sirve ya como recipiente a Tak —dijo Steve con una inflexión entre afirmativa e interrogativa.

—Sí.

—Pero ¿posee Tak un cuerpo físico? Es decir, no hablamos de una idea o un espíritu.

David movió la cabeza en un gesto de negación.

—No, Tak es real; posee un ser. Tuvo que atraer a Ripton a la mina, porque él no puede salir a través del *ini*, del pozo. Tiene un cuerpo físico, y es demasiado grande para el diámetro del pozo. Debe limitarse a atrapar personas, habitar en ellas, convertirlas en *can taks*. Y sustituirlas cuando no dan más de sí.

—¿Qué pasó con Josephson, David? —preguntó Ralph. Parecía exhausto. Johnny se sentía cada vez más incómodo por el modo en que contemplaba a su hijo.

—Tenía una válvula defectuosa en el corazón —respondió David—. No era nada grave. Quizá habría vivido años sin el menor problema, pero Tak se adueñó de él y... —David se encogió de hombros—. Simplemente lo consumió. Le duró dos días y medio, y luego lo reemplazó por Entragian. El policía era fuerte... duró casi toda una semana... pero tenía la piel muy clara. La gente bromeaba con él porque iba siempre embadurnado de protector solar.

—Tu *guía* te ha explicado todo eso —dijo Johnny.

—Sí. Y realmente era una especie de guía.

—Pero no sabes *quién* era.

—Casi lo sé. Tengo la sensación de que *debería* saberlo.

—¿Estás seguro de que no era un enviado de Tak? —preguntó Johnny—. Porque existe un viejo dicho: el diablo puede adoptar una apariencia agradable.

–No era un enviado de Tak, Johnny.

–Déjalo hablar –reprobó Steve–. ¿De acuerdo?

Johnny hizo un gesto de indiferencia y se sentó en el suelo. Al hacerlo casi tocó la cartera caída. Casi pero no llegó a tocarla.

–En la trastienda de la ferretería venden ropa –prosiguió David–. Ropa de trabajo en su mayor parte: Levi's, pantalones y camisas de color caqui, botas, cosas así. Encargan prendas de tallas especiales para un tal Curt Yeoman, que trabaja... *trabajaba* para la compañía telefónica. Con dos metros de estatura, era el hombre más alto de Desesperación. Por eso Entragian no llevaba la ropa rota cuando nos capturó, papá. El sábado por la noche Josephson entró en la ferretería y se apropió de una camisa y un pantalón de color caqui de la talla de Curt Yeoman. Consiguió también calzado. Se lo llevó todo al ayuntamiento y lo guardó en la taquilla de Collie Entragian. Ya había decidido a quién utilizaría a continuación.

–¿Fue entonces cuando mató al jefe de policía? –preguntó Ralph.

–¿Al señor Reed? No. No fue entonces. Esperó hasta el domingo por la noche. De todos modos el señor Reed no representaba ya ningún problema. Ripton le había dejado un *can tah*, y el señor Reed estaba trastornado. *Muy* trastornado. Los *can tahs* actúan de manera distinta en cada persona. Cuando el señor Josephson lo mató, el señor Reed se encontraba sentado tras su escritorio...

Desviando la mirada con visible turbación, David formó un cilindro hueco con la mano y la movió rápidamente de arriba abajo.

–Bien –dijo Steve–, nos hacemos una idea. ¿Y Entragian? ¿Dónde estaba ese fin de semana?

–Fuera del pueblo, como Audrey. La policía de Desesperación tiene... *tenía*... un contrato con las autoridades del condado. Eso los obligaba a viajar a menudo. El viernes por la noche, la noche que Ripton mató a la cuadrilla de dinamiteros, Entragian estaba en Austin. El sábado pasó la noche en el Rancho Davis. El domingo por la noche, la última noche que sería realmente Collie Entragian, se quedó a dormir en la reserva de los indios shoshones. Tenía allí una amiga, creo.

Johnny se puso en pie y caminó hasta el fondo del camión; allí se dio media vuelta y preguntó:

—¿Qué hizo, David? ¿Qué hizo esa criatura? ¿Cómo hemos llegado al punto en el que estamos? ¿Cómo ha podido ocurrir sin que nadie se entere? —Guardó silencio por un instante—. Y otra pregunta: ¿Qué quiere Tak? ¿Salir de su agujero a estirar las piernas? ¿Comerse unas cortezas de cerdo? ¿Esnifar coca y beber tequila? ¿Follarse a unas cuantas animadoras de la liga de fútbol? ¿Preguntarle a Bob Dylan el verdadero significado de la letra de *Gates of Eden*? ¿Dominar la tierra? ¿Qué?

—Lo que él quiera carece de importancia —contestó David con tranquilidad.

—¿Cómo?

—Lo único importante es lo que *Dios* quiere. Y su deseo es que vayamos a la Mina de los Chinos. Lo demás es sólo... la hora de las historias.

Johnny sonrió. Fue una sonrisa tensa y un poco forzada, demasiado parca para su boca.

—¿Quieres saber una cosa, chico? Lo que tu Dios quiera me tiene sin cuidado.

Se volvió hacia la puerta trasera del Ryder y la abrió. Fuera, la tormenta había dejado tras de sí un aire inmóvil y anormalmente cálido. En el cruce el semáforo palpitaba rítmicamente. De un lado a otro de la calle la arena había formado onduladas dunas a intervalos regulares. Bajo el nebuloso resplandor de la luna y la pulsátil luz amarilla del semáforo, Desesperación parecía una base extraterrestre en una película de ciencia-ficción.

—Si desea irse, yo no puedo impedírselo —dijo David—. Quizá Steve y mi padre podrían, pero no serviría de nada. Por el pacto de libre voluntad.

—Tú lo has dicho —repuso Johnny—. La libre voluntad. —Saltó de la caja del camión e hizo una mueca al notar otra punzada en la espalda. Además le dolía otra vez la nariz. Le dolía de verdad. Echó un vistazo alrededor por si había al acecho coyotes, buitres o serpientes, pero no vio nada. Ni siquiera un piojo—. Francamente, David, me es tan imposible confiar en Dios como colgarme un piano en bandolera. —Miró al chico y sonrió—. Tú confía en Él tanto como quieras. Supongo que es un lujo que aún puedes permitirte. Tu hermana ha muerto y tu madre se ha convertido en Dios sabe qué, pero aún has de perder a tu padre antes de que Tak se ocupe personalmente de ti.

David dio un respingo. Le temblaron los labios. Contrajo el rostro y se echó a llorar.

—¡Cabrón! —prorrumpió Cynthia—. ¡Hijo de puta! —Corrió hacia la parte trasera del camión y lanzó un puntapié a Johnny.

Éste retrocedió y vio pasar la puntera de la pequeña zapatilla a unos centímetros de su mentón. Notó la estela de aire que acompañaba al pie. Cynthia agitó los brazos al borde de la plataforma intentando mantener el equilibrio. Probablemente habría caído a la calle si Steve no la hubiese agarrado por los hombros.

—Cynthia, yo nunca he pretendido ser un santo —dijo Johnny, y su voz sonó tal como deseaba (tranquila, irónica, risueña), aunque en realidad sentía consternación: por un lado, la cara de desolación del chico, como si acabase de abofetearlo alguien que tenía por amigo; por otro los insultos, a los que no estaba acostumbrado.

—¡Lárguese! –gritó Cynthia. Detrás de ella Ralph, arrodillado, abrazaba torpemente a su hijo y miraba a Johnny con incredulidad–. No lo necesitamos; podemos hacerlo sin usted.

—Pero ¿por qué hacerlo? –preguntó Johnny, procurando mantenerse fuera del alcance de su pie–. Ésa es la cuestión. ¿Por Dios? ¿Qué ha hecho Dios por ti, Cynthia, para que ahora te pases la vida esperando a que te llame por el portero electrónico o te envíe un fax? ¿Te ha protegido cada vez que te ha maltratado un hombre?

—Pero sigo aquí, ¿no? –replicó Cynthia con manifiesta hostilidad.

—Pues lo siento, pero a mí no me basta con eso. No voy a ser el desenlace de un chiste en el espectáculo humorístico de Dios. Al menos si puedo evitarlo. Me cuesta creer que consideréis seriamente la posibilidad de subir hasta allí. Es un disparate.

—¿Y qué hacemos con Mary? –preguntó Steve–. ¿Quieres dejarla? ¿*Puedes* dejarla?

—¿Por qué no? –dijo Johnny, y soltó una carcajada, poco más que un breve ladrido pero no exento de ironía. Vio que Steve volvía la cabeza, asqueado. Echó otra ojeada alrededor, pero seguía sin aparecer un solo animal. De modo que quizá el chico estaba en lo cierto: Tak deseaba que se fuesen, les había abierto la puerta–. No la conozco más a ella que a todos los mineros que ese individuo, o esa criatura si queréis, ha matado en este pueblo. La mayoría de los cuales debían de estar ya tan muertos cerebralmente que ni siquiera saben que se han ido al otro barrio. ¿No os dais cuenta de que todo esto no tiene sentido? Si salieseis airosos, Steve, ¿cuál sería la recompensa? ¿Un carnet de socio vitalicio en el Owl's Club?

—¿Qué te ha pasado? –preguntó Steve–. Hace un rato te has acercado al puma y le has volado la cabeza. Parecías el mismísimo Daniel Boone. Así que me consta que tienes agallas. O al menos las *tenías*. ¿Dónde las has perdido?

—No me entiendes. Eso ha sido una acción impulsiva. ¿Sabes cuál es mi problema? Si se me presenta la oportunidad de pensar, la aprovecho. —Retrocedió otro paso. Ningún Dios iba a detenerlo—. Buena suerte, chicos. David, no sé si sirve de algo que te lo diga, pero eres un muchacho extraordinario.

—Si se marcha, ya no habrá remedio —dijo David. Tenía aún la cabeza apoyada contra el pecho de su padre, y sus palabras quedaban ahogadas pero eran audibles—. Se romperá la cadena. Tak habrá ganado.

—Sí, pero en el partido de vuelta nos tomaremos la revancha —repuso Johnny, y volvió a reír. El sonido le recordó los cócteles en que uno se reía con esa misma risa insustancial de comentarios insustanciales mientras de fondo una insustancial banda de jazz interpretaba insustanciales versiones de insustanciales temas clásicos como *Do You Know the Way to San José* o *Papa Loves Mambo*. De ese modo reía cuando salió de la piscina en el hotel de Bel-Air con su cerveza todavía en la mano. Pero ¿qué más daba? Podía reír como le viniese en gana. Al fin y al cabo una vez ganó el Premio Nacional de Literatura—. Voy a ir por un coche al aparcamiento de las oficinas de la compañía minera. Voy a largarme de aquí a toda prisa y no levantaré el pie del acelerador hasta que llegue a Austin, y desde allí haré una llamada anónima a la policía estatal, avisándolos de que algo raro ocurre en Desesperación. Después tomaré unas habitaciones en el Best Western y espero que aparezcáis para ocuparlas. Si es así, las copas corren de mi cuenta. Pero tanto si venís como si no, esta noche me emborracho. Creo que Desesperación me ha curado de la abstinencia para siempre. —Sonrió a Steve y Cynthia, abrazados al borde de la repisa del camión—. Vosotros dos estáis locos si os quedáis. En cualquier otra parte estaríais bien juntos.

Salta a la vista. Aquí sólo conseguiréis acabar como *can taks* del Dios caníbal de David.

Se dio media vuelta y empezó a alejarse con la cabeza gacha y el corazón acelerado. Esperó oír a sus espaldas manifestaciones de ira, insultos o quizá ruegos. Para todo ello estaba preparado, y tal vez lo único que podía detenerlo era lo que Steve Ames dijo con el tono inexpresivo de quien simplemente enuncia un hecho.

—Con esto, para mí ya no eres digno de respeto.

Johnny se volvió, más dolido por esta simple declaración de lo que nunca habría imaginado.

—¡Vaya! —exclamó—. Acabo de perder el respeto de un hombre que en otro tiempo acarreó los bultos de Steven Tyler. Jódete.

—No he leído ninguno de tus libros, pero leí el relato que me pasaste y también el libro sobre ti, el que escribió un profesor de Oklahoma. Probablemente has sido un camorrista, y un chulo con tus mujeres, pero estuviste en Vietnam sin fusil... y esta noche... el puma... Por Dios, ¿dónde ha quedado todo eso?

—Se ha evaporado, como el alcohol de una botella abierta —contestó Johnny—. Probablemente no entiendes que algo así sea posible, pero lo es. En mi caso, la poca dignidad que me quedaba la perdí en una piscina. Absurdo, ¿no?

David se acercó a Steve y Cynthia. Aún se lo veía pálido y cansado, pero mantenía la calma.

—Tak ha puesto su marca en usted —advirtió—. Lo dejará marchar, pero se arrepentirá en cuanto perciba el olor de Tak en su piel.

Johnny observó al chico durante un largo rato, reprimiendo el impulso de volver al camión, reprimiéndolo con toda la fuerza de voluntad de que disponía.

—Pues me rociaré de colonia —replicó—. Adiós, chicos y chicas. Portaos bien.

Se alejó, y tan deprisa como pudo. Si hubiera apretado un poco más el paso, habría estado corriendo.

4

Se produjo un silencio en el camión; contemplaron a Johnny hasta que se perdió de vista, y aun entonces siguieron callados. David, con el brazo de su padre alrededor de los hombros, pensó que nunca se había sentido tan vacío, tan hundido. No había nada que hacer. Habían perdido. Dio una patada a una botella vacía y observó cómo rodaba hasta el panel del camión, donde rebotó y fue a detenerse junto a...

David se acercó.

—Miren, la cartera de Johnny. Debe de habérsele caído del bolsillo.

—¡Cuánto lo siento! —dijo Cynthia irónicamente.

—Lo extraño es que no la haya perdido antes —comentó Steve con tono lúgubre y preocupado, como si en realidad sus pensamientos estuviesen en otra parte—. Le dije una y otra vez que alguien que viaja en moto debe llevar la cartera sujeta con una cadena. —Un amago de sonrisa se dibujó en sus labios—. Puede que tomar esas habitaciones en Austin no sea tan fácil como cree.

—Espero que tenga que dormir en el aparcamiento —dijo Ralph—. O en la cuneta.

David apenas lo oyó. Experimentó una sensación semejante a la de aquel día en los jardines de la calle Bear, no cuando Dios le habló sino cuando presintió que iba a hablarle. Se agachó y recogió la cartera de Johnny. Al tocarla algo parecido a una corriente eléctrica sacudió su cerebro. Un gruñido breve y explosivo escapó de su garganta. Se desplomó contra el panel del camión, aferrado a la cartera.

—¿David? —dijo Ralph.

A David su voz alarmada le pareció un eco lejano. Sin prestarle atención, abrió la cartera. En un compartimiento había dinero; en otro papeles –tarjetas de visita, anotaciones, etcétera– apretujados y en desorden. Con el pulgar abrió un cierre en la cara interior izquierda de la cartera, y de inmediato se desplegó un acordeón de plástico con una foto en cada casillero. Percibió vagamente que los otros se acercaban a él mientras miraba las fotografías, cada una un salto atrás en el tiempo: en una, Johnny con barba acompañado de una mujer morena y atractiva de pómulos prominentes y generoso pecho; en otra, Johnny con un bigote gris reclinado contra la barandilla de un yate; en otra, Johnny con coleta junto a un actor que parecía Paul Newman antes de que Newman imaginase siquiera que un día haría anuncios de salsas. En cada una Johnny aparecía un poco más joven, con el pelo más oscuro y las arrugas faciales menos marcadas, hasta...

–Aquí –susurró David–. Dios, aquí está.

Intentó sacar una de las fotografías de su funda transparente pero no pudo; le temblaban demasiado las manos. Steve cogió la cartera, extrajo la fotografía y se la entregó al chico. David la sostuvo ante sus ojos con la reverencial expresión de un astrónomo que acaba de descubrir un nuevo planeta.

–¿Qué pasa? –preguntó Cynthia, inclinándose.

–Es el jefe –explicó Steve–. Estuvo allí, «en el campo» como él suele decir, casi un año reuniendo material para un libro. Escribió también unos cuantos artículos para varias revistas, creo. –Miró a David–. ¿Sabías que esa foto estaba ahí?

–Sabía que había *algo* –contestó David con voz casi inaudible–. Lo he sabido nada más ver la cartera en el suelo. Pero... era él. –Guardó silencio por un instante y después, con asombro, repitió–: Era él.

–¿Quién era quién? –preguntó Ralph.

David no respondió; estaba absorto en la fotografía. Mostraba a tres hombres ante una decrépita construcción de cemento, un bar a juzgar por el cartel de Budweiser expuesto en la ventana. Las aceras se hallaban abarrotadas de asiáticos. A la izquierda de la cámara, detenida para siempre en un desenfocado borrón de aquella vieja instantánea, una chica circulaba en moto por la calle.

Los hombres situados a la derecha e izquierda vestían polos y pantalones holgados. Uno era muy alto y sostenía un cuaderno. El otro iba cargado de cámaras fotográficas. En medio había un hombre con vaqueros y una camiseta gris. Llevaba una gorra de béisbol de los Yankees calada muy atrás. Una correa le cruzaba el pecho en bandolera, y del extremo de ésta pendía algo voluminoso y enfundado a la altura de la cadera.

–Su radio –susurró David, señalando el objeto enfundado.

–No –rectificó Steve tras echar un vistazo más atento–. Es una grabadora, de las que se usaban en mil novecientos sesenta y ocho.

–Cuando me he encontrado con él en la Tierra de los Muertos era una radio.

David no podía apartar la vista de la fotografía. Tenía la boca seca y se notaba la lengua grande y torpe. El hombre de en medio sonreía, sostenía en una mano sus gafas de sol con cristales de espejo, y no había duda de quién era.

Sobre su cabeza, en el dintel de la puerta del bar del que por lo visto acababan de salir colgaba un letrero pintado a mano. El establecimiento se llamaba Puesto de Observación Vietcong.

## 5

Mary no llegó a desmayarse, pero gritó hasta que algo cedió en su cabeza y la fuerza abandonó sus músculos. Tambaleándose, avanzó hacia la mesa y se sujetó en el borde casi contra su voluntad –la mesa estaba plagada de viudas negras y escorpiones, por no hablar del cadáver sentado a un extremo con un apetitoso tazón de sangre delante–, pero peor aún era la perspectiva de caer de bruces en el suelo.

El suelo estaba infestado de serpientes.

Optó por dejarse caer de rodillas, agarrándose al borde de la mesa con la mano que no sostenía la linterna. En aquella postura encontró un extraño alivio. Se serenó. Al cabo de un momento supo cuál era la razón: David, naturalmente. Estando de rodillas había recordado la naturalidad y confianza con que el chico se había arrodillado en la celda que compartía con Billingsley. En su mente lo oyó decir como disculpándose: «¿Le importaría darse la vuelta? Tengo que quitarme el pantalón.» Sonrió, y al darse cuenta de que sonreía en aquel lugar de pesadilla –de que *podía* sonreír en aquel lugar de pesadilla– se serenó más aún. Y casi sin pensar rezó también ella por primera vez desde que tenía once años. En aquella ocasión se encontraba de colonias, tumbada en una estúpida litera dentro de una estúpida cabaña llena de mosquitos con un grupo de niñas estúpidas que probablemente se convertirían en mujeres mezquinas y ariscas. La abrumaba la añoranza, y en su oración rogó a Dios que enviase a su madre para llevarla de vuelta a casa. Dios no accedió a su súplica, y desde entonces Mary decidió que le convenía arreglárselas por su cuenta.

–Dios –dijo–, necesito ayuda. Estoy en una habitación infestada de horripilantes sabandijas, en su mayoría venenosas, y me muero de miedo. Si estás ahí, agradecería cualquier ayuda que esté a tu alcance. A...

Debería haber concluido con un «Amén», pero se interrumpió, atónita. Una voz clara habló en su cabeza, y no era la suya, de eso estaba segura. Fue como si alguien hubiese estado esperando, y no con demasiada paciencia, a que ella hablase primero.

*No hay nada aquí que pueda hacerte daño*, declaró la voz.

En el otro extremo de la habitación el haz de la linterna iluminó una antigua lavadora-secadora. Encima se leía el rótulo USAR EXCLUSIVAMENTE PARA ROPA DE TRABAJO. Arañas de patas largas y elegantes se paseaban de un lado a otro del cartel y sobre la lavadora. Junto a Mary, un escorpión examinaba los restos aplastados de la araña que se había sacado de entre el pelo. Todavía le palpitaba la mano; la araña debía de estar llena de veneno, quizá suficiente para matarla si se lo hubiese inoculado. No, Mary no sabía a quién pertenecía esa voz, pero si era así como Dios respondía a las plegarias, no le extrañaba que el mundo anduviese de mal en peor. Porque *sí* había allí muchas cosas que podían hacerle daño, muchas.

*No,* contestó la voz pacientemente mientras enfocaba la linterna de nuevo hacia los cadáveres alineados junto a la pared y descubría otro nido de serpientes. *No puede hacerte daño, y tú sabes por qué.*

—Yo no sé nada —gimió, y se iluminó la palma de la mano. La tenía roja y palpitante pero no hinchada. Porque la araña *no* le había picado.

Reflexionó. Ése era un detalle interesante.

Mary volvió a dirigir el haz de luz hacia los cadáveres, enfocándolos de uno en uno hasta llegar a Entragian. El virus que había invadido aquellos cuerpos se encontraba ahora dentro de Ellen. Y si ella, Mary Jackson, iba a ser la siguiente, las sabandijas en efecto *no podían* hacerle daño. No podían estropear la mercancía.

—La araña debería haberme picado —murmuró—,

pero no lo ha hecho. En vez de eso se ha dejado matar. No hay *nada* aquí que pueda hacerme daño. –Lanzó una carcajada aguda e histérica–. ¡Somos colegas!

*Tienes que salir de aquí*, dijo la voz. *Antes de que regrese, y no tardará en regresar.*

–¡Protégeme! –suplicó Mary, poniéndose en pie–. Me protegerás, ¿verdad? Si eres Dios, o un enviado de Dios, me protegerás.

No hubo respuesta. Quizá el dueño de la voz no deseaba protegerla. Quizá *no podía*.

Temblando, tendió una mano hacia la mesa. Las viudas negras y las arañas de menor tamaño –reclusas pardas– huyeron en todas direcciones. Los escorpiones reaccionaron igual. De hecho uno cayó de la mesa. Pánico en las calles.

Bien. Excelente. Pero no bastaba con eso. Tenía que salir de allí.

Mary exploró la oscuridad con la linterna y encontró la puerta. Procurando no pisar a las arañas, que pululaban por todas partes, cruzó la habitación; se notaba las piernas entumecidas y lejanas. El pomo giró, pero la puerta se abrió sólo un par de centímetros. Cuando tiró con fuerza, oyó un sonido metálico que debía de provenir de un candado. No le sorprendió.

Volvió a inspeccionar la habitación con la linterna. Ante sus ojos aparecieron sucesivamente el póster –DEJEN QUE ESOS CABRONES SE PUDRAN EN LA OSCURIDAD–, el herrumbroso lavabo, la encimera con la cafetera y un pequeño horno microondas y la lavadora-secadora. Seguía el espacio de oficina propiamente dicho, con un escritorio, varios archivadores viejos, un reloj de control de asistencia con su correspondiente casillero para las tarjetas de los empleados y una estufa abombada. A continuación había un baúl de herramientas, varios picos y palas oxidados y un calendario con una rubia en bikini. Después venía de nuevo la puerta. No había ventanas, ni una sola. Examinó el suelo, pensando en las palas, pero las tablas llegaban a ras de pared, y además dudaba mucho que la criatura que se había adueñado del cuerpo de Ellen Carver le dejase tiempo suficiente para cavar un túnel hasta el exterior.

*La secadora, Mare.*

Ésa era su voz, *tenía* que serlo, pero realmente no lo parecía, y tampoco daba la impresión de que fuese un pensamiento.

En cualquier caso no era momento de preocuparse por tales detalles. Corrió hasta la secadora, mucho menos atenta a dónde pisaba, y de hecho aplastó varias arañas. El hedor a carne descompuesta era allí más intenso, lo cual resultaba extraño considerando que los cadáveres se encontraban en el otro extremo de la habitación.

Una serpiente de cascabel con rombos dibujados en la piel levantó la tapa de la secadora y empezó a salir sinuosamente del tambor. Fue como hallarse ante la caja sorpresa más horrenda del mundo. La serpiente balanceó la cabeza, fijando solemnemente en ella sus ojos negros de predicador. Mary retrocedió un paso pero al instante se obligó a acercarse de nuevo y alargó el brazo. Podía estar equivocada respecto a las arañas y las serpientes, lo sabía. Pero ¿qué más daba si la mordía aquel enorme reptil? ¿Acaso sería peor morir de una mordedura de serpiente que acabar como Entragian, matando a cuantos se le cruzasen en el camino hasta que su cuerpo estallase como una bomba?

La serpiente abrió las fauces, enseñándole unos colmillos curvos como barbas de ballena. Siseó.

–Jódete, encanto –dijo Mary. Acto seguido la agarró, la sacó de la secadora, medía como mínimo un metro veinte, y la arrojó al otro extremo de la habitación. Luego cerró la tapa con la base de la linterna, prefiriendo no ver qué más contenía el tambor, y tiró de la secadora para apartarla de la pared. Se oyó un ligero golpe cuando el tubo de plástico en acordeón del extractor de aire de la secadora se desprendió del agujero de la pared. Docenas de arañas ocultas bajo la secadora huyeron despavoridas.

Mary se inclinó para examinar el agujero. Su escaso diámetro no le permitiría pasar, pero los bordes estaban muy corroídos, y pensó...

Cruzó de nuevo la habitación. En el camino pisó un escorpión –oyó claramente el chasquido– y asestó un impaciente puntapié a una rata que salió de entre los cadáveres, donde sin duda se había dado un buen atracón. Cogió un pico, se acercó de nuevo a la salida de aire, y apartó un poco más la secadora para ganar espacio. El hedor a putrefacción era aún más intenso, pero apenas lo notó. Dejó la linterna sobre la secadora, insertó el lado más corto del pico en el agujero, tiró hacia arriba, y lanzó un gruñido de satisfacción al ver que la herramienta abría una brecha de casi medio metro en el metal corroído.

*Deprisa, Mary, deprisa.*

Se enjugó el sudor de la frente, introdujo el pico en la brecha y volvió a tirar hacia arriba. El pico abrió otro tramo de pared y luego se soltó tan bruscamente que Mary cayó de espaldas. Notó agitarse a varias arañas bajo su cuerpo, y la rata que había golpeado un momento antes –o tal vez alguna pariente suya– trepó a su cuello, chirriando. El roce de sus bigotes bajo la mandíbula le produjo un cosquilleo.

–¡Lárgate de una puta vez! –exclamó, y la apartó de un manotazo. Se levantó, cogió la linterna de la secadora y se la colocó bajo la axila izquierda. Luego se inclinó y dobló hacia dentro el metal a ambos lados de la brecha como dos alas.

Pensó que tenía anchura suficiente.

–Dios, gracias –dijo–. Quédate conmigo un rato

más, por favor. Y si me ayudas a salir de ésta, te prometo que seguiremos en contacto.

Se arrodilló y miró a través del agujero. El hedor era tan intenso que le provocó arcadas. Enfocó la linterna hacia el exterior.

—¡Dios santo! —exclamó con voz ahogada—. ¡Dios, no!

En un primer momento pensó, consternada, que había centenares de cadáveres detrás del barracón donde se hallaba, que el mundo entero se componía de caras lívidas y flácidas, ojos vidriosos, carne desgarrada. Mientras observaba el dantesco espectáculo, un buitre arrancó un pedazo de carne de la cara de un hombre y alzó el vuelo, agitando las alas como sábanas en un tendedero.

No son tantos, se dijo. No son tantos, Mary, e incluso si hubiese mil, tu situación no cambiaría en nada.

Así y todo, por un momento fue incapaz de moverse. La abertura de la pared le permitiría salir, estaba segura, pero...

—Caería sobre ellos —susurró. El haz de luz tembló descontroladamente, iluminando mejillas y frentes y orejas, recordándole una de las escenas finales de *Psicosis*, cuando la bombilla cubierta de telarañas del sótano empieza a oscilar sobre el rostro arrugado de la madre muerta de Norman.

*Tienes que marcharte, Mary*, instó la voz pacientemente. *Tienes que marcharte ya, o será demasiado tarde.*

Muy bien, pero prefería no ver la pista de aterrizaje. Si podía evitarlo, prefería no verla.

Apagó la linterna y la tiró al otro lado de la abertura. Oyó un ruido blando cuando cayó en... en fin, algo. Respiró hondo, cerró los ojos y se deslizó a través de la pared abierta. El borde de metal serrado y herrumbroso le levantó la camisa y le arañó el vientre. Se inclinó y empezó a caer hacia adelante, con los ojos cerrados y las manos extendidas. Una topó con la cara de alguien;

notó en la palma de la mano la nariz fría y exánime, y en los dedos unas pobladas cejas. La otra mano aterrizó en una sustancia viscosa y resbaló.

Apretó los labios, impidiendo el paso a cualquier cosa que quisiese salir de su garganta, un grito, una arcada de asco. Si gritaba, tendría que respirar. Y si respiraba inhalaría el hedor de aquellos cuerpos descompuestos, que habían yacido bajo el ardiente sol del verano sabía Dios cuánto tiempo. Tras parar el golpe con las manos, todo su cuerpo entró en contacto con aquella masa de carne movediza, y oyó los eructos provocados por el gas de la descomposición. Conminándose a no dejarse vencer por el pánico, a resistir, Mary rodó por encima de los cadáveres hasta el suelo, estregándose simultáneamente en los pantalones la mano impregnada de aquella repugnante sustancia.

Bajo ella notó arena y las afiladas puntas de numerosos fragmentos de roca. Volvió a rodar y se puso de rodillas. De inmediato hundió las manos en el áspero pedregal y se las frotó una y otra vez, limpiándoselas en seco lo mejor que pudo. Abrió los ojos y vio la linterna en la palma de una mano abierta y cerosa. Alzó la vista, buscando –necesitando– la nitidez y la serena desconexión del cielo. Una blanca luna en cuarto creciente brillaba a baja altura, dando la impresión casi de estar ensartada en un tridente de roca que sobresalía de la pared este de la Mina de los Chinos.

Estoy fuera, pensó, cogiendo la linterna. Algo es algo. Dios mío, gracias.

Retrocedió de rodillas, con la linterna de nuevo bajo la axila, estregándose aún las manos trémulas con las piedras.

Había luz a su izquierda. Miró en esa dirección, y la recorrió una ráfaga de terror al ver el coche patrulla de Entragian. «¿Le importaría salir del coche, señor Jackson?», había dicho el policía, y fue entonces cuando ocurrió, decidió Mary, cuando todo lo que antes había creído sólido voló como polvo arrastrado por el viento.

Está vacío, lo ves, ¿no?

Sí, lo veía, pero la huella del terror permaneció. Era un sabor en su boca, como si hubiese estado chupando monedas.

El coche patrulla –sucio, después de la tormenta con una gruesa capa de polvo incluso en el bastidor de las luces giratorias del techo– se encontraba junto a un pequeño edificio de hormigón que parecía un fortín. La puerta del conductor se había quedado abierta (Mary veía el siniestro osito de plástico adherido al salpicadero), y por eso estaba encendida la luz interior. Ellen la había llevado hasta allí en el coche patrulla y después se había ido a otra parte. Por lo visto, Ellen tenía cosas más importantes que hacer, asuntos que reclamaban su atención. Si hubiese dejado las llaves...

Mary se puso en pie y corrió hacia el coche patrulla inclinada por la cintura como un soldado que atravesase tierra de nadie. El coche apestaba a sangre, orina, dolor y miedo. El salpicadero, el volante y el asiento delantero estaban salpicados de sangre coagulada. Los instrumentos estaban ilegibles. En el hueco para los pies del lado del acompañante había una pequeña araña de piedra, antigua y picada, pero con sólo mirarla Mary experimentó una sensación de frío y debilidad.

En todo caso no tenía que preocuparse por la misteriosa estatuilla; la llave no se hallaba en el contacto.

–¡Mierda! –susurró Mary, furiosa–. ¡Mierda y mil veces mierda!

Se volvió y dirigió el haz de la linterna primero a un grupo de máquinas y luego al punto de partida del camino que ascendía por la pendiente norte de la mina. Era una pista de grava de unos cuatro carriles de anchura para permitir el paso de la maquinaria pesada que acababa de ver, y probablemente con la superficie más uniforme que la carretera por la que circulaban ella y Peter cuando los detuvo el policía... y no podía marcharse de allí en el coche patrulla porque no tenía la jodida llave.

Si yo no puedo, debo asegurarme de que él tampoco puede. O ella. O lo que sea.

Se inclinó de nuevo sobre el asiento del conductor, haciendo una mueca al percibir el olor acre del interior (y no perdiendo de vista la desagradable estatuilla abandonada en el suelo, como si temiese que pudiera cobrar vida y saltar sobre ella). Tiró de la palanca del capó y fue hacia la parte delantera del coche. Palpó la rejilla del radiador buscando el punto de agarre, lo encontró y levantó el capó del Caprice. El motor era enorme, pero localizó sin dificultad el filtro de aire. Se inclinó sobre él, agarró la tuerca de mariposa del centro y ejerció presión. No cedió.

Lanzó un soplido de frustración y volvió a enjugarse el sudor de la frente y los ojos. Hacía poco más de un año había leído unos poemas como parte de una serie de actos culturales agrupados bajo el nombre «Las mujeres poetas celebran su sentido y su sexualidad». Para la ocasión lucía un traje de Donna Karan y debajo una blusa de seda. Acababa de salir de la peluquería, y el pelo le caía en elegantes flecos sobre la frente. Su poema más largo, «Mi jarrón», había causado sensación. Naturalmente todo eso había ocurrido antes de su visita a la histórica Mina de los Chinos, el marco incomparable donde se hallaba la única y fascinante Serpiente de Cascabel Número Dos. Dudaba que alguna de las personas que la habían oído leer «Mi jarrón»

*suave*
*contorno*
*fragancia de tallos*
*salpicado de sombras*
*curvo como la*

*línea de un hombro
la línea de un muslo*

durante aquella velada la reconociera en ese momento. Ella misma no se reconocía.

La mano derecha, con la que intentaba extraer el filtro del aire, le escocía y palpitaba. Los dedos le resbalaban en el metal. Se le rompió una uña, y sofocó un grito de dolor.

–Por favor, Dios, ayúdame con esto. No sería capaz de distinguir el delco del cigüeñal, así que tiene que ser el carburador. Por favor dame fuerzas para...

Esta vez, cuando ejerció presión, la tuerca de mariposa giró.

–Gracias –dijo, jadeando–. Sí, muchísimas gracias. No te separes de mí. Y cuida también de David y los otros, ¿quieres? No permitas que se marchen de este pozo de mierda sin mí.

Desenroscó la tuerca y la dejó caer en el bloque del motor. Sacó el filtro de aire de su receptáculo, dejando a la vista un carburador del tamaño de... bueno, del tamaño de un jarrón. Riendo, lanzó el filtro por encima del hombro y se agachó a coger un puñado de tierra. Volvió a erguirse, hundió la tapa de metal de una de las cámaras del carburador, y echó la tierra, una mezcla de arena y piedras. Añadió otros dos puñados, llenando el carburador hasta el cuello, y retrocedió.

–A ver cómo arrancas eso, hijo de puta –dijo.

*Date prisa, Mary, tienes que marcharte.*

Enfocó la linterna hacia la maquinaria. Entre las enormes máquinas había dos furgonetas. Se acercó hasta ellas e iluminó las cabinas. Tampoco tenían llaves. Pero había una pequeña hacha entre el material amontonado en la caja de la Ford F-150, y valiéndose de ella, pinchó dos neumáticos a cada furgoneta. Se disponía a tirar el hacha lejos de allí, pero se lo pensó mejor. Echó un último vistazo alrededor y en esta ocasión vio el agujero de forma más o menos cuadrada abierto en el terraplén a unos seis metros del fondo de la mina.

*Ahí está. El origen de esta tragedia.*

Mary ignoraba quién sabía eso, si era la voz, Dios o una simple intuición, pero poco le importaba. En ese instante tenía un único objetivo: salir de allí a toda prisa.

Apagó la linterna –la luna le proporcionaría claridad suficiente, al menos durante un rato– y empezó a subir por la pista de grava que conducía al exterior de la Mina de los Chinos.

# III

## 1

La celebridad literaria se hallaba junto a los ordenadores situados en el extremo de la larga mesa y contemplaba la pared del fondo del laboratorio, donde aproximadamente una docena de personas habían sido colgadas de ganchos como sujetos experimentales en un campo de exterminio nazi. Todo coincidía poco más o menos con la descripción de Steve y Cynthia salvo por un detalle: la mujer colgada justo debajo del rótulo ES OBLIGATORIO EL USO DE CASCO, la que tenía la cabeza tan ladeada a la derecha que la mejilla prácticamente le reposaba en el hombro, tenía un extraño parecido con Terry.

Ya sabes que eso es fruto de tu imaginación, ¿no?

¿Lo sabía realmente? Quizá. Pero... ¡Dios, el mismo pelo rojo, la frente amplia y la nariz un poco torcida...!

–Olvídate de su nariz –dijo–. Bastante problema tienes con la tuya. Así que sal de aquí cuanto antes, ¿entendido?

Pero en un primer momento fue incapaz de moverse. Sabía qué debía hacer –cruzar la sala y registrarles los bolsillos en busca de llaveros–, pero una cosa era saberlo y otra hacerlo. Meter la mano en los bolsillos, notar la carne rígida y muerta de sus piernas a través de la fina tela del forro, manipular sus objetos personales, no sólo las llaves de los coches sino también las navajas de bolsillo, los cortauñas, los tubos de aspirinas...

Todo lo que la gente lleva en los bolsillos se designa con palabras o expresiones compuestas. Fascinante.

... paquetes de pañuelos, portamonedas...

–Ya basta –susurró–. Ve y hazlo.

La radio emitía ráfagas de interferencia estática semejantes a cañonazos. Johnny movió el dial. No había música. Pasaba de medianoche, y las emisoras locales habían interrumpido ya la programación. Volverían con otro cargamento de Travis Tritt y Tanya Tucker al amanecer, pero con un poco de suerte para entonces John Edward Marinville, el hombre que en una ocasión la revista *Harper's* definió como el único escritor blanco de Estados Unidos que debía tenerse en cuenta, se habría marchado.

«Si se marcha, ya no habrá remedio.»

Se frotó la cara con la mano como si el recuerdo fuese una mosca molesta que pudiese ahuyentar, y se encaminó hacia el otro extremo de la sala. Tenía la impresión de que estaba desertando, por así decirlo, pero el hecho era que podían marcharse si así lo deseaban, disponían de un medio de transporte. En cuanto a él, estaba decidido a regresar a un mundo donde la gente no balbuceaba en idiomas absurdos ni se descomponía ante tus ojos. Un mundo donde uno podía dar por sentado que la gente ya no crecía más a partir de los veinte años. Notó el roce de sus chaparreras de piel mientras se acercaba a los cadáveres. En ese momento más que una celebridad literaria se sentía como los saqueadores que había visto en Quang Tri buscando medallones de oro en los cadáveres, llegando incluso a separar las nalgas de los muertos por si había allí un diamante o una perla, pero eso era una comparación capciosa... y sin duda sería una sensación transitoria. Él no había ido allí a saquear. Todo su interés se centraba en las llaves, un juego que se correspondiese con alguno de los vehículos aparcados junto al barracón. Por otra parte...

Por otra parte la chica muerta que colgaba bajo el rótulo ES OBLIGATORIO EL USO DE CASCO se parecía realmente a Terry. Una pelirroja con un orificio de bala en la bata de laboratorio que llevaba puesta. Naturalmente el tiempo en que podía llamarse pelirroja a Terry había quedado atrás; ahora tenía el pelo prácticamente gris, pero...

«Se arrepentirá en cuanto perciba el olor de Tak en su piel.»

—Por favor —dijo—. No seas infantil.

Miró hacia la izquierda con el único propósito de apartar la vista de la pelirroja muerta que tanto se parecía a Terry —Terry en aquellos tiempos en que le bastaba cruzar las piernas o contonearse para hacerle perder la cabeza— y vio algo que le arrancó una sonrisa de esperanza. Había allí un todoterreno. Aparcado dentro del garaje como estaba, era muy probable que las llaves estuviesen en el contacto. Si era así, al menos se ahorraría la indignidad de registrar los bolsillos de las víctimas de Entragian, o quizá era aún Josephson cuando hizo aquello. Poco importaba. Sólo tendría que desenganchar el remolque de mineral, levantar la puerta del garaje y marcharse.

«... en cuanto perciba el olor de Tak en su piel.»

Quizá en un primer momento lo percibiera, pero no por mucho tiempo. Acaso David Carver fuese un profeta, pero era un profeta *joven*, y por lo visto aún no se había dado cuenta de ciertas cosas, tuviese línea directa con Dios o no. Una era el hecho elemental de que el mal olor se iba con agua y jabón. Sin duda se iba. Ésa era una de las pocas cosas en esta vida de las que Johnny estaba totalmente seguro.

Y la llave del todoterreno estaba, gracias a Dios, en el contacto.

Se inclinó sobre el salpicadero, giró la llave sólo hasta la posición de indicadores para comprobar el nivel de gasolina, y observó que estaba en unos tres cuartos de depósito.

—Sobre ruedas, encanto —dijo, sonriendo—. Ahora todo va sobre ruedas.

Se acercó a la parte trasera del vehículo y examinó el enganche del remolque. Tampoco eso era problema. Estaban unidos por una simple chaveta. Buscaría un martillo... la sacaría de un par de golpes...

Ni Houdini hubiese sido capaz de salir así, Marinville. En esta ocasión era la voz del viejo borracho la que oía en su mente. Por la cabeza. ¿Y qué me dice del teléfono? ¿O de las sardinas?

—¿Qué pasa con las sardinas? Simplemente había unas cuantas más de las que parecía, así de sencillo.

Sin embargo Johnny sudaba copiosamente. Sudaba como sólo había sudado en Vietnam algunas veces. No era por el calor, aunque hacía un calor sofocante; y tampoco era el miedo, aunque uno pasaba miedo, incluso dormido. Era sobre todo el sudor enfermizo que producía saber que uno estaba en el lugar equivocado en el momento menos oportuno y en compañía de gente en esencia buena que iba a echarse a perder, quizá para siempre, por hacer lo que no debía.

Milagros discretos, pensó Johnny, sólo que de nuevo lo oyó en la voz del viejo borracho. Era más locuaz muerto que vivo, el condenado. De no ser por el chico, ahora seguiría en la celda, ¿no? O estaría muerto. O algo peor. Y sin embargo lo ha abandonado a su suerte.

—Si yo no hubiese distraído al coyote con mi cazadora, *David* estaría muerto ahora —repuso Johnny—. Déjeme en paz, viejo idiota.

Vio un martillo en un banco de trabajo adosado a la pared y fue a buscarlo.

—Dime una cosa, Johnny —dijo Terry, y Johnny se

paró en seco–. ¿Cuándo has decidido que la solución a tu miedo a la muerte es renunciar a la vida por completo?

Esa voz no procedía de su cabeza, estaba casi seguro. No, estaba *totalmente* seguro. Era Terry, colgada de un gancho en la pared. No era un mero parecido, no era un espejismo ni una alucinación; era Terry. Si se volvía en ese momento, la vería con la cabeza erguida, no caída sobre el hombro, mirándolo como siempre lo miraba cuando metía la pata; paciente porque en Johnny Marinville meter la pata formaba parte de su comportamiento habitual, decepcionada porque sólo ella confiaba en que algún día mejorase. Lo cual era absurdo, como esperar que un caballo cojo gane el Gran Derby. Salvo que a veces con ella –*por* ella– había procurado enmendarse, elevarse por encima de lo que había acabado por considerar su manera de ser. Pero cuando lo conseguía, cuando se superaba, cuando *volaba por encima del jodido paisaje*, ¿tenía ella alguna vez palabras de reconocimiento? ¿Decía alguna vez algo? Bueno, sí, tal vez «Cambia de canal; a ver qué hacen en la PBS», pero poco más.

–Ni siquiera has renunciado a vivir para escribir –dijo Terry–. Eso, aunque despreciable, al menos habría sido comprensible. Renunciaste a vivir para *hablar* de escribir. ¡Por Dios, Johnny, en serio!

Se acercó a la mesa con piernas temblorosas, dispuesto a lanzarle el martillo a esa bruja para ver si así se callaba. Y fue en ese preciso momento cuando oyó un gruñido grave a su izquierda.

Volvió la cabeza en esa dirección y vio un lobo –probablemente el mismo que se había aproximado a Steve y Cynthia con el *can tah* entre los dientes– en el umbral de la puerta que comunicaba con la oficina. Miró a Johnny con ojos brillantes. Por un instante el animal vaciló, y Johnny se permitió albergar cierta esperanza: quizá tenía miedo, quizá se marcharía. Pero de pronto empezó a correr hacia él, contrayendo el hocico para enseñarle los dientes.

## 2

La criatura que había sido Ellen Carver llevaba un rato profundamente concentrada en el lobo –cuya misión era acabar con el escritor–, en un estado próximo a la hipnosis. De pronto algo, una alteración en el curso de los acontecimientos previstos, arrancó a Tak de su concentración. Se retiró un momento, manteniendo al lobo donde estaba pero dirigiendo hacia el Ryder el resto de su terrible curiosidad y siniestra atención. Algo había ocurrido en el camión, pero Tak era incapaz de discernirlo. Tenía una sensación de desorientación, la sensación de despertar en una habitación donde las posiciones de los muebles han sido sutilmente modificadas.

Quizá si no tratase de estar en dos sitios al mismo tiempo...

–*Mi him, en tow!* –gruñó, y envió al lobo contra el escritor. Ése sería el final del hombre que pretendía emular a Steinbeck; el cuadrúpedo era rápido y fuerte, el bípedo, lento y débil. Tak retiró su mente del lobo, y la imagen de Johnny Marinville primero se desdibujó y luego se desvaneció por completo mientras el escritor, con ojos aterrorizados, buscaba algo a tientas con una mano en el banco de trabajo.

Enfocó toda su mente hacia el camión y los otros, aunque de éstos el único que importaba, el único que había importado desde el principio (si se hubiese dado cuenta antes...), era el meapilas de mierda.

El camión amarillo de alquiler continuaba aparcado en la calle –Tak lo veía claramente a través de las miradas superpuestas de las arañas y la perspectiva a ras de tierra de las serpientes–, pero cuando intentaba entrar, le era imposible. ¿Acaso no había ojos allí dentro? ¿Ni siquiera los de una minúscula y escurridiza araña? ¿No? ¿O quizá el meapilas había vuelto a oscurecer su visión?

No importaba. No tenía tiempo para esa clase de disquisiciones. La cuestión era que *estaban* allí, todos, tenían que estar por fuerza, y de momento Tak debía conformarse con eso, porque otro asunto andaba mal, y estaba más cerca.

Algo ocurría con Mary.

Sintiéndose incómodamente acosado, coaccionado, dejó disiparse la imagen del Ryder y se centró en la oficina situada al pie de la mina, observando el interior a través de los ojos en continuo movimiento de las criaturas que allí se encontraban. En primer lugar detectó la secadora fuera de sitio, e inmediatamente después el hecho de que Mary había escapado.

–¡La muy puta! –gritó, y una lluvia de sangre brotó de su boca. Esa palabra no expresaba con fuerza suficiente sus sentimientos, y recurrió a la antigua lengua, ensartando improperios mientras se ponía en pie al borde del *ini* con movimientos vacilantes. Aquel cuerpo se había debilitado a un ritmo alarmante. Y para colmo no disponía ya de otro cuerpo al que trasladarse de inmediato en caso de ser necesario; por el momento tendría que conformarse con aquél. Consideró brevemente la posibilidad de utilizar a un animal, pero no había allí ninguno capaz de prestarle ese servicio. La presencia de Tak llevaba a la muerte en cuestión de días incluso a sus recipientes humanos más fuertes. Una serpiente, un coyote, una rata o un buitre estallarían de inmediato o poco después de acoger a Tak, como un barril de hojalata en cuyo interior alguien colocase un cartucho de dinamita encendido. El lobo podía servirle durante una hora o dos, pero era el único de su especie que quedaba en aquella zona, y en ese momento se hallaba a cinco kilómetros de distancia, ocupándose (y probablemente dando buena cuenta) del escritor.

Tenía que ser la mujer.

Tenía que ser Mary.

La criatura que parecía Ellen Carver salió por la brecha abierta en la pared del *an tak* y cojeó hacia el recuadro tenuemente púrpura que marcaba el lugar donde el viejo túnel salía al mundo exterior. Las ratas emitieron voraces chillidos en torno a los pies de Ellen, olfateando la sangre que fluía sin cesar del coño ridículo y enfermo de Ellen. Tak las apartó a patadas, maldiciéndolas en la antigua lengua.

En la entrada de la vieja Mina de los Chinos se detuvo y miró alrededor. La luna se había ocultado ya tras la cara opuesta de la mina, pero proporcionaba aún cierta claridad, a la que se sumaba la luz que provenía del interior del coche patrulla. Eso bastaba a los ojos de Ellen para ver que el capó del coche estaba levantado, y al cerebro de Ellen para comprender que la taimada *os pa* había provocado alguna avería en el motor. ¿Cómo había salido de la oficina? ¿Y cómo había osado hacer una cosa así? ¿Cómo se había atrevido?

Tak sintió miedo por primera vez.

Miró a la izquierda y vio que las dos furgonetas tenían las ruedas pinchadas. Eso mismo había ocurrido a la caravana de los Carver, sólo que ahora Tak era la víctima, y la sensación no le gustaba. Sólo le quedaba, pues, la maquinaria pesada, y aunque sabía dónde estaban las llaves –un juego para cada máquina en un cajón de uno de los archivadores de la oficina–, no le servirían de nada; no había allí ningún vehículo que supiese conducir. Cary Ripton sí conocía el funcionamiento de aquellas máquinas, pero Tak había perdido las aptitudes físicas de Ripton en el momento en que lo reemplazó por Josephson. En cuanto a Ellen Carver, conservaba parte de los recuerdos de Ripton, Josephson y Entragian (aunque incluso éstos empezaban a desvanecerse como fotografías sobreexpuestas) pero ninguna de sus habilidades.

¡La muy puta! *Os pa! Can fin!*

Abriendo y cerrando nerviosamente los puños de Ellen, consciente de que las bragas y la camiseta que había puesto entre sus piernas a modo de compresa estaban empapadas, consciente de que Ellen tenía los muslos teñidos de sangre, Tak cerró los ojos de Ellen y buscó a Mary.

—*Mi him, en tow! En tow! En tow!*

Al principio no percibió nada salvo oscuridad y los lentos y continuos calambres en el estómago de Ellen. Y miedo. Miedo de que la *os pa* se hubiese marchado ya. De pronto vio lo que buscaba, no con los ojos de Ellen sino con los oídos que había dentro de los oídos de Ellen: un repentino y extraño eco que reproducía la forma de una mujer.

Era un murciélago, y había localizado a Mary en la pista de grava que ascendía al borde norte de la mina. Y no estaba ni mucho menos fresca: jadeaba y volvía la cabeza cada diez o doce pasos para comprobar si la seguían. El murciélago «vio» claramente los olores que despedía su cuerpo, y lo que Tak percibió resultaba alentador. Era básicamente el olor del miedo, esa clase de miedo que con el debido impulso se convierte en pánico.

No obstante, Mary se hallaba sólo a unos cuatrocientos metros de la cima, y después de eso el camino era cuesta abajo. Y si bien Mary estaba cansada y respiraba con esfuerzo, el murciélago no captó el acre aroma metálico del agotamiento profundo en el sudor que brotaba de sus poros. Al menos no todavía. Se daba además la circunstancia de que Mary no sangraba como un cerdo herido; en cambio, el casi inútil cuerpo de

Ellen Carver *sí*. No era una hemorragia descontrolada –todavía no–, pero no tardaría en serlo. Quizá retirarse un rato a recobrar fuerzas, a descansar en el reconfortante resplandor del *ini*, había sido un error, pero ¿cómo iba a pensar que ocurriría una cosa así?

¿Y si enviaba a los *can toi* a detenerla? ¿Aquellos que no se encontraban en el interior del perímetro como parte del *mi him*?

Podía ser, pero ¿de qué serviría? Podía rodear a Mary de serpientes y arañas, de pumas sibilantes y coyotes sonrientes, y la muy zorra con toda seguridad pasaría a través de ellos, separándolos como supuestamente Moisés había separado las aguas del mar Rojo. Debía de saber que «Ellen» no podía permitirse dañar su cuerpo, ni con los *can toi* ni con ninguna otra arma. Si no lo supiese, seguiría en la oficina, probablemente acurrucada en un rincón, casi catatónica de miedo, incapaz de emitir el menor sonido después de haberse quedado ronca de tanto gritar.

¿*Cómo* lo había descubierto? ¿Había sido el meapilas? ¿O había recibido un mensaje del Dios del meapilas, del *can tak* de David Carver? No importaba. Y tampoco importaba que el cuerpo de Ellen hubiese empezado a desintegrarse, o que Mary le llevase casi un kilómetro de ventaja.

–Voy a ir a por ti de todos modos, encanto –susurró, y se encaminó hacia la pista de grava por uno de los bancales.

Sí. Iba a ir a por ella de todos modos. Quizá tuviese que reventar aquel cuerpo para alcanzar a la *os pa*, pero la alcanzaría.

Ellen volvió la cabeza, escupió sangre y sonrió. Ya no tenía apenas nada que ver con la mujer que había considerado la posibilidad de solicitar una plaza de inspectora de enseñanza, con la mujer que comía de vez en cuando con sus amigas en un restaurante chino, con la mujer cuya más profunda y oscura fantasía sexual era hacer el amor con el supermacho de los anuncios de Coca-Cola baja en calorías.

–Por más que corras, *os pa*, no escaparás.


## 3

La oscura silueta volvió a lanzarse en picado sobre Mary, y ella intentó ahuyentarla a manotazos.

–¡Lárgate, joder! –masculló.

El murciélago viró en el aire, chirriando, pero apenas se alejó. Voló en círculo sobre ella como un avión de reconocimiento, y Mary tuvo la desagradable impresión de que precisamente ése era su cometido. Alzó la vista y vio el borde de la mina por encima de ella, ya más cerca –quizá sólo a unos doscientos metros– pero todavía burlonamente lejos. Tenía la sensación de que arrancaba un pedazo al aire cada vez que inhalaba, y le dolía al entrar en los pulmones. El corazón le latía con fuerza, y sentía una punzada de dolor en el costado izquierdo. Creía que estaba en buena forma para una mujer de treinta y tantos años, pero obviamente las visitas al gimnasio tres veces por semana no la preparaban a una para aquello.

De pronto resbaló en la fina grava, y sus piernas temblorosas no le permitieron recuperar el equilibrio a tiempo. Evitó caer de bruces poniendo por delante una rodilla, pero se le desgarró la pata de los vaqueros, y sintió cómo se le clavaba la grava en la piel. De inmediato la sangre tibia empezó a correrle por la pierna.

El murciélago arremetió contra ella al instante, chirriando y batiendo las alas contra su pelo.

–¡Lárgate, gilipollas! –gritó, y le asestó un puñetazo. Fue un golpe afortunado. Notó cómo se hundían sus nudillos en la superficie granulada de un ala y después vio al animal aleteando desesperadamente en el suelo a un par de metros por delante de ella, boqueando y mirándola –o eso parecía– con sus ojos pequeños e inútiles. Mary se levantó de un salto y lo pisó, lanzando un grito de satisfacción al oír el crujido de los huesos bajo su zapatilla.

Se disponía a reanudar el ascenso cuando vio algo más abajo: una sombra deslizándose entre las sombras.

–¿Mary? –Era la voz de Ellen Carver y a la vez no lo era. Sonaba espesa, gangosa. De no haber pasado por el infierno de las últimas seis u ocho horas habría pensado que Ellen estaba resfriada–. ¡Espérame, Mare! ¡Quiero ir contigo! ¡Quiero ver a David! ¡Iremos a verlo juntas!

–Vete al infierno –dijo Mary. Se dio media vuelta y continuó el ascenso, respirando con dificultad y frotándose el costado. Habría corrido si le hubiera sido posible.

–¡Mary, Mary, todo lo contrario! –exclamó Ellen Carver, casi riendo–. No puedes escapar, cariño, ¿lo sabías?

El borde de la mina parecía tan lejos que Mary se obligó a bajar la vista y mirarse las zapatillas. Cuando volvió a oír la voz que la llamaba a sus espaldas, sonaba más cerca. Mary intentó caminar más deprisa. Cayó dos veces más antes de llegar a lo alto, la segunda tan violenta que se le cortó la respiración, y perdió unos segundos preciosos en levantarse. Deseó que Ellen volviese a llamarla, pero no lo hizo. Y Mary prefirió no mirar atrás por temor a lo que vería.

Sin embargo cuando estaba a cinco metros del borde, se atrevió a volver la cabeza. Ellen se hallaba a unos veinte metros más abajo. Jadeaba quedamente con la boca muy abierta. Su sangre empañaba cada exhalación; tenía la pechera del mono teñida de rojo. Vio que Mary la miraba, sonrió, tendió las manos hacia ella con los dedos crispados e intentó correr. No pudo.

Mary descubrió de pronto que ella, en cambio, sí

podía correr, espoleada por la expresión que vio en los ojos de Ellen Carver. No quedaba en ellos el menor rastro humano.

Llegó a lo alto con la respiración agitada y un silbido en la garganta. A partir de allí se iniciaba un tramo llano de unos treinta metros, y después la pista de grava empezaba a descender. Vio una chispa amarilla en medio del desierto, un parpadeo: el intermitente que colgaba sobre el cruce en medio del pueblo.

Fijando la mirada en aquella luz, Mary corrió un poco más deprisa.


4


—¿Qué haces, David? —preguntó Ralph con voz tensa.

Tras un breve período de concentración durante el cual debió de rezar en silencio, David se dirigía a la puerta trasera del Ryder. Instintivamente, Ralph se interpuso entre su hijo y el tirador de la puerta. Steve comprendió su reacción, pero dudaba que fuese a servir de algo. Si David había decidido salir, saldría.

—Voy a devolver esto —contestó el chico, levantando la cartera de Johnny.

—No —dijo Ralph, negando enérgicamente con la cabeza—. Ni hablar. Por amor de Dios, David, ni siquiera sabes dónde está ese hombre. A estas alturas probablemente ya habrá salido del pueblo. Y no es una gran pérdida.

—Sé dónde está —repuso David con calma—. Puedo encontrarlo. Está cerca. —Titubeó, y añadió—: Es mi *obligación* encontrarlo.

—¿David? —dijo Steve, y su propia voz le pareció vacilante, extrañamente juvenil—. Has dicho que la cadena se había roto.

—Entonces aún no había visto la foto de su cartera. Tengo que ir a buscarlo. Tengo que ir ahora mismo. Es nuestra única posibilidad.

—No lo comprendo –dijo Ralph, pero se apartó de la puerta–. ¿Qué significa esa foto?

—No hay tiempo, papá, y aunque lo hubiese, no sé si sería capaz de explicártelo.

—¿Te acompañamos? –preguntó Cynthia–. No, ¿verdad?

David movió la cabeza en un gesto de negación.

—Regresaré si puedo. Con Johnny si es posible.

—Esto es una locura –protestó su padre, pero con voz sepulcral, exánime–. Si sales a pasearte por ahí fuera, te devorarán vivo.

—No me ha devorado el coyote al salir de la celda, y no van a devorarme ahora –replicó David–. El peligro no está en que yo salga, sino en que nos quedemos todos aquí dentro.

Miró a Steve y después hacia la puerta del camión. Steve asintió y levantó la puerta. La noche del desierto se filtró en el camión, apretándose contra el rostro de Steve como un frío beso.

David se acercó a su padre y lo abrazó. Cuando Ralph rodeó al chico con los brazos en respuesta, David notó de nuevo la poderosa fuerza que lo había agarrado antes en la cabina de proyección. Se sacudió convulsivamente entre los brazos de su padre, jadeando, y por fin dio un paso atrás. Tenía las manos extendidas y le temblaban.

—¡David! –exclamó Ralph–. David, ¿qué...?

Ya había pasado. Así de rápido. La fuerza se había desvanecido. Pero aún podía ver la Mina de los Chinos tal como la había visto por un momento entre los brazos de su padre; había sido como una vista aérea. Resplandecía bajo la luna, ya casi oculta, una enorme y horrenda concavidad de alabastro. Oía el susurro del viento y una voz

*(mi him, en tow! mi him, en tow!)*
que llamaba a alguien. Una voz que no era humana.

Se esforzó por despejarse y mirarlos: los miembros de la Asociación de Supervivientes de Collie Entragian, ya tan diezmados. Steve y Cynthia de pie, juntos; su padre inclinado sobre él, y detrás la noche iluminada por la luna.

—¿Qué pasa? —preguntó Ralph con voz trémula—. Por Dios, ¿qué pasa ahora?

David vio que se le había caído la cartera y se agachó a recogerla. No podía dejarla allí. Pensó en guardársela en el bolsillo trasero, pero recordó que así precisamente la había perdido Johnny y se la metió tras la pechera de la camisa, en contacto con la piel.

—Tenéis que ir a la mina, papá —dijo David—. Tú, Steve y Cynthia tenéis que ir a la Mina de los Chinos ahora mismo. Mary necesita ayuda. ¿Comprendes? ¡Mary necesita ayuda!

—¿De qué hab...?

—Se ha escapado. Viene por la pista de grava hacia el pueblo, y Tak la persigue. Tenéis que ir ya. Ahora mismo.

Ralph alargó los brazos hacia él, pero esta vez de un modo débil e indeciso. David lo esquivó fácilmente y saltó del camión.

—¡David! —gritó Cynthia—. ¿Estás seguro de que nos conviene separarnos?

—No —respondió el chico, alejándose. Se sentía desesperado, confuso y perplejo—. Ya sé que parece peligroso. A mí también me lo parece, pero no tenemos alternativa. Lo juro. No podemos hacer otra cosa.

—¡Vuelve aquí! —dijo Ralph a voz en cuello.

David volvió la cabeza, y vio la expresión angustiada de su padre.

—Id a la mina, papá. Los tres. Ahora. Tenéis que ir. ¡Ayudadla! ¡Por el amor de Dios, ayudad a Mary!

Y antes de que pudieran hablar, David Carver se

echó a correr y desapareció en la oscuridad, con un brazo encogido contra el cuerpo, sujetando la cartera de piel de cocodrilo auténtica por la que Johnny Marinville había pagado trescientos noventa y cinco dólares en Barney's de Nueva York.

## 5

Ralph intentó correr tras su hijo. Steve lo agarró por los hombros y Cynthia por la cintura.

—¡Suéltenme! —gritó Ralph, forcejeando sin demasiada convicción—. ¡Déjenme ir por mi hijo!

—No —dijo Cynthia—. Debemos pensar que sabe lo que hace, Ralph.

—No resistiría perderlo a él también —susurró Ralph, pero se relajó, renunció a zafarse de ellos—. No lo resistiría.

—Quizá la mejor manera de asegurarnos de que eso no ocurre sea seguir sus instrucciones —sugirió Cynthia.

Ralph tomó aire y lo exhaló.

—Mi hijo ha ido a buscar a ese gilipollas —dijo como si hablase para sí. Como si buscase una explicación—. Ha ido a buscar a ese gilipollas, a ese fanfarrón, para devolverle la cartera, y si le preguntásemos el porqué, nos diría que es la voluntad de Dios. ¿Es así?

—Sí, probablemente —contestó Cynthia. Apoyó una mano en el hombro de Ralph. Él abrió los ojos, y ella le sonrió—. ¿Y sabe qué es lo más gracioso? Que seguramente es verdad.

Ralph miró a Steve y preguntó:

—Usted no lo abandonaría, ¿verdad? No cogería un todoterreno y dejaría a mi hijo aquí después de rescatar a Mary, ¿no?

Steve negó con la cabeza.

Ralph se llevó las manos a la cara, pareció serenarse, bajó las manos y los miró. De pronto su rostro semejaba tallado en piedra, con una expresión de resuelta e inquebrantable decisión. Una extraña idea acudió a la mente de Steve: por primera vez desde que conocía a los Carver veía al hijo en el padre.

—Muy bien —dijo Ralph—. Dejaremos que Dios proteja a mi hijo hasta que volvamos. —Saltó de la caja del camión y miró severamente a lo lejos—. Tendrá que ser Dios, porque ese cabrón de Marinville sin duda no lo hará.

# IV

## 1

Mientras veía acercarse al lobo en actitud de ataque, Johnny recordó lo que había dicho el chico minutos antes. Según él, la criatura que controlaba aquel cotarro deseaba que se marchasen del pueblo, que de hecho se alegraría de perderlos de vista. Quizá aquello se debía sólo a un pequeño fallo técnico en la clarividencia del chico, o quizá Tak, ante la oportunidad de atrapar a uno de ellos por separado, había cambiado de idea. A caballo regalado...

En cualquier caso, pensó, la hemos jodido.

Te lo mereces, cariño, dijo Terry en su cabeza. Sí, así era Terry, una gran ayuda hasta el final.

Miró al lobo, blandió el martillo y, con una voz penetrante que apenas reconoció como propia, gritó:

—¡Largo de aquí!

El lobo torció a la izquierda y trazó un cerrado círculo, gruñendo, encogiendo las patas traseras como resortes, con el rabo plegado. Cuando completaba el giro, golpeó un armario con uno de sus poderosos hombros, y de lo alto cayó una taza de té y se hizo añicos contra el suelo. La radio emitió una ráfaga larga y ronca de interferencia estática.

Johnny dio un paso hacia la puerta, viéndose ya corriendo por el pasillo y salir al aparcamiento –a la mierda el todoterreno, ya encontraría un medio de transporte en otra parte–, pero de inmediato el lobo le cortó el paso, con la cabeza inclinada y los ojos (unos ojos inteligentes, espantosamente alertas) resplandecientes de cólera. Johnny retrocedió, alzando el martillo ante sí y moviéndolo ligeramente como un caballero andante al saludar al rey con su espada. Notó la palma de la mano sudorosa en torno al manguito de goma perforada que recubría la empuñadura del martillo. El lobo era enorme, del tamaño de un pastor alemán como mínimo. En comparación, el martillo resultaba ridículamente pequeño, como una de esas herramientas domésticas que uno guarda para reparar estanterías y colgar cuadros.

–Dios, ayúdame –dijo Johnny, pero no era una súplica con verdadero contenido; era sólo una expresión que uno utilizaba cuando una vez más veía pender sobre su cabeza la espada de Damocles, dispuesta simplemente a obedecer la ley de la gravedad. Dios no existía; él no era un niño de un pueblo de Ohio todavía a más de tres años de su primera cita con la navaja de afeitar. Las plegarias eran sólo una manifestación de lo que los psicólogos llamaban «pensamiento mágico», y Dios no existía.

*Y si existiese, ¿qué interés iba a tener en mí de todos modos? ¿Qué interés iba a tener en mí cuando acabo de abandonar a los otros en el camión?*

De pronto el lobo le ladró. Era un sonido absurdo, la clase de agudo ladrido que Johnny habría esperado de un perro de lanas o un cocker spaniel. Sus dientes, en cambio, no tenían nada de absurdo. A cada ladrido gruesas gotas de baba blanca volaban de su boca.

–¡Largo! –repitió Johnny con aquella misma voz penetrante–. ¡Largo de aquí!

En lugar de marcharse, el lobo contrajo las patas

traseras casi hasta sentarse, y por un momento Johnny pensó que iba a cagar, que estaba tan asustado como él e iba a cagarse en el suelo del laboratorio. Por fin, una décima de segundo antes de que ocurriese, comprendió que en realidad estaba preparándose para saltar. Para saltar sobre él.

—¡No, Dios! ¡No, por favor! —exclamó, y se dio media vuelta para huir, hacia atrás, hacia el todoterreno y los rígidos cadáveres colgados de los ganchos.

En su mente hizo eso; sin embargo su cuerpo se movió en sentido contrario, hacia *adelante*, como si lo dirigiesen unas manos invisibles. No tuvo la impresión de estar poseído, pero sí la clara e inconfundible sensación de *no hallarse ya solo*. Su terror se desvaneció. Su primer y poderoso impulso —darse media vuelta y correr— desapareció también. Dio un paso al frente, volvió a alzar el martillo por encima del hombro y se lo lanzó al animal en el momento en que saltaba.

Esperaba que el martillo girase y estaba seguro de que pasaría sobre la cabeza del lobo —unos mil años atrás había jugado al béisbol en el instituto de Lincoln Park y aún conocía esa sensación de que el lanzamiento va demasiado alto, pero no fue así. No era Excalibur sino un simple martillo con un manguito de goma perforada en la empuñadura para mayor adherencia de la mano, pero no giró en el aire ni erró el tiro.

Por el contrario, golpeó al lobo de pleno entre los ojos.

Se oyó un sonido semejante al que produciría un ladrillo al caer sobre un tablón de roble. El verde resplandor abandonó al instante los ojos del lobo, que se convirtieron en dos opacas canicas incluso antes de que la sangre empezase a manar de su cráneo partido en dos. No obstante, el animal exánime completó la trayectoria de su salto y golpeó a Johnny en el pecho, empujándolo contra la mesa. Al chocar contra el borde, una punzada de dolor le traspasó los riñones. Por un momento percibió el olor del lobo, un olor seco, acanelado, como el de las especias que empleaban los egipcios para embalsamar a los muertos, y vio ante él la cara ensangrentada del animal, y una mueca de impotencia en los dientes que con toda seguridad le habrían desgarrado la garganta. Vio también su lengua, y una cicatriz en forma de media luna que le surcaba el hocico. A continuación el animal cayó sobre sus patas, como un fardo flácido y pesado envuelto en una raída manta.

Jadeando, Johnny se apartó de él con paso tambaleante. Se agachó a recoger el martillo y, convencido de que el lobo se levantaría y se abalanzaría de nuevo sobre él, giró de inmediato sobre sus talones con tal torpeza que estuvo a punto de caer; se resistía a creer que hubiese podido matar al animal con un martillo como aquél, y además lo había lanzado alto, estaba seguro, sus músculos recordaban aún esa sensación premonitoria de que la pelota iría derecha al guante del catcher, la recordaban muy bien.

Pero el lobo permaneció inmóvil donde había caído.

¿Ha llegado, quizá, el momento de reconsiderar la existencia del Dios de David Carver?, preguntó Terry con una voz tranquila que Johnny oyó en estéreo, procedente a la vez de su cabeza y de debajo del rótulo ES OBLIGATORIO EL USO DE CASCO.

–No –respondió Johnny–. Ha sido un golpe de suerte, como cuando en la feria atinas una vez entre un millar y ganas el oso panda de peluche para tu novia.

¿No habías dicho que el lanzamiento iba alto?

–Sí, bueno, me he equivocado, a la vista está. Me he equivocado una vez más, como tú solías decirme diez o doce veces al día, bruja. –Le sorprendió el timbre ronco, casi sollozante, de su propia voz–. ¿No era ésa tu frase preferida durante el tiempo que duró nuestro encantador matrimonio? Estás equivocado, Johnny; estás equivocado, Johnny; estás absolutamente equivocado, Johnny.

Los has abandonado, dijo la voz de Terry, pero lo que interrumpió a Johnny no fue el desprecio que rezumaba aquella voz (que al fin y al cabo era su propia voz, su propia mente enzarzada en sus viejos trucos bicamerales) sino la desesperación. Los has abandonado cuando sus vidas corren peligro. Y peor aún, sigues negando la existencia de Dios aun después de invocarlo... y recibir Su ayuda. ¿Qué clase de hombre eres?

–Un hombre que conoce la diferencia entre Dios y un golpe de suerte –respondió a la pelirroja con un orificio de bala en la bata de laboratorio–. Y un hombre que sabe abandonar cuando todavía está a tiempo.

Aguardó la respuesta de Terry. Pero Terry permaneció en silencio. Reflexionó una vez más sobre lo que acababa de ocurrir, examinándolo segundo a segundo con su prodigiosa memoria, y no encontró nada más que su brazo, que por lo visto conservaba una destreza para el lanzamiento adquirida en su adolescencia, y un martillo vulgar y corriente. Ni luces azules. Ni efectos especiales a lo Cecil B. DeMille. Ni la Filarmónica de Londres llenando artificiosamente el aire de sobrenatural estupor con un centenar de violines. El terror y el vacío y la desesperación que lo abrumaban eran emociones pasajeras; se diluirían. Y sin más pérdida de tiempo iba a desenganchar el remolque del todoterreno, utilizando aquel mismo martillo para desprender la chaveta. A continuación pondría en marcha el todoterreno y se largaría de aquel horripilante...

–Qué puntería –dijo una voz desde el umbral de la puerta.

Johnny se giró en el acto. Era el chico. David. Contempló al lobo y después miró a Johnny sin el menor asomo de sonrisa en el rostro.

–He tenido suerte –repuso Johnny.
–¿Eso cree?

—¿Sabe tu padre que te has marchado, David?
—Lo sabe.
—Si has venido para intentar convencerme de que me quede, pierdes el tiempo –advirtió Johnny. Se inclinó sobre el enganche que mantenía unidos el remolque y el todoterreno, levantó el martillo y descargó un golpe. Erró por completo, y el puño que sostenía el martillo fue a estrellarse contra un ángulo de metal. Lanzó un grito de dolor y se llevó a la boca los nudillos despellejados. Sin embargo había acertado entre los ojos con ese mismo martillo al lobo cuando saltaba sobre él, había...

Johnny alejó de su mente esos pensamientos. Se retiró la mano de la boca, agarró con firmeza el martillo y se inclinó de nuevo sobre el enganche. Esta vez asestó un golpe relativamente certero, no en la cabeza misma de la chaveta pero sí bastante cerca para soltarla por completo. La chaveta cayó al suelo y rodó hasta la pared, quedando bajo los pies colgantes de la mujer que se parecía a Terry.

Tampoco voy a buscar a eso ninguna explicación misteriosa, pensó.

—Y si vienes a hablar de teología, también pierdes el tiempo –añadió Johnny–. En cambio, si te interesa acompañarme a Austin...

Se interrumpió. El chico sostenía algo en la mano, y se lo tendió. El lobo muerto yacía entre ellos en el suelo del laboratorio.

—¿Qué es eso? –preguntó Johnny, aunque ya lo sabía. Aún no tenía tan mal la vista. De pronto se notó la boca seca. ¿Por qué me persigues?, pensó; ignoraba a qué o quién formulaba su pregunta, pero desde luego no era al chico. ¿Por qué no me pierdes el rastro? ¿Por qué no me dejas en paz?

—Su cartera –respondió David, mirándolo con expresión inalterable–. Estaba en el camión. Se le ha caído del bolsillo, y he venido a traérsela. Lleva dentro toda su documentación, por si olvida quién es.

—Muy gracioso.

—No es un chiste.

—¿Qué quieres, pues? —preguntó Johnny con aspereza—. ¿Una recompensa? Muy bien. Anótame tu dirección, y te mandaré veinte dólares o un libro autografiado. ¿Quieres una pelota de béisbol firmada por Albert Belle? Puedo conseguírtela. Di lo que quieres, lo que se te antoje.

David observó el lobo por un momento.

—Un lanzamiento excelente para un hombre que no es capaz de darle a un enganche a diez centímetros.

—Cállate, listillo —dijo Johnny—. Acércame la cartera si vienes conmigo. Lánzamela si te quedas. O guárdatela si lo prefieres.

—Dentro hay una foto. Aparecen usted y otros dos hombres enfrente de un sitio llamado Puesto de Observación Vietcong. Un bar, creo.

—Sí, es un bar —confirmó Johnny. Inquieto, contrajo la mano repetidamente en torno al mango del martillo, sin notar apenas el escozor en los nudillos—. De los tres, el más alto es David Halberstam, un escritor famoso. Un historiador. Y un auténtico forofo del béisbol.

—A mí me interesa sobre todo el hombre algo más bajo que está en medio de los otros dos —dijo David, y de pronto una parte de Johnny (una parte muy profunda) supo adónde quería ir a parar el chico, qué iba a decir, y esa parte lanzó un gemido de protesta—. El hombre de la camiseta gris y la gorra de los Yankees. El hombre que me ha enseñado la Mina de los Chinos desde *mi* Puesto de Observación Vietcong. Ese hombre era usted.

—¡Qué estupidez! —exclamó Johnny—. Otra más entre las muchas que has soltado desde que...

En voz baja, entonando perfectamente y todavía con la cartera en la mano, David Carver cantó:

–Dije, doctor... señor doctor...

Fue como encajar un golpe en medio del pecho. A Johnny se le cayó el martillo de la mano.

–Basta –susurró.

–... puede decirme... qué me pasa... Y él dijo sí, sí, sí...

–¡Basta! –gritó Johnny, y de la radio surgió otra ráfaga de interferencia estática. Notó que algo empezaba a moverse en su interior. Algo horrible. Algo que se deslizaba. Como el comienzo imperceptible de una avalancha bajo una superficie de apariencia sólida. ¿Por qué había ido el chico hasta él? Porque lo habían enviado, naturalmente. No era culpa de David. La verdadera pregunta era: ¿Por qué el terrible amo del chico no los dejaba en paz a los dos?

–Los Rascals –dijo David–. Sólo que por entonces eran todavía los Young Rascals. El solista era Felix Cavaliere. Un grupo genial. Ésa es la canción que sonaba cuando usted murió, ¿no, Johnny?

Un alud de imágenes comenzó a despeñarse en la mente de Johnny mientras Felix Cavaliere cantaba *I was feelin' so bad*: soldados surcoreanos, muchos de ellos poco más altos que niños occidentales de doce años, separando las nalgas de los muertos en busca de tesoros escondidos, una obscena recolección de basura reciclable en una guerra obscena, *can tah* en *can tak*; el regreso a casa, al lado de Terry, con dos nuevas adquisiciones, unas purgaciones y la adicción a la droga, controlando apenas el mono, abofeteando a Terry en la zona de embarque de un aeropuerto por hacer un comentario irónico sobre la guerra («su guerra», había dicho, como si aquel infierno lo hubiese inventado él), abofeteándola con tal fuerza que empezó a sangrar por la boca y la nariz, y aunque su matrimonio renqueó durante un año más aproximadamente, en realidad había terminado allí, en la zona de embarque B de la terminal de United de LaGuardia, con el sonido seco de aquella bofetada; Entragian asestándole un puntapié mientras se revolvía en el asfalto de la interestatal 50, y no había sido un puntapié a una celebridad literaria o a un ganador del Premio Nacional de Literatura o al único escritor blanco de Estados Unidos que *debía tenerse en cuenta*, sino a un viejo tripudo con una cazadora cara, un fulano tan mortal como cualquier otro; Entragian afirmando que el título provisional del futuro libro de Johnny le ponía furioso, que lo sacaba de quicio.

—No volveré —dijo Johnny con voz ronca—. Ni por ti, ni por Steve Ames, ni por tu padre, ni por Mary, ni por nada del mundo. No volveré. —Recogió el martillo del suelo y golpeó el remolque, como remarcando su negativa—. ¿Me has oído, David? Estás perdiendo el tiempo. *No* volveré. ¡No, no y no!

—Al principio no entendía cómo podía ser usted —prosiguió David como si no lo hubiese oído—. Era la Tierra de los Muertos, incluso usted lo ha dicho, Johnny. Pero usted estaba vivo. O al menos, eso pensaba. Incluso después de verle la cicatriz. —Señaló la muñeca de Johnny—. Usted murió... ¿cuándo? ¿En 1966? ¿En 1968? Supongo que la fecha no importa. Cuando una persona deja de cambiar, deja de *sentir*, muere. Con sus posteriores intentos de suicidio simplemente pretendía poner las cosas en su sitio, ¿no? —El chico sonrió con una compasión llena de una inocencia, una ternura y una imparcialidad indescriptibles. Luego añadió—: Johnny, Dios puede resucitar a los muertos.

—¡Vaya, no me digas! Pero el caso es que yo no quiero ser resucitado —masculló Johnny, pero su voz parecía llegar a él desde algún lugar lejano, y curiosamente *duplicada*, como si estuviese escindiéndose de una manera extraña pero profunda. Como si estuviese fragmentándose igual que el esquisto.

—Es demasiado tarde —dijo David—. Ya ha ocurrido.

–Vete a la mierda, pequeño héroe; yo me largo a Austin. ¿Me oyes? ¡A Austin!

–Tak llegará allí antes que usted –advirtió David.

Le tendía aún la cartera, *su* cartera, la que contenía la foto de Johnny, David Halberstam y Duffy Pinette ante un sórdido barucho, el Puesto de Observación Vietcong. Era una tasca de mala muerte, pero tenía la mejor gramola de todo Vietnam, una Wurlitzer. En su mente Johnny percibía el sabor de la cerveza Kirin y oía a los Rascals, el brío de la percusión, el órgano penetrante como una daga, y qué calor hacía, qué verde era todo y qué calor hacía, el sol como un trueno, la tierra impregnada de olor a sexo cada vez que llovía, y esa canción que parecía sonar en todas partes, en cada club, en cada radio, en cada gramola; en cierto modo, esa canción era Vietnam: «Muy mal me encontraba... le pregunté al doctor qué me pasaba...»

«Ésa es la canción que sonaba cuando usted murió, ¿no, Johnny?»

–Austin –susurró Johnny con voz débil y entrecortada, una voz que parecía aún partida en dos sonidos gemelos, que transmitía aún una sensación de dualidad.

–Si se marcha ahora, Tak estará siempre esperándole en muchos sitios –anunció David, el implacable candidato a carcelero de Johnny, todavía con su cartera en la mano, en la que se hallaba sepultada esa odiosa fotografía–. No sólo en Austin. En habitaciones de hotel, en salas de conferencias. En sofisticados almuerzos literarios. Cuando esté con una mujer, será usted quien la desnude y Tak quien copule con ella. Y lo peor es que puede seguir viviendo así mucho tiempo. Se convertirá en *can de lach*, el corazón del ser sin forma. En *mi him can ini*, el pozo vacío del ojo.

¡No!, intentó gritar Johnny, pero ya no le salió la voz, y cuando golpeó de nuevo el remolque, el martillo se le escapó de entre los dedos. La fuerza había abandonado su mano. Sus muslos parecieron licuarse y sus rodillas empezaron a ceder bajo su peso. Se arrodilló lentamente con un sollozo ahogado. La sensación de duplicación, de *escisión*, era aún más intensa que antes, y comprendió angustiado y a la vez resignado que esa sensación tenía un fundamento real. Estaba dividiéndose en dos literalmente. Por un lado estaba John Edward Marinville, que no creía en Dios y no quería que Dios creyese en él; esa parte deseaba marcharse, y sabía que Austin sería sólo el primer alto en el camino. Por otro lado estaba Johnny, que quería quedarse; más aún, que quería luchar, que se hallaba tan inmerso en aquel descabellado mundo sobrenatural que quería morir en el seno del Dios de David, abrasarse en él como una mariposa nocturna en la tulipa de una lámpara de petróleo.

¡Suicidio!, clamó su corazón. ¡Suicidio! ¡Suicidio!

Los soldados surcoreanos, los optimistas ciegos de la guerra, buscando diamantes en los culos de los muertos. Un borracho con una botella de cerveza en la mano y el pelo mojado en los ojos saliendo sonriente de la piscina de un hotel entre los destellos de las cámaras. Terry sangrando por la nariz y mirándolo con expresión dolida e incrédula mientras una voz anunciaba desde el cielo que los pasajeros del vuelo 507 de United con destino a Jacksonville debían embarcar por la puerta B-7. El policía asestándole un puntapié mientras se revolvía sobre la línea divisoria de una carretera en medio del desierto. «Me pone furioso –había dicho el policía–. Me revuelve el estómago.»

Johnny notó que abandonaba su propio cuerpo, notó que lo agarraban unas manos que no eran las suyas y lo extraían de su carne como calderilla de un bolsillo. Se irguió como un espectro junto al hombre arrodillado y vio que el hombre arrodillado tendía las manos.

—La cogeré —dijo el hombre arrodillado. Lloraba—. Cogeré mi cartera, qué carajo. Devuélvemela.

Vio cómo el chico se acercaba al hombre arrodillado y se arrodillaba a su vez junto a él. Vio cómo el hombre arrodillado cogía la cartera y se la guardaba en un bolsillo delantero del pantalón bajo las chaparreras para poder juntar las manos, dedo con dedo, como había hecho David.

—¿Qué tengo que decir? —preguntó el hombre arrodillado, sollozando—. Por favor, David, ¿cómo tengo que empezar? ¿Qué digo?

—Lo que le salga del corazón —respondió el chico arrodillado, y en ese punto el espectro se rindió y volvió a fundirse con el hombre. La claridad envolvió el mundo, prendiendo en él, en el mundo y en Johnny, como napalm, y oyó a Felix Cavaliere cantar: «Dije, nena, ya no hay duda, yo tengo la fiebre, tú tienes la cura.»

—Dios, ayúdame —dijo Johnny, alzando las manos a la altura de los ojos, donde podía verlas bien—. Dios, por favor, ayúdame. Ayúdame a cumplir la misión por la que he sido enviado a este pueblo, ayúdame a recuperar la integridad, ayúdame a vivir. Dios, ayúdame a vivir de nuevo.

2

¡Te atraparé, puta!, pensó, triunfante.

Al principio las probabilidades parecían escasas. Había llegado a unos veinte metros de la *os pa* cerca del borde de la mina, pero la puta sacó fuerzas de flaqueza y consiguió recorrer el último tramo de la pendiente. Luego, en cuanto empezó a descender, aumentó su ventaja rápidamente, de veinte metros a sesenta, y de sesenta a ciento cincuenta. Como podía respirar profundamente, podía compensar la deuda de oxígeno de su cuerpo. En cambio, el cuerpo de Ellen Carver, perdía por momentos su capacidad para lo uno y para lo otro. La hemorragia vaginal se había convertido en un torrente de sangre, lo cual mataría el cuerpo de Ellen en unos veinte minutos; pero si Tak alcanzaba a Mary, poco importaría que los restos de Ellen Carver sangrasen más o menos, pues tendría un sitio adonde ir. Sin embargo cuando llegaba al borde de la mina, algo se rompió en el pulmón izquierdo de Ellen. A partir de ese momento al exhalar no sólo escupía una fina llovizna de sangre sino que vomitaba chorros de sangre y tejidos por la boca y la nariz. Y no conseguía oxígeno suficiente para proseguir la persecución. Con un solo pulmón era imposible.

Pero entonces ocurrió un milagro. Mientras la puta descendía a mayor velocidad de lo que permitía la pendiente, volvió la vista atrás y se le enredaron las piernas. Dio una espectacular voltereta, cayó sobre la superficie de grava en una especie de salto del cisne, y resbaló varios metros cuesta abajo, dejando un rastro oscuro tras de sí. Quedó tendida de bruces con los brazos extendidos, temblando de los pies a la cabeza. A la luz de las estrellas sus manos abiertas parecieron pálidas criaturas pescadas en una alberca. Tak vio cómo intentaba flexionar una rodilla para levantarse. Pero le fallaron las fuerzas y se quedó tumbada.

¡Ahora! ¡Ahora! *Tak ah wan!*

Tak obligó al cuerpo de Ellen a avanzar con algo parecido a un trote, apostándolo todo a las últimas energías de aquel cuerpo, confiando en su propia agilidad para evitar una caída. Su respiración se había reducido a una especie de húmedos resoplidos en la garganta, como un pistón deslizándose en grasa espesa. La percepción sensorial de Ellen se había oscurecido en la periferia, aproximándose ya al colapso definitivo. Pero resistiría un poco más. Sólo un poco. Y eso era justo lo que necesitaba.

Ciento cuarenta metros.

Ciento veinte.

Tak corrió hacia la mujer tendida en la pista de grava, emitiendo voraces y ahogados gritos de triunfo a medida que la distancia se acortaba.

## 3

Mary oyó acercarse algo, algo que profería palabras sin sentido con una voz velada y gangosa. Oía el ruido sordo de unas pisadas en la grava. Cada vez más cerca. Pero nada de eso parecía tener importancia. Como los ruidos oídos en un sueño. Y sin duda aquello tenía que ser un sueño... ¿o no?

*¡Levántate, Mary! ¡Tienes que levantarte!*

Miró atrás y vio aproximarse una criatura horrible y amenazadoramente real. El pelo flotaba en el aire tras ella. Le había reventado un ojo. A cada exhalación brotaban chorros de sangre por su boca. Y en su rostro se advertía la expresión de un animal voraz que ha abandonado el escondrijo donde permanecía al acecho y lo arriesga todo en un último ataque.

*¡Levántate, Mary! ¡Levántate!*, insistió la voz.

No puedo. Me he desollado medio cuerpo y además ya es demasiado tarde, gimió, pero incluso mientras se lamentaba intentó de nuevo flexionar la rodilla y apoyarse en ella. Esta vez lo consiguió, y eso le permitió enderezarse e intentar vencer la fuerza de gravedad que la mantenía pegada al suelo como una limadura de hierro a un imán.

La criatura con apariencia de Ellen había cobrado mayor velocidad. Mientras avanzaba parecía desintegrarse por momentos. Y gritaba: un prolongado aullido de rabia y hambre rebozado en sangre.

Mary se puso en pie y gritó también al ver que la

criatura alargaba los brazos y trataba de agarrarla con los dedos. Corrió cuesta abajo con los ojos desorbitados y la boca abierta en un mudo alarido.

Una mano nauseabundamente caliente le golpeó entre los omóplatos e intentó hacer presa en la camisa. Mary echó el tronco hacia adelante y casi cayó al inclinarse más allá de su eje de equilibrio, pero se zafó de la mano.

—¡Puta!

Era un gruñido gutural, inhumano, justo detrás de ella, y esta vez la mano le agarró el pelo, pero lo tenía resbaladizo a causa del sudor, y tampoco pudo sujetarla. Por un momento Mary notó los dedos de la criatura en la nuca. Siguió corriendo cuesta abajo con zancadas cada vez más largas, y el miedo se mezcló con una especie de delirante euforia.

Al cabo de un instante oyó un golpe sordo a sus espaldas. Se arriesgó a mirar atrás y vio que la criatura se había desplomado. Yacía enroscada como un caracol aplastado. Abría y cerraba las manos como si aún intentase atrapar a la mujer que por muy poco había conseguido escapar de ella.

Mary miró al frente y se concentró en el semáforo del cruce. Se hallaba más cerca... y se veían también otras luces. Unos faros, aproximándose en aquella dirección. Corrió hacia ellos.

No advirtió que una enorme silueta pasaba en silencio sobre ella.

4

Todo había acabado.

Había estado muy cerca —de hecho había llegado a tocarle el pelo—, pero en el último segundo Mary había logrado zafarse. Y cuando Mary empezaba a cobrar de nuevo ventaja, los pies de Ellen se enredaron y Tak se desplomó, oyendo cómo reventaban los órganos dentro del cuerpo de Ellen. Quedó tendida de costado, abriendo y cerrando las manos como si buscara dónde agarrarse.

Se tumbó de espaldas y miró el cielo estrellado, gimiendo de dolor y odio. Había estado tan cerca.

De pronto vio la oscura silueta que surcaba el aire, una especie de crucifijo en movimiento que ocultaba las estrellas a su paso, y lo recorrió una repentina oleada de esperanza.

Había pensado en el lobo y había descartado la idea porque se hallaba demasiado lejos, pero se había equivocado al creer que el lobo era el único recipiente *can toi* que podía albergar a Tak durante un rato.

Allí estaba aquel otro animal.

–*Mi him* –susurró con su voz estertórea, velada por la sangre–. *Can de lach, mi him, min en tow, Tak!*

Ven a mí. Ven a Tak, ven a la criatura ancestral, ven al corazón del ser sin forma.

Ven a mí, recipiente.

Alzó los brazos moribundos de Ellen, y el águila voló hasta ellos, mirando fijamente el rostro agónico de Tak con ojos extasiados.


5


–Ni mires los cadáveres –recomendó Johnny. Apartaba el remolque del todoterreno. David lo ayudaba.

–No los miro, créame –respondió David–. Ya he visto suficientes cadáveres para toda mi vida.

–Creo que así ya está bien –dijo Johnny cuando le pareció que el remolque no obstaculizaba ya la salida del garaje. A continuación se dirigió hacia el lado del conductor del todoterreno y tropezó con algo.

David lo agarró del brazo, pese a que no había sido más que un ligero traspié, y dijo:

—Cuidado, abuelo.

—Eres un deslenguado, chico.

Johnny miró al suelo y vio que había tropezado con el martillo. Lo recogió y se volvió para dejarlo en el banco de trabajo, pero cambió de idea y se lo colocó bajo el cinturón de las chaparreras. Éstas presentaban ya manchas de sangre y tierra suficientes para parecer auténticas, y por alguna razón pensó que aquél era el sitio adecuado para el martillo.

A la derecha de la puerta metálica había una caja de control remoto. Johnny pulsó el botón azul de apertura, preparándose mentalmente para nuevos problemas, pero la puerta se elevó suavemente por sus rieles. El aire que entró, impregnado de un tenue olor a castilleja y salvia, era fresco y fragante. David se llenó los pulmones, se volvió hacia Johnny, y sonrió.

—¡Qué agradable!

—Sí. Vamos, monta en esta preciosidad. Te llevo a dar una vuelta.

David se subió al vehículo, que parecía un descomunal carro de golf. Johnny hizo girar la llave y el motor arrancó a la primera. Mientras cruzaban la puerta, pensó que nada de aquello estaba ocurriendo, que todo formaba parte de una nueva idea que había tenido para un nuevo libro. Una novela de fantasía, quizá incluso de terror puro y simple. En todo caso un libro en el que John Edward Marinville se apartaría de su anterior trayectoria. No abordaría las cuestiones propias de la literatura seria, pero ¿qué más daba? Iba a seguir escribiendo, y si deseaba tomarse un poco menos en serio, sin duda estaba en su derecho. No había necesidad de cargarse al hombro cada libro como si fuese una mochila llena de piedras y después echarse a correr cuesta arriba con él. Eso podía estar bien para los jóvenes, los reclutas del campo de instrucción, pero para él esa etapa ya había quedado atrás. Lo cual era un alivio.

No, nada de aquello era real. En la realidad se disponía a dar un paseo en el viejo descapotable, a dar un paseo con su hijo, el hijo que había tenido ya en su madurez. Irían a Milly's on the Square. Aparcarían junto al puesto de helados, comprarían unos cucuruchos, y quizá le contaría al chico unas cuantas anécdotas de su juventud, no tantas como para aburrirlo –los chicos tenían poca paciencia para las historias que empezaban con un «Cuando yo era joven», lo sabía, como probablemente lo sabían todos los padres que no tenían la cabeza en las nubes–, sólo una o dos sobre sus inicios en el béisbol, cuando se presentó a unas pruebas por pura diversión, y resultó que el entrenador...

–¿Johnny? ¿Se encuentra bien?

Johnny se dio cuenta de que había retrocedido hasta bajar de la acera y se había quedado inmóvil con el pie en el embrague y el motor en marcha.

–¿Eh? Ah, sí. Estoy bien.

–¿En qué pensaba? –preguntó David.

–En niños. Tú eres el primero que tengo cerca desde... ¡Santo Dios! Desde que mi hijo menor se fue a estudiar a Duke. Eres un buen chico, David. Un poco obsesionado con Dios, pero por lo demás eres legal.

David sonrió.

–Gracias.

Johnny retrocedió un poco más, giró y puso la primera. Cuando los altos faros del todoterreno iluminaron la calle principal, advirtió dos cosas: la veleta en forma de duende que antes coronaba el Bud's Sud había caído a la calle, y el camión de Steve había desaparecido.

–Si han hecho lo que tú querías, deben de estar camino de la mina –comentó Johnny.

–Cuando encuentren a Mary, nos esperarán.

—¿Crees que la encontrarán?

—Estoy casi seguro de que sí. Y creo que se encuentra bien. Aunque le ha ido de poco. —Miró a Johnny, y esta vez se dibujó en sus labios una sonrisa más amplia. Johnny pensó que era una sonrisa encantadora—. Y usted también va a salir de ésta, creo. Quizá incluso escriba sobre la experiencia.

—Por lo general escribo sobre cosas que me han pasado. Las disfrazo un poco y me dan buen resultado. Pero esto... no sé.

Pasaron ante el Oeste Americano. Johnny pensó en Audrey Wyler, sepultada bajo las ruinas de la galería. Lo que quedaba de ella.

—David, ¿qué había de cierto en la historia de Audrey? ¿Lo sabes?

—Casi todo. —Contempló también el cine, torciendo el cuello cuando lo dejaron atrás para verlo un instante más. Después volvió a mirar a Johnny con expresión abstraída y, pensó Johnny, melancólica—. Audrey no era mala persona, ¿sabe? Lo que le ha pasado es como verse atrapado por un alud o una inundación, algo así.

—Una fuerza mayor. Un designio de Dios.

—Exacto.

—*Nuestro* Dios. El tuyo y el mío.

—Exacto —convino David.

—Y Dios es cruel.

—Sí.

—Tienes algunas ideas monstruosas para ser un niño, ¿lo sabías?

Pasaron por delante del ayuntamiento, el lugar donde su hermana había sido asesinada y su madre arrastrada a algún oscuro final. David observó el edificio con una mirada que Johnny no supo interpretar y después se frotó la cara con las dos manos. Con ese gesto volvía a aparentar su verdadera edad, y Johnny se sorprendió al verlo de repente tan joven.

—Más de las que yo querría —contestó David—. ¿Sabe qué dijo Dios a Job cuando se cansó de escuchar sus quejas?

—Que se jodiese, poco más o menos, ¿no?

—Sí. ¿Quiere oír algo realmente horrible?

—Me muero de impaciencia —respondió Johnny.

El todoterreno se traqueteó sobre los montículos de arena. Johnny veía ya el límite del pueblo. Habría deseado acelerar, pero dado el corto alcance de los faros no parecía prudente poner una marcha superior a la segunda. Quizá era cierto que estaban en manos de Dios pero, según se decía, Dios ayudaba a quienes se ayudaban a sí mismos. Acaso por eso había conservado el martillo.

—Tengo un amigo. Brian Ross, se llama. Es mi mejor amigo. Una vez construimos un Partenón con chapas.

—¿En serio?

—Sí. Nos ayudó un poco el padre de Brian, pero prácticamente lo construimos nosotros solos. Los sábados por la noche nos quedábamos a ver viejas películas de terror. En blanco y negro. Boris Karloff era nuestro monstruo favorito. *Frankenstein* no estaba mal, pero nos gustaba más *La momia*. Siempre nos estábamos diciendo: «Mierda, nos persigue la momia; andemos un poco más deprisa.» Eran tonterías, pero nos lo pasábamos bien. ¿Entiende?

Johnny sonrió y asintió con la cabeza.

—El caso es que Brian tuvo un accidente. Un conductor bebido lo atropelló un día cuando iba al colegio en bicicleta. O sea, eran las ocho menos cuarto de la mañana, ¿y puede creer que aquel tipo iba borracho como una cuba?

—Sí —afirmó Johnny—, no me lo jures.

David lo miró con atención, asintió y reanudó su historia.

—Brian se dio un golpe en la cabeza. Un golpe muy

fuerte. Tenía una fractura de cráneo y lesiones en el cerebro. Quedó en coma, y no había esperanzas de que sobreviviese. Pero...

—Deja que adivine —dijo Johnny—. Rogaste a Dios que tu amigo se curase, y al cabo de dos días, premio, el chico volvió a andar por su propio pie y a hablar como si tal cosa, alabado sea Jesús, señor y salvador nuestro.

—¿No me cree?

Johnny se echó a reír.

—Sí, claro que te creo. Después de todo lo que he visto hoy, una minucia como ésa me parece lo más normal del mundo.

—Fui a rezar a un sitio que era especial para Brian y para mí. Una plataforma que habíamos construido en un árbol. La llamábamos Puesto de Observación Vietcong.

Johnny lo miró con expresión seria.

—¿Eso no será una broma?

David movió la cabeza en un gesto de negación.

—Ya no recuerdo quién de los dos le puso ese nombre, pero así es como la llamábamos. Creo que lo sacamos de una película, pero tampoco recuerdo cuál. Incluso clavamos un cartel. Aquél era nuestro sitio y allí fui, y lo que dije fue... —Cerró los ojos para pensar—. Lo que dije fue: «Cúralo. Dios, cúralo. Si lo curas, haré lo que me pidas. Escucharé tus deseos y los realizaré. Lo prometo.» —David volvió a abrir los ojos—. Se curó casi al instante.

—Y ahora tienes que cumplir tu promesa. Ésa es la parte desagradable, ¿no?

—¡No! No me importa cumplir mi promesa. El año pasado aposté cinco dólares con mi padre a que los Pacers ganarían el campeonato de la NBA; no ganaron, y cuando me tocaba pagar, quiso perdonármelos porque, según dijo, era un niño y había apostado con el corazón y no con la cabeza. Quizá tenía razón...

—*Probablemente* tenía razón.

—... pero se los pagué de todos modos. Porque está mal no pagar lo que uno debe, y está mal no cumplir lo que uno ha prometido. –David se inclinó hacia Johnny y bajó la voz como si temiese que Dios pudiera oírlo–. La parte desagradable es que Dios sabía que yo vendría aquí, y sabía ya lo que quería de mí. Y sabía qué tenía que aprender antes para cumplir su voluntad. Mis padres no son creyentes, sólo celebran la Navidad y la Semana Santa, y hasta el accidente de Brian tampoco yo lo era. Lo único que conocía de la Biblia era el Evangelio de San Juan, capítulo tres, versículo dieciséis, porque siempre aparece citado en las pancartas que llevan los fanas al estadio de béisbol. Porque tanto amó Dios al mundo.

Pasaron ante la bodega, cuyo cartel se había caído por completo. Los depósitos de gas habían sido arrancados de la pared del edificio y se hallaban en medio del desierto a sesenta o setenta metros. La Mina de los Chinos se alzaba ante ellos. A la luz de las estrellas parecía un sepulcro blanqueado.

—¿Quiénes son los «fanas»? –preguntó Johnny.

—Los fanáticos. Así los llamaba mi amigo el padre Martin. Creo que está... creo que le ha pasado algo. –David guardó silencio por un momento, manteniendo la vista fija en la carretera, cuyos bordes se habían desdibujado bajo la arena, apilada allí en montículos más pronunciados. El todoterreno los superaba sin problemas–. Como decía, antes del accidente de Brian yo no sabía nada de Jacob y Esaú, o de la túnica multicolor de José, o de la esposa de Putifar. Por aquel entonces mi principal interés –hablaba, pensó Johnny, como un veterano de guerra nonagenario recordando antiguas batallas y campañas olvidadas– era si Albert Belle ganaba o no el campeonato de béisbol. –Se volvió hacia Johnny con semblante severo–. Lo horrible no es que Dios me pusiese en una posición en la que quedaba en deuda con él, sino que para conseguirlo hiciese daño a Brian.

–Dios es cruel.

David asintió, y Johnny advirtió que estaba a punto de llorar.

–Lo es, y mucho. Es mejor que Tak, quizá, pero de todos modos muy cruel.

–Pero la crueldad de Dios tiene como objetivo purificarnos –comentó Johnny–, o al menos eso dicen, ¿no?

–En fin... puede ser.

–En todo caso, tu amigo está vivo.

–Sí... –contestó David.

–Y quizá toda esa maniobra no fuese sólo para atraerte a ti. Quizá algún día tu amigo descubre un tratamiento contra el sida o el cáncer. O quizá se convierta en un as del béisbol.

–Puede ser.

–David, esa criatura que anda suelta por ahí, Tak, ¿qué es? ¿Tienes idea? ¿Un espíritu indio, tal vez? ¿Una especie de manitú?

–No lo creo. Me parece que, más que un espíritu o incluso un demonio, es algo así como una enfermedad. Quizá los indios no supiesen siquiera que estaba aquí, y llevaba mucho más tiempo que ellos. Tak es el ser ancestral, el corazón sin forma. Y donde se halla realmente es al otro lado del pequeño ojo abierto en el fondo del pozo. No sé con seguridad si eso es un lugar en la tierra, o ni siquiera en el espacio normal. Tak es un intruso, tan distinto de nosotros que ni tan sólo podemos concebirlo.

El chico temblaba un poco, y había palidecido más aún. Quizá se debía sólo a la luz de las estrellas, pero a Johnny no le gustó.

–No es necesario que sigamos hablando del tema si tú no quieres.

David asintió con la cabeza y señaló al frente.

—Mire, el camión Ryder. Está parado. Deben de haber encontrado a Mary. ¿No es estupendo?

—Desde luego —convino Johnny.

Los faros del Ryder se hallaban a algo menos de un kilómetro, orientados hacia la base del terraplén. Siguieron avanzando en silencio, absortos ambos en sus respectivos pensamientos. Johnny reflexionaba esencialmente sobre su identidad; ya no sabía con certeza quién era. Se volvió hacia David con la intención de preguntarle si tenía idea de dónde podía haber unas cuantas latas de sardinas más —con el hambre que tenía no le habría hecho ascos ni a un plato de habichuelas frías— cuando en su mente se produjo de pronto una insonora y resplandeciente explosión. Se echó hacia atrás en el asiento con una violenta sacudida. Un grito ahogado brotó de su garganta. Su boca se abrió de una manera tan extrema que por un momento su rostro semejó la máscara de un payaso. El todoterreno viró hacia la izquierda de la carretera.

David se inclinó hacia él, agarró el volante y corrigió el curso justo antes de que el vehículo cayese a la cuneta. En ese momento Johnny volvió a abrir los ojos. Frenó instintivamente, y el chico se vio lanzado contra el salpicadero. Quedaron detenidos en medio de la carretera a menos de sesenta metros de las luces de posición del Ryder. Vieron varias personas detrás del camión, siluetas teñidas de rojo.

—¡Mierda! —exclamó David—. Por un segundo...

Johnny lo miró, aturdido y perplejo, como si lo viese por primera vez en su vida. Gradualmente se le aclaró la vista, y se echó a reír.

—Tú lo has dicho: ¡Mierda! —dijo con voz débil, casi sin aliento, la voz de alguien que se recupera de una fuerte impresión—. Gracias, David.

—¿Ha sido una bomba divina?

—¿Cómo?

—Y grande —añadió David—. Como la de Saulo en Damasco, cuando las cataratas o lo que fuese se le desprendió de los ojos y volvió a ver la luz. El padre Martin llamaba a eso «bombas divinas». Acaba de caerle una, ¿verdad?

De pronto Johnny sintió un vehemente impulso de rehuir la mirada de David, por temor a lo que podía ver en ella. Se volvió al frente y miró hacia las luces de posición del Ryder.

Pese a la considerable anchura de la pista de grava, Steve no había dado la vuelta al camión, que seguía orientado hacia el sur, hacia el terraplén. Era lógico, pensó Johnny. Steve Ames era un astuto tejano, y probablemente sospechaba que aquello no había terminado aún. Tenía razón. David también tenía razón —debían bajar a la Mina de los Chinos—, pero quizá algunas de sus ideas no fuesen tan acertadas.

Fija los ojos, Johnny, dijo Terry. Fija los ojos para poder mirarlo a la cara sin un solo parpadeo. Sabes hacerlo, ¿verdad?

Sí, sin duda. Recordó un comentario de un viejo profesor de literatura que tuvo en su adolescencia, cuando los dinosaurios todavía deambulaban por la tierra. La mentira es ficción, había proclamado con una cínica sonrisa aquel viejo e irascible reptil, la ficción es arte, y por consiguiente todo arte es mentira.

Y ahora, señoras y señores, hagan hueco mientras me preparo para practicar mi arte en este joven e incauto profeta.

Se volvió hacia David y lo miró fijamente a los ojos con una triste sonrisa.

—No ha sido ninguna bomba, David. Lamento decepcionarte.

—¿Qué ha pasado, pues?

—He tenido un ataque de epilepsia. De pronto se me

ha venido todo encima y he tenido un ataque. De joven tenía uno cada tres o cuatro meses. *Petit mal*, lo llaman. Me mediqué durante un tiempo y desaparecieron. Pero empecé a padecerlos de nuevo hacia los cuarenta años, o quizá los treinta y cinco, cuando me di a la bebida, y de hecho a cosas peores. Y además entonces ya no eran tan *petit*. Estos ataques son la principal razón por la que he dejado el alcohol. El que acabas de presenciar ha sido el primero en casi –se interrumpió y fingió contar– once meses. Esta vez no se ha debido al alcohol y la cocaína, sino simplemente a la tensión de las últimas horas.

Volvió a poner el todoterreno en marcha. Se esforzó por mantener la vista al frente; si miraba al chico, sería para comprobar hasta qué punto se había tragado la historia, y él podía notarlo. Parecía absurdo, paranoide, pero Johnny sabía que no lo era. David era desconcertante y misterioso, como un profeta del Antiguo Testamento recién salido de un desierto del Antiguo Testamento con la piel quemada por el sol y el cerebro al rojo vivo a causa de la información transmitida por Dios.

Era mejor evitar su mirada, al menos por el momento.

Con el rabillo del ojo derecho vio que David lo observaba sin saber qué pensar.

–¿Es eso verdad, Johnny? –preguntó por fin el chico–. ¿No son invenciones suyas?

–Es verdad, te lo aseguro –contestó Johnny sin apartar la vista de la carretera–. No me he inventado nada.

David no hizo más preguntas, pero siguió observándolo. Johnny descubrió que percibía el *contacto* de esa mirada, como unos dedos hábiles y suaves palpando la parte superior de una ventana en busca del fiador que les permitirá abrirla.

# V

## 1

Tak estaba posado en el lado norte del borde de la mina, con las garras hundidas en la corteza podrida de un árbol caído. Ahora poseía literalmente vista de águila, y veía sin esfuerzo los dos vehículos. Veía incluso a los dos ocupantes del todoterreno: el escritor al volante y, en el asiento contiguo, el chico.

El meapilas de mierda.

Allí pese a todo.

Los *dos* allí pese a todo.

Tak se había cruzado brevemente con el chico en la visión de éste y había intentado desviar su atención, intimidarlo, ahuyentarlo antes de que se encontrase con el que lo había llamado a su presencia. Ninguno de sus trucos había surtido efecto. «Mi Dios es fuerte», había dicho, y obviamente así era.

Aún quedaba por ver, no obstante, si esa fuerza bastaba para vencerlo.

El todoterreno paró a cierta distancia del camión amarillo. Al parecer el escritor y el chico estaban hablando. El *dama* del chico se encaminó hacia ellos, armado de un rifle, pero se detuvo al advertir que el todoterreno reanudaba la marcha. Instantes después el grupo se había reunido de nuevo, o mejor dicho lo que quedaba de él, pese a sus esfuerzos por dividirlos.

Sin embargo no todo estaba perdido. El cuerpo del águila no le duraría mucho –una hora, dos a lo sumo–, pero por el momento se conservaba fuerte, ardiente y voraz, un arma afilada que Tak empuñaba del modo más firme posible. Extendió las alas del ave y alzó el vuelo mientras el *dama* abrazaba a su *damane*. (Estaba olvidando rápidamente el lenguaje humano –el pequeño cerebro de *can toi* del águila era incapaz de retenerlo– y recurría de nuevo al idioma rudimentario pero poderoso de los seres sin forma.)

Viró en el aire, se deslizó sobre el pozo de oscuridad que era la Mina de los Chinos, y descendió en espiral hacia el agujero cuadrado que accedía al viejo túnel. En el interior, a unos veinte metros de la entrada, brillaba una tenue luz rojiza. Tak contempló aquel resplandor desde fuera por un momento, dejando que la luz del *an tak* inundase y tranquilizase el primitivo cerebro del ave, y después entró en el túnel. A corta distancia se abría un pequeño hueco en la pared de la izquierda. El águila penetró en él y esperó allí con las alas muy apretadas contra el cuerpo.

Esperaba a todo el grupo, pero especialmente al meapilas. Le abriría la garganta con una de las poderosas garras del águila y le arrancaría los ojos con la otra; caería muerto antes de que ninguno de los otros se diese cuenta de lo que ocurría. Antes de que el propio *os dam* supiese qué pasaba, o intuyese siquiera que moría ciego.

2

Steve llevaba una manta en el camión –una manta de cuadros vieja y descolorida– con la idea de usarla para tapar la manta del jefe en caso de que hubiese que transportar la Harley en la caja del Ryder hasta la costa Oeste. Cuando Johnny y David se acercaron en el todoterreno, Mary Jackson se envolvía los hombros en esa manta como si fuese un chal de tartán. La puerta trasera del camión estaba levantada, y Mary se hallaba sentada en el borde de la plataforma con los pies apoyados en el parachoques y las puntas de la manta sujetas ante el pecho con una mano. En la otra mano sostenía una de las pocas botellas de Pepsi que quedaban. Tuvo la sensación de que no había probado nada tan dulce en toda su vida. Tenía el pelo sudoroso y pegoteado contra la cabeza y los ojos aún desorbitados. Temblaba pese a la manta, y parecía una superviviente de algún cataclismo, un incendio o un terremoto, en un documental televisivo. Contempló cómo Ralph abrazaba efusivamente a su hijo con un brazo –en la otra mano tenía el Ruger 44–, levantándolo en el aire.

Mary bajó al suelo y caminó unos pasos tambaleándose. Los músculos de las piernas le temblequeaban, resentidos aún por el esfuerzo de la carrera. He corrido para salvar la vida, pensó, y eso es algo que nunca podré explicar, ni de viva voz ni tampoco probablemente con un poema; nunca podré explicar lo que se siente cuando uno no corre por una comida, una medalla, un premio o para coger el tren, sino para salvar la vida.

Cynthia le apoyó una mano en el brazo.

–¿Está bien? –preguntó.

–Lo estaré –contestó Mary–. Déme cinco años y estaré como una jodida rosa.

Steve se acercó a las dos mujeres.

–No hay señales de ella –comentó Steve, refiriéndose, supuso Mary, a Ellen. A continuación fue hasta donde se hallaban David y Marinville–. ¿David? ¿Te encuentras bien?

–Sí –contestó el chico–. Y Johnny también.

Steve miró a Marinville con semblante evasivo.

–¿Es así?

–Eso creo –respondió Marinville–. He... –Miró a David–. Cuéntaselo tú, chico. Lo sabes mejor que yo.

David esbozó una débil sonrisa.

–Johnny ha cambiado de opinión. Y si buscan a mi madre... a la criatura que se había adueñado del cuerpo de mi madre... no es necesario que sigan. Ha muerto.

–¿Estás seguro?

–Encontraremos su cuerpo en el terraplén, a mitad de camino del borde de la mina –contestó David, señalando hacia arriba. Luego, con una voz que intentó en vano mantener serena, añadió–: No quiero verla. Cuando la aparten de la pista de grava, quiero decir. Papá, creo que tú tampoco deberías verla.

Mary se aproximó a ellos frotándose los muslos por la parte de atrás, donde más agarrotados tenía los músculos.

–El cuerpo de Ellen ya no le servía, y no ha conseguido el mío. Así pues, debe de haber vuelto a su agujero, ¿no?

–S-s-sí...

A Mary la inquietó la incertidumbre que se traslucía en la voz de David. Su respuesta parecía más una suposición que una afirmación fundada.

–¿Tenía alguien a mano en quien refugiarse? –preguntó Mary–. ¿Hay alguna otra persona viva aquí? ¿Un ermitaño? ¿Algún viejo buscador de oro?

–No –respondió David, esta vez más seguro.

–Ha caído y no puede levantarse –dijo Cynthia, y alzó un puño hacia el cielo estrellado–. ¡Bravo!

–¿David? –preguntó Mary.

El chico se volvió hacia ella.

–Aún no hemos terminado, ¿no? –dedujo Mary–. Incluso si ha quedado atrapado ahí dentro. Ahora debemos cerrar el túnel, ¿verdad?

–Primero el *an tak* –precisó David, asintiendo con la

cabeza–, y luego el túnel, sí. Tenemos que dejarlo como estaba antes.

Ralph rodeó con un brazo los hombros de su hijo.
–Si tú lo dices, David.
–Yo estoy de acuerdo –convino Steve–. Tengo curiosidad por ver el sitio donde ese tipo se descalza y apoya los pies en el cojín.
–Yo no tengo especial prisa en llegar a Bakersfield –comentó Cynthia.

David miró a Mary.
–Cuenta conmigo, por supuesto. Ha sido Dios quien me ha mostrado cómo escapar. Y también tengo que pensar en Peter. Esa criatura ha matado a mi marido. Creo que se lo debo a Peter.

David miró después a Johnny.
–Dos preguntas –dijo Johnny–. ¿Qué pasará cuando esto acabe? ¿Qué pasará aquí? Si la compañía minera de Desesperación vuelve y reanuda la explotación, casi con toda seguridad reabrirán la vieja Mina de los Chinos, ¿no? Así pues, ¿de qué servirá cerrar el túnel?

David sonrió. Mary tuvo la impresión de que era una sonrisa de alivio, como si temiese una pregunta mucho más difícil.
–Ése no es nuestro problema; es cosa de *Dios*. Nosotros sólo debemos preocuparnos de cerrar el *an tak* y el tramo de túnel que va desde allí hasta el exterior. Después nos marchamos y nos olvidamos de todo. ¿Cuál era la otra pregunta?
–¿Me dejarás que te invite a un helado cuando esto acabe, y que te cuente unas cuantas batallitas de mi juventud?
–Cómo no. A condición de que me permita hacerlo callar cuando... ya sabe... se pongan aburridas.
–En mi repertorio no hay historias aburridas –repuso el escritor con arrogancia.

El chico volvió al camión con Mary, rodeándole la

cintura y apoyando la cabeza en su brazo como si fuese su madre. Mary supuso que podía hacer las veces de madre durante un rato si él lo necesitaba. Steve y Cynthia montaron en la cabina. Johnny Marinville y Ralph se sentaron en el suelo de la caja frente a Mary y David.

Cuando el camión se detuvo a mitad de la cuesta, Mary notó que David se estrechaba contra ella y le rodeó los hombros con el brazo. Habían llegado al lugar donde se hallaba su madre, o mejor dicho, su caparazón vacío. El chico lo sabía tan bien como ella. Respiraba aceleradamente por la boca. Mary le cogió la cabeza y, sin hablar, lo instó a apoyarla contra su pecho. Él accedió de buen grado. Mary siguió notando su respiración rápida y poco profunda, y enseguida también sus primeras lágrimas mojándole la camisa. Frente a ella, el padre de David permenecía sentado con las rodillas encogidas contra el pecho y las manos en la cara.

—Tranquilo, David —susurró Mary, y empezó a acariciarle el pelo—. Tranquilo.

Se oyeron las dos puertas de la cabina al cerrarse y luego unas pisadas en la grava. En voz muy baja, Cynthia exclamó horrorizada:

—¡Dios! ¡Fíjate cómo está!

—Cállate, tonta. Te van a oír —reprendió Steve.

—Lo siento.

—Ven, ayúdame.

Ralph se apartó las manos de la cara, se enjugó los ojos con la manga, y después se acercó a David y apoyó un brazo en su hombro. David buscó a tientas la mano de su padre y se la cogió. La mirada afligida y lacrimosa de Ralph se cruzó con la de Mary, y también ella empezó a llorar.

Mary oyó arrastrarse los pies por la grava mientras Steve y Cynthia apartaban a Ellen de la pista. Siguió un instante de silencio, un leve gruñido de Cynthia por el esfuerzo, y por fin de nuevo las pisadas de regreso al camión. Mary presintió que Steve se asomaría a la caja del camión y diría al chico y su padre alguna indignante mentira, alguna estupidez como, por ejemplo, que Ellen tenía un aspecto plácido, que daba la impresión de estar haciendo una siesta allí en medio de ninguna parte. Trató de enviar un mensaje telepático: Déjalo, no venga aquí con una sarta de mentiras piadosas, porque sólo conseguirá empeorar las cosas. Los dos han estado en Desesperación, han visto lo que ha ocurrido allí, así que no intente engañarlos sobre lo que ha ocurrido aquí.

Las pisadas se interrumpieron. Se oyó un murmullo de Cynthia. Steve contestó algo. Luego subieron a la cabina y cerraron las puertas. El motor se revolucionó y el camión se puso otra vez en marcha. David mantuvo la cabeza apoyada en el pecho de Mary aún unos instantes, y luego la levantó.

—Gracias —dijo.

Mary sonrió, pero la puerta trasera estaba abierta, y supuso que había claridad suficiente para que el chico advirtiese que también ella había llorado.

—A tu disposición —contestó Mary, y lo besó en la mejilla—. En serio.

Cruzó los brazos en torno a las rodillas y contempló el paisaje por la puerta abierta a través de la estela de polvo. Veía aún el semáforo intermitente, una chispa amarilla en la inconmensurable oscuridad, pero ahora se alejaba de ellos. El mundo —el que para ella había sido siempre el *único* mundo— parecía alejarse también. Galerías comerciales, restaurantes, los cines, las sesiones en el gimnasio, alguna que otra tarde de sexo apasionado; todo parecía alejarse.

Y es todo tan sencillo, pensó. Tan sencillo como perder una moneda por un agujero de un bolsillo.

—¿David? —preguntó Johnny—. ¿Sabes cómo entró Tak en Ripton, su primer recipiente?

David movió la cabeza en un gesto de negación.

Johnny asintió como si fuese ésa la respuesta que esperaba y se reclinó contra el panel del camión. Mary se dio cuenta de que Marinville, pese a lo exasperante que podía llegar a ser, le inspiraba cierta simpatía. Y no sólo porque hubiese regresado con David; le había caído bien desde... bueno, desde que entraron en las oficinas del ayuntamiento a buscar armas, supuso. Le había dado un susto de muerte al aparecer tras él sin avisar, y sin embargo él había recobrado la calma casi de inmediato. Imaginó que pertenecía a la clase de hombres que convertían casi en un segundo oficio la capacidad de recuperarse de un sobresalto u otro. Y cuando no ponía todo su empeño en hacer el gilipollas, resultaba divertido.

El Remington 30-06 se hallaba en el suelo junto a él. Johnny lo buscó a tientas, lo cogió y se lo colocó atravesado sobre los muslos.

—Mañana noche tenía previsto dar una conferencia, y me temo que no llegaré a tiempo —comentó, mirando al techo. El título iba a ser: «Punkis y poslectores: la narrativa norteamericana en el siglo XXI.» Tendré que devolver el anticipo. «Triste, triste, triste, George y Martha.» Eso es de...

—¿*Quién teme a Virginia Wolf*? —apuntó Mary—. De Edward Albee. ¿Acaso se ha creído que todos somos analfabetos en este autobús?

—Lo siento —dijo Johnny, visiblemente sorprendido.

—No se olvide de incluir esa disculpa en su diario personal —bromeó ella, hablando por hablar.

Johnny bajó la cabeza para mirarla, frunció el entrecejo por un momento y se echó a reír. Al cabo de un instante Mary rió también, y enseguida la siguieron David y Ralph. La risa de Johnny era paradójicamente aguda para un hombre de su estatura, semejante a las estridentes carcajadas de los personajes de los dibujos animados, y ante esta idea Mary rió aún con más ganas.

Le dolió el vientre arañado, pero el dolor no le impidió seguir riendo.

Steve golpeó con un puño el panel delantero del camión desde la cabina. Era imposible adivinar si su voz amortiguada reflejaba alarma o regodeo.

—¿Qué pasa ahí? —preguntó.

Con su voz más ententórea, Johnny Marinville contestó:

—¡Cállate, tejano ignorante! ¡Estamos hablando de literatura!

Mary se desternilló de risa, llevándose una mano a la garganta y sujetándose con otra el vientre dolorido. No pudo dejar de reír hasta que el camión llegó a lo alto del terraplén, cruzó el tramo llano del borde, y empezó a descender por el otro lado. Entonces el buen humor la abandonó por completo. Los otros callaron también casi simultáneamente.

—¿Lo notas? —preguntó David a su padre.

—Noto *algo*.

Mary empezó a temblar. Trató de recordar si antes, mientras reía, temblaba también, pero no lo consiguió. Notaban algo, sí, sin duda. Y lo habrían notado con más intensidad si hubiesen estado allí un rato antes, si hubiesen ascendido por aquella pista de grava antes de que la criatura sangrante que había estado a punto...

Expulsa ese recuerdo de tu mente, Mare. Expúlsalo y cierra la puerta a cal y canto.

—¿Mary? —dijo David.

Ella lo miró.

—Esto no se prolongará mucho más —aseguró el chico.

—Bien.

Al cabo de cinco minutos —cinco larguísimos minutos— el camión se detuvo y se abrieron las puertas de la cabina. Steve y Cynthia se acercaron a la parte de atrás.

—Todos abajo —dijo Steve—. Final de trayecto.

Mary salió del camión con visible esfuerzo, haciendo una mueca de dolor a cada movimiento. Le dolía todo el cuerpo, pero en especial las piernas. Si hubiese seguido sentada en el camión mucho más tiempo, después probablemente no habría sido capaz de caminar.

—Johnny, ¿le quedan aspirinas? —preguntó.

Johnny le entregó el tubo. Sacó tres y se las tomó con el último sorbo de Pepsi. Luego se acercó a la parte delantera del camión.

Para los demás aquélla era la primera visita a la Mina de los Chinos; para Mary, la segunda. La oficina se encontraba a corta distancia del camión, y al mirarla, al pensar en lo que había en su interior y en lo cerca que había estado de la muerte allí dentro, sintió el impulso de gritar. Desvió su atención hacia el coche patrulla; la puerta del conductor seguía abierta, el capó seguía levantado, y el filtro del aire seguía en el suelo.

—Rodéeme con un brazo —pidió Mary a Johnny.

Él la complació, observándola con una ceja enarcada.

—Ahora ayúdeme a llegar hasta el coche.

—¿Para qué?

—Tengo que hacer una cosa —contestó Mary, evasiva.

—Mary, cuanto antes empecemos, antes acabaremos —dijo David.

—Sólo me llevará un segundo. Vamos, Shakespeare; andando.

Sujetándola por la cintura, Johnny la acompañó hasta el coche; en la otra mano sostenía el Remington 30-06. Mary supuso que la notaba temblar, pero no importaba. Para infundirse valor, se mordió el labio, recordando el viaje al pueblo en la parte trasera de aquel coche. Sentada con Peter tras la rejilla. El aroma a Old Spice y el olor metálico de su propio miedo. Las puertas sin tiradores, sin manivelas para los cristales de las ventanillas. Sin nada que mirar salvo la nuca quemada por el sol de Entragian y el ridículo osito de mirada inexpresiva sujeto al salpicadero.

Se sumergió en el hedor de Entragian –aunque era en realidad el hedor de Tak, ahora lo sabía– y arrancó el osito de un tirón. Sus ojos inexpresivos de *can toi* la miraron fijamente, como preguntando a qué venía aquella estupidez, de qué iba a servirle, qué iba a cambiar.

—Bueno –dijo–, *tú* ya no existes, hijo de puta, y ése es el primer paso.

Lo dejó caer en el pedregoso suelo y lo pisó con fuerza. Notó el crujido bajo la zapatilla. Aquello fue, de un modo profundo, el momento más satisfactorio de aquella horrible pesadilla.

—Déjeme que adivine –dijo Johnny–. Es alguna nueva variación de la terapia convencional. Una reafirmación simbólica concebida expresamente para etapas críticas de la vida, algo así como «Yo estoy bien, y tú estás hecho picadillo». O...

—Cállese ya –lo interrumpió ella sin hostilidad–. Ya puede soltarme.

—¿Es indispensable? –Movió la mano por su cintura–. Empezaba a familiarizarme con la topografía.

—Por desgracia yo no soy un mapa.

Johnny retiró la mano, y volvieron con los demás.

—¿Es ahí, David? –preguntó Steve, señalando más allá de la maquinaria pesada y a la izquierda del herrumbroso barracón metálico con la chimenea torcida.

A unos veinte metros pendiente arriba estaba el agujero vagamente cuadrado que Mary había visto ya antes. En ese momento no le había prestado demasiada atención, porque tenía entre manos asuntos más urgentes –sobrevivir, principalmente–, pero al contemplarlo ahora de nuevo la asaltó un mal presentimiento, una repentina flojera en las rodillas. Bueno, pensó, por lo menos he aplastado el oso. Ya no mirará nunca más a nadie encerrado en la parte trasera de un coche patrulla. Algo es algo.

—Eso es —respondió David—. La vieja Mina de los Chinos.

—*Can tak* en *can tah* —dijo su padre como si hablase en sueños.

—Sí.

—¿Y tenemos que volarla? —preguntó Steve—. ¿Cómo?

David señaló el edificio cúbico de hormigón situado junto a la oficina y dijo:

—Primero tenemos que entrar allí.

Se acercaron al polvorín. Ralph tiró del candado de la puerta como para comprobar su resistencia y a continuación amartilló el rifle Ruger. El piñoneo metálico del percutor resonó en la quietud de la mina.

—Échense atrás —dijo—. En las películas esto siempre sale bien, pero en la vida real... ¿quién sabe?

—Espere un segundo —pidió Johnny, y corrió hacia el Ryder. Lo oyeron revolver entre las cajas de cartón amontonadas justo detrás de la cabina—. ¡Ah, aquí estás!

Regresó con un casco negro de motorista provisto de una amplia visera y se lo entregó a Ralph.

—Es un Bell, protector cerebral de lujo. Rara vez lo utilizo, porque me sobra casco por todas partes. En cuanto meto la cabeza dentro, me da un ataque de claustrofobia. Póngaselo.

Ralph siguió su consejo. Con el casco puesto parecía un soldado futurista. Johnny retrocedió mientras Ralph se volvía de nuevo hacia el candado. Los demás también se apartaron. Mary tenía las manos apoyadas sobre los hombros de David.

—¿Por qué no se vuelven de espaldas? —sugirió Ralph, su voz amortiguada por el casco.

Mary esperaba que David protestase —no habría sido extraño que mostrase preocupación por su padre, incluso una preocupación desmedida, dado que en las últimas doce horas había perdido a los otros dos miembros de su familia–, pero David permaneció en silencio. Su rostro no era más que un pálido borrón en la oscuridad, imposible de descifrar, pero Mary no percibía en él la menor agitación.

Quizá en su mente haya visto que no sufrirá ningún daño, pensó. En esa visión que ha tenido... o lo que sea. O quizá...

No deseaba concluir ese pensamiento, pero no logró cortarle el paso a tiempo.

... quizá sabe que no existe alternativa.

Se produjo un largo momento de silencio –*muy* largo, se le antojó a Mary– y después se oyó una potente detonación que debería haber reverberado pero no lo hizo. El sonido desapareció en el acto, absorbido por las paredes, los bancales y las hondonadas de la explotación a cielo abierto. Segundos más tarde Mary oyó el grito de sorpresa de un ave, y después nada. Se preguntó por qué Tak no había azuzado a los animales contra ellos como había hecho contra muchos habitantes del pueblo. ¿Porque los seis juntos formaban un grupo especial? Tal vez. En tal caso, era David quien les había conferido un rango especial, del mismo modo que un solo jugador de gran talla puede elevar el nivel de todo un equipo.

Al volverse, vieron a Ralph inclinado sobre el candado, examinándolo a través de la visera transparente del casco. El candado estaba retorcido y presentaba un ancho orificio de bala en el centro, pero cuando Ralph tiró de él, no cedió.

–Habrá que probar otra vez –anunció, e hizo girar un dedo en el aire indicándoles que se diesen la vuelta de nuevo.

Obedecieron, y se oyó otra detonación. Esta vez ninguna ave gritó después. Mary supuso que la que había emitido el grito anterior se hallaba ya lejos de allí, aunque no había oído el aleteo. Lo cual probablemente era lógico, con los dos disparos retumbándole en los oídos.

En esta ocasión, cuando Ralph tiró, la barra del candado se desprendió al instante. Ralph retiró el pasador y lo lanzó a un lado. Cuando se quitó el casco de Johnny, sonreía.

David corrió hacia él y se dieron de palmas con las manos extendidas.

—¡Así se hace, papá!

Steve abrió la puerta y observó el interior.

—Esto está oscuro como boca de lobo —comentó.

—¿No hay un interruptor? —preguntó Cynthia—. El edificio no tiene ventanas, así que debe de haber luz eléctrica.

Steve buscó a tientas primero en la pared de la derecha y luego en la de la izquierda.

—Cuidado con las arañas —advirtió Mary, nerviosa—. Podría haber arañas.

—Aquí está, ya lo he encontrado —dijo Steve. Se oyó el chasquido del interruptor, pero las luces no se encendieron. Steve volvió a probar; el resultado fue el mismo.

—¿Alguien conserva aún una linterna? —preguntó Cynthia—. Yo he debido de dejarme la mía en el cine.

Nadie respondió. Mary también tenía una linterna un rato antes —la que había encontrado allí mismo, en la oficina— y creía que se la había metido bajo el cinturón después de pinchar las ruedas de las furgonetas. En todo caso, había desaparecido. Y el hacha también. Debía de haber perdido tanto lo uno como lo otro durante su accidentada huida.

—¡Mierda! —exclamó Johnny—. Para *boy scouts* no servimos.

—Hay una en el camión, detrás del asiento —dijo Steve—. Bajo los mapas.

—¿Por qué no la traes? —lo instó Johnny, pero Steve se quedó inmóvil por un momento. Miraba a Johnny

con una expresión extraña que Mary no consiguió interpretar. Johnny la advirtió también–. ¿Qué pasa?
—Nada —contestó Steve—. No pasa nada, jefe.
—Entonces muévete.

3

Steve Ames era capaz de precisar el momento exacto en que el mando de aquella exigua fuerza expedicionaria pasó de David a Johnny, el momento en que el jefe se convirtió de nuevo en el jefe. «¿Por qué no la traes?», había dicho, una pregunta que no era en absoluto una pregunta, sino la primera auténtica orden que Marinville le había dado desde que partieron de Connecticut, Johnny en su motocicleta, y Steve en el camión, siguiéndolo tranquilamente a cierta distancia y fumándose algún que otro puro barato. Lo había llamado «jefe» (hasta que Johnny le pidió que le apease el tratamiento), porque ésa era la costumbre en el mundo del espectáculo: en los teatros, los tramoyistas llamaban jefe al director de escenografía; en el rodaje de una película, los ayudantes de cámara llamaban jefe al director; en una gira, los trajineros llamaban jefe al organizador o a los miembros del grupo. Simplemente había extendido esa parte de su anterior vida a aquel trabajo, pero hasta ese momento nunca había *pensado* en Johnny como en un jefe pese a su actitud arrogante y superior. Y esta vez, cuando Steve lo llamó jefe, Johnny no puso ninguna objeción.

«¿Por qué no la traes?»

Una simple pregunta en apariencia, sólo cinco palabras, y todo había cambiado.

¿Qué ha cambiado?, se preguntó. ¿Qué ha cambiado *exactamente*?

—No lo sé —murmuró mientras abría la puerta del

conductor del camión y empezaba a buscar detrás del asiento–. Eso es lo que me pone nervioso, que en realidad no lo sé.

La linterna –de seis pilas y tubo largo– se hallaba bajo un montón de mapas arrugados, junto con el botiquín y una caja de cartón con unas cuantas bengalas de señales. La probó, vio que funcionaba y corrió a reunirse con los otros.

–Primero mira si hay arañas –aconsejó Cynthia, levantando la voz de una manera anormal–. Arañas y serpientes, como dice la canción. Dios, las detesto.

Steve entró en el polvorín y echó un vistazo alrededor alumbrándose con la linterna. Primero examinó el suelo, luego las paredes de cemento y por último el techo.

–No hay arañas –informó–. Tampoco serpientes.

–David, quédate ante la puerta –dijo Johnny–. Mejor será que no nos apiñemos todos ahí dentro. Y si ves a alguien o algo...

–Doy un grito –completó David–. No se proecupe.

Steve enfocó con la linterna un cartel situado en medio del polvorín; estaba en un atril, como el que ponen en la entrada de algunos restaurantes con un rótulo que reza: ESPERE, POR FAVOR. LA CAMARERA LO ACOMPAÑARÁ A SU MESA. Sólo que en éste se leía en grandes letras rojas:

ATENCIÓN ATENCIÓN ATENCIÓN
LOS EXPLOSIVOS Y LOS FULMINANTES DEBEN MANTENERSE
SEPARADOS
ES UNA NORMA FEDERAL
NO SE TOLERARÁ LA MENOR NEGLIGENCIA EN EL USO
DE EXPLOSIVOS

En la pared del fondo había numerosas escarpias clavadas en el cemento. De ellas colgaban rollos de alambre y grueso cable blanco. Cable de detonación, supuso Steve. Contra las paredes derecha e izquierda, enfrentados como dos sujetalibros sólo que sin libros en medio, había dos macizos arcones de madera. El que tenía los rótulos DINAMITA y FULMINANTES y USAR CON EXTREMA PRUDENCIA estaba abierto, con la tapa levantada como la tapa de un baúl de juguetes. El otro, con un único rótulo en letras negras sobre fondo naranja que rezaba EXPLOSIVOS, estaba cerrado con un candado.

–Eso es el NAFO –explicó Johnny, señalando el arcón cerrado–. Son las siglas de nitrato de amonio y fuel-oil.

–¿Cómo lo sabe? –preguntó Mary.

–Lo he leído en algún sitio –contestó, abstraído–. Simplemente lo he leído en algún sitio.

–Bueno, pues si alguien ha pensado que voy a volar también ese candado, está mal de la cabeza –comentó Ralph–. ¿A alguien se le ocurre algo que no implique disparos?

–De momento no –dijo Johnny, pero no parecía muy preocupado.

Steve se acercó al arcón de la dinamita.

–Ahí no hay dinamita –aseguró Johnny, todavía extrañamente sereno.

Johnny tenía razón en cuanto a la dinamita, pero el arcón no estaba ni mucho menos vacío. Dentro, como metido con calzador, había un cadáver de un hombre vestido con vaqueros y una camiseta de Georgetown. Tenía un balazo en la cabeza. Sus ojos vidriosos miraron a Steve desde debajo de lo que en otro tiempo debió de ser pelo rubio. Era imposible saberlo.

Conteniendo las náuseas que le provocaba el hedor a putrefacción, intentó desprender el llavero que colgaba del cinturón del cadáver.

–¿Qué hay ahí? –preguntó Cynthia, encaminándose hacia él.

Un escarabajo salió de la boca abierta del cadáver y

bajó por su mentón. Steve oyó un ligero roce. Debía de haber más insectos debajo del cuerpo. O quizá una de esas serpientes que su encantadora nueva amiga tanto apreciaba.

–Nada –contestó–. NO te acerques.

El llavero se resistía. Tras varios intentos inútiles por abrir el cierre en forma de clave que lo mantenía sujeto a la trabilla, Steve optó por arrancarlo con trabilla y todo. Cerró la tapa y cruzó el polvorín con el llavero. Johnny, advirtió, se encontraba a unos tres pasos de la puerta, mirando absorto el casco de motorista.

–¡Ay, pobre Yorick! –recitó–. Lo conocía bien.

–¿Johnny? ¿Te pasa algo? –preguntó Steve.

–No, estoy bien –contestó Johnny. Se puso el casco bajo el brazo y dedicó a Steve su más encantadora sonrisa, pero por su mirada daba la impresión de estar bajo un hechizo.

Steve entregó las llaves a Ralph.

–Puede que sea una de éstas.

Ralph no tardó en encontrarla. La tercera llave que probó entró en el candado del arcón con el rótulo EXPLOSIVOS. Un instante después los cinco se hallaban junto al arcón contemplando el interior. Estaba dividido en tres compartimientos. Los dos de los extremos se hallaban vacíos. El central, lleno más o menos hasta la mitad, contenía una especie de bolsas alargadas de estopilla. Esparcidas entre ellas había unas pequeñas bolas –probablemente caídas de alguna bolsa rota– que a Steve le parecieron perdigones blanqueados. Las bolsas estaban provistas de cordones anudados a modo de asas. Steve levantó una. Era semejante a una salchicha y debía de pesar unos cuatro kilos y medio. En la franja lateral, estampado en letras negras se leía NAFO y debajo, en letras rojas, PRECAUCIÓN: INFLAMABLE, EXPLOSIVO.

–Muy bien –dijo Steve–, pero ¿cómo vamos a hacerlas estallar sin detonante? Tenías razón, jefe: no hay cartuchos de dinamita ni cápsulas fulminantes. Sólo un tipo con un peinado calibre treinta-treinta.

Johnny miró a Steve y luego a los otros.

–Me gustaría hablar con Steve a solas. Podrían salir los demás y esperar fuera un momento con David.

–¿Por qué? –preguntó Cynthia al instante.

–Porque es necesario que hable con él –respondió Johnny con inusitada delicadeza–. Es por un pequeño asunto pendiente, nada más. Le debo una disculpa. Por lo general me cuesta disculparme en cualquier circunstancia, pero dudo que pudiera hacerlo con público.

–No creo que éste sea el momento... –empezó a decir Mary.

El jefe le enviaba a Steve señales con los ojos, señales urgentes.

–No hay inconveniente –dijo Steve–. Sólo será un momento.

–Y no se vayan de manos vacías –indicó Johnny–. Llévense una bolsa de este Cuatro de Julio instantáneo cada uno.

–Por lo que yo sé, sin algún otro explosivo para detonarlo, esto no es más que una hoguera instantánea –comentó Ralph.

–Quiero saber qué pasa aquí –insistió Cynthia, manifiestamente preocupada.

–Nada –respondió Johnny con voz tranquilizadora–. De verdad.

–¡Y un carajo! –replicó Cynthia, malhumorada, pero salió con los demás, cada uno con su bolsa de NAFO.

Antes de que Johnny comenzase a hablar, David entró en el polvorín. Aún tenía restos de jabón seco en las mejillas y los párpados amoratados. Steve había salido durante una época con una chica que usaba una sombra de ojos de ese mismo color, sólo que en ella resultaba atractivo, y en David chocante.

–¿Todo en orden? –preguntó David. Miró fugazmente a Steve, pero en realidad se dirigía a Johnny.

–Sí –respondió Johnny–. Steve, dale a David una bolsa de NAFO.

David se quedó inmóvil por un momento, pensativo, contemplando la bolsa que Steve le había entregado. De pronto miró a Johnny y dijo:

–Enséñeme los bolsillos. Todos.

–¿Qué...? –empezó Steve.

Johnny lo hizo callar y esbozó una extraña sonrisa, la sonrisa de alguien que mientras come muerde algo con un sabor amargo pero irresistible.

–David sabe lo que hace.

Se desabrochó las chaparreras y se vació los bolsillos de los vaqueros, entregando a Steve sus pertenencias una por una: la famosa cartera, sus llaves, el martillo que llevaba al cinto. Luego se inclinó para que David echase un vistazo en el bolsillo de la camisa. A continuación se desabrochó los vaqueros y se los bajó. Debajo llevaba un pequeño *slip* azul, sobre el que colgaba su considerable vientre. A Steve le recordó a esos viejos ricos que uno veía a veces paseando por la playa. Se sabía que eran ricos no sólo porque siempre lucían relojes Rolex y gafas de sol Oakley, sino también, y sobre todo, porque se exhibían sin el menor pudor con aquellos minúsculos taparrabos de licra. Como si por encima de ciertos ingresos la tripa se convirtiese en un bien más.

Al menos los calzoncillos del jefe no eran de licra sino de simple algodón.

Se giró ligeramente y levantó un poco los brazos para ofrecerle a David una mejor visión de todos sus ángulos y magulladuras. Después volvió a subirse los vaqueros y se puso encima las chaparreras.

–¿Satisfecho? –preguntó a David–. Si no, me quitaré también las botas.

—No —dijo David, pero le registró los bolsillos de las chaparreras antes de marcharse. Se lo veía inquieto pero no exactamente preocupado—. Ya pueden mantener su charla. Pero dense prisa.

Se marchó, dejando solos a Steve y Johnny.

El jefe se fue hasta el fondo del polvorín, alejándose lo más posible de la puerta. Steve lo siguió. Empezaba a percibir el olor del cadáver metido en el arcón de la dinamita, amortiguado por el aroma más intenso del fuel-oil, y deseó salir de allí cuanto antes.

—Quería asegurarse de que no llevas encima ninguno de esos *can tahs*, ¿verdad? Como Audrey.

Johnny asintió.

—Es un chico inteligente.

—Supongo que sí. —Steve barrió el suelo con los pies, se los miró, y por fin levantó la vista—. Oye, no es necesario que te disculpes por haberte largado. Lo importante es que hayas vuelto. ¿Por qué no lo...?

—Debo *muchas* disculpas —admitió Johnny. Empezó a recoger sus cosas y a guardárselas rápidamente en los bolsillos. Dejó el martillo para el final, y volvió a metérselo bajo el cinturón de las chaparreras—. Es asombroso que uno pueda sembrar tanta mierda a lo largo de su vida. Pero a ese respecto tú eres la menor de mis preocupaciones, Steve, sobre todo ahora. Sólo calla y escucha, ¿de acuerdo?

—De acuerdo.

—Y tenemos que darnos prisa. David sospecha ya que tramo algo; ésa es otra de las razones por lo que me ha hecho vaciar los bolsillos. Llegado un momento, no muy lejano ya, tendrás que agarrar a David. Cuando lo hagas, asegúrate de que lo tienes bien sujeto, porque va a resistirse como una fiera. Y asegúrate de que no escapa.

—¿Por qué?

—¿Colaborará tu amiga la del peinado creativo si se lo pides? —preguntó Johnny.

—Probablemente, pero...

—Steve, tienes que confiar en mí.

—¿Por qué iba a confiar? —dijo Steve.

—Porque cuando veníamos hacia aquí he tenido una revelación. Aunque, dicho así, suena un tanto ceremonioso; me gusta más la expresión de David. Me ha preguntado si me había caído una bomba divina. Le he asegurado que no, pero era mentira. ¿Crees que por eso me ha elegido Dios en último extremo? ¿Porque soy un embustero consumado? En parte tiene gracia, pero también tiene su lado desagradable, ¿sabes?

—¿Qué va a pasar? ¿Lo sabes?

—No, no con todo detalle. —Johnny cogió el Remington 30-06 con una mano y el casco con la otra. Miró alternativamente uno y otro objeto, como si comparase su valor relativo.

—No puedo hacer lo que me pides —dijo Steve sin rodeos—. No confío en ti tanto como para eso.

—Tienes que confiar —repuso Johnny, y le entregó el rifle—. No te queda otra alternativa.

—Pero...

Johnny se acercó más a él. A Steve no le parecía ya el mismo hombre que había montado en la Harley-Davidson en Connecticut entre los crujidos de sus absurdas prendas de cuero nuevas, exhibiendo hasta el último de sus dientes mientras lo rodeaban los fotógrafos de *Life*, *People* y *Daily News*. Había experimentado un profundo cambio que iba mucho más allá de una nariz rota y unas cuantas magulladuras. Parecía más joven, más fuerte. La pomposidad había abandonado su rostro, y también ese cierto aire distraído que antes lo caracterizaba. Sólo en ese momento, al notar su ausencia, se dio cuenta Steve de lo permanente que había sido esa expresión en Marinville, como si, al margen de lo que dijese o hiciese, tuviese siempre puesta la atención en otra parte. En un objeto perdido o una tarea olvidada.

—David está convencido de que Dios quiere que muera a fin de encerrar a Tak otra vez en su agujero. El sacrificio final, por así decirlo. Pero se equivoca. —A Johnny se le quebró la voz al pronuciar la última palabra, y Steve advirtió perplejo que el jefe estaba al borde del llanto—. No va a ser tan sencillo para él.

—¿Qué...?

Johnny lo cogió del brazo, apretándole tanto que casi le dolió.

—Calla, Steve. Tú limítate a agarrarlo cuando llegue el momento. Está en tus manos. Y ahora vamos. —Se inclinó sobre el arcón, levantó una bolsa de NAFO por el cordón y se la lanzó a Steve. Luego cogió otra para él.

—¿Tienes idea de cómo detonar esto sin dinamita ni fulminante? —preguntó Steve—. Sí, ¿verdad? ¿Qué va a pasar? ¿Dios va a enviar un rayo?

—Eso cree David —contestó Johnny—, y después de la demostración de las sardinas y las galletas saladas, no es raro que lo crea. Sin embargo yo dudo que llegue a algo tan extremo. Vamos. Se hace tarde.

Salieron a la oscuridad de la noche ya cercana a su final y se reunieron con los otros.

### 4

Al pie de la pendiente, unos veinte metros por debajo del irregular agujero de entrada a la vieja Mina de los Chinos, Johnny los hizo parar y les pidió que atasen las bolsas de dos en dos por los cordones. Él mismo se colgó uno de los tres pares de bolsas alrededor del cuello; las alargadas bolsas pendían a ambos lados de su pecho como contrapesos de un reloj de cuco. Steve cogió otro par, y Johnny no puso ninguna objeción cuando David quitó a su padre de las manos el último par y se lo colgó también del cuello. Ralph, preocupado, miró a Johnny. Johnny observó a David, que trepaba ya hacia la abertura del túnel, devolvió la mirada a Ralph, movió la cabeza en un gesto de negación y se llevó un dedo a los labios. Calladito, papá.

Ralph no parecía muy convencido pero guardó silencio.

–¿Todos están bien? –preguntó Johnny.

–¿Qué va a ocurrir? –dijo Mary–. ¿Cuál es el plan?

–Seguiremos las indicaciones de Dios –respondió David–. Ése es el plan. Vamos.

David encabezó la marcha, subiendo de medio lado para no caerse. Allí no había una amplia pista de grava, ni siquiera un sendero, y el terreno era escabroso. Johnny notó cómo se deshacía bajo sus pies a cada paso. Pronto el corazón y la maltrecha nariz empezaron a palpitarle sincronizadamente y con igual fuerza. Durante los últimos meses se había portado bien, pero los excesos de otros tiempos acudían a pasarle factura.

Sin embargo se sentía bien. De repente todo era más sencillo, y eso lo complacía.

David iba el primero, seguido de cerca por su padre. A continuación subían Steve y Cynthia. Johnny y Mary Jackson cerraban la marcha.

–¿Por qué lleva todavía ese casco? –preguntó Mary.

Johnny sonrió. De una extraña manera Mary le recordó a Terry. Terry tal como era en su primera etapa de matrimonio. Johnny, en lugar de contestar, levantó el casco, sosteniéndolo por dentro con una mano como una marioneta, y lo agitó ante el rostro de Mary.

Ella rió, sin aliento, y dijo:

–Está loco.

Si el agujero hubiese estado cuarenta metros cuesta arriba en lugar de veinte, Johnny no sabía si habría llegado. De hecho incluso a aquella altura el martilleo de su corazón se había acelerado tanto que, cuando David llegó a la abertura, parecía casi un zumbido continuo en su pecho. Y las piernas casi no le sostenían.

No te rindas ahora, se dijo. Estás en el tramo final.

Se obligó a subir un poco más deprisa, temiendo de pronto que David entrase en el túnel sin esperarlos. Era posible también. Steve creía que el jefe sabía qué iba a ocurrir, pero en realidad el jefe sabía muy poco. Simplemente tenía una página más del guión que ellos.

Pero David esperó, y pronto se reagruparon todos en la pendiente ante la abertura. Un olor húmedo y malsano procedía del interior, un olor a hielo y a chamusquina al mismo tiempo. Y llegaba también un sonido que recordó a Johnny un ascensor en movimiento: un tenue susurro.

—Deberíamos rezar —propuso David con aparente timidez, y tendió las manos a ambos lados.

Su padre le cogió una. Steve dejó el Remington 30-06 y le tomó la otra. Mary cogió la de Ralph, y Cynthia la de Steve. Johnny se colocó entre las dos mujeres, dejó el casco entre sus botas, y completó el círculo.

Permanecieron inmóviles en la oscuridad de la Mina de los Chinos, oliendo el cargado aliento de la tierra, escuchando el suave susurro, mirando a David Carver, que los había llevado hasta allí.

—¿El padre de quién? —preguntó David.

—Padre nuestro —comenzó Johnny, deslizándose con facilidad por el camino de aquella vieja oración, como si nunca hubiese abandonado esa rutina—, que estás en los cielos, santificado sea tu nombre. Venga a nosotros tu reino...

Los demás unieron sus voces al rezo; Cynthia, la hija del párroco, primero, Mary la última.

—... hágase tu voluntad, así en la tierra como en el cielo. El pan nuestro dánosle hoy, y perdona nuestras deudas como nosotros perdonamos a nuestros deudores. No nos dejes caer en la tentación y líbranos del mal. Amén.

Tras el amén, Cynthia añadió:

—Porque Tuyo es el reino, y el poder, y la gloria, por los siglos de los siglos, amén.

Levantó la vista con un leve parpadeo que a Johnny había acabado agradándole.

—Así es como lo aprendí yo, al estilo protestante, ¿saben?

David miraba a Johnny.

—Ayúdame a dar lo mejor de mí —dijo Johnny—. Si estás ahí, Dios, y ahora tengo razones para creer que estás, ayúdame a dar lo mejor de mí y no ceder a la debilidad. Deseo que tomes esta petición muy en serio, porque durante la mayor parte de mi vida he sucumbido a la debilidad. David, ¿tienes algo que añadir?

David se encogió de hombros y negó con la cabeza.

—Ya lo he dicho.

Soltó las manos que sujetaban las suyas, y el círculo se rompió.

Johnny asintió.

—Muy bien, manos a la obra.

—Pero ¿qué tenemos que hacer? —preguntó Mary—. ¿Serían tan amables de explicármelo?

—Yo debo entrar —anunció David—. Solo.

Johnny negó con la cabeza.

—No. Y no insistas en que Dios te lo ha dicho, porque ahora mismo no está diciéndote nada. En la pantalla de tu televisor sólo hay un rótulo en el que se lee ROGAMOS DISCULPEN ESTA INTERRUPCIÓN, ¿me equivoco?

David lo miró indeciso y se humedeció los labios.

Johnny alzó una mano en dirección a la oscuridad del túnel y, con el tono de alguien que concede un gran favor, dijo:

—Sin embargo puedes entrar primero. ¿Qué te parece?

—Mi padre...

—Entrará detrás de ti. Te agarrará si te caes.

—No —protestó David. De pronto parecía asustado, aterrorizado—. Eso no. No quiero que entre siquiera. El techo podría desplomarse...

—¡David! Lo que tú quieras poco importa.

Cynthia agarró a Johnny del brazo. Le habría clavado las uñas en la carne si antes no se las hubiese comido hasta ras de piel.

—Déjelo en paz. ¡Por el amor de Dios, le ha salvado la vida! ¿Es que no puede dejar de atormentarlo?

—No lo atormento —replicó Johnny—. En este momento es él quien se atormenta a sí mismo. Si simplemente se dejase llevar, recordase quién está al frente...

Miró a David. El chico masculló algo inaudible, pero Johnny no necesitaba oírlo para saber qué había dicho.

—Exacto, es cruel. Pero tú ya lo sabías. Y no puedes ejercer ningún control sobre la naturaleza de Dios. Ni tú ni ninguno de nosotros. Así pues, ¿por qué no te relajas?

David no contestó. Inclinó la cabeza, pero esta vez no para rezar. Johnny pensó que era resignación. En cierto modo el chico sabía lo que se avecinaba, y eso era lo peor. Lo más *cruel*. «No va a ser sencillo para él», le había dicho a Steve en el polvorín, pero allí no imaginaba aún lo difícil que podía llegar a ser. Primero su hermana, luego su madre, y ahora...

—Muy bien —dijo Johnny con una voz tan árida como el terreno sobre el que se hallaban—. Primero David, segundo Ralph, y después tú, Steve. Yo iré detrás de ti. Esta noche... perdón, esta mañana las damas serán las últimas.

—Si tenemos que entrar, yo quiero entrar con Steve —dijo Cynthia.

—Muy bien, de acuerdo —concedió Johnny de inmediato, casi como si lo estuviese esperando–. Nos intercambiaremos las posiciones.

–De todos modos, ¿quién lo ha puesto a usted al mando? –preguntó Mary.

Johnny se volvió hacia ella como una serpiente, y Mary, sobresaltada, retrocedió un paso.

–¿Quiere probar usted? –preguntó en una especie de peligrosa incitación–. Porque si quiere, por mí encantado. Yo no he deseado este papel más que David. Así pues, ¿qué contesta? ¿Quiere ponerse el tocado de gran jefe?

Mary, desconcertada, negó con la cabeza.

–Tranquilo, jefe –murmuró Steve.

–Estoy tranquilo –repuso Johnny, aunque en realidad no lo estaba. Observaba a David y su padre, uno junto al otro, cogidos de la mano, con las cabezas gachas, y no era una visión tranquilizadora. Apenas podía creer que estuviese dispuesto a consentir una atrocidad semejante. ¿Apenas? No lo creía en absoluto. ¿Cómo podría haber seguido adelante de no ser por un compasivo velo de incomprensión que se alzaba ante él como una coraza? ¿Él o cualquier otra persona?

–¿Quiere que lleve yo esas bolsas, Johnny? –preguntó Cynthia tímidamente–. Aún no ha recobrado el aliento, y no se moleste, pero no lo veo muy sobrado de fuerzas.

–Aguantaré. Ya estamos cerca, ¿no, David?

–Sí –contestó David con voz débil y trémula. En ese momento daba la impresión de que no sólo cogía la mano de su padre sino que la acariciaba como una amante. Miró a Johnny con ojos desesperados y suplicantes. Los ojos de alguien que *casi* sabe lo que va a ocurrir.

Johnny desvió la mirada, incapaz de reprimir una náusea, sintiendo frío y calor al mismo tiempo. Buscó la mirada perpleja y preocupada de Steve y trató de repetir su mensaje: Cuando llegue el momento, sujétalo. En voz alta dijo:

—Dale la linterna a David, Steve.

Por un momento pensó que Steve se negaría, pero éste finalmente se sacó la linterna del bolsillo trasero y se la entregó al chico.

Johnny volvió a alzar la mano en dirección a la oscuridad del túnel, hacia el olor frío de fuego antiguo y el ligero susurro procedentes de las entrañas de aquella montaña masacrada. Esperó oír alguna palabra de consuelo por parte de Terry, pero Terry se había esfumado. Y mejor así, quizá.

—¿David? —Le temblaba la voz—. ¿Nos alumbras el camino?

—No quiero —masculló David. A continuación respiró hondo, alzó la vista al cielo, donde las estrellas empezaban a palidecer, y gritó—: ¡No quiero! ¿No he hecho ya bastante? ¿No he hecho todo lo que me has pedido? ¡Esto no es justo! ¡Esto no es justo y no quiero hacerlo!

Las tres últimas palabras salieron de su garganta en un grito desgarrado. Mary dio un paso hacia el túnel. Johnny la agarró del brazo.

—Quíteme la mano de encima —dijo Mary, y de nuevo hizo ademán de dirigirse al túnel.

Johnny tiró de ella.

—No se mueva.

Mary desistió.

Johnny miró a David y volvió a alzar la mano en silencio hacia el túnel.

David miró a su padre con lágrimas en las mejillas.

—Vete, papá. Vuelve al camión.

Ralph movió la cabeza en un gesto de negación y dijo:

—Si tú entras, yo también entraré.

—No. Te digo que no entres. Corres peligro.

Ralph permaneció inmóvil y observó pacientemente a su hijo.

David miró a su padre una vez más y después a Johnny, que mantenía la mano alzada (una mano que ya no sólo invitaba sino que exigía). Por fin se dio media vuelta y entró en el túnel. Al cruzar la abertura encendió la linterna, y Johnny vio danzar motas de polvo en el brillante haz de luz... motas de polvo y algo más. Algo que habría acelerado el corazón a un antiguo buscador de oro. Un resplandor dorado, que flotó en el aire por un momento y luego se desvaneció.

Ralph siguió a David. Steve entró a continuación. El chico inspeccionó los primeros metros del túnel con la linterna. El haz recorrió primero la pared de piedra, se posó por un instante en un antiguo entibo donde había tres símbolos grabados –quizá el nombre de algún minero chino muerto hacía muchos años, o acaso el nombre de su amada, que un día dejó en algún poblado a orillas del lago Poyang–, y se deslizó después por el suelo, donde encontró un montón de huesos: cráneos, costillares curvos como la fantasmal sonrisa del gato de Cheshire. Luego se desplazó hacia la izquierda en dirección ascendente. El resplandor dorado impregnó de nuevo la luz, esta vez más intenso, más definido.

–¡Eh, cuidado! –avisó Cynthia–. ¡Hay algo aquí dentro con nosotros!

Se oyó un súbito aleteo en la oscuridad. Johnny asoció de inmediato aquel sonido a su infancia en Connecticut, a los faisanes que de pronto surgían de entre la maleza y alzaban el vuelo mientras el crepúsculo daba paso lentamente a la noche. Por un momento los olores de la mina se hicieron más perceptibles, al agitar unas alas invisibles el aire rancio.

Mary chilló. El haz de la linterna viró bruscamente, y por un instante enfocó una horripilante aparición que flotaba en el aire, una criatura con alas, relucientes ojos dorados y poderosas garras en posición de ataque. Aquellos ojos miraban a David con furia, aquellas garras buscaban la carne de David.

—¡Cuidado! —gritó Ralph, y se abalanzó sobre David, obligándolo a tirarse al suelo cubierto de huesos de la vieja mina.

Al chico se le escapó la linterna de la mano, y ésta, desde su posición en el suelo, proporcionó una claridad mínima pero suficiente para entrever el caos que la repentina aparición había provocado en el túnel. Formas imprecisas forcejeaban envueltas en la indirecta luz de la linterna: David bajo su padre, y la sombra del águila creciendo y decreciendo sobre ellos.

—¡Dispara! —exclamó Cynthia—. ¡Dispara, Steve, va a arrancarle la cabeza!

Johnny agarró el cañón del rifle cuando Steve lo levantó.

—No. Una sola detonación, y el techo caerá sobre nosotros.

El águila graznó, golpeando a Ralph Carver en la cabeza con las alas. Ralph intentó mantenerla a raya con la mano izquierda, y el ave atrapó un dedo con su pico curvo y se lo arrancó de cuajo. Inmediatamente después hendió las garras en el rostro de Ralph como dedos expertos en una masa de harina.

—¡No, papá! —gritó David.

Steve se abrió paso en el torbellino de sombras, y cuando golpeó accidentalmente con un pie la linterna caída, el haz cambió de dirección y obsequió a Johnny con una visión del grotesco espectáculo mejor de lo que él habría deseado. Las alas del águila levantaban violentos remolinos de polvo. Con su pico zarandeaba brutalmente la cabeza de Ralph, cuyo cuerpo cubría casi por completo a David.

Steve alzó el rifle por el cañón para golpear al ave, pero la culata chocó contra el techo. No había espacio suficiente. Entonces enristró el rifle como una lanza e hincó la punta en el cuerpo del águila. Ésta fijó en él sus penetrantes ojos, y desplazó las garras sin soltar a Ralph. Al batir las alas, resonaban como truenos en el espacio cerrado. Johnny vio asomar el dedo de Ralph a un lado de su pico. Steve le golpeó de nuevo con la boca del rifle, y esta vez le acertó de pleno obligándola a soltar el dedo. Contrajo las garras, hincando una todavía más en el rostro de Ralph. Luego alzó la otra, la clavó en su garganta y se la desgarró. El ave lanzó un extraño grito, quizá de rabia, quizá de triunfo. Mary gritó también.

–¡Dios, no! –aulló David, y se le quebró la voz–. ¡Dios, por favor, no permitas que siga haciendo daño a mi padre!

Esto es el infierno, pensó Johnny con serenidad. Avanzó un paso y se arrodilló. Agarró la garra hundida en la garganta de Ralph. Era como coger un objeto de exótica fealdad forrado de piel de cocodrilo. La retorció con toda su fuerza y oyó un chasquido seco. Sobre él, Steve volvió a embestirla, esta vez con la culata del rifle. La golpeó en la cabeza, aplastándosela contra la pared del túnel. Se oyó un crujido.

El ave azotó a Johnny en la cabeza con un ala. Se repetía la escena de horas antes en el aparcamiento. Regreso al futuro, pensó. Soltó la garra del águila, aferró el ala y dio un violento tirón. El ave lanzó otro desapacible y ensordecedor grito pero, a diferencia de lo ocurrido con el buitre, el ala no se separó del cuerpo; Johnny sólo consiguió atraerla hacia sí, y arrastrar con ella a Ralph, que tenía aún la garra hundida en la mejilla, la sien y la órbita del ojo izquierdo. Johnny supuso que Ralph estaba inconsciente o muerto. Por su bien, *esperaba* que estuviese muerto.

David, aturdido y con la camisa empapada en la sangre de su padre, consiguió salir de debajo. En cuestión de segundos, si no lo evitaban, se apoderaría de la linterna y correría mina adentro.

—¡Steve! —gritó Johnny, levantando los brazos por encima de la cabeza y rodeando a ciegas el cuerpo del águila, que se revolvía con virulencia—. ¡Steve, acaba con ella! ¡Acaba con ella!

Steve encajó la culata del rifle bajo el gaznate del águila y empujó su negra cabeza hacia el techo. En ese momento Mary saltó hacia ellos y, ágilmente, agarró al águila por el cuello y se lo retorció con encarnizada eficacia. Se oyó un crujido ahogado, y de repente la garra hendida en el rostro de Ralph se relajó. El padre de David se desplomó en el suelo de la mina, golpeando con la frente un costillar que quedó reducido a polvo en el acto.

David volvió la cabeza y vio a su padre tendido boca abajo en el suelo, inmóvil. Las lágrimas desaparecieron de sus ojos. Incluso asintió, como diciendo «Lo que yo había presagiado», y luego se agachó a coger la linterna. Sólo cuando Johnny lo aferró por la cintura, perdió la calma y comenzó a forcejear.

—¡Suélteme! —clamó—. ¡Es mi obligación! ¡*Mi* obligación!

—No, David —dijo Johnny, sujetándolo—. No lo es.

Agarró firmemente a David por el pecho con la mano izquierda, haciendo muecas de dolor cada vez que el chico le golpeaba con los talones en las espinillas, y deslizó la mano derecha hasta su cadera. Desde allí sus dedos se movieron con la discreta velocidad propia de un buen carterista. Johnny, siguiendo fielmente las instrucciones recibidas, quitó algo a David... y dejó también algo.

—¡No puede arrebatármelos a todos y después no permitirme cumplir mi misión! ¡No puede hacer una cosa así! ¡No puede!

Johnny contrajo el rostro cuando David le asestó una fuerte patada en la rótula.

–¡Steve!

Steve contemplaba con horrorizada fascinación al águila, que aún se sacudía y agitaba lentamente un ala. Tenía las garras teñidas de sangre.

–¡Maldita sea, Steve!

Steve alzó la vista, tan sobresaltado como si acabasen de arrancarlo de un sueño. Cynthia estaba de rodillas junto a Ralph, buscándole el pulso y sollozando sonoramente.

–¡Steve, ven aquí! –gritó Johnny–. ¡Ayúdame!

Steve se acercó a él y agarró a David, que empezó a debatirse aún con mayor energía.

–¡No! –David movía la cabeza frenéticamente de uno a otro lado–. ¡No, es mi misión! ¡Mía! ¡No puede arrebatármelos a todos y dejarme a mí! ¿Lo oye? ¡No puede arrebatármelos a todos y...!

–¡David! ¡Basta ya!

De pronto David se rindió y quedó inerte en los brazos de Steve como un títere con los hilos cortados. Tenía los ojos enrojecidos. Johnny nunca había visto tal desolación en un rostro humano.

El casco de motorista estaba donde Johnny lo había dejado al atacarlos el águila. Se agachó, lo cogió y miró al chico, colgado de los brazos de Steve. A juzgar por su expresión, Steve se sentía igual que Johnny: acongojado, perdido, perplejo.

–David... –empezó a decir Johnny.

–¿Está Dios en usted? –preguntó David–. ¿Lo nota ahí dentro, Johnny? ¿Como una mano? ¿O como un fuego?

–Sí –respondió Johnny.

–Entonces no malinterprete esto.

David le escupió a la cara. Johnny notó la saliva caliente en la piel, bajo los ojos, como si fuesen lágrimas.

Johnny no hizo siquiera ademán de limpiarse.

—Escúchame, David. Voy a decirte una cosa que no has aprendido en la Biblia ni te ha enseñado tu párroco. Por lo que sé, es un mensaje de Dios. ¿Me escuchas?

David lo miraba sin hablar.

—Tú decías «Dios es cruel» de la misma manera que una persona que ha pasado toda su vida en Tahití podría decir «La nieve es fría». Lo sabías pero no lo comprendías. —Se acercó a David y le tocó las frías mejillas con la palma de las manos—. ¿Sabes lo cruel que Dios puede llegar a ser? ¿Lo extraordinariamente cruel que puede llegar a ser?

David esperó, sin hablar. Quizá lo escuchaba, quizá no. A Johnny le era imposible saberlo.

—A veces nos obliga a vivir.

Johnny se dio media vuelta, enfocó la linterna al frente y se adentró en el túnel. Al cabo de unos pasos se volvió de nuevo.

—Vete con tu amigo Brian, David. Vete con él y conviértete en su hermano. Después repítete una y otra vez que tuvisteis un accidente en la carretera, un grave accidente; que un conductor borracho invadió vuestro carril, la caravana volcó y sólo tú sobreviviste. Esas cosas pasan continuamente. Sólo tienes que leer los diarios.

—¡Pero eso no es verdad! —replicó David.

—Podría serlo. Y cuando vuelvas a Ohio o Indiana o donde sea, ruega a Dios que te permita recobrarte de esta experiencia, volver a ser tú mismo. Por ahora, tienes permiso de salida.

—Nunca volveré a... ¿Qué? ¿Cómo ha dicho?

—He dicho que tienes permiso de salida. —Johnny lo miró fijamente—. Permiso de salida. —Dirigiéndose a Steve, añadió—: Llévatelo de aquí, Steve. Llévatelos a todos.

—Jefe, ¿qué...?

—La gira ha terminado, tejano. Mételos en el camión

y vuelve a la carretera. Para seguridad vuestra, es mejor que os vayáis ahora mismo.

Johnny se volvió y se alejó corriendo por el túnel, precedido por el oscilante haz de la linterna. No tardó en perderse de vista.

5

Tropezó con algo pese a llevar encendida la linterna. Casi cayó de bruces, y decidió aminorar el paso. Los mineros chinos se habían desprendido de cuantos objetos llevaban a cuestas en su frenética y vana urgencia por escapar, y al final se habían abandonado también a sí mismos. Caminó por el túnel salpicado de huesos, reduciéndolos a polvo al pisarlos. Mientras avanzaba, trazaba continuamente triángulos de luz con la linterna en la oscuridad –de izquierda a derecha, abajo hasta el suelo, y vuelta a empezar en el vértice superior izquierdo– para grabarse bien el recorrido en la mente. Vio que las paredes estaban prácticamente cubiertas de caracteres chinos, como si los supervivientes del derrumbe hubiesen sucumbido a una especie de arrebato de escritura mientras la muerte se acercaba y finalmente los engullía.

Además de huesos vio tazas de hojalata, picos viejos y oxidados de mangos curiosamente cortos, herrumbrosas lámparas con correas (lo que David había llamado «quinqués», supuso), ropas podridas, babuchas de gamuza (tan pequeñas que parecían de niño), y al menos tres pares de zuecos de madera. Uno de ellos contenía un trozo de vela que podría haberse apagado el año en que Abraham Lincoln fue elegido presidente.

Y esparcidos por todas partes entre los restos se hallaban los *can tahs*: coyotes con arañas por lengua; arañas con extraños ratones albinos asomando de la boca; murciélagos de alas extendidas con obscenas lenguas en forma de bebé (bebés parecidos a gnomos de impúdica sonrisa). Algunos representaban espeluznantes criaturas que jamás habían poblado la tierra, monstruos deformes que herían la vista. Johnny oyó la llamada de los *can tahs*, que intentaban atraerlo como la luna atrae el agua del mar. Era una atracción comparable a la que había sentido a veces al verse asaltado por el perentorio deseo de tomar una copa, engullir un postre dulce o recorrer con la lengua la aterciopelada mucosa de la boca de una mujer. Los *can tahs* hablaban con las voces delirantes que él reconocía como parte de su vida pasada: voces amables y sensatas que proponían actos inefables. Pero los *can tahs* no ejercerían ningún poder sobre él a menos que se agachase y los tocase. Si conseguía evitar su contacto –evitar una forma de desesperación que se presentaría disfrazada de curiosidad–, no correría el menor peligro.

¿Habrían salido ya Steve y los otros? Tendría que confiar en que así fuese, y confiar en que Steve consiguiese alejarlos de allí en su leal camión antes de que llegase el final. Iba a ser una explosión considerable. Sólo tenía las dos bolsas de NAFO que llevaba colgadas del cuello, pero con eso bastaría. De hecho las otras cuatro que se habían quedado a la entrada de la mina eran superfluas, pero le había parecido más sensato no decírselo a los otros. Más seguro.

Oía ya el suave gemido del que David le había hablado: el rechinar del movedizo esquisto, como si la propia tierra hablase. Como si protestase por su intrusión. Y de pronto, más adelante, vio serpentear una luz roja. En aquella oscuridad era difícil precisar a qué distancia se hallaba. Allí el olor era más intenso, más nítido: frías cenizas. A su izquierda vio un esqueleto –no de un chino probablemente, a juzgar por su tamaño– arrodillado de cara a la pared, como si el hombre a quien perteneció hubiese muerto rezando. De repente giró la cabeza y obsequió a Johnny Marinville con su cadavérica y dentuda sonrisa.

—Sal de aquí ahora que aún estás a tiempo. *Tak ah wan. Tak ah lah.*

Johnny pateó el cráneo como si fuese una pelota de fútbol. Se desintegró (casi se volatilizó) en partículas de hueso, y Johnny apretó el paso en dirección a la luz, que salía de una brecha abierta en la pared. La abertura era estrecha pero podría deslizarse a través de ella.

Se quedó un momento fuera, contemplando la luz, incapaz de ver apenas nada desde la oscuridad del túnel, oyendo en su cabeza la voz de David como una persona en trance debía de oír la voz de su hipnotizador: «A la una y diez de la tarde del veintiuno de septiembre, los mineros que encabezaban la cuadrilla, al perforar la roca, encontraron una cavidad. En un primer momento pensaron que era una caverna...»

Johnny tiró a un lado la linterna —ya no iba a necesitarla— y cruzó la brecha. En cuanto penetró en el *an tak*, el susurro semejante al de un ascensor en movimiento que habían oído frente a la entrada del túnel pareció inundar su cabeza de voces bisbiseantes... tentadoras, halagüeñas, imponentes. En las paredes que lo rodeaban, convirtiendo la cámara en una fantástica columna hueca iluminada en tonos escarlata, había caras talladas en la piedra: lobos y coyotes, halcones y águilas, ratas y escorpiones. Cada uno de ellos tenía en la boca no otro animal sino una especie de amorfo reptil en el que Johnny no podía concentrar la mirada por más que lo intentase... y que en todo caso no *veía* realmente. ¿Era Tak? ¿El Tak que habitaba en el fondo del *ini*? ¿Tenía alguna importancia?

¿Cómo se había apoderado de Ripton?

Si Tak vivía atrapado en el fondo de aquel pozo, ¿cómo se había apoderado de Ripton?

Se dio cuenta de pronto de que había empezado a cruzar el *an tak* en dirección al *ini*. Intentó detener sus piernas y descubrió que no le obedecían. Trató de imaginar a Cary Ripton al hacer aquel mismo descubrimiento y advirtió que era fácil.

Fácil.

Las alargadas bolsas de NAFO se balanceaban ante su pecho. Una multitud de imágenes danzaba tumultuosamente en su cerebro: Terry agarrándolo por las trabillas del cinturón para estrecharlo contra su vientre cuando empezaba a correrse, el mejor orgasmo de su vida y había sido dentro de los pantalones, eso había que contárselo a Ernest Hemingway; él saliendo de la piscina en el hotel de Bel-Air, riéndose, con el pelo pegado a la frente y la cerveza en la mano, entre los destellos de los flashes; Bill Harris asegurándole que atravesar el país en moto podía cambiar su vida y toda su carrera... si realmente daba la talla, claro está. Por último vio los ojos grises y vacíos del policía en el espejo retrovisor del coche patrulla, vio al policía, que lo miraba y decía que Johnny pronto aprendería más sobre *pneuma, soma* y *sarx* de lo que había aprendido en toda su vida.

A ese respecto no le faltaba razón.

—Dios, protégeme mientras acabo lo que he venido a hacer —dijo, y se dejó atraer hacia el *ini*. ¿Habría podido detenerse si se lo hubiese propuesto realmente? Quizá era mejor no saberlo.

Un círculo de animales muertos y putrefactos rodeaba el agujero abierto en el suelo, el pozo de los mundos de David Carver. Coyotes y buitres en su mayoría, pero vio también arañas y unos cuantos escorpiones. Supuso que estos últimos protectores habían muerto al fenecer el águila. Una fuerza en retroceso había succionado sus vidas como había succionado la de Audrey Wyler casi en el mismo instante en que Steve hizo volar de un golpe los *can tahs* que ella sostenía en la palma de la mano.

Del interior del *ini* empezó a brotar humo... salvo que no era en realidad humo. Era una especie de cieno untuoso negro parduzco, y mientras iba enroscándose en su cuerpo, Johnny advirtió que tenía vida. Parecía compuesto de infinitos brazos esqueléticos terminados en manos de tres dedos en actitud de agarrar. No eran ectoplásmicos, esos brazos, pero tampoco estrictamente físicos. Al igual que le había ocurrido con las formas talladas que había alrededor, al intentar mirar esos brazos sintió dolor de cabeza, la misma clase de dolor de cabeza que experimenta un niño en un parque de atracciones al bajarse de una montaña rusa especialmente virulenta. Sin duda era esa sustancia lo que había enloquecido a los mineros, y lo que había alterado radicalmente a Ripton. Las ventanas sin cristales del *pirin moh* lo miraban con una expresión perversa, diciendo... ¿qué exactamente? Casi lo oía...

(*cay de mun*)

Abre la boca.

Y sí, en el acto tenía la boca abierta, *muy* abierta, como en el sillón de un dentista. Por favor, señor Marinville, abra la boca, un poco más, escritorzuelo de tres al cuarto, me pone furioso, me revuelve el estómago, pero adelante, abra la boca, *cay de mun*, gilipollas canoso y engreído, vamos a resolver su problema, vamos a dejarlo como nuevo, mejor que nuevo, abra la boca, *cay de mun*, abra la boca...

El humo. El cieno. Lo que fuese. En los extremos de los brazos no había ya manos sino tubos. No... tampoco tubos...

Agujeros.

Sí, eso era. Agujeros como ojos. Tres en concreto. Quizá más, pero tres los veía con toda claridad. Un triángulo de agujeros, dos encima y uno debajo, agujeros como ojos susurrantes, como barrenos...

Eso es, dijo David en la cabeza de Johnny. Eso es, Johnny. Para hacer estallar a Tak en su interior, Johnny, como lo hizo estallar en el interior de Cary Ripton, ésa es la única manera que tiene de salir por ese agujero, un agujero demasiado pequeño para cualquier cosa menos esa sustancia, esa porquería, dos para la nariz y uno para la boca.

El cieno negro pardusco avanzó en espiral hacia él, horrible y tentador a la vez, agujeros que eran bocas, bocas que eran ojos. Ojos que susurraban. Hacían promesas. Notó que tenía una erección. No era el momento más oportuno para eso, pero ¿cuándo lo habían detenido a él esas pequeñeces?

Luego... una *succión*... percibió cómo succionaban el aire de su boca... su garganta...

Se apresuró a cerrar la boca y se caló el casco de motorista en la cabeza. Había reaccionado justo a tiempo. Al cabo de un instante las cintas de cieno pardusco toparon con la visera de plexiglás y se extendieron sobre ella con un desagradable sonido, un besuqueo. Por un momento vio ventosas que se dilataban como labios al besar, y unos segundos después se desvanecieron, disgregándose en inmundas manchas de materia pardusca.

Johnny tendió las manos, agarró la sustancia pardusca que flotaba ante él y tiró de los extremos en sentidos opuestos como si se estuviese sacando una manopla. Un cosquilleo le recorrió las palmas de las manos y los dedos, y la carne quedó insensible... pero la sustancia pardusca se rasgó, y una parte cayó al *ini*, y la otra al suelo de la cámara.

Se acercó al borde del agujero, situándose entre un coyote muerto y un montón de plumas que antes había sido un buitre. Se asomó al pozo, llevándose simultáneamente las manos adormecidas al pecho y acariciando las dos bolsas de NAFO.

«¿Tienes idea de cómo detonar esto sin dinamita ni

fulminante? –había preguntado Steve–. Sí, ¿verdad?»

–Creo que sí –dijo Johnny, con una voz monocorde y extraña dentro del casco–. Espero que...

–¡Vamos, pues! –gritó una voz enloquecida bajo él. Johnny dio un respingo, sorprendido y aterrorizado. Era la voz de Collie Entragian–. ¡Vamos! *Tak ah lah, pirin moh!* ¡Vamos, pedazo de gilipollas! ¡Veamos lo valiente que eres! *Tak!*

Intentó retroceder un paso, quizá para pensar un momento, pero unos zarcillos de cieno se enroscaron en sus tobillos como manos y tiraron de él. Cayó torpemente en el pozo con los pies por delante, golpeándose la nuca en el borde. De no haber sido por el casco, seguramente se habría roto la cabeza. Abrazó protectoramente las bolsas de NAFO, estrechándolas contra el pecho.

Entonces notó el dolor, primero un pinchazo, luego un desgarro, y por fin como si se lo comiesen vivo. El *ini* tenía forma de embudo, pero de la superficie descendente sobresalían cristales de cuarzo y afiladas hojas de esquisto. Johnny se deslizó por ella como un niño por un tobogán en el que han crecido torcidas espinas de cristal. Las chaparreras le protegían en cierta medida las piernas, y el casco le protegía la cabeza, pero la espalda y las nalgas le quedaron hechas trizas en cuestión de segundos. Apoyó los antebrazos en la erizada superficie en un intento de frenar la caída. Se le clavaron cientos de agujas de piedra, y enseguida vio teñirse de rojo las mangas de la camisa; un instante después estaban reducidas a jirones.

–¿Te ha gustado? –se mofó la voz desde el fondo del *ini*, y ahora era la de Ellen Carver–. *Tak ah lah*, cabrón entrometido! *En Tow! Ten ah lak!* –Desvariaba. Maldecía en dos lenguas.

Demente en cualquier dimensión, pensó Johnny, y se echó a reír en su tormento. Se echó hacia adelante e intentó afianzar los talones con la intención de saltar o morir en el intento. Es hora de macerar el otro lado, pensó, y rió aún con más ganas. Notó que las botas se le llenaban de sangre como agua caliente.

El vapor negro parduzco lo envolvía, susurrando y adhiriendo en vano sus ventosas a la visera del casco. Aparecían, desaparecían, volvían a aparecer, estregándose contra el plexiglás y produciendo aquel sugerente sonido de besos. No pudo enderezarse, no pudo saltar. La pendiente era demasiado escarpada. Optó por ponerse de costado e intentar aferrarse a los afilados salientes de cristal que se hendían en su piel. Se cortó las manos pero no le importó; tenía que frenarse antes de quedar literalmente hecho jirones.

De pronto se interrumpió el descenso.

Yacía doblado por la cintura en el fondo del embudo, sangrando por todas partes. Sus cercenadas terminaciones nerviosas intentaban acallar cualquier pensamiento racional con su fútil griterío. Levantó la vista y vio un ancho rastro de sangre en la pared curva y empinada. Trozos de tela y cuero –su camisa, sus Levi's, sus chaparreras– colgaban de los prominentes cristales.

El humo procedente del agujero abierto en el fondo del embudo describió una espiral entre sus muslos e intentó enredarse en su entrepierna.

–Suéltame –dijo Johnny–. Mi Dios te lo ordena.

El humo negro parduzco retrocedió y se enrolló alrededor de sus muslos en sucias bandas.

–Puedo dejarte vivir –dijo una voz.

No era extraño, pensó Johnny, que Tak estuviese atrapado al otro lado del embudo. El agujero del fondo no tenía más de dos centímetros de diámetro. La luz roja palpitaba en él como un guiño.

–Puedo curarte, aliviarte, dejarte vivir.

–Ya, pero ¿puedes conseguirme un condenado Premio Nobel de Literatura?

Johnny se descolgó del cuello las bolsas de NAFO y

sacó el martillo que llevaba al cinto. Debía trabajar deprisa. Tenía heridas en un millón de sitios, y percibía ya la nebulosa gris que empezaba a formarse en su mente a causa de la pérdida de sangre. Eso le hizo pensar de nuevo en Connecticut, y recordó el modo en que llegaba la bruma al anochecer durante las últimas semanas de marzo y las primeras de abril. Los ancianos del lugar la llamaban «primavera de fresa», sabía Dios por qué.

—¡Sí! ¡También eso puedo conseguirlo! —La voz que surgía por la estrecha garganta roja parecía ansiosa. Parecía también asustada—. ¡Cualquier cosa! Éxito... dinero... mujeres... y puedo curarte, no lo olvides. ¡Puedo curarte!

—¿Puedes devolverle la vida al padre de David? —preguntó Johnny.

El *ini* no contestó. La niebla negra pardusca que brotaba del agujero descubrió la maraña de cortes en su espalda y sus piernas, y de pronto se sintió como si lo atacase un banco de morenas o pirañas. Lanzó un alarido.

—Puedo calmarte el dolor —afirmó Tak desde su minúsculo agujero—. Basta con que lo pidas... y abandones tus planes, naturalmente.

Con los ojos ardiendo a causa del sudor, Johnny rajó una de las bolsas de NAFO con el extremo en horquilla del martillo. Acercó la hendedura al agujero, tiró del extremo de la bolsa con una mano, y vertió el contenido, dejándolo resbalar entre los dedos ensangrentados de la otra mano. La luz roja se extinguió de inmediato, como si la criatura que anidaba al otro lado del agujero temiese detonar accidentalmente la carga explosiva.

—¡No puedes hacer eso! —gritó la voz, y aunque ahogada, Johnny la oyó claramente en su cabeza—. ¡Maldito seas, no puedes hacerlo! *Ah lah! Ah lah! Os dam!* ¡Hijo de puta!

*Ah lah* lo serás tú, pensó Johnny. Y también un pedazo de *can de lach*.

Acabó de vaciar la primera bolsa. Johnny vio una opaca blancura en el orificio donde antes todo era negro y rojo pulsátil. Lo cual significaba que la garganta que conducía al mundo o plano o dimensión de Tak no era demasiado larga. Al menos no lo era en cuanto medida física. ¿Y acaso había remitido un poco el dolor en la espalda y las piernas?

Quizá sea simple insensibilidad, pensó. Estado que en realidad no es nuevo para mí.

Cogió la segunda bolsa de NAFO y vio que toda la franja lateral estaba empapada de sangre. Además de la bruma en la cabeza, sentía una creciente debilidad. Debía darse prisa. Debía correr como el viento.

Rasgó el extremo de la segunda bolsa con la horquilla del martillo, procurando impermeabilizarse a los gritos que taladraban su cerebro; Tak ya sólo hablaba en esa otra lengua.

Volcó la bolsa sobre el agujero y vio cómo se derramaban los perdigones de NAFO. La blancura se hizo más intensa a medida que se llenaba la garganta. Cuando la bolsa quedó vacía, la capa superior de perdigones se hallaba a sólo siete u ocho centímetros de la boca del agujero.

Hay espacio suficiente, pensó Johnny.

Reparó en el silencio que reinaba ahora tanto en el interior del pozo como arriba, en el *an tak*; se oía sólo el tenue susurro, que bien podía ser la llamada de los fantasmas que habían estado allí encerrados desde el 21 de septiembre de 1859.

Si era así, tenía intención de concederles la libertad condicional.

Buscó en el bolsillo de las chaparreras durante unos instantes que se le antojaron años, luchando contra la bruma que pretendía oscurecer sus pensamientos, luchando contra su creciente debilidad. Finalmente tocó algo con las yemas de los dedos, se le resbaló, volvió a tocarlo, lo agarró y lo sacó.

Un verde y grueso cartucho.

Johnny lo introdujo en el agujero del fondo del *ini*, y no se sorprendió al comprobar que encajaba a la perfección, su extremo romo y circular firmemente asentado sobre los perdigones de NAFO.

–Todo listo, hijo de puta –gruñó.

No, susurró una voz en su cabeza. No te atreverás.

Johnny contempló el pequeño círculo metálico que taponaba el agujero del fondo del *ini*. Agarró el martillo por el mango, notando sus fuerzas cada vez más mermadas, y recordó lo que el policía le había dicho justo antes de encerrarlo en la parte trasera del coche patrulla: «Eres un escritor patético, y un hombre patético.»

Johnny se quitó el casco con la mano libre. Volvía a reír mientras alzaba el martillo por encima de su cabeza, y seguía riendo cuando lo descargó de pleno contra la base del cartucho.

–¡Dios, perdóname, odio a los críticos!

Tuvo una fracción de segundo para preguntarse si lo había conseguido, y al instante su duda se disipó en un estallido de rojo insonoro e intenso. Fue como desvanecerse entre los pétalos de una rosa.

Johnny Marinville se dejó caer y dedicó sus últimos pensamientos a David: ¿Habría salido a tiempo? ¿Se habría alejado de la zona de peligro? ¿Estaba bien? ¿Se recuperaría con el paso del tiempo?

Tienes permiso de salida, pensó Johnny, y después también eso se extinguió.

QUINTA PARTE

# INTERESTATAL 50: PERMISO DE SALIDA

1

Rodeaba el camión un círculo de animales muertos –buitres y coyotes en su mayoría–, pero Steve apenas reparó en ellos. Sentía una perentoria necesidad de salir de allí. Las escarpadas pendientes de la Mina de los Chinos se elevaban alrededor como las paredes de una tumba abierta. Steve llegó al camión un poco antes que los otros (Cynthia y Mary flanqueaban a David, sujetándolo por los brazos, aunque él parecía andar con paso firme) y les abrió la puerta de la cabina del lado del acompañante.

–Steve, ¿qué...? –empezó a preguntar Cynthia.

–¡Sube! ¡Deja las preguntas para más tarde! –La obligó a subir al asiento y añadió–: ¡Más allá! ¡Haz hueco!

Cynthia obedeció. Steve se volvió hacia David.

–¿Vas a dar problemas?

David movió la cabeza en un gesto de negación. Tenía la mirada mortecina y apática, pero eso no convenció a Steve por completo. El chico había demostrado un vivo ingenio hasta ese momento.

Steve lo subió a la cabina y se volvió hacia Mary.

–Monte. Iremos un poco apretados, pero si no somos ya amigos a estas alturas...

Mary trepó a la cabina y cerró la puerta mientras Steve rodeaba el camión por la parte delantera, pisando sin querer a un buitre. Fue como pisar un cojín lleno de huesos.

¿Cuánto tiempo hacía que el jefe había desaparecido por el túnel? ¿Un minuto? ¿Dos? No tenía la menor idea. Había perdido la noción del tiempo. Ocupó el asiento del conductor, y se permitió sólo un instante para preguntarse qué harían si no arrancaba el motor. La respuesta llegó de inmediato: nada. Steve asintió con la cabeza, hizo girar la llave de contacto, y el motor cobró vida al instante. Gracias a Dios, no hubo momentos de suspense. Al cabo de un segundo estaban ya en marcha.

Trazó un amplio círculo con el Ryder, rodeando la maquinaria pesada, el polvorín y la oficina. Entre los dos edificios se hallaba estacionado el polvoriento coche patrulla, con la puerta del conductor abierta, y el asiento delantero manchado con la sangre de Collie Entragian. Al mirarlo, Steve sintió frío y un poco de vértigo, como cuando se asomaba a la calle desde un edificio alto.

–Jódete –murmuró Mary, volviéndose a mirar el coche–. Jódete. Y espero que estés oyéndome.

Pasaron sobre un bache, y el camión se sacudió violentamente. Steve voló del asiento, golpeándose los muslos con el arco inferior del volante y la cabeza con el techo. Oyó un amortiguado estrépito en la caja del camión cuando las pocas cosas que contenía –cosas del jefe en su mayoría– rodaron por el suelo.

–¡Eh! –protestó Cynthia, nerviosa–. ¿No te parece que vas muy deprisa para un terreno como éste?

–No –contestó Steve. Miró por el retrovisor externo cuando empezaban a subir por la pista de grava que conducía al borde de la mina. Buscaba la entrada del túnel, pero no la vio; quedaba al otro lado del camión.

A mitad del camino de subida cogieron otro bache, éste mayor, y el camión pareció despegarse del suelo por un instante. Los haces de los faros oscilaron violentamente ante ellos. Mary y Cynthia gritaron. David no despegó siquiera los labios; permanecía inmóvil entre ellas, sentado en parte en el asiento, en parte sobre el ragazo de Mary.

—¡Más despacio! —pidió Mary—. Si nos salimos de la pista, caeremos al fondo. ¡Más despacio, idiota!

—No —repitió, sin molestarse en añadir que el riesgo de salirse de aquella pista de grava, tan ancha como una autopista californiana, era en aquel momento la menor de sus preocupaciones. Veía ya a corta distancia el borde de la mina. Encima, el cielo presentaba ya un color violeta oscuro.

Miró por el espejo exterior del lado del acompañante, buscando la boca oscura del túnel en el pozo aún más oscuro de la Mina de los Chinos, *can tak* en *can tah*. Encontrarla no le representó un gran esfuerzo. Un recuadro de cegadora luz blanca iluminó de pronto el fondo de la mina. Salió del viejo túnel como un puño de fuego e inundó la cabina del camión de un intenso resplandor.

—¡Dios santo! ¿Qué ha sido eso? —gritó Mary, protegiéndose los ojos con una mano.

—El jefe —susurró Steve.

Se oyó un golpe seco y ahogado que pareció sonar debajo mismo de ellos. El camión empezó a temblar como un perro asustado. Steve oyó los crujidos de la roca rota y la grava al empezar a deslizarse. Miró por la ventanilla y vio, en el decreciente resplandor de la explosión, una maraña de tubos negros de PVC —emisores y cabezas de distribución— que resbalaba por la pared de la mina. El pórfido estaba en movimiento. La Mina de los Chinos había empezado a desmoronarse.

—¡Dios! —gimió Cynthia—. Vamos a quedar enterrados.

—Bueno, ya veremos —dijo Steve—. Agarraos.

Apretó a fondo el acelerador, y el motor del camión respondió con un airado chirrido. Ya casi hemos llegado, encanto, pensó. Vamos, ya casi estamos arriba, haz un esfuerzo, hazlo por mí...

La tierra siguió retumbando bajo ellos de manera intermitente. Cuando se acercaban al borde de la mina, Steve vio un peñasco del tamaño de una gasolinera rodar pendiente abajo a su derecha. Y justo debajo de ellos empezó a oír un creciente susurro mucho más amenazador que el rumor sordo procedente del interior de la mina. Era, dedujo Steve, la superficie de grava de la pista. El camión se dirigía al norte; la pista de grava se desplazaba hacia el sur. Pronto se desplomaría en el interior de la mina como una larga alfombra.

–¡Deprisa, trasto! –gritó Steve, golpeando el volante con el puño–. ¡Un poco más deprisa! ¡Hazlo por mí!

El Ryder asomó por el borde de la mina como un torpe dinosaurio de hocico amarillo. Todavía por un momento dio la impresión de que no iban a conseguirlo, ya que la tierra se desintegró bajo las ruedas traseras, y el camión se desplazó primero de lado y después hacia atrás.

–¡Vamos! –gritó Cynthia. Se inclinó en el asiento, agarrándose al salpicadero–. ¡Vamos, por favor! ¡Sácanos de aquí, por lo que más quieras!

De pronto las ruedas traseras recuperaron la tracción, y Cynthia se vio lanzada contra el respaldo. Aquello fue suficiente. Por un instante los faros siguieron perforando el cielo, pero de inmediato empezaron a avanzar por el corto tramo horizontal que se extendía sobre el borde de la mina, en dirección al norte. Detrás de ellos, procedente de la mina, se alzó una enorme nube de polvo, como si la extraña tormenta de horas antes arreciase de nuevo, sólo que confinada a aquel cráter. Se elevó hacia el cielo como una pira.

## 2

El descenso por el terraplén del lado norte fue menos azaroso. Cuando cruzaban los tres kilómetros de desierto que separaban la mina del pueblo, al este el cielo había adquirido ya una tonalidad rosa salmón. Y cuando pasaron ante la bodega con el cartel caído, asomó por el horizonte el arco superior del sol.

Steve pisó el freno poco más allá de la bodega, en el extremo sur de la calle principal de Desesperación.

—¡Joder! —murmuró Cynthia.

—¡Dios santo! —exclamó Mary, y se llevó una mano a la sien como si le doliese la cabeza.

Steve era incapaz de hablar.

Hasta ese momento él y Cynthia sólo habían visto Desesperación en la oscuridad o a través de un velo de arena, y lo poco que habían visto se reducía a imágenes fragmentarias por el hecho de que en esos momentos su campo de percepción quedaba drásticamente confinado a las necesidades de la supervivencia. Cuando uno intentaba salvar la vida, veía sólo lo que necesitaba ver; lo demás era como si no existiese.

Ahora, en cambio, lo veía todo.

La ancha calle principal estaba vacía salvo por una bola de rastrojo que rodaba parsimoniosamente. La arena había cubierto las aceras, en algunos puntos por completo. Se veían destellos aquí y allá al reflejarse los primeros rayos del sol en los cristales rotos. Había basura y escombros por todas partes. La mayoría de los carteles había caído. Cables de alta tensión enmarañados atravesaban la calle. Y la marquesina del Oeste Americano yacía en la acera como un viejo y majestuoso yate que finalmente ha encallado contra las rocas. La única letra que aún quedaba horas antes —una gran N negra— también se había desprendido por fin.

Y por todas partes había animales muertos, como

si hubiese tenido lugar un letal vertido químico. Steve vio docenas de coyotes, y de la puerta del Bud's Sud salía una curva fila de ratas muertas, algunas medio enterradas por la arena que arrastraba la suave brisa matutina. Sobre el duende de la veleta caída había escorpiones muertos. A Steve se le antojaron supervivientes de un naufragio que habían encontrado una muerte atroz en una isla desierta. En la calle y sobre los tejados yacían incontables buitres, semejantes a montones de hollín.

–E impondrás límites a las andaduras de tu pueblo –recitó David con voz inexpresiva y exánime–. Y anunciarás: «Por ninguna razón debéis subir al monte.»

Steve miró por el retrovisor de su izquierda, y vio cómo se recortaba nítidamente el terraplén de la mina contra el cielo claro, vio cómo flotaba aún la nube de polvo sobre la estéril caldera, y se estremeció.

–«Por ninguna razón debéis subir al monte ni traspasar sus límites: quienquiera que los traspase encontrará con toda seguridad la muerte. Sea hombre o animal, no sobrevivirá.»

David se interrumpió y miró a Mary. De pronto empezó a temblar y su rostro descompuesto se tornó humano. Sus ojos se llenaron de lágrimas.

–David... –empezó a decir Mary.

–Estoy solo. ¿No lo entiende? Hemos subido al monte, y Dios los ha sacrificado a todos. A toda mi familia. Ahora sólo quedo yo.

Mary lo abrazó y acercó su cara a la de él.

–Eh, Steve –dijo Cynthia, apoyándole una mano en el brazo–. ¿Nos largamos de esta cloaca de pueblo y vamos a tomar una cerveza fría? ¿Qué te parece?

# 3

De nuevo en la interestatal 50.

–Tiene que ser por aquí –indicó Mary–. Ya estamos cerca.

Acababan de pasar ante la caravana de los Carver. Cuando se acercaban, David había vuelto la cara y se había apoyado de nuevo en el pecho de Mary. Ella le rodeó la cabeza con los brazos. Durante casi cinco minutos, ni siquiera pareció respirar. El único indicio de que estaba vivo eran sus lágrimas, lentas y calientes. En cierto modo a Mary le alegraba notar su llanto, lo consideraba una buena señal.

La tormenta había afectado también a la carretera, advirtió; la arena la tapaba por completo en algunos puntos, y Steve tuvo que recorrer varios tramos en primera.

–¿La habrán cortado al tráfico? –preguntó Cynthia a Steve–. ¿La policía? ¿O el Departamento de Obras Públicas de Nevada? ¿O quien sea?

Steve negó con la cabeza.

–Probablemente no. Pero anoche no debió de circular casi nadie; muchos camioneros con recorridos interestatales paran a dormir en Ely y Austin.

–¡Allí está! –anunció Mary, y señaló hacia un reflejo metálico situado a casi dos kilómetros de carretera de donde estaban. Al cabo de tres minutos pararon junto al Acura de Deirdre–. ¿Quieres venir en el coche conmigo, David? Suponiendo que arranque, claro está.

David hizo un gesto de indiferencia.

–¿Le permitió el policía quedarse con las llaves? –preguntó Cynthia.

–No, pero con un poco de suerte...

Saltó del camión, cayó en una blanda duna de arena, y se encaminó hacia el coche. Al verlo, el recuerdo de Peter afloró de inmediato a su memoria: Peter, que se había mostrado tan absurdamente orgulloso de su monografía sobre James Dickey, sin sospechar que la continuación que tenía prevista nunca se llevaría a cabo.

El coche se desdobló ante sus ojos y luego se fraccionó en prismas.

Sollozando, se enjugó los ojos con el brazo. A continuación se arrodilló y buscó algo a tientas bajo el parachoques delantero. Al principio no encontró lo que buscaba y, abrumada, estuvo a punto de rendirse. De todos modos, ¿por qué se había empeñado en seguir al Ryder hasta Austin en aquel coche? ¿Rodeada de recuerdos? ¿Envuelta en la presencia de Peter?

Apoyó la mejilla contra el parachoques –pronto estaría demasiado caliente para tocarlo, pero de momento conservaba aún el fresco de la noche– y se echó a llorar, ahora sin hacer ningún esfuerzo por contener las lágrimas.

Notó que una mano indecisa rozaba la suya. David estaba junto a ella, mirándola con su semblante triste, impropio de su edad, su cuerpo espigado, la camiseta de béisbol manchada de sangre. La miraba con expresión solemne, sin cogerle la mano pero tocándola con los dedos como si deseara cogérsela.

–¿Qué pasa, Mary? –preguntó.

–No encuentro la cajita –explicó Mary–. La cajita magnética con la llave de repuesto. Estaba debajo del parachoques pero debe de haberse caído. O quizá los chicos que nos robaron la matrícula se la llevasen también. –Le temblaron los labios y se echó a llorar de nuevo.

David se arrodilló junto a ella. Pese a tener los ojos empañados por las lágrimas, Mary vio claramente los moretones que Audrey le había dejado en el cuello al intentar estrangularlo, horribles marcas negras semejantes a negros nubarrones.

–Cálmese, Mary –dijo David, y empezó a deslizar la mano bajo el parachoques.

Mary oyó cómo sus dedos palpaban el metal en la oscuridad, y de pronto sintió el impulso de gritar: «¡Cuidado! ¡Podría haber arañas ahí debajo!»

David retiró la mano de debajo del coche y le enseñó una cajita gris.

–¿Por qué no lo prueba? Si no arranca... –Se encogió de hombros para expresar que no tenía mucha importancia, que al fin y al cabo estaba el camión.

Sí, el camión. Salvo que Peter nunca había montado en ese camión, y quizá deseaba percibir su olor un rato más, su presencia. «Un buen par de melones, señora», le había dicho, y después le había tocado el pecho.

Quizá deseaba recrearse en el recuerdo de su olor, su contacto, su voz. Las gafas que se ponía para conducir. Todos esos recuerdos serían dolorosos, pero...

–Sí, iré con usted en el coche –dijo David. Estaban arrodillados cara a cara frente al coche de Deirdre Finney–. Si arranca, claro. Y si usted quiere.

4

Steve y Cynthia se acercaron a ellos y los ayudaron a levantarse.

–Me siento como si tuviese ciento ocho años –comentó Mary.

–No se preocupe, no aparenta ni un día más de ochenta y nueve –bromeó Steve, y sonrió cuando ella hizo amago de darle un puñetazo–. ¿De verdad quiere intentar llegar a Austin en este cochecito? ¿Y si se queda atascada en la arena?

–Vayamos por partes. Ni siquiera sabemos si funciona, ¿no, David?

–No –respondió David, aunque su «No», más que una palabra, pareció un suspiro.

Volvía a distanciarse de ella, notó Mary, pero no

sabía qué hacer para evitarlo. Se había quedado inmóvil, con la cabeza gacha, contemplando la rejilla del radiador del Acura como si contuviese todos los secretos de la vida y la muerte, y la emoción desapareció otra vez de su rostro, dando paso a una expresión remota y abstraída. Una mano flácida sostenía aún la caja magnética donde estaba guardada la llave.

–Si arranca, iremos en caravana –propuso Mary–. Yo detrás de usted. Si se atasca, volvemos al camión. Aunque no creo que eso ocurra. En realidad no es mal coche. Si mi condenada cuñada no lo hubiese utilizado para esconder su alijo de droga... –Le tembló la voz y apretó los labios.

–Seguramente la carretera estará despejada a cincuenta o sesenta kilómetros de aquí –comentó David sin apartar la vista de la rejilla del Acura.

Mary le sonrió.

–Ojalá aciertes.

–Sin embargo, hay un detalle más importante –dijo Cynthia–. ¿Qué vamos a contarle a la policía sobre todo esto? A la policía *de verdad*, quiero decir.

Por un momento todos guardaron silencio. Finalmente David, todavía con la vista fija en la rejilla del Acura, sugirió:

–La primera parte, y ya inventaremos algo para el resto.

–No te entiendo –dijo Mary. En realidad sí creía haber comprendido su propuesta, pero deseaba que siguiese hablando. Deseaba que el chico saliese de allí con ellos conservando su integridad tanto física como mental.

–Yo contaré que se pincharon las ruedas de la caravana y el policía maníaco nos llevó al pueblo. Que nos convenció de que debíamos acompañarle diciendo que había en el desierto un loco peligroso con un rifle. Usted, Mary, les explicará también cómo los detuvo. Y usted, Steve, dirá que estaba buscando a Johnny, y Johnny le telefoneó. Luego yo explicaré cómo nos escapamos cuando el policía se llevó a mi madre, y que después nos escondimos en el cine y desde allí lo llamamos por teléfono. Y usted puede contar cómo llegó con Cynthia al cine. Y allí hemos pasado la noche. En el cine.

—No hemos estado en la mina —comentó Steve, pensativo, comprobando la verosimilitud de la historia.

David asintió con la cabeza. Los moretones de su garganta resplandecían bajo el sol cada vez más intenso.

—Exacto —confirmó.

—¿Y tu...? —empezó a preguntar Steve—. Perdona, David, pero no podemos soslayar la cuestión. ¿Y tu padre? ¿Qué ha pasado con él?

—Fue a buscar a mi madre. Me pidió que me quedase con ustedes en el cine, y yo obedecí.

—No hemos visto nada —dijo Cynthia.

—No. En realidad no —contestó David. Abrió la cajita magnética, sacó la llave y se la entregó a Mary—. ¿Por qué no prueba el motor?

—Espera un segundo. ¿Y qué pensarán las autoridades de lo que *encuentren*? ¿Todas esas personas muertas? ¿Y también los animales? ¿Y qué contarán después? ¿Cómo presentarán la noticia a la prensa?

—Hay quienes creen que en los años cuarenta se estrelló un platillo volante no lejos de aquí —aventuró Steve—. ¿Lo sabía?

Mary negó con la cabeza.

—En Roswell, Nuevo México —precisó Steve—. Según rumores, incluso hubo supervivientes. Astronautas de otro mundo. Ignoro si algo de eso es cierto, pero podría serlo. Todas las pruebas indican que algo grave ocurrió en Roswell, pero el gobierno lo encubrió, del mismo modo que encubrirán esto.

Cynthia le golpeó en el brazo con el dorso de la mano.

—Bastante paranoico por tu parte, ¿no? —reprobó.

Steve se encogió de hombros.

–En cuanto a lo que pensarán... gas venenoso, quizá. Algún gas desconocido que emanó de una bolsa subterránea y enloqueció a la gente. Y por ese lado no andarán muy desencaminados, ¿no?

–No –convino Mary–. Lo más importante es que nuestras versiones coincidan, que a grandes rasgos todos contemos la historia como la ha presentado David.

Cynthia hizo un gesto de despreocupación, y una sombra de la niña respondona que en otro tiempo fue asomó a su rostro.

–En cualquier caso, si perdemos el control y contamos lo que en realidad hemos visto, tampoco nos creerán.

–Quizá no –dijo Steve–, pero aunque a ti te dé lo mismo, yo prefiero no pasarme seis semanas conectado a un detector de mentiras e interpretando manchas de tinta cuando podría pasarlas contemplando tu cara exótica y misteriosa.

Cynthia volvió a golpearlo en el brazo, esta vez más fuerte. Advirtió que David seguía con atención la escena y preguntó:

–¿Tú crees que tengo una cara exótica y misteriosa?

David desvió la mirada hacia las montañas.

Mary rodeó el Acura y abrió la puerta del conductor, recordándose que debía ajustar la posición del asiento antes de ponerse en marcha; Peter era un palmo más alto que ella. La guantera había quedado abierta después de abrirla para buscar el certificado de matriculación, y la luz interior encendida, pero seguramente una bombilla de tan escasa potencia no había consumido apenas batería. Y en todo caso, aunque no arrancase, tampoco era una cuestión de vida o...

–¡Dios santo! –exclamó Steve con voz ahogada–. ¡Dios santo, mirad!

Mary volvió la cabeza. En el horizonte se veía, pequeña a aquella distancia, la pared norte de la Mina de los Chinos. Sobre ella se elevaba una gigantesca nube de polvo gris. Flotaba en el cielo conectada aún a la mina por un oscuro cordón umbilical de polvo y tierra pulverizada: los restos de una montaña ascendiendo hacia el cielo como tierra envenenada tras una explosión nuclear. Dicha nube tenía forma de lobo, su cola apuntada hacia el sol naciente, su hocico grotescamente alargado apuntado hacia el oeste, donde la noche se resistía aún a abandonar el cielo por completo.

Tenía las fauces entreabiertas, y de su boca asomaba una extraña forma, amorfa pero así y todo semejante a un reptil. Una forma que tenía algo de escorpión, pero también de lagarto.

*Can tak, can tah.*

Mary gritó con las manos en la cara, contemplando aquella silueta por encima de sus dedos sucios, moviendo la cabeza en un inútil gesto de negación.

—Cálmese —dijo David, y le rodeó la cintura con un brazo—. Cálmese, Mary. No puede hacernos daño. Y de hecho ya está desvaneciéndose. ¿Lo ve?

Era verdad. La piel del lobo celeste empezaba a abrirse en algunos puntos, dejando pasar el sol por ellos, rayos dorados que eran hermosos y a la vez cómicos, la clase de toma que uno espera ver al final de una película bíblica.

—Creo que debemos marcharnos —propuso Steve por fin.

—Y yo creo que nunca deberíamos haber venido —dijo Mary débilmente, y entró en el coche. De inmediato percibió el aroma de la loción para después del afeitado que usaba su marido.

5

David observó a Mary mientras ella desplazaba el asiento hacia adelante e introducía la llave en el contacto. Se sentía distante de sí mismo, una criatura flotando en el espacio entre una estrella luminosa y otra apagada. Recordó las tardes en que Bombón y él se sentaban a la mesa de la cocina y jugaban a las cartas. Pensó que no le importaría ver muertos y en el infierno a Steve, Mary y Cynthia –aunque eran encantadores– a cambio de una sola partida de cartas más con Bombón en la cocina, ella con un vaso de zumo de manzana, él con una Pepsi, los dos riendo como locos. De hecho tampoco le importaría verse a sí mismo en el infierno a cambio de eso. ¿Acaso podía ser muy distinto de Desesperación?

Mary hizo girar la llave. El motor carraspeó y se encendió casi de inmediato. Mary sonrió y dio una palmada.

–¿David? ¿Estás listo para partir?
–Sí. Supongo.
–¿Eh? –Cynthia le apoyó una mano en la nuca–. ¿Estás bien, chico?

David asintió sin levantar la vista.

Cynthia se inclinó y lo besó en la mejilla.

–Tienes que luchar por superarlo –le susurró al oído–. Tienes que luchar, ¿entiendes?

–Lo intentaré –contestó David, pero los días, semanas y meses que se avecinaban le parecían insalvables. «Vete con tu amigo Brian –había dicho Johnny–. Vete con él y conviértete en su hermano.» Y ése podía ser un punto de partida, sí, pero ¿y después?

Sentía agujeros en su interior que gritaban de dolor, y seguirían gritando en el futuro. Uno por su madre, otro por su padre y otro por su hermana. Agujeros como caras. Agujeros como ojos.

En el cielo el lobo se había disipado por completo, salvo por una pata y lo que podía ser la punta de la cola. De la forma con reminiscencias de reptil no quedaba ni rastro.

—Te hemos vencido —murmuró David camino de la puerta del acompañante del Acura—. Te hemos vencido, hijo de puta. Algo es algo.

*Tak*, susurró una voz paciente y risueña en el fondo de su mente. *Tak ah lah. Tak ah wan.*

Con esfuerzo, apartó de ella su mente y su corazón.

«Vete con él y conviértete en su hermano.»

Quizá. Pero primero había que ir a Austin. Con Mary, Steve y Cynthia. Se proponía seguir con ellos tanto tiempo como fuese posible. Ellos, al menos, comprendían como nunca nadie lo comprendería. Habían estado juntos en la mina.

Cuando se disponía a abrir la puerta del coche, cerró la caja de metal y se la metió distraídamente en el bolsillo. Se detuvo de repente, y su mano libre quedó paralizada en el aire a mitad de camino del tirador de la puerta.

Algo había desaparecido de su bolsillo: el cartucho.

Algo había aparecido en su lugar: un trozo de papel.

—¿David? —dijo Steve desde la ventanilla abierta del camión—. ¿Te pasa algo?

David negó con la cabeza y abrió la puerta con una mano mientras se sacaba el papel del bolsillo con la otra. Era azul. De inmediato le resultó familiar, aunque no recordaba haberse guardado un papel como ése en el bolsillo el día anterior. En medio tenía un agujero de contornos irregulares, como si hubiese estado clavado en algún sitio. Como si...

*Deja tu permiso de salida.*

Ésa había sido la última instrucción de la voz el día del pasado otoño en que rogó a Dios que curase a Brian. En aquel momento no comprendió la petición, pero obedeció, ensartando el pase azul en un clavo. En su última visita al Puesto de Observación Vietcong –¿hacía una semana, quizá dos?–, el pase había desaparecido. Tal vez lo había cogido algún muchacho para anotar el teléfono de una chica, o tal vez se lo había llevado el viento. Salvo que... de pronto había aparecido en su bolsillo.

«Todo lo que quiero es amar, todo lo que necesito es amar.»

Como voz solista, Felix Cavaliere, un cantante genial.

No, pensó. No es posible.

–¿David? –Era la voz de Mary, lejana–. David, ¿qué pasa?

No es posible, pensó de nuevo, pero cuando desplegó el papel, reconoció de inmediato las palabras impresas en él.

COLEGIO DE WENTWORTH WEST<br>
Avenida Viland 100

Y debajo:

PERMISO DE SALIDA ANTES DE HORA

Y por último:

EL PADRE O LA MADRE DEL ALUMNO DEBEN FIRMAR ESTE PASE.<br>
EL PASE DEBE ENTREGARSE EN SECRETARÍA.

Salvo que ahora incluía algo más: un breve mensaje escrito a mano bajo la última línea impresa.

Algo se agitó en el interior de David. Algo enorme. Se le cerró la garganta. Volvió a abrírsele para dejar escapar un largo y lastimero sollozo de puro dolor. Se tambaleó. Se sujetó al techo del Acura, apoyó la frente en la sangría del brazo y se echó a llorar. A gran distancia oyó abrirse las puertas del camión, oyó a Steve y Cynthia correr hacia él. Lloró. Pensó en Bombón, sonriéndole con su muñeca en los brazos. Pensó en su madre, bailando al son de la radio en el cuarto de la lavadora con la plancha en una mano, y riéndose de su propia tontería. Pensó en su padre, sentado en el porche con los pies sobre la barandilla, saludándolo al verlo llegar de casa de Brian con su bicicleta al anochecer. Pensó en lo mucho que los había querido, en lo mucho que los seguiría queriendo siempre.

Y pensó también en Johnny. Johnny de pie en el oscuro túnel de la vieja Mina de los Chinos, diciéndole: «A veces nos obliga a vivir.»

David lloró con la cabeza gacha y el permiso de salida arrugado en su puño cerrado, sintiendo aún cómo se agitaba algo en su interior, algo enorme, algo semejante a un corrimiento de tierra... pero quizá no tan catastrófico.

Quizá, en último extremo, no tan catastrófico.

–¿David? –Era Steve, que lo había cogido por los hombros y lo sacudía–. ¡David!

–Estoy bien –dijo. Levantó la cabeza y se enjugó los ojos con una mano trémula.

–¿Qué te pasa?

–Nada. Estoy bien –insistió David–. Vámonos. Les seguiremos.

Cynthia lo miró, no muy convencida.

–¿Estás seguro?

David asintió con la cabeza.

Steve y Cynthia volvieron al camión sin dejar de mirarlo. David reunió fuerzas para despedirse con la mano. A continuación entró en el Acura y cerró la puerta.

–¿Qué te pasaba? –preguntó Mary–. ¿Qué has encontrado?

Mary tendió la mano, pero David prefirió no mostrarle de momento el papel azul.

—¿Recuerda cuando el policía la obligó a entrar en la sala donde estaban las celdas? —dijo—. ¿Cuando usted cogió una escopeta?

—Nunca lo olvidaré.

—Mientras luchaba con él, cayeron varios cartuchos del escritorio y uno rodó hasta la reja de mi celda. Cuando tuve ocasión, lo cogí. Johnny ha debido de quitármelo del bolsillo cuando me tenía agarrado en la mina, después de morir mi padre. Johnny ha usado ese cartucho para detonar el NAFO. Y al quitarme el cartucho, me ha dejado esto.

—¿Qué es? —preguntó Mary.

—Un permiso de salida. Nos lo dan en mi colegio de Ohio cuando nos marchamos antes de la última clase. En otoño pasado yo ensarté éste en un clavo en lo alto de un árbol y lo dejé allí.

—En un árbol de Ohio. El otoño pasado. —Mary lo miraba pensativamente, pero con los ojos atentos y muy abiertos—. ¡El otoño pasado!

—Sí. Así que no sé cómo ha llegado hasta él... y no sé dónde lo escondía. Cuando estaba en el polvorín, le he pedido que se vaciase los bolsillos. Temía que pudiese haber cogido algún *can tah*. No tenía el pase. Se ha quedado en calzoncillos, y no lo tenía.

—¡Oh, David! —exclamó Mary.

David asintió con la cabeza y le entregó a Mary el pase azul.

—Steve sabrá decirnos si es la letra de Johnny —comentó—. Pero me apuesto un millón de dólares a que lo es.

*David:*
*No dejes que te atrape la momia.*
*San Juan 4, 8. Recuérdalo.*

Mary leyó el mensaje garabateado moviendo los labios.

−Yo también apostaría un millón a que es suyo, si lo tuviera −dijo−. ¿Entiendes la referencia, David?

David cogió el pase azul.

−Claro. San Juan, capítulo cuatro, versículo ocho. «Dios es amor.»

Mary se quedó mirándolo durante largo rato.

−¿Y lo es, David? ¿Dios es amor? −preguntó por fin.

−Sí, desde luego −contestó David. Dobló el pase por la mitad−. Supongo que es... un poco de todo.

Cynthia los saludó con la mano. Mary le devolvió el saludo y levantó un pulgar. Steve arrancó, y Mary lo siguió. Las ruedas del Acura patinaron en el primer montículo de arena, pero enseguida cobraron velocidad.

David apoyó la cabeza en el respaldo del asiento, cerró los ojos y empezó a rezar.

*Bangor, Maine*
*1 de noviembre de 1994 −*
*5 de diciembre de 1995*

*Desesperación*, de Stephen King,
se terminó de imprimir en febrero de 2018
en los talleres de
Litográfica Ingramex, S.A. de C.V.
Centeno 162-1, Col. Granjas Esmeralda,
C.P. 09810, Ciudad de México.